U0118527

永恆之王

亞瑟王傳奇

T. H. WHITE

懷特◆著　譚光磊、簡怡君◆譯

奇幻館 089

永恆之王：亞瑟王傳奇

作　者　懷特（T. H. White）
譯　者　譚光磊／簡怡君
責任編輯　郭湘吟
封面設計　黃暐鵬
內文排版　菩薩蠻數位文化
總 編 輯　徐慶雯
行銷企畫　陳麗雯　詹凱婷

社　長　郭重興
發行人兼出版總監　曾大福

編輯出版　繆思出版有限公司
E-mail: m.muses@bookrep.com.tw
發　行　遠足文化事業股份有限公司
23141新北市新店區民權路108-3號6樓
客服專線: 0800-221029　傳真: (02) 86673250
郵撥帳號: 19504465
戶名: 遠足文化事業股份有限公司
法律顧問　華洋國際專利商標事務所　蘇文生律師
印　製　成陽印刷股份有限公司
初版一刷　2012年9月
初版二刷　2012年10月
定　價　420元

國家圖書館出版品預行編目(CIP)資料

永恆之王：亞瑟王傳奇 / 懷特(T. H. White)著
譚光磊, 簡怡君譯.

——初版．——
新北市：繆思出版：遠足文化發行，2012.09

——面；公分--（奇幻館；89）——
譯自：The once and future King
ISBN ISBN 978-986-6026-28-7(精裝)

873.57　　101015896

目錄

第一部　石中劍　7
第二部　空暗女王　187
第三部　殘缺騎士　281
第四部　風中燭　473

第一部

石中劍

她並非尋常土地
水域、林木或空氣
那是梅林之島格美利
你我將要啟程去

第一章

星期一、三、五學的是法律文件書寫、研究《邏輯大全》[①]，其餘四天則是《工具論》[②]、背書和星相學。家庭女教師老是弄不清星盤，而她越弄不清，越會拿小瓦[③]出氣，敲他的指節。她從來不敲凱伊的指節，因為凱伊長大後會繼承家業，變成「凱伊爵士」。小瓦之所以叫小瓦，是因為和「小亞」音相近，而小亞是他本名的簡稱。「小瓦」這綽號是凱伊給他取的，凱伊自己沒別的外號，就叫凱伊，因為他太尊貴了，不能有綽號。誰要是想給他取綽號，他便會勃然大怒。女教師生了一頭紅髮，還有個神祕的傷口。她私底下給城裡所有女人都看過，為此地位高人一等。據說傷處在她坐下來的地方，是以前某次野餐時不小心坐到盔甲所造成的。後來她提議讓凱伊的父親艾克特爵士也瞧瞧，結果她歇斯底里發作，讓人給送走了。事後大家才知道，她曾在一家瘋人院待過三年。

下午的課程如下：星期一、五是長矛比武和馬術，星期二鷹獵，星期三擊劍，星期四是射箭，星期六是騎士學，包括各種場合應有的舉止、打獵的術語和禮儀。舉例來說，如果在聽到獵物死亡信號，或者將獵物開腸破肚時做錯事，你就會被架到野獸上方，被人用劍背敲個幾下。這叫做「挨劍」，是種惡作劇，類似航越經線時要剃光頭[④]。凱伊從來不挨劍的，可是他時常出錯。

送走女教師後，艾克特爵士說：「總之呢，該死的，我們總不能讓這些孩子成天像小混混一樣到處亂跑吧？總之呢，該死的。在他們這個年紀，得受點一流矯育[⑤]才行啊！想當年我像他們一樣大的時候啊，每天早上五點就在讀拉丁文，學這學那啦。這輩子沒那麼快樂過。酒傳過來吧[⑥]！」

格魯莫．格魯穆森爵士那天正好借宿他們家，因為他出外探險，歷經長途奔逐，結果夜色已黑。他說自己這般年紀的時候，每天早上都要吃上一頓鞭子，因為他不肯讀書，老愛溜去放鷹行獵。他表示自己之所以有此缺失，實因他連「utor」的簡單未來式都記不住。他說那是在書左頁往下讀約三分之一的地方，應該是在九十七頁。他把酒傳了過去。

艾克特爵士說：「您今兒個探險可還順利？」

格魯莫爵士說：「噯，還不壞。說真的，可真是了不得的一天。我在威登布希[⑦]見著一個叫布魯斯．索恩斯．匹帖爵士的傢伙，正準備要砍一個大閨女的頭，我一路追到彼斯特的米斯柏里莊園[8]，結果他折回頭，最後在魏肯伍德追丟了。我說他足足跑了有二十五哩[9]喲。」

「可真是跑了一大段路。」艾克特爵士說。

「不過話說回來，這些孩子和這拉丁文，還有那個，」老紳士接著說：「您也知道，他們老愛——到底該用amo還是amas啊[10]——像小混混一樣四處亂跑，您有何高見呢？」

「啊，」格魯莫爵士說著，伸出一根手指貼放鼻側，朝酒瓶眨眨眼。「我說這可得好好想一想哪，您可別介意。」

「當然不介意，」艾克特爵士說：「您肯說就是我的福氣了，我只有感激的分。這酒您儘管喝吧。」

「這酒很不錯。」

「從我一個朋友那弄來的。」

「不過，話說這些小鬼，」格魯莫爵士說：「您倒是說說一共有幾個啊？」

「兩個，」艾克特爵士說：「當然這是把兩個都算進去。」

「把他們送去伊頓[11]，我看是不成吧？」格魯莫爵士謹慎地問道，「我們都知道那兒太遠啦，而且麻煩。」

其實他指的並不是伊頓，因為聖瑪利學院是西元一四四〇年才成立的，但總之是同樣性質的地方。此外，他們喝的是蜂蜜酒[12]，而不是真的波特酒，只不過用現代的酒比較能讓你理解。

「距離倒不是問題，」艾克特爵士說：「而是那個叫什麼來著的巨人擋在半路，哎呀您知道，那得穿過他的地盤啊。」

「您說他叫什麼來著？」

「我這會兒卻是怎麼也想不起來啊，就那住在發泡湖邊的傢伙。」

「葛拉帕斯。」格魯莫爵士說。

「就那傢伙。」

「那只剩下一個辦法，」格魯莫爵士說：「就是找個家教了。」

「您的意思是到家裡來教您東西的人。」

「正是。」格魯莫爵士說：「家教嘛，您也知道，就是到家裡來教您東西的人。」

「再多喝點，」艾克特爵士說：「您探險累了一天，得多喝些。」

「可真是了不起的一天。」格魯莫爵士說：「只可惜這年頭他們都不殺人了。跑了個二十五哩，最後不是抓不著讓逃了，要不然就是根本追丟。最討厭的是還得重新來過。」

「咱們都是趁巨人生產的時候動手，」艾克特爵士說：「就是因為他們老讓你追個半死，最後還是溜了。」

「跑跑味道就沒了，」格魯莫爵士說：「我敢說準是這樣。在大地方追大巨人就是這麼回事，跑跑味道就不見啦。」

「就算真要找個家教，」艾克特爵士說：「可得怎麼找啊？」

「打廣告。」格魯莫爵士說。

「打過了，」艾克特爵士說：「由『亨伯蘭新聞人』和『卡多伊爾廣告人』⑬這兩位宣傳過了。」

「那沒別的辦法，」格魯莫爵士說：「只有出發探險去了。」

「您的意思是出外探險，去找個家教？」艾克特爵士解釋。

「正是。」

「這酒、這些酒、這點酒，」艾克特爵士說：「總之您多喝點吧，管它叫什麼呢。」

「這壺酒⑭。」格魯莫爵士說。

於是便這麼決定了。隔天格魯莫．格魯穆森爵士回家之後，艾克特爵士在手帕上打了個結，提醒自己一有空就出外找個家教回來。此外，由於他自己也不確定該怎麼找，便把格魯莫爵士的提議告訴了兩個男孩，並且警告他們不許在他離開的時候像個小混混一樣。然後他們就去做乾草了。

時值七月，領地上每個身強力壯的男女都要接受艾克特爵士指揮，下田工作。而且到了這個時候，男孩子們的課程也結束了。

艾克特爵士的城堡座落在一片廣大的空地上，這片空地則位於一片更廣大的森林之中。城堡有一座中庭，四周圍著護城河，河底安有尖刺。護城河上有一座橋，一半是加了防禦工事的石橋，另一半則是木製的吊橋，每天晚上都會收起。過了吊橋，便是村裡大路的起點——村裡就這麼一條街。大路延伸約半哩，兩旁有茅草蓋頂、灰泥籬笆牆的小屋。街道將空地分成兩大片，左半邊開墾成幾百條又長又窄的田畦，右半邊則一直延伸到河邊，當成放牧的草地，而草地有一半圍起來準備做乾草場。

時值七月，而且是真正的七月天氣，就像古英格蘭那樣。每個人都晒成亮褐色，有著白得嚇人的牙齒和亮閃閃的眼神，活像印地安紅番。狗兒不是耷拉著舌頭走來走去，便是找點涼蔭趴著喘氣。農場裡的馬則汗流浹背，甩著尾巴，還想伸後腳大蹄踢走黏在腹部的蒼蠅。牧草地上，母牛到處閒逛，不時還可見牠們揚起尾巴拔腿狂奔，把艾克特爵士氣壞了。

艾克特爵士站在乾草堆頂，如此才能看見大家在做什麼，他對著兩百畝地發號施令，喊得臉色發紫。刈草高手在草還沒割的地方，排成一列一路割下去，鐮刀在烈日下怒吼。婦女用木耙將乾草耙攏成長堆，兩個男孩跟在兩側，拿乾草叉把草往裡撥，方便待會收集。跟在後面的是馬兒或遲緩的白色公牛拉的推車，帶尖釘的木頭輪子轆轆作響。一人站在車上，負責接收乾草並指揮行動，車兩邊各有一人，用叉子收集男孩所準備的乾草，拋給車上那人。推車走在兩行乾草中間，按照由前到後的嚴格順序輪流裝載，車上的人會以嚴峻的聲音明確指示把乾草拋到什麼地方。負責裝載的人抱怨男孩沒把乾草放對地方，並威脅說若他們沒跟上，要是被逮著了一定吃上一頓鞭子。

推車裝滿之後，便拉到艾克特爵士那兒，把乾草叉給他。事情進行得很順利，因為裝載的方式十分有系統——不像現在。至於艾克特爵士，則在乾草堆頂上左戳右翻，老礙著助手，可其實助手才是真正在做事的人，他滿身大汗，一會兒跺腳，一會兒拿乾草叉撥弄，想把草堆弄得齊整些，嘴裡還不時喊說等西風一吹，這草堆就要垮啦。

小瓦很喜歡收乾草，也十分在行。大他兩歲的凱伊呢，多半踩住自己要叉的草捆邊緣，結果花了兩倍力氣，成效卻只有小瓦的一半。可是他又不服輸，於是往往使盡蠻力，和那討厭的乾草——對他來說和毒藥沒兩樣——搏鬥，搞得自己快要累癱。

格魯莫爵士來訪的隔天異常悶熱，他們來回勞動，與燠熱的自然元素奮戰到日落。對他們來說，乾草就像海或空氣，同屬自然元素，他們縱身躍入，浸淫其中，甚至構成他們呼吸的一部分。種子與草屑混入髮際、口中、鼻孔裡，還溜進衣服裡面讓人發癢。他們穿的衣服不多，而他們滑動的肌肉間落下的陰影襯著堅果褐色的皮膚，顯得青藍。害怕打雷的人當天早上都覺得不對勁。

午後暴風雨突然大作。艾克特爵士督促著大家趕工，直到電光在頭頂暴現，天色漆黑如夜，轉瞬間大雨傾盆而下，登時將眾人淋得渾身濕透，看不到百碼外的東西。雷大雨急，男孩趴在車底下避冷風，濕濕的身體擠在乾草堆裡取暖，一邊相互笑鬧。凱伊並不是因為冷而發抖，但他不想露出害怕的神色，所以仍強顏歡笑。最後，一記轟然暴雷把所有人都嚇了一跳，大家見到彼此驚慌的模樣，一陣鬨笑，也就不覺得丟臉了。

割草活動到此為止，遊戲時間才正要開始。兩個男孩被趕回家換衣服，從前擔任兩人保姆的老婦人從熨燙機拿出乾的無袖皮衣，先是責罵兩人不愛惜身子，繼而怪艾克特爵士不早點放人。兩人套上洗乾淨的外衣，跑進雨後清新而閃亮的庭院。

「我說咱們把庫利帶出來，看能不能抓幾隻兔子！」小瓦大喊。

「外頭這麼濕，兔子不會出來的。」凱伊尖刻地說，很得意自己抓到對方博物學方面的漏洞。

「哎喲，走啦，很快就乾了！」

「那庫利得由我帶。」

每回他們一同出外鷹獵，凱伊總是堅持由他來帶蒼鷹，放鷹也得由他來。他當然有權利這麼做，一來他比小瓦年長，二來他是艾克特爵士的親生兒子。小瓦不是親生子，他雖然不懂，仍覺得不快樂，因為凱伊似乎認為他因此低人一等。除此之外，沒有父母也和別人不同，而凱伊早就教過他，與眾不同是錯的。沒人和他談過這件事，但他獨處時難免會想，想了就沮喪。他很不喜歡別人提起這件事，偏偏每次碰上誰先誰後的次序問題時，凱伊就要提起，所以他已經習慣在提及這件事前就立刻讓步。此外他很佩服凱伊，又是天生的跟隨者，最崇拜英雄了。

「那我們走吧！」小瓦叫道，兩人朝鷹棚飛奔而去，途中還翻了幾個觔斗。

鷹棚是城堡裡極重要的部分，地位僅次於馬廄和狗舍。它和城頂房間相對，面向南邊。朝外的窗子因防禦之故，做得很小，面朝內城中庭的窗戶則十分敞亮。窗上釘了細密的垂直百葉板，不過沒有橫向的。窗戶沒裝玻璃，但為了保護群鷹免受風寒，小窗上又裝了角質薄片。鷹棚的一端有個小火爐和一個小房間，獵狐過後的雨夜，馬夫可能就會坐在鞍室裡這樣的地方清理馬具。這兒有幾張凳子，一口大鍋，一條長板凳，上頭放了各式各樣的小刀和手術用具，還有好些架子，上面擺放了許多瓶罐，標示著小豆蔻、薑、大麥脆糖⑮、碎石、治鼻涕、治便祕、治暈眩，諸如此類。牆上掛著許多皮革，繫鷹腳的皮繩、頭罩和皮帶就是從那割出來的。一排整齊的釘子上掛了印度響鈴、連結繫腳皮繩與皮帶的轉軸和腳環，每個均刻有「艾克特」字樣。另有一座特別訂做的美麗架子，專門擺放頭罩：早在凱伊出生前便做來給鳥兒戴的、樣式簡單的老舊皮頭罩，如今都已經龜裂了；小巧玲瓏的頭套是給灰背隼用的、雄鷹專用的小頭罩、此外還有為了打發漫長冬夜而試做的嶄新漂亮頭罩。除了老舊皮套之外，所有的頭罩都是按照艾克特爵士的家徽配色製作：白色皮革，側邊有紅色呢絨，頂端還插了一撮灰藍色飾羽，是從蒼鷺頸部拔下來的。長板凳上放著每個作坊都有的雜物，像是小段細麻繩、鐵線、金屬、各式工具、給耗子啃過的麵包和乳酪、一只皮革瓶子，些許磨損的左手長手套、釘子、麻布、兩三個誘鷹用的假鳥，還有刻在木頭上記數的粗痕，寫著「Conays1111111」、「Harn111」等等，拼字不怎麼行。

從房間的一端到另一端，排列著受午後陽光直射的遮光棲木，鳥兒便綁在上頭。有兩隻小灰背隼才剛結束野放，準備接受正式訓練。一隻不適合在這塊林木茂盛之地放獵的老遊隼，主要是養來充門面的。還有一隻茶隼，兩個男孩便是從牠身上學到基本鷹獵之術。那隻雀鷹則是艾克特爵士好心幫教區牧師豢養的。而獨自關在遠端角落的，正是雄蒼鷹庫利。⑯

鷹棚維持得很整潔，地面鋪了木屑以吸收鳥糞，群鷹未消化的嘔吐物也每天清理。艾克特爵士每天早上七點都會來視察，兩名鷹匠立正站在門外，假如他們忘記梳頭，便會被爵士關進軍營；但他們也不以為意就是了。

凱伊左手戴上長手套，呼喚棲木上的庫利——可是庫利全身羽毛緊斂，神情惡毒。牠睜大一隻瘋狂的橙金色眼睛，怒視著凱伊，不肯過來。凱伊只好把牠抓起來。

「你覺得我們應該帶牠出去嗎？」小瓦有些懷疑地說：「牠毛都還沒換好呢。」

「當然可以啦，你這笨蛋。」凱伊說：「牠不過就是要人帶罷了。」

於是他們出了門，穿過乾草田，發現先前悉心耙好的草堆這會兒又濕透走樣了。接著他們走進狩獵場，這裡的樹才開始長，彼此間距還大，像是宅邸的庭園，但慢慢會茂盛成蔭。兔子在樹下到處做窩，因為太過密集，以致於找兔子不成問題，要找到離自己的洞很遠的兔子反而不容易。

「哈柏說我們得先舉起庫利讓他展翅至少兩次以後，才能放他出去。」小瓦說。

「哈柏啥都不懂。老鷹適不適合飛，只有帶他的人知道。」

「反正哈柏只是個農奴。」凱伊又補了一句，然後準備解開鷹腳皮繩上的轉軸和皮帶。

庫利察覺到腳上的繩子鬆開，可以準備狩獵之後，確實動了動，彷彿要展翅，牠揚起冠毛、肩部覆羽和腿上的柔軟羽毛，但就在最後關頭，似乎想清楚了，又一聲不吭縮了回去。小瓦看見獵鷹這些動作，恨不得自己來帶牠。他一心只想把庫利從凱伊手上搶來，好好對待牠。他認為自己只要搔搔牠的腳，輕輕朝上撥弄牠的胸羽，一定可以讓牠心情好起來。如果他能自己來就好了，而不是只能拿著假鳥跟在後頭。可是他知道對凱伊來說，老是聽人出主意一定很煩，便沒作聲。正如現代射擊一樣，你絕對不能批評持槍的人；鷹獵也是如此，外人不應亂出主意，以致於影響放鷹人的判斷。

「喲呼！」凱伊大叫著伸手向上一揮，給獵鷹一點起飛的助力，這時一隻兔子正好從他們面前那片被啃得極短的草地跑過，接著庫利便在半空中了。凱伊的動作嚇到小瓦，同時也嚇到了兔子和獵鷹，他們三個楞了一會兒，接著那隻空中殺手揮動巨大的翅膀，看起來不情不願、猶疑未決，兔子消失在一個隱密的洞裡，鷹則宛如小孩盪鞦韆般向上高飛，最後收起雙翼，端坐樹梢。庫利俯視兩位主人，張開鷹喙發出挫敗的憤怒喘息，然後靜止不動。兩顆心都停了。

① 《邏輯大全》（Summulae Logicales），西班牙的彼得（Peter of Spain）所著邏輯學著作，寫於十三世紀，迄十七世紀止廣為歐洲各大學所採用。一說西班牙的彼得即為原籍葡萄牙的教宗若望二十一世。

② 《工具論》（The Organon），古希臘學者亞里斯多德的邏輯學著作。

③ 小瓦（The Wart），原意為瑕疵或疣，凱伊藉此諷刺亞瑟沒有父母，有如寄生的疣。

④ 水手在船隻越過經線一百八十度時常有各種「啟蒙儀式」，此處所指的是從來沒跨越經線的菜鳥海員，必須在初次跨越時剃光頭。

⑤ 矯育（eddication），蘇格蘭腔的「教育」（education）。

⑥ 此處所傳的「酒」是波特酒（port），原產葡萄牙的一種高酒精度葡萄酒，通常為深紅色。

⑦ Weedon Bushes，位於英國波克郡（Berkshire），「威登」在古英文中意指「有神殿的山丘」。

⑧ Mixbury Plantation，位於英國牛津郡，「米斯柏里」在古英文中意為「糞堆鎮」。

⑨ 一哩約為一、六〇九公尺。

⑩ 此兩字分別為拉丁文「愛」的第一和第二人稱單數變格。

⑪ 伊頓（Eton）位於倫敦西部，著名的伊頓公學即位於此。該校歷史悠久，由亨利六世為尊崇聖瑪利所創建，歷來培育眾多名人，例如名將威靈頓公爵。

⑫ Metheglyn，一種加香料的蜂蜜酒，原產於威爾斯。

⑬ 【編注】中古世紀重要訊息是透過鄉鎮中巡行的公告員（town crier）口頭發布，效果類似今日的宣傳車。***Humberland Newsman***和***Cardoile Advertiser***看似報刊名稱，實則指人。

⑭ 原文中艾克特爵士想不出該用拉丁文中指示代名詞「這（些）」的哪一種變體，結果說了主格的陽性、陰性和中性，但都不對，格魯莫爵士回答正確的應是間接受格陽性。

⑮ 【編注】Barley Sugar，古時候的一種透明硬糖果，原料是蔗糖，製造過程中加入大麥精以增色，故名。

⑯ 【編注】中古世紀英國，養鷹的種類和性別受身分規範。十五世紀梭普威（Sopwell）女修道院院長朱莉安娜．巴恩斯（Dame Juliana Barnes）在她的著作《聖歐本思之書》（The Boke of St. Albans）中，對此有詳盡的描述。不遵守規範，越級豢養更高身分才得以飼養的鳥類是項重罪，典型的懲罰是砍斷雙手。飼養原則大致如下：皇帝金鷹、兀鷹與灰背隼，國王矛隼，親王雌遊隼，公爵石隼，伯爵遊隼，男爵鵟鷹，騎士獵隼，見習騎士地中海隼，貴族仕女雌灰背隼，青年燕隼，王室侍從蒼鷹，牧師雌雀鷹，惡棍、僕役與兒童茶隼。

第二章

他們吹著口哨，想誘回鳥兒，兩人跟著那隻又煩又惱的鷹在樹林裡到處跑，折騰好半天，最後凱伊終於耐不住性子了。

「那就讓牠去吧！」他說：「反正是隻沒用的鳥。」

「哎喲，那怎麼行？」小瓦大叫，「哈柏知道了怎麼辦？」

「這是我的鷹，不是哈柏的。」凱伊怒吼，「他知道了又如何？不過是個下人。」

「可是庫利是哈柏訓練出來的。我們要放牠走很容易，因為我們可沒有三天晚上不睡覺陪著牠，或是整天把牠帶在身邊。但是我們不能就把他牠下不管，太惡劣了。」

「那是他活該，蠢才一個，養出這什麼廢物。這種沒用的鷹誰會要？你要是這麼喜歡，自己留下來好了。我可要回家去。」

「那我就留下來，」小瓦難過地說：「可是請你回家以後跟哈柏說一聲。」

於是凱伊朝錯誤的方向走去，心裡暗自生氣，因為他知道自己沒讓獵鷹準備好，就放牠出去，還得讓小瓦跟在後頭大喊糾正他。小瓦在樹下坐了下來，像貓守候麻雀般抬頭望著庫利，心臟怦怦直跳。

這對凱伊來說沒什麼，他本身就對鷹獵沒多大興趣，只因這是符合他身分地位的一種活動。但小瓦有養鷹人的感情，而且深知鷹若是丟了，會是莫大的災難。他知道哈柏為了庫利，每天花十四個小時教導牠狩獵技巧，就像雅各和天使角力①一般辛苦。丟了庫利，就等於丟了哈柏的心。哈柏教他們這麼多東西，小瓦不敢面對到時候他責難的眼神。

該怎麼辦呢？最好還是坐著別亂動，把假鳥留在地上，等庫利平復心情，自己下來。可是庫利完全沒有下來的意思，牠昨晚吃得很飽，現在一點也不餓。天氣很熱，牠心情正壞，再加上剛才兩個小鬼在樹下又是揮手，又是吹口哨，還追著牠從這棵樹跑到那棵樹，把牠本來就不頂靈光的腦袋攪得一團亂。這會兒牠連自己究竟想做什麼都分不清，不過可以確定的是，絕對不讓別人頤指氣使。牠一肚子火，覺得乾脆找隻什麼東西殺來洩憤算了。

又過了很長一段時間，小瓦已經來到森林邊緣，庫利則已置身林中。經過一連串令人惱怒的追逐，他們離森林越來越近，最後終於到了。小瓦這輩子還沒離城堡這麼遠過。

如果是現代的英國森林，那小瓦大可不用害怕，但古英格蘭的大叢林可不一樣：樹林裡有野豬，此時正值牠們瘋狂覓食的季節；此外，倖存的狼可能正躲在任何一棵樹後面，露出淺色的眼睛和垂著口水的兩排利牙。這片幽暗的森林裡十分擁擠，居住其間的還不只上述瘋狂邪惡的野獸。為非作歹的人往往會藏身此地，這些狡詐的法外兇徒像腐屍烏鴉般嗜血，且同樣惹人嫌惡。小瓦尤其記得一個叫瓦特的人，他的名字是村裡的人專門拿來嚇小孩用的。以前他住在艾克特爵士的村子裡，小瓦還記得他的模樣：雙眼斜視，沒有鼻子，而且智力低落。小孩子會拿石頭丟他，有一天他衝向孩子群，抓住其中一個，狂叫一聲後一口咬掉對方的鼻子，然後逃進森林。從那之後，被咬掉鼻子的小孩便成了大家丟石頭的對象。不過瓦特應該還在森林裡，穿著獸皮，四肢著地奔跑吧。

在那個傳奇的年代，森林中除了現代博物學未曾記載的珍禽異獸，還有許多魔法師。此外還有成群的撒克遜盜匪——他們可不像瓦特那樣，而是群居一處，身穿綠衣，而且箭無虛發。甚至還有幾隻龍呢，只不過這些龍個頭很小，牠們住在石頭底下，叫起來像茶壺的嘶嘶聲。

更麻煩的是，這時天色漸漸暗了。森林中人跡罕至，村裡也無人知曉森林彼端有些什麼。向晚的寂靜已然降臨，高大的樹木佇立四周，靜默無聲地凝視著小瓦。

他覺得應該趁自己還認得路，趕緊回家去才安全。但是他有一顆勇敢的心，不願就此放棄。他知道庫利只要在外頭睡上一晚，便會恢復野性，再難馴服。庫利本是在離巢之後，飛羽尚未長齊之前被捕獲的。可是呢，假如可憐的小瓦能緊盯牠的歇腳處，而哈柏又帶著蓋住的燈籠即時趕到，那他們或許能藉著夜色，趁牠昏昏欲睡，又被燈光搞得頭暈目眩時，爬上樹把牠抓回來。男孩依稀可分辨出獵鷹棲踞之處，約在濃密森林內一百碼[2]，因為傍晚返巢的烏鴉也群聚在那。

他在森林外找棵樹做了記號，希望之後能藉此尋回原路，接著便使出渾身解數，開始穿越灌木叢。從群鴉的聲音判斷，庫利馬上就飛到更遠的地方去了。

小男孩在荊棘叢裡掙扎的同時，夜晚也靜了下來，但他固執地繼續前進，一邊豎耳傾聽。庫利仍在迴避，不過睡意漸濃，移動距離不斷縮短。到了最後，就在天色全暗之前，襯著夜空，小瓦隱約在上方的枝頭看見牠蜷縮的身影。小瓦於是坐在樹下，避免打擾到鳥兒，讓牠安心入睡。庫利則是單腳站立，刻意忽略對方的存在。

「我看，」小瓦自言自語，「這片森林這麼荒涼，就算哈柏來了，大概也找不到我吧。就算他不來，或許我也可以半夜自己爬上樹去，把庫利帶下來。那時候牠應該很想睡了，可能還會待在那裡吧。我可以輕聲喚著牠的名字，讓牠以為我就是每天在牠戴著頭罩時帶牠出去的人。我得輕手輕腳爬上去，然後，如果真的抓到了，我還得找路回家，到時候吊橋一定收起來了吧，但也許有人會等我，因為凱伊應該跟他們說過我在外頭。哪條才是回家的路呢？如果凱伊沒走就好了。」

他縮進樹根之間，想找個舒服的位置，避開會刺痛他肩胛骨的硬樹根。

「我想路應該是在那棵長得很高，樹頂很尖的雲杉後面。我得想法子記住太陽是從我左邊還是右邊下山的，這樣等明天早上太陽出來，我只要讓它保持在同一邊，就可以走回家了。咦，那棵雲杉底下是不是有東西在動？哎喲，可別教我碰上老野人瓦特才好，不然連鼻子也被咬掉哪！庫利看起來好生氣啊，瞧牠單腳站立的模樣，什麼事都不想理似的。」

就在這時，只聽颼的一聲，又是咚一聲，然後小瓦發現一枝箭插在樹上，正好在他右手指間。他抽回手，以為自己被什麼東西螫了，這才發現是一枝箭。接著時間彷彿慢了下來，他得以仔細審視箭枝的種類，發現它深深沒入樹幹三吋。這是一枝黑色的箭，箭身纏繞著黃色飾帶，看起來像隻黃蜂。主箭羽是黃色的，另外兩片則是黑色，都是染了色的鵝毛。

小瓦突然發覺，雖然在森林裡的種種危機發生之前，自己怕得不得了，現在真的碰上了，反倒絲毫不感畏懼。他迅速起身（雖然自覺動作遲緩），繞到樹另一邊，就在他移動時，又一枝箭颼地飛來，不過這次箭身完全沒入草叢，只露出箭羽，接著便完全靜止，彷彿根本沒動過。

到了樹另一頭，他發現一叢高達六呎的蕨類。這真是絕佳的掩蔽，但葉子沙沙搖動，卻正好暴露他的位置。只聽又一枝箭嘶聲穿過蕨葉間，還有似乎是個男人的咒罵聲，但是距離並不近。接著他聽見那個人（或者那東西）在蕨叢裡跑來跑去，不願再發箭，以免寶貴的箭枝遺失在灌木叢裡。小瓦覺得自己像條蛇、像隻兔子，又像隻安靜的貓頭鷹。他個子小，要玩捉迷藏那隻怪物絕非對手。五分鐘後他便安全脫身了。

刺客四處找尋箭枝，滿嘴抱怨地走了。這時小瓦才發現，即使沒了弓箭手的威脅，他也早已分不清方向、找不到老鷹了。自己究竟身在何方，他可是一點概念都沒有。他躺了下來，在一棵斷落的樹下躲了半小時，等那東西離去，也等心臟不再怦怦狂跳。從他知道自己脫身以後，心臟便一直這麼跳著。

「哎喲，」他心想，「這下我可真迷路了，等一下要不是鼻子被咬掉，就是被那些黃蜂似的箭給射穿，不然也會被嘶嘶叫的龍啊、狼啊、野豬、或是魔法師當晚餐——不知道魔法師吃不吃小男孩？我想應該吃吧。我真希望自己以前乖一點，老師弄不清星盤的時候沒惹她生氣，真希望對我的監護人艾克特爵士更好些，他實在是個值得敬愛的好人啊！」

有了這些自憐自艾的念頭，尤其是想起和藹可親的艾克特爵士手裡拿著乾草叉、鼻子紅通通的模樣，可憐的小瓦不禁淚水盈眶，喪氣地躺臥樹下。

等到夕陽收回最後一絲光線，依依不捨告別，而月亮以駭人的威嚴之姿從銀色樹梢升起，他才敢站起來。起身後他拍落外衣上的樹枝，無助地邁步前行。他揀選最好走的路徑，把自己託付給上帝。他走了大約半小時，心情稍微開朗了些——月光下的夏夜樹林實在清爽宜人。然後他看到這輩子所見過最美麗的景象。

那是一片林中空地，月光照亮了寬闊的草坪。銀白色的光線完全灑落在對面樹林的枝幹上。那是一片山毛櫸林，珍珠色月光照耀之下的樹幹比原本還美。樹叢裡有極細微的騷動，還有銀鈴似的叮噹聲。叮噹聲響起之前，所見只有一片山毛櫸，但響起之後，隨即有個全副盔甲的騎士佇立壯麗的樹幹之間，他的身形靜止而凝定，彷彿超脫於塵世之外。他騎著一匹巨大的白馬，馬兒神態專注，一如主人。他右手持一柄修長而平滑的比武長矛，矛桿底部靠在馬鐙上，矛身高立於樹幹間，輪廓襯著絲絨般的天幕。這一切都在月光籠罩之下，泛著銀光，美麗得難以言喻。

小瓦不知如何是好，他不知上前向騎士求助是否妥當，因為森林裡有太多恐怖的事物，連這騎士也可能是個鬼魂。身形微微起伏的他看起來的確有九分像鬼，似欲以心眼看透四下的幽暗。最後男孩打定主意，就算他真是鬼，好歹也是騎士變的，而騎士應該會信守濟弱扶傾的誓言吧。

「請問一下，」他走到神祕人物的正下方，問道：「您知不知道回艾克特爵士城堡的路要怎麼走？」

鬼魂嚇了一跳，差點從馬上摔下來，同時從面甲底下發出模糊的咩咩聲，好像羊叫。

「請問一下。」小瓦又開了口，結果才說到一半，就因太過驚駭而住了嘴。

鬼魂揭開面甲，露出一對結霜的大眼，焦急地大喊：「啥？啥？」然後竟摘下了雙眼——原來那是一副玳瑁框眼鏡，由於封在頭盔裡，所以起了霧。他想用馬鬃擦拭鏡片，卻越擦越髒。他又高舉雙手，想用盔頂的羽毛擦擦，結果長矛掉了，眼鏡也跟著掉了，只好下馬來找——面甲卻合了起來，他掀起面甲，彎身找眼鏡，再站起身，面甲又落下，害他可憐兮兮地大叫：「哎喲我的老天爺！」

小瓦找到眼鏡，擦乾淨後還給鬼魂，他立刻戴上（面甲又合上一次），然後逃命也似趕緊爬上馬。上馬之後，他伸手準備接過長矛，小瓦遞了過去。覺得一切穩妥之後，他用左手揭開面甲，並扶著固定住。他就這麼舉手盯著男孩——像是迷途水手搜尋陸地般，喊道：「啊哈！我說這是誰啊，啥？」

「打擾了，」小瓦說：「我只是個小男生，我的監護人是艾克特爵士。」

「好傢伙，」騎士說：「這輩子沒見過他。」

「您知道回他城堡的路怎麼走嗎？」

「一點也不，這一帶我自個兒都不熟哪。」

「我迷路了。」小瓦說。

「說來好笑，我迷了十七年的路啦。」

「我是派林諾國王，」騎士繼續說：「應該聽過我吧，啥？」面甲匡噹一聲合上，彷彿是「啥」字的回音，不過馬上又打開了。「從十七年前的聖米迦勒節開始，一直到今天我都還在追那隻尋水獸③。無聊得緊啊。」

「我想也是。」小瓦說。他沒聽過派林諾國王，也不知道尋水獸是什麼，但他覺得在目前的情況下，這是最保險的說法。

「這是咱派林諾家的重責大任，」國王驕傲地說：「只有派林諾家的人或是最近親抓得到牠。所以要讓派林諾家每個人都有這個念頭，或者說是很狹隘的矯育。糞媒啊什麼的。」

「我知道糞媒是什麼！」男孩興趣來了，「就是被追捕的野獸的糞便。獵鹿的追蹤者把這些糞便裝在號角裡面，好拿回去給主人看，還可以分辨出鹿的健康情形，以及是不是合法獵物。」

「這孩子聰明，」國王稱讚他，「真聰明。我啊幾乎什麼時候都帶著糞媒哩！」

「不大衛生的習慣，」他補了一句，神情沮喪了起來。「而且一點用都沒有。你想想，總共就那麼一隻尋水獸，所以根本不用擔心牠是不是合法獵物。」

講到這裡，他的面甲垂得好低，到後來小瓦決定先把自己的煩惱拋到一邊，給對方打打氣，於是提出一個他應該挺有資格發表意見的問題。再怎麼說，和迷路的國王聊天，總比獨自迷失在森林裡好多了。

「尋水獸長什麼樣子呢？」

「哎，我告訴你，咱們是叫牠格拉提桑獸，」國王裝出一副博學多聞的模樣，也健談了起來。「總之這格拉提桑獸嘛，用英語講就是尋水獸——你要怎麼叫都行。」他親切地補上這句——「這怪獸生了個蛇頭，嗄，還有包子④的身體，獅子的屁股和公鹿的腳。這怪獸不管走到哪裡，肚子裡都會發出一種怪聲，像是三十對獵犬追捕獵物的聲音。

「當然，只有喝水的時候不會。」國王補充。

「那一定是很恐怖的怪獸。」小瓦邊說邊焦慮地環顧四周。

「的確是很恐怖的怪獸，」國王複述一遍，「就是格拉提桑獸呀！」

「您是怎麼追捕牠的呢？」

這個問題似乎不大恰當，因為派林諾的神情越發頹喪了。

「我有隻獵狗，」他黯然說道：「就在那兒呢。」

小瓦順著那根意志消沉的手指方向看去，只見一棵樹上纏繞著大截繩子，繩子另一端綁在派林諾國王的馬鞍上。

「我看不大清楚呢。」

「我看準是繞到另一邊去了，她就愛和我唱反調。」

小瓦走到樹的那一頭，發現一隻大白狗正忙著抓跳蚤。她一見到小瓦，立刻晃著身子，傻呼呼直笑，拚命想舔他的臉，可是因為被繩子纏得動彈不得，所以只有喘氣的分。

「其實是條好獵犬，」派林諾國王說：「就是喘個不停，又老讓東西纏住，而且愛唱反調，再加上我這面甲，啥，有時候我自己都分不清該朝哪兒走。」

「您何不把她放開呢？」小瓦問道：「那樣她就會自己去追怪獸了。」

「一放她就跑啦，我告訴你，有時我一個星期都看不到她咧。」

「少了她還真有些寂寞，」國王補充道：「跟著怪獸到處跑，卻從來沒找到過。總是多個伴，你說是吧？」

「她看起來挺友善的。」

「就是太友善了，有時候我懷疑她根本沒在追怪獸。」

「她看到怪獸都會怎麼做呢？」

「什麼也不做。」

「哎，這樣啊，」小瓦說：「我想再過一段時間，她就會有興趣了吧。」

「反正我們都八個月沒看到怪獸了。」

從談話一開始，這位可憐的老兄語氣越來越哀傷，現在竟哽咽起來。「這就是派林諾家的詛咒啊！」他喊道：「永遠四處奔波，追著那頭畜牲跑。我說她到底有什麼用？你得先停下馬幫獵狗解開繩子，接著你面甲滑落，然後你戴著眼鏡卻又看不到東西了。沒地方睡覺，永遠不知道自己在哪裡。冬天犯風濕，夏天會中暑。這身討厭的盔甲得花好幾個小時才穿得上，穿上以後不是熱得像乾煎就是凍得叫人發抖，而且還會生鏽，你得整晚不睡幫這東西上油。唉，如果我有間自己的漂亮房子可住，那該多好！裡頭有床、還有真正的枕頭和床單。我要是有錢，就買這些東西，一張舒服的床，上面擺著舒服的枕頭和舒服的被子，然後我就把這匹畜牲馬養到草地上，叫那隻畜牲獵狗出去玩耍，再把這身畜牲盔甲全扔出窗外，讓那隻畜牲怪獸追她自個兒去──我就打算這麼做！」

「如果您能帶我回家，」小瓦狡黠地說：「我保證艾克特爵士會讓您在床上睡上一晚。」

「你這話可是當真？」國王叫道：「在床上睡？」

「還是羽毛床呦！」

派林諾國王雙眼圓睜，大得像碟子。「還是羽毛床！」他緩緩重複一遍，「有沒有枕頭啊？」

「羽絨枕頭。」

「羽絨枕頭！」國王悄聲說。他屏住氣，然後一口氣呼出來。「您這位紳士府上可真是舒服！」

「而且距離這裡不到兩個小時的路喔。」小瓦趕緊乘勝追擊。

「這位紳士當真派你來邀我過去？」（他已經忘記小瓦迷路的事了。）「我說他人真好，真是好啊，啥？」

「他見到我們一定會很高興的。」小瓦真誠地說。

「啊，他人真是太好了！」國王又喊了一次，便開始手忙腳亂地整理馬具。「一定也是個可親的紳士，才會有羽毛床！」

「我看我得跟別人同睡一張床吧？」他懷疑地補上一句。

「當然是您自己一張。」

「可以自己睡一張羽毛床，還有床單和枕頭──說不定還有兩個枕頭，或者一個枕頭一個靠枕⑤，而且還不用準時爬起來吃早餐！您這位監護人會不會準時起床吃早餐呢？」

「從來沒準時過。」小瓦說。

「床上可有跳蚤？」

「一隻也沒有。」

「我的天！」派林諾國王道：「我不得不說，這簡直棒得沒話說！天知道我多久沒睡過一張羽毛床，還不用帶著那些糞媒。你說要走多久才會到啊？」

「兩個小時。」小瓦說。就在這時，離他們不遠處響起一陣噪音，把他的話音都淹沒了，所以「小時」二字他得用吼的。

「那是什麼東西？」小瓦驚叫。

「聽啊！」國王大喊。

「上天保佑！」

「是那隻怪獸啊！」

這位滿腔愛意的獵人立刻將一切拋諸腦後，準備繼續他的任務。他拿眼鏡在褲子的臀部擦了擦，因為那是他唯一伸手可及的布料，同時獵犬的低嗥和嗜血的狂吼饗起。他趕在面甲自動蓋上之前，及時將眼鏡戴上長長的鼻梁末端。然後他右手抄起長矛，朝噪音的來源馳去，卻被纏在樹上的繩子給扯住——那頭傻呼呼的獵犬則一邊發出悲鳴。他匡啷一聲跌落馬下，不出一秒功夫，已經站起身——小瓦確信他的眼鏡一定摔破了——一隻腳踩著馬鐙，繞著白馬想跳上去。馬鞍的繫帶通過考驗，他也設法上了馬，比武長矛夾在兩腿之間，接著他朝獵犬把自己纏起來的反方向繞樹快跑。他多跑了三圈，獵狗也叫著往另一個方向跑。他再往回跑了四五圈之後，人和狗總算都脫離了束縛。「嗨唷，啥！」派林諾國王一邊大喊，一邊在半空中揮舞長矛，在馬鞍上興奮擺動，然後便消失在幽暗的森林中，後頭跟著被綁在繩子另一端的倒楣獵狗。

① 創世紀32：「只剩下雅各一人，有一個人來和他摔跤、直到黎明。那人見自己勝不過他、就將他的大腿窩摸了一把、雅各的大腿窩、正在摔跤的時候就扭了。那人說、天黎明了、容我去罷。雅各說、你不給我祝福，我就不容你去。那人說、你名叫什麼、他說、我名叫雅各。那人說、你的名不要再叫雅各、要叫以色列，因為你與神與人較力都得了勝。」

② 一碼約為〇．九公尺。

③ 尋水獸（Questing Beast）原出於馬洛禮爵士（Sir Thomas Malory）的《亞瑟之死》（*Le Mort d'Arthur*），到處尋找水源以暫時平息牠的口渴。

④ 包子（libbard）是「豹子」（leopard）的誤音。

⑤ 靠枕（bolster）：為了墊高頭部，常置於床單下，上面再放枕頭。

第三章

小男孩躺了下來，在林地窩巢裡沉沉睡去。那是一種人們剛開始在戶外過夜時的淺眠，不過很能恢復精力。起初他只是稍微探進睡眠的表面，如淺水裡的鮭魚般掠過，由於太過靠近水面，以致於他幻想自己身在半空。他已經沉眠，卻以為自己依然清醒。他看見天頂群星，繞著它們悄靜而永不眠歇的軸心旋轉，樹葉以群星為背景沙沙搖動。他還聽見草叢裡的細微動靜，包括腳步聲、柔軟的翅膀拍動、隱密的腹部滑過長草，搖動蕨葉。起初他聽了既害怕又覺得有趣，所以起身一探究竟（卻始終未能一睹真相）。聽著聽著，他的心情逐漸平靜下來，也不去管那些究竟是什麼，決定一切順其自然，最後終於完全擺脫，越游越深，摩挲著芬芳的草坪，鑽進溫暖的土地，游進地底的無盡水流。

在明亮的夏夜月光下入睡並不容易，然而一旦成眠，要繼續睡卻不難。太陽出來得早，他僅翻身表示抗議，但在入睡的過程中，他已學會如何擊敗光亮，因此現在的光線也喚不醒他。一直到九點鐘，日出後五個小時，他才翻過身，張開眼，即刻清醒。他肚子餓了。

小瓦曾聽說有人靠野莓為生，只可惜這個方法不合時宜，因為現在是七月，根本沒得吃。他找到兩顆野草莓，貪婪地吞下肚，覺得滋味勝過世間一切美食，害他好想多吃一點。接著他又希望現在是四月，那他便可找些鳥蛋來吃；或者他沒有跟丟蒼鷹庫利，這樣獵鷹就可以幫他抓隻兔子，他再像原始的印地安人一樣搓搓兩根樹枝，生火烹煮。但他早就追丟了庫利，否則也不致迷路，而樹枝更可能搓半天都點不著。他認為自己不可能走太遠，頂多離城堡三、四哩，所以最好的辦法是靜坐傾聽。假如風向對了，他或許能聽見做乾草的喧鬧聲，然後循著聲音，找路回到城堡。

他聽到的卻是一陣微弱的叮噹聲，他原以為是派林諾國王又在附近追捕尋水獸。可是那聲音節奏規律，意向單一，他又覺得可能是派林諾國王在做某件需要極大耐心及專注力的事——例如不脫盔甲搔背。他朝聲音來源走去。

森林裡有片空地，空地上有座舒適的石砌小屋。小屋分成兩部分，不過小瓦當時看不出來。主要的那一部分是大廳，也就是多用途的房間。大廳比較高，從地板一直延展到屋頂，地板上還有一爐火，煙從茅草屋頂的一個洞逸出去。小屋的另一半被水平地板隔成兩層，上半層是臥室和書房，下層則權充食櫥、儲藏室、馬廄和穀倉。一頭白驢住在樓下房間，另有梯子通往樓上。

小屋前有一口井，小瓦先前聽到的金屬聲響便是從這兒傳出：一位年紀很大的紳士正使用一根把手和鐵鏈從井裡取水。鏈子噹啷噹啷響，最後水桶總算拉上井口，只聽見老紳士說：「真是什麼鬼東西！研究了這麼多年，你總該有比這去她的水桶和這口去她的井像樣的打水方法吧？不管得花去她的多少錢！」

「他爹他娘的，」老紳士將水桶從井裡提出來，眼神惡毒，又補上了這麼一句。「他們為什麼就不能給咱們弄個電燈和自來水呢？」

他穿了一件帶毛皮披肩的飄逸長袍，上面繡了黃道十二宮圖案，還有各種神祕記號，例如裡面有眼睛的三角形、奇異的十字架、樹葉、飛禽走獸的骨頭，以及一個天象儀，星星像陽光照射下的玻璃碎片。他頭戴尖頂帽，有點像笨蛋帽①，也有點像那個年代仕女所戴的帽子，只不過仕女帽通常有面紗從頂端垂下。他還有一根癒瘡木製成的魔杖，擱在身旁的草地上，另外他也戴了派林諾國王的那種玳瑁框眼鏡。那是一副很不尋常的眼鏡，沒有掛在耳朵上的鏡腳，形狀像剪刀，又像大蘭多黃蜂的觸角。

「先生，打擾了。」小瓦說：「如果您不介意，可否告訴我到艾克特爵士的城堡要怎麼走？」

老紳士放下水桶，打量著他。

「你的名字應該是小瓦。」

「是的，先生。還請您指點，先生。」

「我的名字，」老人說：「叫做梅林。」

「您好嗎。」

「你好。」

彼此交換禮數之後，小瓦才有空仔細觀察對方。魔法師目不轉睛地端詳著他，那是一種和藹可親的好奇眼神，讓人覺得即使回盯對方也不會失禮，就像盯著艾克特爵士的母牛，而她正好頭向前靠在柵門上，思索著你的個性一樣。

梅林留了把長長的白鬍子，還有長長的白髭垂掛兩側。近觀會發現他實在稱不上乾淨，並非他指甲髒或怎麼著，而是彷彿有隻大型飛禽在他頭上作了窩。小瓦很清楚雀鷹和蒼鷹窩巢的模樣，牠們用樹枝和從松鼠或烏鴉那搶來的怪東西混成一團；他也知道巢所在的枝枒和樹底下往往灑滿白色鳥糞、老舊的骨頭、沾滿泥汙的羽毛和未消化的嘔吐物。這正符合他對梅林的印象。老人的肩頭滿是鳥糞，散布在長袍上的星座和三角圖案間，此外，在他緩緩眨眼、凝視面前小男孩的同時，一隻大蜘蛛正緩緩自他帽尖垂下。他神情憂愁，彷彿正試圖記起某個以「柯」字開頭但發音迥異的名字，可能像是明吉斯或狄厄爾之類吧[2]？他那雙溫和的藍色眼睛在大蘭多眼鏡下顯得又圓又大，他注視男孩，眼神逐漸朦朧，而至滿布陰霾。最後他別過頭去，一臉認命的表情，彷彿這一切他實在難以承受。

「你喜歡吃桃子嗎？」

「非常喜歡呢！」小瓦說著就開始流口水，嘴裡充滿了甜軟的液體。

「只可惜現在不是產桃子的季節。」老人語帶責難地說，然後朝小屋走去。

小瓦跟在後頭，因為這是最簡單的辦法。他主動提議幫忙提水桶（梅林聽了似乎很高興，便把水桶交給他），然後耐心等待對方數著鑰匙，一邊喃喃自語，一會兒插錯地方，一會兒又把鑰匙掉進草叢裡。他們費盡力氣，簡直像是闖空門的竊賊，煞費苦心才進了這間黑白色調的屋子。然後他跟著主人爬上梯子，發現自己來到了上層房間。

那是他這輩子所見最不可思議的房間。

椽上掛了一具鱷魚標本，有著玻璃眼珠，背後還伸出長滿鱗的尾巴，栩栩如生，非常嚇人。雖不過是個標本，但主人一進房，牠便眨眼致意。屋裡還有幾千本皮革裝訂的泛黃書籍，有的用鏈子拴在書架上相連，其他則相互撐持，彷彿它們酒喝多了，怕自己站不穩。這些書散發出一股霉味，還有實實在在的皮革顏色，給人非常沉穩的感覺。除此之外，尚有各式鳥類標本：鸚鵡、喜鵲和魚狗、只少了兩根羽毛的孔雀、體型嬌小如甲蟲的鳥兒，還有一隻散發著焚香和肉桂味的鳥，據說那就是鳳凰。但那不可能是鳳凰，因為世界上同時只存在一隻鳳凰。壁爐架旁的牆上掛了顆狐狸頭，下方寫著**從葛夫頓、白金漢到戴文垂，二小時二十分**：另有一隻四十磅的鮭魚，下方寫著**奧湖，四十三以上，牛頭犬**，以及一隻栩栩如生的鬣蜥，用斜體字寫著克羅賀斯獵獺犬。牆上還有好些野豬獠牙和老虎、豹子的利爪，左右對襯地裱框掛著。一個長角盤羊的大頭；六隻活生生的草蛇養在某種玻璃槽裡；獨行黃蜂在玻璃圓筒裡作了幾個舒適的窩；還有個普通的蜂窩，住在裡面的蜜蜂可以自由進出窗戶，不受干擾；兩隻裹著脫脂棉的小刺蝟；兩隻獾一見魔法師出現就開始大聲咿咿叫；二十個裝竹節蟲和貓蛾的盒子，還有一棵值六便士的夾竹桃，蟲和蛾都乖乖啃著樹葉；一座槍櫃，裡面裝滿各式五百年後才發明的武器，另有一個釣竿箱也是；抽屜櫃裡裝滿了梅林親手做的鮭魚餌：另一個五斗櫃標示了毒參、曼陀羅根、老人鬚[3]等等、一束準備拿來作成筆的火雞羽毛和鵝毛、一個星盤、十二雙靴子、一打圍網[4]、三打鐵絲網、十二個螺絲釘、兩個玻璃盤間的螞蟻窩、從紅到紫每一種顏色的墨水瓶、縫衣針、溫徹斯特⑤最佳學者的金獎章、四五個錄音機、一窩活蹦亂跳的田鼠、兩個骷髏頭、一堆雕花玻璃、威尼斯玻璃⑥、布里斯托玻璃⑦、一罐乳香脂漆、薩摩的陶器⑧、些許景泰藍、第十四版大英百科全書（整體評價受那些譁眾取寵的插圖所影響）、兩盒顏料（一盒是油彩，一盒是水彩）、三個已知世界的地球儀、少許化石、一個長頸鹿頭標本、六隻螞蟻、幾只玻璃蒸餾瓶，還包括坩鍋、本生燈等等，並且有一整副由彼德．史考特繪製的野生鳥類香菸牌⑨。

進房之後，梅林摘下他的尖頂帽，因為帽子太高，會碰到天花板。一處陰暗角落立刻傳來一陣跳動聲和輕柔的翅膀拍動聲，突然間一隻黃褐色的貓頭鷹便端坐在他保護頭頂的黑色無邊便帽上。

「哇，好可愛的貓頭鷹！」小瓦喊道。

可是他上前伸出手時，貓頭鷹卻站起身，變高了半個頭，全身僵硬得像根撥火鉗，並且閉上雙眼，只留下一絲絲細縫——就像玩捉迷藏時，他們叫你閉上眼睛時你會做的那樣。貓頭鷹用懷疑的口氣說：「這兒沒有貓頭鷹。」

說完他徹底閉上眼睛，頭撇向一邊。

「他只是個小孩子。」梅林說。

「這兒沒有小孩子。」貓頭鷹頭也不回，期待地說。

小瓦對於貓頭鷹能通人語大感驚奇，一時忘記了禮貌往前湊近。這下鳥兒緊張了，把梅林的頭弄得亂糟糟，整個房間都是白花花的鳥糞，然後飛走，停歇在鱷魚的尾巴末端，讓所有人都摸不到。

「我們很少有客人，」魔法師解釋，一邊用半條專供此用的破舊睡褲擦頭。「所以阿基米德有些怕生。阿基米德，來，我介紹一位朋友給你認識，他叫小瓦。」

說完他朝貓頭鷹伸出手，貓頭鷹居然也就沿著鱷魚的背，像鵝一樣搖搖晃晃走下來——他之所以走路這樣左搖右擺，是為了保護尾巴免受傷害。他跳到梅林的手指上，滿心不情願。

「伸出你的手指，放在他的腳後面。不不，在他的尾巴下面，抬高一點。」

小瓦照做之後，梅林便輕輕把貓頭鷹往後推，讓男孩的手指貼著他的腳，而他若不站到手指上，就會失去平衡。阿基米德站了上去。小瓦興高采烈地站在那裡，讓那雙毛茸茸的腳抓緊他的手指，銳利的爪子刺痛他的皮膚。

「好好和人家打招呼。」梅林說

「我不要。」阿基米德說，同時箝緊雙腳，再度撇過頭。

「噢，他真是可愛！」小瓦又說了一次。「您養很久了嗎？」
「阿基米德從小就跟我在一起了，以前他的頭和雞一樣小呢。」
「真希望他跟我說話。」
「如果你很有禮貌地給他這隻老鼠，他或許會試著多認識你一點。」
梅林從無邊帽裡拿出一隻死老鼠，交給他，「我都放在這裡，釣魚用的小蟲也是，我覺得挺方便的。」小瓦小心翼翼地拿著死老鼠，朝阿基米德送過去。那激動、彎曲的喙看起來殺傷力很大，但阿基米德仔細端詳老鼠，朝小瓦眨眨眼，在手指上又挪近了一些，然後閉起雙眼，身子往前傾。他就這麼閉眼站在那兒，臉上滿是狂喜，彷彿在做飯前禱告，接著他用異常古怪的方式斜側身叼走老鼠，動作輕柔得連肥皂泡都不會碰破。他依然身體前傾，雙眼緊閉，嘴裡啣著死老鼠，彷彿不知該如何處理。這時他舉起右腳——他是右撇子，雖然人家都說只有人類才有左右習慣之分——抓住老鼠，那模樣就像小男孩握著棒棒糖或警察手持警棍，看了看，咬了口鼠尾巴。他把老鼠轉過來，頭朝上——因為小瓦給他的方向不對，然後一口吞下，只剩一截尾巴露在外頭。他看看兩個人類同伴，像是在說：「可不可以別這樣盯著我？」再別過頭去，很有禮貌地吞了尾巴，用左腳趾搔搔自己的水手鬍，接著整理起羽毛來了。
「讓他去吧，」梅林說：「也許他想先認識你這個人，再決定是否要和你作朋友。跟貓頭鷹打交道，急不得的。」
「也許他願意坐在我肩膀上。」說著小瓦直覺地放低手臂，向來喜歡高處的貓頭鷹便跑上陡坡，害羞地站在他耳朵邊。
「現在來吃早餐吧。」梅林說。
小瓦發現窗邊的餐桌上擺了兩人份豐盛無比的早餐，不但有桃子，還有甜瓜、草莓、奶油、甜餅乾、熱騰騰的棕鱒、他更愛的烤鱸魚、辣得燙嘴的雞肉、配腰子和蘑菇的土司，燉肉丁、咖哩，還可以選滾燙的咖啡或大杯的頂級鮮奶油巧克力。
「來點芥末。」他們吃到腰子時，魔法師說。
芥末罐站了起來，伸出兩隻纖細的銀腳，像貓頭鷹那樣一搖一擺走到他的盤子邊，然後伸直兩根把手，一隻先誇張地行了禮，然後掀開蓋子，另一隻則舀了一大匙給他。
「哇，這個芥末罐好棒！」小瓦驚叫：「您從哪弄來的？」
一聽這話，罐子頓時笑容滿面，昂首闊步起來，但梅林用茶匙在它頭上敲了一下，它便立刻坐下，關起來了。
「這罐子倒也不壞，」他有些不情願地說：「就是容易得意忘形。」

小瓦對老人的親切印象深刻，尤其他那些奇妙的東西更讓人大開眼界，所以不好意思問私人問題。靜靜坐著等別人跟你說話再答腔，似乎比較禮貌。可是梅林不怎麼說話，就算開口也不是發問，因此小瓦沒什麼機會和他交談。最後小瓦的好奇心占了上風，開口問了一個他困惑已久的問題。

「您介意我問個問題嗎？」

「儘管問吧。」

「您怎麼知道要準備兩人份的早餐呢？」

老紳士往後靠著椅背，先點起一大管海泡石菸斗，才準備回答。我的老天爺，他居然會吐火！小瓦從來沒看過菸草，所以才這麼想。梅林一臉迷惑，摘下頭頂的無邊帽——三隻老鼠掉了出來——抓抓光禿的腦袋中央。

「你有沒有試過看著鏡子畫畫？」他問道。

「我想沒有。」

「鏡子。」梅林說著伸出手，手中立即出現一面嬌小玲瓏的仕女用梳妝鏡。

「不是這種，你這呆子！」他生氣地說：「我要刮鬍子用的那種！」

梳妝鏡消失了，取而代之的是一呎平方的刮鬍鏡。然後他又連續要了鉛筆和紙張，得到的卻是沒削的鉛筆和《晨間郵報》，退了回去，換來一枝沒墨水的鋼筆，還有六令[10]包裹用的牛皮紙；又退回去，發了一頓脾氣，說了好多次「去她的」，最後拿到一枝炭筆和幾張捲菸紙，他說也只好將就將就了。

他把一張紙放在鏡子前面，在紙上畫了五個點。

「來，」他說：「我要你把這五個點連成一個W，但只能看著鏡子畫。」

小瓦拿起筆，努力照著他所說的做。

「嗯，倒還不壞。」魔法師有些懷疑地說：「看起來是有那麼點像M。」

他陷入沉思，撚著鬍子，吐著火，盯著那張紙。

「早餐的事？」

「啊，對！我怎麼知道要準備兩人份的早餐？這就是我給你看鏡子的原因。一般人的時間是向前推進，這樣說不知你懂不懂，世間萬物也幾乎都是往前進。這使得一般人生活很容易，就像你把這五個點連起來，如果可以正著看那就容易，但要你倒過來看、朝鏡子裡看，就比較難了。我呢不巧就生在時間的另一頭，所以我越活越回去，可身邊的人又都是往前活的。有人說這就叫未卜先知。」

他停了下來，一臉急切地看著小瓦。

「這我以前有沒有跟你說過？」

「沒有啊，我們大概半小時前才剛見面呢。」

「只有這麼一點時間嗎？」梅林說著，一顆豆大的淚滴滑下他的鼻梁。他用睡衣抹去淚滴，焦慮地補上一句，「我又要再跟你說一遍嗎？」

「我不知道。」小瓦說：「除非您還沒說完。」

「你知道，像我這樣的人，很容易分不清時間。別的不說，時態就全都搞混了。如果你知道其他人**會**發生什麼事，而不是**發生過**什麼事，就算你不希望某件事發生，也很難去阻止，這樣說你聽懂嗎？就像對著鏡子畫圖一樣。」

小瓦聽不大懂。原本正盤算，如果梅林因此而不快樂，他該聊表遺憾之情，這時卻覺得耳邊有陣奇怪的騷動。「別動！」就在他想動的時候，老人開口喝止，於是他定定坐著。之前一直站在他肩膀上，幾乎被人遺忘的阿基米德，此刻正輕輕碰觸他。鳥喙貼著他的耳垂，羽毛搔得他好癢，突然一個輕柔又沙啞的聲音說：「你好嗎？」像是有人在腦袋裡直接對他說話。

「哇，貓頭鷹！」小瓦驚叫，立刻把梅林的煩惱都拋到一邊。「您瞧，他願意跟我說話了呢！」

小瓦溫柔地把頭靠在那柔順的羽毛上，茶褐色的貓頭鷹則用鳥喙銜住他的耳緣，極輕極快地咬了一圈。

「我要叫他阿基！」

「那可萬萬不行！」梅林立刻怒道，口氣十分嚴峻，而貓頭鷹也退到他肩膀最外側的角落。

「有什麼不對嗎？」

「你乾脆叫我阿鷹或阿貓算了。」貓頭鷹惱怒地說，「或者大頭也行。」他又尖刻地說。

梅林牽起小瓦的手，慈祥地說：「你還年輕，不了解這種事。以後你便就知道，貓頭鷹是世上最有禮貌、最率真、也最忠實的動物。你絕對不可以跟牠們故作親暱、無禮、或粗鄙，也不能拿牠們尋開心。牠們的母親是雅典娜，掌管智慧的女神，雖然牠們常會扮小丑逗你開心，那也是真正睿智的物種才有的特權。把任何一隻貓頭鷹叫做阿基，都是不行的。」

「貓頭鷹，真對不起。」小瓦說。

「孩子，我也要道歉。」貓頭鷹道：「我看得出來你是不知道的，對於你的無心之過，我卻心胸狹小，覺得自己受到冒犯，我對自己的行為感到非常懊悔。」

貓頭鷹所言不假，他一臉悔不當初，梅林只好趕緊故作輕鬆，轉移話題。

「哎，」他說：「既然吃完早餐了，我們三個也該找路回艾克特爵士那兒啦。」

「請等我一下。」他彷彿記起了什麼，轉身面對一桌吃剩的早餐和碗盤，伸出一隻指節粗大的指頭，嚴厲地說：「洗乾淨！」

一聲令下，各式瓷器和刀叉紛紛爬下餐桌，桌布把碎屑倒出窗外，餐巾則自己摺好，然後統統跑下樓梯，來到梅林剛剛放水桶的地方，接著便傳來碰撞聲和喊叫聲，像是一群剛放學的孩子。梅林走到門邊大喊：「留心點啊，誰都不許破！」可是他的聲音完全被尖叫聲、水的潑濺聲，還有「呼，這水可真冷！」「我不想洗太久！」「當心啊，別把我打破了！」「來，咱們把茶壺給按進水裡！」等話聲給淹沒了。

「你們真的要跟我一起回家嗎？」小瓦問道，簡直不敢相信這個好消息。

「可不是嘛，不然你說我這個家教要怎麼當呢？」

聽了這話，小瓦的眼睛越睜越大，最後和坐在肩頭那隻貓頭鷹的眼睛差不多大，臉也越來越紅，彷彿憋足了氣。

「老天！」小瓦叫道，眼裡閃著興奮的光芒。「我可真算是完成探險了！」

① 笨蛋帽（dunce's cap）是以前為了處罰記性不好的學生，給他們戴的圓錐形紙帽。

②【編注】此二姓氏源自蘇格蘭。蘇格蘭（尤以愛丁堡週邊為最）人名地名中z常不發音，或轉發j或g音。故「Menzies」並非孟席斯，而是明吉斯或明格斯；「Dalziel」（第一個l也不發音）亦非戴席爾，以狄厄爾較為接近。不獨蘇格蘭，英格蘭或威爾斯的部分人名地名發音亦常與字面相差甚遠，未必有規則可循。

③ 即柘蘿，一種地衣。

④【編注】捕魚或捕兔用的網，可以繩子收口。

⑤【編注】英國著名公學，由溫徹斯特主教創立於一三八二年。

⑥【編注】產於威尼斯及其鄰近穆拉諾島的玻璃器皿，自中世紀即享盛名。

⑦【編注】半透光或乳白色的彩繪描金玻璃器皿，原產於英國布里斯托。

⑧【編注】即「薩摩燒」，日本名陶之一，產自薩摩（今之鹿兒島縣）。十六世紀末日本侵略朝鮮，薩摩領主自朝鮮擄回陶工設窯製陶。分細緻精巧的「白薩摩」與素樸簡單的「黑薩摩」兩種。

⑨【編注】香菸盒內附贈的畫片。

⑩令（ream）是紙張計量單位，英國一令為四百八十張，美國則是五百張。

第四章

小瓦還沒走到吊橋的一半，便忍不住開口說話了。「瞧我帶了誰回來！」他說：「你們知道嗎？我出外探險去了呢！有人拿弓箭射我，一共射了三次，箭羽是黑色和黃色的。這隻貓頭鷹叫阿基米德。我還見到了派林諾國王。這是我的家教梅林。我出去冒險找到他的。他本來在找尋水獸。我是說派林諾國王。森林裡好可怕。梅林叫碗盤自己洗乾淨。嗨，哈柏，你看，我們把庫利帶回來囉！」

哈柏只是看著小瓦，但那副以他為傲的表情，教小瓦臉都羞紅了。能夠安然返家，和親朋好友重聚，又達成了所有的目標，這種感覺真好。

哈柏粗著嗓子說：「哎，少爺，您真是天生鷹匠的料喔。」

他上前接過庫利，彷彿再也控制不住自己那雙手了，但他也拍拍小瓦，溫柔地撫摸男孩和獵鷹，因為他說不出見了哪一個回來比較高興。他伸手握拳接過庫利，那態勢活像跛腳的人剛找回弄丟的木腿，忙不迭給自己裝上。

「是梅林抓到的。」小瓦說：「我們回來的路上，他叫阿基米德去找。阿基米德回來說牠殺了一隻鴿子，正在吃呢，我們一去就把牠給嚇跑了。然後梅林把六根尾羽繞一圈插在鴿子周圍，又拿繩子打了個圈套圈住羽毛，一頭跟地上的樹枝綁在一塊兒，我們拉著另一頭躲到樹叢後面。他說傳統技藝不能施魔法，否則不公平，就好像你不能用魔法造出一座偉大雕像一樣，得用鑿子慢慢來，就是這樣。後來庫利就從樹上飛下來，打算把鴿子吃乾淨，結果我們一拉繩子，圈套就滑過羽毛，捆住牠的腳啦。牠氣得哪！可是我們最後還是把鴿子給牠了。」

哈柏向梅林鞠了個躬，他也回了禮。他們惺惺相惜地互看，都知道對方是行家。雖然哈柏天生是個沉默的人，不過等他們有機會獨處，一定會討論鷹獵種種。現在他們只好靜待時機來臨。

「噢，凱伊！」小瓦看見他和保姆在其他興高采烈的歡迎群眾陪伴之下走了出來，便叫道：「你看，我找了個魔法師來當我們的家教，他有個會走路的芥末罐呢！」

「我很高興你回來了。」凱伊說。

「哎喲，小亞少爺啊，您到什麼地方過夜去啦？」保姆驚叫：「瞧您這身乾淨外衣給弄得又髒又破！不是我說，您可真把我們嚇壞啦！瞧您那一頭可憐的頭髮，上頭都是細枝子！哎呀您這不像話的小壞蛋！」

艾克特爵士手忙腳亂地跑了出來，護脛都穿反了。他親吻小瓦的雙頰。「哎呀！哎呀！哎呀！」他口沫橫飛地叫道：「可回來啦，啊？咱們都幹些什麼去啦，啊？全家上下都給急翻啦！」

但他心裡其實很驕傲，因為小瓦為了一隻鷹留在外頭，更因為他還把鷹找回來了，這會兒哈柏正捧著鳥給大家看呢。

「噢，大人！」小瓦說：「我出去找您說的家教，而且我找到他了。請看，就是這位紳士，他叫梅林。他有好幾隻獾、還有刺蝟啊老鼠啊螞蟻啊什麼的，就這隻白驢子背上馱的東西，因為我們不能留牠們在家裡挨餓。他是個偉大的魔法師，可以憑空變出東西。」

「啊，魔法師是嘛？」艾克特爵士說著戴上眼鏡，仔細端詳梅林。「您修練的是白魔法吧？」

「那當然。」梅林說。他耐著性子站在人群裡，法師袍裡的兩臂抱攏。阿基米德則全身僵硬、拉長了身子站在他頭頂。

「總該有些證書吧。」艾克特爵士懷疑地說：「都是這樣辦的。」

「證書來。」梅林說著伸出手。

他手中立刻出現幾張沉甸甸的石板，上面有亞里斯多德的簽名；還有赫卡特①署名的羊皮紙；以及有三一學院院長簽名的打字複印紙，不過該院長不記得見過梅林。以上人士全都對梅林大加推崇。

「他把東西藏在袖子裡。」艾克特爵士一臉睿智的模樣。「你能不能變些別的？」

「樹來。」梅林道。庭院裡瞬間長出一棵巨大的桑樹，甜美的藍色果實眼看就要啪噠啪噠掉下來了。由於桑椹一直要到克倫威爾時代②才流行起來，眼前這株果樹更讓人驚奇。

「聽說這是用鏡子變出來的。」艾克特爵士說。

「那就來點雪，」梅林說：「再來把雨傘。」他匆忙補上一句。

他們還不及轉身，夏日的紅銅色天空就變為陰冷迫人的青銅色，前所未見的大雪片紛飛，飄落在城垛上。他們還不及開口說話，積雪已深達一吋，所有人都在凜冽的寒風裡發著抖。艾克特爵士的鼻子凍得發青，下面掛著一根冰條。除了梅林，每個人的肩上都有一層厚厚的積雪。梅林站在人群中，因為貓頭鷹的關係，雨傘舉得特別高。

「這是催眠術，」艾克特爵士一邊說，牙齒一邊打顫。「印度佬用的那一套。」

「不過這樣就行了。」他急忙補充：「很夠了，我相信您一定會是兩個孩子的好家教！」

大雪立刻停止，太陽又出來了。「再下去要得肺炎啦，」保姆說：「要不也嚇得大官們不敢來了。」梅林收起雨傘，遞還給空氣，雨傘隨即消失無蹤。

「想不到這小子自個兒冒了這麼一趟險！」艾克特爵士叫道：「哎呀！哎呀！哎呀！什麼新鮮事都有啊。」

「那才稱不上冒險，」凱伊說：「他只不過跟著老鷹去罷了。」

「他也把老鷹給帶回來了，凱伊少爺。」哈柏語帶責難。

「哎，得了吧，」凱伊說：「我打賭是這老頭子幫他抓的。」

「凱伊，」梅林的口氣突然變得很駭人，「你向來是個心高氣傲，好逞口舌的人。所謂禍從口出，你必將咎由自取。」

聽了這話，大家都覺得有些不舒服。凱伊沒有像他平時那樣大發脾氣，反而垂著頭。其實他並非真的討人厭，只是腦子機靈、反應快、驕傲、暴躁又有野心。他是那種既非追隨者、亦非領導者的人；他胸懷壯志，又對侷限自己的無能軀體感到不耐。梅林立刻後悔自己的無禮，他憑空變出一把銀製小獵刀送給凱伊作為補償。刀柄是用白鼬的頭骨做成的，上過油，磨得像象牙一般亮，凱伊非常喜歡。

① 赫卡特（Hecate）：希臘神話中司魔法的女神。

② 【編注】英國將領、政治家。內戰時期率領國會軍擊敗保皇黨，處死國王查理一世，取得政權，於一六五三～一六五八年任護國公。

第五章

艾克特爵士的家叫做「野森林城堡」。與其說是個人住宅，倒更像市鎮或村莊。每逢危難發生，這裡的確就成了村莊。這段故事講述的正是動盪時代的情形。每當盜匪突襲，或是哪個鄰近暴君入侵，領地上所有人便急忙躲入城堡，把牲口趕進庭院，靜待危機解除。泥巴牆搭的農舍幾乎總是付之一炬，事後還得重建，農人自是罵不絕口。基於這個原因，在村裡建一座教堂很划不來，因為肯定得時常重建。於是村民到城堡裡的小教堂做禮拜。每個星期天，他們會穿著自己最好的衣裳，邁著最端莊的步伐走上街頭，眼神曖昧而威嚴地審視四方，彷彿不願洩漏自己的目的地。平日，他們則穿著普通的服裝來望彌撒或做晚禱。那時每個人都上教堂，而且樂在其中。

野森林城堡至今猶在，你可以看見它美麗的傾頹城牆上爬滿常春藤，迎日光與強風而立。那兒現在住了幾隻蜥蜴，還有一群挨餓的麻雀，冬夜裡牠們會躲進常春藤取暖，然後會有一隻倉鴞鍥而不捨地攻擊常春藤，在那群驚怕的鳥兒外圍盤旋，振翅拍打藤蔓，逼牠們飛出來。大部分的胸牆皆已倒塌，不過仍然可以分辨出十二座守衛塔的基石。它們呈圓柱狀，從城牆延伸進護城河，如此弓箭手便可朝任何方向射箭，城牆的每一部分也都能盡收眼底。塔裡是螺旋梯，繞著一根中心圓柱迴旋而下，石柱上有許多箭孔，就算敵人攻入胸牆內側，殺進塔的底部，守軍也可以退至樓梯上，從裡面的箭孔射擊追來的敵人。

吊橋的石造部分都保存得很好，包括外堡和門樓的小望臺。這裡有許多靈巧的設計，首先木造吊橋一定會升起，因此敵人不可能越過。就算敵人真的過了橋，還有一道加了巨木的閘門，可以把敵人壓得扁扁的，教他們動彈不得。外堡的地板上有一道隱藏的暗門，保證可以讓他們通通掉進護城河；另一端還有一道閘門，如此便可將敵人困在兩道門之間，任人宰割。望臺（又叫懸堡）的地板有開口，守軍可以朝敵人頭上丟東西。最後，在門樓裡面，拱型的屋頂有彩繪窗花格和浮雕裝飾，正中央有個方整小洞。這個洞通往樓上的房間，房裡有個大鍋，專門用來煮鉛或熱油。

以上就是外圍的防禦工事。一旦過了胸牆，你便來到一條寬廣的過道，有可能會擠滿驚恐的綿羊，面前則還有一座完整的城堡。這是內城的主堡，它有八座圓形巨塔，至今仍屹立不搖。爬上最高的塔，可以看到邊界[1]地區，古代有些動亂就是從那個方向來的。躺在那裡眺望遠方，只有頭頂的太陽和下方少數漫步的遊客，沒有飛箭和滾燙的熱油，則是一件很美好的事。

想想這座固若金湯的高塔聳立了幾個世紀。它曾多次因政爭而易主，一次被長期包圍而陷落，兩次為陰謀所奪，但從未被強攻所破。斥候駐守塔頂，從這裡他可監控通往威爾斯的那片青色樹林。如今他乾淨的老骨頭埋藏於禮拜堂下，所以你得代替他站崗。

如果你往下看，而且不懼高（不知哪個古蹟保存協會在此裝了良好的欄杆，避免你失足墜落），整個內庭的構造會像地圖一樣在眼前開展。你會看見那座教堂，如今敞亮朝天，面對上帝；還有大廳的窗，及城頂的房間。你會看見巨大的外煙囪，設計巧妙的相連煙道，古時供人私下休息的小房間——現在通通公開展示，還有驚人的大廚房。如果你夠聰明，便會在這裡待上幾天，甚至好幾個星期，憑自己的推理辨認何者是馬廄、何者是鷹房、牛棚、兵器庫、閣樓、水井、鐵匠舖、狗舍、兵營、神父的房間，以及城主和夫人的居室。城堡就這麼在你身邊活起來了：小個子的人在陽光下熙來攘往，綿羊一如往常咩咩叫，或許還聽得見威爾斯射來的三羽箭發出颼颼破空聲，彷彿不曾改變。那時的人比你我都要矮小，我們得費一番功夫，才擠得進他們遺留下來的少數幾件盔甲和古老手套。

不消說，這裡是小男孩的天堂。小瓦奔跑其中，像兔子在自己的複雜迷宮裡穿梭。每件事物、每個地方他都一清二楚，還有每一種特殊氣味、攀爬的好地點、舒軟的窩穴、祕密藏身處、跳臺、滑坡、房間角落、食櫥和好吃的東西。像貓一樣，一年四季的好地方都被他占去了，他又叫又跑又鬧，惹惱別人、打瞌睡、作白日夢、假裝自己是個騎士，沒一刻停歇。這會兒他正在狗舍裡呢。

那時候的人訓練狗的方法和今日差異頗大，他們採取愛的教育，而非嚴厲以待。你能想像現代的獵狐犬管理員和狗兒同床睡覺嗎？但是阿里安[2]卻說狗兒「與人同眠尤佳，如此能使其更通人性，也因牠們樂與人類作伴。此外，若獵犬徹夜不安或身體不適，你立即可知，次日不帶其出獵。」艾克特爵士的狗舍裡有個特別的男孩，名叫「狗童」，他就和獵犬日夜為伍。他等於是獵犬的頭兒，負責每天帶狗群出去溜達，幫牠們拔出腳掌上的刺，不讓牠們耳朵潰瘍，包紮脫臼的小骨頭，餵牠們吃殺蟲藥，把得了犬瘟熱的狗兒隔離開來照料，調停狗群中的爭執，晚上則和狗兒縮在一起睡覺。假如讀者不介意我掉個書袋，日後死於阿金科特之役[3]的約克公爵在《狩獵總管》[4]一書中，對擔任此職務的男孩有如下敘述：「我亦將教導那孩子，若有陽光，每日帶獵犬出外溜達兩次，一在清晨，一在黃昏，尤其在冬天。然後他應讓牠們在陽光下的草坪長時間奔跑玩鬧；依序為所有獵犬梳理毛皮，再以大束稻草抹淨。以上諸事，他每日清晨皆須辦理。繼而他應把獵犬帶到芳草鮮美之處所，任其自由覓食，蓋此乃群狗之良藥。」如此一來，因為男孩的「心志與群狗合一」，獵犬也會變得「優雅、溫和而乾淨，歡喜、愉悅而好嬉戲，對眾人皆表溫馴，惟對野獸應凶猛、急切而心懷恨意。」

艾克特爵士的狗童不是別人，正是被恐怖瓦特咬掉鼻子的人。由於他少了個鼻子，又成為村中小孩投石戲弄的對象，所以他寧可與動物為伍。他會跟動物說話，但並非未出嫁淑女的那種兒語，而是用牠們的方式咆哮和吠叫。狗兒都很愛他，因他能拔除牠們的掌中刺而對他尊敬有加，若碰上麻煩，也會馬上找他。他總能立刻判斷出問題所在，也大致能順利解決。對狗兒來說，和神長相左右是件好事，更何況是看得見的神。

小瓦很喜歡狗童，覺得他很聰明，對狗兒很有一套；他只消動動雙手，便可教狗兒做幾乎任何事。另一方面，狗童也很敬愛小瓦，就像狗兒敬愛他自己；他覺得小瓦簡直近乎神聖，因為他能讀又能寫。他們時常湊在一塊，與大群獵犬在狗舍裡東翻西滾。

狗舍在一樓，靠近鷹棚，上面還有層閣樓，所以冬暖夏涼。狗群中有獵狼犬、銳目獵犬⑤、大偵察獵犬和母獵犬。牠們叫克魯西、湯尼爾、菲比、柯爾、格蘭、塔伯特、路雅、路夫拉、亞波倫、奧斯洛、布蘭、葛樂特、龐斯、小子、獅子、龐吉、托比和鑽石⑥。小瓦最喜歡的狗叫卡威爾，這會兒他正舔著卡威爾的鼻子——不是卡威爾舔他喔，結果梅林走過來找他。

「這在將來可是很不衛生的習慣，」梅林說：「我自己倒不這麼覺得。畢竟上帝把牠的鼻子造得挺好，而你的舌頭也不差。」

「說不定牠的鼻子還更好哩。」這位哲學家若有所思地補充。

小瓦不知道梅林在說什麼，但他喜歡聽他說話，因為有些大人對小孩講話總是以上對下的態度，梅林卻不會，而是和平時說話一樣，讓他追著談話內容，或揣測、或猜想，抓緊認識的字詞，在恍然聽懂繁複笑話之後咯咯發笑。然後他便會擁有海豚般的愉悅，在未知的汪洋中沉潛和撲躍。

「我們出去吧？」梅林問道：「我想也該開始上課了。」

小瓦一聽心便沉了。現在是八月，他的家庭教師已經住下一個月，然而至今他們一堂課都沒上過。這下他才記起梅林來此的目的，又想起可怕的《邏輯大全》和那該死的星盤。不過他知道課總是得上，於是他依依不捨地摸摸卡威爾，乖乖站了起來。梅林上起課來應該不至於太糟吧？他心想，要是梅林肯變幾個戲法，說不定連死板的《工具論》都會有趣起來。

他們走入中庭，迎頭便是熾熱的驕陽，先前劏乾草時的陽光相較之下竟顯得微不足道了。烈日炙人，常伴隨熱天出現的雷雨雲高掛天空，大堆大堆的積雲，邊緣光線刺眼，卻打不成雷，因為實在太熱了。小瓦心想：「如果不用進悶熱的教室，可以脫了衣服在護城河裡游泳，那該有多好。」

他們穿過中庭，幾乎是先深吸了幾口氣，然後才快速衝過，彷彿是跑過烤爐。門樓的陰影裡很涼快，但高牆封閉的外堡卻是最熱的。他們最後一次拔腿狂奔，穿越沙漠，來到了吊橋邊——難道梅林猜到了他的想法嗎？他低頭俯望著護城河。

正是睡蓮盛開的季節。若非艾克特爵士空出一塊水面讓兩個男孩洗浴，護城河早就讓睡蓮占據了。總之，吊橋兩側每年都會清出約二十碼的水面，讓人可以從橋上一躍而下。護城河很深，原本是個魚池，好讓城中居民星期五有魚可吃[7]。正因如此，建築師很小心不讓排水管和下水道與之連接，所以每年都游滿了魚。

「我希望我是一條魚。」小瓦說。

「哪一種魚？」

天氣熱得幾乎無法思考，但小瓦朝琥珀色的沁涼深水處望去，看到一群小河鱸正漫無目的地游晃著。

「我覺得河鱸不錯，」他說：「他們比笨鯉魚勇敢，又不像梭子魚那麼兇殘。」

梅林摘下帽子，有禮地舉起癒瘡木枴杖，緩緩念道：「林梅上參請有神海受接然欣子此魚成。」

只聽一陣貝殼、海螺吹響的聲音，一位滿臉笑容的胖紳士便出現在城垛上。他乘坐一朵飽滿的雲，腹部刺了一個錨的圖案，胸前有隻漂亮的美人魚，下面還寫了「梅寶」二字。他吐出一團菸草，友善地朝梅林點點頭，然後將他的三叉戟對準小瓦。小瓦發現身上沒了衣服，而且從吊橋上跌了下去，嘩啦一聲側面落水。他發現護城河和吊橋都大了幾百倍，便知道自己變成魚了。

「噢，梅林，」他叫道：「請您一起來吧！」

「下不為例。」一條嚴肅的大黑魚在他耳邊說：「這次我跟你一起。以後你可得自己來了。教育重在經驗，而經驗的本質便是靠自己。」

小瓦發現身為別的生物很困難，他無法以人類的方式游泳，那使得他打轉前進，而且行動緩慢。他不知道魚是怎麼游泳的。

「不是那樣。」黑魚沉吟道：「下巴靠在左肩上，拱腰。一開始先不要去注意你的鰭。」

小瓦的雙腿融進了脊椎骨，腳掌和趾頭則化作尾鰭。他的雙手也成了兩片鰭——是柔嫩的粉紅色，肚子附近另外又生了幾片。他的頭朝向肩膀上方，所以彎身時腳趾朝耳朵碰去，而不是額頭。他的身體是漂亮的橄欖綠，周身覆蓋著粗糙的鎧甲，兩側還有暗紋。他不清楚哪邊是左右兩側，何者為胸何者為背，不過看似腹部的地方泛著漂亮的白色，背上則有片華麗的大鰭，打仗時可以豎起來，裡頭還有尖刺。他照黑魚的指示拱腰，卻筆直地朝河底淤泥游去。

「用你的腳來控制左右，」黑魚說：「張開你肚上的鰭保持平衡。現在你不但要考慮前後，還要注意上下。」

小瓦發現他只要擺動臂鰭和腹鰭，便可大致保持平衡。他慢慢游開，覺得十分快活。

「快回來！」黑魚說：「你得先會游泳，再學突進。」

小瓦左扭右拐回到老師身邊，說：「我好像游不直。」

「問題在於你不是用肩膀游泳，而是像個小男孩一樣，動的是臀部。試試看直接從脖子往下方拱腰，然後身子向右動，用向左動同樣分量的力氣，別忘了用你的背。」

小瓦游出了很漂亮的兩下，便完全消失在幾碼外的杉葉藻裡。

「不錯。」黑魚道，這時他身影已經消失在渾濁的橄欖色水幕外。小瓦甩動兩邊臂鰭，使出渾身解數掙脫束縛。他有意炫耀，一眨眼就游回聲音的源頭。

「很好。」黑魚說，他們倆尾巴撞在一塊。「不過有勇氣還不夠，方向更重要。」

「看看你能不能做到這樣。」他補上一句。

他看似不費吹灰之力便倒退著游到一朵睡蓮下方。看似不費吹灰之力，不過小瓦是個積極主動的學生，對方鰭的細微動作他都注意到了。於是他也將自己的鰭朝逆時鐘方向擺動，靈巧地輕彈尾巴，立刻來到黑魚身邊。

「太漂亮了，」梅林說：「我們就來小游一趟吧。」

此時小瓦已能維持平衡，移動也尚稱順暢，便有暇餘觀賞四周的環境。拜那位刺青紳士的三叉戟所賜，他才有幸來到這個奇妙的世界。這裡與他原本習慣的世界大異其趣。舉例來說，他上方的天空現在是個正圓，地平線則緊貼著這個圓。要想像小瓦眼中的世界，得畫出一道圓形的地平線，位於頭頂幾吋之處，而非平日所見的平坦地平線。於此空中的地平線之下，你還得再想像一個水面下的地平線，其狀如球，上下顛倒——因為對水中生物而言，水面就像一面鏡子。這是很難想像的。之所以會這樣，主因是水面上的一切事物周邊都多了一圈七彩光譜。舉例來說，假如你剛好想釣小瓦這條魚，他將會從像是個盤子的上空邊緣看到你，此外，他所見也不會是一個人揮舞釣竿，而是七個人，輪廓分別是紅、橙、黃、綠、藍、靛、紫色，全都揮動著同樣的釣竿，只是顏色各異。事實上，對他來說你就是個七彩人，是個渾身散發耀眼色澤的指標，色彩彼此交雜，向八方發散，宛如詩中的埃及豔后，燃燒於水面之上⑧。

另一件美事，就是小瓦沒有重量。他不再受困於地面，無須貼地行走，受制於地心引力和大氣壓力。他可以達成人類長久以來的夢想，那便是飛翔。在水中和在空中飛翔其實並無差異，最棒的是他不用倚賴機器，拉動拉桿、靜坐不動，而是用自己的身體去飛，如同人類夢中那樣。

就在他們要游去巡視時，一隻怯生生的鯉魚從兩株搖曳的杉葉藻間游了出來，徬徨地懸在那裡。牠臉色蒼白，睜大了焦慮的雙眼，顯然有事想說，卻拿不定主意。

「過來吧。」梅林嚴肅地說。

鯉魚聽了便像母雞似的衝了過來，淚流滿面，結結巴巴說明來意。

「請……請大夫行行好，」那可憐的傢伙說話結結巴巴，只顧著急卻口齒不清，他們幾乎聽不懂牠在說些什麼。「我們家裡有人生了可……可怕的病還是什……什麼的，我……我們在想，不知您能否抽……抽空來看看？是我們親……親愛的娘，牠成……成天肚……肚……肚皮朝天游泳，看起來著……著……著實嚇人，說……說……說起話來也挺奇怪，我們都覺得牠該……該……該找個大夫瞧瞧，您會……會……會不會不方便？是克……克……克拉拉要我這麼說的，先生，您懂……懂……懂我的意思嗎？」

說到此處，那條可憐的鯉魚又是結巴又是流淚，講話僅剩下氣音，只能睜著悽惻的雙眼，望著梅林。

「小夥子，別擔心。」梅林說，「來來來，帶我去見你娘，再看看能怎麼著。」

於是三條魚游進吊橋底下的濁暗處，出愛心任務去了。

「這些鯉魚啊，就是神經質。」梅林用鰭掩著嘴小聲說，「八成是緊張造成歇斯底里，應該要找心理醫師，而不是找大夫。」

鯉魚的娘正如鯉魚所描述的那樣面朝天躺著，牠斜著眼睛，腹部的鰭交疊在胸前，不時吐出一串氣泡。牠的子女把她團團包圍，牠每一吐氣，牠們便相互推擠，驚聲吸氣。牠的臉上帶著一抹熾天使般的微笑。

「哎呀呀，」梅林說著，擺出最專業的醫生問診態度，「我說鯉魚太太今兒個覺得怎麼樣啊？」

他拍拍那群年輕鯉魚的頭，架勢十足地朝患者游去。我們或許應該說明一下，梅林是一條身形沉穩，體型寬厚的魚，重約五磅，皮革顏色，鱗片細小，鰭上有脂肪，頗為黏滑，還有一隻金盞花顏色的明亮眼睛——十足可敬人士的模樣。

鯉魚太太無精打采地伸出一片鰭，長嘆一聲道：「啊，大夫，您可終於來啦？」

「嗯。」大夫用他最低沉的聲音回答。

接著他吩咐眾人閉上眼睛——不過小瓦有偷看——然後繞著病患緩緩游動，莊嚴起舞，邊舞邊唱。他的歌是：

治療、象皮、診斷，碰！
胰臟、靜電、解毒，轟！
正常代謝作用、嘮嘮作用、叨叨作用
喀喳、喀喳、喀喳喳
把病痛都剪光光！
消化不良、貧血症、毒血症！
一、二、三，把它趕出門！

有呱啦和嘰哩，可免治療費五基尼！

唱到後來，他繞著患者游泳，因為靠得很近，腰側棕色滑順的鱗摩擦著她斑駁蒼白的鱗。或許他正用身上的黏液治療她，或許這是接觸療法、按摩或催眠術。據說任何一種魚只要生了病，便會去找黑魚。總之呢，鯉魚太太突然不再瞇眼斜視了，並且翻過身來說：「哎呀，大夫，親愛的大夫，我覺得自己可以吃點沙蠶啦。」

「不能吃沙蠶，」梅林說：「至少再等兩天。鯉魚太太，我給您開張藥方子，每隔兩小時就吃一次水藻濃湯。總得先讓您恢復力氣，您說是嘛。畢竟羅馬不是一天造成的。」

然後他拍拍旁邊的小鯉魚，敦囑牠們要好好長大，要勇敢，接著便神氣萬分地游進幽深水處，邊游嘴還一鼓一鼓的。

「剛剛您說那個羅馬什麼的是什麼意思？」等他們游到別人聽不見的地方時，小瓦問道。

「天曉得。」

他們繼續往前游，小瓦若是忘記用背鰭，梅林便會提醒他。這個奇妙的水下世界逐漸在他們面前展開，與水面上的燥熱空氣相比，更顯得沁涼透心。濃密的水草叢林輪廓纖細，許多群刺魚動也不動懸在裡頭，學習整齊畫一地運動。喊一的時候牠們靜止不動，喊二牠們通通轉向，喊三牠們便一齊衝出去組成圓錐體，錐的端點通常是可以吃的東西。福壽螺在睡蓮的莖部或葉片底下緩步爬行，淡水河蚌則躺臥水底，什麼事也不做。牠們的肉是鮭魚般的粉紅色，就像好吃的草莓冰淇淋。還有一小群河鱸——說也奇怪，河裡的大魚似乎都躲起來了——牠們微妙的血液循環使牠們像維多利亞小說裡的仕女那樣容易臉紅、又容易臉色發白。只不過牠們不是臉紅，而是深橄欖綠，而且不是出於害羞，而是憤怒。每當梅林和同伴游過，牠們便兇惡地豎起帶刺的背鰭，直到發現梅林是條黑魚才乖乖放下。身體兩側的黑紋使牠們看起來像被烤過，而且連這些條紋也會變暗或變亮。有一次，兩個旅行者從一隻天鵝底下經過，那白色的生物漂浮在上，宛如一艘齊柏林飛船，除了水面下的部分以外一概模糊不清。不過看得到的地方倒是十分清楚，顯現出天鵝微微朝一邊傾斜，一隻腳縮了起來。

「您看！」小瓦說：「那就是可憐的跛腳天鵝，牠只能用一隻腳划水，另一邊的身體還得弓起來。」

「胡說八道！」天鵝把頭探進水裡，張大兩個黑鼻孔，斥道：「天鵝休息的時候就喜歡這個姿勢，少在那邊假惺惺，真是！」牠就一直這麼高高在上瞪著他們，像一隻突然從屋頂鑽進來的白蛇，直到他們倆離開視線為止。

「你游泳的樣子，」黑魚說：「好像世界上沒什麼東西好怕似的。你之前穿過那片森林找到我，你不覺得這裡和那片森林一樣嗎？」

「是嗎？」

「看看那邊。」

小瓦朝那望去，起先什麼也沒看到。接著他發現一個半透明的小小形體，動也不動地懸浮在靠近水面的地方，牠的位置在睡蓮的葉影之外，顯然正在享受陽光。那是一隻小梭子魚，全身僵硬，很可能睡著了，看上去像根菸斗柄，又像條伸直身子躺平的海馬；等牠長大了，鐵定會成強盜。

「我就帶你去瞧瞧，」黑魚說：「讓你見識一下這裡的老大。我是醫生，所以有豁免權，你既然和我一道，我敢說他也會對你客客氣氣——不過你最好尾巴收斂一點，難保牠不是正在發飆。」

「牠是護城河裡的王嗎？」

「沒錯。大家都叫他老傑克，還有人叫牠黑彼得，不過大多數時候大家根本不敢提到牠的名字，一律稱之為彼老大。等一下你就會見識到當老大的架勢。」

於是小瓦稍微落在他的嚮導後面，或許他這麼做是對的，因為等他回過神來，他們已經接近目的地上方，他見了那年老的獨裁者，嚇得連忙後退。彼老大身長四呎，體重難以估算。那巨大的身形在蓮莖叢中顯得陰暗，幾乎難以辨識，末端的那張臉早已被一名絕對獨裁者的種種激情所蹂躪——殘酷、悲傷、年歲、尊嚴、自私、孤寂和過於強烈、以致於個人無法承受的思緒。牠或懸浮、或遊蕩，那張巨大、嘲諷的嘴永遠向下撇，顯得憂悒。精瘦、修整乾淨的下巴則賦予牠一種美國味，就像山姆大叔。牠冷酷無情，不再懷抱理想，講究邏輯，掠奪成性，蠻狠，而且毫無憐憫之心——然而一顆寶珠般的眼瞳卻像負傷的鹿，瞪得大大的，看來驚懼、敏感，而且寫滿哀傷。牠不曾動過，卻以那隻嚴苛的眼睛直視他們。

小瓦心裡暗想，他可一點都不想和彼老大打交道。

「大人，」梅林未曾到注意他的侷促，「我給您帶了一個有志向學的年輕教授來。」

「學什麼？」護城河之王緩緩問道，嘴巴幾乎沒開，而是用鼻子說話。

「力量。」黑魚說。

「叫他自個兒說。」

「真對不起，」小瓦說：「我不知道該問些什麼。」

「只有一件事，」老大說，「那就是你假裝尋求的力量：磨碎的力量和消化的力量，搜索的力量和尋獲的力量，等待的力量和攫取的力量，全都是從你後頸湧而出的力量，不要有慈悲心。」

「謝謝。」

「愛是演化之力耍弄我們的把戲，喜樂則是它設下的誘餌。最重要的還是力量，個人心智的力量，然而心智的力量還不夠，最終肉體的力量決定一切，力量即是正義。

「好了，小少爺，我想你該走了，我覺得這番談話既無趣又累人。說真的，我看你最好現在就走，免得我這張理想幻滅的嘴突然決定把你介紹給我的鰓認識，我的鰓可是長了牙齒的。是的，如果你夠聰明，現在就該離開這兒，而且最好使出全身的力氣。就這樣吧，我的偉大向你道別。」

小瓦幾乎被這番高談闊論給催眠了，差點沒注意那張緊閉的嘴正朝自己靠近。說教分散了他的注意力，魚嘴不知不覺靠近，突然離他鼻子只剩一吋。說完最後一句話，那張可怖碩大的嘴便張了開來，骨頭與骨頭之間、牙齒和牙齒之間的皮膚飢餓地繃緊伸張，口內除了牙齒外似乎別無他物，那些牙齒尖利如刺，層層排排到處都是，就像工人靴底的釘子。到了最後一刻他才回過神來，記起人家的命令，振作起來趕緊逃命去。那些利齒在他尾巴末緣處轟隆咬合，而他則使出了一記最漂亮的拱腰擺尾。

一秒鐘後，他又回到陸地，和梅林並肩站在滾燙的吊橋上，穿著窒悶的衣服喘著氣。

① 邊界（The Marches）係指英格蘭與蘇格蘭交界，或英格蘭與威爾斯交界。

② 阿里安（Flavius Arrianus）希臘史家，著有《亞歷山大遠征記》（商務，2001）。

③ 阿金科特之役（The Battle of Agincourt）：一四一五年，亨利五世於此役大敗法軍，但第二任約克公爵愛德華在該役陣亡。

④【編注】約克公爵所著的狩獵專書，當時極為風行，內容多取自法國。約克公爵本人即任其叔父亨利四世的狩獵總管，此書亦題獻予亨利四世。

⑤【編注】憑視力而非嗅覺追蹤獵物的獵犬。

⑥ 這些狗名均有其典故，如「菲比」是義大利麥第奇家族的凱瑟琳（Catherine de Medici，法國亨利二世的皇后）所寵養的玩賞犬之名；柯爾、格蘭和塔伯特出自喬叟（Chaucer）坎特伯里故事集中修女的故事。「路雅」是賽爾特傳說勇士庫圖林（Cuthullin）的狗。路夫拉則出自司各特（Sir Walter Scott）的詩〈湖姬〉（Lady of the Lake）中道格拉斯族長的狗。亞波倫是波西米亞皇后伊莉莎白的狗（Elizabeth Queen of Bohemia）。奧斯洛是希臘神話中巨妖葛里昂（Geryon）的雙犬之一。布蘭是愛爾蘭勇士芬格爾（Fingal）的狗。葛樂特是威爾斯領袖路維林（Llewellyn）的狗，為保護主人的幼子，血戰擊斃惡狼，卻遭主人誤解而殺害。獅子是崔斯坦的狗。查理一世的外甥魯伯特王子的狗叫小子。木偶戲主角潘趣先生（Mr. Punch）的狗叫托比，詩人亞歷山大波普的狗叫龐斯。牛頓的狗叫鑽石。

⑦【編注】星期五是耶穌被釘上十字架的受難日，因而是基督徒的齋戒日。當日戒食肉類，可吃魚。

⑧【編注】典出莎士比亞的《埃及豔后》。

第六章

一個星期四下午，兩個男孩一如往常在練習射箭。場子上共有兩個稻草紮成的箭靶，彼此相隔五十碼。他們朝其中一個靶射箭之後，只需走到靶前，撿回箭枝，便可轉身射另一個靶。天氣仍是最宜人的夏日，晚餐還有雞肉可吃，所以梅林來到射箭場外緣，坐在一棵樹下。他受了暖意、雞肉和淋在布丁上的奶油影響，再加上男孩來回走動，弓箭射中靶的聲音——聽起來就像割草機的噪音，或是一場村子裡的板球賽那樣令人昏昏欲睡——還有不斷在頭頂樹葉間舞動、雞蛋大小的光影，老人很快就睡著了。

在那個年代，射箭可是一件正經事，它還沒落到印地安人和小孩子手裡。你要是射壞了，脾氣也會跟著壞，就像現代那些獵雉雞的有錢人一樣。凱伊就是射壞了，他老是太用力，放箭的時候還拉弦，而不是讓弓自然把箭帶出去。

「啊，得了吧！」他說：「我真受夠了這些該死的箭靶，我們去射木鳥。」

於是他們離開箭靶，朝木鳥射了幾回。那是體型很大、顏色鮮明的假鳥，黏在一根木棍上，像隻鸚鵡。凱伊還是射不中。起先他還想著：「哼，我非得射中這臭東西不可，就算趕不及吃下午茶也沒關係。」後來他便覺得無聊了。

小瓦說：「那咱們出去找靶子射吧！半個小時就回來，再把梅林叫醒。」

所謂出去找靶子射，是指帶著弓箭外出散步，若經過兩人都同意的目標，則各射一箭。有時是一座鼴鼠丘、一叢藺草，有時是近在腳邊的薊草。他們不停變換目標的距離，有時選的目標遠在一百二十碼外，他們的弓差不多只能射這麼遠，有時則得瞄準比附近的薊草還低的地方，因為箭射出去總會高個一兩呎。射中目標算五分，即使沒中，若差距不超過一把弓的長度，則算一分，最後再把分數加總結算。

星期四這天，他們慎選目標。由於田野裡剛割過草，所以他們不用花多少時間便可尋回箭枝，不然幾乎每次都得大費周章，就像打高爾夫球，若是在樹籬附近或困難的區域草率發球，便可能落得這種下場。結果他們越行越遠，超出平常的範圍，竟然來到庫利走失的原始森林外緣。

「我有個提議，」凱伊說：「我們乾脆到獵場的兔子洞去，看能不能抓隻兔子。總比射這些小山丘有趣多了。」

才不會因為太多動作而驚擾剛出洞的兔子。對他們倆來說，要這麼站著並非難事，因為他們學射箭需通過的第一道測驗，便是拉著弓站上半小時。他們各有六枝箭，射了之後也都能記住落地處，然後才需冒著把兔子嚇回洞裡的風險，走出去把箭撿回。一枝箭的聲響不大，除了所瞄準的目標之外，不會嚇到別的兔子。

於是他們便去了。他們挑了兩棵相隔百碼的樹，各自站在一棵樹下，等兔子出來。他們靜靜站著，拉好弓也搭上箭，如此

射第五箭的時候凱伊走了運，估算的風量和距離都恰到好處，射出的箭鋒正中一隻年輕兔子的腦袋。牠原本站得直挺挺的，望著他，納悶他是什麼東西。

「哇！射得漂亮！」兩人跑上前抓兔子，小瓦一邊喊道。這是他們有史以來射中的第一隻兔子，說來也是好運，直接就把牠射死了。

他們用梅林送的那把獵刀，小心翼翼取出兔子內臟，這樣才能保持新鮮；又把牠後腳交叉，以便提取，接著便準備帶戰利品回家去。不過在解下弓弦之前，他們還要行一種儀式。每個星期四下午，認真射完最後一枝箭後，他們可以再搭一枝箭，直直射入空中，既是揮別的手勢，又是勝利的標記，美極了。現在他們便這麼做，向初次的獵物致敬。

小瓦看著他的箭往上飛，這時夕陽已漸西沉，附近的林蔭為他們披上局部的樹影。箭枝飛越樹梢，攀升進入陽光，映著殘霞，開始燃燒，宛如太陽。箭枝越飛越高，與平時放箭不同，它毫不搖晃，一飛沖天，在半空中奔泳著嚮望天堂，箭身穩健，閃著金黃，超群而絕倫。就在它用盡氣力，雄心被命運熄滅，準備暈眩、翻身而後下墜，落入大地母親懷抱時，怪事發生了。一隻烏鴉疲懶地拍動翅膀，飛在即將到來的黑夜前方。牠飛來了，牠不曾猶疑，牠啣起那枝箭。然後牠遠走了，身形沉緩，箭啣在喙裡。

凱伊嚇壞了，小瓦卻怒不可遏。他愛極了自己那枝箭的飛行，以及它在夕陽下熱烈燃燒的雄心壯志，更何況，那是他最漂亮的一枝箭。那是唯一有著完美平衡，而且銳利、箭羽緊緻、搭弦精準，既無彎折，也未曾刮損的一枝箭啊。

「一定是哪個巫婆搞的鬼。」凱伊說。

第七章

每週有兩天下午要練習長矛比武和騎術，因為這是當時紳士教育中最重要的兩項。一談到運動，梅林的抱怨就來了，他說這年頭只要能把別人從馬上打下去，大家就當你是受過教育的人啦；他又說，對運動的狂熱正是造成學術式微的緣由——這年頭的學術風氣和他小時候不能比啦，所有公立學校都被迫降低標準——曾是長矛比武選手的艾克特爵士卻說，人家克雷西之戰①可是在卡美洛的比武場上打贏的咧。這可把梅林氣壞了，於是他讓艾克特爵士連續鬧了兩晚風溼，才放過他。

長矛比武是一門高深的藝術，需要多加練習。兩名騎士比試時，右手持矛，騎馬面對面衝鋒；對兩人而言，對手都是出現在左側。事實上，長矛基部的握柄是在對手衝來方向的外側，有些人可能會覺得長矛拿錯邊了，比如說習慣用狩獵短鞭開門的人。但這是有原因的。第一，這意味著盾牌在左手上，所以兩人對衝時盾牌碰盾牌，彼此都保護得很嚴密。這同時也意味著，如果你不確定自己能否用矛尖將對方刺落馬，也可以拿矛橫掃過去，用矛的側邊將他打落。這當然是長矛比武中最低下、也最無技巧可言的一種打法。

像是藍斯洛或崔斯坦這樣的長矛比武高手，一定都用矛尖刺，因為能提早發動攻擊，不過技術差的人很容易刺空。如果一名騎士一開始便橫握長矛，準備將對手掃落馬鞍，那麼持矛向前的對手在兩人相距足有一枝長矛那麼遠的距離時，便已經能把他刺下馬了，他根本來不及掃。

要怎麼握矛才能準確刺中，也是一門學問，若是彎身貼著馬背，死命抓緊長矛，準備承受劇烈撞擊，那一定沒用。由於坐騎拔腿狂奔，你要是這麼僵硬地握著，矛尖必然會隨馬兒的每個動作上下搖晃，所以幾乎不可能刺中。相反的，你應該放鬆身體坐在馬上，自然地握著矛，隨馬兒的律動調整平衡。等到真正要出手了，這才雙膝夾緊馬肚，全身重量往前傾；除了原先派上用場的食指和拇指，還要指掌並用抓緊長矛，然後右手肘緊貼身側以支撐矛柄。

再來是長矛的尺寸。不用說，手持百碼長矛的人自然能在手持十或十二呎長矛的人靠近以前便遠遠將他擊倒。但是百碼長矛沒人造得出來，即使造出來，也沒人拿得動。比武者得找出他得心應手的最長距離，又能兼顧最快的速度，然後這麼定下來。就拿藍斯洛爵士為例吧，這故事之後會講到他；他有好幾枝不同尺寸的長矛，會視情況帶長的或短的上陣。

此外，究竟要刺敵人哪裡，也要特別注意。在野森林城堡的兵器庫裡，有一大幅畫，上面畫了一名全副武裝的騎士，他身上所有的弱點都圈了出來。這些弱點因盔甲的樣式而異，所以你必須在衝刺前仔細觀察對手，找出弱點。當時最厲害的武具師傅都住在瓦林頓，現在也還住在那一帶。高明的武具師傅會謹慎地將盔甲上所有面朝前方、或可能遭刺進的部位都做成凸面，如此矛尖刺中時便會滑開。有趣的是，哥德式盔甲的盾牌卻多半做成凹狀。讓矛尖停在盾牌上比較好，因為若是向上或向下滑開，可能會擊中鎧甲更脆弱的部位。要把人刺下馬，最佳擊點就是頭盔的頂飾，假如對手愛好虛榮，裝了個大大的金屬裝飾，矛尖便可在其兩側的摺翼和羽飾找到良好的著力點。喜歡配戴頭盔頂飾的人還不少，除了熊和龍的雕像，還有船艦或城堡形狀，但藍斯洛爵士要不就完全不戴頂飾，要不就飾以一束長矛無法著力的羽毛，又或者，在某次特殊場合中，他的頂飾是一截仕女的袖子。

兩個小夥子必須學習的正統長矛比武細節繁多，若要詳述，會占去太多時間，因為在那個年代裡，要精通一種技藝，得從頭學起。你要知道哪種木料最適合製作長矛，為何如此，甚至還要定期轉動長矛，才不會斷裂或彎折。武器和護具有上千個爭論難解的問題，他們全都得知道。

艾克特爵士的城堡外就是一座專用的比武場，不過自凱伊出生以來，還不曾舉辦過比武大會。那是一片綠油油的草地，修剪得很短，周圍還有高起的長草斜坡，帳棚可以搭在那裡。場邊有一座老舊的木頭看臺，用支架墊高，是為女士們搭建的。目前比武場只拿來練習用，所以場子一端立了個旋轉人偶矛靶，另一端則有個槍環。這矛靶是個木頭刻的撒拉遜人②，安在一根竿子上，臉塗成亮藍色，一把紅鬍子，還有怒視的雙眼。它左手拿著盾牌，右手則持一把扁平的木劍。如果你擊中它額頭正中間，那沒問題，但要是你的長矛刺到盾牌或左右兩邊任何一處，它便會迅速旋身，通常會在你騎馬衝過，一邊閃躲時狠狠給你來上一記。它身上的塗漆有些刮損，右眼上方的木頭都被挑起來了。槍環是個尋常鐵環，用繩子吊在一座類似絞架的架子上。如果你能一槍刺進鐵環，繩子會給扯斷，你便可以拿著串了鐵環的長矛，得意地揚長而去。

秋日將近，天氣好久沒這麼涼爽了，兩個男孩、武具師傅和梅林正在比武場裡。這位武具師傅同時也是城堡的警衛官，他是個一板一眼的紳士，皮膚蒼白，但精力充沛，小鬍子還上了蠟。他平時走路總是趾高氣揚地挺著胸，活像隻球胸鴿，而且一有機會就喊著：「預備，一——」他費很大力氣收小腹，可是因為被突出的胸膛擋住，看不到自己的兩條腿，所以走路時常跌倒。他總是抖動肌肉，此舉令梅林十分不快。

小瓦躺在梅林旁邊，他們置身看臺陰影裡。他正忙著抓身上的秋螨。有鋸齒的小鐮刀才剛收起來，割好的麥子八束一堆，立在這時節高大的麥田殘株裡。小瓦身上到現在還會癢，此外肩膀也疼，還有一隻耳朵熱辣辣的，因為剛才跟槍靶練習時刺偏了，而平時練習刺槍自然是不穿護甲的。小瓦很慶幸現在輪到凱伊上陣，於是他睏倦地躺在涼蔭裡打著瞌睡，搔著癢，像狗一樣扭來扭去，心不在焉地觀看。

梅林坐著，背對場上所有的運動，正在練習一個他忘記的法術。這法術本來能讓警衛官的鬍子通通伸直，但現在只能攤直一根鬍子，而警衛官根本沒注意到。每次梅林施展法術，他便漫不經心地再把鬍子捲回去，氣得梅林大罵：「該死的！」然後又從頭開始。一回他出了錯，結果警衛官兩隻耳朵拍動了幾下，他吃驚地往天空看了一眼。

警衛官的聲音在無風的空氣裡飄動，遠遠從場子另一頭傳過來。

「哎，凱伊少爺啊，這可不成！您看好了，您看好啦，這長矛得用右手的拇指和食指夾著，盾牌呢要和褲子的縫線成一直線……」

小瓦揉揉痠疼的耳朵，嘆了口氣。

「你在發什麼愁？」

「我沒發愁，我在想事情。」

「想什麼事情？」

「哎喲，沒什麼啦！我在想凱伊學當騎士的事。」

「那你可有得愁了！」梅林怒道：「這年頭到處是沒腦袋的獨角獸，拿根棍子把別人推下馬，就大搖大擺說自己受過教育啦！我想到就煩！哼，艾克特爵士怎不給你們找個去她的比武高手當家教？像人猿一樣盪來晃去的，我看他還開心點！找個正直出了名又享譽國際，拿遍歐洲所有大學一級優等學位的魔法師做什麼？諾曼貴族就是這點討厭，滿腦子只有運動，沒錯，滿腦子就只有運動啊！」

他憤慨地停了下來，然後故意讓警衛官的雙耳整齊畫一地緩緩拍動兩次。

「我不是在想這個，」小瓦說：「其實我是在想啊，如果能像凱伊一樣當騎士，不知該有多好！」

「噯，那你也不用等太久，是不是？」老人不耐煩地問道。

小瓦沒答話。

「是這樣吧？」

梅林轉過身，透過眼鏡仔細端詳面前的男孩。

「又怎麼啦？」他兇巴巴地問。根據他的觀察，徒弟正努力不哭出來，他要是口氣溫和點，徒弟恐怕會忍不住真哭起來。

「我當不成騎士的。」小瓦冷冷地說。梅林的策略成功了，這下他一點也不想哭，只想踢梅林一腳。「我不是艾克特爵士的親生兒子，騎士哪有我的分？當騎士的人是凱伊，我只有當他侍從的命。」

梅林轉過身去，但他眼鏡下的雙眼卻是神采奕奕。「那真可惜。」他說，話中不帶一絲憐憫。

這時小瓦把所有的想法一股腦說出來了。「噢，」他叫道：「真希望我有親生爹娘，那我就可以當個遊俠騎士了！」

「你會怎麼做呢？」

「我會有一套閃亮的盔甲，十二根長矛，還有一匹有十八掌幅呎③高的黑馬，我要自稱『黑騎士』，然後守在井邊或是淺灘之類的地方，想從那兒過的騎士都得為自己仕女的名譽和我決鬥，我會先把他們打得大敗，然後放他們一馬。然後我整年都要搭帳棚住在野外，什麼都不幹，成天就和人比武、到處冒險，然後到比武大會去拿冠軍，而且我絕不告訴別人我叫什麼名字。」

「你太太恐怕不會喜歡這種生活。」

「哼，我才不娶太太呢！她們笨透了。」

「可是我會有個心上人，」這個未來的騎士有些窘地補充，「這樣我才能把她的信物綁在頭盔上，為了她的名譽建立豐功偉績。」

一隻大黃蜂嗡嗡飛過兩人中間，從看臺下飛進陽光。

「想不想看看真正的遊俠騎士？」魔法師緩緩說道：「怎麼樣，就當作是給你上課？」

「想！當然想！我們這兒連比武大會都沒辦過呢。」

「我想應該是可以安排的。」

「啊啊，拜託！您可以帶我去，就像您上回把我變成魚那樣！」

「我想這多少有些教育意義。」

「非常有教育意義，」小瓦說：「我想不出還有什麼比看真正的騎士決鬥更有教育意義了。噢，請帶我去吧！」

「你有沒有特別想看哪個騎士？」

「派林諾國王！」他不假思索便說。自從森林中那段奇遇，他一直對這位紳士念念不忘。

梅林說：「那好。把手放在身體兩側，肌肉放鬆。卡布利西亞、卡塔拉慕斯、辛古雷勒特、諾米拿地法、黑克慕撒。眼睛閉上，不許睜開。波拿斯、波那、波怒。我們走吧。德悠斯、桑克德斯、艾斯涅、歐雷修、拉丁那斯？埃田、正是、夸列？為啥？主詞偕同形容詞乃於陰陽性變格與單複數詞性上必須符合等等諸如此類。我們到了。」

他念咒時，小瓦有些異樣的感覺，起先他還能聽見警衛官朝凱伊大喊：「哎，不成、不成哪，腳跟站穩，用屁股的力量轉身。」接著聲音越來越小，像是倒拿望遠鏡看自己的腳，然後他開始在一個圓錐體內旋轉，彷彿置身漩渦的端點，就要被吸進空氣裡。只聽見一陣巨大、不斷迴旋的噪音和嘶嘶聲，不斷升高，形成一個龍捲風，他簡直承受不住了，最後一切歸於寂靜，梅林說：「我們到了。」這些事所持續的時間相當於一枚廉價火箭噴火升空，於最高點翻身朝下，然後在一聲轟隆下散落成星火的時間。他睜開眼睛的時間，恰好就是聽到那看不見的木棍墜地的時候。

他們躺在野森林中的一棵山毛櫸樹下。

「我們到了。」梅林說：「起來拍拍衣服。」

「我想那一位呢，」魔法師繼續說，他口氣很滿足，因為咒語總算沒出錯。「就是你的朋友派林諾國王了，他正穿過平原朝我們這來哪。」

「哈囉，哈囉！」派林諾國王高喊，面甲開了又闔。「我說這可是家裡有羽毛床的那孩子啊？是不是？啥？」

「是啊，就是我。」小瓦說：「我很高興見到您。您抓到尋水獸了嗎？」

「沒，」派林諾國王說：「沒抓著。哎，快過來吧你這母狗，少在樹叢裡磨蹭了。喳、喳！調皮鬼、調皮鬼！老是愛亂跑，你知道吧，啥？就只想抓兔子！都跟你說了，那裡頭沒東西，你這壞狗！喳、喳！得了吧，得了！哎，聽我的話，快過來吧！」

「她從來沒聽話過。」他又補充。

這時獵犬從灌木叢中趕出一隻雉雞，雉雞狂拍翅膀，一溜煙逃走了，狗兒興奮得拖著繩子，繞主人跑了三、四圈，彷彿得了氣喘似的粗聲喘息。派林諾國王的坐騎耐著性子，站在原地，任由狗繩纏繞四腳，梅林和小瓦還得抓住那隻母獵狗，解開繩子，談話才能繼續。

「我說啊，」派林諾國王說：「可真是謝謝你們。你介紹一下這位朋友吧，啥？」

「這是我的家庭教師梅林，他是一位偉大的魔法師。」

「您好哇！」國王說：「一直想認識魔法師。事實上認識誰都好，在冒險途中可以打發時間啊，啥！」

「萬福。」梅林以他最神祕的語氣說。

「萬福。」國王答道，急著想留下好印象。

他們握了手。

「您剛才可是說『萬福[4]』？」國王問道，同時焦躁地張望。「我自個兒是覺得天氣會轉好的。」

「他的意思是：『您好嗎？』」小瓦解釋。

「啊，對，您可好哇？」

他們再度握手。

「下午好！」派林諾國王說：「您覺得這會兒天氣怎麼樣？」

「我看這是個高氣壓。」

「啊，對！」國王說，「是個高氣壓。嗯，我看我也該走了。」

這時國王劇烈顫抖，面假又開闔了數次，他咳嗽，把韁繩絞成一團，大叫：「對不住，您再說一遍？」並且似乎準備快馬逃走。

「他是白魔法師，」小瓦說：「您不用怕，陛下，他是我最好的朋友，而且他法術常不靈光。」

「啊，對，」派林諾國王說：「白魔法師，啥？世界可真小，是吧？您可好哇？」

「萬福。」梅林說。

「萬福。」派林諾國王說。

他們三度握手。

「如果我是你，」魔法師說：「我不會走。因為格魯莫·格魯穆森爵士正要來向您挑戰，以長矛比武一決勝負。」

「喲，您這話可當真？這叫什麼來著的爵士要來同我比武？」

「一點不錯。」

「可有讓步[5]？」

「我看應該沒讓。」

「哎，我得說，」國王大叫：「不雹則已，一下傾盆啊⑥！」

「萬福。」梅林說。

「萬福。」派林諾國王說。

「萬福。」小瓦說。

「從現在起我可不能跟人握手啦，」國王宣布，「我們得假裝彼此都認識才行。」

「格魯莫爵士真的要來嗎？」小瓦急忙改變話題，「他真要來挑戰派林諾國王嗎？」

「看那兒。」梅林說，其餘兩人朝他手指的方向望去。

格魯莫．格魯穆森爵士穿了全副甲冑，正策馬穿過草地，向他們跑來。他沒有戴平常的護面頭盔，換上正式的比武頭盔，看起來像個大煤筐，一邊跑還一邊吭啷作響。

他唱著以前的校歌：

我們拿長矛來比賽
穩坐馬背如泰山
我們對母校的愛
世上什麼也斬不斷
跟上、跟上、跟上
直到盾牌噹噹響
隨著鐵錚錚男子漢響叮噹。

「我的老天，」派林諾國王大喊，「我兩個月沒正式拿長矛和人比武了。去年冬天他們慫恿我打了十八場，那時候他們有了新的讓步規則呢。」

就在他說話時，格魯莫爵士到了，而且認出小瓦。

「早安，」格魯莫爵士說：「您是艾克特爵士的孩子，對吧？戴著蠢帽子那傢伙是誰啊？」

「這是我的家教，」小瓦連忙道：「魔法師梅林。」

格魯莫爵士打量著梅林。在當時真正的比武階級眼中，魔法師只不過是中產階級。他冷淡地說：「啊，原來是個魔法師。您可好？」

「然後這位是派林諾國王。」小瓦為他們引介，「格魯莫．格魯穆森爵士，派林諾國王。」

「您可好？」格魯莫爵士問道。

「萬福，」派林諾國王說：「不，我是說不會下冰雹，對吧？」

「天氣挺好的。」格魯莫爵士說。

「是啊，挺好的，不是嗎，啥？」

「今兒個在探險啊？」

「噢，可不是嘛，謝謝您。您知道嘛，總是在探的，找那隻尋水獸嘛。」

「有意思啊，這差事，真有意思。」

「是，真是有意思，您要不要瞧點糞媒啊？」

「我的老天，當然好，就來瞧瞧糞媒吧。」

「我自個兒家裡還有些更好的，不過這些也很夠瞧了，說真的。」

「哎呀，這就是她的糞媒！」

「這啊，這就是她的糞媒。」

「這糞媒真有意思。」

「是，真是有意思，不是嗎？可總是會煩的。」派林諾國王補充。

「哎哎，這天氣實在挺好的，您說是吧？」

「是，挺好的。」

「我說咱們還是來比他一場，啊，啥？」

「是，咱們還是來一場吧，」派林諾國王道：「說真的。」

「那咱們要以什麼名目呢？」

「喔，我看就依照慣例吧。你們哪位行行好，幫我換上比武頭盔。」

後來他們三人都得幫忙，因為國王早上急著起身，把螺帽和螺釘都旋錯螺紋了，他們得先全部旋開，同時拿下他原本戴的頭盔，換上比武頭盔，也是一件大工程。比武頭盔非常大，像個油桶，裡面墊了兩層皮革，還有三吋厚的乾草。準備好之後，兩名騎士便各據草地一端，朝對方前進，並在中央相遇。

「好騎士，」派林諾國王說：「可願告知汝名？」

「待吾參詳。」格魯莫爵士依照慣例回答。

「此話大為不敬，」派林諾國王道：「啥？既為騎士，若非有愧，當無所懼，可直告其名。」

「即便如此，吾決定此時不讓汝知吾名，多問無益。」

「那麼虛偽之騎士，您得停留此地，與吾長矛比試。」

「派林諾，您是不是說錯了？」格魯莫爵士問：「我記得是『汝將』。」

「噢，真對不住啊，格魯莫爵士！沒錯，我這就改。虛偽之騎士，汝將停留此地，與吾長矛比試。」

兩位紳士不再多說，分別回到空地兩端，長矛就位，準備展開第一回合比試。

「我們最好爬到樹上，」梅林說：「像這樣的比武中間會發生什麼事，誰也說不準。」

他們爬上那棵高大的山毛櫸，枝幹向四面八方伸展，小瓦攀上一根離地約十五呎高的光滑粗枝，爬到視野良好的末端。坐在山毛櫸看臺上最舒服了。

要描繪這時正發生的驚險搏鬥，有件事得先說明。在那個年代，或說在盔甲最重的年代，穿著全副盔甲的騎士，等於背負了和自己一樣重的金屬，甚至還更重。一般來說，他全身至少重一百四十公斤，有時還可能重達一百六十。也就是說，他的坐騎必然是一匹行動遲緩，且能負載極大重量的馬，像是現代的耕作馬，同時也因為受到那一身鐵甲和護墊的阻礙，他們的速度大幅延緩，彷彿電影裡的慢動作。

「他們開打了！」小瓦高喊，興奮地屏住呼吸。

兩匹笨重的戰馬莊嚴地緩緩邁開步伐。原本直指天空的長矛，此時也放低至水平，指著對手。看上去派林諾國王和格魯莫爵士正拚著老命，用腳跟猛踢馬肚，幾分鐘後，那兩隻壯觀的動物便踉蹌跌步，開始一場驚天動地，勉強稱得上快跑的旅程。

馬兒往前衝，一邊發出噹啷、轟隆、砰砰聲，兩名騎士振著手肘和雙腳，一片片陽光因此射在馬鞍上。節奏突然一轉，格魯莫爵士的坐騎明顯放慢了腳步，不久派林諾國王的馬亦然。那真是一幅駭人的奇觀。

「噢，我的天！」小瓦高喊，心中暗自覺得羞慚，這兩位騎士之所以在此比武，全是因為他的嗜血。「他們會不會殺死對方呀？」

「這是很危險的運動。」梅林搖頭道。

「就是現在！」小瓦叫道。

只聽一陣令人血液凝結的鐵蹄聲，兩名威猛的騎士交手了。他們的長矛在對方頭盔附近幾呎晃了片刻——雙方都選擇了困難的刺擊——便錯身而過，各自前衝。格魯莫爵士將長矛刺進他們這棵山毛櫸的樹幹，然後停住不動；派林諾國王則一路直衝，直至完全消失在他背後。

「現在可以看了嗎？」小瓦問道，他在緊要關頭閉上了眼睛。

「安全得很，」梅林說：「他們得花點時間才能再就定位。」

「哇啊，哇啊，我說！」派林諾國王模糊的聲音從遠遠的荊豆叢裡傳來。

「嘿，派林諾，嘿！」格魯莫爵士大喊，「回來啊，好傢伙，我在這兒哪！」

接下來暫停了好一會，兩位騎士重新調整位置。於是派林諾國王站在他原本位置的對面，與格魯莫爵士交換了起步位置。

「好個奸逆的騎士！」格魯莫爵士大喊。

「投降啊，懦夫！啥？」派林諾國王叫道。

他們再次放平長矛，策馬衝鋒。

「噢，」小瓦說：「他們可別傷到自己才好啊！」

兩匹馬都耐著性子，跌跌撞撞朝對方跑去，兩名騎士也不約而同決定用橫掃式攻擊對手。他們各自將長矛由右往左掃。小瓦還來不及再說什麼，只聽一聲嚇人卻又悅耳的重擊，吭啷！擊中盔甲，就像公車撞上鐵匠鋪。比武者雙雙跌坐在草地上，坐騎則各自朝前緩步跑開。

「跌得漂亮。」梅林說。

責任已了的兩匹馬停下腳步，無奈地啃起草來。派林諾國王和格魯莫爵士坐在原地，直直看著前方，腋下夾著對方的長矛。

「呼！」小瓦說：「好一場大戰！目前看來他們倆都沒事。」

格魯莫爵士和派林諾國王吃力地爬起來。

「防禦吧！」派林諾國王大叫。

「願上主救汝！」格魯莫爵士喊道。

說完他倆拔劍朝對方衝去，因為力道過猛，只在對方頭盔上敲了一下，便往後跌坐在地。

「啊！」派林諾國王大叫。

「呼！」格魯莫爵士高喊，也跟著坐了下來。

「發發慈悲！」小瓦驚叫，「好一場激戰啊！」

兩名騎士這時都動了氣，一場惡鬥隨即展開。然而這影響不大，因為他們全身裹滿金屬，根本無法造成對方多大傷害。他們得花好長的時間才能起身，而當你全身重達八分之一噸時，揮劍攻擊實在是件苦差事。所以觀者對決鬥的每個階段都能看得清清楚楚，還有時間加以探討。

在第一階段中，派林諾國王和格魯莫爵士面對面站了大約半個小時，互相痛擊對方的頭盔。由於每次只能一人出手，所以他們等於是輪流來，格魯莫爵士從攻擊中回復時，派林諾國王便出手，反之亦然。一開始，假如有一人掉了劍或卡在地上，就得耐著性子笨拙摸索，或試圖拔出來，對手可以趁機多敲個幾下。後來他們抓到節奏，就像玩具機械人鋸聖誕樹似的你來我往。經過這一連串單調的運動，他們逐漸恢復了好脾氣，也開始覺得無聊了。

經過雙方同意，第二階段的比武稍作改變。格魯莫爵士步履維艱地走到空地一端，派林諾國王也拖著沉重的腳步走到另一邊。接著兩人前後搖晃了幾下，以便調整重心。若是太向前傾，他們必須開步跑才能維持平衡；反之若是太向後仰，則會跌坐在地。也就是說，連走路都是一件麻煩事。待雙方各自將重心適當分配向前，恰好到了要失去平衡的程度，他們便邁開步伐跑了起來，如此才不致跌倒。他們撞成一團，像兩頭野豬一樣。

他們在空地中央迎面對撞，撞擊聲有如船難，又像巨大的鐘響。兩人往後一彈，跌了個四腳朝天。他們就這麼躺了半晌，喘著氣，然後才遲緩地想辦法起身，而且顯然兩人火氣又上來了。

派林諾國王不僅動了火氣，對撞擊的力道也有些吃驚。他站了起來，卻站錯方向，因此找不到格魯莫爵士。這倒是情有可原，畢竟他只能從一條細縫向外窺探——而且因為墊了稻草墊，眼睛離細縫足足有三吋。他一副摸不著頭緒的樣子，或許是把眼鏡跌破了。格魯莫爵士趕緊把握良機。

「看招！」格魯莫爵士大喊，趁那倒楣的國王左右張望，往他頭上狠狠敲了一記。

派林諾國王氣呼呼地轉身，卻跟不上對手的速度。對方早已繞了個圈，依舊站在他背後，又在同樣的地方猛力一擊。

「你在哪裡？」派林諾國王問道。

「在這兒哪！」格魯莫爵士叫道，又給了他一記。

可憐的國王連忙旋身，但還是讓格魯莫爵士溜掉了。

「在你後面啊！」格魯莫爵士喊著，又是一下重擊。

「你這下流的傢伙！」國王說。

「迎頭痛擊啊！」格魯莫爵士回道，狠狠敲了下去。

早先那一下猛烈的碰撞，再加上後腦遭連續痛打，還有個捉摸不定的對手，這時的派林諾國王可真的是糊塗了。他在接連不斷的重擊下前後搖晃，虛弱地揮動雙手。

「可憐的國王，」小瓦說：「他不該這麼打他的。」

彷彿實現他願望似的，格魯莫爵士暫時停了手。

「汝乞和否？」格魯莫爵士問道。

派林諾國王沒有回應。

格魯莫爵士補上一記重擊，又說：「你若是不乞和，我就砍了你的腦袋！」

「我不。」國王道。

噹！寶劍砍中他的頭。

噹！又擊中一次。

噹！第三次。

「乞和。」派林諾國王說，簡直像在說悄悄話。

然後，就在格魯莫爵士品嘗勝利的果實，鬆懈下來時，派林諾國王轉過身大喊：「絕不！」接著朝對方胸膛正中央猛力一推。

格魯莫爵士應聲倒地。

「哎呀！」小瓦驚叫，「竟然使詐啊！真想不到他會做出這種事！」

派林諾國王立刻坐在手下敗將的胸膛上，如此一來總共是四分之一噸重，壓得格魯莫爵士完全動彈不得。接著他動手解下格魯莫爵士的頭盔。

「你已經乞和了！」

「我說乞和，然後小聲說絕不。」

「你耍詐！」

「沒有。」

「你這個下流胚！」

「我不是。」

「你是！」

「我說絕不乞和。」

「你明明說乞和。」

「不，我沒有。」

「你有。」

「不，我沒有。」

「你有。」

這時格魯莫爵士的頭盔被解開了，只見他頂著一顆光頭，瞪著派林諾國王，氣得臉都紫了。

「奸徒，汝速速投降！」國王說。

「門都沒有！」格魯莫爵士說。

「你非降不可，否則我便砍了你腦袋。」

「那就砍吧！」

「哎，別這樣，」國王說：「你也知道頭盔沒了就得投降嘛。」

「見鬼！」

「那我只好砍你腦袋了。」

「要殺要剮隨便！」

國王裝腔作勢地揮著劍。

「來吧，」格魯莫爵士說：「我看你敢不敢動手！」

國王垂下劍說：「唉，我說你就投降吧，算我求你。」

「那你投降。」

「那怎麼成，再怎麼說都是我騎在你上頭，你說是吧，啥？」

「哼，我忘記要怎麼投降了。」

「哎，得了吧，格魯莫。你再不投降，我就真當你是個下流胚了。你也知道我不可能真的砍你腦袋。」

「我絕不向乞和之後又動手的騙子投降。」

「我不是騙子。」

「你是。」

「我不是。」

「你分明就是。」

「好吧，」派林諾國王說：「你不妨起來戴上頭盔，咱們倆好好打一場，我可不准別人叫我騙子。」

「騙子！」格魯莫爵士說。

他們站起身，手忙腳亂地要戴上頭盔，一邊沒好氣地說著「不，我不是。」「你明明就是。」一直鬧到戴好頭盔才停下來。然後兩人分別回到草地兩端，調整好重心，像兩部出軌的電車一般轟隆隆朝對方衝去。

不幸的是，這時他們氣急敗壞，再也顧不得仔細，怒火攻心之下，居然雙雙錯過對手。由於連人帶盔甲的衝勢太猛，一直到衝過對手好遠才停得下來，各自轉身時陰錯陽差，正好誰也沒瞧見誰。這時在旁觀看非常有趣，派林諾國王有了遭人背後偷襲的教訓，所以不停轉圈想看背後，而格魯莫爵士則因為自己用過這招，也做著相同的事。他們就這麼亂晃了五分鐘，站立不動、屏息靜聽、噹噹作響、或蹲或爬、凝神注目、踮腳走路、不時又像賭運氣似的朝背後揮個一下。有回他們背對著背，離對方只有幾呎，卻躡手躡腳，萬分謹慎地朝反方向走開去了。還有一次，派林諾國王反手一劍恰好擊中格魯莫爵士，可是兩人立即旋身又旋身，把自己弄得頭暈目眩，又摸不清對手在哪了。

過了五分鐘，格魯莫爵士道：「好啦，派林諾，別躲了，我瞧見你了呢。」

「我可沒躲！」派林諾國王憤慨地大叫，「你倒說說我在哪？」

他們找到對方，面對面欺了上去。

「下流胚！」格魯莫爵士罵道。

「才怪！」派林諾國王說。

他們轉過身，大跨步走回各自的角落，氣得火冒三丈。

「騙子！」格魯莫爵士大喊。

「流氓！」派林諾國王吼回去。

罵完後，他們又使出渾身解數，準備一決死戰。他們身體前傾，像兩頭雄山羊般低下頭，全速向對方衝刺，要發出致命一擊。唉，只可惜他們的準頭太差，離對手足足差了五碼。他們以蒸汽全開、至少八節[7]的速度交錯而過，有如夜間交會卻未通話的船隻，各自衝上絕路。兩名騎士像風車一樣，逆時針方向揮動手臂，想減緩速度，卻徒勞無功。他們以絲毫未曾稍減的高速，雙雙往前衝去。格魯莫爵士先一頭撞上小瓦所在的山毛櫸，繼而派林諾國王也撞上空地彼端的栗子樹。枝幹搖晃，森林為之震動。黑鶇和松鼠咒罵不絕，半哩外的林鴿也飛離牠們樹蔭裡的棲所。兩名騎士靜立不動，剛好是旁人可以從一數到三的時間，然後在悅耳的盔甲碰撞聲中，兩人同時倒地，俯臥在那致命的青草地上。

「我看他們是暈了。」梅林說。

「噢，我的天，」小瓦說：「我們是不是該下去幫幫他們？」

「如果我們有水，」梅林直覺應道，「可以拿水淋在他們頭上。但要是把盔甲弄生鏽了，他們不會感謝我們。他們不會有事的。而且我們也該回家了。」

「但他們說不定死了呀！」

「他們沒死，我知道的。過幾分鐘他們便會醒過來，回家吃晚餐去。」

「可憐的派林諾國王無家可歸。」

「那格魯莫爵士會留他過夜，等他們醒來，照樣是哥倆好，都是這樣的。」

「您真的這麼認為嗎？」

「我的好孩子，我可清楚了。閉上眼睛，我們走了。」

小瓦向梅林過人的智識屈服了。「您覺得，」他閉著眼睛問道：「格魯莫爵士家可有羽毛床？」

「應該有的。」

「那就好，」小瓦說：「那對派林諾國王會很好，雖然他現在撞暈了。」

拉丁咒語念了，祕密手勢也做了，漏斗般的呼嘯聲和空間把他們接了去。兩秒鐘後，他們便躺回了看臺下，而警衛官的聲音正從比武場另一頭傳過來：「不行啊，小亞少爺，不行。您在那兒打盹也夠久了。來來，到太陽底下跟凱伊少爺比畫比畫，一二、一二！」

① 克雷西之戰（Battle of Crecy）：英法百年戰爭早期著名戰役。西元一三四六年，英王愛德華三世率軍重挫菲力普六世統領的法軍。

② 撒拉遜人（Saracen）：與十字軍對抗的阿拉伯人或回教徒。

③ 掌幅呎（hand）：約為十公分，測量馬匹高度的單位。

④ 問候語「萬福」和「下冰雹」在英文中是同一個字：「hail」。

⑤ 這是時空錯亂的用法，「讓步」（handicap）乃指現代運動中優劣懸殊過鉅時給予優者不利條件，例如高爾夫球賽時從實力差者總桿數中扣除一定數量，或賽馬時優者讓劣者先跑一段距離。用於此處，彷彿長矛比武也是一種現代運動。

⑥ 原文「It never hails but it pours」改自英文俗諺「不雨則已，一雨傾盆」（It never rains but it pours）。

⑦ 一節（knot）是每小時一浬，八節約為時速十五公里。

第八章

那是個八月末偶有的濕冷夜晚。小瓦屋裡待不住，跑去狗舍和卡威爾說話，又晃進廚房幫忙轉烤肉叉，但那裡太熱了。他並不是讓雨給困在屋裡，也不像我們這一代許多不幸的孩子那樣，受女性長輩所管制。是因為外面濕淋淋又陰沉沉，他才不想出去。他正在跟所有人賭氣呢。

「這混小子，」艾克特爵士說：「看在老天分上，別杵在窗邊愁眉苦臉了，找你家庭老師去。我小的時候，一到下雨天就是讀書，嘿，好好矯育我們一番。」

「小瓦是笨蛋。」凱伊說。

「欸，自個兒玩去吧，我的小鴨鴨，」他們的老奶媽說：「我沒空照顧你啊寶貝，我還有這堆衣服要洗哪。」

「我說，小少爺，」哈柏說：「您還是回房去吧，別找鳥兒麻煩了。」

「不行，不行呀！」警衛官說：「去去去，我幫這要命的鎧甲上油還不夠忙嗎？」

他回到狗舍，想不到連狗童也對他吠。

小瓦拖著步子，走上高塔房間，梅林正忙著給自己織一頂羊毛睡帽，準備冬天戴。

「我每隔一行，就將兩針收成一針，」魔法師說：「但不知什麼緣故，最後變得太尖了，像個洋蔥似的。每回都是在翻面的時候出錯。」

「我想我該受點矯育。」小瓦說：「可我不知道該做什麼。」

「你以為沒事做才要受教育嗎？」梅林生氣地問道，因為他自己心情也不好。

「嗯，」小瓦說：「某些教育是吧。」

「意思是跟我受教育囉？」魔法師眼裡閃著怒色。

「噢，梅林！」小瓦沒回答他的話，喊著說：「請您找點事情讓我做吧，我覺得糟透了。雨下成這樣，整天都沒人理我，我不知道該怎麼辦了！」

「你該學著打毛線。」

「我可不可以變成魚？或是別的動物？」

「你變過魚了，」梅林道：「肯上進的人一件事不用學兩次。」

「嗯，那我可以變成鳥嗎？」

「如果你稍微有點常識，」梅林說：「就會知道鳥不喜歡在下雨天飛行，因為會打濕羽毛、黏在一起，弄得一團糟。顯然你沒常識。」

「我可以變成哈柏鷹棚裡的獵鷹，」小瓦堅定地說：「那我就可以待在屋裡，不會淋濕。」

「想變成獵鷹啊？」老人說：「野心可真不小。」

「您明明隨時可以把我變成老鷹，」小瓦大叫，「可您偏要拿下雨天來尋我開心，哪有這樣的！」

「哎喲，真是！」

「拜託嘛，」小瓦說：「親愛的梅林，把我變成一隻鷹吧，不然我可要搗亂了，會出什麼亂子不知道喲。」

梅林放下毛線，從眼鏡框上方打量徒弟。「孩子，」他說：「在我的課程結束以前，你會變成這世界上的任何東西，動物、植物、礦物、單細胞生物、甚至病毒，但你得相信我無與倫比的後見之明。你變成獵鷹的時機尚未成熟——比方說哈柏現下還在鷹棚裡餵牠們吃東西，所以你先坐下來，學著當人吧。」

「好吧，」小瓦說：「您答應就好。」說完他便坐下了。

幾分鐘後他說：「人可以說話嗎？還是說小孩子只能坐著不能說話？」

「人人都可以說話。」

「那太好了，因為我想提醒您，您已經連續三行把鬍子織進睡帽了。」

「什麼？我……」

「我想最好是把您的鬍子末端剪掉。要不要我去拿剪刀來？」

「你怎麼不早說？」

「我想看會發生什麼事。」

「小子，你想被我變成一片麵包拿去烤嗎？」魔法師說。

說著他慢慢解開織進毛線的鬍子，一邊發著牢騷，小心翼翼不要弄鬆任何一針。

「飛行會不會像游泳那麼難？」小瓦認為家教氣消了才開口問道。

「你不用飛。我沒打算把你變成戶外的野生老鷹，只是讓你在鷹棚裡待上一晚，和其他鳥講講話。聽專家講話，這就是學習。」

「牠們肯講嗎？」

「牠們每天晚上都講，講到大半夜呢。牠們講自己是如何被抓的，描繪記憶中老家的模樣：包括自己的家世、祖先的偉大事蹟、訓練的經過、學過的和還沒學的。說穿了就是軍人間的談話，在一流騎兵團的食堂裡都聽得到：戰術、輕武器、保養、打賭、有名的打獵故事、美酒、女人和歌。」

「牠們還有一個話題，」他繼續說：「那就是食物。說來令人難過，但一般都是用挨餓的方式來訓練牠們。可憐的傢伙，老是餓肚子，心裡想著以前光顧過的高級餐廳，想著餐廳裡的香檳、魚子醬和吉普賽音樂。當然了，牠們都是系出名門的貴族子弟。」

「被當成犯人，又成天挨餓，真是太可憐了。」

「哎，牠們可不覺得自己是犯人，就和那些騎兵軍官一樣。牠們認為自己獻身軍旅，屬於一個類似騎士團的組織。你瞧，再怎麼說，鷹棚裡只有猛禽類，所以更加深了這個信念。牠們知道下層階級混不進來，牠們的遮光棲木可不是黑鶇之類的低等鳥類有資格站的。至於挨餓這回事嘛，離餓死還差得遠呢。你也知道，訓練嘛，接受嚴格訓練的人個個都會吃東西。」

「我什麼時候可以開始呢？」

「如果你想，現在就行。我的真知灼見告訴我哈柏正好做完了今晚的活兒。不過你得先決定要變成哪一種獵鷹。」

「我想變成灰背隼①。」小瓦禮貌地說。

這答案可討了魔法師歡心。「選得好。」他說：「如果你準備好，我們這就開始了。」

小瓦從凳子上站起來，走到家庭教師面前站好。梅林放下毛線。

「首先你會變小，」他一邊說，一邊按他的頭，直到他比鴿子還要小一點。「然後用腳趾著地，膝蓋彎曲，手肘收緊，手舉到肩膀高度，拇指和食指貼緊，中指和無名指也是。看，就是這樣。」

話一說完，老魔法師踮起腳尖，示範了一遍。

小瓦小心翼翼照做，心想不知接下來會如何。梅林其實剛才便偷偷念起咒語，念完後卻把自己變成了一隻兀鷹，小瓦倒是還踮著腳尖站在原地，絲毫沒有改變。兀鷹彷彿站在太陽底下，正想把身子晒乾。牠的翅膀張開足足有十一呎，有著鮮橙色的頭和紫紅色的肉冠。他一臉錯愕，看來十分滑稽。

「回來啊，」小瓦說：「您變錯了。」

「還不就這去她的春季大掃除，」梅林喊著，變回了人形。「只要讓女人進你書房半小時，就什麼法術都施不出來了。站起來，我們再試一次。」

這回小瓦發現自己的腳趾向外伸長，刮著地面。他覺得腳後跟隆起，向後突出，膝蓋縮進腹部，腿也變得很短。他的手腕和肩膀之間長出一層皮，初級飛羽從指尖柔軟的藍色翎管裡冒出來，迅速變長，次級飛羽則沿著前臂長出，拇指末端還生出一根漂亮的小小偽初級飛羽。

不過一眨眼功夫，他尾巴上的十二根羽毛便長出來了，中間是複尾羽，背上、胸前和肩膀上的覆羽也從皮膚底下冒出來，遮蓋住更重要的羽毛根部。小瓦看了梅林一眼，低頭從兩腳之間往後看，抖抖羽毛，然後用一根腳趾上的利爪搔起下巴。

「很好，」梅林說：「現在跳到我手上來——啊，小心點，別抓太用力，仔細聽我說。既然哈柏已經收工鎖門了，我這就帶你進鷹棚去。我會把你鬆開，也不戴頭套，然後放在巴林和巴蘭②旁邊。現在給我聽好了，千萬不要沒吭氣就靠到人家旁邊。你得記住，牠們大多數是戴著頭套的，若是被嚇著，衝動之下可能莽撞行事。你可以信賴巴林和巴蘭，也可以信任茶隼和雀鷹，但除非遊隼夫人邀請你，否則別靠牠太近。絕對不要站到庫利的特別隔間旁邊，因為牠沒戴頭套，一有機會就會隔著網子攻擊你。這可憐的傢伙腦袋有點問題，要是讓牠抓住，你別想活著脫身。別忘了，你參觀的可是斯巴達式的軍中食堂，這些傢伙都是正規軍，而你只是個小小少尉。所以乖乖閉嘴就好，有人跟你說話才開口，而且不要插嘴。」

「如果我是灰背隼，」小瓦說：「那應該不只是少尉吧？」

「這個嘛，你的的確確就是個小少尉。你會發現茶隼和雀鷹都很客氣，但無論如何，年長的灰背隼或遊隼夫人講話時，千萬別打岔。夫人是軍團的名譽上校。至於庫利嘛，哎，也是個上校，不過是步兵上校。所以你說話要注意禮貌。」

「我會小心的。」小瓦說，他已經開始害怕了。

「很好，明天一早，趁哈柏還沒起床，我會來接你。」

梅林帶新同伴進鷹棚時，所有的鳥兒都靜悄悄的。接下來他們便這麼待在黑暗中，又靜了幾分鐘。雨停了，取而代之的是八月的月光，潔亮得你可以看見門外十五碼的燈蛾毛蟲，看著牠緩緩爬上主堡起伏不平的沙岩城牆。不一會兒，小瓦的眼睛適應鷹棚裡的黯淡光線。黑暗為亮光、銀色的光暈所稀釋，他的視線逐漸明晰，眼前出現一幅奇異的景象。不論獵鷹或隼，均沐浴在銀色月光中，單腳站立，另一隻腳縮在腹部下方，個個都是文風不動的武士雕像，全身披掛鎧甲。牠們莊重地站著，頭戴羽飾頭盔，裝了馬刺，手持兵器。一陣風吹來，鳥兒棲木前的帆布或麻布簾幕沉沉掀動，恰似禮拜堂裡張掛的旗幟。牠們在如此高貴的氛圍中專注地守夜，像騎士那麼堅忍不拔。當時人們習慣幫所有鳥兒都戴上頭套，連蒼鷹和灰背隼也不例外，這兩種鳥兒現在是不戴頭罩的。

小瓦見了這些儀態威嚴、靜立不動、彷彿是石頭刻的形體，不禁倒抽一口氣。他被群鷹的雍容氣勢所震懾，覺得用不著梅林警告，也知道要表現謙遜、恪守規矩。

一陣清緩的鈴聲響起，大遊隼翅膀一振，用貴族氣派十足的鼻子發出來的高亢鼻音說道：「諸君可以開始發言。」

一陣死寂。

唯一的例外來自鷹棚的偏遠角落，那裡是特別圍起來給庫利住的。牠沒有綁住，也沒戴頭套，正在換羽毛。他們都聽見這位暴躁的步兵上校低聲發牢騷。「媽底賤胚，」牠喃喃念道，「媽底行政，媽底政客，媽底布爾什維克。俺眼前這可是一把媽底匕首啊？刀柄還朝著俺底手啊？媽底職務。俺說庫利啊，你就剩短短一小時可活，以後就要永世不得超生啦。」

「上校，」遊隼冷冷地說：「在年輕軍官面前不要這樣。」

「夫人，俺給您賠不是啊。」可憐的上校立刻說：「您也知道，有東西進到俺底腦袋裡去囉，啥子倒大楣底東西。」

又是一陣靜寂，氣氛顯得嚴肅、恐怖而冷靜。

「這位新進軍官是？」先前那個銳利而優美的聲音問道。

沒有人答話。

「先生，請您自己說吧。」遊隼下令，牠直視前方，彷彿在說夢話。

牠們戴著頭罩，看不見他的。

「真對不住，」小瓦開口說：「我是隻灰背隼……」

然後他便怕得住嘴了。

巴蘭是站在他身邊的正牌灰背隼之一，這時牠靠了過來，親切地在小瓦耳邊說：「別怕，稱牠夫人就行了。」

「回您的話，夫人，我是隻灰背隼。」

「灰背隼是吧。很好。你是哪支家系的啊？」

小瓦不曉得自己哪一支，但他不敢讓人發現自己撒謊。

「夫人，」他說：「我是野森林城堡的灰背隼。」

此話一出，四周又靜了下來。那是一種他越來越怕的銀光中的寂靜。

「我聽過約克郡灰背隼，」最後名譽上校緩緩說道：「威爾斯灰背隼、北方的麥梅林。還有索斯伯里和愛摩爾荒地那一帶的灰背隼，以及康瑙地區的歐梅林家③。我可沒聽說過野森林城堡的灰背隼家族。」

「想必就是如此了，巴蘭上尉。」

「老天保佑牠，」小瓦心想，「明天我一定要特別抓一隻麻雀，背著哈柏餵牠吃。」

「夫人，我想應該是旁系家族。」巴蘭說。

寂靜再度降臨。

最後遊隼搖鈴道：「我們先進行問答，再讓他宣誓。」

小瓦左邊的雀鷹聽了這話，緊張地咳了幾聲，但遊隼未加理會。

「野森林城堡的灰背隼，」遊隼說：「何謂足獸？」

小瓦暗自感謝上蒼，幸好艾克特爵士讓他受了第一流的「矯育」，他答道：「足獸指的是馬、獵犬或獵鷹。」

「為何以足獸稱之？」

「因為足力為其重要依靠，所以根據法律，若是傷及獵鷹、獵犬或馬之足，即視作危害其性命。讓馬跛足即等於要了牠的命。」

「很好。」遊隼說：「你的首要器官為何？」

「是我的翅膀。」小瓦想了一會兒，胡亂猜說。

話聲一落，在場所有鈴鐺同時叮噹響起。一尊尊塑像顯然倍感氣憤，紛紛放下原本縮起的腳，改為雙足並立站著。

「你的什麼？」遊隼尖叫。

「他說是他媽底翅膀！」窩在私人禁區裡的庫利上校說：「誰敢開口要咱們冷靜就媽底活該倒大楣，真是夠了！」

「連鵪鶉都有翅膀啊！」茶隼叫道，尖聲警告，這是牠第一次開口。「快想啊！」巴蘭悄聲說。

小瓦絞盡腦汁地想。

鵪鶉有翅膀、尾巴、眼睛和腳——顯然什麼都有了。

「是我的爪子！」

「可以了，」經過一段恐怖的停頓後，遊隼和氣地說：「正確答案是足，就跟先前的問題一樣，不過爪子也行。」

群鷹——這當然是概括的統稱，因為有些是獵鷹，有些則是隼——再度抬起繫鈴鐺的單腳，安心就坐。

「足之第一誡律為何？」

（「仔細想。」友善的小巴蘭隔著偽初級飛羽說。）

小瓦仔細想，想出了答案

「絕不放鬆。」他說。

「最後一個問題。」遊隼說：「身為灰背隼，你要如何殺死體型比你大的鴿子？」

這題算小瓦走運，因為他聽過哈柏描述巴蘭某天下午是如何辦到的，於是他小心翼翼答道：「用腳勒死牠。」

「非常好！」遊隼說。

「好耶！」群鷹紛紛鼓動羽毛大喊。

「九十分，」雀鷹快速算過一遍後說：「如果爪子那題給他半對的話。」

「魔鬼叫俺倒大楣啦！」

「上校，請自重！」

巴蘭悄悄對小瓦說：「庫利上校的腦筋不大對勁。我們認為是肝臟出了毛病，可是按照茶隼的說法，是因為牠事事向夫人看齊，長期承受壓力所致。牠說有一回啊，夫人竟然完全照著上對下的階級和牠說話，你知道，就是騎兵對步兵。結果牠眼睛一閉，暈了過去，此後就變了個人囉。」

「巴蘭上尉，」遊隼說：「講悄悄話很不禮貌。現在舉行新進軍官宣誓儀式。神父④，請開始。」

可憐的雀鷹原本便就侷促不安，此時更是滿臉通紅，結結巴巴地念出一長串繁複的誓詞，內容涉及腳環、繫腳皮繩和頭罩。「吾以此腳環，」小瓦聽見牠說：「授汝……愛、榮譽與服從……直至皮繩磨斷之時。」

但是還沒念完誓詞，隨軍神父便徹底崩潰，抽噎著說：「噢，夫人，請您原諒，可是我沒留硬骨碎。」

（「硬骨碎就是骨頭之類的東西，」巴蘭向他解釋，「你當然得拿骨頭宣誓。」）

「沒有留硬骨碎？這可是你職責所在啊！」

「我……我知道。」

「你都弄到哪兒去了？」

「我……我全給吃了。」倒楣的神父哭著說。

雀鷹泣不成聲地供出了牠的滔天大罪。

沒有人說話，這樣的怠忽職守太嚴重了，言語簡直無法形容。群鷹紛紛雙腳站立，雖然看不見，還是轉頭面向罪人。無人說出一句責難之詞。在那長達五分鐘的全然靜默之中，他們只聽見神父難以自制的啜泣和打嗝聲。

「既然如此，」最後遊隼開了口：「入會儀式只好延到明天舉行了。」

「容我建議，夫人，」巴林說：「或許今晚我們可以先舉行入會試煉？我相信候選人是行動自由的，因為我沒聽見他被綁起來。」

小瓦聽見試煉二字，不禁暗自顫抖。他下定決心，明天要給巴蘭吃的那隻麻雀，連一根羽毛都不分給巴林。

「謝謝你，巴林上尉，我也正在思考這件事。」

巴林住嘴了。

「候選人，你行動自由嗎？」

「噢，回您的話，夫人，我行動自由。可是我覺得我不想受試煉。」

「這是慣例。」

「我想想，」名譽上校接著沉吟道，「我們上回入會試煉的內容是什麼？巴蘭上尉，你可還記得？」

「夫人，我的考驗是在三更時分，以繫腳皮繩倒吊。」友善的灰背隼說。

「既然他沒被綁著，就不能這麼做。」

「夫人，您不妨啄他一下，」茶隼道：「相信您自有輕重。」

「叫他去站在庫利上校旁邊，等我們響三次鈴。」另一隻灰背隼說。

「啊，不要啊！」在不遠處的黑暗之中，瘋癲的上校痛苦地喊道，「不要啊，夫人！求求您別這麼做啊。俺是個媽底大壞蛋，夫人，會有什麼後果俺可不敢負責啊。饒了那可憐孩子吧，夫人，不要讓我們陷於誘惑啊[5]！」

「上校，請自制。這試煉很合適。」

「啊，夫人，有人警告過我別站在庫利上校旁邊。」

「有人警告你？誰？」

可憐的小瓦明白他得做出抉擇，如果承認自己是人類，便不可能學到他們的祕密，否則就得通過試煉，才能完成教育。他可不想當個膽小鬼。

「夫人，我願意站在上校旁邊。」話才出口，他便發現自己語氣頗具挑釁意味。

遊隼對他的口氣不予理會。

「那就這麼辦。」牠說：「不過首先我們要先唱讚美歌。神父，如果你沒把讚美歌也吃掉，就請帶我們唱第二十三首試煉讚美歌。」

「還有你，茶先生，」牠又對茶隼說：「你最好別出聲，因為你每次都唱太高。」

群鷹站在月光下，聽雀鷹數「一、二、三」，接著所有鳥喙齊張，不論彎弧形的或長了牙齒的，在牠們的頭套裡張開，齊聲大唱，以下便是牠們唱的內容：

生命是血，迸出並發散
隼鷹之眼能面對此獵物受難
被獵捕的困獸聞此心安：
死亡的恐懼使我心思騷亂

唯有雙爪緊握是正途
因為肉身脆弱，而足下空無
力量只歸於強壯、高貴與孤獨者
死亡的恐懼讓我昇華喜樂

怠惰者可恥，軟弱者哭泣
見逃的強者必遭凌夷
鮮血為鷹爪與利喙所欲
我們即是死亡的恐懼！

「非常好，」遊隼道：「巴蘭上尉，我覺得你的高音C沒唱準。好了，候選人，你過去站在庫利上校的隔間旁邊，我們會響三次鈴，第三次鈴響後，你愛閃多快都行。」

「好的，夫人。」小瓦說，一肚子不平之氣讓他拋開恐懼。他拍動翅膀，飛到遮光棲木盡頭坐著，隔著網子緊鄰庫利的獨居隔間。

「孩子！」上校以一種怪異的聲音大吼，「別靠近俺！別過來！啊，別讓俺這窮凶極惡底傢伙受誘惑而不得超生啊。」

「長官，我不怕您的，」小瓦說：「您別煩惱了，我們倆不會有事的。」

「不會有事？聽你鬼扯！啊，快走吧，不然就來不及啦！俺感覺到心裡無盡底渴望哪。」

「長官您別怕，只要等牠們響三次鈴便行了。」

這時眾騎士放下牠們原本高舉的腳，嚴肅地響了第一次鈴。甜美的鈴音迴盪整座鷹棚。

「夫人！夫人啊！」飽受煎熬的上校叫道，「發發慈悲，可憐可憐俺這媽底血腥之徒。舊底快去，新底快來。俺撐不了多久啦！」

「長官，要勇敢啊。」小瓦輕聲說。

「要俺勇敢是吧？哼，不過兩天前吧，俺半夜才在聖馬可教堂後頭小路上遇到公爵，他一邊嚇死人底鬼叫，肩膀上還扛了一條人腿哪。」

「這沒什麼。」小瓦說。

「沒什麼是吧？如果俺說他是隻狼呢？只不過狼皮長在外頭，他長在裡面。割開俺身上底肉看看嘛。啊，拿把匕首來，讓俺死了吧！⑥」

鈴響了第二次。

小瓦的心噗通跳著。上校正沿棲木側身朝他走來。牠每走一步，都像痙攣似的緊握木枝，發出蹀步聲。牠那可憐、瘋癲、鬱悶的雙眼在月光下熠熠閃亮，與牠困窘、緊皺的雙眉形成的黑暗恰成對比。牠其實並不殘忍，也無任何卑劣的感情。牠對小瓦感到極端恐懼，而非自居上風，牠是迫不得已要下殺手。

「如果非這麼做不可，」上校喃喃自語，「那就晚來不如早來，誰料到這小夥子性子這麼拗呢？」

「上校！」小瓦說。但他仍然立定不動。

「小子！」上校叫道，「說話啊，阻止俺，行行好啊！」

「您背後有隻貓，」小瓦鎮定地說：「或是一隻松貂，您瞧！」

上校轉身，迅捷得像是黃蜂的刺，然後惡狠狠地朝那片黑暗示威。那兒什麼也沒有。牠明白上當，癲狂的雙眼再度盯著小瓦。接著牠用毒蛇般的口氣冷冷地說：「鈴聲在呼喚我。小灰背隼，無須指望聽見，此乃召你上天堂、下地獄底喪鐘。」

第三次鈴正好在牠說話的同時響起，代表小瓦可以在不違背榮譽的情形下移動。試煉到此結束，小瓦可以飛走。但就在他動作時，就在他飛起時，鋸齒鐮刀狀的恐怖爪子已從上校那裝甲的雙腿射出，比任何動作、任何飛行都快——不是一閃即至，因為快得根本看不見——只聽砰一聲，再一抓，小瓦心知不妙，就像被高大的警察逮捕似的，彎刀刺進了他正要退開的拇指。

抓住了，抓住了就不會再鬆手。健壯的大腿肌肉緊縮、抽搐了兩下，越抓越緊。這時小瓦已經往遮光簾幕下方又避開兩碼，庫利上校單足站立，另一隻腳則如同鉗子般緊握著幾絲網線和小瓦的偽初級飛羽，連同它的覆羽。兩三根小羽毛在月光下輕輕飄落地面。

「做得漂亮！」巴蘭歡喜地叫道。

「很有紳士風範的表現。」遊隼說，並不介意巴蘭上尉搶在牠前面發言。

「阿門！」雀鷹說。

「真勇敢！」茶隼說。

「我們是不是給他唱首凱旋之歌？」巴林也心軟了。

「當然好。」遊隼說。

於是在庫利上校引吭高歌的帶領下，牠們齊聲高唱，在那駭人的月光下意氣風發地搖響鈴鐺。

山鳥固然很甜美
但谷裡的鳥更肥
所以我們當然想
要把後者都帶回。
遇上發抖的兔子
一擊便打中要害
兔肉就像是蜂蜜
尖叫是我們的酬勞
有的擊中雲雀羽毛
像雲朵一般散掉
有的啄拔鷓鴣下腹
讓他人把頭也咬掉
但灰背隼之王小瓦
比我們都先出擊
他捕獸鳥
使我溫飽
令我們傳頌不已

「記住我說的，」美麗的巴蘭說：「這年輕的候選人是塊稱王的料。好了，大夥兒再跟我唱一次吧！」

但灰背隼之王小瓦
比我們都先出擊
他捕獸鳥

使我溫飽
令我們傳頌不已

①「灰背隼」與「梅林」的英文都是Merlin。

②在《亞瑟之死》中，巴林（Balin）和巴蘭（Balan）是一對騎士兄弟，最後在決鬥中雙雙為對方所殺。

③此處是故意開地區的玩笑。北方的「麥梅林」（McMerlin）：以「Mc、Mac」開頭的姓氏常見於北方蘇格蘭地區；愛爾蘭西北康瑙地區的「歐梅林」（O'Merlin）：以「O'」開頭的姓氏則常見於愛爾蘭地區，如歐康納。作者還順便挖苦了英國上層階級喜探聽家世，藉以斷定對方是否為「圈內人」的習慣。

④作者刻意將鷹棚裡的群鷹描繪成英國軍官，此處用的字是「padre」，指隨軍神父。

⑤【編注】庫利胡言亂語，把「主禱文」都搬出來了。

⑥【編注】匕首與死亡這一句，典出莎士比亞《哈姆雷特》一劇中著名的獨白

第九章

「哇！」隔天早上，小瓦在自己的床上醒來。「真是一群嚇人又尊貴的軍官呀！」

凱伊從床上坐起來，像松鼠一樣開始嘮叨。「你昨晚跑哪去了？」他喊道，「我看你準是偷偷爬出去了。我要去跟父親說，讓他抽你一頓。你知道宵禁之後我們就不許外出的。你做什麼去了？我到處找都找不到。我就知道你一定爬出去了。」

有些時候，他們如果晚上要外出，例如去等獾出來，或是抓只有在日出前才抓得到的鯉魚，便會從排雨管往下溜進護城河。

「哎喲，別吵啦！」小瓦說：「我好睏。」

凱伊說：「起來，醒醒啊你這壞蛋！昨晚你去哪了？」

「我不跟你說。」

反正他知道凱伊一定不會相信，到時候只會說他扯謊，並且更生氣。

「你如果不告訴我，我就殺了你。」

「你才不會。」

「我會。」

小瓦翻過身去，背對著他。

「混蛋！」凱伊說。他抓住小瓦手臂，死命一擰。小瓦像突然被釣起來的鮭魚般踢打，狠狠踢中他的眼睛。轉眼間他們已經下了床，氣得臉色發白，活像兩隻剝了皮的兔子——那時的人睡覺都不穿衣服。他們雙手風車似的揮動，急著要讓對方好看。

凱伊比較年長，塊頭也比小瓦大，所以最後注定是他贏。然而他也比較緊張，比較有想像力，可以想像每一拳揮過來會有什麼後果，反而減弱了他的防衛。小瓦則只是一陣憤怒的龍捲風。

「走開啦你！」他口中這麼說，卻不放開凱伊，一個勁低著頭猛揮拳，凱伊想走都走不成，兩人淨朝對方的臉上揍。

凱伊手長，拳頭也大。他伸直手臂不為別的，只是想保護自己，小瓦的眼睛卻自己送了上來。天空變成一片嘈雜而駭人的黑，上面有一道道流星向外射的軌跡。小瓦開始抽噎喘氣。他想辦法一拳打中對手的鼻子，這一拳下去就見血了。凱伊放棄防禦，轉身背對小瓦，用一種冷淡的、充滿責難的鼻音說：「你看我流血了啦！」這場戰爭便結束了。

凱伊躺在石地板上，血從鼻子裡汩汩湧出。小瓦黑了一隻眼睛，從門上拿下一枝巨大的鑰匙，放在凱伊身體底下①。兩人都沒說話。

這時凱伊翻過身，竟抽噎起來了，「梅林什麼都幫你，可他從來沒幫過我。」

這下小瓦覺得自己是禽獸了。他靜靜穿好衣服，趕忙去找魔法師。

途中他讓奶媽給逮著了。

「喲，你這小壞蛋！」她叫道，搖著他的手臂，「你又跟凱伊少爺打架啦。瞧你這可憐的眼睛，真是的。這下子大副們可要大大傷腦筋了！」

「沒事的。」小瓦說。

「怎麼會沒事，我的小乖乖！」奶媽這下更氣，作勢要打他耳光。「快說，到底怎麼回事？免得你挨打喲。」

「我撞到床柱了。」小瓦氣呼呼地說。

老奶媽立刻把他摟進大胸脯裡，拍著他的背說：「乖乖，我的小寶貝。我以前逮著艾克特爵士鼻青臉腫的時候，他也是這麼說的，都四十年前的事囉。還真是一家人哪，連撒的謊都一樣。好啦，小可憐，你這就跟我到廚房去，咱們馬上弄塊牛肉給你貼著②。話說回來，你真不該和塊頭比你大的人打架。」

「沒關係啦，」小瓦又說，覺得奶媽的大驚小怪很煩，可是他命中注定要受懲罰，這位老女士可是絕不寬容的。他費了半小時才脫身，而且還帶了一片血淋淋的生牛肉，用來按在他眼睛上頭的。

「要把體液③吸出來，用肥肥的屁股肉最好啦。」剛才奶媽是這麼說的，廚子則接口道：「從復活節以後，咱們就沒見過這麼漂亮，這麼多血的生肉啦，沒有的啊！」

「我把這噁心東西留給巴蘭吧。」小瓦心想，便又去找家庭教師。

小瓦沒費什麼功夫，便在高塔房間裡找到他了。房間是梅林自己選的，哲學家都喜歡住在塔裡，只要看過伊拉斯摩④在劍橋大學裡選的房間就知道了。不過梅林的居室還要更漂亮，那是城堡裡最高的房間，就在主堡的瞭望臺正下方，你可以從窗戶遠望田野，這是敕許的獵地，越過獵園，越過獵林⑤，直到視線終於越過遠方「野森林」青色的樹冠。這片枝葉茂盛的樹海有如丘陵不斷延伸，就像麥片粥的表面，最後終於消失在遠方杳無人煙的群山裡，消失在雲霧覆蓋的高塔和壯麗的天國宮殿之間。

梅林見到他的黑眼圈後，發表了醫學方面的意見。

他說：「你的黑眼圈是組織內出血造成的，起先是紫黑色，慢慢會轉為綠色、黃色，然後才消失。」

真叫人不知怎麼回答才好。

梅林繼續說：「我看，是被凱伊打的吧？」

「是的。您怎麼知道？」

「啊，這個嘛，我就是知道。」

「我來問凱伊的事。」

「說吧，問吧，我會回答。」

「嗯，凱伊覺得您老是把我變成這個那個，可是都沒他的分，這樣不公平。我沒跟他說，可是他大概猜到了。我也覺得不公平。」

「是不公平。」

「那下回您可不可以讓我們兩個一起變？」梅林已經用過早餐，正用海泡石菸斗吞雲吐霧，他的徒弟看了還以為他在噴火。這時他深深吸了一口，看著小瓦，正要開口說話，又改變主意，把煙先呼了出來，再吸一大口。

「有時候，」他說：「人生看起來的確不太公平。你知道以利亞和雅卡南拉比⑥的故事嗎？」

「不知道。」小瓦說。

他無可奈何地在地上找了個舒服的位子坐下，知道自己大概要聽像上回鏡子那樣的寓言故事了。

「這個拉比嘛，」梅林說：「和先知以利亞一同旅行，他們走了一整天。天黑的時候，來到一個窮人的破茅屋外，他唯一的珍寶就是一頭母牛。窮人跑出來，他的妻子也跟著出來，他們歡迎兩位陌生人留下來過夜，並且在拮据的環境下盡力款待客人。以利亞和拉比喝了很多牛奶，還吃了自家製麵包和奶油，然後睡在最好的那張床上，兩位好心的主人則睡在廚房的爐火旁。可是隔天早上，窮人的母牛卻死了。」

「後來呢？」

「他們又走了一整天，傍晚來到一個有錢的商人家，他們很希望能受他招待。商人很富裕，但是為人冷漠而傲慢，只肯讓先知和同伴睡在牛棚裡，吃麵包喝水。可是隔天早上，以利亞卻感謝他的招待，還派了石匠幫他修補一道快倒的牆，作為回報。雅卡南拉比沉不住氣，便請聖人解釋他待人之道。『那位熱情招待我們的窮人，』先知答道：『本來他妻子當晚會死去，但為了獎賞他的善心，上帝只帶走他的母牛，而非他妻子。我之所以幫那位富有的守財奴修補牆壁，是因為那附近藏了一箱金子，倘若讓那小氣鬼自己去修，他一定會找到寶藏。所以不要質疑主為何如此做，而應當在心裡說：主在世上一切所作所為，難道不都是對的嗎？』」

「這故事不錯。」小瓦說，故事似乎到此結束了。

梅林說：「我很抱歉，只有你會得到我額外的教導。不過話說回來，你也知道，這就是我來的目的。」

「我覺得讓凱伊一起來沒什麼不好啊。」

「我也是這麼想，可是雅卡南拉比同樣也覺得不該幫那個小氣鬼修牆。」

「這我了解，」小瓦疑惑地說：「但我還是覺得母牛死了好可惜。能不能讓凱伊跟我一起來，一次就好？」

梅林溫和地說：「或許對你有益的事情，對他反而有害。而且你別忘了，他從來沒有要求過要變成什麼。」

「雖然如此，他還是想嘛。您知道我喜歡凱伊，而且我覺得大家都不了解他。他得裝出驕傲的樣子，因為他害怕。」

「你還是沒聽懂我的意思。假如他昨晚也變成灰背隼，卻沒通過試煉，結果失去勇氣呢？」

「您怎麼知道試煉的事？」

「啊，你看，我就是知道。」

「好吧，」小瓦固執地說：「可是假如他通過了試煉，也沒有失去勇氣呢？我不知道您為何要預設他過不了。」

「哎！這孩子！」魔法師氣呼呼地喊道：「你今天早上怎麼什麼都聽不懂！你到底要我怎麼做？」

「把我和凱伊變成蛇或是什麼的。」

梅林摘下眼鏡朝地下一摔，跳上去狠狠地踩。

「叫卡斯特和波魯克斯⑦把我吹到百幕達去吧！」他大叫，立刻消失在一陣可怕的轟隆聲中。

幾分鐘後，小瓦仍有些困惑地盯著老頭的椅子，這時梅林又出現了。他弄丟了帽子，頭髮和鬍子亂成一團，彷彿被颶風颳過。他重新坐下，以顫抖的手指撫平身上的長袍。

「您剛才為什麼這樣做？」小瓦問。

「我不是有意的。」

「您的意思是說，卡斯特和波魯克斯真的把您吹到百幕達去了嗎？」

「你就把這當成一次教訓，」梅林回答：「不要隨便賭咒！我們還是換個話題吧。」

「我們剛剛在說凱伊的事。」

「對！而在我——咳咳！在我跑去那要命的百幕達群島之前，我本來要說的是，我沒辦法把凱伊變成別的東西，我來的時候並未得到這項能力。至於為何如此，你我都不知道，不過這是既成的事實。我本來不想明講，但你不肯接受暗示，現在你也只能乖乖接受現實。現在先別講話，等我喘個氣，把帽子找回來再說。」

於是小瓦靜靜坐著，梅林則閉上眼睛，開始喃喃自語。他頭上立刻出現了一頂怪異的圓筒狀高頂黑色禮帽。

梅林一臉嫌惡地檢查了半天，尖刻地說：「這算哪門子服務？」然後把帽子還給空氣。最後他憤怒地起身大叫：「給我過來！」

小瓦和阿基米德對看一眼，不知道他是什麼意思，可是梅林沒理會他們。阿基米德一直坐在窗臺上，看著外頭的景致，因為他當然不會離開主人。

梅林不知道對著誰怒道：「怎麼，你覺得這樣很好玩嗎？」

「那好，你為何做這種事？」

「這不是藉口，我要的當然是本來戴的那頂，而不是現在這頂，你這笨蛋。我不要我一八九〇年戴的帽子。你一點時間觀念都沒有嗎？」

梅林摘下這會兒出現的水手帽，舉在半空中端詳。

「這是時空錯亂，」他口氣嚴厲地說：「就是這麼著，要命的時空錯亂啊！」

阿基米德似乎對這類場面司空見慣，因為他用很通情答禮的口氣問道：「主人，您怎麼不直接說出那帽子的名字呢？就說『我要我那頂魔法師帽』，而不是『我要我本來戴的那頂帽子』。或許那可憐的傢伙和您一樣，都覺得倒著活很困難呢。」

「我要我那頂魔法師帽。」梅林不高興地說。

只一眨眼功夫，那頂長長的尖頂錐形帽便站在他頭上了。

空氣中的緊張氣氛緩和了下來。小瓦又坐回地上，阿基米德則繼續梳洗，用喙把翅羽和尾羽上的羽枝弄順。每一根羽枝上都有幾百根細鉤或小羽枝，羽枝便是藉此集中在一起。他正把羽枝通通弄齊。

梅林說：「我今天諸事不順，所以才會這樣。請你不要見怪。」

「凱伊的事，」小瓦說：「如果您不能把他變成別的東西，能不能讓我們倆一同冒險，可是又不用變身呢？」

梅林極力克制住情緒，然後冷靜思考了這個問題。他實在被這件事煩透了。

「我不能為凱伊使用魔法，」他緩緩說道：「除了我本來就有的『後見之明』和『真知灼見』魔法之外。你的意思是說用這些嗎？」

「您的後見之明有什麼用？」

「我可以知道你接下來要說些什麼，『真知灼見』則會讓我知道其他地方發生過什麼事，或正在發生的事。」

「那現在有沒有什麼可以讓我和凱伊去瞧瞧的？」

梅林突然一敲額頭，興奮大喊：「我知道了！有，當然有，而且你一定會瞧見。沒錯，你就帶著凱伊，動作快點。彌撒結束後就去。先吃早餐，彌撒完了就走。對，就這麼著。直接到田裡哈柏的帶狀麥田堆去，沿著那條線走，直到有事發生為止。太好了，是的，這樣我就可以睡個午覺，也不用管那討厭的《邏輯大全》。等等，我是不是已經睡過了？」

「還沒，」阿基米德說：「主人，那是將來的事。」

「那太好了，真是太好了。聽好了，小瓦，別忘記帶凱伊一起去，這樣我才可以睡午覺。」

「我們會看到什麼東西呢？」小瓦問道。

「啊，別拿這種小事煩我。你快去吧，好孩子，記得帶凱伊一道去。你以前怎麼不說呢？別忘了沿著大麥田一直走下去啊。哎！自從我接了這該死的家教，這可是我頭一回休半天假。首先我要在午飯前小睡一會，然後在下午茶之前也小睡一會。晚餐開飯前我總得找些事情做。阿基米德，你覺得晚餐前該做什麼好呢？」

「小睡一會吧。」貓頭鷹冷冷地說，然後轉身背對主人。他和小瓦一樣，都喜歡多出去歷練歷練。

① 【編注】流鼻血時把鑰匙放在頸背，鑰匙的低溫有助於止血。

② 【編注】在瘀血的部位放上生肉，可加速散瘀。

③ 體液（humours）：古代醫學認為人體內有四種液體：血液、黏液、膽汁和黑膽汁。

④ 伊拉斯摩（Desiderius Erasmus, 1467-1536），荷蘭哲學家，北歐文藝復興的重要人物。

⑤ 【編注】一〇六六年征服者威廉占領英格蘭後，原有的貴族領地悉遭沒收，轉而為威廉及其諾曼追隨者所有。一〇八五年征服者威廉下令進行土地普查，作為分封與徵稅依據，普查結果彙整為《末日之書》（*The Domesday Book*）。其中土地分類以森林（forest）為最高級，此處的森林未必一定指林地，而是獵場的泛稱，一般皆為國王所領，除王室僕役外，任何人非經國王特許，不得於其中行獵，違者依森林法予以重罰。獵林（chase）與森林類似，但狩獵權已經國王敕封給貴族，不受森林法管轄。獵地（warren）原為人人皆可捕獵野兔、雉雞、鵪鶉、山鷸等物的公地，但經國王敕許則可為特定貴族專用，他人不得行獵。獵園（park）指以籬笆將獵物圈在裡面的獵場，如位於森林範圍內，亦受森林法管轄。各項關於狩獵的規定影響平民生計至鉅，本書中稍後將登場的羅賓漢，即為反抗此苛政的平民英雄。

⑥ 【編注】拉比（Rabbi）為猶太經師。

⑦ 希臘神話中，卡斯特（Castor）和波魯克斯（Pollux）是宙斯與麗達所生的雙胞胎，曾與傑森一同出征去尋找金羊毛。黃道十二宮中的「雙子座」即是指這兩人。

第十章

小瓦知道，若是把他和梅林的一番談話說出來，凱伊一定會覺得是別人可憐自己而不肯去，於是他什麼也沒說。說也奇怪，兩人方才那場惡鬥，竟使他們又成了好朋友，能夠雙眼直視對方——眼中帶著困惑的情感。他們一起出發，也不多作解釋，不過仍有些尷尬。彌撒結束後，他們便來到了哈柏的大麥田盡頭。此時小瓦不須再隱瞞，到了這裡一切便容易了。

「走吧，」他說：「梅林要我告訴你，這附近有東西是特別要給你的。」

「什麼樣的東西？」凱伊問道。

「冒險吧。」

「我們要怎麼去呢？」

「就沿著這條麥田一直走下去，我想應該會走進森林。我們要讓太陽保持在我們左手邊，但也要記得考慮它移動的位置。」

「好吧，」凱伊說：「到底是什麼冒險？」

「我不知道。」

他們沿著麥田走，跟隨那條想像中的直線，越過獵園和獵林，不時環顧四周，等著怪事發生。途中他們驚動了六隻小雉雞，又懷疑牠們是否有不尋常之處，凱伊差點要說其中一隻是白色的。假如那真是隻白雉雞，突然又有隻黑鷹從空中俯衝而下，那麼他們便可確定附近有神奇之事，接下來只需跟著那隻白雉雞——或者那隻黑鷹，就會找到中了魔咒的城堡，以及城堡裡的少女。可惜啊，那隻雉雞不是白色的。

走到森林外圍，凱伊說：「我想我們得進去囉？」

「梅林要我們沿著這條線走。」

「好吧，」凱伊說：「我可不怕。如果這是為我準備的冒險，一定是好事。」

他們進了森林，很驚訝地發現路並不難走，大概就像現今的大森林。那時候普通的森林都像亞瑪遜叢林。當時沒有獵雉雞的地主，整天只想把灌木叢剷平；當時的木材商人數量不及今日的千分之一，也不會處心積慮要砍光剩下的幾分林地。野森林大部分幾乎無法穿越：參天神木構成巨大壁壘，枯死的樹木倒落在其他樹幹上，被藤蔓纏在一起，活著的樹則爭相朝著給予生命的陽光往上生長。地面因為排水不佳，有如泥沼；有些地方則被朽木覆蓋，踩下去很不紮實，所以你可能會突然蹬穿腐爛的樹幹，摔進蟻穴；或全身纏滿野薔薇、旋花蔓、忍冬、牽牛花和起絨草，還有一種鄉下人稱做「甜心」的植物，以致於走不出三碼就會被撕成碎片。

這一帶倒是還好，哈柏的那條線似乎指向一連串樹林間的蔭涼空地，野生的百里香叢上蜜蜂成群，嗡嗡作響。昆蟲的季節已經過了高峰期，現在應該是黃蜂和果實的時節，但還是有許多豹紋蝶，正開花的薄荷上則有蛺蝶和紅紋蝶，小瓦摘下一片薄荷葉，當口香糖般邊走邊嚼。

「奇怪，」他說：「這兒好像有人來過。你看，那裡有個馬蹄印，還是上過蹄鐵的。」

「你看到的也太少了，」凱伊道：「前面就有個人呢。」

果不其然，下一片空地的盡頭有名男子，手裡拿著伐木斧頭，坐在他剛砍倒的樹旁。他看起來有些怪異，個子很小，駝著背，臉色像桃花心木，身上的一片片老舊皮革則用繩子固定在結實的手腳上。他正用刀子吃著麵包和羊奶酪，那把刀經過長年磨利，只剩薄薄一片。他背靠在他們平生所見過最高的樹幹上，四周滿地都是白色的木屑。剛砍下的樹幹切面看來很新。他的眼神明亮有如狐狸。

「我看冒險就是他了。」小瓦悄聲說。

「才怪，」凱伊說：「冒險裡頭有的是鎧甲武士或噴火龍之類的東西，才沒有髒兮兮的砍樹老頭。」

「嗯，反正我要去問問他這兒怎麼回事。」

他們朝那大嚼特嚼的樵夫走去，但他似乎沒注意到兩人。他們問他這些空地通往何處，問了兩三次後，才發現這可憐的傢伙不是聾了便是瘋了。他既不回答，動也不動一下，說不定又聾又瘋呢。

「哎，走吧！」凱伊說：「他八成跟瓦特一樣是個瘋子，連自己在幹什麼都不知道。我們繼續走吧，別理這老頭了。」

他們又走了將近一哩，仍然很好走。倒不是說有什麼明顯的路徑，空地之間彼此也沒有連續。任何人若是不經意來到這裡，一定會以為只有自己所在的這片空地，長約幾百碼，但他如果走到盡頭，便會發現另外一片空地，只是被幾棵樹遮住。途中他們幾次見到類似的殘株，上面都有斧痕。不過這些殘株多半被小心地覆蓋上野薔薇，或連根拔起。小瓦認為這些空地應該是人工砍伐出來的。

走到一片空地邊緣時，凱伊抓住小瓦的臂膀，悄悄指著盡頭。那裡有座長滿青草的斜坡，緩緩隆起至一棵巨大的懸鈴木下方。懸鈴木高達九十呎，矗立坡頂。一名魁梧的男子愜意地躺在斜坡上，身邊還有一隻狗。此人與懸鈴木同樣令人稱奇，因為他赤腳站立或臥倒的高度足足有七呎。他沒穿衣服，只有一件林肯郡綠毛料織成的格子摺裙，左前臂綁了皮護腕。一隻狗枕著他厚實的棕色胸膛，狗頭隨之緩緩起伏。牠豎起了耳朵，注視兩個男孩，不過沒有其他行動。男子似乎睡著了。他身旁有一把七呎長弓，還有些長過一布碼①的箭枝。如同先前那位樵夫，他的膚色也像是桃花心木，胸前的捲毛被陽光晒成一片金黃。

「就是他了！」凱伊興奮地耳語。

他們有些擔心那隻狗，小心翼翼朝那人走去，可是牠只用眼神跟隨著他們，下巴一直緊靠在敬愛的主人胸膛上，還輕輕搖了下尾巴。牠動著尾巴，卻不舉起，只在草地上左右擺動兩吋距離。男子睜開眼睛——顯然他根本沒睡著。他朝兩個男孩微笑，伸出拇指朝空地更遠處比了比，然後收起笑容，又閉上眼睛。

「請問一下，那裡是什麼地方呢？」凱伊說。

男子沒有回答，眼睛依然閉著，不過他再度舉起手，拇指朝剛剛那個方向又比了比。

「看來他要我們繼續走。」凱伊說。

「這準是冒險沒錯，」小瓦說：「我在想啊，剛才那個啞巴樵夫靠著大樹，會不會是他爬上去，然後把我們要過來的消息傳到這裡？他看起來好像在等我們。」

聽了這話，那位裸身巨人張開一隻眼睛，有些訝異地看著小瓦。接著他睜開雙眼，容光煥發的大臉上滿是笑意。他坐起身，拍拍狗，拾起他的弓，然後站了起來。

「好吧，兩位少爺。」他仍舊笑著說：「咱們一道走就是。都說年輕人腦袋最靈光是吧？」

凱伊滿臉訝異地看著他。「你是誰？」他問道。

「奈勒，」巨人說：「我本來叫約翰．奈勒，後來成了綠林中人，大夥兒就叫我約翰小。可現在大家都弄反了，叫我小約翰。」

「喔！」小瓦開心地大叫：「我聽過您呢！有時候大人晚上會講撒克遜人的故事，我常聽到您的名字呢，還有羅賓漢。」

「不是『漢』，」小約翰語帶責難地說：「綠林裡咱不這麼叫的。」

「可是故事裡都叫羅賓漢呀。」凱伊說。

「哎，那些老學究懂什麼？好啦，咱們也該上路了。」

他們分別走在壯漢左右，他講話雖慢，走起路來卻健步如飛，他走一步他們得跑三步才跟得上。狗兒則快步跟在後頭。

「請問，」小瓦問道：「您要帶我們上哪去呢？」

「哎，當然是羅賓木②那兒！我說小亞少爺，你這麼靈光，不是早該猜到了嗎？」

巨人頑皮地偷瞄他一眼，因為他知道自己這番話同時給了男孩兩個問題——首先，羅賓的真名究竟是什麼？其次，小約翰怎麼知道小瓦的名字？

小瓦先問了第二個問題。

「您怎麼知道我的名字？」

「啊，」小約翰說：「咱們就是知道。」

「羅賓木知道我們要來嗎？」

「哎，我的小鴨鴨，像你這樣的小學究，要說就說他的學名才對。」

「可是他到底叫什麼名字嘛？」男孩喊道，一方面是惱怒，另一方面是為了跑步跟上，有些喘不過氣。「您自己說是羅賓『木』的。」

「是木沒錯啊，小鴨鴨。這兒不到處都是木頭嗎？你現在不就在裡面跑嘛？可真是個響叮噹的好名字。」

「是羅賓森！」

「是嘛，就是羅賓森。還有什麼更適合的呢？他就是森林裡的王嘛。這森林可是自由自在的好地方，不管冬天夏天都隨你睡，讓你在裡頭打獵，免得挨餓。一年四季輪流長出漂亮葉子給你聞，或者順序倒過來落葉。讓你站在裡面，以免讓人瞧見；讓你在裡面走動，不被人聽見；躺下來睡覺，還會讓你溫暖——啊，對咱們這種自由自在的人來說，森林可真是好地方！」

凱伊說：「我以為羅賓森的手下都穿緊身長褲，還有林肯郡綠毛料做的無袖短上衣呢。」

「我們穿啊，可只有在冬天需要的時候才穿，或是裹了皮革綁腿要幹木工活兒：現在是夏天，哨兵只要負責守望，用不著穿那些。」

「您是哨兵嗎？」

「是啊，麥奇也是，你們跟他說過話了，就在砍倒的那棵樹下。」

凱伊得意地說：「我看啊，前面這棵大樹一定就是羅賓森的堡壘了！」

他們來到林中王者的面前。

那是一棵椴樹，就像以前英國東南部赫福德郡的摩爾公園[③]裡的那樣，高至少百呎，離地一碼處樹腰周長達十七呎。它那山毛櫸似的樹幹底部，長著鬍鬚般的小樹枝，樹幹上長出主分枝的每一處，樹皮都裂開，早因雨水或樹汁而變色。蜜蜂在青綠而有黏性的樹葉間嗡嗡飛舞，越飛越高，越接近天空。一副繩梯消失在群葉之中。沒了梯子，誰也別想爬上去，即使配備鐵爪子也一樣。

「凱伊少爺，你想得沒錯。」小約翰說：「羅賓老大就在那啦，躺在樹根中間。」

男孩們原本對崗哨比較感興趣，那些人高踞這棵時而搖曳、時而低語的大地榮耀之上，藏身枝頭的鴉巢之中。這時他們連忙將視線往下移，見了這位綠林大盜。

他並不像男孩原先所想像的，是個浪漫的人——或者該說第一眼看起來不像，不過他幾乎和小約翰一樣高。不用說，他們是世上唯二能用長弓一箭射到一哩之外的人。他的肌肉結實，全身沒有一絲贅肉。他不像半裸的小約翰，而是謹慎地穿著褪色的綠衣，身邊帶著銀色號角。他的鬍子刮得很乾淨，皮膚晒得很黑，粗糙得像樹根，但那是歷盡風霜、帶著詩意的成熟，並非年事已高，因為他才不過三十歲（後來他活到八十七歲，並且將長壽歸因於長期吸聞松樹裡的松香）。此刻他躺臥著往上看，卻非望向天際。

羅賓森幸福地躺著，頭枕在瑪莉安膝上。她坐在椴樹的樹根之間，穿著綠色連身罩衫，腰間繫了一袋箭，手腳都裸露在外。她放下了瀑布般的亮褐秀髮，平日為了打獵和烹飪方便之故，大多紮成辮子。她正輕聲和他重唱，並且用頭髮搔他的鼻尖。

「他喜歡和我一起，」瑪莉安唱著。

「躺在那青青樹底，

「調整他的輕快音符去，

「和那鳥兒的甜美音律。」

「來這裡，來這裡，來這裡。」羅賓哼道。「在此他不會

「再有仇敵，唯有冬季和酷寒天氣。」

他們開懷大笑，又重頭唱起，一人輪流唱一句：

「野心他避之唯恐不及，

「卻愛躺在太陽光裡，

「去尋吃的東西，

「找著什麼都滿意。」

然後又齊聲唱道：

「來這裡，來這裡，來這裡，

「在此他不會

「再有仇敵，

「唯有冬季和酷寒天氣。」

曲子在歡笑中結束。羅賓原本用他晒成褐色的手指，繞著垂在臉上那些細柔如絲的頭髮玩，這時他扯了一下，一躍起身。

「我說，約翰。」他見到他們。

「我說，老大。」小約翰說。

「所以你把兩位小少爺帶來了？」

「是他們帶我來的。」

「不管怎麼樣都歡迎，」羅賓道：「我從未聽人說過艾克特爵士壞話，也向來覺得沒必要獵他的野豬。凱伊和小瓦，你們好，是誰在這麼重要日子裡，把你們送進森林，來到我的草地上啊？」

那位小姐打斷他，「羅賓，你不能帶他們去吧！」

「親愛的，有何不可呢？」

「他們年紀還小。」

「那豈不是正合我們的意？」

「太沒人性了。」她苦惱地說，一邊編起了頭髮。

綠林好漢顯然覺得不要爭比較保險，便轉身問兩個男孩別的問題。

「你們會射箭嗎？」

「看我的吧！」小瓦說。

「我可以試試。」大家看小瓦自信滿滿，都笑了，所以凱伊語帶保留。

「來吧，瑪莉安，給他們一把弓。」

她遞給他一把弓和六枝二十八吋長的箭。

「射那啄木鳥。」羅賓說著把弓箭都交給小瓦。

他看了看，發現一百步外果然有隻啄木鳥。他覺得自己出了糗，便笑嘻嘻地說：「真對不起啊，羅賓森，對我來說恐怕太遠了些。」

「沒關係，」綠林好漢說：「射射看吧，我看你射箭的動作就知道。」

小瓦使出全力，快速而準確地搭上箭，兩腳張開，和他希望飛出去的方向呈同一直線，肩膀放正，弓弦拉到下巴，瞄準目標，稍微向上二十度。因為他每回射出去都偏左，便又瞄準右邊兩碼處，然後放箭。沒射中，但相距不遠。

「現在換凱伊。」羅賓道。

凱伊重複了同樣的動作，也射得不錯。他們舉弓的姿勢都很正確，兩人都迅速找到了主箭羽並讓它朝外，而且扣住弓弦拉弓——若是沒有正式學過，多數孩子拉弓時都會用拇指和食指抓住箭尾扣弦處，然而真正的弓箭手會用兩、三根指頭拉開弓弦，讓箭自然跟隨。他們拉弓的時候都沒有讓準頭偏左，也沒有讓左手前臂去碰到弓弦——這是外行常犯的兩大錯誤；而且兩人放箭時的力道十分均衡，沒有過度猛拉。

「很好，」綠林好漢說：「都不是玩票的。」

「羅賓，」瑪莉安口氣尖銳地說：「你不能讓他們置身險境，送他們回家去吧。」

「那可不行，」他說：「除非他們自己想走。這是我的難處，卻也是他們的。」

「什麼事啊？」凱伊問。

綠林好漢拋下弓，盤腿席地而坐，拉著瑪莉安到他身邊坐下。他神情有些困惑。

「是摩根勒菲。」他說：「這很難解釋。」

「要我就根本不解釋。」

羅賓憤怒地轉向愛人。「瑪莉安，」他說：「如果我們沒有他們幫忙，就得丟下其他三人了。我也不想叫這兩個孩子去，但若非如此，等於把塔克白白送給她。」

小瓦覺得這時應該轉移話題，便禮貌地咳了一聲，說：「請問一下，摩根勒菲是誰？」

三人同聲回答。

「她是個大壞蛋。」小約翰說。

「她是個仙子。」羅賓說。

「不，她才不是。」瑪莉安說：「她是個妖婦。」

「重點是，」羅賓道：「沒人知道她究竟是誰。根據我的看法，她是個仙子。」

「而我呢，」他瞪著妻子，又補上一句，「依然堅持這個看法。」

凱伊問：「你是說她像那些把藍鐘花當帽子戴，往香菇上一坐就是老半天的人嗎？」

他們哈哈大笑。

「當然不是。天底下沒那種東西，女王她可是千真萬確的仙子，而且非常可怕。」

「假如你非得把這兩個孩子扯進來，」瑪莉安道：「那你最好從頭說起。」

綠林好漢深吸一口氣，伸開雙腿，困惑的神情又回到他臉上。

「嗯，」他說：「假設摩根是仙子中的女王吧，或者至少和他們有關係，這些仙子可不像你們奶媽講的故事裡那種。有人說他們是最古老的民族，早在羅馬人來到之前便居住在英格蘭——比我們撒克遜人和其他古老民族都還要早，只是後來給驅逐到地底。有人說他們看起來像人或侏儒，也有人說他們看起來很平常，還有人說他們看起來什麼都不像，隨他們高興變成各種形體。不論他們外型如何，他們擁有古代蓋爾人④的知識，他們知道許多深藏於洞穴之中，早已為人類遺忘的事情，其中多半不是什麼好事。」

「小聲啊。」美麗的少婦神情怪異地說，兩個男孩發覺彼此靠得更緊了。

「總之，」羅賓放低聲音，「我剛說的這些『生物』，請原諒我不想再直呼其名，他們最不尋常之處，就是沒有心。倒也不是說他們只想為非作歹，而是萬一你逮著一個，把他剖開來看，裡面可是沒心臟的。他們和魚一樣是冷血動物。」

「他們無所不在，即使我們在說話時也一樣。」

兩個男孩趕緊看看四周。

「安靜，」羅賓說：「我不需要再多說什麼了，討論他們會招來霉運的。重點是，我相信這個摩根是……呃……這些『好人』的女王，而且我知道她有時會住在我們這座森林北邊的城堡裡，叫做戰車城堡。瑪莉安說這位女王自己並非仙子，只是個和他們有交情的巫師。也有人說她是康瓦耳伯爵的女兒，不過那不重要。總之今天早上，因為她施咒，『至古之民』抓走了我的一名手下，也抓了你們的一個手下。」

「不會是塔克吧？」小約翰叫道，他因為外出站哨，不知道最新發展。

羅賓點點頭。「消息是從北邊樹林傳回來的，就在你說這兩個孩子來了之前。」

「老天，可憐的修士！」

「把事情經過也說出來吧，」瑪莉安說：「不過你或許先解釋一下名字比較好。」

「關於這些『天賜之民』我們所知不多，」羅賓便道：「其中之一，便是他們用動物的名字。比方說，他們可能會叫做『母牛』、『山羊』或『豬』這類名字。所以，假如你正巧要招呼自己的母牛，喊的時候千萬記得要指著牠。不然你可能喚出一個也叫這名字的仙子——或者該說是『小小人』，他一受召喚便會現身，可能會把你抓走。」

「事情的經過似乎是這樣，」瑪莉安接著說：「你們城裡的獵犬要方便，狗童便帶著他們來到森林外圍，正巧看到塔克修士和住在這附近的老人瓦特在閒聊……」

「請等一下！」兩個男孩大喊：「就是那個發瘋前住在我們村子裡的老頭嗎？就是咬掉了狗童的鼻子，現在住在林子裡的怪物嗎？」

「就是同一人。」羅賓回答：「但是——可憐的傢伙，他可不是怪物。他平常吃草、樹根和橡實為生，連一隻蒼蠅都不會傷害。我看你們是搞錯了。」

「瓦特吃橡實？」

「事情是這樣的，」瑪莉安耐著性子說：「他們三人聚在一起打發時間，有隻獵犬（我想應該是叫卡威爾的那隻）朝可憐的瓦特撲去，要舔他的臉，結果把老先生嚇壞了，你們的狗童便叫道：『狗兒過來！』想制止牠。他沒伸出手指。你知道，他應該要指著狗。」

「哎，我有個手下叫史凱洛克，民謠裡都叫他史卡雷，他正好在附近伐木，他說他們就這麼憑空消失了，包括那隻狗在內。」

「我可憐的卡威爾！」

「所以仙子把他們抓走了。」

「你是指『和平之民』。」

「抱歉。」

「重點在於，假如摩根真的是他們的女王，我們又想在他們還沒被施魔咒之前把他們救出來，那我們就得進她的城堡找人。古時候他們有個女王叫色西，會把抓來的人變成豬呢[⑤]。」

「我們當然要去。」

「後來呢？」

① 【編注】一布碼為三十七吋，約等於九十四公分。

② 小約翰認為羅賓漢（Robin Hood）是以訛傳訛，正確的名字應該是Robin'ood，Wood即森林之意，故此處譯為羅賓「森」，並非Robinson。因為口音的關係，小約翰把Robin Wood念成Robin 'ood。

③ 【編注】Moor Park，十七世紀初的名園，現址為高爾夫球場。

④ 蓋爾人（Gaels），指古代居住在蘇格蘭高地和愛爾蘭的克爾特人（Celts），或指不列顛人（Britons）。

⑤ 色西（Circe）是古希臘史詩《奧德賽》中的女術士，她把奧德修斯的部下都變成豬，卻無法將他變成豬。

第十一章

羅賓對年長的男孩微微一笑，拍拍他的背，這時小瓦只顧著為狗兒擔心。接著綠林好漢清清喉嚨，說了下去。

「你說得沒錯，是要進去。」他說：「但我得把醜話說在前頭。除了小男孩、小女孩，沒有人進得了戰車堡。」

「你是說你進不去？」

「但你們可以進去。」

小瓦思索過後，提出他的解釋：「我想，這就跟抓獨角獸一樣吧。」

「沒錯。獨角獸是魔法生物，只有閨女抓得到。仙子也有魔法，因此唯有純真的人能進他們的城堡。所以他們才要偷走襁褓中的人類嬰兒。」

凱伊和小瓦靜靜坐了一會兒，接著凱伊說：「嗯，我去。畢竟這是我的冒險。」

小瓦說：「我也想去。我喜歡卡威爾。」

羅賓看看瑪莉安。

「很好。」他說：「那就這麼說定了，我們來談談計畫。我想你們倆在不知情的狀況下去比較好，不過事情也不像你們想像中那麼可怕。」

「我們會跟你們一道去，」瑪莉安說：「我們的人馬會陪你們一同到城堡。你們只要負責最後進去的部分就行了。」

「是的，而且等你們進去之後，我們大概會被她的獅鷲攻擊。」

「還有獅鷲？」

「的確是有。把守戰車城堡的獅鷲特別兇狠，像隻看門狗。我們要想辦法繞過牠，不然要是被發現，牠會示警，連你們也進不去了。行動必須非常隱密。」

「我們得等到晚上。」

於是兩個男孩學著習慣瑪莉安小姐的弓，度過了愉快的早晨。這是羅賓堅持的，他說用別人的弓射箭，就像用別人的鐮刀割草一樣不順手。他們午餐吃冷鹿肉餡餅配蜂蜜酒，其他人也都一樣。綠林眾好漢有如變戲法一般，突然現身用餐。前一刻空地邊上還沒半個人影，下一刻便出現了六個。他們有的身穿綠衣，有的晒得很黑，靜悄悄從蕨叢和樹叢裡走出來。最後總共有約百來人，邊吃邊笑鬧。他們並非因為謀財害命才落草為寇，而是起義對抗烏瑟．潘卓根的侵略，拒絕受異族國王統治的撒克遜人。他們活躍在英格蘭的沼澤地帶和原始森林裡，有如後世的反抗軍戰士。瑪莉安和助手在枝葉繁茂的樹蔭下煮飯，再把食物分配出去。

這些同黨志士通常在下午睡覺，並會派一名哨兵，負責接收樹間快報。一方面因為他們必須在其他人熟睡時打獵，另一方面則是因為野獸多在午間休憩，獵人自然也該如此。不過在這天下午，羅賓把兩個男孩找去會商。

「聽好了，」他說：「我要讓你們知道接下來的計畫。我這一百名手下會分成四隊，和你們一道去摩根女王的城堡。你們跟著瑪莉安那一隊。目的地是有一年暴風雨遭雷劈中的那棵橡樹，守城的獅鷲離橡樹不到一哩。我們會合之後，行動要像影子一樣。我們必須繞過獅鷲，不能驚動牠。如果我們成功，而且一切順利，便會停在距離城堡約四百碼的地方。之後你們得靠自己，因為我們的箭頭是鐵做的，不能再靠近。

「凱伊和小瓦，現在我來解釋鐵的問題。假如我們的朋友真的被……被那些『好人』抓走，而摩根勒菲也的確是他們的女王，那我們就多了一個優勢：『好人』一靠近鐵就受不了。這些『至古之民』早在鐵器發明之前的石器時代便已存在，而他們一切災禍都因鐵而起。後來的人手握鋼劍（鋼比鐵更堅硬）征服了古民，將他們趕進地底。

「正因如此，為了避免讓他們覺得苗頭不對，我們今晚必須躲得遠遠的。但是你們兩個若是在手裡藏著鐵製小刀，而且絕不放開，女王便拿你們沒輒。只要不拿出來，幾把小刀還不至於使他們不舒服。你們只要走完最後那段路，握緊鐵小刀，便能安然進入城堡，找到監禁人犯的牢房。一旦囚犯受到金屬保護，就可以和你們一起出來。凱伊和小瓦，這樣你們清楚了嗎？」

「清楚了，」他們說：「我們完全了解。」

「還有一件事。除了握緊鐵器之外，記得不要吃東西。任何人只要在他們的城堡裡吃過東西，便會永遠留在裡面。所以，不管到時候發生什麼事，不管食物看起來多麼誘人，千萬不要吃。你們記住了嗎？」

「記住了。」

簡報完畢後，羅賓對手下發布命令。他發表了一篇長長的演說，解釋獅鷲、潛行、以及兩個男孩將要做的事。眾人鴉雀無聲地聽完演講，這時怪事卻發生了，他從頭開始，一字不改重講一遍。等到說完第二次，才說：「好了，各位隊長。」那一百人立刻在草地上散開，以二十人為單位，分別站在瑪莉安、小約翰、麥奇、史卡雷和羅賓周圍，一陣陣誦念之聲隨即響起。

「他們這是在幹麼？」

「你聽。」小瓦說。

原來他們在複誦演講內容，而且一字不漏。他們雖然不識字，也不懂書寫，但卻有聽過不忘的本事。羅賓藉此和手下保持聯繫，讓每個人所知的都和他一樣多，並且熟記在心。正因如此，若遇特殊情況，他才能放心讓手下獨自行動。

等所有人背好指令，一字不差，便發放箭枝，每人一打。這些箭的箭鏃較大，銳利有如剃刀，以方形切割法①製作的箭身裝了許多羽毛。弓也仔細檢查過，有兩、三人領了新的弓弦。接著一切歸於寂靜。

「這就上路吧。」羅賓神采奕奕地叫道。

他揮了揮手，部下也面露微笑，舉弓致意。然後只聽一聲嘆息，草地一陣沙沙聲響，還有一根樹枝不小心被踩斷的聲音，之後大椴樹下的草地便又空無一人，彷彿回到了人類還未出現的年代。

「隨我來。」瑪莉安拍拍男孩的肩膀說。在他們身後的樹葉間，群蜂嗡嗡作響。

那是一趟長征。才走了半個小時，通往椴樹，人工清理出來的十字形空地便派不上用場了。於是他們得自己想法子穿越原始叢林。倘若能一路又踢又砍，或許還不難，偏偏他們又要安靜行動。瑪莉安向他們示範如何迂迴前進；被荊棘鉤到時如何立刻停住，耐心解開；如何先以腳尖試探，確定腳下沒有樹枝，再把重心移到那隻腳上；如何一眼就分辨出易於通行之處；還有一種移動時的節奏，可以助他們克服阻礙。雖然他們四周有一百人朝著相同的目的地前進，可是他們除了自己的聲音，什麼也聽不見。

男孩分到女人率領的小隊，起先有些不滿。他們當然更想和羅賓同行，而且認為與瑪莉安同隊，簡直和託付給女家庭教師一樣。不過他們很快發現自己錯了。原本她反對他們參加行動，但如今既成定局，她便把他們視為夥伴。要當她的夥伴可不容易，先不說別的，她若沒有停下來等，他們根本追不上——因為她不但能四肢並用，甚至能像蛇一樣蠕動，而且幾乎和他們走路一樣快；此外，她還是個經驗老到的戰士，他們則不然。她簡直是薇芙②再世，差別只在於她一頭長髮——當時女性盜匪多半剃短髮。就在他們必須保持靜默以前，她給了他們一些忠告，其中之一便是：戰鬥中射箭寧可偏高，也不要偏低。偏低會射到地上，射高了，說不定會殺死後排的敵人。

「如果我這輩子真要結婚，」小瓦想著，心裡多少還有些懷疑。「我就要娶個這樣的女孩子：悍得像隻母狐狸。」

事實上，男孩不曉得，瑪莉安還會朝拳頭裡吹氣，學貓頭鷹叫，或者把手指伸進嘴巴兩側，用舌頭和牙齒發出尖銳的哨音；會模仿各種鳥叫聲，將牠們引來身邊，也懂得許多鳥類簡單的語言——例如山雀嚷著老鷹來了的聲音；在同樣的時間內，羅賓射中木頭假鳥三次，瑪莉安可以射中兩次；而且她還會翻筋斗。但這些本事此刻都不需要。

暮色隨著秋天的第一波霧氣降臨，一片氤氳中，沒有遭霧氣驅散的灰林鴞家族彼此呼喚，小的發出「奇威」的叫聲，老的則是正常的「呼嚕呼嚕」。詩人所熟悉的「吐灰、吐呼」[3]聲，其實是散開的鳥兒向家族成員發出的叫聲。荊棘和其他阻礙逐漸難以辨識，卻越發容易察覺。說也奇怪，就在這逐漸深沉的靜寂裡，小瓦發現自己更能安靜行動。剩下觸覺和聽覺之後，他的反應越發靈敏，走起來迅捷無聲。

約莫到了晚禱時分，或者我們該說晚間九點，他們已在森林中費力走了至少七哩路，這時瑪莉安碰碰凱伊肩膀，指向青黑色的暗處。此時他們在黑暗中視物的能力已達人類肉眼極限，而這是城市人一輩子都做不到的。在瑪莉安帶領之下，他們在這片無路可循的森林裡走了七哩，來到那棵被雷劈中的橡樹前。他們無須言語，便一致同意悄悄靠近，打算不讓可能已在那裡等的同伴察覺到。

然而，比起移動中的人，靜止不動者畢竟占了優勢。他們還沒走到樹根外圍，便讓同伴伸手抓住，以輕如薊花冠毛的力道拍拍他們的背，引導他們坐下。樹根周圍坐滿了人，那情景就像置身星椋鳥群，或準備歇息的烏鴉群中。在這神祕的夜裡，小瓦周圍百人的呼吸聲，宛如夜深人靜、讀書寫作時所聽見的血液湧動。他們置身在黑暗而靜謐的夜之子宮裡。

小瓦注意到蚱蜢開始發出刺耳聲響，音量微乎其微，卻分外清晰，像是蝙蝠的叫聲。他們一隻接一隻鳴叫，連同瑪莉安叫的那三聲——代表凱伊、小瓦和她自己，一共是一百聲。綠林好漢全數到齊，是出發的時候了。

先是樹葉沙沙聲，彷彿風在這棵九百歲橡樹的殘餘葉片間遊移。接著夜鴞輕喚，田鼠尖叫，兔子蹦蹦跳，雄狐發出公獅子般的低咳聲，還有蝙蝠在頭頂吱吱喳喳。葉子再度沙沙作響，這次持續的時間較長，夠讓你從一數到一百，然後瑪莉安的二十二人小隊已然環繞在她四周。剛才發出兔子蹦跳聲的，正是瑪莉安。小瓦發覺他們站成圓圈，雙手分別讓左右兩人牽起，蚱蜢再度唧唧而鳴。叫聲繞著圈子朝他而來，等最後一隻蚱蜢摩擦後腳，他右邊的人便握握他的手。小瓦唧唧叫了一聲，左邊的人立刻照做，而且也按了按他的手。二十二隻蟋蟀都叫過之後，瑪莉安小姐的隊伍準備開始最後一段無聲潛行。

最後這段路原本應該是一場惡夢，對小瓦來說卻有如置身天堂。頃刻間他對夜晚充滿禮讚之心，不再受形體限制、安靜而超然物外。他甚至認為自己可以趁兔子吃東西時，在不被發覺的情況下走到牠背後，抓住毛茸茸的雙耳一把提起，讓兔子兩腳亂踢。他自認可以從左右兩人的跨下溜過，或從刀鞘裡拔走匕首，而他們還渾然不覺地走著呢。對夜色隱蔽的熱愛在他體內流動，有如血液裡的醇酒。他的確個頭很小，年紀又輕，可以和其他戰士一樣隱密移動。他們雖有穿梭林間的好本領，仍因年齡和體重而顯得行動遲緩；他雖然本領不如人，可是年紀小，身體輕，動作極為敏捷。

除了獅鷲的威脅，這趟潛行非常容易。這裡的土地濕潤鬆軟，灌木叢稀少，容易發出聲響的蕨類也鮮少在此生長，所以他們能以三倍速度行進。他們彷如身在夢境，不受夜鴞啼聲或蝙蝠尖叫引導，而是在沉睡森林的影響之下，以一種既定的步調前進。有些人心懷恐懼，有些則急著要為同伴報仇，還有些人就像剛才所說的，在隱匿的夢遊途中心凝形釋了。

他們悄悄走了不過二十分鐘，瑪莉安小姐便停了下來，朝左邊指去。

兩個男孩都沒讀過約翰．曼德維爾爵士④的著作，所以不知道獅鷲足足有獅子的八倍大。此時他們在寂靜的夜幕中向左望去，滿天繁星映照之下，他們簡直不敢相信世上有如此生物存在。那是一隻年輕的雄獅鷲，還沒換過羽毛。牠的前半面，包括前腳和肩膀，看起來像一隻巨大的鷹。波斯式的彎喙，第一根初級飛羽長得最長的修長雙翼，以及強健有力的爪子，全都如出一轍，只不過如同曼德維爾所觀察的，足有獅子的八倍大。到了肩膀以後，差異就出現了：一般鷹隼擁有的是十二根尾羽，這頭獅鷲卻長出獅子般的身體和後腳，帶著一段蛇尾巴。在神祕的月光照耀下，男孩看著那二十四呎高的龐然巨獸，頭埋進胸口熟睡著，邪惡的喙就擱在胸羽上。如此一隻貨真價實的獅鷲，比一百隻兀鷹更值得一看。他們從牙縫間吸氣，悄悄趕過去，將這壯觀的可怕景象儲存在腦海裡，留待日後回憶。

最後他們終於接近城堡，綠林眾好漢在此止步。瑪莉安無聲地碰碰凱伊和小瓦的手，兩人便往前穿過逐漸稀疏的森林，走向樹後的微光。

他們來到一片寬廣的空地——或是平原，見到眼前景象，驚訝得停下了腳步。那是一座完全用食物築成的城堡，高塔頂端坐了一隻烏鴉，嘴裡啣著一枝箭。

「至古之民」全是貪吃鬼，或許是因為他們很少有機會填飽肚子。時至今日，你依然可以讀到一首他們寫的詩，叫做〈麥克康格林的異象〉⑤，其中一段便是描述由各種食物做成的城堡，摘譯如下：

在那美好平原中央

我看到一座鮮奶湖
還有一間建築美善的小屋
屋頂鋪著奶油

柔軟的門柱是蛋乳凍
凝乳與奶油做的臺座
晶瑩豬油床
還有許多乾酪薄片盾牌

在那些盾牌吊帶之下
是香滑軟嫩的起司人
他們手持陳奶油長槍
知道不該傷害蓋爾人

還有一只大鍋裝滿肉
（我真想嚐嚐）
新鮮的甘藍，煮成棕白
盛滿牛奶，就要溢出來

二十根肋條搭成培根小屋
牛肚編成圍牆
凡是人喜歡的食物
我看都收在這兒

漂亮的屋椽
是香酥的炸粉腸
壯觀的棟梁和支柱
用美妙的豬肉來搭

兩個男孩就站在這樣一座城堡前，看得既是驚奇，又有些頭暈目眩。城堡矗立在牛奶湖中，發散著特殊幽光——一種凝脂的油亮。那是戰車堡帶有仙靈氣息的一面，古民終究還是感應到隱藏的短刀，所以想藉此引誘孩子們去吃。

但那味道有如雜貨店、肉鋪、乳品店和魚攤統統攪做一團，可怕得難以形容——甜膩、令人作嘔又刺鼻，所以他們連一丁點都不想嘗。真正誘惑人的念頭，反而是馬上逃走。

偏偏他們是來救人的。

於是他們拖著步子，走過髒兮兮的吊橋，腳踝都陷進去了。橋是奶油做的，牛毛都還在裡面呢。他們看著橋上的牛肚粉腸，不禁發起抖來。他們拿著鐵製小刀，指著那些香滑軟嫩的起司衛兵，衛兵隨即閃開了。

最後他們總算進了城裡的內室，摩根勒菲正躺在她晶瑩的豬油床上。

她是個肥胖邋遢的中年女人，一頭黑髮，生了細微的鬍子，外表看來是普通人類。她看到兩把短刀，立刻閉起眼睛，彷彿失了神。假如她不在這座奇異的城堡裡，或者不用忙著施展引人食慾的魔法，也許便能以更漂亮的形貌現身。

犯人被綁在神奇的豬肉柱子上。

「如果鐵讓妳痛苦，我很抱歉。」凱伊說：「但我們是來救朋友的。」

摩根女王渾身顫抖。

「可以請妳的起司人部下把他們放了嗎？」

她不肯。

「這是魔法，」小瓦說：「你想我們是不是該過去親她一下，或是做什麼類似的可怕事情？」

「也許我們該用鐵碰她？」

「你去碰。」

「不要，你去。」

「我們一起去。」

於是他倆手拉著手，朝女王走去。她感應到金屬，覺得疼痛不堪，開始像蛞蝓般在豬油床上扭動。

最後，就在他們將要碰到她的時候，只聽見混濁液體攪動潑濺的聲音，戰車城堡的仙靈外表霎時消失得無影無蹤，只剩五個人和一條狗站在森林空地上，空氣中隱約還有髒牛奶的味道。

「老天保佑！」塔克修士說：「真是老天保佑啊！我以為咱們這回可死定了！」

「少爺！」狗童說。

卡威爾瘋狂地吠，咬他們的腳趾，翻身躺在地上，還想一邊搖尾巴，完全傻頭傻腦的模樣。老瓦特則摸了摸他額前的頭髮。

「好啦，」凱伊說：「這就是我的冒險，現在我們得趕緊回家去了。」

① 【編注】英國傳統製箭法，將製箭身的木料切割成截面呈正方形的細條，其次將正方形的四角截去，使成八角型，再將八角截去，成十六角，以此類推。完成後的截面為接近圓形的多邊形。

② 薇芙（Weyve），一位古代女盜匪。

③ tu-whit, tu-whoo，莎士比亞曾在〈冬〉（*Winter*）一詩中如此描寫夜鴞的叫聲。

④ 約翰．曼德維爾爵士（Sir John de Mandeville），英國人，於西元一三五七年出版《曼德維爾遊記》（*The Travels of Sir John Mandeville*），乃根據馬可波羅、奧多理克（Ordoric of Pordenone）、威廉（William of Boldensele）等人之旅遊記載所寫成。

⑤ *The Vision of Mac Conglinne*（也作*MacConglinne*），是十二世紀愛爾蘭佚名詩人所寫的一首諷刺教會的詩。

第十二章

變身仙靈後的摩根勒菲，雖然抵抗不了鐵器，卻還有一隻獅鷲。就在城堡消失的那一刻，她施展魔咒，將牠從黃金鎖鏈中放了出來。

綠林眾好漢正慶幸順利得手，因此鬆懈了防備。他們決定迂迴繞過先前拴住那頭怪物的地方，再穿越幽暗樹林，揚長而去，壓根沒想到會有危險。

只聽一聲有如火車鳴笛的噪音，接著羅賓森的銀號角便吹響了，號角聲有如鳳凰鳴叫。

「嗡——嗡，嗟嗡、嗡嗟嗡、嗟嗡嗟嗡、翁嗟嗡嗟嗡——」號角如此吹著，「嗚、嘟、嘟嗚嗚、嘟嘟嗚嗚。嘟、嘟。噹、噹、噹、噹。」

羅賓吹起他的獵音，遭到伏擊的弓箭手立刻轉身，面對衝過來的獅鷲。他們動作一致，左腳踏前一步，灑出滿天箭雨，宛若雪片紛飛。

小瓦看著那怪物在半途中晃了晃，一根一布碼長的羽箭從牠肩胛骨間穿出。他看著自己射出的箭飛偏了，急忙彎身從箭袋裡再拿一根。他看著一排同伴紛紛彎身取箭，彷彿有什麼預先安排好的信號。他聽見弓弦再度擦響，箭羽在空中低顫。他看著箭陣閃亮，一如在月光下眨眼。到目前為止，他只射過會發出噗一聲的稻草人，時常盼望能聽聽這些清亮又致命的飛箭射進肉裡的聲音。這回可聽見了。

然而獅鷲的皮厚如鱷魚皮，除了少數箭枝命中目標，其餘都彈開了。牠繼續衝來，一邊厲聲尖叫，揚起尾巴左揮右掃，眾人紛紛倒地。

小瓦忙著搭箭上弓，但箭羽怎麼調整就是對不準。一切都成了慢動作。

他看著那黑壓壓的龐然身軀穿過月光，覺得那利爪一把攫住他的胸膛，覺得自己緩緩翻著筋斗，被上頭殘酷的重量壓住。

他看見凱伊的臉出現在這旋轉宇宙的某處，星光照亮他通紅的臉，神色驚惶；瑪莉安小姐的臉則在另外一頭，嘴巴張大，叫喊著什麼。就在他陷入黑暗之前，他想著，那不是在喊我嗎？

他們把他從獅鷲的屍體下拖了出來，發現牠的眼睛上插著凱伊的箭，死在即將躍起那一刻。

然後他難受了好一段時間——羅賓幫他接好鎖骨，從兜帽撕下一塊綠布做成吊帶，接著，筋疲力盡的隊伍在屍體旁躺下，睡了。天色已晚，來不及回艾克特爵士的城堡，或大樹下的土匪窩。歷險的種種劫難已經結束，今晚所要做的，就只剩下生營火、安排守夜，然後就地休息。

小瓦沒怎麼睡。他倚樹而坐，看守夜人在通紅火光裡來回走動，聽他們悄靜的通關暗語，回想今天經歷的一切。這些事在他腦子裡打轉，有時失了順序，顛倒過來，或片段零碎。他看見撲躍而來的獅鷲，聽見瑪莉安喊出：「射得好！」聽著群蜂嗡嗡，和蚱蜢唧唧混為一團，朝木頭假鳥射了不知幾千幾百次，卻見木鳥變成獅鷲。凱伊和重獲自由的狗童躺在他旁邊，睡夢中不時抽動，看上去顯得陌生而難以辨認，人熟睡時總是那樣。而卡威爾呢？趴在他沒受傷的肩膀上，不時舔舔他溫熱的雙頰。

黎明來得很慢，那樣千呼萬喚的，幾乎無法判定天亮的確切時刻，一點也不像夏季應有的樣子。

「嗯，」等大家醒來，吃過隨身攜帶的麵包和冷鹿肉當早餐後，羅賓說：「凱伊，請你帶著一顆愛我們的心，快快回家去吧。不然艾克特爵士會組織人馬來對付我，把你們抓回去。感謝你們出手相助，我能給你們什麼禮物作為回報嗎？」

「這次冒險真過癮，」凱伊說：「實在是無話可說。我可以帶走這隻我射死的獅鷲嗎？」

「那可能會重得扛不動。不如帶頭回去就好？」

「那也行，」凱伊說：「只要有人願意幫我把頭砍下來。畢竟這是我的獅鷲。」

「你要拿老瓦特怎麼辦呢？」小瓦問。

「那要看他的意思了。說不定他想溜走，和以前一樣吃橡實過活。如果他想加入我們這夥人，當然也很歡迎。再怎麼說，他以前是自己從你們村裡跑走的，所以我想他應該不會回去。你覺得呢？」

「如果你要送我禮物，」小瓦慢吞吞地說：「我想就要他。你覺得這樣行嗎？」

「說實話，」羅賓說：「我覺得不行。我覺得人不能拿來當禮物：他們不見得喜歡。至少我們撒克遜人是這麼認為。你要他做什麼呢？」

「我沒有不讓他走的意思，不是那樣的。嗯，我們有個家庭教師，他是魔法師，我想他或許能幫他恢復神智。」

「好孩子，」羅賓說：「那就帶他走吧。抱歉我誤會你了。至少我們可以問問，看他想不想去。」

於是有人去把瓦特找來，羅賓則說：「你最好自己跟他說。」

他們把那可憐的老頭帶了過來，站在羅賓面前。他微笑著，一臉茫然，看起來既可怖，又髒得要命。

「問吧。」羅賓說。

小瓦實在不知該怎麼講好，便說：「我說瓦特啊，你跟我一起回去好不好？去了就回來。」

「啊吶吶吶哇啦吧吧！」瓦特笑著，一邊扯著額髮，一邊鞠躬，還朝四面八方輕輕揮手。

「跟我走吧？」

「哇吶吶吶哇吶哇吶！」

「要不要吃晚餐？」小瓦絕望地問。

「嗚！」那可憐的傢伙大叫，這回是肯定的語氣。一聽見有東西可吃，他眼裡立刻閃現喜悅的亮光。

「走這兒，」小瓦指著說，他從太陽的方位推斷，從這方向可以回到監護人的城堡。「吃晚餐喔！來吧，我帶路。」

「少爺！」瓦特說，突然想起一個詞了。過去他遇到賞賜食物的大人，總是習慣說這個詞，這是他唯一的吃飯本領。於是就這麼決定了。

「好啦，」羅賓說：「這真是一次精彩的冒險，我也捨不得你們走。希望以後還有機會見面。」

「如果你們無聊，」瑪莉安說：「歡迎隨時來玩。只要沿著空地走就行了。還有你，小瓦啊，你的鎖骨這幾天多留意點。」

「我會派人陪你們走到獵林外圍。」羅賓說：「之後你們就得自己走了。我想狗童可以幫忙搬獅鷲的頭。」

「再見。」凱伊說。

「再見。」羅賓說。

「再見。」小瓦說。

「再見。」瑪莉安微笑說。

「再見！」綠林眾好漢揮著弓齊聲喊道。

於是，凱伊、小瓦、狗童、瓦特、卡威爾和護送者，踏上返家的長路。

他們受到盛大的歡迎。前一天晚上，所有獵犬都安然歸來，卡威爾和狗童卻沒回來，凱伊和小瓦也不見蹤影，這可把全家人都急壞了。他們的保姆開始歇斯底里；哈柏在外頭待到半夜，徹底搜索森林外緣；至於警衛官，則把所有盔甲都擦了兩次，又將所有刀劍和斧頭磨得剃刀般鋒利，以防敵人入侵。最後終於有人想到去請教梅林，結果發現他正在睡第三場午覺。魔法師為了換取一點清靜，以便繼續休息，便用他的「真知灼見」告訴艾克特爵士，兩個男孩正在做些什麼、他們身在何處，以及他們預計何時歸來。他預測的返家時刻分毫不差。

所以呢，這一小列歸來的戰士隊伍一出現在吊橋上視線能及之處，立刻受到家中所有人熱情歡迎。艾克特爵士站在吊橋中央，手裡拿著一根粗枴杖，準備用來責打他們到處亂跑，又惹出這許多麻煩；保姆堅持要拿出一面旗幟，上頭寫著「歡迎回家」；艾克特爵士小時候，每次回家過節時都要掛；哈柏忘了他心愛的獵鷹，站在一旁，用手擋著光，想搶先看見；廚子和廚房全體員工敲著鍋碗瓢盆，不成調地唱著「你是否不再回來？」之類的歌；廚房的貓在長嚎；因為無人看管，獵犬都從狗舍裡溜了出來，正要去追廚房裡的貓；警衛官開心地高挺胸膛，看起來彷彿隨時會炸裂，並且正以威嚴的口氣說：「一、二！」指揮大家準備喝采。

「一、二！」教頭大喊。

「哇呀！」眾人聽話地跟著喊，連艾克特爵士也不例外。

「瞧我帶了什麼回來！」凱伊叫道：「我射死了一隻獅鷲，小瓦還受了傷。」

「汪！汪！汪！」獵犬齊聲吠了起來，朝狗童撲過去，舔他的臉，搔他的胸膛，把他全身上下都聞過一遍，想知道他去了些什麼地方，然後滿懷希望地看著獅鷲頭，狗童把頭高高提在半空，不讓牠們吃。

「我的老天！」艾克特爵士驚道。

「哎呀，我可憐的小麻雀！」保姆叫著，丟下了旗子。「瞧你可憐的小手傷成這樣，給綠繃帶綁起來嘍，上帝保佑啊！」

「我沒事的，」小瓦說：「啊，不要抓，會痛啦！」

「我可以把這個頭做成標本嗎？」凱伊問。

「真是見鬼了，」哈柏說：「這可不是咱們那個發瘋跑走的老瓦特嗎？」

「我親愛的好孩子，」艾克特爵士說：「你們回來我真是太高興了！」

「別高興過頭，」保姆得意地叫道：「您那根家法到哪兒去啦？」

「哼！」艾克特爵士說：「你們兩個竟敢到處亂跑，把我們急死了！」

「這是真的獅鷲喔，」凱伊說，他知道根本沒什麼好怕的。「我射了好多箭，小瓦的鎖骨斷了。我們救了狗童和瓦特。」

「教這兩個小夥子射箭，總算還派得上用場。」警衛官驕傲地說。

艾克特爵士親吻了兩個孩子，並且下令把獅鷲頭展示在他面前。

「我的天！」他驚訝地說：「好一頭怪物！我們就把它做成標本，掛在飯廳裡，你說牠多大塊頭？」

「兩耳間的距離是八十二吋，羅賓說可能破了紀錄。」

「那我們得把它記下來。」

「還不錯，對吧？」凱伊故作平靜地說。

「我會請羅蘭·渥德①爵士立下這個紀錄，」艾克特爵士興高采烈地說了下去，「還要弄張象牙小卡，用黑字寫上『凱伊的第一隻獅鷲』，加上日期。」

「哎，少孩子氣了。」保姆叫道：「小瓦少爺，我的心肝寶貝，你現在就回房去躺在床上。還有艾克特爵士，您也不覺得丟臉，這孩子差點連命都沒了，您還只顧著怪物的頭，高興得什麼似的。好啦，警衛官，您也別猛吸氣挺胸了。來人啊，快帶馬兒到卡道爾②請大夫去。」她朝警衛官揮揮圍裙，他的胸膛便洩了氣，像隻被驅趕的小雞般退下了。

「沒事的，」小瓦說：「我跟妳說，只不過斷了根鎖骨，羅賓昨晚都幫我接好了，一點都不疼呢。」

「奶媽，就別管他吧。」艾克特爵士下了命令，經過剛才的家法事件，他趕忙站在男生這邊跟女生作對，急著恢復他的權威。「如果有必要，梅林一定會照顧他。不過這羅賓是誰啊？」

「羅賓森！」男孩齊聲叫道。

「沒聽過。」

「你們都把他叫成羅賓漢，」凱伊用高高在上的語氣解釋，「但其實是羅賓森，因為他正是森林裡的靈魂人物。」

「好啊，原來你們跑去和流氓鬼混啦！進來吃早餐吧，小鬼頭，多跟我講些他的事。」

「我們吃過了。」小瓦說：「幾個小時前就吃了。可以讓我帶瓦特去見梅林嗎？」

「哎，這不是那個發了瘋，跑去住在森林裡的老頭嘛？你從哪把他撿回來的？」

「他被『好人』抓走了，狗童和卡威爾也是。」

「但是我們射死了獅鷲，」凱伊插嘴：「我自己把牠射死的。」

「所以我想去看看梅林能不能幫他恢復神智。」

「亞少爺，」保母嚴峻地說。因為剛才被艾克特爵士搶白一頓，她已經憋了一肚子氣了。「亞少爺，您要去的地方是自己的房間和房裡那張床，而且現在就去。老傻瓜不管怎麼說還是個老傻瓜。老歸老，我好歹在這兒做了五十年了，還不清楚我的本分嗎？您也不瞧瞧自己胳膊都要掉到地板上了，還在這兒嘮叨什麼幫瘋子恢復神智！

「沒錯，您這隻老火雞、老公雞！」接著，她兇巴巴地把目標轉移到艾克特爵士身上。「您就把那位魔術師先生支開，好讓咱們小寶貝在房裡好好休息，這您總做得到吧？

「跟什麼怪物瘋子胡來，」於是這位勝利者領著她無助的戰俘，離開飽經戰火摧殘的戰場，一邊還繼續說：「活一輩子沒聽過這種事！」

「麻煩你們去跟梅林說，請他照顧瓦特啊！」受害者轉頭喊道，聲音漸行漸遠。

他在涼涼的床上醒來，覺得舒服多了。照顧他的那位呑火老保姆拉上了窗簾，因此房裡陰暗而舒適，但他從地板上的一縷金色陽光判斷，應該是傍晚時分。他不只覺得舒服許多，簡直是精力充沛，沒法待在床上了。他迅速掀起被單，卻因背上的爪痕痛得嘶叫一聲，睡夢中他早忘了這件事。於是他小心翼翼滑下床，單手撐著站直，光溜溜的腳丫子伸進拖鞋，再胡亂裹上家居服。他輕手輕腳地穿過石頭走廊，踩著陳舊的螺旋樓梯往梅林的房間走去。

進了教室，他發現凱伊正在繼續他的一流「矯育」。凱伊在聽寫，小瓦開門時聽見梅林正念著有名的中世紀記憶口訣：「巴拉巴拉、賽拉倫、達力、費立歐克、普利歐利斯。」[③]凱伊則說：「等一下，我的筆糊了。」

「你會著涼的。」他們見了他，凱伊便說：「你不是應該躺在床上，因為壞疽還是什麼的奄奄一息嗎？」

「梅林啊，」小瓦說：「你對瓦特做了啥？」

「講話盡量不要押韻，」巫師說：「舉例來說，『老弟，這裡的啤酒不道地。』押得相當糟糕。更何況你的句子本身就很含糊。『啥做了啥？[④]』我大可這麼反問，把這當成猜謎語，或者如果我是派林諾國王，就成了『啥做了啥，啥？』一個人講話，措辭應該要盡可能謹慎。」顯然凱伊聽寫表現不錯，老紳士心情大好。

「你知道我是什麼意思，」小瓦說：「你對那位缺了鼻子的老先生做了啥？」

「他把他醫好了。」凱伊說。

「這個嘛，」梅林說：「說醫好也對，說沒醫好也對。當然了，當一個人像我一樣活了這麼久，而且還是倒著活的，多少懂點病理學。至於分析心理學和整形手術呢，恐怕你們這一代還沒法領會。」

「你到底對他做了啥？」

「欸，不過就是幫他作點精神分析，」魔法師得意地說：「除此之外呢，就是幫他們倆各縫上一個新鼻子。」

「什麼樣的鼻子？」小瓦問道。

「這真是太好笑了，」凱伊說：「他本來想用獅鷲的鼻子，但我不肯，所以他就從晚餐要吃的小豬身上拿鼻子來用。我看他們會像豬一樣咕嚕叫。」

「這是一場困難的手術，」梅林說：「可是非常成功。」

「好吧，」小瓦不放心地說：「希望一切沒問題才好。後來他們去幹啥了呢？」

「他們一起到狗舍去了。老瓦特說他很抱歉咬掉狗童的鼻子，但不記得自己做過這件事了。他說以前被人丟石頭的時候，突然眼前一黑，之後什麼都不記得了。狗童原諒了他，說他一點也不在意。他們以後會一起在狗舍工作，過去的事就算了。狗童說他們被仙靈女王關起來的時候，老先生對他很好，他也知道自己當初不該朝他丟石頭。他還說，別的男孩子對他丟石頭時，他常想起這件事。」

「嗯，」小瓦說：「我很高興一切都圓滿收場。你覺得我可以去探望他們嗎？」

「看在老天分上，別再惹你保姆了！」梅林大叫，緊張兮兮地環顧四周。「早上我去看你的時候，那老女人用掃帚把我轟了出來，還打壞我的眼鏡。你就不能等到明天嗎？」

到了第二天，瓦特和狗童已經成了最要好的朋友。由於兩人都有被人丟石頭的經歷，後來又一起被摩根勒菲綁在豬肉柱子上，他們之間便有了特別的聯繫與共同的回憶，從此晚上一起躺在狗群裡時，也不愁沒有話題。此外，隔天早上，他們都拔掉了梅林好心縫上的鼻子，說是已經習慣沒有鼻子，更何況他們喜歡和狗生活在一起。

① 【編注】Sir Rowland Ward，維多利亞時代著名標本製作者，於一八九二年出版《創紀錄大獵物》（*Records of Big Game*）。有一套獵物尺寸測量標準便是以其名字來命名。

② 卡道爾（Cardoyle）是亞瑟王文學中的首府，尤其在歐陸文學中。應該是坎伯蘭（Cumberland）地名卡來爾（Carlisle）的變體。

③ Barabara Celarent Darii Ferioque Prioris，是中世紀邏輯學三段論法的著名記憶口訣。

④ 瓦特（Wat）與「啥」（What）音近，因此小瓦原句聽起來像是「你對啥做了啥？」

第十三章

雖然百般不願意，小病人亞瑟還是被關進房裡，囚禁了整整三天。除了就寢時間凱伊會進來，他都是獨自一人。梅林得趁保姆忙於洗衣的時候，從門外扯開喉嚨進行矯育。

只有螞蟻窩可供他解悶。那是他初訪梅林的林中小屋時帶回來的，蓋在兩只玻璃盤之間。

他可憐兮兮地從門下方嚎叫：「您行行好，趁我現在被關起來，把我變成什麼東西吧？」

「我不能透過鑰匙孔施法。」

「透過什麼？」

「鑰——匙——孔！」

「噢！」

「你還在嗎？」

「在。」

「什麼？」

「什麼？」

「喊來喊去的真煩人！」魔法師氣急敗壞地說，跺腳踩著他的帽子。「叫卡斯特和波魯克斯……等等，我可不要再來一次。老天保佑我的血壓……」

「您可以把我變成螞蟻嗎？」

「變成什麼？」

「變——成——螞——蟻！只要施個小法術就行了，對不對？可以透過鑰匙孔吧？」

「我覺得這不大妥當。」

「為什麼？」

「因為牠們很危險。」

「你可以用你的『真知灼見』看著嘛，如果大事不妙，再把我變回來。拜託把我變成什麼動物吧，不然我腦袋要出毛病了。」

「好孩子，這些螞蟻可不是咱們的諾曼種，牠們是從非洲海岸來的，好戰得很。」

「我不懂好戰是什麼意思。」

門後沉寂了好一段時間。

「嗯，」最後梅林說：「現在就讓你接受這種教育，實在太早了。但是你遲早要碰上。我想想，你那兒是不是有兩個螞蟻窩？」

「這裡有兩組玻璃盤子。」

「從地上拿一根藺草①，放在兩個窩中間，像一座橋一樣。放好了嗎？」

「放好了。」

他所在之處看起來像一片巨石林立的曠野，彼端有一座扁平的堡壘——被兩片玻璃夾著。欲進入堡壘，需通過穿越石頭的隧道；通往各個隧道的入口上頭有個告示牌寫著：

凡事若非禁止，即為義務

他雖不懂意思，卻心生反感。他心裡想：我就先四處看看，然後再進去。不知什麼緣故，那告示牌讓他有些躊躇不前，崎嶇的甬道則顯得陰森。

他謹慎地晃晃觸角，仔細打量告示牌，慢慢習慣新的感官，六隻腳穩穩踩進昆蟲世界，彷彿要給自己壯膽。他用前足清清觸角，晃啊梳的，活像個維多利亞時代的壞蛋捻著小鬍子。他打個呵欠——螞蟻真的會打呵欠，也像人類一樣會伸懶腰。這時他察覺到一件存在已久的事——腦子裡有個清晰的聲音。若不是聲音，就是一種複雜的氣味，最簡單的解釋，就是像無線廣播，是從他觸角傳來的。

那音樂有種脈搏般的單調韻律，配的歌詞則類似王宮—洪鐘—隆冬—晴空，或是媽咪—媽咪—媽咪—媽咪，或是永遠—不遠，或是愁—瘦—透。起先他還挺喜歡，尤其是愛戀—雙燕—飛上天那段，然而不久便發現歌詞一成不變，播完一輪後又從頭開始。聽了一兩個小時後，他都覺得反胃了。

音樂停歇時，他腦中還有另一個聲音，似乎在發號施令，例如「所有出生兩天者遷移至西邊側廊」，或「陸軍部二一〇三九七向運湯小隊報到，接替摔出巢的陸軍部三三三一〇五。」那聲音很悅耳，但似乎不帶感情——有如馬戲團的把戲，是一種再三演練過的魅力，死氣沉沉。

等這男孩（或者我們該說這隻螞蟻）準備好，便從堡壘前走開，懷著忐忑的心情探索那片巨石荒漠。他不想去那個發布命令的地方，但對眼前的狹隘視野又覺得不耐。他發現巨石之間有諸多蜿蜒小徑，看似漫無目的，卻又像皆有意圖。除了通往穀物儲倉，這些小路還通往許多他不清楚的方向。其中一條的盡頭是個土堆，下方有個天然凹洞，這凹洞同樣有種漫無目的的感覺，他在裡面發現兩隻死螞蟻。牠們躺的樣子既整齊又不整齊，彷彿一個做事井井有條的人把牠們搬來這裡之後，卻忘記自己為何要來。牠們全身縮成一團，看不出對死去這件事是高興還是感到遺憾。就躺在那兒，猶如兩張椅子。

正當他盯著兩具屍體的時候，一隻活的螞蟻又背了第三隻從小路走了下來。

牠說：「巴巴路斯，萬福！」

男孩也很有禮貌地說了萬福。

從某方面來說，他非常幸運，因為梅林沒忘記賦予他這個蟻穴的氣味。假如他聞起來是另一邊的味道，牠們會立刻殺了他。不過他並不知道自己幸運。假如艾迪絲．卡維爾小姐②是隻螞蟻，後人大概會在她的雕像上寫著：**只有氣味是不夠的**。

新來的螞蟻輕輕放下屍體，接著把另外兩具四處拖拉。牠似乎不知該怎麼擺，或者應該說，牠知道要擺成什麼樣子，只是不知怎麼做。就像是一個人一手拿著茶杯，一手拿著三明治，又想擦火柴點菸。不過呢，人懂得先放下茶杯和三明治，再拿菸和火柴。這隻螞蟻卻會放下三明治，拿起火柴，接著放下火柴，拿起香菸，又放下香菸，拿起三明治，然後放下茶杯，拿起香菸，直到最後終於放下三明治，拿起火柴。牠得靠著一連串意外才能達成目標。牠極富耐心，而且不思考。等牠把三隻螞蟻擺放妥當，屍體剛好會在土堆下排成一直線，而這便是牠的責任。

小瓦驚奇地看著這一切，驚奇隨即轉為不耐，而後又變成嫌惡。他想問對方為何不事先想好該怎麼做，那是見別人辦事毫無章法時會有的嫌惡感。過了一會兒，他又希望能問些別的問題，例如「你喜歡當挖墓工嗎？」或「你是不是奴隸？」或甚至「你開心嗎？」

神奇的是，這些問題他竟然沒辦法問。要問這些問題，他得先透過觸角，把問題轉換成螞蟻的語言，他這才絕望地發現，這種語言裡沒有他想問的那些詞。沒有開心，沒有自由，沒有喜歡，連反義詞都沒有。他覺得自己就像個想喊「失火了」的笨蛋。意思最接近「對」或「錯」的，也只有「完成」或「未完成」。

那隻螞蟻搬弄完畢，把屍體胡亂留在原地，轉身走回小徑。牠發現小瓦擋在半路，便停下腳步，像坦克車一般朝他揮動無線天線。那張無言又兇狠的頭盔臉，一身是毛，還有前腳關節上馬刺般的東西，看起來還更像個騎著戰馬，全副武裝的騎士，或者像兩者的綜合體：一隻披戴盔甲、毛茸茸的半人馬。

牠又說了一次：「巴巴路斯，萬福！」

「萬福！」

「你在做什麼？」

男孩誠實地回答：「我沒做什麼。」

對方愣了幾秒鐘，如果愛因斯坦把他最新的空間理論告訴你，你也會有同樣的反應。接著牠伸長十二個天線關節，對空發話。

牠說：「一〇五九七八回報，位置第五區。第五區有發瘋螞蟻乙隻。完畢。」

牠用來代替發瘋的詞是「未完成」。後來小瓦發現，這語言裡只有兩種標準，「完成」和「未完成」，適用於一切價值判定。如果食物收集小隊發現的種子很甜，那就是「完成」的種子。假如有人在裡面摻了腐蝕性的氯化汞，那就是「未完成」的種子，如此而已。就連廣播裡的王宮、媽咪、雙燕等等，也一律形容為「完成」。

廣播暫停片刻，接著那悅耳的聲音便說：「總部回應一〇五九七八，牠是幾號？完畢。」

那螞蟻問：「你是幾號？」

「我不知道。」

等這消息傳回總部，又有新的訊息傳來，問他能否證明自己身分。螞蟻問他，用的字詞和聲音都跟廣播完全一樣。讓他又生氣又不舒服，兩種情緒他都不喜歡。

「是啊，」他故意語帶嘲諷，反正對方察覺不到。「我摔下來撞到頭了，什麼事都記不得哪。」

「一〇五九七八回報。未完成螞蟻從巢裡摔下來，暫時喪失記憶。」

「總部回一〇五九七八，未完成螞蟻是陸軍部四二四三六號，今天早上和嚼碎小隊工作時從巢裡摔出。如果牠有能力繼續值——」有能力繼續值勤在螞蟻話裡比較簡單，就是「完成」，一切並非如此的都是「未完成」。不過語言的事暫且不提。「如果牠有能力繼續值勤，指示陸軍部四二四三六號回到嚼碎小隊，接替原本接手的陸軍部二一〇〇二一號。完畢。」

對方把訊息重複一遍。

就算他用力想，也找不出比撞到頭更好的理由了，因為螞蟻的確有時候會摔倒。他們這種螞蟻，叫原生收割家蟻。

「好。」

挖墓工說完便不再理會他，沿著小徑爬開，去找別的屍體，或者其他需要清除的東西。

小瓦朝反方向走，去加入嚼碎小隊。他記住了自己的號碼，還有要接替的單位號碼。

嚼碎小隊站在堡壘的一間外圍房室內，像圍成一圈的膜拜者。他加入圓圈，表示二一〇〇二一號可以返回主巢。然後他和其他螞蟻一樣，開始把甜種子泥裝進肚子。他們的做法是先把別人收集的種子嚼成糊狀或液狀，再吞進嗉囊。起先他覺得很美味，所以貪婪地吃著，可是沒過幾秒，便開始覺得無法滿足。他不懂為何會這樣。他仿效小隊的其他成員，忙不迭地又嚼又吞，可是那就像在吃一頓空洞的大餐，或是一場在舞臺上演出的晚宴。從某種角度來說，簡直像身陷惡夢，夢中你得不斷吞食大量油灰，無法停止。

種子堆周圍熙來攘往，螞蟻的嗉囊若是裝滿了，便走回堡壘內部，由從堡壘內部回來、排著隊的空腹螞蟻接替。隊伍裡沒有新螞蟻加入，永遠是同樣那幾隻輪流來去，牠們一輩子都在做這件事。

他突然明白自己吃的東西都沒吞下肚，除了剛開始一小部分吃進去，其餘全進了前胃，也就是嗉囊，以便之後移除。他同時也恍然大悟，等會兒他裝滿嗉囊走去西邊，也得把東西吐出來，成為貯存的食物。

嚼碎小隊一邊工作，一邊互相交談。剛開始，他覺得這主意不錯，於是很認真地想多聽一些。

「哦，聽呀！」其中一隻會這麼說：「這首媽咪媽咪歌來了。我說，這首媽咪媽咪歌實在好聽（完成），水準很高（完成）呀！」

另一隻便會說：「我說，咱們敬愛的領導實在厲害，您說是嘛？聽說上回打仗時，她給螫了三百次，還得了蟻十字勇氣勳章③呢。」

「咱們生在甲巢真是運氣好，您說是不是？要是生在乙巢啊，可就慘嘍。」

「像陸軍部三一〇〇九九那才叫糟糕。當然牠立刻就給處決了，咱們敬愛的領導特別下的命令。」

「哦，聽呀！那首媽咪媽咪歌又來了，我說啊……」

他裝滿嗉囊，走了開去，讓牠們去把同樣的話再說一遍。牠們沒有新聞，沒有醜聞，根本沒什麼好談的。對牠們來說，天底下沒有新鮮事。連有關處刑的對話也是標準公式，不同的只有罪人的號碼。每次牠們講完媽咪媽咪歌，接著就談敬愛的領導，然後是乙巢的螞蟻有多齷齪，以及最新的死刑，如此周而復始。連敬愛、厲害、運氣好也都是「完成」，糟糕則是「未完成」。

男孩來到堡壘大廳，成千上百的螞蟻在育嬰室裡舔舐或餵食、把幼蟲遷移到溫度合適的通道、打開或關上通風道。大廳中央，「領導」被眾蟻的阿諛奉承所包圍，志得意滿地下著蛋，聽著廣播，發布命令，或下令行刑（他後來聽梅林說，這些「領導」的繼任方式，隨螞蟻種類而異。舉例來說，想要建立新政權的點琉璃蟻，會攻進慌琉璃蟻[4]的巢穴，跳到年邁暴君背上。在寄主的氣味掩護下，她會慢慢將對方的頭鋸掉，直到自己取得統治權。）

結果，他一肚子的種子泥並沒地方放。如果有螞蟻想吃，便攔住他，叫他張開嘴，從中進食。牠們不把他當人看，說穿了牠們自己也沒有人味。他就像一具送菜的升降機，專門讓這些愚蠢的食客填飽肚子，連胃都不是自己的。

不過我們無須再深究下去，螞蟻實在不是個讓人愉快的話題。簡單來說，男孩繼續與牠們為伍，遵從牠們的習慣，仔細觀察以便了解牠們，卻無法發問。不僅牠們的語言沒有人類感興趣的字眼——所以不可能問牠們是否相信生命、自由和追尋幸福，發問本身便是一件危險的事。對牠們來說，發問是精神失常的徵兆。牠們的生命無可質疑，只有服從的分。他爬出螞蟻窩，回到種子堆，再循原路回來，讚嘆著媽咪媽咪歌實在好聽，張開嘴回吐，盡全力去了解這一切。

當天下午稍晚，一隻偵查蟻越過了梅林囑咐小瓦搭建的藺草橋。這隻螞蟻與牠們同種，只是來自另一邊的蟻巢。牠碰上一隻清道夫蟻，被殺害了。

這消息傳回來後，廣播就變了。或者應該說，當間諜發現另一個巢貯存了不少種子，廣播就變了。

媽咪媽咪歌為〈螞蟻國，至高無上螞蟻國〉[5]取代，一連串命令則不時遭有關戰爭、愛國情操和經濟現狀的演講所打斷。悅耳的聲音說，牠們摯愛的祖國正遭受大批齷齪異巢螞蟻圍攻，這時無線合唱團便唱道：

他巢的鮮血從刀上噴灑，

一切都完美無瑕。

廣播中同時說明，英明睿智的「眾蟻之父」早有明示，他巢螞蟻應該永世為本巢之奴。再者，牠們摯愛的祖國當前只有一個供食盤，倘若要使國族不致滅亡，勢必要改善此一可恥局面。第三點聲明，則是本巢之國家資產正遭受威脅，國界將遭蹂躪，馴養的甲蟲將遭綁架，而共有的肚腹會挨餓。小瓦仔細聽著其中兩則，以便事後記得。

第一則如下：

甲、我們蟻口眾多，因而糧食不足。

乙、所以我們應當鼓勵生育，使蟻口更多，糧食更不足。

丙、既然我們蟻口眾多，糧食不足，當然就有權奪取他蟻的種子糧食。更何況，到時候我們已經有一支蟻口眾多又餓著肚子的大軍了。

這樣的邏輯推演開始實行之後，幼蟲產量立刻增為原本的三倍。其實，兩邊的蟻巢都從梅林那得到充足的食物。再怎麼說，糧食不足的國家就算挨餓，在昂貴的軍備上卻總不輸人。然後第二種演說才開始。

第二則如下：

甲、我們蟻口比牠們多，所以我們有權搶牠們的糧食。

乙、牠們蟻口比我們多，所以邪惡的牠們一定會來搶我們的糧食。

丙、我們是一支強大的種族，所以自然有權使弱小的牠們臣服。

丁、牠們是一支強大的種族，所以反常地試圖使愛好和平的我們臣服。

戊、我們出於自衛，必須攻打牠們。

己、牠們自衛，就等於攻打我們。

庚、如果我們今天不打，明天牠們就會攻來。

辛、反正我們也不是攻打牠們，而是帶給牠們無可計數的福利。

第二種演說結束後，宗教儀式便開始了。小瓦事後發現，這些禮拜可以溯自極為古老，以致於難以標定年代的傳奇過往，那時螞蟻還未實行共產主義，那時的螞蟻依然與人類相似。其中有些禱詞非常令人印象深刻。

如果我們不管語言的差異，而用為人所熟知的詞句，那麼其中一段讚美詩如此起頭：「用武力取國土！掃蕩牠們全部！轟炸機轟到老遠，炸彈炸翻天。」最後是驚人的收尾：「喔，大門在前，轟掉你們的頭臉；喔，老頑固的門板，把你們轟個稀爛，因為榮光上主即將踏入門檻！何許人也，榮光上主？即使上帝顯靈也，他是榮光上主！」

說也奇怪，普通的螞蟻既沒有被這些歌曲振奮，對演說也興致缺缺，只視為理所當然。對牠們來說，就像媽咪媽咪歌或有關「可敬的領導」的對話一般，只是儀式，不好也不壞，不令人興奮，不特別合理，也不很糟糕，牠們不會特意關注，只當這些通通都是「完成」的。

決戰時刻很快來臨。備戰完畢，士兵給操得半死，蟻窩的牆上到處是愛國標語，像是「不給吃就螫你」或「吾以氣味發誓」。小瓦絕望了。那在他腦中不斷重複，又無法切掉的聲音；那毫無隱私可言的生活——一邊讓人從自己胃裡吃東西，一邊聽腦中重複又重複的歌聲；那取代感覺的荒涼空洞——別無選擇的唯二價值判斷；那徹底的單調，比其中的邪惡還要可怕。這一切的一切，竟逐漸侵蝕他童年的快樂生活。

眼看雙方恐怖的軍隊就要為了玻璃盤間的假想國界展開廝殺，幸好梅林把他救走了。他把這位滿心厭倦的小探險家變回床上，慶幸自己及時趕到。

①【編注】中古世紀中上人家會在地板鋪藺草以阻絕寒氣，每年或每季換新，有時亦混入各式香草調節氣味。貧苦人家則鋪乾麥稈。

② Miss Edith Cavell，1865-1915。英國護士，一次大戰時在戰場服務，因協助比利時淪陷區的盟軍士兵逃亡而遭德軍槍決。她的遺言：此刻上帝與永生已近在咫尺，我明白只有愛國是不夠的，我必須對任何人都不懷怨恨。

③ 影射德國用以獎勵勇氣和榮譽的「鐵十字勳章」（Iron Cross）。

④ 點琉璃蟻（Bothriomyrmex）和慌琉璃蟻（Tapinoma）皆為琉璃蟻亞科的類群。

⑤ *Antland, Antland Over All*，影射德國國歌《*Deutschland, Deutschland uber alles*》（Germany, Germany above all，德意志，至高無上德意志）。

第十四章

秋天的時候，人人都在為即將到來的嚴冬做準備。夜裡，忙著拯救撲火的長腿飛蚊，以免牠們被蠟燭燒死。白天，牽乳牛去吃收割鐮刀留下的殘株和雜草。豬群則趕到森林地帶，由男孩敲打樹幹，震落橡實給牠們吃。每個人都有不同的差事。從穀倉傳來一成不變的連枷打麥聲；帶狀田地裡，緩慢而異常笨重的木頭耕犁起起落落，播種者亦步亦趨，脖子上掛著籮筐，有節奏地撒著黑麥和大麥種子，右手往左腳邊撒，左手往右腳邊撒。出外搜尋糧草的隊伍推著刺輪車，滿載蕨菜而歸，一邊還睿智地說：

沒了夏天，勤快趕工，
塞滿牛棚，不愁過冬。

其他人則拖著柴薪回來，以便城裡生火。在刺鼻的空氣中，大槌敲擊楔子的聲音響徹林間。

大家都很開心。雖說撒克遜人是諾曼人的奴隸，但是換個角度看，他們和現在每週得靠區區幾先令過活的農場工人並無二致。有個像艾克特這樣的主人，無論是古代農奴還是現在的農場工人都不會餓肚子。對於擁有大群牲口的人來說，讓自己的乳牛挨餓，一點好處都沒有，同樣的道理，他何必讓奴隸餓肚子呢？其實，農場工人願意接受那麼一丁點錢，是因為他不用出賣靈魂——在城裡就不一樣了——也無須放棄只有在鄉間才能獲得的精神自由。古時如此，至今依然。農奴都是勞工，他們與家人、雞隻、豬群或是叫做昆波克①的母牛同住在沒有隔間的茅屋裡，不但非常可怕，而且極不衛生。然而他們卻樂在其中，生活康健，免受工廠濃煙的空氣汙染。更重要的是，他們的興趣和技藝合而為一。他們知道艾克特爵士以他們為傲。對他來說，他們比牛群還要珍貴。由於牛群在他心目中的重要性僅次於孩子，農奴的地位不言可喻。他在村民之中行走工作，為他們的福利著想，還能分辨工人的好壞。事實上，他自己就是個徹頭徹尾的農人。表面上看來每週花大錢雇用人力，實際上還多付原本工資的一半作加班費，提供農舍給他們免費使用，可能還不時贈送牛奶、雞蛋或自家釀製的啤酒。

在格美利其他地方，的確也有邪惡暴虐的領主，而亞瑟王的宿命，正是懲處這些封建社會的匪徒。不過邪惡的是這些濫用權力的人，而非封建體系本身。

艾克特爵士雙眉緊鎖，穿梭在農事之中。他身邊有位老婦人坐在帶狀麥田的籬笆上，負責嚇走烏鴉和鴿子。這時她突然站起來，發出恐怖的尖叫聲，把他嚇得幾乎跳了一呎高。他本來正在焦慮不安呢。

「該死的！」艾克特爵士說。認真思考之後，他又憤慨地大聲補了一句：「我的老天爺！」他從口袋裡掏出信，又讀了一遍。

這位野森林城堡的大地主可不只是農夫，他還是軍事將領，隨時準備整頓部隊，帶兵保衛家園，對抗外來盜匪。此外他若有閒暇，有時會來幾場長矛比武，所以也是個運動員。不僅如此，艾克特爵士還是獵狐犬管理人——或者稱作獵鹿犬和其他獵犬的管理人，他帶著自己養的獵犬打獵。克魯西、湯尼爾、菲比、柯爾、格蘭、塔伯特、路雅、路夫拉、亞波倫、奧斯洛、布蘭、葛樂特、龐斯、小子、獅子、龐吉、托比、鑽石和卡威爾可不是養來當寵物的。牠們是野森林的獵犬，不需繳會費，每週出獵兩天，由主人擔任管理人。

假如我們把信從拉丁文翻譯過來，就是這麼寫的：

國王致艾克特爵士等等：

在此派遣我們的獵師威廉．特威提及其同伴，帶領我們的獵野豬犬，到你那裡的野森林，以便獵捕兩、三頭野豬。你有責將捕獲之豬肉加以鹽漬，妥善保存；獸皮你則應加以漂白，上述事項的細節由威廉向你說明。朕在此下令，在他們停留期間，你應滿足其一切所需，並詳加記錄一切支出。

十一月廿日，見證於倫敦塔，寡人在位之第拾貳年。

烏瑟．潘卓根

這座森林的確屬於國王，所以他當然有權遣自己的獵犬在林中打獵。更何況他還要養好多人——他的朝臣和軍隊，所以想盡量把獵來的野豬、公鹿、麃子等醃漬保存起來，也很合理。

有權歸有權，這仍然無法改變一個事實：艾克特爵士將森林視為私人財產，對皇家獵犬的介入深感不滿——彷彿他自己養的不夠資格似的！國王只需吩咐一聲，要幾隻野豬他都會親自奉上。他擔心自己的領地會被大群王室人馬搞得不得清靜——誰曉得這些城市佬會幹出什麼事？更怕這位叫特威提的御用獵師會瞧不起他簡陋的狩獵設備，把打獵僕人弄得心神不寧，甚至插手管起他的獵犬。講白了，就是艾克特爵士害羞啊！還有一件事，那群皇家獵犬可得往哪兒擺喲？難道說艾克特爵士得把自己的狗兒趕上街頭，好讓國王的獵犬有地方住嗎？「我的老天爺！」這位倒楣的地主又說了一次。這簡直和繳稅[②]一樣糟。

艾克特爵士將那封該死的信收進口袋，腳步沉重地離開耕地。農奴見他離去，還開心地說：「瞧咱們老爺又在那裡毛毛躁躁的了！」

簡單說，這就是暴政令人手足無措的例子。這事每年都要來上一次，但暴政就是暴政。每回他都用同樣的辦法解決狗舍問題，可是真碰上了還是教他煩惱。為了讓皇家獵師留下好印象，他得特別把鄰居都請來參加打獵前的集會，這意味派遣信使穿過森林去通知格魯莫爵士等人。再來他得扮演好主人，讓客人都盡興。國王這麼早寫信，表示他打算狩獵季一開始就派那傢伙來。狩獵季一直要到十二月二十五日才算正式開始。說不定那傢伙為了擺派頭，會堅持在耶誕節禮日[③]舉行第一次集會，到時候幾百個步行的隨從到處叫嚷，驅趕野豬，四處踐踏剛播下的種子，鬧得天下大亂。現在才十一月，他哪知道耶誕節禮日那天最好的野豬會在哪裡？不管這些野豬究竟是一歲兩歲還是三歲，反正野豬嘛就是種說不得準的東西。還有件事。隔年夏天獵鹿要用的獵犬，向來是在耶誕節時先帶去獵捕野豬。這是獵犬最初的矯育，先從追兔子開始，一路引導到牠們真正的獵物。也就是說，特威提這傢伙會帶來大群毫無經驗的狗兒，除了給大家製造困擾，一點用處都沒有。「該死的！」艾克特爵士說，結果踩到一堆爛泥。

他悶悶不樂地站了一會，看著兩個孩子在獵林裡撲捉殘餘的落葉。他們到外頭去的時候，原本並無此意；雖然那是個遙遠的年代，他們也不相信每抓著一片落葉，隔年便會快樂一整個月。可是金黃色的葉片被西風一把攫走，看起來既迷人，又難以捉摸。他們仰著頭追逐落葉，又叫又笑頭暈目眩，衝來跑去想攔住葉子。那些葉片彷彿有生命，狡猾地不斷逃開。男孩就像兩隻幼鹿，在此年歲將盡的時刻騰躍嬉鬧。這時小瓦肩膀的傷已經痊癒了。

艾克特爵士心想，唯一能讓御用獵師開開眼界的，就只有羅賓漢這傢伙了。這會兒他們好像都改稱他羅賓森——想必是為了趕時髦。管他是森還是漢，反正這傢伙最清楚好野豬要上哪兒找，雖然現在是禁獵期，但就算他已經吃了幾個月的野豬肉，艾克特爵士也不會訝異。

可是，如果請人家替你獵幾頭野獸，沒道理不邀他來參加狩獵集會。要是真把他給請來了，這傢伙是個亂黨，御用獵師和鄰人會作何感想？倒不是說這羅賓森不是什麼好東西：這傢伙人不錯，也是個好鄰居。有時邊界外的人馬來打劫，他都會跟艾克特爵士通風報信；而且從來不惹麻煩，也不騷擾農地。偶爾讓他獵幾頭鹿有什麼關係？聽說這片森林有四百平方哩吶！夠大家吃了。少管人家閒事，這是艾克特爵士的座右銘。可惜別的鄰居不這麼想。

還有一件事，就是打獵會引起的騷動。國王在溫莎打獵，那個什麼御用獵師在那種人工森林裡打獵當然沒問題，但在野森林可就不一樣了。要是陛下的獵犬追獨角獸去了怎麼辦？人人都知道，除非拿年輕閨女作餌，否則永遠抓不到獨角獸（見了年輕閨女，獨角獸就會溫順地垂下雪白的頭和珍珠色的角，趴在她懷裡），所以那些小狗會一頭衝進森林，無論跑了多遠，就是追不上，最後一定會走丟，到時候艾克特爵士要怎麼向國王陛下交代？除了獨角獸，還有大家這陣子常聽到的格拉提桑獸呢！要放倒這隻生了蛇頭豹身鹿腳獅子屁股，叫聲有如三十對獵犬追趕獵物時狂吠的怪物，想也知道得先賠上一大票皇家小狗狗。那也是牠們活該。可是萬一威廉．特威提獵師真把尋水獸給殺了，派林諾國王又會如何反應？更何況還有躲在石頭底下的那些小龍，嘶嘶叫起來像茶壺，統統都是很危險的猛獸啊！若是碰上真的巨龍怎麼辦？甚至撞見獅鷲？

艾克特爵士怏怏地想了一會兒，總算是想開了。最後他下了結論：要是特威提師傅和他一群狗兒碰上尋水獸，被牠吃個乾淨，那可是美事一樁！

有了這個念頭，他心情開朗多了，便在田野外邊轉過身，邁開步子回家去。走到籬笆附近時，他運氣不錯，搶在那個嚇烏鴉的老婦人注意到之前，先瞧見飛來的鴿群，趕緊發出一聲嚇死人的尖叫，嚇得她跳起來，大大報了一箭之仇。相信這會是個愉快的夜晚。等婦人從震驚中恢復過來，向他行了個禮，他便親切地說：「您晚上好啊！」

由於精神實在太過振奮，他走到半路，又把村子裡的教區神父找出來，邀他共進晚餐。接著他踱上城頂，進了他專屬的房間，重重坐下來，利用開飯前的兩、三個小時，回了封順從的信給烏瑟國王。他先得把筆削尖，吸墨時又用了太多沙子，然後爬上樓梯問管家字怎麼拼，要是寫壞了還得重新來過，結果真花掉兩、三個小時。

艾克特爵士坐在房裡，急著避寒的夕陽在他光禿的頭頂灑下一道道橘紅。他又刪又改，啪啪啪地寫，辛苦地咬著筆尾。房裡漸漸暗了下來。房間與主堡大廳一樣大，位於其正上方。因為在三樓，南面開了大窗。房裡共有兩座火爐，隨著日光逐漸退卻，爐裡的柴薪由灰轉紅。幾隻得寵的獵犬趴在爐邊或酣然入夢，或搔抓跳蚤，或啃著從廚房討來的羊骨。遊隼戴著頭套，站在角落的棲木上，宛如一尊靜立不動的雕像，作著遨翔天際的夢。

如果你去了今日的野森林城堡，將會發現所有家具都已不復見。但是陽光依舊自兩呎厚的石窗流洩而入，為窗櫺披上一條條彩帶，從沙岩中獲取溫暖，這就是琥珀色的歲月光澤。如果你到附近的古董店去，或許可以找到房裡原有家具的精巧複製品，例如有著亮澄澄哥德式鑲板的黑色橡木箱子和碗櫥，上面刻了陰森詭異的人面或天使（惡魔）圖案，塗了蜂蠟，滿是蟲蛀痕跡，堅固有如棺材，是古老時代最幽暗的見證。然而城頂房中的家具原本不是這樣的，惡魔頭像和麻布摺邊的鑲板當然都有，木料可就年輕了七、八百歲。所以在溫煦的夕照裡，泛著琥珀色光澤的不只是窗櫺，室內所有備用的堅固箱子（上面鋪了毯子，可讓人坐）都是年輕而金黃的橡木材質，惡魔和小天使的臉頰閃閃發亮，彷彿剛洗過。

① 昆波克（Crumbocke）是一首英國古代民謠《*Take Thy Coat about Thee*》中母牛的名字，民謠中由女聲唱昆波克是一隻好母牛，向來忠於主人，讓他們有奶油和乳酪。

② 古時為了維持教會運作，教區人民將每年所獲的十分之一捐給教會，稱「什一稅」（tithe）。

③ 耶誕節禮日（Boxing Day），指耶誕節後一天，十二月二十六日。

第十五章

時間是耶誕夜，節禮日狩獵集會的前一天晚上。別忘了這裡是古老歡樂的英格蘭——格美利，在那個年代，臉色紅潤的地方豪族是用手抓東西吃，菜單包括整隻開屏孔雀，野豬的頭上還插回拔下來的尖牙。那時候人口太少，因此沒有失業問題。那時候森林裡有騎士互相痛擊對方頭盔，有獨角獸在冬夜月色中跺著銀白的蹄，在凍寒空氣中呼出藍色的高貴鼻息。凡此種種，皆是令人賞心悅目的奇觀。然而在古老英格蘭，最令人驚奇的是，天氣很守規矩，不會亂來。

春天，小花溫順地在草地上綻開，露水晶瑩，鳥兒歌唱。夏日炎炎而美好，通常會熱上四個月，就算為了符合農作需要而有恰好的雨量，也會想辦法趁你上床睡覺時才下。秋天，染成火紅的葉子在西風裡顫抖，為原本哀傷的驪歌增添一抹光彩。依照法律規定，冬天只有兩個月，這時白雪鋪地，深達三呎，但絕不會融為泥濘。

這是野森林城堡的耶誕夜。雪恰如其分地覆蓋城堡四周，層層堆積在城垛之上，有如蛋糕的厚厚糖衣；在某些適當的地方，又害羞地化身為澄澈的長長冰柱；或以圓形雪團之姿垂掛森林枝頭，比蘋果花還要漂亮；偶爾，見到路過的有趣人兒，雪還會從村舍屋頂滑溜而下，正好砸在他頭上，為眾人帶來歡笑。男孩們做了雪球，但絕不會把石頭包進去傷人。狗兒一被帶出來溜達，便啃著雪在雪上打滾，若是一頭栽進大堆積雪，則會露出又驚又喜的表情。人們拿光滑的骨頭當冰鞋，在護城河上溜冰，呼嘯來去。岸邊預備了熱騰騰的栗子和加香料的蜂蜜酒，大家都可以享用。貓頭鷹啼叫。廚師們拿出大量麵包屑餵小鳥吃。村民戴起紅圍巾，艾克特爵士滿面紅光，比圍巾還紅。不過最紅豔的還是夜晚時分，從村裡那條街望去，農舍裡透出的火光。風在屋外淒厲呼號，英格蘭的古老狼群則在附近遊蕩，猙獰地流著口水，就像狼該有的樣子，有時還貼著鑰匙孔，睜大血紅的眼睛窺探屋內。

既然是耶誕夜，當然有各種應景活動。全村人都來到城堡大廳用晚餐，菜色包括野豬頭、鹿肉、豬肉、牛肉、羊肉和雞肉——不過沒有火雞肉，因為這種鳥當時還沒發明出來。此外還有梅子布丁和搶葡萄乾遊戲①，玩的人指尖會沾上藍色火苗；以及讓眾人盡情飲用的蜂蜜酒。大家舉杯祝福艾克特爵士身體健康，賀詞包括「老爺，祝您萬事如意」、「各位老爺夫人，值此佳節，恭祝您們大吉大利」。啞劇班子帶來一場精彩表演，講的是聖喬治、撒拉遜人和一位滑稽博士的趣事，唱詩班則以清亮的男高音唱出《齊來崇拜》②和《少女之歌》③。在這之後，沒吃壞肚子的小孩玩起捉迷藏和其他應景遊戲。桌子收走後，未婚的年輕男女在大廳中央跳摩利斯舞④。年紀大的人則坐在牆邊，手裡拿著玻璃酒杯，一邊喝蜂蜜酒，一邊慶幸自己已過了那個又跳又鬧亂折騰的年紀。沒吃壞肚子的小孩跟他們坐在一塊，沒過多久就靠著大人的肩膀睡著了。前來參加明天狩獵集會的的騎士貴賓與艾克特爵士一同坐在高臺的主桌邊，大家滿臉笑容，不斷點頭，喝著勃艮地紅酒、雪利酒和馬得拉甜酒⑤。

過了一會兒，眾人安靜下來，讓格魯莫爵士唱歌。他站起來唱了以前的校歌，雖然歌詞忘了大半，幾乎都用哼的帶過去，還是得到熱烈掌聲。接著派林諾國王在大家的慫恿下，也站了起來，羞赧地唱道：

喔我生在那著名林肯郡的派林諾一家
追逐尋水獸有十七年以上
直到那年打獵季
我隨這位格魯莫爵士回家
（之後）我每晚在他那
睡著羽毛床
老天，快樂得沒話講！

「總之呢，」派林諾國王唱完後，大家都拍著他的背表示鼓勵，他坐了下來，紅著臉解釋：「咱們快樂地比武之後，老格魯莫就邀我回家啦。啥，從那之後，那該死的尋水獸我就隨牠去啦，看哪天牠會落得被人家掛在牆上的下場，啥！」

「幹得好，」大家對他說：「這才是及時行樂，享受生命！」

接下來輪到威廉·特威提，他是前一天傍晚到的。這位遠近馳名的獵人板著臉站了起來，歪斜的那隻眼看著艾克特爵士，唱道：

你認識威廉·特威提嗎？
那個衣服又破又髒的人

你認識威廉．特威提嗎？
那個從不落後的人
是啊 我認識威廉．特威提
是個早上嘴巴該被堵住的人
他的狗還有他的號角
也該一起堵一堵

「好啊！」艾克特爵士喊道：「你們聽見了沒？他說自己應該給堵住嘴巴哪，我的好傢伙！老天爺，本來我以為他一定會吹牛呢！真是了不得啊，這些獵師，你們說對吧？快把馬得拉酒傳給特威提師傅吧！我敬您一杯！」

男孩們蜷縮在火爐邊的長凳下，小瓦懷中抱著卡威爾。卡威爾嫌熱，又不喜歡周圍的喧囂和蜂蜜酒氣味，直想脫身。可是小瓦想找個東西抱，把牠抓得緊緊的，卡威爾不得已只好留下來，伸出長長的粉紅色舌頭，喘著氣。

「現在該勞夫．帕斯路了！」「親愛的勞夫老先生。」「勞夫，母牛是誰殺的？」「請大家安靜一下，帕斯路老爺不太方便。」

於是一位非常可愛的老先生在大廳最遠最寒酸的一端站了起來。過去半個世紀以來，每逢類似的場合，他都是這麼做。他少說也有八十五歲，雙眼幾乎全盲，耳朵也快聾了，不過仍然樂意鼓起餘力，顫聲唱出同一首歌，取悅野森林城堡的居民。早在艾克特爵士還緊裹著亞麻尿布躺在搖籃裡之前，他就開始唱這首歌了。由於他置身遙遠的時間彼端，歌聲無法傳到大廳另一頭，所以坐在主桌的人聽不到。然而每個人都明白那沙啞的聲音在唱些什麼，也都非常喜愛這首歌。他是這麼唱的：

老—柯爾王走在—街上
看到—一位美麗小—姐過水—塘
她提—起裙子
準備跳過中央

他——見著了她的腳——踝
當場就失了魂
他沒辦法——非得這樣

這首歌共二十節，歌詞裡的柯爾王無助地看到越來越多他不該看的東西。每唱完一節，大夥兒便高聲歡呼。唱到最後，勞夫老先生被眾人的恭賀所淹沒，微笑著坐回位子上，杯中的蜂蜜酒再度斟滿了。

接下來該由艾克特爵士為聚會作個總結，他一派主人風範地站起來，發表了如下的演說：

「各位朋友、佃農和其他貴賓，我雖然不習慣在公眾場合講話……」

大家一聽這話，便知道是艾克特爵士二十年如一日的過節演講，於是下頭傳來微弱的歡呼聲，好像在歡迎自己的兄弟。

「……我雖然不習慣在公眾場合講話，但歡迎各位來參加我們的家庭晚宴是我的義務，這是一件開心的事，一件非常開心的事。今年牧場和田裡的收穫都很好，我敢說在座不會有人反對。大家都知道野森林的昆波克在卡道爾家畜展上又得了冠軍，這已經是第二次，明年再一次就可以把獎盃抱回來永久保存了。這在在顯示了咱們野森林的實力。今天晚上坐下來的時候，我注意到有幾張熟面孔已經離我們而去，也有些新面孔加入這個大家庭。生死之事掌握在萬能的神手中，我們只有感恩的分。我們被祂創造出來，因為祂的寬赦，我們才得以在此慶祝這愉快的夜晚。相信在座各位對我們獲得的恩賜，心中都充滿無比感激吧！今晚我們要歡迎遠近知名的派林諾國王，他在咱們森林裡四處奔波，要為我們除去可怕的尋水獸，他的義行舉世皆知。願上帝保佑派林諾國王！（下頭喊著：『好啊！好啊！』）格魯莫．格魯穆森爵士，他是位運動家，不過我要當著他的面說，只要他的獵物還好端端站著，他是絕對不會離開馬背的。（『萬歲！』）最後還有一位貴賓，那就是國王陛下最有名的獵師，威廉．特威提先生，這回特地來訪，真是讓我們倍感榮幸。我相信等到明天，他一定會讓咱們大開眼界，恨不得這片美好的森林裡一年到頭都有皇家獵犬在打獵。（聽眾發出吆喝獵犬的聲音，並且模仿打獵時的號角聲）我親愛的朋友，感謝你們對這三位嘉賓如此熱烈的歡迎，相信他們一定能夠體會你們真摯誠懇的心。現在呢，我也該為這番簡短的談話收尾了。一年將盡，此刻我們應該放眼未來，接受新的挑戰。不如就明年的家畜展吧？朋友們，我在此祝福各位耶誕快樂。待會賽巴頓神父會帶領我們禱告，然後我們就一起唱國歌作為結束。」

艾克特爵士講完後，要不是請大家安靜，歡呼聲簡直要把神父最後一段拉丁文禱詞給蓋過去。然後所有人都站了起來，在火光掩映下，懷著滿腔愛國情操齊唱：

天佑吾王潘卓根
願他在位長又長
天佑吾王
賜流血征戰給他
偉大和喧嘩
恐怖和老態
天佑吾王！

餘音散去，廳堂少了歡聚的人們，歸復空寂。村民怕在月光下遭狼群襲擊，紛紛結伴返家，燈籠的火光在街頭搖曳。燈火也遠走之後，野森林城堡覆蓋在聖潔的白雪之下，在這奇異的靜寂之中，安詳睡去。

① Snap-dragon，從一碗燃燒的白蘭地酒中取出葡萄乾的耶誕節遊戲。
② 原歌名是《*Adeste Fideles*》，意思是「O Come All Ye Faithful」，是一首傳統的耶誕頌歌。
③《*I Sing of a Maiden*》，一首十五世紀的耶誕詩歌，作者佚名，內容在歌頌聖母瑪麗亞。
④ Morris dance，一種英國古代舞蹈，舞者通常奇裝異服，時常打扮成羅賓漢故事裡的角色，例如瑪莉安和塔克修士。
⑤ 勃艮地紅酒原產於法國勃艮地（Burgundy），雪利酒（sherry）是一種酒精成分高的西班牙白葡萄酒，通常飯前飲用。馬得拉酒（malmsey wine）是一種暗褐色的甜味葡萄酒。

第十六章

隔天小瓦起了個大早，一醒來便意志堅決地翻開厚重的熊皮毯，跳進刺骨的空氣。他手忙腳亂地穿衣服，一邊發抖，一邊跳腳取暖，一邊還對自己呵著凍藍色的氣，就像替馬梳毛時一樣。他打破水盆表面的冰，一頭浸進去，臉皺得緊緊的，彷彿吃到酸的東西。他漱了口，拿毛巾猛擦刺痛的雙頰。覺得身上又暖了，隨即溜去臨時的犬舍，觀看皇家獵師做出發前的最後準備。

白天的威廉．特威提師傅，居然是個一臉皺紋、面露疲態的人，還有種憂鬱的神情。終其一生，他都被迫為王室的餐桌四處逐獵，抓到獵物之後，還要按照各個部位切好，簡直與屠夫沒兩樣。他得分清楚哪些部位要給狗吃，哪些部位要交給助手。他必須把每樣東西都切得漂漂亮亮，在末端留下兩節脊椎，這樣排骨肉才會好看。從他有記憶以來，不是在追獵雄鹿，就是在切割獵物。

他並不很喜歡這些事。對他來說，不論是雄鹿雌鹿、野豬、貂、麆鹿、獾或是狼，也不管是成群的來抑或一隻隻的來，都是剝皮以後帶回家煮的東西。你可以對他大談骨頭、板油、獸脂、兔子屎、糞媒和野豬屎，但他只會禮貌地看著你。他知道你是在炫耀自己懂得這些術語，但這些都是他日常生活的一部分。你可以吹噓去年冬天差點被一隻大野豬咬傷，他只會報以冷淡的眼神，因為他可是貨真價實被大野豬傷過十六次，腳上傷痕癒合後的白肉一直往上延伸到肋骨。你大吹大擂時，他會繼續完成手邊的工作。全世界只有一樣東西能打動威廉．特威提師傅。無論寒暑，雪天晴天，他永遠在徒步或騎馬追逐野豬和雄鹿，心卻不在這上頭。可是，一旦你向特威提師傅提起「兔子」這個詞兒，雖然他還是會繼續追趕那倒楣的鹿，彷彿上天注定，不過一隻眼睛卻會時時回顧，渴望見到兔子。這是他唯一會談的東西。他總是奉命前往英國各地的城堡，到了以後，當地的僕人會為他設宴慶祝，時時幫他斟滿酒杯，詢問他最驚險的打獵經歷，然後他會心不在焉地簡單回答。可是如果有人講到兔子，他精神立刻就來了。他會把杯子重重放在桌上，對這種神奇的動物大發議論。照他的說法，要捉這種動物不能吹號角，因為一隻兔子會一下是公的，一下又變成母的，不管牠是在吃東西還是在拉屎。世界上除了兔子，沒有任何動物做得到。

小瓦在旁觀察這位了不起的人，默默看了一會兒，然後進屋去看看有沒有早餐可吃。想不到竟然有，因為全城的人都像他一樣，感染了一種既緊張又興奮的情緒，他就是因此才早起的。連梅林也穿了一件幾世紀以後在米格魯大學流行的短褲。

獵野豬是很有趣的，一點都不像今天我們挖洞抓獾、用槍射鳥或獵狐。最接近的大概是帶雪貂去獵兔子，只不過你帶的是狗而不是貂；獵的是可以輕易殺死你的野豬，而不是兔子；用的也不是槍，而是獵野豬專用的長矛，你能不能活命全得靠這玩意。獵野豬時很少騎馬，或許是因為獵野豬季節通常在冬天，在那兩個月裡，古老英格蘭的雪很容易讓馬蹄一腳踩空，使得策馬奔跑變得很危險。於是你必須手握武器，徒步面對敵人。牠不但比你重上許多，而且可以輕易把你撕成兩半，再把你的腦袋留作戰利品。獵野豬只有一個原則，那就是「穩住陣腳」。如果野豬向你衝來，你必須單膝跪地，矛尖對著牠，右手握柄靠在地上來承受衝擊，左手則盡可能伸直，握住矛尖對準衝來的野豬。長矛像剃刀一般銳利，離尖端十八吋之處還有一根橫桿，或稱水平桿，用來防止長矛刺入野豬體內超過十八吋。假如沒有這道橫桿，狂奔的野豬就算被長矛貫穿，也能繼續往前衝，攻擊獵人。有了橫桿，牠就被擋在一根長矛的距離外，還有十八吋長的矛尖留在牠體內。遇到這種情形，你當然必須穩住陣腳。

野豬的體重通常在九十到一百八十公斤之間，而牠唯一的目標，就是一直拱一直轉，想盡辦法衝到攻擊牠的人身邊，將對方撕成碎片；而獵人的目標則是把長矛緊緊夾在腋下，絕不放手，直到旁人上前殺死野豬。如果他能夠撐住矛柄，而矛尖深深插入野豬體內，那麼他便知道，就算被野豬帶著跑，牠和自己至少隔一支長矛的距離。你只要仔細想一想，便會明白城堡裡的獵人為何會在節禮日集會這天起個大早，而且吃早餐時情緒都有些壓抑。

「啊，準時來吃早餐了是吧？」格魯莫爵士啃著手中的豬肉。

「是的。」小瓦說。

「今天早上很適合打獵，有沒有把矛磨尖啊！」格魯莫爵士說。

「有的，謝謝您提醒。」小瓦說。他走到餐具櫃，自己也拿了一塊肉。

「快來啊，派林諾！」艾克特爵士說：「快來嚐嚐這雞肉！你今早怎麼都不吃東西呢？」

派林諾國王說：「我覺得吃不大下去，不過還是謝謝您的好意。我只是覺得今兒個早上不怎麼對勁啊，啥？」

格魯莫爵士停住吃肉，口氣尖銳地問：「太緊張？」

「噢，不是，」派林諾國王喊道：「不是啊，真的不是，啥？我看準是昨晚吃壞肚子了。」

「好兄弟，這是什麼話？」艾克特爵士說：「既然都來了，吃點雞肉保持體力吧！」

他攙著可憐的派林諾，夾了幾隻雞。國王愁眉苦臉地在桌尾坐了下來，試著吞幾口。

「我敢說啊，等今天打完獵，你就會需要這些食物啦！」格魯莫爵士意味深長地說。

「真的嗎？」

「我有親身經驗。」格魯莫爵士說，朝主人眨了眨眼。

小瓦發現艾克特爵士和格魯莫爵士似乎很誇張地做出吃得津津有味的樣子。他自己連一塊肉都不見得吃得下。凱伊則躲得遠遠的，不敢靠近早餐室。

吃完早餐，也向特威提師傅請教過後，節禮日的打獵隊伍便動身前去集合。在現代的獵犬管理人眼中，他們帶的這群獵犬可能雜了點，其中有六隻黑白的獵狼犬，看起來就像靈猩的身體加上比牛頭㹴還醜的頭。這些是最適合用來獵野豬的狗，又因為牠們習性兇狠，每隻都戴著口絡。此外還有兩頭銳目獵犬，以備萬一。在現代語中，這種狗其實就是靈猩。大偵察獵犬差不多是現在尋血獵犬和紅雪達犬的綜合體。大偵查獵犬戴了項圈，用皮帶拉著。母獵犬就像米格魯小獵犬，跟在主人旁邊跑呀跑，連跑步的樣子都和米格魯相似，看起來十分可愛。

村民跟著獵犬一起走。梅林穿了他的慢跑褲，像極了貝登堡爵士①，只不過多了把長鬍子。艾克特爵士很「明智」地穿了皮衣——打獵沒人穿盔甲的，他走在特威提師傅身旁，一臉憂慮卻又深知自己重要的表情。自古至今，獵犬管理人總是這樣。格魯莫爵士緊跟在後，一邊喘氣，一邊問所有人有沒有把矛磨尖。派林諾國王遠遠落在後頭，和村民走在一塊，因為他覺得人多勢眾，比較安全。領地上所有男性，從鷹匠哈柏到沒鼻子的老瓦特，可說是全員到齊，手握長矛、乾草叉或前端綁著老舊鐮刀的粗棍子。有些戀愛中的少女也出來了，她們手提籃子，裡面裝著為男人準備的食物。這就是節禮日狩獵集會的常見情景。

走到森林外緣時，最後一人加入隊伍。他個子很高，儀表出眾，身穿綠衣，還帶了一把七呎長弓。

「老爺早安啊！」他愉快地對艾克特爵士說。

「啊，早！」艾克特爵士說：「呵呵，可真早啊，是不是？早安、早安！」

他把綠衣紳士領到一旁，用在場所有人都聽得見的聲音說：「親愛的好老弟，看在老天的分上，當心呀！這位可是國王陛下的御用獵師，那兩個傢伙則是派林諾國王和格魯莫爵士。好老弟，你就安分點，什麼話也別亂說，好吧？」

「當然好。」綠衣男子向他保證。「不過你最好幫我們引介一下。」

艾克特爵士臉刷地漲紅，連忙喊道：「啊，格魯莫，來一下好嗎？我介紹一位朋友給你，這位老兄叫，這傢伙叫森先生，不是漢先生喔，是我的老朋友了！對，然後這位是派林諾國王。森師傅，見過派林諾國王。」

「您好！」格魯莫爵士說：「我說，您跟那個羅賓漢沒關係吧？」

「哈，一點兒關係都沒有！」艾克特爵士趕緊插嘴，「是森啊，上頭一個木，下頭兩個木，就是拿來做家具的東西嘛！您也知道，就是家具啊、長槍啊還有……欸，就是長槍和家具嘛。」

「您好！」羅賓說。

「萬福！」派林諾國王說。

「哎，說來有趣，怎麼你們兩個都穿綠衣服？」格魯莫爵士說。

「是啊，真是有趣！」艾克特爵士緊張地說：「他這麼穿是在為姨媽服喪，她從樹上摔下來死了。」

「真是對不住。」格魯莫爵士觸及如此傷痛的話題，覺得很難過，便不再追問了。

艾克特爵士鎮定下來之後，便說：「好啦，森先生，咱們第一輪該上哪兒去？」這問題一問，大家就把特威提師傅也請過來加入討論，開始一場簡短的會議，不時提到各種專業術語，例如「野豬排泄物」。接著眾人在冬林裡長途步行，好戲便登場了。

先前吃早餐時，小瓦肚子裡有種驚惶的感覺，此時已一掃而空。運動和雪風吹拂讓他喘不過氣；他雙眼熠熠生輝，幾乎與白色冬陽下的霜晶同樣明亮，體內血液也隨著打獵的刺激加速流動。他看著偵察犬管理人拉住兩隻尋血獵犬的狗繩。越靠近野豬巢穴，狗兒拉扯得越是厲害。他看著獵犬一隻接一隻變得焦躁不安，低吠想衝出去。銳目獵犬最後發作，因為牠們不是靠嗅覺打獵。他注意到羅賓停下腳步，拾起野豬糞便，交給特威提師傅。隊伍停步，因為他們已經來到危險的地點。

獵野豬時要把野豬圍起來，這一點倒是和獵幼狐很相似。獵人的目標則是盡快殺死野豬。眾人在巢穴外圍成圓圈，小瓦站定位置，單膝跪在雪地裡，矛柄放低靠著地面，以備萬一。小瓦發覺大家都靜了下來。只見特威提師傅揮揮手，示意解開大偵查獵犬。兩隻狗兒立刻竄進獵人圍住的野獸藏身處，腳步悄靜無聲。

接下來是漫長的五分鐘，毫無動靜。圍獵者心跳如雷響，頸上的血管與心臟同聲律動。人人左顧右盼，想確定身邊的同伴還在。他們生命的呼息化作蒸汽，隨著北風遠遠飄開。他們這才明白生命有多美好。萬一事情出了差錯，只要幾秒功夫，便可能讓野豬惡臭的獠牙奪走生命呢！

野豬並未以聲音表示憤怒。巢穴裡既無騷亂，也沒有獵犬的狂吠聲。然而，就在距離小瓦一百碼的空地邊緣，突然出現一個黑色身影。牠來得太快，起初幾秒鐘內，看起來不像野豬。小瓦還沒認出是什麼東西，牠已經朝格魯莫爵士衝去。

那黑色東西衝過白色雪地，濺起一陣雪花。襯著雪地，格魯莫爵士看上去也是一身黑，他立刻翻了個筋斗，激起更多雪花。只聽北風裡傳來一聲清楚的悶哼，但沒有倒地的聲音，然後野豬就不見了。野豬消失後，小瓦知道了一些事，但那都是野豬還在場時無暇注意的。他記得野豬的鬃毛，直挺挺地豎立在牠剃刀般的背上，散發濃烈的臭味；還有一閃而逝、酸味滿溢的獠牙，突出的肋骨、低埋的頭，以及豬眼中燃燒的紅色烈焰。

格魯莫爵士沒受傷，他站起來，拍落身上的雪，一邊怪長矛沒發揮作用。白色地面上有幾滴鮮血。特威提師傅吹響號角，激越的音符響徹林間，獵狼犬都被解開，這時大夥兒都動了起來。把野豬逐出巢穴的大偵查獵犬獲准繼續追趕，好讓牠們保持幹勁，免得鬆懈下來。母獵犬叫聲悅耳，獵狼犬邁步飛奔，咆哮著越過積雪。所有人都叫喊著跑起來了。

「哎呀！」村民高喊：「小心啊，大人，小心啊！」

「噓、噓！」特威提師傅緊張地叫道：「好了，好了，請各位留點空間給獵犬，拜託拜託。」

「我說，我說！」派林諾國王大喊：「有沒有人看到牠往哪兒跑啊？今天可真刺激啊，啥？打獵號角響了，往前衝啊！」

「派林諾，停一停啊！」艾克特爵士叫道：「留意獵犬啊，老兄，留意獵犬！你自己是盯不到牠的！太難，太難啦！」

「太難了。」村民應道。「上吧，上吧。」樹林搖曳唱道。「上吧，上吧。」遠處的積雪也喃喃說著，沉重的樹枝被這陣騷動驚擾，晶瑩的粉雪無聲滑落在默然的大地。

小瓦發覺自己正跟在特威提師傅身旁奔跑。

其實這有點像帶著米格魯獵兔子，只不過換到一片有時候連移動都有困難的森林裡。所有人都得靠著獵犬的叫聲和獵人的號角聲，才能判斷自己的位置，以及該採取何種行動。若是沒了這些，不出兩分鐘，整場狩獵就要宣告失敗。但儘管這些都有，在三分鐘之內似乎也失敗了一半。

小瓦像個帶刺的果莢緊黏在特威提身邊。他的動作和獵師同樣敏捷。獵人雖然經驗豐富，他卻因體型嬌小，更易穿越阻礙，何況還受過瑪莉安小姐的指點。他發現羅賓也跟得上，不過艾克特爵士的咕噥聲和派林諾國王的哇哇叫很快就落到後頭去了。格魯莫爵士倒是放棄得早，他被野豬這麼一嚇，魂都快飛了，便遠遠站在後面，宣稱他的長矛不銳利了。凱伊和他一道留下來，免得他迷路。村民因為聽不懂號角的各種訊號，早就走丟了。梅林則鉤破了褲子，停下來用魔法修補。

警衛官一直鼓著胸膛，高喊「快上」，激勵狗兒上前，還忙著告訴大家該往哪邊跑，結果自己都搞不清楚方向。這會兒他領著一群悶悶不樂的村民，排成單行縱隊，膝蓋抬得老高，快步朝錯誤的方向走去。哈柏則還跟在小瓦後面跑。

「呼呼，」他喘著氣對小瓦說，彷彿把他當成獵犬了。「少爺，別跑這麼快，他們都走散了！」

就在他說話的同時，小瓦注意到狗群的叫聲漸弱，卻更嘈雜不滿。

「停下來吧，」羅賓說道：「不然可能會直接撞上牠哪。」

狗吠聲停了。

特威提師傅高喊：「呼呼！喲喝！」他把掛號角的肩帶拉到前面，吹奏起號音示意獵犬集合。

一隻大偵查獵犬單吠一聲相應。

「好呀！」獵人叫道。

大偵查獵犬吠聲漸穩，遲疑了一下，然後凶猛地咆哮了起來。

「唷喝！叫得好，老友。聽，貝蒙叫得多勇敢哪！喝，喝，喝，喝。」

緊接在大偵查獵犬之後，傳來了母獵犬高亢的叫聲。獵狼犬嗜血的狂吠有如轟然雷鳴，蓋過其他狗的叫聲。狗吠聲越來越響，向上攀升到興奮的高峰。

「可逮著牠了！」特威提只說了這句。三人立即開步快跑，獵師同時吹起嘟嘟嘟的號音，以示激勵。

在一小團灌木叢中，頑強的野豬被逼到了絕路。牠的後半身倚靠在被風吹倒的樹幹一角，占據了絕佳的位置。牠擺出防禦姿勢，上脣往後扭曲，發出哮吼。鮮血不斷自格魯莫爵士所刺出的傷口湧出，從鬃毛流到腿上。口水從下巴滴到地上，融化了逐漸變紅的雪。野豬的目光朝四面八方跳動。狗群站定不動，對著牠猛吠。貝蒙的背脊斷了，在牠腳下痛苦掙扎。野豬因為貝蒙已經不構成威脅，便不予理會。只見牠一身黑，怒火逼人，滿身是血。

「好傢伙！」特威提說。

他手持長矛緩緩前進。獵犬受了主人激勵，也隨之步步進逼。

情勢突然為之一變，彷彿一座用紙牌搭成的房屋瞬間倒塌。野豬不再是困獸猶鬥，反而朝特威提師傅衝去。一看牠衝來，獵狼犬也撲上前去，狠狠咬住野豬的肩膀、喉嚨和腳，以致於最後奔至獵師面前的，不只是單單一隻野豬，而是一大團動物。他怕傷到狗兒，不敢用長矛。然而那團動物絲毫沒有減速，彷彿獵犬一點也不礙事。特威提想反轉長矛，用柄來阻止衝撞，但他才轉到一半，獸群已經撲到眼前。他立即向後跳，卻被樹枝絆倒，結果混戰在他身上展開。小瓦在旁邊跳腳，心急如焚地揮舞手中長矛，然而完全找不到空隙刺入。羅賓抛下自己的長矛，順勢拔刀，走到撕扯的獸群之中，沉著地把一隻獵狼犬由腳拎起。獵犬緊咬不放，可是如此一來便有了空檔。只見獵刀緩緩刺進狗兒剛才所在的位置，一次，兩次，三次。那座野獸山晃了晃，恢復平衡，又晃了一下，然後笨重地向左倒下。打獵結束了。

特威提師傅慢慢從野豬屍體下抽出腳，站起來，右手抱膝，試探地往各個方向動了動，朝自己點點頭，然後挺直腰。他拾起長矛，什麼話也沒說，就跛著腳朝貝蒙走去。他在貝蒙身邊跪下，讓狗兒的頭枕在他腳上，輕輕地撫摸。「聽，貝蒙在叫呀。輕點，我的老友貝蒙。聽聽勇敢的貝蒙、溫柔的貝蒙啊。」貝蒙舔舔他的手，卻無法搖尾巴。獵師朝站在後面的羅賓點點頭，然後凝視著狗兒的雙眼說：「好狗兒，勇敢的貝蒙，安息吧，我的老友貝蒙，好狗狗。」於是羅賓的獵刀帶貝蒙離開人世，讓牠去和獵戶座自由奔逐，在群星之間打滾。

之後有好一會兒，小瓦都不忍心看特威提師傅。這位韌如皮革的奇男子一言不發地起身，依照往例揮鞭趕開野豬屍體上的獵犬，然後舉起號角，吹出四聲長長的號音，毫無顫音。號音表示獵物已經死亡。但他吹奏號角另有原因，小瓦發現他好像在哭，嚇了一跳。

獵物死亡的號音逐漸引來大部分走散的人。哈柏最先到，接著是艾克特爵士，他一邊用長矛撥開黑莓叢，一邊喘著氣大喊：「幹得好啊，特威提！這次打獵可真是精彩。我說啊，要追獵物就應該這樣！這傢伙多重啊？」其他人三三兩兩回來了。派林諾國王跌跌撞撞，高喊：「衝啊！衝啊！衝啊！」渾然不覺打獵已經結束。別人告知以後，他停下腳步，有氣無力地說：「衝啊，啥？」然後便默不作聲了。最後就連警衛官的單行縱隊也到了，他們仍然高抬膝蓋快步走，走到空地才停下來，警衛官非常得意地向他們解釋，要不是有他，他們早就走散了。梅林提著慢跑短褲出現，他的魔法失敗了。格魯莫爵士腳步笨重地隨凱伊到來，直說雖然他沒親眼見到，但這是他僅見最精彩的得分。在這之後，切割獵物屍體的工作便迅速展開。

工作進行時，現場瀰漫著興奮之情。一整天都心神不寧的派林諾國王，犯了一個致命的錯誤：他竟然問獵犬什麼時候可以得到獵賞。大家都知道，所謂的「獵賞」，是指放在死去野獸的皮上，用來獎賞獵犬的內臟之類器官。而大家也都知道，殺死野豬後不會剝皮，會直接取出內臟。既然沒有獸皮，就不會有獵賞。我們知道獵犬得到的是「點心」[②]，是把內臟和麵包混在一起，用火烤過的東西。不消說，可憐的派林諾國王用錯詞了。

於是在一陣起鬨聲中，派林諾國王被架在野獸屍體上方，讓艾克特爵士用劍背結結實實敲了一頓。國王抱怨連連，說：「你們這些畜生一般的下流胚！」然後便咕噥著晃到森林裡去了。

野豬的內臟掏乾淨，獵犬也得了獎賞。村民怕坐在雪地裡會把身子弄濕，便三五成群站著閒聊，一邊從年輕婦女送來的食籃裡拿東西吃。艾克特爵士還體貼地提供一小桶葡萄酒，讓眾人開懷暢飲。他們把野豬的四肢綁在一起，拿根木棍穿過去，由兩人扛在肩上。威廉·特威提往後一站，為野豬吹起狩獵儀式結束的號音。

就在這時，派林諾國王回來了。他還沒現身，大家便聽見他在灌木叢裡跌跌撞撞，高喊：「我說！我說啊！快來看啊！可怕的事情發生啦！」他戲劇般地出現在空地邊緣，上方樹枝正好承受不了重量，於是好幾英擔[3]的雪就這麼當頭砸下。派林諾國王也不以為意，他從大堆積雪裡爬出來，彷彿根本沒注意到，嘴裡仍喊著：「我說，我說啊！」

「怎麼啦，派林諾？」艾克特爵士大叫。

「哎，快來啊！」國王喊道，然後他心不在焉地轉過身，又消失在森林裡。

「你們看看，他沒事吧？」艾克特爵士問。

「他個性就是容易激動。」格魯莫爵士說。

「還是過去瞧瞧吧。」

隊伍循著派林諾國王剛在雪地裡留下的凌亂足跡，冷靜地跟上前。

出現在他們眼前的是一幅出乎眾人意料的景象。派林諾國王坐在枯朽的荊豆叢中，兩行淚水從臉上流下。他正輕拍著膝上巨大無比的蛇頭，蛇頭的另一端是一具瘦長的黃色身體，上面還有斑點。身軀的末端是獅子的腳，還有公鹿的蹄。

國王說：「乖乖，我不是要拋棄你哇！我只是想睡睡羽毛床，睡一陣子而已嘛。我本來就要回來了，真的。哎呀，怪獸妳可別死，別一點糞媒都不留給我啊！」

一見到艾克特爵士，國王立刻開始發號施令。情急之下的他有威嚴了。

他叫道：「我說艾克特，你愣在那兒幹啥？還不去把那桶酒給我搬來！」

大家把酒桶搬過來，倒了一大杯給尋水獸。

「可憐的東西，」派林諾國王氣急敗壞地說：「你看看，憔悴成這模樣，就是因為沒人對牠有興趣啊！憔悴成這個樣子。我究竟是怎麼啦，在格魯莫爵士那兒住了這麼久，卻一點都沒想過我的怪獸老友。你們看看牠的肋骨啊，簡直像木桶的鐵箍啦，孤伶伶一個人躺在這雪地裡，都快不想活了。來吧，怪獸，看妳能不能把這個喝下去，對妳很有好處的。

「成天惦著羽毛床，」國王懊悔地補上一句，同時瞪著格魯莫爵士，「活像……像個飯店服務生似的！」

「可是你……可是你怎麼找到牠的？」格魯莫爵士結結巴巴地說。

「我碰巧發現的，不是你的功勞。像個呆子一樣到處亂跑，拿劍砍來砍去。我碰巧在這荊豆叢裡找到牠，可憐的東西，全身蓋滿了雪，眼裡噙著淚水，全世界沒一個人關心牠。生活不規律就是這種結果。以前日子多愜意啊，咱們每天同時起床，追趕個一段時間，然後十點半準時就寢。你瞧現在變成什麼樣？牠全身都散啦，牠要是死了，就是你的錯，你和你的床要負責。」

「可是派林諾……」格魯莫爵士說。

「給我閉嘴！」國王立即回道：「老兄，別像個傻子一樣站在那兒，淨說些廢話。找點事情做吧！再去找根木棍，我們好把格拉提桑扛回家。艾克特呢，你腦袋擺哪兒去啦？我們得把牠扛回家，把牠安頓在廚房的火爐前面。快差人回去準備麵包牛奶啊！還有你啊，特威提，我不管你愛用什麼名字，總之別再玩喇叭啦，還不跑去熱幾張毯子？

「等咱們回到家，」派林諾國王下了結論，「第一件事就是給牠補補身子！明天早上牠要是好些了，我就讓牠先跑上幾個小時，然後咱們就跟以前一樣！你說怎麼樣啊，格拉提桑，啊？妳走高處我走低，啥？來吧來吧，羅賓漢，不管你用的是什麼名字——你以為我不曉得，我可清楚得很！你少給我在那邊拄著弓，一副漠不關心的樣子。振作起來！把那個肌肉過剩的警衛官叫來幫你搬吧。好了好了，輕點啊！跟上來吧，你們兩個呆瓜，注意別摔跤啦！羽毛床和獵賞？什麼跟什麼，全是小孩子玩意。走啊！前進啊！快往前啊！齊步走啊！我看簡直是腦袋裡都裝羽毛嘛，真是的！」

雖然已經作了結，國王又加了一句，「至於你啊，格魯莫，你儘管在自家床上打滾吧，悶死算啦！」

① 貝登堡爵士（Lord Baden-Powell, 1857-1941），童軍運動的創始人。

② 【編注】Fouail，原意為燃料。

③ 一英擔（hundredweight）約等於五十公斤。

第十七章

「我想應該再給你上點課了。」一天下午，梅林從眼鏡上方看著小瓦說：「你也知道，時光不饒人啊。」

那是一個早春的午後，窗外風光明媚。冬天已經遠去，格魯莫爵士、特威提師傅、派林諾國王和尋水獸也隨之離開。尋水獸在麵包、牛奶和悉心照料之下，已恢復了活力。牠滿懷感激之意，又蹦又跳衝進雪地。兩小時後，興奮的國王追了上去。城垛上的人看著牠抵達獵林邊緣，靈巧地弄亂自己的足跡：牠倒著跑，橫向一跳二十呎，又用尾巴抹掉腳印，沿著水平樹枝爬行，花樣百出，顯然樂在其中。在這同時，他們也看著派林諾國王閉起眼睛，乖乖從一數到一萬，等他趕到尋水獸故布疑陣的地點，被搞得一頭霧水，最後終於往錯誤的方向馳去，母獵犬緊跟在後。

那是個美好的下午，教室窗戶外頭遠方的森林裡，落葉松已換上一身照眼的綠，泥土地受了千萬雨滴滋潤，濕亮飽滿，世界上每一種鳥都飛返家園求愛和歌唱。村民每天傍晚都在花園裡種植豆類。種種煥然一新的氣象（連同隨著豆類一起蓬勃生長的蛞蝓），似乎讓花蕾、小羊、鳥兒等一切有生命的東西都探出頭來了。

「這次你想變成什麼？」梅林問道。

小瓦往窗外看去，聽著鶇鳥連續兩次如露水般清亮的歌聲。

「我變過一次鳥了，可是那是晚上在鷹棚裡，也沒機會飛。雖然同樣的東西不該學兩次，可是您覺得我可不可以再當一次鳥，學習怎麼飛呢？」

「我看沒什麼不可以。」魔法師說：「要不要晚上來試試看？」

春天時，人很容易對鳥類產生一種狂熱，有時會熱過頭，甚至多事到去替鳥兒築巢。他現在就是受這種情緒所感染。

「可是晚上牠們都在睡覺。」

「牠們就不會飛走，你才好觀察呀！你不妨今晚和阿基米德一起去，他可以幫你解說。」

「阿基米德，你願意嗎？」

「我很樂意。」貓頭鷹說：「我自己也想出去溜達溜達。」

小瓦想起鶇鳥，便問道：「您知道鳥兒為什麼唱歌，或者牠們是怎麼唱的嗎？那算不算一種語言呢？」

「當然算。或許不比人類的語言複雜，但也夠瞧了。吉爾伯．懷特①說，哎，應該是他『以後會說』，你知道意思就好：『鳥類的語言非常古老，正如其他古老語言，言有盡，但意無窮。』他還說：『烏鴉在繁殖季節，有時心情歡愉之下，會試圖歌唱，然而表現拙劣。』」梅林說。

「我喜歡烏鴉。」小瓦說：「說起來有趣，我倒覺得烏鴉是我最喜歡的鳥呢！」

「為什麼？」阿基米德問道。

「就是喜歡嘛，我喜歡牠們厚臉皮的模樣。」

「烏鴉父母不盡責，孩子沒禮貌又彆扭。不過，」阿基米德仔細想過之後又說：「烏鴉都有種扭曲的幽默感，這倒是真的。」

小瓦解釋：「我喜歡烏鴉享受飛行的樣子。牠們純為樂趣飛行，不像其他鳥類。牠們晚上成群結隊飛回家，開開心心，一邊說些沒禮貌的話，還會粗魯地相互撲打，那模樣好可愛。有時牠們會在半空中突然翻身，來個大筋斗，只為了耍寶，或者想也不想就大剌剌地抓起跳蚤，根本忘記自己還在飛。」

「牠們的幽默感固然低級，不過的確是種聰明的鳥。你知道吧，牠們是少數有議會又有社會制度的鳥。」

「你是說牠們有法律嗎？」

「當然有嘍。秋天時，牠們會聚集在田野間，開會議論。」

「什麼樣的法律啊？」

「喔，像是保衛鴉群和婚姻之類的事啊。你不能和自己鴉群外的烏鴉通婚；如果你竟然不顧體面，從鄰近聚落帶了一隻黑鴉大閨女回來，那麼大家會把你的窩拆成碎片，你蓋得再快也沒用。牠們還會把你趕到郊區，所以每個鴉群都會有些偏遠的窩，在主巢幾棵樹外。」

「還有一點讓我喜歡，」小瓦說：「就是牠們的衝勁。牠們或許是小偷和小丑，也的確整天嘎嘎吵個沒完，互找麻煩，卻敢圍毆敵人。我想，要和老鷹作對，就算自己人多勢眾，總是需要一點勇氣吧。而且牠們連攻擊老鷹時都在耍寶。」

「你說得沒錯，牠們本來就是一班烏合之眾。」阿基米德傲慢地說。

「嗯，好歹是一群愛玩的烏合之眾，」小瓦說：「所以我喜歡。」

「你最喜歡的鳥又是什麼呢？」梅林出來打圓場，很有禮貌地問道。

阿基米德想了半天，然後說：「哎，真是大哉問。這就像問你最喜歡哪一本書一樣。不過整體說來，我想應該是最喜歡鴿子。」

「因為好吃？」

「我本來不想把這點列入討論。」貓頭鷹用很有教養的口氣說：「事實上，所有猛禽都喜歡吃鴿子，只要自己的體型夠大，應付得來。我剛剛只是在想牠們的家居習慣。」

「說來聽聽。」

阿基米德便說：「鴿子嘛，你看牠一身灰，就像貴格教徒。牠是聽話的孩子，忠實的情人，睿智的父母，而且和所有哲學家一樣，知道人類的手永遠與牠們為敵。幾世紀以來，牠們早已精通逃脫之術。鴿子從來不具侵略性，就算有人要加害於牠，也絕不還手，然而世界上也沒有一種鳥像鴿子這麼擅長迴避。若被獵人困在樹上，鴿子會從樹的另一頭飛走，還懂得盡量低飛，讓樹成為天然屏障。沒有一種鳥能把距離計算得如此精準。鴿子羽毛鬆軟，因此狗不喜歡咬，而且對彈丸有保護作用。牠們警戒心高，身上散發香氣，身體脆弱。鴿子用咕咕的叫聲表達真愛，將孩子巧妙藏匿起來，盡心盡力養育，遇上侵略者，則懂得明哲保身。牠們實在是一種愛好和平的鳥，有如不斷逃離殘暴印地安人的篷車大隊；也是真性情的個人主義者，唯有憑藉智慧脫逃，才能在屠殺勢力下存活。

「你們知道嗎？」阿基米德又說：「鴿子夫婦作窩時永遠背對背，以便將四方動靜盡收眼底。」

「我們養的家鴿的確是這樣，」小瓦說：「我想，人類之所以一直要殺鴿子，就是因為牠們太貪心了吧。我喜歡林鴿翅膀拍動的聲音，還有，牠們在求愛季節時，會飛到高空，然後收起雙翼往下急墜，那樣子跟啄木鳥挺像。」

「跟啄木鳥不怎麼像吧。」梅林說。

「嗯，是不太像啦。」小瓦也承認。

「您最喜歡的又是哪一種鳥呢？」阿基米德覺得也該讓主人發言，便開口問道。

梅林像福爾摩斯一樣十指併攏，立即答道：「我喜歡蒼頭燕雀，我朋友林奈[②]把牠們叫做獨身鳥。這種鳥知道冬天要分開，公鳥全集中成一群，母鳥聚成另一群。如此一來，至少在冬天的那幾個月裡，大家相安無事。」

這時阿基米德說：「我們原本是在討論鳥究竟會不會講話。」

「我另一個朋友呢，」梅林馬上用學識淵博的口吻說道：「他認為，或者將會認為，鳥類的語言是出自模仿。你們應該知道，亞里斯多德認為悲劇也是因模仿而生。」

阿基米德嘆了口氣，一副先知先覺的模樣道：「我看您還是一吐為快吧。」

「是這樣的，」梅林說：「比如說一隻茶隼撲向一隻老鼠，而那隻可憐的老鼠被針也似的利爪抓住，痛得大叫：『嘰嘰！』等到下回這隻茶隼又見了別的老鼠，便也學著叫：『嘰嘰！』而別的茶隼呢，好比說牠的配偶，聽見叫聲趕來了，於是幾百萬年之後，所有的茶隼都嘰嘰叫著互相呼喚啦！」

「一種鳥不能代表全部吧？」小瓦說。

「我也不想以偏蓋全，可是老鷹叫起來不就像牠們獵物的慘叫聲？綠頭鴨吃青蛙，所以叫聲嘶啞，有如蛙鳴；百舌鳥也是，叫聲像青蛙哀鳴；黑鸝和歌鶇叫聲喀達喀達，難道不像牠們把蝸牛殼敲碎的聲音嗎？各種雀鳥的叫聲如同咬破種子，啄木鳥則模仿自己敲打樹幹，抓蟲子出來吃的聲音。」

「但是鳥兒的叫聲都不只一種啊！」

「那是當然，鳥類因模仿而生呼叫鳴聲，繼而不斷重複，並加以變奏，於是便有了各種不同的鳥鳴聲。」

「原來如此。」阿基米德冷冷地說：「那我呢？」

「這個嘛，你應該很清楚。」梅林道：「被你捉到的老鼠會發出『嘰嗚』的慘叫，所以你年輕的族人會叫『奇威』。」

「那老的怎麼解釋？」阿基米德口氣尖酸地問。

「呼嚕，呼嚕！」梅林毫不氣餒地叫道，「我的好夥計，這不是很明顯嗎？經過第一個冬天，牠們便喜歡在空心的樹幹裡睡覺，而這正是那裡的風聲啊！」

「這樣啊，」阿基米德的口氣越來越冷淡了。「這和獵物好像一點關係都沒有嘛。」

「哎，得了吧！」梅林答道：「除了吃的東西，還有很多別的啊。比如說吧，鳥類不也得喝水，偶爾也要洗澡？知更鳥的歌聲就是在模仿流水聲呀。」

阿基米德說：「看來不但跟吃的東西有關，跟我們喝的和聽到的東西也都有關係嘍。」

「有何不可呢？」

貓頭鷹洩氣地說：「唉，算了。」

小瓦想幫家教老師打打氣，便說：「我覺得這個想法很有趣。可是語言又是如何從模仿中產生呢？」

「起先是重複，」梅林說：「然後慢慢作些轉變。你或許不曉得，說話的語氣和速度可以有很多含意。舉個例子，如果我說『天氣真好』，你會回答『是啊，的確很好』。但如果我用安慰的語氣說『天氣**真好**』，你大概會覺得我這人很親切。還有呢，如果我上氣不接下氣地說：『天氣真好！』你可能就會看看周圍，想知道是什麼東西把我嚇成這樣。鳥類就是用這種方法，逐漸發展出語言。」

「既然您懂得這麼多，」阿基米德說：「能不能請您說說，咱們鳥類靠著改變速度和加重語氣，能從呼叫聲表達出多少不同的東西？」

「很多哇！談戀愛時，你可以輕柔地叫『奇威』；如果要對人挑釁，或非常憤怒，可以生氣地叫；要是找不到伴侶，或是有陌生人接近鳥窩，想警告同伴躲遠一點，那麼可以逐漸把聲音提高；如果你冬天飛到老巢附近，因為條件反射的關係，憶起往日美好時光，可以親切地叫『奇威』；如果我突然走近，你可以連叫三聲『奇威奇威奇威』來表示警戒。」

「居然討論起條件反射來了！」阿基米德氣呼呼地說：「我還寧願去找老鼠吃。」

「也行啊，不過等你找到，我敢說你一定會發出另一種貓頭鷹特有的聲音。這種聲音在鳥類學專書上沒有記載，我稱之為『吡』或『嚓』，也就是人類咂嘴的聲音。」

「這種聲音又是在模仿什麼？」

「當然是老鼠骨頭碎裂的聲音啦。」

「您真是個狡滑的主人，」阿基米德說：「至於我只是隻可憐的貓頭鷹，您講出這話我也不能拿您怎樣。我只能根據親身經驗告訴您，事實上根本不是這回事。一隻山雀不但可以告訴您牠身處險境，連何種險境都能說得一清二楚。要牠說『小心那隻貓』或『小心那隻老鷹』，或者是『小心那隻灰林鴞』，就像念字母一樣簡單。」

「這我不否認。」梅林說：「我只是在告訴你語言的起源。不如你說說看，有沒有哪一種鳥的叫聲是我無法歸因於模仿的？」

「歐夜鷹。」小瓦說。

「甲蟲翅膀的嗡嗡聲。」家庭教師立即回答。

「那夜鶯呢？」阿基米德絕望地大喊。

坐在安樂椅上的梅林往後一靠，說：「啊，那是在模仿親愛的普西芬妮[3]，每當她從冥府甦醒的靈魂之歌。」

「滴嚕。」小瓦輕聲說。

「匹嗚。」貓頭鷹平靜地補充[4]。

「模仿音樂！」魔法師無論如何想不出夜鶯的叫聲究竟模仿什麼，最後激動地下了結論。

「哈嘍！」這時凱伊打開午後課室的門，走了進來。「我沒趕上地理課，真是抱歉。因為我剛剛想用十字弓射幾隻小鳥，你們瞧，我殺了一隻鶇鳥呢！」

① 吉爾伯・懷特（Gilbert White, 1720-93），英國牧師和自然學者，代表作《賽爾伯恩博物誌》（*The Natural History of Selborne*），是田園式生態學的重要人物。

② 林奈（Carolus Linnaeus, 1707-1778），瑞典植物學家，二名分類法的創始者。

③ 普西芬妮（Proserpine），希臘神話中泊瑟芬妮（Persephone）的拉丁文名字，她是宙斯與農業女神狄蜜特所生的女兒，被冥王擄走。因為吃了三顆冥府的石榴，因此每年有三個月必須回到冥府生活。

④ 【編注】小瓦和阿基米德輪流模仿夜鶯的叫聲。

第十八章

當天晚上，小瓦依照指示躺在床上裝睡。他要等凱伊睡著，然後阿基米德會帶著梅林的魔法來找他。小瓦蓋著厚重的熊皮毯子，望向窗外的春夜繁星。群星褪下霜意和金屬亮澤，彷彿剛洗過，飽含水分而脹滿。這是個無雲也無雨的美好夜晚，星子間的夜空是一片厚實黝暗的天鵝絨。畢宿五和參宿四[①]正和天際的獵犬[②]賽跑，朝地平線奔去。狗兒頻頻回頭張望，等待主人獵戶座從世界的盡頭冒出來。紅醋栗、野櫻桃、李子樹和洋山楂花正開得茂盛，入夜後仍有花香從窗邊傳進來。至少聽到五隻夜鶯正在低垂交蔽的枝頭爭鳴。

小瓦雙手交叉枕著頭，躺在床上，熊皮毯只蓋了一半。夜色如此美麗，一覺睡去太可惜了。氣候暖，毯子也蓋不住。他望著窗外的星空，看得出神了。夏天即將來臨，到時候他可以在城垛上睡覺，看著星子懸掛上方，宛如近在眼前的飛蛾，而銀河則像是蛾翅上的粉。群星似近實遠，許多難以言說、關於空間與永恆的思緒，在他嘆息不已的胸膛中擾動。而他將想像自己往上墜落，越掉越高，永不止息，掉進群星之間卻無法企及，在安寧的空間速度之中，拋棄一切，也失去一切。

阿基米德來找他時，他已經熟睡了。

「把這吃了。」貓頭鷹說著，給了他一隻死老鼠。

小瓦覺得好怪，卻二話不說接過那團毛茸茸的東西，完全沒想到咬起來噁心，便丟進嘴裡。滋味竟然不錯，他倒也不覺奇怪，感覺就像桃子連皮吃，但桃子皮當然比不上老鼠。

「我們也該出發了。」貓頭鷹說：「你先跳到窗臺上，習慣一下，我們再起飛。」

小瓦朝窗臺一躍，很自然地揮一下翅膀增加助力，正如高空跳躍者擺動手臂。他和多數貓頭鷹一樣，砰一聲落在窗臺上。還來不及停住，便往前一傾，掉出窗外。他興沖沖地想著：「我就要這麼摔斷脖子了吧。」說也奇怪，這時他竟然不把生命看得太重。他只覺得城牆飛馳而過，地面和護城河迅速上浮。他使勁一揮翅膀，地面便又沉下去，像口漏水的井。一秒鐘後，剛才揮的那一下失去效力，地面再度節節上升。他再揮一次。他就在地面忽而上升，忽而下沉的古怪情形下，不斷前進，絨羽不曾發出一絲聲音。

「看在老天分上，」阿基米德喘著氣，懸浮在他身邊的夜空中。「別飛得像啄木鳥似的！這樣別人會把你當成縱紋腹小鴞！不過這種鳥還沒進口到國內就是了。你只靠用力揮動一下翅膀來得到飛行速度，然後藉著這個速度前進，等漸漸慢下來，快要失速墜落時，才又用力一揮，一上一下飛成之字形。你這種亂七八糟的飛法，別人哪跟得上？」

小瓦隨口答道：「哎，我要是不這麼做，不就直接摔下去啦！」

「笨蛋！」貓頭鷹說：「你像我這樣，翅膀一直輕輕揮就行了，不要上下跳。」

小瓦照做之後，驚訝地發現地面不再亂晃，而是平穩地在他下方流動，他甚至感覺不到自己在動。

「這樣好多了。」

「所有東西看起來都好奇怪。」男孩四處觀望了一陣，驚奇地說。

的確，整個世界看起來都不一樣了。我們不如這樣形容吧，就像攝影師的負片，此時他眼中所見比人類所能看到的光譜還要多一種光。紅外線相機可以在我們無法視物的黑暗中照相，同樣也可以在大白天照相。貓頭鷹亦如此，有關牠們只能在夜間視物的說法都不是真的。牠們白天同樣看得很清楚，只不過到了晚上視力仍然清晰。於是貓頭鷹自然喜歡在其他動物熟睡，較無反抗能力的時候獵食。白天的綠色樹木，在此時的小瓦眼中會泛白，彷彿開了滿樹蘋果花，夜晚時分，一切看起來也都不同。就好像在黃昏時飛行，所有顏色都黯淡下來，而且一切都朦朦朧朧的。

「你喜歡這樣嗎？」貓頭鷹問。

「我很喜歡。你知道嗎？先前我變成魚時，水裡很多處冷熱不同，沒想到天上也是如此。」

「氣溫嘛，得看下頭的植被，如果是森林或雜草地，那上面就會比較溫暖。」阿基米德說。

「嗯，難怪以前的爬蟲類不當魚之後，會想變成鳥。真的很有趣哩！」小瓦說。

「你總算有點概念了。」阿基米德說：「你介不介意我們坐下來？」

「怎麼坐？」

「你要失速。也就是說你得先往上飛，等速度慢下來，然後呢，就在你覺得要一頭栽下去的時候，哎，你就坐下。你有沒有發現，鳥類向來都是往上飛進窩裡。牠們不會從上而下，而是先飛低再拉高，飛到最高點的時候正好失速，然後就坐下。」

「可是鳥也會降落在地面啊！還有，綠頭鴨不是會落在水面？這總沒法飛高再坐下吧？」

「這個嘛，要降落在平面上當然行，只是比較困難。你得在失速的狀態下滑翔，然後彎起翅膀增加風阻，再放下雙腳和尾巴，大致如此。你或許也發現，大部分鳥類降落的動作都不怎麼優雅，你看烏鴉砰一聲坐下，還有綠頭鴨濺起水花的樣子。翅膀像湯匙形狀的鳥，例如蒼鷺和鴴鳥，似乎是降落得最漂亮的。說老實話，咱們貓頭鷹也不賴呀！」

「像雨燕那樣翅膀很長的鳥，完全沒辦法從平地起飛，動作應該最難看嘍？」

「雨燕的動作確實不好看，但並非這個原因。」阿基米德說：「好啦，我們用不著邊飛邊講吧？我有點累了。」

「我也是。」

「貓頭鷹通常飛個百碼就喜歡坐下來休息。」

小瓦模仿阿基米德的動作，朝他們選定的枝頭高飛而去。飛到樹枝上方時，他正好要失速掉落，在最後關頭趕忙伸出毛茸茸的雙腳抓住樹枝，又前後搖晃了兩次，才總算成功降落，收起翅膀。

小瓦靜靜坐著，觀覽周遭景色，同時貓頭鷹給他上了一堂鳥類飛行的課。雨燕極擅飛行，甚至可以睡著飛上一整夜；小瓦雖然也稱讚過烏鴉享受飛行樂趣的模樣，但是低空飛行（所以雨燕不能算在內）真正厲害的還是鴴。他解釋鴴是如何陶醉於特技飛行，甚至還會旋轉、甩尾和打滾，而且純粹因為喜歡這麼做。除了牠們之外，只有渡鴉這種最古老、最圓熟也最美麗的飛行員，才會由高處降落。小瓦心不在焉地聽著演講，心神都在讓雙眼習慣奇怪的色調上，只以一眼餘光觀察阿基米德。阿基米德一邊講課，一邊不經意地四下張望尋找晚餐，表演起一種怪異的動作。

那就像個越轉越慢的陀螺，頂端緩緩畫出圓圈，陀螺尖佇留原地不動，但陀螺身逐漸傾斜，頂端畫的圓越來越大，最後倒地停止旋轉。阿基米德不經意地做著這件事。牠雙腳站立不動，但上半身轉呀轉，彷彿在電影院裡被胖太太擋住視線，極力想從兩側往前看，又不確定該從哪邊看比較清楚。再加上牠的頭幾乎可以三百六十度旋轉，你就不難想像這番滑稽的表演多麼值得一看。

「你在做什麼？」小瓦問。

他話還沒問完，阿基米德就不見了。前一刻有隻貓頭鷹在那裡談論鴴，下一刻貓頭鷹便已消失。只聽見小瓦下方遠處傳來砰的一聲，樹葉悉悉窣窣，聽來像那枚空中魚雷不顧阻礙，直直衝進灌木叢裡。

沒過多久，貓頭鷹又坐回他身邊的枝頭，若有所思地吃著一隻死去的麻雀。

「我可不可以試試看？」小瓦問道，想要裝出嗜血的樣子。

「事實上呢，」阿基米德把嘴裡的東西吃完後說：「你不可以。你吃了變身貓頭鷹的魔法老鼠就夠了——況且你已經吃了一整天的人類食物啦！貓頭鷹從來不為樂趣殺生，更何況我是帶你來學東西的，所以等我吃完點心，我們就該開始啦！」

阿基米德吃完麻雀，很有禮貌地在樹枝上抹抹嘴，然後雙眼直視小瓦。正如某位知名作家所形容，那雙又大又圓的眼睛泛著一層粉光，就像葡萄皮上的紫色粉衣。

「你要帶我去哪裡呢？」

「既然你已經學會怎麼飛了，」他說：「梅林要你變成野雁試試。」

他發現自己置身一處極度平坦之地。在人類的世界裡，我們鮮少見到平坦的空間，因為樹木、房舍和樹籬形成了鋸齒狀的景觀，就連草地也豎起無數草葉；即使是一片沙地，也會有小小的潮浪痕跡，如同你的上顎。然而這片位於黑夜深處、遼闊無邊的平坦濕泥地，卻像一塊黑色奶凍那樣毫無起伏。

這片寬廣平地上存在一種自然力量，那就是風。這是一種自然元素，一個次元，一股黑暗的力量。在人類的世界裡，風從某處吹來，又朝某處吹去，途中穿過某些地方，例如樹木、房舍和一排排灌木叢。這裡的風卻不知從哪裡來。它穿過這片不知名的平地，也不知吹向何方。風水平吹拂，除了一種獨特的轟隆聲外，靜悄悄的。這陣風有形體，卻又無邊無際，驚人的重量流過泥地。那碩大無朋的灰線穩固堅實，幾乎可以用直尺測量。如果你拿雨傘把鉤住，就會懸在那兒。

小瓦迎風而立，覺得自己簡直不存在了。他身處虛無之中，只有蹼足下的濕地還有實體。然而那又是有形體的虛無，像是渾沌。他彷彿成了幾何學的一個點，不可思議地存在於兩點之間的最短距離上；又或者像平面上的一條線，有長度也有寬度，卻不具任何分量。不具任何分量！然而這陣風卻是分量本身，它是能量，是潮流，是力量，是方向，是不具脈動、煉獄中穩定的世界之流。

這個褻瀆的煉獄卻是有界線的。往東約一哩處，有堵綿密而無間斷的水牆。水牆微微起伏，彷彿要擴張或收縮，卻牢不可破。它充滿威嚇感，渴望著犧牲者——這就是無情的汪洋。

往西兩哩處，有三個光點，形成一個三角形，那正是漁人屋舍裡的微弱燈芯。漁人為了趕上鹹水沼澤裡繁複的溪流潮汐而早起。沼澤裡的水流方向有時和海水相反。海峽和微小光源，這些便是他天地間的一切：黑暗、平坦、遼闊、潮濕，在那黑夜的海灣裡，在那風的灣流中。

天光漸露。男孩發現自己置身同類當中，正如他所預料。他們坐在泥地上，而泥地正受那憤怒、稀薄、復返的海水侵襲；有的早已被海水驚醒，便乘浪而去，遠離碎浪騷擾。坐著的看似大茶壺，壺嘴塞在翅膀裡。在游泳的有時會把頭伸入水中甩一甩。有些在泥地上醒來，便站起身，用力擺擺翅膀。牠們的緘默為嘎嘎交談聲打破。在這片灰色中約有四百隻野生的白額雁，牠們是極美的生物，任何人只要靠近看過，便永生難忘。

離日出還很久，但野雁已準備起飛。去年繁衍的雁子家庭紛紛聚在一起，在家中祖父、曾祖父或某位年高德劭的長者領導之下，再與其他家庭集結成群。集合完畢後，雁群的話音裡添了幾許興奮。牠們開始左右扭頭，剎那間，十四隻或四十隻野雁已經迎風高飛在天，拍動寬闊的翅膀挖掘夜幕，喉嚨裡冒出勝利的呼喊。牠們一同轉向，迅速攀升，消失在視線之外。離地面超過二十碼，雁子的身影便隱沒在黑暗之中，看不見了。早先出發的雁群並未出聲叫喚，牠們習慣在日出前保持靜默，只有偶爾幾句言談，或有危險逼近時發出的單音警告。警告聲一來，雁群便全部垂直飛入天空。

小瓦覺得有些不安。眼看身邊的雁群陸續升空，他也想起而效尤。他焦躁地想有樣學樣，卻難免害羞，又怕雁子家族討厭他不請自來。然而他實在不甘寂寞，想融入群體，享受晨間飛行的樂趣。野雁群有種特殊的同伴關係、自由的紀律和生命的喜樂。

男孩眼見身旁的母雁子展翼躍起，也自動照做。先前附近共有八隻雁子，喙子時伸時縮，於是他也如法炮製，彷彿這個動作會傳染。現在他發現自己和這八隻雁子在水平空氣裡展翅高飛。他才一離開地面，風就消失了。原本的騷動和戾氣彷彿被一刀斬斷，全都消失不見。他身在風裡，滿心平靜。

八隻野雁由前往後成一直線散開，彼此距離相同，小瓦殿後。他們往東飛去，那裡本是晨曦所在，此時壯麗的朝陽從他們面前升起。在大地彼方，低垂的黑厚雲團綻開一線橘紅色的縫隙。霞光四射，下方的鹹水沼地逐漸清晰。他看著這片平凡無奇，意外與海相連的的荒沼之地。生長於此的石南雖然看起來仍有石南外貌，卻早已和海草混種成鹹水生石南，有著濕滑的葉狀體。原本應流貫沼澤的小河，河中流淌著海水，底下是帶藍色的泥巴。荒地上隨處可見長竿架起的長長網子，專門用來捕捉大意的野雁。他這才明白剛才警告音的由來。其中一面網上掛著兩三隻赤頸鳧，而往東更遠處，有個蒼蠅大小的人，正不屈不撓地穿過泥濘，要過來取回獵物袋。

旭日東升，把水銀般的海灣和閃亮的泥地染得火紅。杓鷸在雜草叢生的沙洲之間往來紛飛，牠們哀戚的悲嘆早在天明以前便開始。在水上睡覺的赤頸鳧，這時也發出口哨般的二連音，像耶誕節的彩色拉炮聲。綠頭鴨逆著風，艱苦地離開陸地。紅腳鷸老鼠般急步亂竄。還有一群小濱鷸，聚成比椋鳥群還要緊密的一朵雲，在半空中轉向，叫聲如火車鳴笛。流氓似的烏鴉從沙丘上的松樹林裡飛起，開心地鼓譟。凡是生活於海濱的鳥類，無一不來此活動，使潮線附近充滿生機和美麗。

見到如此的黎明美景、海上日出，如此井然有序的群體飛行，男孩感動得想高歌一曲，歌頌生命的美好。他沒等太久。周遭這千百隻野雁，排成有如天際炊煙的線條，不斷擺動。牠們一邊向朝陽飛去，一邊愉悅地引吭高歌。每群野雁的歌聲都不相同，有的嬉鬧，有的得意洋洋，有的感傷，還有的興高采烈。於是這些信使滿布於破曉天穹，唱出如下的歌：

不斷旋轉的世界啊，你流經我們翅翼下方
升起那莊嚴的太陽，迎接我等清晨的群黨

看，牠們胸膛上的緋紅和朱紅彩妝
聽，牠們的嗓音清澈如同號音鐘響

聽，那黑色兵團的戰線遊走奔放
天國的號聲和獵人，獵犬和駿馬，晨曦一般皎亮

自由，遙遠，美麗，牠們展翼遨翔
白額雁飛來，伴隨聲音和歡唱。

他來到一片荒野，此時天已大亮。剛才與他一起飛行的同伴在周圍吃草，用輕柔小巧的鳥嘴將草葉向兩旁拉扯。牠們會將頸子彎成大角度的環圈，而非天鵝那樣優雅的弧線。野雁進食時，必定會派一隻雁子守衛，頭像蛇一樣挺得筆直。牠們已在今年冬天完成交配，不然也在去冬完成，因此在各個家族和隊伍裡，多半成雙成對進食。他之前在沼地時的鄰伴是隻未滿週歲的母雁子。牠睜大機靈的雙眼，打量著他。

男孩小心翼翼看著牠，發現牠的體格豐滿結實，脖子上還有一組細緻的紋路。他透過眼角餘光，瞥見這些紋路是因羽毛生長方向差異而產生。凹面的羽毛彼此分開，形成他認為相當優雅的溝紋。

年輕的母雁子輕輕啄了他一下。牠是目前值班的哨兵。

「換你了。」牠說。

牠也不等小瓦應答，便順勢低頭吃草，漸漸走遠了。

於是他開始站哨。他不知道要注意些什麼，也沒見著任何敵人，只看到草叢和忙著吃東西的夥伴。但是能獲雁群信賴，擔任守衛，他覺得與有榮焉。

「你在做什麼？」半小時後，母雁子從他身邊經過，問道。

「我在站哨呀。」

「那就繼續站吧！」牠格格笑著說。還是吃吃笑？「你真是個大傻瓜！」

「為什麼？」

「你自己知道。」

「不，我真的不知道。」他說：「我做錯事了嗎？我不懂。」

「快去啄你隔壁的吧，你已經站了至少兩倍的時間了。」

他照母雁子說的去做，果然讓旁邊吃草的雁子接手。於是他走到母雁子身邊吃草，他們一邊啃，一邊睜著晶亮的小圓眼打量對方。

「你一定覺得我很蠢吧。」他怯生生地說，這是他頭一次對動物吐露自己的真實身分：「但這是因為我不是雁子，我原本是人類，這其實是我第一次飛行。」

牠有些驚訝。

「這很不尋常。」牠說：「人類通常變成天鵝，上次是利爾的孩子③。不過，反正我們都是雁形目。」

「我聽過利爾的孩子。」

「他們可不喜歡變成天鵝。他們是無可救藥的民族主義者，信仰又過於虔誠，成天在愛爾蘭的禮拜堂附近晃。說他們幾乎沒注意到其他雁鴨類也不為過。」

「我倒是很喜歡呢！」

「我想也是。你變成雁子的目的是什麼？」

「接受教育。」

他們默默吃草，直到他想起自己剛說的話，那些話又讓他回想起他老早就想問的問題。

「派這些哨兵，是不是有戰爭？」他問道。

「戰爭？」牠不明白這詞的意思。

「我們在打仗嗎？」

「打仗？」牠懷疑地說：「公雁子有時會為了搶妻子之類的事打架。當然不是流血衝突，只是扭打一陣，看誰比較優秀。

「不，我是指和敵軍作戰，例如和其他雁子。」

牠覺得這很好笑。

「那多可笑！你是指一大群雁子同時扭打嗎？看起來一定很有趣。」

他對母雁子的語氣感到訝異，因為他那顆小男孩的心仍舊很善良。

「你覺得看牠們自相殘殺很有趣嗎？」

「自相殘殺？一大群雁子自相殘殺？」

這時母雁子逐漸懂了他的意思，有些難以置信，臉上浮現厭惡的神情。等牠完全明白，便一言不發離開他，走到草地另一端。小瓦跟上前，但牠不理他。他左繞右繞，想看看牠的眼睛，卻讓母雁子眼中的嫌惡嚇到了。從那眼神看來，彷彿他說了什麼令人極端痛恨的話。

他笨拙地說：「對不起，我真的不懂。」

「別說了。」

「我很抱歉。」

過了一會，他又焦躁地補了一句：「問問題總可以吧。因為要站哨，所以會這麼問不是很自然嗎？」

但母雁子可真是氣壞了。

「不要再說了！你腦子裡怎麼有如此可怕的想法？你沒資格說這種事。當然要站哨，因為天上有矛隼和遊隼，此外還有狐狸、白鼬和人類的網子，不是嗎？這些是我們的天敵，但是有哪種動物會低賤到成群結隊殺害相同的種族？」

「螞蟻啊！」他固執地說：「而且我只是想知道嘛！」

牠費了很大勁才讓情緒緩和下來，盡量表現出和藹的樣子。牠自詡是個才女，因此盡可能表現思想開明，寬宏大量。

「我叫嘹嘹。我看你不妨自稱戚瓦，這樣別人就會以為你是從匈牙利來的。」

「你們都是從不同地方來的嗎？」

「嗯，每一個小隊都不同。有些來自西伯利亞，有的是拉普蘭，還有一兩隊從冰島來。」

「難道牠們不會為了爭奪草地而打架嗎？」

「瞧你，真是蠢得可以。」牠說：「雁群中是沒有疆界的。」

「請問什麼是疆界呢？」

「地上想像出來的分界線吧。要是有了疆界，你要怎麼飛呢？你剛剛說的螞蟻，還有人類，等他們飛上天，一定就不會打仗了。」

「我很喜歡打仗呢，」小瓦說：「騎士都是那樣的。」

「就說你還不懂事。」

① 畢宿五（Aldebaran），金牛座α星；參宿四（Betelgeuse）為獵戶座α星。

② 此處的「獵犬」即中文的天狼星（Sirius），在西洋星象中，天狼星是獵戶座的獵犬。

③ 【編注】Children of Lir：愛爾蘭傳說，利爾的四名子女被善妒的後母變成天鵝，經過九百年，直到基督教經聖派屈克傳入愛爾蘭後方得恢復人形。

第十九章

在梅林操控之下，時間和空間彷彿都著了魔：小瓦熟睡的身體分明躺在熊皮毯子底下，可是在那個春夜裡，他卻和這群灰雁子度過了好多日子。

他漸漸喜歡上嘹嘹，雖然牠是女生。他成天追著牠問有關雁子的各種問題，牠則溫和親切地把自己所知都告訴他。他懂得越多，就越來越喜歡牠這些勇敢、高貴、寧靜而睿智的親戚。嘹嘹告訴他，每隻白額雁都是獨立的個體，除非自願，否則不受法律或領導者約束。牠們沒有烏瑟那樣的國王，也沒有諾曼人的嚴苛法律。牠們不共享財物，任何一隻雁子若是找到好吃的東西，一律將之視為己物；如果有別的雁子想偷，就啄回去。然而也沒有雁子獨占世界上任何一處領地——唯獨鳥窩例外，那是私人財產。牠說了好多關於遷徙的事。

「第一隻從西伯利亞飛到林肯郡的雁子，當初一定把全家人都帶了過來。」牠說：「後來遇到冬天，為了找食物，牠只好沿原路線摸索回去，因為只有牠曉得怎麼飛。年復一年，牠率領逐漸壯大的家族往返兩地，就像牠們的領航員和艦隊司令。牠去世之後，便輪到年長的兒子擔任領航員，因為牠們往返的經驗一定比別人都來得豐富。年幼的子女和雛鳥肯定不清楚路徑，所以樂於跟隨。這些大兒子裡若有誰是出了名的糊塗蛋，家族成員也不會把領航的重任託付於牠。

「艦隊司令是這樣選的。」牠說：「或許秋天威威會來我們家，說：『打擾了，請問你們家有沒有可靠的領航員呢？我們家可憐的老祖父在雲莓季時過世了，嗡叔又靠不住，所以想跟著人。』我們就會說：『如果你願意跟我們走，叔公會很高興。不過要先講清楚，如果出了事，我們可不負責喔。』牠會說：『萬分感激。我相信你們家叔公一定很可靠。我可不可以也去跟哼哼牠們家說？我聽說牠們也遇到相同的問題。』『當然可以。』

「我們家叔公就是這麼當上艦隊司令的。」牠解釋。

「這是個好方法。」

「你看他的徽章。」牠的口氣充滿敬意。他們轉頭去看那位發福的大家長，牠胸前果然有許多道黑色條紋，像極了艦隊司令袖子上的金色徽章。

雁群裡的興奮情緒逐漸升高。年輕的雁子明目張膽地打情罵俏，或聚在一起討論自家的領航員。牠們也會玩遊戲，就像期待宴會來臨的小孩子。其中一種遊戲是大家圍成圓圈，然後年輕的公雁子伸長脖子，一隻接一隻走到中間，假裝發出嘶嘶聲。走到一半時就邁開腳步飛奔，同時拍打翅膀，藉此展示勇氣，讓大家知道自己長大以後會是個優秀的艦隊司令。此外，起飛前左右晃動鳥嘴的怪習慣又出現了。熟知飛行途徑的族中長者也開始感到不安。牠們睜著睿智的雙眼，觀察雲層結構，估算風速和風向。艦隊司令身負重任，在船尾甲板沉重踱步。

「為何我覺得沉不住氣？」小瓦問道：「為什麼我體內有這種感覺？」

「等著瞧吧，」牠故作神祕地說：「等到明天，或後天……」

那天終於來臨，這片泥濘的鹹水沼澤起了變化。那個像螞蟻一樣，每天清晨即起，耐心走到長網邊檢視獵物的人，向來把潮汐的變化記得一清二楚，因為稍有閃失就必死無疑。這天他聽見遠方天際傳來一陣號角聲，他從草地走來，一路不見野雁蹤跡，平坦的泥地上也少了牠們成千上百的身影。從某些方面來看，他其實人還不壞，因為他肅立原地，摘下皮帽。每年春天野雁離去時，以及秋天他見到第一群歸來的雁子時，他總會滿心虔誠地向牠們致敬。

乘坐輪船航越北海，得耗上兩三天，慢吞吞地橫渡惡水。但雁群不必如此，牠們飛在積雲之上，每小時能飛七十哩，據說高度離地三哩。牠們是天際的水手，是撕裂雲朵的楔形隊伍，是御風而行的天空歌者，是神祕的地理學家。飛行途中，牠們歌聲不斷，有的曲子粗俗，有的是英雄傳說，有的則輕快活潑。其中有首滑稽的歌，小瓦特別覺得有趣，歌詞如下：

我們叫聲響徹天際
咚咚降落在草地
哈哈，嘻嘻，呼呼
然後我們頸子交纏

就像流理臺下的水管
呼呼，哈哈，嘻嘻

用餐時我們融洽排列
左右拉扯把草咬離地面
嘻嘻，呼呼，哈哈

不管嘻還是呼，我們喜歡咚咚降落
不管呼還是哈，我們喜歡整齊排列
不管哈還是嘻，我們都覺得是叮叮
呼！哈！嘻！

另一首帶著感傷情懷的是：

狂野不馴，狂野不馴
教我的公雁子回來與我相聚，與我相聚

還有一回飛經一座布滿岩石的島嶼，島上住著許多白額黑雁，看起來活像戴著黑皮手套、灰色無邊小圓帽和黑玉珠串的老處女。牠們語帶嘲諷地高聲唱道：

黑雁住在爛泥貧民窟裡，
黑雁住在爛泥貧民窟裡，
黑雁住在爛泥貧民窟裡，

我們卻快活溜達去。
榮耀，榮耀，我們來把你找尋。
榮耀，榮耀，我們來把你找尋。
榮耀，榮耀，我們來把你找尋。
朝北極快活溜達去。

有一首較具斯堪地那維亞色彩的歌，叫《生命的恩賜》：

戚悠回答：生命的恩賜是健康
腳有蹼，直羽毛，軟脖子，鈕釦眼
此乃世間最大財富

安老爺答道：榮譽是我們的一切
探路者，掙食者，決策者，睿智的司令官
牠們任重道遠

亮麗的嘹嘹說道：我願擁有愛情
軟羽毛，輕足音，暖窩巢，雙對對
這才是地久天長

阿能以吃為重。牠說：啊，美食萬歲！
鵝吞嚥，拔青草，尋短株，飽食穀
有什麼能比得過

威威禮讚同胞愛，美好自由手足情
成直線，梯形陣，排箭頭，越雲飛
從中習得永恆

但我小囉卻要填詞譜曲，那宏亮的輕快曲調
號角樂，歡笑曲，史詩心，仿大地
讓我小羅唱給你聽

有時為了尋找有利風向，雁群會降到卷雲層之下，來到大片大片積雲之中。一座座水氣砌成的巍然巨塔，潔白得有如星期一剛洗好的衣裳，而且像蛋白糖霜一般結實。這些堆積而成的天際繁花，巨大飛馬的雪白排泄物，或許會出現在牠們幾哩之外。於是雁群朝積雲飛去，看著雲朵無聲無息逐漸變大，毫無動靜卻不斷擴張。等牠們飛近，眼看就要撞上看似堅實無比的雲塊，陽光卻黯淡下來。霧絲突然變成扭動的飛蛇，纏繞雁群又復散去。灰色的濕氣充塞四周，太陽成了一枚銅幣，逐漸褪去。身邊同伴的翅膀漸次隱沒，最後每隻雁子都成了寒冷空茫中的孤音，一種絕滅之後的存在。於是牠們飄盪於沒有航線的虛無，彷彿沒了速度，也不分左右，無論上下。然而那枚銅幣突然強光四射，飛蛇掙扎，轉瞬間牠們又回到了璀璨的世界。下方的海綠如玉，伊甸園的露水還濕潤未乾，築成壯麗煥然的天國宮殿。

遷徙途中一大盛景，是牠們經過的一座海中孤島。途中趣事當然很多，例如航線與牠們交錯的黃嘴天鵝群，排成單行縱隊，正要飛往北極阿比斯科，發出蒙著口罩的狗吠聲；又例如牠們追過一隻踽踽獨行的角鴞，據說牠背上的羽毛溫暖，有隻小鷦鷯就趴在那兒搭順風車呢！不過最有趣的還是這座孤島。

那簡直是一座鳥類的城鎮。大家或孵蛋、或爭吵，但彼此都保持友善。懸崖頂端草皮很短，角嘴海雀忙著在那挖洞。下方是刀嘴海雀①街，這裡的鳥兒在岩壁上擠成一團，只能背對著海，伸出長長的腳趾緊抓住岩壁。再往下是海鳩街，牠們仰起輪廓分明、玩具般的臉，像孵蛋時的鶇鳥。鳥和人類一樣，一次只產一個卵。最低處是三趾鷗貧民窟，此地鳥滿為患，大家的脖頸都纏在一塊。由於實在沒空間，若有新來的鳥強行降落，便會有一隻原本的鳥被擠落絕壁。但是鳥兒脾氣都好，開開心心地用倫敦腔互相嘲弄。牠們好似一群數不清的三姑六婆，占據全世界最大的觀眾席，有的私下爭論，有的捧著紙袋吃東西，還有些拿裁判尋開心，或者哼著滑稽小調，一會忙著教訓小孩，一會又抱怨起先生的不是。「大嬸，您移過去點吧！」牠們會說，或是「往前擠啊，奶奶！」「乖寶貝，太妃糖放口袋裡，然後擤擤鼻子呀！」「哎喲，艾伯特叔叔拿啤酒來了！」「可不可以讓點位子出來？」「你們看，愛瑪阿姨從石頭上摔下去啦！」「我的帽子有沒有戴正啊？」「得了吧，還差得遠呢！」

鳥兒多半與同類聚在一起，但牠們也不小氣。在海鳩街上，處處可見頑固的三趾鷗坐在岩壁突出處上，打定主意要享受自己的權益。島上約莫有一萬多隻鳥，發出的噪音可真是震耳欲聾。

除了這座孤島，還有挪威的峽灣和島群。對了，偉大的哈德森②曾說過一個發人深省的雁子故事，就和其中一座小島有關。從前有個海邊的農夫，他的幾座小島老是受狐狸騷擾，於是在一座島上設了捕狐狸陷阱。隔天他去察看陷阱，卻發現抓到一隻年老的野雁。雁子個性強悍，而且身上有許多橫紋，顯然是位艦隊司令。農夫把雁子帶回家，剪掉牠的翼梢，又綁住牠的腳，放牠在農家庭院裡和雞鴨等家禽一同生活。為了防止狐狸騷擾，農夫每晚都得鎖上雞舍。通常他會在傍晚時把家禽趕進來，然後鎖門。過了一段時間，他發現一個奇怪的現象，那就是以前都要等他趕的母雞，現在卻會乖乖在雞舍裡等他。經過一天下午的仔細觀察，他才明白是被俘的雁子族長代為行事。雁子注意到主人的例行工作，於是每天到了鎖門時間，這位睿智的老元帥便自命領袖，把家中夥伴集合起來，還會自己想辦法，慎重地把牠們分配到適當地方，彷彿完全了解狀況。至於其他的野雁子，也就是昔日跟隨牠的鳥兒，自從領袖被抓走之後，便再也不停留該島——這裡原本是牠們棲息地之一。

飛過島群之後，野雁準備在首日飛行的終點降落。牠們是多麼歡欣鼓舞，多麼自我陶醉呀！雁子紛紛從半空中急落而下，側滑、特技飛行，甚至旋轉俯衝。牠們對自己和領航員感到自豪，迫不及待要享受天倫之樂。

最後一段，牠們以翅膀下彎的方式飛行，在最後關頭用翅膀兜起一陣風，使勁拍打。接著崩的一聲，便已安然著陸。牠們先將翅膀高舉過頭，再輕快俐落地收攏起來。牠們已然越過北海。

「喂，小瓦！」凱伊惱怒地說：「你把被子全部搶走幹麼？還有你幹麼動來動去喃喃自語啊？你還打呼呢。」

「我才沒有打呼。」小瓦憤慨地說。

「明明就有。」

「我沒有啦！」

「有就是有，你打呼像雁子在叫。」

「才怪！」

「你有打呼！」

「我沒有，你打呼才大聲呢！」

「我哪裡打呼了？」

「就有啊！」

「要是你根本沒打呼，我怎麼可能比你大聲？」

等他們吵完架，已經來不及吃早餐了。於是他們連忙換好衣服，跑進明媚的春色中。

① 刀嘴海雀（razorbill, razor-billed auk），北半球亞寒帶海鳥，分布於大西洋沿岸。喙黑色，呈刀狀，上有縱向白色條紋。

② 哈德森（W. H. Hudson, 1841-1922）是著名的英國自然主義者和小說家，小說《綠色莊園》（*Green Mansions*）曾改編為電影《翠谷香魂》（1936），由奧黛麗・赫本主演。

第二十章

又到了做乾草的季節，轉眼梅林就待一年了。西風再度來訪，接著冬雪紛飛，春雨連綿，然後又是炎炎夏日。男孩除了雙腿變長，其餘一切都沒改變。

又是六年過去。

有時格魯莫爵士登門拜訪，有時他們會遠遠看到派林諾國王在附近追趕尋水獸。有時他倆若沒商量好，則是尋水獸在後頭追他。庫利褪去了出生第一年羽毛上的縱紋，長出漂亮的橫紋。牠的毛色變得更灰，性格也越發冷酷和瘋癲。每年冬天，他們會將灰背隼放生，隔年再抓新的。哈柏的頭髮白了。警衛官成了個大肚公，險些因此羞愧而死，不過他依舊逮著機會就高喊：「一、二！」只是聲音比以前沙啞了。此外，除了兩個男孩，其他人似乎都毫無改變。

他們越長越高，和以前一樣像小馬般到處亂跑，興致來了就去找羅賓，經歷無數冒險，在此就不加詳述了。

在那個年代，即使成年人也十分幼稚，完全不覺得變成貓頭鷹有何無聊之處。於是梅林的特殊教育照舊進行，小瓦變成各式各樣的動物。唯一的差別是，現在上劍術課時，凱伊和小瓦已經和大肚子警衛官旗鼓相當，還不時會把過去被他修理的分加倍奉還。長到十來歲後，越來越多人送正式武器給他們當禮物，最後兩人都有了整套鎧甲、接近六呎的長弓，和可射一布碼遠的箭。一般來說，你不應該用比你身高還長的弓，因為會消耗不必要的體力，就像拿獵象槍去射盤羊一樣。總而言之，謙虛的人通常非常謹慎，不用高過自己的弓，免得被人認為在自誇。

隨著一年一年過去，凱伊越來越難相處。他老是用太大的弓，射得也不怎麼準。他暴躁易怒，動不動就要找人打架，幾乎所有人都受他挑釁過。幾次他真打成了，卻都遭痛揍一頓。此外，他言行也更加尖酸刻薄。他老是嫌警衛官肚子大，害得警衛官非常難過。只要艾克特爵士不在，他就拿小瓦沒父母這件事作文章。然而他並非有意如此，自己也覺得討厭，但卻控制不了。

小瓦依然傻呼呼的，依然喜歡凱伊，並且對鳥類充滿興趣。

梅林則是一年比一年年輕——既然他是倒著活回去的，這也很合理。

阿基米德結婚了，在塔頂房間養過好幾窩漂亮孩子。

艾克特爵士得了坐骨神經痛。有三棵樹遭雷擊中。特威提獵師每年耶誕節都來，從未間斷。帕斯路老先生則多憶起一段柯爾王之歌。

一年一年過去，古老英格蘭的雪景仍是該有的樣子：有時知更鳥占據了畫面一角，另一角則有教堂大鐘或亮起的窗戶。終於，凱伊晉升為正式騎士的時候快到了。隨著日子越來越近，兩個男孩也漸行漸遠，因為凱伊不想再和小瓦平起平坐。他即將受封騎士，必須更有尊嚴，當然更不能容許侍從和自己沒大沒小。小瓦只有當侍從的命，於是他在凱伊允許的情況下，落寞地跟隨著，然後垂頭喪氣地走開，自己想辦法解悶。

他去了廚房。

「唉，這下我成了灰姑娘啦！」他對自己說：「到目前為止，不知道為什麼，我在受教育時占盡好處，度過最快樂的時光，龍啊、女巫啊、魚啊、長頸鹿、還有螞蟻和野雁子，什麼都看過了。現在我得付出代價，在凱伊手下當個二流侍從。他守在井邊，和所有路過的人比武時，我卻只能站在一旁，幫他拿備用的長矛。也罷，我好歹有過一段好日子，況且廚房裡的火爐大得可以烤整條牛，在這兒當灰姑娘倒也不壞。」

於是小瓦哀傷地環顧忙碌的廚房。在火光映照下，這裡彷彿是地獄。

在那個年代，好人家的紳士教育通常分成三階段：見習、侍從和騎士。小瓦至少也通過前兩個階段。就像現代身為一個經商致富的紳士之子，父親讓你從最低階層開始學規矩。見習時，小瓦學會用三條桌巾和一條毯子鋪桌子，也學會從廚房端肉出來，單膝跪下，為艾克特爵士或客人上菜。他肩上掛一條乾淨毛巾，為每位客人各發一條，還有一條用來擦拭菜盆。他學了所有高貴的服侍禮儀。從他有記憶開始，鼻孔裡總是充斥各種香氣：薄荷是放在水罐裡提神用的；羅勒、甘菊、茴香、牛膝草和薰衣草要灑在鋪了藺草的地板上；白芷、番紅花、大茴香子和龍艾則用來為他必須呈上的菜餚增添香味。所以囉，他熟知廚房的一切，更別提城堡裡每個人都是他的好朋友，他隨時可以去找他們。

小瓦坐在熊熊火光裡，愉快地看著四周。他看到了小時候常得負責轉動的烤肉長鐵叉，以前他總是坐在一具淋濕的老舊稻草箭靶後面，免得自己也給烤熟。他還看到握柄好幾碼長的杓子和湯匙，以前他就是用這些工具為烤肉加醬料。他垂涎三尺地看著大家準備晚餐：一個野豬頭，嘴裡含著檸檬，還插了杏仁片做的假鬚，到時候會在號角吹奏聲中端上餐桌；一種加了酸蘋果汁、胡椒蛋奶糊，上面插著幾條鳥腿或香料葉片，用以顯示裡面包了些什麼的豬肉餡餅；還有看起來香濃可口的牛奶麥粥。

他嘆了口氣，自言自語道：「當個僕人其實也不錯呀！」

「還在唉聲嘆氣？」梅林不知從哪裡冒了出來，問道：「和我們去看派林諾國王比武那天一樣？」

「啊，沒有啦！」小瓦說：「哎，也是，是為了同樣的原因。可是我其實不很在意，我敢說凱伊要是當了侍從，一定沒我行。您瞧，牛奶麥粥裡加的番紅花，和煙囪裡的火腿上映著的火光是同樣顏色呢！」

「真漂亮。」魔法師說：「只有傻瓜才想當偉人。」

「凱伊不肯告訴我受封騎士的儀式流程，他說那太神聖了。到底會發生什麼事呢？」

「還不就一堆瑣事。你得幫他脫去衣服，伺候他進一個用華麗帷幔圍起來的澡盆。接著會有兩名經驗豐富的騎士到場，艾克特爵士大概會把老格魯莫和派林諾國王找來。他們要坐在澡盆邊，對他發表一番冗長的演說，描述騎士精神的榜樣，像他倆自己就是。講完以後，他們得拿一些洗澡水從他頭上淋下，並且為他畫十字。然後你要領他到一張乾淨的床邊，把身體擦乾，再為他穿上隱士服，帶他去禮拜堂。他將在禮拜堂內徹夜不眠，守著自己的鎧甲，同時一邊禱告。大家常說守夜寂寞又可怕，但其實一點也不會，因為神父、管理蠟燭的人和一名武裝守衛都會在場，你身為他的侍從，大概也得全程陪同。隔天早上，等他告解完，望過彌撒，奉獻一根插了枚錢幣的蠟燭——錢幣越靠近燭火越好，你再帶他上床好好睡一覺。等所有人休息夠了，你就幫他換上最好的衣服，準備吃晚餐。晚餐前，你得領著他走進大廳，還要準備好他的馬刺和配劍。派林諾國王和格魯莫爵士會分別為他戴上兩腳的馬刺，艾克特爵士為他別上寶劍，親吻他，然後拍拍他的肩膀說：『汝須成為一位好騎士。』」

「就這樣嗎？」

「還沒完，你們得再去一次禮拜堂，凱伊要把劍交給神父，神父再還給他。然後我們這位好廚師會在門口等他，要求他的馬刺作為獎賞，並且說：『我將替您保管馬刺，倘若您所作所為與騎士精神相違，我就把馬刺丟進湯裡煮。』」

「這樣就結束了嗎？」

「是的，不過還有晚餐。」

「如果我當上騎士，」小瓦說，眼神迷濛地看著火光。「我一定要堅持獨自守夜，就像哈柏訓練獵鷹一樣，而且我會向神禱告，讓我一人去面對世界上所有邪惡的事物，這樣只要我戰勝，邪惡就完全消失了。即使我被打敗，那也只要我一人承擔。」

「你如果這麼想，實在是太妄自尊大。」梅林說：「你一定會被打敗，也一定會承受苦果。」

「我不介意。」

「不介意嗎？到時候你就知道了。」

「為什麼人長大以後不會像我現在這樣想？」

「我的老天，」梅林說：「你把我搞糊塗了。等你長大之後，自然就知道了。」

「這算哪門子答案呢？」小瓦說。他說的一點也沒錯。

梅林不知如何是好，絞著雙手。

「好啦，不然這樣，如果他們不讓你一個人面對世界上所有邪惡的事物呢？」他說。

「我可以請他們讓我去面對啊！」小瓦說。

「你可以請他們讓你去面對。」梅林重複一遍。

他把鬍子末端塞進嘴裡，悽慘地看著爐火，狠狠嚼了起來。

第二十一章

騎士冊封典禮一天天近了。派林諾國王和格魯莫爵士的邀請函都已經送出。小瓦有越來越多的時間躲在廚房裡。

「小瓦，你別這樣，小老弟。」艾克特爵士難過地說：「我真不曉得你會這麼在意。生悶氣不像你的個性啊！」

「我沒生悶氣。」小瓦說：「我真的一點都不在意，而且我很高興凱伊要當騎士了。請不要認為我在生悶氣。」

「你是個好孩子。」艾克特爵士說：「我知道你不是真的生悶氣，不過開心點吧！凱伊在某些方面還不算太壞，這你也知道。」

「凱伊很好呀！」小瓦說：「我只是覺得，他好像再也不願意和我去鷹獵，或一起做任何事了。所以我才不開心。」

「他還年輕，」艾克特爵士說：「以後就會想清楚了。」

「我想也是。」小瓦說：「只不過現在他不想讓我跟，所以嘍，我只好不跟了。」

「可是啊，」小瓦又補充說：「如果他要我去，我一定馬上照辦。說老實話，我覺得凱伊是個好人，我一點也沒生氣。」

「你先喝杯加納利葡萄酒吧，」艾克特爵士說：「再去看看梅林老先生能不能讓你振作起來。」

「艾克特爵士讓我喝了杯加納利葡萄酒，」小瓦說：「還要我來看看你能不能讓我振作起來。」

「艾克特爵士是個有智慧的人。」梅林說。

「嗯，怎麼樣？」小瓦說。

「治癒悲傷最好的方法就是學習。」梅林答道，一邊抽起菸斗。「這是唯一永遠有效的事。你也許會老去，成為顫巍巍的老人；你也許會半夜躺在床上，聽著血液紊亂湧動；你也許會想念畢生唯一的愛人；你也許會親眼目睹周遭的世界受邪惡狂人摧殘蹂躪，或是名譽遭心地卑劣的人踐踏。到時只有一個辦法：就是學習。學習世界為什麼運轉，又是如何運轉。唯有這件事，是心靈永遠無從窮盡，永遠不會疏離，不會受其折磨，也不會害怕或不信任，更不用擔心會後悔的。你要做的，就是去學新東西。你看有多少東西可以學：理論科學，這是世上唯一純粹的東西；你可以花一輩子時間學天文，用三輩子學博物，用六輩子讀文學。等你耗盡十億次的生命研究生物學、醫學、理論批評、地理學、歷史和經濟學，哎，接下來你可以學著用適當的木材自己做車輪，或者花五十年學習劍術，試圖擊敗對手。在那之後，你可以開始研究數學，之後再學怎麼犁田。」

「除了這些事，」小瓦說：「您覺得我現在學什麼比較好呢？」

「我想想，」魔法師尋思道：「我們已經上了短短六年的課，在這段時間裡，你變成了各種動物、植物和礦物，也就是風火水土四種元素都經歷過了，這樣說沒錯吧？」

「我對動物和土地所知不多。」小瓦說。

「那你該見見吾友老獾。」

「我從來沒見過獾呢。」

「那好，」梅林說：「除了阿基米德之外，老獾是我所知最博學的生物。你一定會喜歡他。

「對了，」魔法師咒語念到一半，又停下來補充：「還有一件事要告訴你。這是我最後一次把你變成別的東西。變形魔法已經全部用完，也代表你教育的結束。等凱伊受封騎士，我的工作就告一段落。你將以侍從之身，與他一同離家到外頭的世界去，而我也另有他就。你覺得自己有學到東西嗎？」

「有的，而且我這段時間很快樂。」

「那就好。」梅林說：「盡量記住你所學過的事。」

他繼續念咒，拿起癒瘡木魔杖指著尾巴掛在北極星上，正淡淡發光的小熊座，他愉快地叫道：「最後一次你就好好玩吧！替我問候老獾！」

叫聲聽起來很遙遠，小瓦發現自己站在一座古老的土丘旁。土丘看起來像個碩大的鼴鼠窩，正面還有個黑漆漆的洞。

「老獾就住在這兒，」他自言自語說：「我應該要進去找他聊聊。可我偏不要。永遠當不成騎士還不夠慘嗎？這下連我親愛的家教老師也要離我而去，以後再也沒博物學課好上了。他可是我唯一一次出外冒險找回來的呢。好吧，在我接受命運以前，至少還能快活一個晚上。既然我現在是隻野獸了，我就要像野獸一樣隨性，管他的呢！」

於是他猛一轉身，踩著冬天黃昏的積雪離開了。

如果你真的走投無路，變成獾倒是不錯。獾和熊、水獺和黃鼠狼是親戚，所以你就是英格蘭現存最接近熊的的動物，而且你的毛皮很厚，無論被誰咬都不會痛。如果是你咬人，由於嘴巴構造特殊，一旦咬住，對方幾乎不可能擺脫。所以嘍，不管被你咬住的東西有多會扭，你都沒理由鬆口。獾也是少數能毫不在乎大吃刺蝟的動物，除此之外，無論是黃蜂窩、樹根或兔寶寶，牠照吃不誤。

途中小瓦首先碰上的恰好就是一隻熟睡中的刺蝟。

小瓦瞇起視線模糊的近視眼，對獵物說：「刺蝟，我要把你吃掉！」

刺蝟原本縮成一團，把鈕釦般閃亮的小眼睛和敏銳的長鼻子都藏在裡面，而且還用了一堆不甚美觀的枯葉蓋住全身的刺，然後才鑽進草叢裡的窩準備冬眠。他聽見這話，醒了過來，可憐兮兮地尖叫著。

「你越叫，我的牙齒就磨得越厲害，越是熱血沸騰啊！」小瓦說。

「啊，獾老爺！」刺蝟全身緊繃，豎起刺針，叫道：「好心的獾老爺，求您發發慈悲，可憐我這隻刺蝟吧，別像個暴君一樣。咱們不好吃啊，老爺，也不是故事書裡的可愛小東西。發發慈悲啊，好心的大人，可憐可憐我這老是被跳蚤咬的無害佃農呀！我連左右都分不清楚啊！」

「刺蝟，求饒是沒有用的，別唉唉叫了。」小瓦無情地說

「哎呀，我可憐的老婆孩子啊！」

「我敢打賭你既沒娶妻也沒生子。快出來，你這流浪漢，準備受死吧！」

「獾老爺呀！」倒楣的刺蝟苦苦哀求。「您就別跟小的計較了，獾老爺，我的好人。聽聽我這刺蝟的請求吧！只要您放我一條生路，尊貴的大人，小的就給您唱首好聽曲子，或是教您如何在早上珍珠般的露水裡吸母牛的奶呀！」

「你會唱歌？」小瓦問道，覺得很意外。

「可不是嘛，唱歌啊！」刺蝟大喊，接著趕忙唱起一首撫慰人心的歌，不過因為牠不敢放鬆身體，聲音有些模糊。

「噢，桂妮薇，」牠對著肚子哀痛地唱道：

甜美的桂妮薇，

日子來，

日子去，

但回憶之光依然編織

好久好久以前

溫柔的夢。

牠又毫不間斷地唱了《甜蜜家園》和《磨坊邊的鄉間老橋》①。然後，因為牠已經把自己的曲目都唱完了，連忙顫抖著喘了口氣，又開始唱《桂妮薇》，接著《甜蜜家園》和《磨坊邊的鄉間老橋》。

「好啦！」小瓦說：「你可以停了。我不吃你就是。」

「仁慈的老爺啊！」刺蝟低聲下氣地說：「吾等必將向聖人及政府部會為您和您慈悲的尊口祈福，只要跳蚤還在爬，小孩子還在清理煙囪，永誓不忘！」

說完以後，牠擔心自己一時咬文嚼字，會使暴君又狠心起來，於是還來不及喘氣，便三度唱起《桂妮薇》。

「看在老天分上，別唱了。」小瓦說：「鬆開身子吧，我不會傷害你。快點啦，你這笨刺蝟，跟我說你是從哪學來這些歌的。」

「鬆開還是縮起來，全聽老爺您一句話啊！」刺蝟顫抖著回答——牠現在一點都不覺得害怕。「老爺，您要是此刻見了我光光的小鼻子，說不準您白晃晃的牙齒會癢癢哪，在愛情和戰爭中，沒有不公平的手段，這咱們都知道啊！還是讓小的再給您唱一曲吧，親愛的獾老爺，就唱這鄉間磨坊吧？」

「我不想再聽了。你唱得很好，但我不想聽了。快點鬆開啦，笨蛋！跟我說你在哪學唱歌的。」

「我補使普通的刺蝟，」可憐的刺蝟依然縮得緊緊的，顫聲說：「我消使候被一個審士抓奏啊，從母親的胸脯上被抓走啊。塔可每咬我柔嫩的身體，親愛的獾老爺，塔科師個有教養低審士，塔師啊，就這麼用高貴的盤子裝牛奶啊把我養大啦！世界上沒躲稍刺蝟可以用瓷盤喝水的，沒躲稍啊！」

「我聽不懂你在說什麼啦！」小瓦說。

「塔師個審士！」刺蝟急切地叫道：「我不是告訴泥了嘛？我還消的使候，塔把我抓奏，看我們沒東西吃，就餵我們啊。因為塔師個有教養低審士，在客廳上餵我們哩，以前從來沒有刺蝟碰過這種事，以後耶每幽了！是啊，拿審士的瓷攀餵我啊！吼來也沒為啥，我就師醒子裡開塔走料，診是夭命的乙天啊，泥只道的。」

「這位紳士叫什麼名字呢？」

「塔師個審士，塔師。塔的茗資不尋常，記不住的，但塔師個審士，塔真的師，還拿瓷攀餵我啊！」

「他可是叫梅林？」小瓦好奇地問。

「啊，就師這茗資。是個有教養的好茗資啊，可咱們檔然補會直接喊塔茗資嘛。啊，他自稱每林，而且用瓷攀餵我們，像個有教養的審士啊！」

「哎喲，你快鬆開啦！」小瓦大叫：「我知道餵你的人是誰，而且我應該還看過你，就在他的小屋裡，那時你還是個藥棉包著的小嬰兒。來吧，刺蝟，很抱歉我嚇著你了。我們是自己人啦，看在老交情的分上，讓我看看你那小小的、濕濕的、動啊動的灰鼻子吧！」

「比子會動是一揮事，」刺蝟固執地回答：「動比子給人看又是另一揮事，老爺。您請吧，仁慈的獾老爺，就讓我這可憐的刺蝟好好冬眠吧。親愛的大人，您多想想甲蟲和蜂蜜，願天使也為您歌唱，讓您安眠啊！」

「什麼話！」小瓦喊道：「我不會傷害你的，因為你還小的時候我就認識你啦！」

「唉，這些獾啊，」那可憐東西對著自己的肚子說：「賞帝包佑塔們，塔們挖洞的時候心中不存歹意，可塔們不是常常趁你不注意咬你一口嗎？賞帝包佑，退休的忍要怎麼辦喲？說起來還不是他塔們皮厚，從小就互相咬來咬去，連馬媽也咬，卻一點感覺都沒有，難乖塔們到處都這樣咬喔。每林老爺也養了幾隻啊，從消使候養到大低，每次塔們想吃東西，就追著那可憐的審士，咿咿咿一只叫，咬塔的腳踝喲。我的老天，塔叫得可慘嘍！哎，這些獾很難高低呀，這我們最清楚了。

「走路也補看路，」小瓦還來不及辯解，刺蝟又接著說：「東倒西歪到處亂闖。要是運氣不好，不小心擋著塔的路，就算沒有版點惡意，只挺塔為了自衛，喀擦一聲，你就每命嘍！

「咱們知有一個版法對付塔，」刺蝟繼續說：「就是朝比子揍下去。這使塔們的止命傷。只要朝塔們比子一揍，砰碰，就者壓著，塔們還來不及吸氣，小命就邀沒了。這可是公平的一次擊倒啊！

「可是一隻科憐的刺蝟，怎麼打得到比子呢？又沒東西丟，也沒辦法握啊？結果塔們來找你，要你鬆開身子！」

「你不用鬆開了，」小瓦無可奈何地說：「老兄，我很抱歉吵醒你，也很抱歉嚇著你。我覺得你是一隻很有趣的刺蝟，碰到你使我振作不少。你回去繼續睡吧，我也要照著梅林吩咐，去找我的朋友獾先生了。晚安啦，刺蝟，祝你在雪地裡一切好運！」

「晚安也好，不晚安也好。」刺蝟氣鼓鼓地抱怨，「一下要我鬆開，現在又要我捲起來了。一下這樣，一下那樣。嘿，真是個亂七八糟的世界。不過呢，各位親愛的女士，晚安是我的座右銘，不論颳風下雪，咱們這就繼續睡去啦！」

說完話，這隻卑微的小動物把身子蜷縮得更緊，吱吱叫了幾聲，便進入遙遠的夢鄉。他的夢境比我們人類更為深沉，因為睡上一整個冬天，可比一夜好眠要長多了。

「嗯，」小瓦心想，「他恢復得可真快，馬上就回去睡了呢。我敢說剛才他根本沒完全醒來。等明年春天他結束冬眠，大概會以為這只是一場夢吧。」

他看了一會地上那個髒兮兮的小圓球，裹著枯葉、乾草和跳蚤，緊緊蜷縮在自己的窩裡，然後哼了一聲，循著自己在雪地裡留下的橢圓足印，去找獾了。

「所以梅林要你來找我，」獾說：「完成你的教育？嗯，我只有兩件事情可教你，一是要挖洞，二是要愛自己的家。這些就是哲學真正的目的。」

「可不可以讓我看看你家呢？」

「當然可以。」獾說：「不過，當然啦，家裡很多地方我用不上。這是個雜亂無章的老屋子，對單身漢來說實在太大了。有些地方可能有一千年歷史。以前咱們這兒住了四個家庭，愛住哪就住哪，從地窖住到閣樓，有時幾個月都碰不到面呢！在你們現代人的眼裡，我看八成是個老舊的怪地方……不過話說回來，就是舒服。」

他用獾獨有的搖晃步伐，沿著走廊朝洞穴深處走去。他那張黑條紋的白臉，在幽暗中有幾絲鬼氣。

「要洗手的話，走那條路。」他說。

獾和狐狸不一樣，他們有專門的垃圾堆，堆放吃剩的骨頭和廢棄物，此外還有頗像回事的泥土廁所及臥室。他們時常會把床褥拿出去整理，藉以保持清潔。小瓦看得很入迷，尤其欣賞大廳。大廳是土丘的中心——很難說這座土丘究竟像學院還是城堡，各式各樣的房間和避難所則呈輻射狀向外延伸。由於大廳共用，沒固定由哪家人管理，所以有些髒，結著蜘蛛網什麼的，但絕對莊嚴。獾把這兒叫做「聯誼間」。嵌了鑲板的牆上掛滿古老畫像，被上方加了燈罩的發光蟲照亮。畫中的獾都已作古，但生前皆以博學或虔敬聞名。大廳裡有幾張華麗的椅子，西班牙皮革椅墊上面有燙金的獾族紋章，不過皮革快脫落了。壁爐上還掛了土丘創建者的肖像。椅子圍著壁爐排成半圓形，還有讓大家遮臉，避免灼傷的桃花心木扇子。另外有種傾斜的板子，可以讓酒瓶從半圓形的末端滑到另一端。外面的過道上掛了幾件黑色禮服，一切都非常古舊。

他們回到獾舒適的私人房間，牆上貼了花紋壁紙。獾滿懷歉意地說：「恐怕我現在單身，只有一張椅子。你就坐床上吧！

我來煮點潘趣酒②，你就把這兒當自己家吧，親愛的，順便跟我說說外面的世界現在是什麼樣。」

「喔，還是老樣子。梅林身體很好，凱伊下禮拜要受封騎士了。」

「那是一種很有意思的儀式。」

「你的手臂好壯呀！」小瓦看著獾用湯匙攪拌飲料。「其實我也是。」他低頭看看自己向外彎曲的手臂肌肉。他有一塊結實的胸肌，連接一雙像大腿那麼強壯的前臂。

「這是挖洞用的。」博學的獾自滿地說：「我想你得挖很快，才有辦法和鼴鼠或我一較高下。」

「我在外頭遇到一隻刺蝟。」

「是嘛？聽說現在的刺蝟會傳染豬瘟和口蹄疫。」

「我覺得牠還蠻好的。」

「牠們的確有種病態的吸引力。」獾感傷地說：「不過我通常直接把牠們吃掉，咬起來喀啦喀啦響的肉實在難以抗拒啊。埃及人也很喜歡吃刺蝟。」他補充，但他指的其實是吉普賽人。

「我遇到的那隻不肯鬆開身子。」

「你應該把牠丟進水裡，如此一來牠很快就會現出原形了。來吧，潘趣酒煮好了，到火邊找個舒服的地方坐下。」

「外頭颳風下雪的時候，坐在這裡感覺真好。」

「可不是嘛。讓我們舉杯預祝凱伊當上騎士後有好運道。」

「祝凱伊好運。」

「祝好運。」

獾放下杯子，嘆了口氣說：「好啦，梅林到底在想什麼，怎麼會要你來找我？」

「他說是關於學習的事。」小瓦道。

「啊，難怪，如果你想學東西，那你可來對地方了。但是你不覺得很無聊嗎？」

「有時候會啊，」小瓦說：「不過有時候不會。整體來說，如果是學博物學，我可以忍耐比較久。」

「我正在寫一篇論文，」獾說，他有些不好意思地咳了兩聲，表示自己無論如何一定要繼續說明。「主題是人類為何成為萬物之靈。你有沒有興趣聽聽？

「這其實是我的博士論文。」不由小瓦分說，他趕忙又補充。他少有機會念論文給人聽，所以絕不白白錯過良機。

「非常感謝。」小瓦說。

「對你很有好處的，乖孩子。以此作為課程結束正好。先認識飛鳥、游魚和動物，最後再來研究人類。你來了算你運氣好！不過我把稿子放哪兒去了呢？」

老紳士伸出大爪子東抓西抓，最後才翻出一疊髒兮兮的紙，稿本一角還拿去點過火。接著他坐在皮革扶手椅上，椅墊中間有個深深的凹印子。他拿出有流蘇的天鵝絨吸菸帽③，又拿出一副大蘭多眼鏡擱在鼻尖上。

「咳！」獾說。

他簡直羞得動彈不得，滿臉通紅地坐在那兒，盯著稿子看，怎麼也開始不了。

「開始吧！」小瓦說。

「寫得不大好。」他怯怯地解釋，「這只是草稿罷了，在我送出去以前還會大修。」

「我相信一定很有意思的。」

「喔不，一點意思都沒有。這不過是我為了打發空閒，隨手寫的怪東西。不管那麼多，開頭是這樣的。咳！」獾說。然後他用高得不得了的假聲，飛快念了起來。「人常會隨口問，演化究竟是如何開始？先有雞還是先有蛋？是先有蛋才孵出雞，還是先有雞才生下蛋？我認為先創造出來的是蛋。

「上帝創造了將孵出魚類、蛇類、鳥類、哺乳類，甚至鴨嘴獸的蛋之後，便召來所有胚胎，發現每個胚胎都很好。

「或許我該解釋一下，」獾緊張地放低紙張，從稿子頂端看著小瓦，「**所有胚胎看起來都一樣**。無論你以後會變成蝌蚪、孔雀、長頸鹿或是人類，胚胎期看起來都是既噁心又無助的人形。接下來我是這樣寫的：

「眾胚胎站在上帝面前，把軟弱無力的雙手禮貌地交疊在肚子上，恭敬地垂下大頭，靜聽上帝訓示。

「祂說：『現在各位胚胎都聚在這裡，外表完全一樣。我們將讓你們有機會選擇要變成什麼。等你們長大以後，體型一定會變大，不過我們要給你們另一項恩賜：你們可以把身上任一個部位變成你覺得將來會有用的東西。舉例來說，現在你們無法挖洞，但若有誰想把雙手變成鏟子或園藝用叉子，皆可如願。或者換個說法，目前你們只能用口進食，但若有誰想把嘴巴變成攻擊武器，只需開口，便可成為鱷魚或劍齒虎。現在請上前選擇你要的工具。不過千萬記住，一旦做了決定，就再也變不回來了。』

「所有胚胎仔細思量過後，依次走到永恆的神座之前。每個胚胎可以選兩、三種專精，於是有些選擇把雙臂變成飛行工具，將嘴巴變成武器、鉗子、鑽子或湯匙；有些則以身體為船，以雙手為槳。我們獾族考慮了很久，決定要三項特長。我們要把皮膚變成護甲，嘴巴變成武器，雙臂變成園藝用叉，也都得到應允。每個胚胎都有一技之長，還有些胚胎的專長十分古怪。比如有種沙漠蜥蜴決定把身體變成吸墨紙，還有種住在澳洲乾燥地區的蟾蜍決定乾脆變成水瓶子。

「請求和應允占去了兩天時間——我記得是創世的第五和第六天，到了第六天要結束的時候，就在第七天休息日開始之前，所有胚胎都已經選擇完畢，只剩下一個，那就是人類。

「『嗯，我的小小人啊，』上帝說：『你等到最後才來，想了這麼久，相信一定考慮得很周詳了。你的要求是什麼呢？』

「『敬愛的上帝，』胚胎說：『我認為您把我造成現在這個模樣，必定自有道理，我若貿然改變，未免太無禮。如果真要我選，我選擇維持現狀。我不要改變您賜給我的任何部位，去換取其他肯定較次等的工具。我願意終生當一個沒有抵抗力的胚胎，盡我所能用木頭、鐵或其他您覺得適合我用的材料，製作卑微的工具。如果我要一艘船，我會試著用木頭自己造一艘；如果我想飛，我便會組裝一輛兩輪戰車來飛。拒絕您仁慈的恩賜或許很傻，但我已經盡力仔細思考過，希望我這純真心靈微不足道的決定能夠得到您的恩顧。』

「『說得好！』造物主欣喜地叫道：『所有胚胎聽著，快帶著你們的鳥嘴或什麼的到這裡來，好好看著第一個人類。你們全體之中，只有他解開了我們的造物之謎，所以我們要使他們統治海裡的魚、空中的鳥、地上的走獸。你們其他的動物去吧，要相親相愛，多多繁衍，因為週末就要到了。至於你，人類，你將終生不會長成任何工具，卻是工具的使用者。直到你埋葬之日，都會是胚胎的形貌，然而其他動物在你的力量面前卻會弱小有如胚胎。你的四肢不會發達，卻永遠以我們的形象存在，因而潛力無窮，或許也能夠察覺我們的悲傷，體會我們的喜樂。人類啊，我們既為你感到遺憾，卻又抱持希望。快去吧，盡你所能好好表現。在你臨走前，聽好了，人類……』

「『什麼事？』亞當轉身問道。

「『我們只是想說，』上帝扭著手，害羞地說：『沒什麼，我們只是想說：上帝保佑你。』」

「這是個好故事。」小瓦不大確定地說：「比梅林那個拉比的故事好多了，而且也很有趣。」

獾一臉迷惑。「不，不，我的好孩子，你過獎了。充其量不過是個小寓言罷了。而且，我還覺得太樂觀了些。」

「怎麼會呢？」

「嗯，雖說人類具有統治萬物的權力，而且是所有動物中最有力量的——或許應該說是最可怕的，近來我有時卻會懷疑，人類真的是最蒙上帝賜福的嗎？」

「我不覺得艾克特爵士可怕呀！」

「話雖如此，如果艾克特爵士到河邊散步，不僅鳥兒會飛走，野獸會逃開，就連魚也會游到河對岸去。可是這些動物對彼此卻不會這樣。」

「人類是動物中的王。」

「或許是這樣，還是我們該說人類是暴君呢？況且我們也得承認，人類的確具有不少惡習。」

「派林諾國王就沒什麼惡習。」

「如果烏瑟國王要打仗，他就會上戰場。你知道人類幾乎是唯一會打仗的動物嗎？」

「螞蟻也會。」

「好孩子，不要隨隨便便就以偏概全說『螞蟻也會』。世界上有四千多種螞蟻，而就我所知，其中只有五種好戰。所以一共就只有五種螞蟻，我還知道一種白蟻，以及人類。」

「可是野森林裡的狼每年冬天都會攻擊我們的羊群。」

「朋友，狼和羊不同種，發生在同種動物之間的才是真正的戰爭。千百萬種生物裡，我只想得出七種是好戰的。就連人類裡面，也有愛斯基摩人、吉普賽人、拉普蘭人，還有某些阿拉伯游牧民族不會自相殘殺，因為他們不畫地自限。在大自然中，真正的戰爭比食人行為還少見，你不覺得這很不幸嗎？」

「以我自己來說，」小瓦道：「如果我能受封騎士，我就會想打仗。我很喜歡那些旗幟和號角，閃亮的盔甲和光榮的衝鋒。喔，還有，我也想立大功，並且要勇敢，征服自己的恐懼。獾啊，打仗的時候你難道沒有勇氣、毅力和親愛的戰友嗎？」

博學的獾凝視火焰，思索良久。

最後，他似乎想改變話題。

「你比較喜歡螞蟻還是野雁子？」他問道。

①〈甜蜜家園〉（*Home Sweet Home*）是美國名演員、作詞者潘恩（John Howard Payne）所作。〈磨坊邊的鄉間老橋〉（*The Old Rustic Bridge by the Mill*）則是基南（T. P. Keenan）所做的愛爾蘭民謠，指的是寇克郡（County Cork）的一座橋。

② 潘趣酒（punch）是一種混合酒、糖、牛奶、檸檬和香料的飲料，可以冷飲也可以熱飲。

③【編注】以往英國紳士習慣在吸菸時戴上吸菸帽，並穿著有寬腰帶的吸菸外套，以避免頭髮和衣服沾染菸味。

第二十二章

就在那個重要的週末，派林諾國王慌慌張張趕來了。

他喊著：「我說你們知不知道啊？你們聽說了沒？這是祕密嗎，啥？」

「什麼是不是祕密啊，啥？」大家問他。

「哎，國王陛下啊！」他叫道：「就是國王陛下的事啊！」

「陛下他怎麼了？」艾克特爵士問道：「可別告訴我他打算帶一群該死的獵犬來我這打獵了，是不是這類的事啊？」

「他死啦！」派林諾國王悽慘地說：「他死啦，可憐的傢伙，這下再也沒法打獵了。」

格魯莫爵士滿懷敬意地站了起來，並且摘下禮冠。

「國王已死，新王萬歲。」他說。

在場所有人都覺得應該起立致哀，男孩們的奶媽則痛哭失聲。

「你看看，你看看！」她抽噎道：「一心為國的陛下過世了，就這樣與我們永別了，他是多麼令人尊敬的紳士啊！我從插圖版彌撒書上剪了好多他的彩色肖像，貼在壁爐上。從他還在襁褓，一直到後來他成了全世界的白馬王子，到世界各地訪問，我可是一張都沒漏掉，每晚睡前都會想著他呀！」

「奶媽，請妳冷靜一下。」艾克特爵士說。

「這件事很嚴肅，對吧？」派林諾國王說：「啥？征服者烏瑟，生於西元一〇六六年，死於西元一二一六年①。」

「的確是個嚴肅的時刻。」格魯莫爵士道：「國王已死，新王萬歲。」

「我們應該把窗帘放下來，或是降半旗。」最講究禮儀的凱伊說。

「沒錯，誰去跟警衛官說一聲吧！」艾克特爵士道。

這差事自然落到小瓦身上，因為在場的貴族就屬他地位最低。他開開心心地跑去找警衛官，沒過多久，留在城頂房間的人便聽見有個聲音喊著：「聽好啦，一、二，情況特殊，大家一起向陛下致哀，聽我的口令，喊到二就把旗子降下來！」接著，便聽見所有在野森林城堡的積雪塔樓上迎風招展的軍旗、幡幟、槍旗、小燕尾旗、飄帶、三角旗、旌旗和個人旗幟，都陸續降了下來。

「您是從哪聽來的？」艾克特爵士問道。

「我本來在森林外圍追趕我那隻尋水獸，結果碰上一個嚴肅的芳濟會②修士，是他告訴我的。這可是最新的消息吶！」

「可憐的老潘卓根。」艾克特爵士說。

「國王已死，新王萬歲。」格魯莫爵士神情肅穆地說。

「我親愛的格魯莫，您一直說這兩句話，您倒是說說看，要活到萬歲的新王到底是哪一位呀？」派林諾國王生氣地說。

「咦，他的繼承人啊。」格魯莫爵士有些訝異地說。

「咱們偉大的陛下一直沒有頭髮③呀！」奶媽潸然淚下，「只要對王室有點認識就會知道。」

「我的老天！」艾克特爵士叫道：「他總有最近親吧？」

「就是這樣啊！」派林諾國王興奮地高喊：「這就是有趣的地方啦，啥？既沒頭髮，又沒皮膚④，誰來繼承王位呢？我那修士朋友就在為這件事著急，還一直問這會兒誰能繼承啥，啥？啥？」

「您是說，這會兒格美利沒有國王？」格魯莫爵士氣急敗壞地大叫。

「連個影子都沒有！」派林諾國王喊回去，一副神氣活現的模樣。「而且還出現許多不得了的預兆和奇蹟啊！」

「簡直是奇恥大辱，」格魯莫爵士道：「天曉得我們偉大的祖國要淪落到什麼地步了。我看準是那些羅拉德派⑤和共產主義分子害的！」

「什麼樣的預兆和奇蹟？」艾克特爵士問道。

「這個嘛，有一把什麼石頭裡的劍，啥，出現在一間什麼教堂裡面。倒也不是在教堂裡面，你懂我意思吧？也不是在石頭裡，反正就差不多這麼回事，啥，你懂吧？」

「不知道教會要淪落到什麼地步了。」格魯莫爵士說。

「在一個鐵砧裡。」國王解釋。

「教會在鐵砧裡？」

「不是，是那把劍。」

「可是您剛才不是說劍在石頭裡？」

「不，石頭在教堂外面。」派林諾國王說。

「派林諾，您請聽著，」艾克特爵士說：「您老兄休息一下，再從頭說一遍。來，把這杯蜂蜜酒喝了，放輕鬆。」

派林諾國王說：「這把劍呢，是插在鐵砧裡的，而這個鐵砧立在一塊石頭上。劍穿透鐵砧，插進石頭。所以鐵砧和石頭連在一起了。這塊石頭放在一間教堂外面。再給我喝點蜂蜜酒。」

「這哪算得上奇蹟？」格魯莫爵士表示意見，「他們把國家搞到這種局面，居然讓這種事情發生，那才是奇蹟！不過這年頭多的是煽動造反的撒克遜人，誰說得準哩？」

「老兄，石頭放在哪不是重點啊！」派林諾國王精神又來了，大喊著：「啥，我要說的不是這個，而是上面寫了些什麼，啥，還有寫在哪裡！」

「什麼？」

「哎，就在劍柄上嘛！」

「夠了，派林諾！」艾克特爵士說：「您先給我面壁靜坐一會，要說什麼再慢慢說。不要緊張，老兄，也不用這麼急。您先面壁靜坐吧，好傢伙，慢慢講。」

「插在教堂外石頭裡的劍，上面寫了字！」派林諾國王可憐兮兮地叫道：「內容如下，欸，聽我說呀，你們兩個傢伙沒事不要老打斷我的話，把我都搞糊塗了！」

「寫了些什麼呢？」凱伊問。

「劍上是這樣寫的，」派林諾國王說：「至少我聽那位芳濟會老修士是這麼說的。」

「請您快說吧！」凱伊見國王停了下來，便催促道。

「說吧，」艾克特爵士說：「這把插在教堂外的石頭上的鐵砧裡的劍，上面到底寫了些什麼？」

「肯定是共產黨的文宣。」格魯莫爵士道。

派林諾國王閉緊眼睛，張開雙臂，煞有介事地宣布：「**凡自此石與鐵砧中拔出寶劍者，即為全英格蘭之正統國王。**」

「這話是誰說的？」格魯莫爵士問道。

「我不是告訴過你了嗎？是那把劍說的。」

「這把劍可真多嘴。」格魯莫爵士懷疑地說。

「是寫在劍上的！」國王憤怒地大叫：「用金字寫在那上頭的！」

「那你怎麼不把劍拔出來？」格魯莫爵士問。

「我就跟你說我人不在那兒！我跟你們說，這些全是我跟你們說的那位修士跟我說的。」

「這把刻了字的劍拔出來了嗎？」艾克特爵士問道。

「還沒！」派林諾國王用戲劇性的口吻悄聲說：「這就是精彩的地方啊！他們試了又試，就是沒人拔得出來，所以只好向英格蘭各地發布消息，將在新年當天舉行比武大會。只要任何一個參加者能拔出劍，他就是永遠的英格蘭共主啦！啥？」

「哇，父親！」凱伊叫道：「拔出石中劍的人就是全英格蘭的國王，父親大人，我們也去試試看吧？」

「你想太多了。」艾克特爵士說。

「倫敦可遠了。」格魯莫爵士搖頭道。

「家父倒是去過一次。」派林諾國王說。

凱伊說：「哎呀，不去太可惜啦！等我受封騎士，本來就要去參加比武大會，現在這樣時間剛好。到時候各方高手都會出席，我們可以見到遠近馳名的騎士和顯赫的君主。那把劍當然不是重點，可是想想看這場比武大會，說不定是格美利有史以來最盛大的一次，還有許許多多沒見過的事物。親愛的父親大人，如果您愛我，就讓我去參加吧，讓我首次出征就拿下比武冠軍。」

「可是凱伊啊，我從來沒去過倫敦。」艾克特爵士說。

「所以才更應該去啊！遇到這種盛事卻不參加，等於證明自己沒有貴族血統。您想想看，如果我們不去拔劍，別人會怎麼看待我們？他們會說艾克特爵士家太粗鄙了，所以知道自己沒機會。」

「我們家本來就沒機會，這每個人都曉得。」艾克特爵士說：「我是指拔劍的事。」

「聽人家說，倫敦人口眾多。」格魯莫爵士隨口猜道。

他深吸一口氣，眼睛瞪得像彈珠一樣看著東道主。

「店家也不少。」派林諾國王突然補上一句，他的呼吸也沉重了起來。

「管他的！」艾克特爵士把角杯朝桌上一扔，酒灑了出來。「好，咱們就一起去倫敦，瞧瞧這個新國王！」

眾人一致起立。

「我要向我老爹看齊！」派林諾國王高喊。

「去他的！總之呢，該死的，倫敦畢竟是我國首都啊！」格魯莫爵士也叫道。

「好呀！」凱伊大叫。

「上帝發發慈悲喲！」奶媽說。

這時小瓦和梅林走了進來。其他人由於太過興奮，沒發現小瓦神色有異。要不是他已經成熟很多，眼淚差點就要掉下來了。

「呀，小瓦！」凱伊叫道，一時忘記了他是在對自己的侍從講話，反而恢復了兩人童年時的那種親暱。「你說怎麼樣？我們要一起去倫敦參加新年比武大會呢！」

「真的？」

「對呀！你可以幫我拿盾牌和長矛，我會打敗所有對手，當一個偉大的騎士！」

「嗯，我很高興我們能去，」小瓦說：「因為梅林要離開我們了。」

「哎，我們到時候不需要梅林啦！」

「他要離開我們了。」小瓦重複一次。

「離開我們？」艾克特爵士問道：「要離家外出的不是我們嗎？」

「他要離開野森林城堡了。」

艾克特爵士道：「哎，梅林，這是怎麼回事？我可不懂了。」

「艾克特爵士，我是來道別的。」老魔法師說：「我的學生凱伊明天就要受封騎士，而我另一名學生下週起便會擔任他的侍從，隨他一道遠行。我留在這裡已經沒有用處，是該離開的時候了。」

「怎麼說這種話？」艾克特爵士道：「我覺得您是個挺有用的傢伙，什麼事都能派上用場。不如您留下來教教我吧，或者當個圖書館員什麼的也成。孩子們翅膀硬了，都要飛了，您可別丟下我一個老人家。」

「我們還會見面，無須傷悲。」梅林說。

「別走嘛。」凱伊說。

「我一定要走。」他們的家教老師說：「我們年輕時一起度過了美好時光，然而光陰似箭，如今王國其他地方還有許多事等著我，可謂諸事繁忙。阿基米德，來，跟大家說再見。」

「再見。」阿基米德溫柔地對小瓦說。

「再見。」小瓦頭也沒抬。

「可是您沒在一個月前提出辭呈，不能走啊！」艾克特爵士叫道。

「不能嗎？」梅林回答，並且擺出鍊金術士準備隱身的姿勢。他踮起腳尖，讓阿基米德緊緊抓住肩膀，像陀螺一樣越轉越快，最後只剩下一片模糊的灰影。不過幾秒鐘功夫，人和貓頭鷹便消失不見了。

「再見了，小瓦。」兩個微弱的聲音從窗外傳來。

「再見。」小瓦說完最後一次，這可憐的孩子便快步走出房間。

① 【編注】英國正史上一〇六六至一二一六年，是征服者威廉即位到獅心王理察的弟弟約翰王逝世這段期間。

② 【編注】由聖芳濟所創的芳濟會，於一二二四年始傳入英格蘭，於坎特伯利、倫敦與牛津設立據點。此處又是作者開的時代錯亂小玩笑。

③ 繼承人（heir）和頭髮（hair）發音相近。

④ 近親（kin）和皮膚（skin）發音相近。

⑤ 羅拉德派（Lollard），十四至十五世紀時英國宗教改革家威克利夫的信徒。

第二十三章

騎士冊封儀式在混亂的行前準備中展開。由於每個房間都有人忙著打包，凱伊華麗的澡盆只得搬進雜物儲藏室，放在兩座毛巾架中間。旁邊有個老舊的箱子，裡面裝了好些遊戲道具，包括一面陳舊的飛鏢靶——那時候這東西叫小鋼矛。保姆從頭到尾都在為即將出遠門的人縫製新褲子，因為她認定只要出了野森林，天氣就會惡劣到極點。警衛官則拚了老命擦盔甲和磨劍，幾乎要把盔甲擦破，把劍也磨成針了。

終於到了出發的時刻。

如果你不是生於十二世紀的古老英格蘭——或許不是十二世紀，反正就是當時——又住在鄰近邊界的偏遠小城堡裡，大概很難想像他們旅途中所見的種種奇景。

道路——或者該說是車轍，多半沿丘陵或高原上的山脊而行，因此他們可以俯瞰兩側的荒涼沼澤地。沼地中，覆蓋著白雪的蘆葦低聲嘆息，冰塊發出碎裂聲。夕陽的紅霞裡，鴨子對寒冬的空氣呱呱叫著。那一帶景色皆如此。有時山脊一邊是荒沼，另一邊卻是占地千萬畝的森林地，沉甸甸的枝幹一片白茫茫。偶爾他們會見到樹林間升起一縷炊煙，或在遠方難以通行的蘆葦叢裡，看到幾間擠在一起的房舍。途中他們還二度經過頗具規模的小鎮，鎮上有好幾間旅店。不過整體而言，那是還未開化的英格蘭。狀況較好的道路兩側，都會清出一箭之遙的空地，以免旅人遭埋伏的劫匪殺害。

他們能找到什麼地方，就在什麼地方過夜。有時在屋主願意接待他們的農舍小屋裡；有時受到某位騎士同僚邀請，進他的城堡休息；有時是在破爛小屋的火光和跳蚤群裡，小屋外頭有根長竿，竿子上綁了一簇小灌木，這就是古代旅店的標示牌①；還有一兩次，他們露天席地而眠，互相貼緊以便取暖，馬兒則在周圍啃著草。不論他們身在何處，睡在哪裡，東風始終在蘆葦叢中低嘯，而雁群在星光下高飛天際，對著滿天星子長鳴。

倫敦城裡人滿為患。若非艾克特爵士剛好在餡餅街有一小塊地，那裡又正好蓋了間挺氣派的旅店，否則他們恐怕很難找到下榻處。總之地是他的，他還從中賺了不少紅利。雖然他們五個人得擠三張床，也覺得自己很幸運了。

比武大會第一天，凱伊爵士在比武開始前一小時以上便催大家上路。他整晚沒睡，腦中想的都是要如何擊敗英格蘭最厲害的貴族，結果連早餐也吃不下。這會兒他騎在隊伍前頭，兩頰蒼白，小瓦真希望自己有辦法讓他冷靜下來。

對於只見過艾克特爵士城堡裡那種閒置比武場的鄉下人來說，出現在眼前的景象真會叫人欣喜若狂。那是一片廣大的凹陷綠地，約和現代的足球場一般大小，低於地面十呎，周圍是傾斜的土坡。比武場上的積雪已掃除，原本還鋪了稻草以保持溫暖，今天早上才剛清走。草坪修剪得很短，在一片雪白裡顯得綠油油。競技場周圍色彩繽紛，令人眼花撩亂。木頭看臺漆成紅白兩色，附近到處是知名人士的絲質營帳，從天藍色、綠色、橘黃色到方格花紋都有。旗竿上五顏六色的槍旗和矛端燕尾旗迎風招展，比武場中間的分隔柵欄則是棋盤式的黑白方格。大部分參賽者和它們的親友都還沒來，不過從已到場的人看來，不難猜到之後的景象：會場被花海淹沒，鎧甲耀眼奪目，掌儀官舉起黃銅號角吹奏，扇形袖子在風中擺盪，歡愉又華麗的號音響徹冬雲。

「我的天！」凱伊爵士大叫：「我沒把劍帶出來！」

「沒劍是不能比武的，不合規定呀！」格魯莫爵士說。

「你還有時間，快回去拿吧！」艾克特爵士說。

「叫侍從去拿就行了。」凱伊爵士說：「真是，怎麼會犯這種錯！來，侍從，快騎馬回旅店去，幫我把劍拿來。如果你在比賽開始前趕回來，就賞你一先令。」

小瓦臉色倏地一白，變得和凱伊爵士一樣，他差點就衝上前揍人。可是他說：「遵命，大人。」然後掉轉馬頭，迎著不斷湧入的人潮，拚命往他們下榻的旅店前進。

「賞我錢？騎著他那匹高大的戰馬，往下看著我這匹比驢子好不了多少的小馬，然後叫我『侍從』？唉，梅林，請賜給我耐心，好讓我忍受這個討厭鬼吧。別讓我拿那骯髒的賞錢砸他臉上！」

等他回到旅店，發現門已經關上了。因為城中所有人都湧去觀看比武盛會，老闆一家子也去了。在那個沒有法紀的年代，出門或睡覺時若不把房子保護周全，是很不穩當的。旅店樓下拴上的窗板足足有兩吋厚，大門則用兩根門閂擋著。

「這下賞錢要怎麼賺呢？」小瓦自問。

他不甘心地看著門窗緊閉的旅店，然後笑了起來。

「可憐的凱伊，」他說：「說什麼賞錢，還不是因為自己緊張害怕？這下他可真的要緊張了。嗯，我得想辦法幫他弄把劍，就算是倫敦塔也得闖進去。」

「不過哪裡才弄得到劍呢？」他尋思，「有什麼地方可以偷嗎？我騎著這匹瘦馬，有辦法半路攔下一個騎士，奪走他的武器嗎？這麼大的城裡，總會有鑄劍師或武器師傅的店還開著吧？」

他掉轉馬頭，沿著街道馳去。路的盡頭是一座安靜的教堂，門前還有個小廣場。廣場中央有一塊大石頭，石頭上放了一個鐵砧，一把嶄新的好劍就插在鐵砧上。

「嗯，」小瓦說：「這應該是個戰爭紀念碑，不過也只好將就了。凱伊現在情況緊急，我想不會有人跟他計較區區一個紀念碑吧。」

他把韁繩綁在教堂入口處的樁子上，踩著碎石小徑，走過去握住劍。

「來吧，寶劍，我要帶你去做更有用的事，還請你原諒了。

「真奇怪，」小瓦說：「我一握住劍，就有種不尋常的感覺，周遭事物也都看得更清楚了。教堂和後頭修道院的石像鬼有多漂亮啊；教堂側廊上那些名人的旗幟，隨風飄動得好壯觀呀！長著紅色果實的紫杉樹，禮讚上帝的樣子多麼高貴。這雪有多麼潔淨。我還可以聞到夏白菊和野薔薇的味道。咦，這是音樂聲嗎？」

那的確是樂聲，不管是來自排笛還是錄音機。教堂中庭裡的光線潔亮明晰，但又不刺眼，你甚至可以從二十碼外分辨出一根別針。

「這兒到底是怎麼了呢？」小瓦說：「有人！噢，各位先生，您們有什麼話要說嗎？」

沒有人回答他，然而樂音大奏，光線美輪美奐。

「各位，我一定要拿這把劍！」小瓦叫道：「這不是我自己要的，是幫凱伊拿的呀！我一定會還的！」

仍然無人應答，於是小瓦又轉身面對鐵砧。他注意到劍上有金字，可是他沒去讀。劍柄末端鑲的珠寶，在美麗的光線裡閃閃發亮。

「來吧，寶劍！」小瓦說。

他雙手握住劍柄，使勁想從石頭裡拔出來。錄音機傳出動聽的合奏曲，但現場動靜全無。

小瓦握得劍柄都陷進手掌肉裡，這才鬆開手，眼冒金星地退後一步。

「固定住了。」他說。

他再次緊握劍柄，使出渾身力氣拔。音樂演奏得更激昂，教堂庭院籠罩在紫水晶光芒中，可寶劍還是文風不動。

「喔，梅林，」小瓦喊著：「助我拔出這把劍吧！」

只聽一陣匆忙的聲音，配上一段長長的和弦，許多老朋友隨即出現在庭院四周。他們一齊從教堂圍牆上冒了出來，就像記憶裡的潘趣和茱蒂傀儡戲，除了老獾，還有夜鶯、烏鴉、兔子、野雁、獵鷹、魚類、狗兒、纖美的獨角獸、獨居黃蜂、鱷魚、刺蝟、獅鷲，以及他見過的千百種動物。他們圍繞在教堂四周，個個都是小瓦的好朋友，喜歡他也幫助過他。他們輪流發言。有的畫在教堂旗幟的紋章上，有的來自水中，有的來自天上，有的則從田裡來，都念著過去的交情，特地前來幫忙，即使是小鼩鼱也不例外。小瓦覺得自己逐漸有了力量。

「像我上回要吃你的時候那樣，用你的背啊！」畫在一面旗子紋章上的梭子魚說：「記得力量來自你的後頸！」

「和胸膛連在一起的那雙前臂呢？」獾口氣沉重地說：「加油啊，親愛的胚胎，快找出你的工具吧！」

一隻灰背隼坐在紫杉樹頂上喊道：「小瓦上尉，足之第一誡律是什麼？我記得好像聽你說過什麼『絕不放鬆』喲！」

「飛起來別像失速的啄木鳥一樣！」一隻灰林鴞親切地說：「穩定施力，小鴨鴨，然後就沒問題啦！」

一隻白額雁說：「我說小瓦，既然你能飛過浩瀚的北海，那麼協調一下翅膀肌肉總沒問題吧？集中精神，匯聚力量，輕而易舉就能拔出來了。趕快，人類，我們這些卑微的朋友都等著為你喝采呢！」

小瓦三度走向寶劍，右手輕輕握住，彷彿自劍鞘中拔劍一般，將寶劍抽了出來。

只聽見一陣歡呼，像是沒完沒了的手搖風琴聲。過了許久，在一片吵雜聲中，他找到了凱伊，遞上寶劍。比武會場前的觀眾排成嚇死人的長龍。

「這不是我的劍呀！」凱伊爵士說。

「旅店鎖起來了，我只能弄到這把。」小瓦說。

「倒是挺好看的，你哪弄來的？」

「我在一間教堂外面找到的，插在石頭上。」

凱伊爵士緊張地看著場上的長矛比武，等待上場，沒把侍從的話放在心上。

「那種地方怎麼會有劍，真好笑。」

「對呀，這把劍還穿透了一個鐵砧呢。」

「什麼？」凱伊爵士大叫，猛地轉向他。「你說這把劍插在石頭上嗎？」

「是啊，好像是個戰爭紀念碑吧。」

凱伊爵士驚訝地瞪了他幾秒，張嘴又閉上，舔舔嘴唇，然後轉身衝進人群找艾克特爵士，小瓦尾隨在後。

「父親，請您過來一下！」凱伊爵士喊著。

「好啊，我的乖孩子！」艾克特爵士說：「這些職業級的傢伙果然厲害啊，打得真精彩！哎，怎麼回事啦，凱伊？你臉色白得跟床單一樣。」

「您記不記得英格蘭國王會拔出來的那把劍？」

「記得。」

「喏，劍在這裡。我拿到了。劍在我手上。是我拔出來的。」

艾克特爵士沒說蠢話。他看看凱伊，再看看小瓦，然後慈愛地凝視凱伊良久，說：「我們回教堂去。」

「好了，凱伊。」等他們來到教堂門口，他慈祥地看著自己的長子，直視他的雙眼說：「石頭在這裡，劍在你手上。這把劍會使你成為英格蘭國王。你是我的好兒子，不論你做了什麼，我永遠以你為榮，將來也一樣。你能不能向我保證，你是靠自己的力量拔出寶劍呢？」

凱伊看看父親，又看看小瓦和那把劍。

然後他靜靜地把劍交給小瓦。

他說：「是我說謊，劍是小瓦拔出來的。」

在這之後，小瓦只聽見艾克特爵士要他把劍插回去，然後和凱伊兩人試圖拔劍，卻徒勞無功。小瓦替他們拔了出來，又插回去一兩次。接下來發生的事卻讓他心痛了。

他發現那個親愛的監護人突然看起來好蒼老，好無力，他居然強忍著痛風，單膝跪了下來。

「陛下。」艾克特爵士說。他明明在對自己的孩子說話，卻連頭也不敢抬。

「父親，請您快別這樣！」小瓦說著也跪了下來，「艾克特爵士，讓我扶您起來吧，看到您這樣我好難過呀！」

「陛下，沒這回事的。」艾克特爵士老淚縱橫，「吾既非汝父，亦非汝之血親，然而我深知您的血統高貴，遠出我原先所料。」

「很多人都跟我說過您不是我的親生父親，」小瓦說：「可是沒關係啊！」

「陛下，待您登基為王之後，可願當我的好主君？」艾克特爵士謙卑地說。

「不要這樣！」小瓦說。

「陛下，」艾克特爵士說：「我要求的不多，可否讓我家小犬，也就是您的義兄凱伊爵士，擔任您治下的總管呢？」

這時凱伊也跪了下來，小瓦再也承受不住了。

「哎喲，你們別這樣！」他叫道：「如果我當了國王，他當然可以作總管呀！還有，唉，父親大人，請您別這樣跪，我心都要碎了。請起來吧，艾克特爵士，別嚇唬我了？哎，我的天，如果我沒有拔出這把該死的劍就好了！」

然後，小瓦的眼淚便再也止不住了。

①【編注】源起羅馬時代賣葡萄酒的客棧會在門外懸掛一串葡萄葉，表示此處出售葡萄酒。後此風傳入英格蘭，由於葡萄樹罕見，故以小灌木代替。

第二十四章

或許我們也該用一章來交代加冕典禮。眾貴族雖然大表不滿，可是眼看石中劍讓小瓦拔出來又插回去，彷彿一直表演到天荒地老都沒問題，而除了他以外，偏偏又沒半個人做得到，最後他們只好妥協。少數造反的蓋爾貴族，後來也都平定了。總而言之，大部分英格蘭人民和羅賓那樣的義軍，都很樂於穩定下來。他們實在受夠了烏瑟．潘卓根統治下的無政府狀態，也受夠了封建軍閥、任性而為的騎士、種族歧視，以及武力即正義的統治方式。

加冕典禮壯觀盛大。更棒的是，人人都有禮物要送給小瓦，讚嘆他拔出石中劍的本事，簡直就像過生日或耶誕節。還有幾位倫敦市民請他幫忙打開不聽話的瓶塞，旋開卡住的水龍頭，或處理其他超出他們能力範圍的居家緊急情況。狗童和老瓦特湊錢買了一帖治犬瘟熱的藥水，裡面摻了奎寧，非常寶貴。嘹嘹用自己的羽毛做成箭枝送給他。卡威爾沒帶禮物，但是把一顆心和靈魂都託付給小瓦。野森林的奶媽送來一帖止咳藥水、三十打繡花手帕、兩套連身內衣，還有一只雙層箱。警衛官獻上自己的十字軍勳章，交由國家保存。哈柏輾轉反側了一整夜，最後終於送出庫利，還給牠配上了全新的白皮繩、銀製腳環和鈴鐺。羅賓與瑪莉安出外遠征六週，然後送來一件完全由松貂皮縫成的禮服。小約翰又補上一把紫杉木七呎長弓，結果他根本拉不動。一隻匿名的刺蝟送來四、五片髒兮兮的枯葉，上頭還有跳蚤。尋水獸與派林諾國王商量老半天，送了幾個精挑細選的糞媒，用春天的綠葉包好，裝在一個黃金號角裡面，再配上紅色天鵝絨斜掛肩帶。格魯莫爵士的禮物是十二打長矛，上面還有他母校的盾形徽飾。野森林城堡的廚師、居民、農奴和僕人都各得到一個天使金幣①，並且由艾克特爵士出錢，一同搭乘牛拉的大型遊覽車前來觀禮。他們帶來一座巨大的母牛昆波克銀製雕像——她已經三度贏得家畜展冠軍。勞夫．帕斯路將在加冕酒宴上獻唱。阿基米德派了玄孫作代表，讓這孩子晚宴時坐在王座的椅背上，負責把地板弄髒。倫敦市長和議員在倫敦塔裡闢了一個寬敞的空間，充作水族館兼鷹棚和動物園；為了居住其間的動物健康著想，牠們每週都得挨餓一天。於是小瓦的朋友，不論飛禽、走獸或游魚，就在這個有著新鮮食物、舒服睡墊，還有專人無微不至的照顧，還有各種方便現代設備的地方安養天年，快樂地走向生命盡頭。倫敦市民捐了五千萬英鎊，作為維護動物園的費用。英國婦女協會做了雙黑天鵝絨拖鞋，上面用金線繡了小瓦名字的字首。凱伊懷著真誠的愛意，送來他那個破紀錄的獅鷲頭。除了這些，還有許多精緻的禮物，來自各地貴族、大主教、親王、王子、屬國國王、地方議會、教皇、蘇丹、皇家使節團、準自治市議會、沙皇、省長、聖雄等等。不過，最棒的禮物卻來自小瓦慈愛的監護人，艾克特老爵士。那是一頂笨蛋帽，可以讓你在尖端點火，像是一種法老蛇[②]。小瓦點了火，看著帽子燃燒發亮。火光熄滅後，梅林已經戴著魔法師帽站在他面前。

「嗯，小瓦，」梅林說：「我們又見面了——還是已經見過面了呢？你戴起王冠好看極了。之前或之後我還不能告訴你，你的父親本來是或者將會是烏瑟．潘卓根國王，而當初正是我假扮乞丐，把襁褓中的你帶到艾克特爵士的城堡去。你的出生、身世和名字的由來，我都一清二楚。我也知道你將要遭逢的悲傷與喜悅，更知道從此再也沒人敢叫你的小名小瓦。你將肩負起國家重擔，這是榮耀，也是宿命，同時別人將用你高貴的正式封號相稱。所以呢，我這就先動用特權，成為你所有子民之中第一個如此稱呼你的人，我親愛的君主，亞瑟王。」

「這次您會一直陪著我嗎？」小瓦還沒怎麼聽懂，便問道。

「會的，小瓦。」梅林說：「或者我該說（還是已經說過了呢？）會的，亞瑟王。」

①【編注】英格蘭古金幣，上有米迦勒大天使像，價值六先令八便士至十先令不等。

② 法老蛇（pharaoh's serpent）：一種煙火，點燃後會呈蛇形向四處噴射。

第二部

空暗女王

我將何時死去，並且擺脫
父親的罪愆？
還要多久，才能以靈車與鏟子
使母親的詛咒長眠？

第一章

圓塔頂端有個烏鴉形狀的風信雞，口中啣箭，指示風向。

塔頂的圓形房間非常不宜人居。首先，屋裡太過通風。東面櫥櫃的底部有個洞，正好監控高塔外側的兩道門。若遭圍困，也可以從這裡丟石頭砸人。不幸的是，風常由此洞倒灌進來，再從沒裝上玻璃的露臺窗或煙囪吹出去。有時候則反過來，由上往下吹，如同風洞。其次令人頭痛的是，房裡總瀰漫著燒泥炭的濃煙。濃煙非由室內火爐燒出，而是來自樓下房間。複雜的通風系統把煙囪裡的煙也吸進房裡。遇上潮濕的天氣，石牆會滲水。家具也不舒適：只有一大堆石塊——以便朝洞裡砸；幾把生鏽的熱那亞十字弓與箭矢、從未用過的泥炭。四個孩子也沒有床。假如房間是方形的，或許會有櫥櫃床；既然是圓形房間，他們只好睡在地上，勉強蓋著乾草和格紋長披肩。

孩子們用長披肩草草搭起一座帳幕，彼此緊靠，躺在裡面講故事。他們可以聽見母親在樓下房裡撥弄火堆，添加燃料，因此個個輕聲細語，生恐讓母親聽見。其實他們不是怕母親會上樓處罰，也無人規定上床後不許講話。他們無條件地傻傻崇拜母親，只因母親的性格強過他們。倒不如說，她在教養孩子的過程中，給了他們一種有缺陷的善惡觀。或許是因為不關心，或者是懶惰，或甚至是出於某種殘酷的占有欲，致使他們似乎永遠分不清自己的行為究竟是對是錯。

他們正用蓋爾語悄聲交談，或者我們該說，是一種混雜蓋爾語和古老騎士語言的怪異綜合體。他們長大後會用到騎士語，所以現在得學。他們很少講英語。多年以後，他們成為遠近馳名的騎士，在偉大國王的宮廷裡任職，講的便是一口標準英語。唯獨身為一族之長的加文例外，他刻意保留蘇格蘭腔，藉此顯示對自己的出身並不感到羞恥。

說故事的人是加文，因為他最年長。他們躺在一塊兒，像群躲起來的怪青蛙，雖然削瘦，但骨骼發育大致健全，只要吸收適當的營養，就會長得結實強壯。他們都是亮色頭髮，加文髮色亮紅，加瑞斯的則是淡黃；他們的最小的十歲，最大的十四歲；加瑞斯是老么。加赫里斯是個遲鈍的孩子；年紀僅次於加文的阿格凡最是霸道，一肚子壞主意，既愛哭又怕痛——這是因為他有豐富的想像力，而且比其他人常用腦袋。

「很久很久以前，親愛的弟弟，」加文說，「在我們還未出生，甚至根本不存在的時候，我們有一位美麗的外婆，名叫伊格蓮。」

「她是康瓦耳伯爵夫人。」阿格凡說。

「對，外婆是康瓦耳伯爵夫人。」加文附和，「而可惡的英格蘭國王愛上了她。」

「他就是烏瑟．潘卓根。」阿格凡又說。

「到底是誰在講故事？」加瑞斯憤怒地說，「你閉嘴啦！」

加文繼續說：「烏瑟．潘卓根國王召來伯爵夫婦……」

「就是外公和外婆嘍！」加赫里斯說。

「……然後命兩人留在他住的倫敦塔裡。他們在那裡作客的時候，他要求外婆做他的妻子，和外公一刀兩斷。可是貞潔又美麗的康瓦耳伯爵夫人……」

「外婆。」加赫里斯說。

加瑞斯大叫：「天殺的，你有完沒完？」只聽他們蒙在被子裡吵架，間或還有幾聲尖叫、打人的聲音和抱怨聲。

加文接著講：「貞潔又美麗的康瓦耳伯爵夫人一口回絕烏瑟．潘卓根國王的求愛，並把這件事告訴外公。她說：『國王此番召我們來，恐要辱我清白。夫君，容我建議，我們此刻立即啟程，連夜趕路，返回居城。』於是，就在午夜，他們離開了國王的堡壘……」

「是在深夜裡。」加瑞斯糾正他。

「……城裡的人熟睡之時，他們就著昏暗的燈籠，為坐騎套上鞍具——馬兒四腳輕靈、眼神似火、迅捷如風、體型勻稱、小頭大嘴、性格暴烈，然後快馬加鞭朝康瓦耳奔去。」

「那是一場驚險的逃亡。」加赫里斯說。

「馬兒都累死了。」阿格凡說。

「才沒有。」加瑞斯說，「外公外婆才不會把馬累死呢！」

「到底有沒有死？」加赫里斯問。

「不，馬沒死。」加文想了一下說，「不過也筋疲力盡了。」

他繼續講故事。

「隔天早上，烏瑟・潘卓根國王發現出事，怒不可遏。」

「怒不可抑。」加瑞斯提議。

「怒不可遏。」加文說，「烏瑟・潘卓根國王怒不可遏，說：『我對天發誓，非將那康瓦耳伯爵的腦袋拿來加菜不可！』於是修書一封給外公，命令他先把腦袋填滿食材，加上裝飾配料。無論他的城堡有多堅固，四十天之內，必會把他揪出來！」

「外公有兩座城堡。」阿格凡驕傲地說，「庭塔閣和臺拉城。」

「於是康瓦耳伯爵將外婆安頓在庭塔閣，自己留守臺拉城。接著烏瑟・潘卓根國王便來攻城了。」

「然後啊！」加瑞斯忍不住大喊，「國王就在那裡搭起許多帳棚，雙方展開激戰，殺死了好多人！」

「有一千人嗎？」加赫里斯猜測。

「至少有兩千。」阿格凡說，「咱們蓋爾人一旦動手，不殺個兩千不會甘休。說不定殺了足足有一百萬人呢。」

「外公外婆漸漸占了上風，眼看烏瑟王就要潰不成軍，這時來了一個邪惡的魔法師，叫做梅林……」

「他是個巫師。」加瑞斯說。

「然後呢，說來你們不信，這個巫師施展妖術，竟然讓詭計多端的烏瑟・潘卓根進到外婆的城堡裡。外公立刻率兵從臺拉爾城出擊，卻在激戰中遇害……」

「被詭計所害。」

「而可憐的康瓦耳伯爵夫人……」

「貞潔又美麗的伊格蓮……」

「親愛的外婆……」

「……被那個黑心肝，不講信用的英格蘭龍王①給抓了起來，淪為階下囚。不僅如此，雖然她已經有了三個漂亮的女兒……」

「美麗的康瓦耳三姐妹。」

「伊蓮阿姨。」

「摩根阿姨。」

「還有媽咪。」

「雖然她有這些漂亮女兒，還是被迫嫁給英格蘭國王——也就是殺死她丈夫的凶手！」

他們受故事結局所震懾，都靜了下來，默默思考這驚人的英格蘭惡行。偶爾母親給他們講故事，最喜歡講的就是這段，故事的內容他們早已熟記在心。最後阿格凡引用了一句蓋爾諺語，也是母親教的。

「洛錫安人②有四樣東西不可信：牛角、馬蹄、狗吠和英格蘭人的笑容。」他悄聲說。

他們在乾草堆裡不安地扭動身子，凝神傾聽樓下房間裡的細微動靜。

就在這群講故事的孩子樓下，房間裡只有一枝蠟燭和泥炭燃燒的橘黃色火光照明。以王后的居室來說，委實有些寒酸，不過至少有張四柱大床——白天當成王座使用。一個三腳大鐵鍋在火上沸騰。蠟燭後方有一張磨亮的黃銅片，權充鏡子。居室裡有兩個生命：王后和一隻貓。兩者皆有黑色毛髮和藍色眼瞳。

黑貓側臥於火光下，彷彿已經死了。這是因為牠的四隻腳全被綁在一起，活像剛獵到、等著被扛回家的獐麃。黑貓早已放棄掙扎，此時瞇起眼睛盯著火焰，身體隨呼吸起伏，似乎認命了。或許牠只是筋疲力盡——動物總是知道自己大限將至。牠們死前多半有種尊嚴，而這是人類欠缺的。小小的火焰在黑貓斜睨的眼睛裡跳動，牠或許正以動物獨有的冷靜，回顧之前的八條命，不抱希望，也心無所懼。

王后拎起黑貓，準備施展一個眾所皆知的黑魔術，藉以自娛。城裡的男人都外出打仗了，此舉至少可以打發時間。這是個隱身咒語。她不像妹妹摩根勒菲，算不上是頂認真的女巫，因為她腦袋空洞，無法認真學習任何高深的技藝，即使是黑魔術也不例外。她之所以這麼做，是因為自己與同族其他女性一樣，血液裡帶有魔法。

沸騰的水裡，只見黑貓一陣恐怖的痙攣，發出一聲可怕的慘叫。牠試圖用受縛的四腳躍起或游泳，全身濕透，絨毛在蒸氣中抖動，像被捕鯨叉刺中的鯨魚肚子般閃閃發亮。牠的嘴嚇人地咧開，露出粉紅色咽喉和銳利如尖刺的白牙。第一聲慘叫過後，黑貓只能張開嘴巴，再也無法清楚發聲，不久便斷氣了。

統治洛錫安地區與奧克尼群島③的摩高絲王后坐在大鍋旁，靜靜等待，偶爾拿起木杓攪動貓屍。房間裡逐漸充滿煮沸貓毛的惡臭。如果此時有旁觀者，他將會發現，今夜的王后因泥炭火光增色而有多麼美艷：深邃的大眼，亮澤的黑髮，豐腴的體態，以及當她留神靜聽樓上悄悄話時所流露的警戒之色。

加文說：「我們一定要報仇！」

「他們從來沒和潘卓根國王作對。」

有主見。

想到康瓦耳的外婆被強暴，軟弱無辜的人民遭暴君欺壓，這些不公不義的景象深深刺傷了加瑞斯。高盧人的舊時暴行有如對己身的傷害，奧克尼諸島上每一位農民都有切身體會。加瑞斯是個善良的孩子，生平最厭惡恃強凌弱。他只要一想到這種事，便氣得心臟狂跳，簡直無法呼吸。加文則是因為事關家族榮辱而生氣。在他看來，藉由強權遂行己意沒什麼大不了，但要是敢惹到他的族人，那就罪該萬死。他既不聰明也不敏感，可是絕對忠誠——有時幾乎到了固執的地步。在他晚年，這種忠誠卻使人困擾，甚至演變為愚蠢。對他來說，原則只有一個，現在如此，以後亦然，那就是「不論對錯，永遠以奧克尼為尊」。而阿格凡之所以激動，是由於此事與母親有關。他對母親有種特殊的情愫，藏在心裡沒讓別人知道。至於加赫里斯，他向來沒有主見。

「他們只想不受干擾，過平靜的生活。」

黑貓支離破碎。長時間的煮沸讓牠全身肌肉剝落，最後鍋中只剩一層毛髮、油脂和肉塊構成的浮渣。白骨在浮渣下的鍋底打轉。比較重的骨頭躺著不動，質輕的薄膜則優雅跳動，猶如秋風中的落葉。這鍋新鮮的貓肉湯臭味撲鼻，王后皺著鼻子，把液體過濾到另一個鍋子裡。黑貓的殘渣留在法蘭絨濾網上：一團濕透的蓬亂貓毛、碎肉和纖細的骨頭。她朝殘渣吹氣，用杓柄翻弄，讓熱氣散去，再用手指撥開。

王后知道，每隻純正的黑貓體內都有一根特別的骨頭，只要把貓活活煮死，再把骨頭含在口中，即可隱匿身形。不過就算在那個時代，也沒人知道究竟是哪一根骨頭。正因如此，這個法術才得在鏡子前施展，經由練習而找到正確的骨頭。

摩高絲並非刻意追求隱身之術。以她美麗的外表，說不定還很討厭。可是男人都離家在外，這個小把戲既可消磨時間，又很簡單、眾所皆知。況且，這也給了她流連在鏡子前的藉口。

王后把黑貓的殘骸分成兩堆，一邊是整理好、微溫猶存的骨頭，另一邊則是其他碎塊，冒著輕煙。她從骨頭堆裡挑出一根，翹起小指，把骨頭貼近紅唇。她用牙齒咬著骨頭，站在磨亮的黃銅鏡前，略帶喜色地端詳自己。她甩手把骨頭扔進火裡，又挑了一根。

無旁人在場。這樣的情況下，她來來回回，從鏡子前回到骨頭堆，挑一根新骨頭放進嘴裡，轉身看自己消失了沒，又丟掉骨頭。她的舉止優雅，彷彿在跳舞，彷彿真有旁觀者在場。又或者，彷彿她只要能看到自己，也就夠了。

後來她失去了興致——當然還沒試過所有骨頭。她不耐煩地丟下最後幾根，把整團東西一股腦丟出窗外，也不管會落在什麼地方。她熄了火，在大床上以古怪的動作伸展四肢，躺在黑暗之中，良久沒有入睡——身體不滿足地扭動。

「好弟弟，這就是為什麼我們康瓦耳和奧克尼人必須永遠反抗英格蘭國王，尤其是麥克潘卓根[4]一族。」加文做了總結。

「這就是為什麼我們爹爹要出遠門去和亞瑟王打仗了。媽咪說過，亞瑟就是潘卓根一族的人。」

「而且我們永遠不能忘此世仇。」阿格凡說，「因為媽咪是康瓦耳人，伊格蓮夫人是我們的外婆。」

「我們要為家人報仇。」

「因為在這個高聳、寬闊、廣大、不斷旋轉的世界哩，媽咪是最美麗的人。」

「而且因為我們愛她。」

他們的確是愛她的。或許我們都是如此，毫無條件地付出最寶貴的情感，卻給了那些幾乎不把我們當一回事的人。

①　潘卓根（Pendragon）家族以龍為旗幟。

②　洛錫安（Lothian）是蘇格蘭地區的行政區。

③　奧克尼群島（Orkney Islands）位於不列顛島北方，蘇格蘭沿岸。

④　蓋爾語中mac為兒子之意，冠於名字前即表示某某之子。

第二章

在兩次蓋爾戰爭之間的某個平靜日子裡，年輕的英格蘭國王與導師並肩站在卡美洛的城垛上，遠望向晚紫霞。柔和的光線籠罩下方土地，蜿蜒的河流緩緩流經古老的修道院和莊嚴的城堡。夕照下，河水彷彿燃起火焰，映照出塔樓、碉堡和平靜空氣中垂掛不動的燕尾旗。

兩人站在高堡上俯瞰整座城鎮，世界如同玩具一般鋪展在面前。腳下是城堡外庭的草坪，從這麼高的地方看去非常可怕。一個等比例縮小的人挑著扁擔，兩端各掛了一個水桶，正穿過外庭，朝圈養動物的庭園走去。稍遠處的城堡門樓處，值夜的守衛正和軍官交接。由於不是在兩人正下方，看起來沒那麼可怕。他們踢著腳跟敬禮，呈上長矛，交換通關口令，像教堂的婚禮鐘聲一樣開心。然而對城垛上的兩人而言，距離實在太遙遠，所以一切都在寂靜中進行。兩名武裝隨員看似鉛做的玩具士兵，腳踩在羊群啃過的鮮嫩草地上，沒發出半點聲響。越過胸牆，可聽見遠方的雜音：村婦討價還價，頑童扯著嗓子大喊，下級軍士開懷痛飲，還有幾頭山羊的叫聲混雜其中，三兩痲瘋病人頭戴白色兜帽，邊走邊搖著鈴鐺；好心的濟貧修女兩人一組，長袍沙沙作響；還有幾位愛馬的紳士打起架來了。河流沿著城牆流動，一名男子在河對岸耕田，犁綁在馬背上，發出嘎嘎的聲音。男子附近還有一個人以蟲為餌，坐在河邊釣鮭魚——那時候河流還未受到汙染。更遠處，有隻驢子正對即將來臨的夜晚開演奏會。一切噪音傳到城垛上都只剩細微的聲響，彷彿擴音器聽錯了邊。

亞瑟還很年輕，才剛開始體驗生命。他有一頭金髮和一張呆呆的臉，總之談不上什麼聰明才智。那是一張坦率的臉孔，有著善良的雙眼，可靠而忠實的表情，彷彿他是個認真學習的人，對生命感到喜悅，不相信原罪的存在。他從未受過不公平的對待，所以也善待別人。

國王穿著父親「征服者」烏瑟的天鵝絨長袍，長袍用過去戰勝的十四位國王的鬍子鑲邊裝飾。不幸的是，這些國王有的紅鬍子，有的黑鬍子，還有的黑白相間，長度也不一，鑲邊看起來活像一條羽毛圍巾。如果是上脣的小鬍鬚，則黏在鈕釦周圍。

梅林的鬍子長達腰際，戴著玳瑁框眼鏡和一頂圓錐形帽子。他戴這種帽子，為的是向國內的撒克遜農奴致敬。他們的國民頭飾若非某種潛水帽，就是佛里幾亞帽①，不然就是像這樣的草帽。

兩人聽著傍晚的各種聲音，偶爾也交談兩句。

「嗯，我得說當國王實在不錯。這是一場了不起的戰役。」亞瑟說。

「你真這麼認為？」

「當然啦。您瞧我拔出神劍之後，奧克尼的洛特王是怎麼倉皇逃跑。」

「他可是先擊倒了你。」

「那沒什麼。還不是因為我沒用神劍。等我一拔出劍，他們就像兔子一樣開溜了。」

「他們還會再來。」魔法師說，「奧克尼國王、加洛斯國王、高爾國王、蘇格蘭國王、塔樓國王和百騎王這六人已經成立蓋爾邦聯。你可別忘了，你得到王座的方式很不尋常。」

「他們儘管來！」國王答道，「我不在意。這回我可要好好教訓他們一下，到時候就知道誰才是老大。」

老人把鬍鬚一股腦塞進嘴裡，使勁嚼了起來。他苦惱的時候常這麼做。他咬斷了一根鬍鬚，結果卡在牙縫間。他試著用舌頭把鬍子剔出來，後來還是用手挖才成功。最後他乾脆把鬍子揉成一團。

「我想你總有一天會懂。」他說，「可是天曉得這差事有多艱辛，多讓人心痛。」

「哦？」

「沒錯！」梅林氣呼呼地大喊，「『哦？哦？哦？』你就只會說這個！『哦？哦？哦？』像個小學生一樣！」

「您如果說話不注意一點，我就砍了您的頭。」

「砍吧！砍了倒好，至少我不用繼續當家教了！」

亞瑟挪動靠在城垛上的手肘，看著他年邁的朋友。

「怎麼了，梅林？」他問道，「我又做錯事了嗎？如果是的話，對不起。」

魔法師鬆開鬍鬚，擤了擤鼻子。

「不是你做了什麼的問題。」他說，「是你思考的方式。我最無法忍受的就是愚蠢。我總是說，愚蠢是違逆聖靈的大罪。」

「我知道呀。」

「這下你又在諷刺我了。」

國王抓住他的肩膀，把他轉過來：「聽著，到底怎麼回事？您心情不好嗎？如果我做了什麼蠢事，您就告訴我，不要發脾氣。」

老魔法師聽了怒氣更盛。

「告訴你！」他大吼，「哪天要是沒人告訴你怎麼辦？難道你永遠不會自己思考嗎？我倒想知道，等我被囚禁在那該死的墳墓裡，你打算怎麼辦？」

「哪來的墳墓？我沒聽您說過。」

「哎，我去他的墳墓！什麼墳墓？我到底該說什麼？」

「愚蠢。」亞瑟說，「我們本來在討論愚蠢。」

「正是。」

「嗯，光說『正是』沒用啊，您本來不是要說什麼嗎？」

「我不記得了。你老是扯些旁枝末節，把別人都氣死了，誰還知道兩分鐘前要講什麼？我們一開頭談的是？」

「在談這場戰役。」

「這我就記得了。」梅林說，「的確是從這開始的。」

「我說這是一場漂亮的勝仗。」

「這我也沒忘。」

「嗯，就是一場漂亮的勝仗。」亞瑟帶著防禦的口氣重複了一遍。「打得很精彩，是我自己打贏的，而且很好玩。」

魔法師沉入自己的思緒之中，眼睛像兀鷹一樣蒙上一層翳。城垛上安靜了幾分鐘，期間有兩隻在附近田野接受飼育訓練的遊隼自他們頭上飛過，玩鬧地唱著嘰－嘰－嘰，身上掛的鈴鐺響亮。梅林再度張開眼。

他緩緩說道：「你很聰明，所以才贏了這場仗。」

亞瑟記得老師教過他要謙虛，而且他太單純，沒察覺兀鷹就要襲來。

「哎，也沒什麼，運氣好罷了。」

「非常聰明。」梅林又說了一次，「你死了多少步兵？」

「我不記得了。」

「不記得。」
「凱伊說……」
國王講到一半，突然停下來，看著梅林。
「好吧，打仗不好玩，我沒想到這點。」
「死傷人數超過七百。當然，都是步兵。騎士沒受傷，只有一個人從馬上摔下來，跌斷了腿。」
老人看亞瑟沒打算回應，便嚴厲地說了下去。
「我還忘了，你自己的皮肉傷可也不少。」
亞瑟瞪著自己的指甲。「我最討厭您自命清高的樣子。」
梅林樂壞了。
「就是這種精神！」他一邊說，一邊勾起國王的手，愉快微笑。「這才像話。要勇於為自己辯護，重點就在這裡。問別人意見最要不得。更何況要不了多久，我就不會在這裡提供你建議了。」
「您一直說什麼不會在這了，還有什麼墳墓的，到底怎麼回事？」
「沒什麼。不久之後，我會和一位叫妮姆的女孩相愛。她會學得我的法術，把我關在一個山洞裡，長達好幾世紀之久。這是命中注定的。」
「可是，梅林，那好糟呀！被關在山洞裡好幾個世紀，像癩蝦蟆被關在洞裡一樣！我們得想想辦法。」
「別瞎說。」魔法師，「剛才我講到哪了？」
「您說有個女孩子……」
「我說的是建議，而且你不應該聽從別人的意見。哎，我這會兒就給你幾個建議。我建議你多想想戰爭，想想你的國家格美利，以及身為國王應該做的事情。你會做到嗎？」
「會的，我當然會。可是那個偷學您法術的女孩……」
「聽我說，這個問題不僅與國王有關，更攸關百姓的安危。你說這場戰役很精彩，等於和你父親的想法一樣。我要你有自己的想法，才不枉我這麼多年的教育。以後等我變成可憐老頭，被關在洞裡……」
「梅林！」

「好啦好啦！我只是想博取同情心罷了，別在意，這是為了增加戲劇效果。老實講，休息個幾百年倒也不是壞事。至於妮姆，我也常用『後見之明』觀察她。不對，不對，重要的是『自己思考』和『戰爭』這兩件事。舉例來說，你可曾認真想過國家目前的狀況？還是說你打算一輩子像烏瑟．潘卓根一樣？再怎麼說，你到底是一國之君。」

「我沒仔細想過。」

「嗯，那不妨讓我來幫你想想。就拿你那位蓋爾族的朋友，布魯斯．索恩斯．匹帖爵士當例子吧。」

「那傢伙！」

「正是。你為何用這種口氣說話呢？」

「他是個豬玀，到處謀害少女；等真正的騎士來救人，他又拚了老命逃走。他還特地飼養快馬，好讓誰也追不上，又趁別人不注意的時候背後偷襲。他是個土匪，要是被我逮著，我一定殺了他！」

「嗯，」梅林說，「我看他與別人也沒什麼差別。所謂的騎士精神到底是什麼？不過就是賺足了錢，買座城堡和整套盔甲，然後呢？就是隨自己高興，任意差遣撒克遜人。唯一要冒的風險，不過是碰上另一名騎士，有些皮肉傷。想想你小時候，不是看過派林諾和格魯莫長矛比武？關鍵在於盔甲。貴族要砍殺平民百姓輕而易舉，卻得花上一整天的時間才能傷到彼此，結果就是國家慘遭蹂躪。力量即是正義，這是他們的格言。布魯斯．索恩斯．匹帖只不過是普遍狀態下的一個例子。你看看洛特、南特斯②、尤里安和其他蓋爾族那幫人，為了爭奪王位，起兵與你對抗。從石頭裡拔出劍的確不是合法證明身分的好方法，這我承認，可是那些先住民的國王卻不是為此才向你開戰。你是他們的封建領主，但他們眼看王位基礎尚未穩固，就興兵作亂。我們不是常說嗎？英格蘭的危機是愛爾蘭的轉機。這是他們報復種族仇恨的好機會，還可以藉此大開殺戒，再靠贖金發筆小財。他們引起的動亂對自己沒損失，因為他們都穿了盔甲——你好像也覺得很有趣。可是你看看這個國家，看看燒毀的穀倉，死人的腳從池塘裡冒出來，腹部腫脹的死馬倒在路邊；磨坊倒塌，財富都埋藏起來，沒人敢帶著金銀出門或在衣服上穿戴佩飾。這就是今天的騎士精神。這就是烏瑟．潘卓根造成的後果，結果你竟然還說打仗很好玩！」

「我只想到自己。」

「我知道。」

「我應該要幫沒盔甲可穿的人著想。」

「沒錯。」

「力量不是正義，對不對，梅林？」

「啊哈！」魔法師喜悅地說，「啊哈！亞瑟，你是個機靈的小夥子，不過休想這麼矇混你的老師。你想讓我動腦筋。我可沒這麼好騙。我都這把年紀了，是隻老狐狸啦！剩下的你得自己想。力量到底是不是正義？如果不是，又是為什麼？找出原因，擬訂計畫。除此之外，你打算採取什麼行動？」

「什麼……」國王開口，但他看到了老師準備皺起的眉毛。

「好，我會仔細想想。」他說。

於是他認真思考起來，一邊搓著即將長出小鬍鬚的上唇。

他們離開堡壘之前，還有一段小插曲。先前挑著水桶去鳥獸庭園的人，這時又走了回來，桶子都空了。他從兩人正下方經過，朝廚房的門走去，看起來十分渺小。亞瑟正好玩撥弄著堞口鬆動的一塊石頭，他想累了，便拿起石頭，往前一靠。

「柯斯連看起來好小。」

「的確很小。」

「我在想，如果我把這石頭砸到他頭上，不知道會怎樣？」

梅林估算一下距離。

「以每秒三十二呎的速度，」他說，「我想會把他砸死。四百g的力量足以敲碎頭蓋骨了。」

「我從來沒這樣殺過人呢。」男孩語帶詢問。

梅林望著他。

「你是國王。」梅林說。接著又補上一句：「你如果做了，別人也不能說什麼。」

亞瑟維持原來的姿勢，手握石頭往前傾。然後，在身體沒動的情況下，眼睛往旁邊瞟，迎上了老師的視線。

石頭乾淨俐落地打飛梅林的帽子，老紳士揮舞著療瘡木手杖，手腳靈活地追著亞瑟跑下樓梯。

亞瑟很開心。他就像被逐出伊甸園之前的人類，享受著他的純真和好運。如今他不是可憐的隨從，而是一國之君。不再是無依無靠的孤兒，反受所有人愛戴，他也愛著每一個人。唯有蓋爾族人例外。

截至目前為止，對他來說，在這個露水晶瑩的世界上，一切都無憂無慮，非常美好，連一個哀傷的粒子都不存在。

① 佛里幾亞帽（Phrygian Cap）也就是自由之帽，是法國大革命時共和政體的象徵。

② 南特斯（Nentres）即是加洛斯國王，伊蓮的丈夫。

第三章

凱伊爵士聽說了奧克尼王后的各類傳聞，想多知道一些。

「摩高絲王后是誰？」有一天他問，「據說她很美麗。先住民和我們打仗，到底有什麼目的？她的丈夫，那個洛特王，又是什麼樣的人？他正式的稱號是什麼？有人稱他『外島國王』，可是也有人稱他是『洛錫安與奧克尼國王』。洛錫安在哪裡？離海巴西島①近嗎？我不懂這場叛亂目的何在，大家都知道英格蘭國王是他們的封建共主嘛。我還聽說她有四個兒子。有人說她和丈夫不合，這是真的嗎？」

這天他們帶了遊隼上山獵松雞，正在回家途中。梅林為了舒活筋骨，也跟著去了。近來他成了素食主義者，因此從道德觀點反對流血運動。話雖如此，他自己年輕時不懂事，這類的活動可也全玩遍了。即使到了現在，他私底下還是喜歡欣賞獵鷹的雄姿：牠們伺機出擊時漂亮的迴旋，如同天空中的一小點，以及牠們撲襲松雞，使獵物瞬間喪命，滾進石南叢中的景象。他放棄了這些誘惑，只因他知曉這是罪惡。他安慰自己說，松雞是拿來吃的。然而這是差勁的藉口，因為他也不吃肉呀！

亞瑟騎馬時神色機警，頗有聰明少主該有的樣子。他原本注意著附近的荊豆叢，在那個沒有法紀的年代，這種地方很可能有人埋伏。他掉開視線，向導師瞟了一眼，一方面想知道魔法師會回答凱伊的哪些問題，另一方面則仍留心周遭可能的危機。他知道馴鷹師遠遠落在後頭——肩上扛著方方的框架，戴頭套的獵鷹就站在上面。兩旁則各有一個士兵。他也知道前方隨時可能有威廉·路佛斯②的暗箭飛來。

梅林選了第二個問題。

「戰爭永遠不會只有一個原因，」他說，「而是有很多因素，亂成一團。叛亂也一樣。」

「可是一定有個主因吧？」凱伊說。

「也不見得。」

亞瑟發表意見：「我們要不要跑上一陣？離荊豆叢已經兩哩，我們可以再折回來和其他人會合，讓馬兒動一動也好。」

這時梅林的帽子被風吹走，他們只好停下來撿。之後他們排成縱列，牽著馬慢慢走。

「其中一個原因，」魔法師說，「是蓋爾人和高盧人之間難解的世仇。蓋爾邦聯象徵的是一支被諸多異族驅離英格蘭的古老民族，而代表這些異族的就是你。所以，很自然的，他們不可能對你好到哪裡去。」

「民族的歷史我就沒轍了。」凱伊說，「現在哪有人分得清誰是哪一族？反正都是農奴嘛。」

老人帶著幾分興味看著他。

「諾曼人最令人吃驚的一點，」他說，「就是除了自己，簡直什麼都不懂。而你呢，凱伊，身為諾曼貴族，可真把這個特性發揮到極致了。我很懷疑你知不知道蓋爾人是什麼樣子？有人也稱他們塞爾特。」

「塞爾特是一種戰斧。」亞瑟說。魔法師很訝異亞瑟竟會知道這種事，而他已經好多年沒有這麼驚訝過了。亞瑟說得沒錯，塞爾特的確有這個意思，只是照說亞瑟應該不知道才對。

「不是那種塞爾特，我說的是塞爾特民族。我們還是統稱蓋爾人好了，我指的是住在不列塔尼、康瓦耳、威爾斯、愛爾蘭和蘇格蘭等地的先住民，像是匹克特人[3]。」

「匹克特人？」凱伊問道，「我好像聽過，全身塗成藍色。」

「我辛苦這麼多年，就教了你這些？」

國王若有所思地說：「梅林，能否請您多說說民族的事？我想，假如真的有第二次戰爭，應該多了解局勢。」

這下換凱伊大驚失色。

「要打仗了嗎？」他問，「這可是我頭一回聽到。我以為去年的叛亂已經平定了？」

「他們返鄉之後，找了另外五位國王，現在共有十一位國王組成新的邦聯。新的成員也都有先住民血統，包括北亨伯蘭的克萊倫斯、康瓦耳的伊德列斯、北威爾斯的克雷德馬斯、史川格的布蘭迪格里斯、愛爾蘭的安格西。恐怕這會是一場規模空前的大戰。」

「結果全都是為了種族問題。」亞瑟的義兄嫌惡地說，「不過應該還算有趣吧。」

國王沒理睬他。

「請繼續說，我想聽您解釋。」國王對梅林說。

「但不要講得太細。」魔法師正要開口，他連忙補上一句。

梅林開口又閉口了兩次，好不容易才遵守這個限制。

「約在三千年前，」他說，「你現在騎馬經過的這塊土地屬於某一支蓋爾族，他們使用銅製的斧頭。兩千年前，手持青銅劍的另一支蓋爾族將他們趕到西邊。一千年前，攜帶鐵製武器的條頓人入侵，但並未擴張到整個匹克特群島，因為羅馬人來了，也捲入其中。八百年前，羅馬人撤走。接著，另一波條頓人入侵——也就是所謂的撒克遜人，又把原本的可憐人往西趕。正當撒克遜人準備定居下來，你那『征服者』父親又帶著他的大批諾曼人來了，所以我們才有今天。羅賓森就是撒克遜人的游擊隊戰士。」

「我們不是叫不列顛群島嗎？」

「是的，那是因為大家都把B和P搞混了。條頓人最容易把子音搞混。在愛爾蘭還有人談論一支叫佛美的民族，可是其實應該是博美④……」

亞瑟在這個緊要關頭打斷。

「所以是這樣：我們諾曼人把撒克遜人當農奴，而他們原本也有自己的農奴，也就是世稱蓋爾人的先住民。既然如此，我實在不懂蓋爾邦聯為何要反抗我這個諾曼國王，因為趕走他們的明明是撒克遜人。更何況，那都是幾百年前的事了。」

「好孩子，那你就低估蓋爾人的記性了。他們可不覺得你們有什麼分別。諾曼人是條頓民族的一支，你父親征服的撒克遜人也是。所以在古老的蓋爾族看來，你們就是把他們趕到西方和北方的外來異族，只是不同分支罷了。」

凱伊堅決說道：「我不要再聽歷史了。我們已經長大了吧。再這樣下去，我們乾脆來聽寫算了。」

亞瑟嘻嘻一笑，當真就唱起了他們熟悉的口訣「巴拉巴拉、賽拉倫、達力、費立歐克、普利歐利斯……」，凱伊則接著唱完後面四句。

梅林說：「這可是你們自己要求的。」

「我們聽夠啦！」

「總之，這場戰爭會發生，主因就是條頓人——或者高盧人——在很久以前招惹過蓋爾人。」

「當然不是！」魔法師大叫，「我可從來沒說過這種話！」

他們張口愣在那兒。

「我說戰爭之所以發生，有許多原因，不單單只有一個。這場戰爭的另一個原因，是摩高絲王后穿長褲——或者該說是蘇格蘭格子呢緊身褲。」

亞瑟的腦袋打結了，「讓我弄清楚。起先您說洛特和他同夥之所以造反，是因為他們是蓋爾人，而我們是高盧人。可是現在您又說，問題出在奧克尼王后的長褲上。可不可以麻煩您說精確一點？」

「我們剛剛談的是蓋爾族和高盧族之間的恩怨，但還有其他的恩怨呀。你總該記得你還沒出生以前，你父親殺了康瓦耳伯爵的事吧？摩高絲王后就是伯爵的女兒。」

「美麗的康瓦耳三姐妹。」凱伊說。

「正是。你們已經見過其中一位——摩根勒菲女王。那時你們是羅賓森的朋友，在豬油床上發現她。還有一位是伊蓮。她們三個都算得上是女巫，不過只有摩根認真修練。」

「既然家父殺了奧克尼王后的父親，」國王說，「我想她有充足的理由要丈夫起兵反抗我。」

「這只是個人恩怨。個人恩怨絕不足以拿來當作開戰藉口。」

「除此之外，」國王接著說，「既然我的族人曾經趕走蓋爾人，那麼奧克尼王后的臣民想報復也是很合理吧。」

梅林握著韁繩的手搔搔鬍子中間的下巴，陷入沉思。

一會兒後他說：「你過世的父親烏瑟是一位侵略者，在他之前把先住民趕走的撒克遜人也是。假如我們繼續追溯，這事根本沒有了結的一天。『先住民』本身也是侵略者，趕走了用銅斧的人。就連用銅斧的人也一樣，他們對付的是早期靠貝殼為生的愛斯基摩人。你可以不斷往回推算，一直到該隱和亞伯為止。重點是，撒克遜征服是成功的，諾曼人征服撒克遜人亦然。不管你父親的手段有多殘暴，他畢竟安頓了撒克遜人。經過了這麼多年，人應該要安於現狀。此外我也要指出一點，諾曼征服是把小單位結合成大單位的過程，而目前蓋爾邦聯的叛亂卻是在分裂。他們想要使我們或許可稱為『聯合王國』的國家分崩離析，變成許多毫無意義的獨立小國。正因如此，我才說他們開戰的理由並不正當。」

他又抓抓下巴，火氣上來了。

「我最受不了這些民族主義者！」他大喊，「人類的命運是團結，而非分裂。如果不斷分裂下去，最後就會變成一群各自占樹為王的猴子，只會互相丟堅果。」

「話是這樣，總之有許多人給激怒了。或許我不應該還手？」國王說。

「你要投降嗎？」凱伊有些驚奇，倒不覺得驚慌。

「我可以退位。」

他們一同望向梅林，他卻不肯直視他們的眼睛。他往前騎去，直直看著前方，嚼著鬍子。

「我該投降嗎？」

「你是國王。」老人固執地說，「誰也阻止不了你。」

半晌過後，他口氣緩和下來。

「你們知道嗎，」他沉吟道，「我自己也是先住民？大家都說我父親是個惡魔，但我母親則是蓋爾族人。所以我體內的人類血液就是先住民的，可是現在我卻譴責其民族主義，他們的政客大概會罵我是叛徒。給人亂安罪名，他們便可把自己的行為合理化。還有一點，亞瑟，你知道嗎？生命原本痛苦，實在不需要領土主權、戰爭和貴族恩怨啊。」

① Hy Brazil原指Azore諸島中的一座大島，後多指愛爾蘭西海岸一座傳說中的島嶼。

② 威廉一世之子，諾曼征服後的第二任英格蘭國王（AD1056-1100）。

③ 匹克特（Picts）是古代蘇格蘭東北部的住民，後被蘇格族（Scots）征服。勞勃霍華（Robert E. Howard）曾以匹克特族最後的領袖Bran Mac Morn為主角，寫了一系列歷史幻想小說。

④ 「佛美」（Fomorians）是愛爾蘭神話中邪惡的居民，被Tuatha De Danaan這支傳說中的民族擊敗。「博美」（Pomeranians）則是狗名。

第四章

乾草已經收妥，再過一個星期，穀物就成熟了。他們坐在麥田邊緣的樹蔭下，看著晒成深褐色皮膚的人露出白牙齒，在陽光下漫無目的地忙碌，重新掛上大鐮刀，磨利小鐮刀，準備一年的農忙尾聲。農地離城堡很近，田裡一片安詳，也毋須擔憂暗箭飛來。他們一邊看農人收割，一邊用手指剝開半熟的麥穗，挑剔地咬穀粒吃，品嚐小麥柔綿的乳狀口感，還有較不飽滿的帶殼燕麥。大麥那時還未傳入格美利，所以那種珍珠般的味道對他們來說想必陌生。

梅林還在解釋。

「我年輕的時候，大家公認參戰就是不對。那時候很多人都表示，無論如何不參與戰事。」他說。

「或許他們是對的。」

「不，假如對方先挑起戰端，那麼就有非常正當的理由打仗。你看，戰爭本身是一件邪惡的事，或許是這個邪惡種族所做出最邪惡的事，應該要徹底禁絕。只要能完全確定對方先開戰，你就有責任阻止他。」

「可是往往雙方都說是對方先挑起戰端。」

「當然會這麼說。這其實也是好事，至少顯示雙方內心深處都有自覺，都知道戰爭最邪惡之處就在於挑起戰端。」

「那理由呢？」亞瑟抗議，「假如有一方被另一方斷糧，而且對方用的是和平的方式——比如說經濟手段——而不動用武力，那麼挨餓的一方總得想辦法殺出重圍吧，您懂我的意思嗎？」

「我知道你是這樣認為的。」魔法師說，「但是你錯了。沒有任何理由可以當作開戰的藉口，無論你的國家對我的國家如何有錯在先——除了開戰以外。只要我國**先開戰**，而非試圖化解糾紛，那錯就在我方。比方說吧，殺人犯當然不能以被害人太有錢又欺壓他作為脫罪的藉口，同樣道理，國家也不行。紛爭應該用理性去化解，而不是動用武力。」

凱伊說：「那要是奧克尼的洛特王帶兵來到北方國界一字排開，我們的國王除了有樣學樣，派兵過去面對面站著，還能怎麼辦？接下來要是洛特的手下個個都拔了劍，我們不也就只能跟著拔劍嗎？局勢還可能更複雜呢。在我看來，侵略這件事可真難界定。」

梅林很惱怒。

「那是因為你心裡如此希望。」他說，「既然洛特以武力威脅，那麼顯然他就是侵略者了。如果你心無偏袒，就可以判別誰才是惡徒。如果實在沒有別的判別依據，那就是先出手的人。」

凱伊繼續堅持自己的論點。

「假設不是兩支軍隊，而是兩個人好了。」凱伊說，「他們面對面站著，各自拔出劍，假裝是為了其他理由才拔劍。然後他們不斷移動，想找出對方弱點，甚至發動佯攻，但實際上沒有傷到對手。難道您要告訴我，侵略者是那個先擊中對方的人嗎？」

「對，如果沒有別的判斷依據。但是在你之前的例子裡，錯的顯然是先帶兵到鄰國邊境去的人。」

「用誰先擊中來判斷毫無意義呀！要是他們同時擊中對方呢？或者在場的人數眾多，導致無法分辨誰先出手？」

「但是無論如何，總有些判別依據吧！」老人喊道，「用你的常識想想。就拿眼前的蓋爾叛亂來當例子好了。我們的國王有什麼理由出兵？他已經是天下的封建共主了。如果他還發兵攻打別人，豈不是很不合常理嗎？沒有人會攻打自己的領土。」

「我的確不覺得這場仗是我挑起的。」亞瑟說，「老實說，在真正開戰以前，我根本不知道會發生這種事。我想這和我從小在鄉下長大有關吧。」

「任何有推理能力、腦筋清楚的人，」導師沒理會他插嘴，逕自說下去，「都可以在一百場戰爭裡分辨出其中九十場是哪一邊挑起。首先，他可以看出開戰對哪一方較有利，這就是很值得懷疑的證據了。其次，他可以觀察哪邊先以武力恫嚇或率先整兵備戰。最後呢，他應該也能根據誰先發動攻擊來判定。」

「可是，」凱伊說，「假如一邊先發出威脅，先攻擊的卻是另一邊呢？」

「喔，去把頭浸在水桶裡吧你！我的意思不是所有戰爭都能區別誰對誰錯，我的論點從一開始就是：在絕大多數戰爭當中，誰是侵略的一方，往往再清楚不過；而至少在這些戰爭中，正人君子有責任去對抗壞人。你得用最公正的態度去判斷，假如這麼做仍不能確定誰是壞人，那儘管去當個和平主義者。我還記得自己以前也是個狂熱的和平分子，那時候剛好在打波爾戰爭，我的祖國就是侵略者。梅富根城①解圍那天晚上，還有個年輕女人對我吹哨子。」

「多講講梅富根城解圍當晚的事吧，」凱伊說，「老是討論對錯之分，煩都煩死了。」

「梅富根城解圍那晚啊……」魔法師開口，正有意將所知一股腦全說出來，卻被國王打斷。

「跟我說洛特的事。」他說，「如果我得和他作戰，我想多了解他。我自己倒是對於對錯之分越來越有興趣了。」

「洛特王……」梅林以相同的口氣再度開口，卻又被凱伊攔住。

「不不，」凱伊忙道，「還是講王后的事好了，她似乎很有趣。」

「摩高絲王后……」

這時亞瑟動用了生平第一次否決權。梅林瞥見他眉頭揚起，竟然就乖乖把話題轉回奧克尼國王身上了。

他說：「洛特王不過就是你手下的貴族之一，而且是個擁有土地的皇族。此人微不足道，你根本不需把他放在心上。」

「為什麼？」

「不說別的，我們年輕的時候把他這種人叫做『優勢貴族』。他的臣民和妻子都是蓋爾人，他自己卻是挪威來的進口貨。他和你一樣是個高盧人，屬於征服英倫諸島的統治階級。也就是說，他對這場戰爭的態度和你父親完全相同。他根本不在乎蓋爾人或高盧人，對他而言，打仗就像是我維多利亞時期的朋友去獵狐狸，或是靠贖金賺錢。而且還是他太太逼的。」

「有時候，」國王說，「我還真希望您和別人一樣，不是倒著活的。一下維多利亞，一下梅富根城之圍……」

梅林氣壞了。

「把諾曼人的戰爭和維多利亞獵狐運動拿來相比，再恰當不過了！暫時把你父親和洛特王撇到一邊，從文學角度來看。你看看諾曼神話裡的傳說人物，例如安如王朝的歷代國王。從征服者威廉到亨利三世，全都依照季節，沉溺在戰爭之中。戰爭的季節一到，他們就穿上華麗的盔甲集合去了。因為穿了盔甲，受傷的風險都降到最低，和獵狐沒什麼兩樣。看看布蘭納維爾②那場決定性的戰役吧，一共九百名騎士參戰，卻只有三人陣亡。看看亨利二世，他跟史蒂芬借錢支付自己的部隊，讓他們去和史蒂芬作戰。看看所謂的打獵禮節，根據這個禮節，原本包圍別人城堡的亨利，一等敵人路易加入防守方，就得撤軍，因為路易是他的封建主子。再看看聖米歇爾山的圍城戰，因為是靠守軍缺水才打贏，所以被視為沒運動家風度。再看看曼茲伯里之戰，因為天候不佳而告取消。亞瑟，這就是你繼承的遺產。這個國家的煽動者為了種族因素彼此仇視，貴族則把打仗當成娛樂。無論是種族狂熱分子或領主，都不曾為普通士兵著想過——他們才是真正會受傷流血的人哪！你統轄的就是這樣的國家。陛下，除非你能讓這個世界運作得比現在好，不然就會碰上一連串毫無意義的戰爭；而興兵的理由若非報復，就是為了打獵餘興，沒命的永遠是窮人。這就是為什麼我要你仔細想想，這就是為什麼……」

「我想，」凱伊說，「迪納丹在跟我們招手，晚餐準備好嘍！」

①波爾戰爭（Boer War）：一八九九年，英國為了獨占南非資源，與荷蘭後裔波爾人開戰。起先英軍節節敗退，貝登堡上校堅守梅富根城一百二十七天，並在圍城期間訓練少年從事傳令和斥候工作，是扭轉戰局的關鍵。後來貝登堡上校將訓練的心得撰寫成書，即是日後童軍運動的起源。

②布蘭納維爾戰爭（Battle of Brenneville）：一一一九年，雖然英法雙方出戰人數皆不多，仍被視為英國決定性的一場勝戰；路易六世很快就求合，並接受亨利一世的條件。

第五章

茉蘭大娘在外島上的房子與大型狗舍差不多大小，但是屋裡很舒服，還有許多有趣的東西。門上釘了兩個馬蹄鐵；五座向朝聖者買來的雕像，上面纏著老舊的串珠——如果你勤於禱告，可是會把念珠磨壞的。屋頂放了幾捆亞麻，幾件僧侶長衣裹著撥火棍。二十瓶私釀威士忌，喝得只剩一瓶；一蒲式耳[1]的乾枯棕櫚葉，是過去七十年來聖棕樹節[2]留下的產物；許多在母牛生產時用來綁在尾巴上的羊毛線。還有一把老太太準備用來對付小偷的大鐮刀，不過沒人蠢到自投羅網。煙囪裡還掛了些白楊木製的橫梯，這是她丈夫生前準備拿來當連枷用的，上面吊著鰻魚皮和馬皮革。鰻魚皮下方有一大罐聖水；而在泥炭火前方，坐著一位愛爾蘭聖人。他住在更偏遠外島上的蜂巢型小屋，手裡拿著一杯生命之水[3]。他是一位信仰伯拉糾派[4]異端的墮落聖人，認為靈魂可以自己獲得救贖。他正用生命之水拯救自己和茉蘭大娘的靈魂呢。

「茉蘭大娘，願上帝和瑪莉亞保佑您。」加文說，「夫人，我們是來聽故事的，和神靈有關的故事。」

「願上帝、瑪莉亞和聖安德魯保佑你們！」老太太叫道，「神父人在這兒，你們竟然要我講故事？」

「聖托狄巴，晚安，天色太暗了，所以我們沒注意到您。」

「上帝保佑你們。」

「也保佑您。」

「要跟殺人有關的故事喔！」阿格凡說，「殺人啊然後烏鴉把眼睛啄掉！」

「不要不要，」加瑞斯說，「最好是神祕女孩嫁給偷走巨人魔法坐騎的男人的故事！」

「讚美上帝，」聖托狄巴說，「你們想聽的故事真是怪得可以。」

「好嘛，聖托狄巴，說一個來聽聽。」

「說說愛爾蘭吧！」

「說說想要公牛的梅芙女王吧[5]！」

「不然跳捷格舞給我們看！」

「可憐我這腦袋，叫聖人先生跳捷格舞，那怎麼成喲！」

屋裡只有兩張凳子，這四個來自上流社會的男孩便席地而坐，靜靜望著聖人，等他說話。

「你們想聽道德故事嗎？」

「不不，不要講道理。我們要聽打打殺殺的故事。好啦，聖托狄巴，就說您那次打破主教的頭的事嘛！」

聖人灌了一口白威士忌，朝火爐啐了一口。

「從前呢，有一個國王。」他開口說。聽眾挪動屁股，坐定下來。

「從前呢，有一個國王。」聖托狄巴說，「這位國王呢，我告訴你們，他叫康納・麥克尼沙⑥。他長得像鯨魚一般魁梧，和族人住在一個叫做塔拉⑦的地方。不久之後，這位國王帶兵去和嗜血的歐哈拉家族作戰，在激戰中被一顆魔法子彈射中。你們要知道，這些古代的英雄會拿對手的腦來做子彈。他們先用手搓成小塊，再放在太陽下晒乾。然後我想應該是像彈弓或箭矢那樣，用火槍發射吧。總之呢，就這麼一射，從這位老國王的太陽穴穿進去，卡在腦袋裡的骨頭還是什麼致命的部位。『我還好端端的。』國王說，並且召來幾位法官，要他們建議如何取出子彈。第一位法官說：『康納國王，子彈進了您的腦葉，您已經和死人沒兩樣了。』其他幾位醫生也都這麼說，既不尊重國王的身分，也不顧慮醫德。『哎，你們要我怎麼辦呢？』愛爾蘭國王喊道，『不過是打場小仗，命就沒了，這運氣還不夠壞嗎？』醫生聽了便說：『少給我嘮叨，現下只有一個法子，就是從今以後避免一切不正常的興奮舉動。』『進一步來說，』其他人說，『正常的興奮舉動也要避免，不然子彈會造成血管破裂，血管破裂又會轉為出血，出血再變成發炎，是有可能使體內重要機能停止的。康納國王，這是您唯一的希望了，不然到時候您躺著給蟲咬，後悔可就來不及啦！』現在曉得了吧，你們可以想見是什麼情形。可憐的康納得躲在城堡裡，不能笑、不能打仗，連喝水都不能摻半點酒，也不能看白皮膚的漂亮姑娘，不然腦袋可是會爆開的。子彈就這麼卡在他頭上，一半露在外面。從那天起，他一輩子都過這種慘兮兮的生活。」

「這些醫生是什麼人？」茉蘭大娘說，「哼，他們一點也不聰明。」

「後來他怎麼了？」加文問道，「他就一直住在暗室裡嗎？」

「後來怎麼了？我正要說呢。有天，外頭下起大雷雨，城牆像大帳幕一樣劇烈搖晃，大片城牆外壁倒在他們身上。那裡很久沒看過這麼猛烈的暴風雨了。康納國王衝進暴雨中尋找建議，發現一位法官站在那兒，便問他是怎麼回事。這法官呢，是個學識淵博的人。他對康納國王說，我們的救主那天被吊死在猶太區的一棵樹上，這場暴風雨因此降臨。他還向康納國王宣達上帝的福音。然後呢，你們猜怎麼著？愛爾蘭的康納國王竟然跑回皇宮裡，滿腔熱血地找出寶劍，接著衝進暴風雨，打算去保衛他的救主——然後就這麼死了。」

「他死了？」

「是的。」

「哇！」

「這死法倒也不錯。」加瑞斯說，「雖然對他沒好處，不過可真壯烈！」

阿格凡說：「如果醫生囑咐我要當心，那我說什麼也不會情緒失控。我會仔細想清楚。」

「但這樣很有騎士風範吧？」

加文坐立不安地搓著腳趾。

「真是愚蠢。」最後他說，「這樣做一點用都沒有。」

「他想做點有用的事。」

「又不是為了他家人。」加文說，「我不懂他在興奮個什麼勁。」

「當然是為了他家人。這是為了上帝，祂是所有人的家人。康納國王為了正義而奮鬥，最後獻出了自己的生命。」

阿格凡不耐煩地在鬆軟的鏽色炭灰上扭著屁股，覺得加瑞斯是個蠢蛋。

於是他改變話題：「跟我們說豬是如何造出來的吧。」

「不然講偉大的科南的故事，」加文說，「就是被施了魔咒，黏在椅子上的那個人。他不知怎麼了，總之就是黏在上頭，其他人怎麼也扯不下來。所以他們用蠻力把他拉開，還得找塊皮來幫他補屁股——可是找來的卻是羊皮。從那之後啊，費安納一族穿的襪子就都是用科南身上長出的羊毛織成的嘍！」

「不，別說了。」加瑞斯說，「別講故事了，好哥哥們，就讓我們坐在這兒，談點有深度的事情。我們來談離家遠行去打仗的父親吧。」

聖托狄巴喝了一大口威士忌，朝火堆裡吐去。

「打仗嘛，可真是美事一樁。」他一副緬懷過去的神情。「以前我還沒封聖的時候，也常出外遠征，只是後來覺得厭煩了。」

加文說：「怎麼會煩？我打一輩子仗都不會膩。再怎麼說，這是紳士當做之事，我的意思是，就像打獵啊、放鷹啊等等。」

「如果參加的人不多，那打仗還算有趣。」托狄巴說，「但要是太多人打成一塊，你怎麼知道自己為何而戰？古時候愛爾蘭有過不少精彩的戰爭，只不過為了一頭牛之類的目標，但每個人都很全心投入。」

「您為什麼覺得打仗沒意思？」

「因為老是得殺一大票人。誰想為了自己不懂的理由，甚至沒有理由而殺人呢？所以後來我改成和人單挑。」

「那一定是很久以前的事了。」

「可不是嘛，」聖人惋惜地說，「我剛才說的那些子彈啊，單挑才真要用腦袋。」

「我贊成聖托狄巴的看法。」加瑞斯說，「說真的，殺一堆啥都不懂的可憐步兵有什麼意思呢？要就騎士對騎士，讓真正想跟別人拚個你死我活的人來打。」

「可是這樣一來就沒仗可打了。」加赫里斯叫道。

「這是什麼蠢話，」加文說，「打仗當然要有人，而且越多越好。」

「不然誰來讓你殺呢？」阿格凡解釋。

聖人又倒了一大杯威士忌，哼了幾句「威士忌，親愛的祝你好運⑧」，然後瞄了茉蘭大娘一眼。他腦子裡有個異端的念頭，或許是因為酒喝多了，又和他神職人士獨身有關。他既有的異端行徑包括剃頭的形狀、復活節日期的認定，當然還有他伯拉糾派的信仰——不過最新的這個想法，卻讓他越來越覺得孩子們沒必要待在這兒。

「打仗？」他嫌惡地說，「你們這些小鬼懂什麼？你們倒是說說看啊？也不想想自己沒比小母雞大多少！快快走開，免得我給你們吃苦頭！」

只要是蓋爾人，都知道聖人還是別惹的好，所以孩子們連忙站起來。

「哎喲，」他們說，「聖人先生，咱們無意冒犯，真的！咱們只是想交換意見。」

「交換意見是吧？」他大喊，伸手便去拿火鉗，嚇得他們一溜煙竄出矮門，跑進落日餘暉之中的沙地街道，聖人還在陰暗的角落裡咕噥著咒罵不休。

街上有兩頭老驢子，正在尋找石牆裂縫裡長出的雜草。牠們的腳全被綁在一起，因此舉步艱難；蹄也長得過分，看起來像羊角，又像捲曲的冰刀。男孩們一見驢子，腦中立刻有了主意，便把驢子占為己用。他們不講故事，也不再討論戰爭，現在牽著兩頭驢子，往沙丘彼方的小港走去。等那些乘小船出航的人回來，若有任何魚貨，便可用驢子馱載。

加文與加瑞斯輪流騎胖的那頭驢子，一個騎在背上，另一個就打驢屁股。老驢偶爾蹦跳兩下，卻硬是不肯加快腳步。阿格凡及加赫里斯則同時騎著瘦的那頭，阿格凡倒著騎，正好面對驢子後半身。他拿一根粗海草根狂亂抽打驢屁股，刻意打肛門周圍，好讓牠更痛些。

他們來到海邊時，還可真是一幅奇怪的景象。四個削瘦的男孩，尖鼻子滴著鼻水，骨瘦如柴的手腕露在衣服外面。驢子跳啊跳，繞著小圈子，偶爾後腳被海草鞭打了，就蹦跳一下。這景象之所以怪，是因為他們的行動是受限制的，每個人都只有一個動向。他們幾乎自成一個太陽系，太空中再沒別的東西，只有他們繞著沙丘和河口不停旋轉。這幾顆行星的腦子裡，可能也不清楚自己在做什麼。

男孩的腦子裡只想欺負驢子，沒人對他們說過這麼做很殘酷。可是話說回來，也沒有人對驢子說過。在這世界的邊緣，他們對殘酷太熟悉，以致於做出這樣的事也不覺驚奇。於是這個馬戲團自成一團結個體，驢子不願移動，男孩拚命要牠們動，雙方經由無條件同意的痛苦相連結。這痛苦本身由於太過強烈，已經不重要了，彷彿被抹消一樣。動物看來並未受苦，孩子們看來也不以動物受苦為樂。唯一的差別在於男孩們動個不停，驢子卻是盡全力靜定不動。

在這幅伊甸園般的景象裡，發生在茉蘭大娘小屋內的事還沒來得及從他們腦中消退，便有一艘魔法渡船從對岸駛來。這艘船垂掛著白色錦緞，顯得神祕美好；隨著龍骨穿越浪潮，還發出悅耳的旋律。船上坐了三位騎士和一條量船的獵犬。與此相比，大概找不到和蓋爾世界的傳統更不搭調的事物了。

離岸還遠的時候，船上一位騎士說：「我說，那兒是不是有座城堡，啥？我說，可真漂亮啊！」

「別再搖船啦，老兄，」第二個人說，「否則咱們通通被你弄下海了。」

被人這麼一責難，派林諾國王頓覺掃興。更叫孩子們吃驚的是，他居然哭了起來。他們可以聽見他啜泣的聲音，混雜著浪花拍打的聲音和船本身的樂音，隨著船逐漸靠近。

「哦，海洋！」他說，「但願我深陷你的懷抱，啥？但願我入水五潯[9]！噢、噢、哦、噢！」

「老兄，哇哇叫是沒用的。這東西該哇的時候就會哇，她可是一艘魔法船哩。」

「我沒哇哇叫，」國王反駁，「我是說『噢』。」

只聽魔法渡船「哇」的一聲，停在小船平時停靠之處。三名騎士走了出來，其中之一是位黑皮膚的異教撒拉遜人，博學多聞，名叫帕洛米德。

「哎，她不會哇的。」

「我管她會不會哇。我說的是『噢』！」

「那……哇！」

「老天保佑，登陸順利啊！」帕洛米德爵士說。

人群靜靜地、不知不覺地聚集過來。他們一靠近三位騎士，便放慢腳步，稍遠處的人則用跑的。男女老少急步越過海濱沙丘，或自城堡所在的懸崖下來，直到走近才緩步而行，全都停在距離騎士二十碼的地方。島民圍成一圈，默然注視著新來的三人，彷彿在烏菲茲美術館[10]裡欣賞名畫。他們細細端詳，並不急於趕往下一幅畫，因為根本沒有下一幅；打從他們出生以來，周遭便只有熟悉的洛錫安景色。島民的眼神不帶敵意，卻也不友善。畫作存在的意義即是供人觀賞。那凝視從腳開始，打量這些奇裝異服，穿著全套騎士盔甲的外地人，把足甲的質地、造法、接合和價錢都摸清楚了，然後移到脛甲、腿甲，逐漸上移，最後才審視面部——那可能是半小時以後的事了。

蓋爾人瞠目結舌地圍站高盧人四周。村裡的孩童在遠處大聲叫嚷，傳播這個消息，把茉蘭大娘也引來了。只見她撩著裙子慢跑過來，出海的群舟則發瘋似的划著槳，想要儘快趕回。洛錫安的四位年輕王子彷若出了神地爬下驢子，加入圓圈。圓圈逐漸內縮，移動緩慢而寂靜，有如鐘上分針。唯一的聲響來自遲些到來的人，但他們一進入影響範圍，也立刻陷入靜默。圓圈正在縮小，因為島民想摸摸這些騎士——並不是現在，至少要等半個小時，等一切檢視完畢；或許永遠沒完沒了，然而最後總是想碰碰他們的。一方面是確定他們真實存在，一方面是估量他們一身裝束的價錢。在這估價進行的同時，發生了三件事：茉蘭大娘和其他老太太念起玫瑰經；年輕女性互相捏打，咯咯直笑；男人原本聽見禱告，紛紛脫帽以示敬意，現在也開始用蓋爾語說「瞧那黑人！上帝可要保佑咱們哪！」或者「他們睡覺脫不脫衣服？要怎麼把這一身鐵鍋鐵罐拿掉啊？」除此之外，在場所有人的腦海裡，無論男女老少或家境，緩緩興起了巨大、難以估量，彷彿可見而有形體的惡意，這正是蓋爾民族的特徵。

這三人可是撒克遜騎士啊！島民心中暗想——他們是由盔甲的式樣看出來的。他們的國王率兵二度叛亂，敵人就是這些騎士的主子亞瑟王。他們這次前來，難道是出於撒克遜人的狡獪，打算偷襲洛特王後方嗎？還是說他們代表了封建共主——房東先生，預備評估下一次的兵役免除稅額呢？他們是第五縱隊隊員[11]嗎？或許事實更為複雜，因為撒克遜人絕不至愚蠢到穿著撒克遜服飾出現。難道他們根本不是亞瑟王的代表？還是說出於某些精明得叫人難以置信的原因，他們才刻意打扮成這樣？陷阱究竟在哪？總是有陷阱的。

島民圍成的圈子不斷靠攏。他們越發目瞪口呆，弓起歪曲的身體，擺出粗布袋和稻草人的形狀；一雙雙小眼流露出深不可測的敏銳光芒，朝四面八方閃動；臉龐浮現頑固的愚蠢表情，比原本的面容更顯空洞。

騎士彼此靠緊，尋求保護。事實上，他們完全不知道英格蘭正與奧克尼交戰。他們正在冒險途中，沒聽說最新的消息，奧克尼島民自然更不會告訴他們。

「你們瞧瞧，」派林諾國王說，「這兒好多人哪，他們是不是不大對勁？」

① 蒲式耳（bushel）：液體及穀物的容量單位，約等於36公升。

② 聖棕樹節（Palm Sunday）：基督教節日，復活節前的星期天，亦作聖枝主日、棕樹主日。

③ 生命之水（water-of-life）：即指威士忌。

④ 伯拉糾派（Pelagianism）：為四世紀英國修士伯拉糾所倡導，否認原罪，主張人得救並非靠神的恩典，而是憑其自由意志，被羅馬教廷斥為異端。

⑤ 這是一個有名的愛爾蘭神話。梅芙女王（Queen Maeve）集女神與歷史人物的形象於一身。某夜，女王與王夫互相比較誰最富有，幾回合下來不分勝負。但王夫有一頭白色公牛，女王卻沒有任何東西比得上這頭公牛。她聽說某人有一頭牛非常好看，便要下人去帶回那頭牛。

⑥ Conor Mac Nessa：愛爾蘭古代厄斯特地區國王，在厄斯特傳說中占有重要地位。

⑦ Tara of the Kings：位於現今愛爾蘭米斯郡（Meath）。古時國王、教士、貴族和吟遊詩人均集聚於此，商討公眾事務。

⑧〈Poteen, Good Luck to Ye, Dear〉，為Charles Lever所作之飲酒歌。

⑨ 此典故出自莎劇《暴風雨》中Ariel所唱之歌：〈*Full Fathom five*〉。

⑩ 位於義大利佛羅倫斯，以典藏大量文藝復興時期繪畫聞名。

⑪ Fifth Columnists，西班牙內戰時，佛朗哥將軍以四個縱隊包圍馬德里，並對外宣稱第五縱隊已在城中活動，後引伸為間諜、奸細之意。

第六章

為了準備第二次戰役，卡利昂①城裡亂成一團。其實梅林早已獻上破敵良策，只因事關伏擊和外國的祕密援軍，不能張揚。洛特的軍隊節節進逼，兵力又遠在國王軍之上，他們只好訴諸詭計。這場仗究竟要怎麼打，全天下只有四個人知道。

老百姓雖對高層政策一無所知，仍是忙得不可開交。步兵的長矛要磨得銳利，因此鎮上的磨石不分晝夜高速運轉；還有成千上萬枝箭要安上箭羽，因此製箭師傅的屋子即使入夜依舊燈火通明。牧草地上，興奮的自由民成天追著可憐的鵝群到處跑，只為了拔羽毛製箭。皇家孔雀的羽毛被拔得光溜溜，簡直和破掃把沒兩樣。箭術出眾者多半喜歡這種喬叟所謂的「孔雀羽箭」，因為感覺比較高級。此外，煮沸漿糊的氣味也直衝天際。盔甲師傅為了替騎士打造行頭，把工作時間加倍，鐵鎚叮噹作響。鐵匠替戰馬裝上蹄鐵；修女手中的針線沒有停過，為士兵縫織圍巾和綁帶。洛特王已經提議雙方在畢德格連②決戰。

英格蘭國王費盡千辛萬苦，爬上兩百零八級階梯，來到梅林的高塔房間，敲門進去。魔法師正努力找出負一的平方根，卻忘記要怎麼算。阿基米德坐在椅背上。

「梅林，我要和您談談。」國王喘氣道。

梅林砰一聲和上書，一躍而起，抓起療瘡木手杖便朝亞瑟撲去，彷彿要趕走迷途的雞。

「走開！」他大喊，「你在這做什麼？你這是什麼意思？你不是英格蘭國王嗎？快走開，然後傳我過去！出去出去！從來沒聽過這種事！馬上給我出去，再派人把我叫去！」

「可是我都來了。」

「沒這回事！」老人機智地反駁，說完便把國王推出房間，當著他的面轟一聲關上門。

「什麼嘛！」亞瑟可憐兮兮地步下那兩百零八級樓梯。

一小時後，梅林收到了侍從傳遞的召見信息，來到國王的居室晉見。

「這還差不多。」說著他舒服地坐在一個鋪毛毯的箱子上。

「起立。」亞瑟說，接著擊掌召來侍從，移走座位。

梅林站起身，氣得渾身發抖，雙拳緊握，指關節泛白。

「我們上次談到騎士精神……」國王口氣輕快地說。

「我可不記得有這回事。」

「忘啦？」

「我這輩子從來沒受過這樣的羞辱！」

「但我是國王，」亞瑟說，「你不能在國王面前坐著。」

「胡扯！」

亞瑟笑得東倒西歪，他的義兄凱伊爵士和年老的監護人艾克特爵士原本躲在王座後頭，這時也都跑出來。凱伊摘下梅林的帽子，戴在艾克特爵士頭上。爵士說：「哎，老天保佑，這下我可成了黑魔法師啦！天靈靈！地靈靈！」每個人都笑了，最後連梅林也忍不住哈哈大笑。侍從搬來椅子讓大家坐下，又開了幾瓶酒以免會議中途有人口渴。

「瞧，我召開了這場會議。」亞瑟驕傲地說。

說完，他暫停片刻，力圖鎮靜，因為這是他頭一回發表演說。

「嗯，和騎士精神有關，我想談談這個主題。」國王說。

梅林銳利的眼神緊鎖住國王，手指在長袍上的星星和各式神祕符號間顫動，但他不會給予演講者任何協助。你可以說這是他事業的關鍵時刻——他倒著活了不知多少世紀，為的就是這一刻，好確定自己究竟是不是白活了。

「我一直在想武力和正義這兩件事。」亞瑟說，「我認為做一件事，不應該是因為你**有能力**這麼做，而是**出於必要**。簡單來說，一枚銅板就是一枚銅板，無論武力在兩邊怎麼敲打，還是不能改變這個事實。這樣清楚嗎？」

無人答話。

「好，那天我和梅林在城垛上說話，他談到我們前一場戰役中共有七百名步兵陣亡，一點也不像我想像中那麼有趣。當然了，只要仔細想，就不會覺得戰爭有趣。我的意思是說，人不應該自相殘殺對吧？活著總是好的。

「很好。可是好笑的是，梅林卻幫助我打勝仗。一直到現在仍是，這回在畢德格連開戰，我們希望也能獲勝。」

「我們會打贏的。」艾克特爵士說。他知道致勝的祕密。

「在我看來，這有點自相矛盾。假如戰爭是壞事，梅林為何要協助我作戰？」

依舊沒人回答，於是國王以熱烈的語氣繼續說。

「我唯一想得到的，」說著他臉紅了起來，「我唯一想得到的解釋，就是我……就是我們……就是他希望我贏得這場仗，但這背後還有其他目的。」

他停了下來，望著梅林，可是魔法師刻意撇過頭去。

「這個目的——是目的對吧？這個目的就是，假如我打贏這兩場仗，成為王國的主人，之後我便可阻止他們，並且改革武力霸權。我猜到了嗎？這個答案有沒有錯呢？」

魔法師頭也不回，雙手靜靜放在膝上。

「我猜對了！」亞瑟興奮高喊。

於是他快言快語起來，差點跟不上自己。

「你們明白了嗎？」他說，「武力絕非正義，但世界上有太多人仗著武力胡作非為，我們總得想想辦法。這就好像人心一半好一半壞，說不定壞的成分還多些。要是沒人管，他們可就亂來了。於是我們常見到布魯斯·索恩斯·匹帖爵士那樣的貴族，成天穿著全套盔甲，四處粗魯亂闖，任性妄為，還以此為消遣！這就是我們諾曼人的性格，認為上流社會可以罔顧正義，獨占一切權力。如此一來，人性壞的部分占了上風，隨之而來的便是燒殺擄掠，禽獸不如。

「但是，你們看，梅林要幫助我打贏這兩場仗，好讓我阻止這一切。他希望我能伸張正義。

「洛特、尤里安和安格西等人屬於舊的世界，他們自成一個老式組織，只想依隨己意行事。既然他們動輒訴諸武力，又主動向我挑釁，我只好以其人之道還治其人之身。在這之後，真正的工作才要開始。你們懂了嗎？畢德格連之戰只是起點。梅林要我思考的是戰爭結束『之後』的事情。」

亞瑟再度停住，等待其他人發表意見或給予鼓勵，但魔法師仍然撇過臉，只有坐在旁邊的艾克特爵士能看到他的眼神。

「我仔細想過了，」亞瑟說，「結論是：我們為何不能駕馭武力，使其為正義行事？我知道這聽起來天馬行空，可是我們的確不能否認『武力』這東西的存在吧？武力存在於人心壞的部分，無論如何不能忽視。我們雖不能去除這個部分，卻可以試著將之導向正途，使其有益而無害。你們懂我的意思嗎？」

這下他的聽眾有興趣了，紛紛靠前傾聽，唯獨梅林例外。

「我的想法是，假如我們打贏眼前這場仗，而且國內情勢穩定，那麼我便要成立一個闡揚騎士精神的組織。我不會懲罰那些壞騎士，也不會吊死洛特，但我會試著招募他們加入這個組織。我們要讓這件事成為無上殊榮，甚至變成流行，讓每個人都覺得非來不可。接著我要替這個組織立下誓約，規定武力只能依循正義而行。到這裡為止懂嗎？我這個組織裡的騎士將雲遊四海，依然全副裝甲，揮舞寶劍，這是為了讓他們發洩打殺的慾望，也就是梅林所謂的獵狐精神。但他們動武的條件是必須依循正義而為，保護少女免受布魯斯爵士騷擾，改正過去的種種錯誤，幫助那些遭受壓迫的人民，諸如此類。你們了解這個概念嗎？就是利用武力，不要與之對抗，把原本的壞事變成好事。好啦，梅林，我想得到的就這麼多。我已經絞盡腦汁，大概又猜錯了吧，不過我真的認真想過，只是想不出更好的主意了。請您說點什麼吧！」

魔法師站了起來，像根石柱般挺直身子，伸開雙臂，看看天花板，然後念出了西面頌[3]的前幾句。

① 根據馬洛禮，Carlion是亞瑟王早期統治的居城。

② Bedegraine，亞瑟擊敗叛亂諸王聯軍之地點，馬洛禮在《亞瑟之死》中將之歸為謝伍德森林裡某處。

③ Nunc Dimittis，出自聖經路加福音第二章二九—三二節。聖靈曾允諾老人西面（Simeon）死前得見彌賽亞，瑪利亞和約瑟帶嬰兒耶穌帶至聖殿行潔淨禮時，西面正好在場。他認出耶穌即是救世主，於是將耶穌抱在懷中，吟誦此詩，開頭是「主啊，如今可以照祢的話，釋放僕人安然去世」。

第七章

洛錫安城的情勢非常複雜。只要牽涉到派林諾國王，再單純的事也會複雜起來，即使是在這荒涼的北方。首先，他戀愛了——這就是他先前在船上哭泣的原因。他一見到摩高絲王后，便向她解釋自己害了相思病，並非暈船。

事情是這樣的：幾個月前，國王正在格美利南岸追獵尋水獸，牠卻突然跳進海中游走了。牠的蛇頭在水面起伏，宛如一條游泳的草蛇。一艘看起來正要去打十字軍聖戰的船經過，國王隨手攔下，而格魯莫爵士和帕洛米德爵士剛好在這艘船上，兩人便好心地調轉方向，一起追怪獸去。三人在法蘭德斯[1]靠岸，尋水獸溜進當地的森林裡。他們借宿在那兒的城堡，受到熱情招待。而且，派林諾愛上了法蘭德斯女王之女。本來這是樁美事，因為他的意中人是個勤儉持家、勇敢無畏的中年婦人，會燒菜、能騎馬走直線，還會整疊床褥。眾人的期望卻隨著魔法渡船的來臨而破滅，因為騎士永遠無法抗拒冒險的機會，三名騎士上了船，想看看會發生什麼事。誰知道這艘渡船竟自行開走，留下法蘭德斯女王之女站在岸邊，焦急地揮著手帕。島嶼消失在視線內之前，尋水獸從森林中探出頭來。自遠處觀之，牠的表情比公主還要驚訝。從那之後，三位騎士便持續航行，直到抵達外海諸島。船開得越遠，國王的相思病就越厲害，搞得旁人都受不了。他整天寫著投遞無門的情詩和情書，或者對兩個夥伴大談公主經——她在家族裡的暱稱是「小豬」。

如此情形若發生在英格蘭，或許還不成問題，因為那裡的確不時出現派林諾這樣的人，旁人也還願意容忍。可是到了視英格蘭人為暴君的洛錫安和奧克尼，這便成了近乎超自然的不可思議事件。島民無人知曉派林諾國王的身分是真是假、葫蘆裡究竟賣的是什麼藥，因此一致認為不要主動告知對抗亞瑟的戰事，是比較明智而保險的作法。最好還是等三位來訪的騎士計謀揭穿再說。

除此之外，還有一個問題特別令四個男孩煩心。摩高絲王后竟然有意勾引這幾位來客。

「我們的母親大人和那些騎士上山幹麼？」一天早上，他們前往聖托狄巴的小屋時，加文問道。

一陣長長的沉默過後，加赫里斯勉強開口說：「他們要去獵獨角獸。」

「要怎麼獵呢？」

「一定要有個閨女當誘餌。」

阿格凡也知道詳細情形，便說：「我們的母親也去獵獨角獸，她就是當他們的閨女。」

他說出此事的聲音有些怪異。

加瑞斯抗議：「我怎麼不知道她想要獨角獸，她從來沒說過啊！」

阿格凡斜眼看看他，清了清喉嚨，引用道：「聰明人應當見微知著。」

「你怎麼知道這件事？」加文問道。

「我聽來的。」

有時，這些孩子被排除在母親的興趣之外，便會躲在螺旋梯上偷聽。

加赫里斯向來是個沉默的孩子，此時難得暢所欲言：「她對格魯莫爵士說，如果能讓國王重燃舊時興趣，便可消解相思病。他們常說國王有個習慣，就是獵捕一隻走丟的怪獸，所以媽說他們不妨去獵獨角獸，而她可以充當他們的閨女。我想他們很驚訝吧。」

他們靜靜走著，直到加文懷疑地說：「我聽說國王的戀人是一名法蘭德斯女子，而格魯莫爵士已經結婚了？還有那撒拉遜人的皮膚是黑的？」

沒人應答。

「那是一次漫長的狩獵，」加瑞斯說，「我聽說他們什麼也沒抓著。」

「騎士們和母親玩得開心嗎？」

加赫里斯二度向其他人解釋。他雖然安靜，卻擅長察言觀色。

「我看他們什麼都不懂吧。」

孩子個個腳步沉重地走下去，都不願透露自己的思緒。

聖托狄巴的小屋像個老式的蜂巢形稻草屋，只是比較大，而且是石頭砌成的。小屋沒有窗戶，只有一扇門，要進門還得用爬的。

「聖人先生！」到了以後，他們踢著沒用泥灰黏住的石頭，喊道：「聖人先生！咱們來聽故事了！」

對他們而言，聖人是心靈滋養的來源。他就像個精神導師，如同梅林之於亞瑟，多少讓他們有點教養。每回孩子被母親拋棄，便轉而向他求助，有如挨餓的小狗飢不擇食。他們讀書寫字就是他教的。

「啊，是你們呀！」聖人說著，將頭探出門外。「願上帝的榮耀與你們同在。」

「榮耀也與您同在。」

「你們可有什麼新消息？」

「沒有。」加文把獨角獸的事壓了下來。

聖托狄巴深深嘆了口氣。

「我這兒也沒新鮮事。」他說。

「您可以給我們講個故事嗎？」

「講故事呀，哎，沒好處的。給你們講故事幹麼？我自個兒都不信哩。我已經四十年沒打過像樣的仗，也沒瞧見過白皮膚的姑娘——你們說我哪有故事好講？」

「您就說個沒姑娘也沒打仗的故事嘛。」

「哎，那還有什麼意思？」他氣呼呼地大喊，跑到陽光下。

「如果您去參加一場大戰，或許會好些吧？」加文說，不過漏掉了姑娘。

「可憐的我！」托狄巴喊道，「我當個聖人幹麼？真搞不懂！要是我能用這根老棍子把誰敲一下……」這時他從長袍下拿出一件嚇人的武器。「……可就強過全愛爾蘭的聖人啦！」

「跟我們說說這根棍子吧。」

於是他們仔細檢視棍子，聖人先生則講解如何造出一根好武器。他說一定要用樹根才行，普通的樹枝容易折斷，尤其是蘋果樹；還有要如何為棍棒塗上豬油，包裹起來扳直，並埋進堆肥裡，最後再塗上黑鉛和油脂。他給孩子看灌鉛的地方，末端的釘子和握把處記錄過去戰績的刻痕。然後他滿懷敬意地吻了手杖，長嘆一聲，把東西收進長袍底下。他正在做樣子演戲，還故意裝出口音。

「跟我們說那個從煙囱下來的黑手臂的故事吧。」

「啊，我這會兒沒心情。」聖人道，「一點心情都沒有，我整個人都著魔啦！」

「我覺得我們也著魔了。」加瑞斯說，「每件事情都不對勁。」

「有這麼個故事，」托狄巴開了口，「主角是個女人，和丈夫住在馬蘭威格②，兩人只有一個女兒。有天，男人去沼澤地砍柴。到了晚餐時刻，女人派小女孩給他帶吃的去。正當那父親坐下來準備吃晚飯，小女孩突然叫道：『看呀，爹爹，你看得到地平線下的那艘大船嗎？我能讓它靠岸呢。』父親說：『不可能，我是個大人，可是連我都做不到。』『嗯，那就瞧我的吧！』小女孩說完，走到旁邊的那口井，攪了攪水，船果真就靠岸了。」

「她是個女巫。」加赫里斯解釋。

「她母親才是女巫。」聖人說，然後接著講下去。

「『我還能讓那艘船撞上岩岸呢！』她又說。『不可能。』父親說。『呵，那你再瞧瞧吧！』小女孩說著跳進井裡，船立刻撞上岸邊礁石，砸得粉碎。『這是誰教妳的？』父親問道。『是母親呀，你在外頭工作的時候，她就在家教我用澡盆變把戲。』」

「她幹麼跳進井裡？」阿格凡問道，「她全身都弄濕了吧？」

「噓。」

「男人回家之後，放下刈草刀，坐下來對妻子說：『妳都教這小女孩什麼鬼東西？我不喜歡屋子裡有妖術，也不想再跟妳住下去了。』於是他離家出走，母女倆再也沒見過他。我也不曉得後來她們過得如何。」

「有個女巫母親一定很可怕吧。」等聖人說完，加瑞斯表示意見。

「娶這種妻子也是。」加文說。

「總比沒妻子好。」聖人說完，突然躲回那蜂窩一般的小屋，像是瑞士天氣鐘裡的人，天氣放晴時就會縮進去。

「我有個提議，」加瑞斯冷不防說，「各位英雄，咱們自己去獵獨角獸！」

男孩們也不覺得驚奇，就圍坐在門邊，等著其他事情發生，腦中想的盡是水井、女巫、獨角獸和母親的行為。

其他人望著他。

「總比什麼都不做好。我們已經一個星期沒看到媽咪了。」

「她把我們給忘了。」

「才沒有，不許你這樣說母親！」

「這是真的啊，連晚餐的時候都不讓我們端菜。」

「那是因為她有義務招呼那幾個騎士。」

「才怪。」

「不然是為什麼？」

「我不說。」

「她正好需要一隻獨角獸，」加瑞斯說，「如果我們能抓到一隻，帶回來給她，或許晚餐時她就會讓我們上菜了？」

他們仔細思索這個主意，逐漸有了希望。

「聖托狄巴！」他們齊聲喊道，「再出來一下！我們想抓獨角獸呢！」

聖人把頭伸出洞外，狐疑地打量他們。

「什麼是獨角獸？長什麼樣？要如何抓呢？」

他鄭重地點點頭，再度消失在洞口。過了半晌，他手腳並用地爬回來，帶著一本學術書籍。這是他唯一的一部世俗作品。如同多數聖人，他靠抄寫手稿為生，並為之繪製插圖。

「你需要一個閨女當餌。」他們告訴他。

「我們有很多女傭③！」加瑞斯說，「隨便找哪個都行，不然就找廚子！」

「她們不會願意的。」

「那就找廚房的女侍，逼她來就行了。」

「然後呢，等我們抓到獨角獸，就凱旋歸來，獻給母親！以後每天晚餐我們都可以端菜了！」

「她會很高興的。」

「晚餐後如果有其他活動說不定也可以端菜。」

「格魯莫爵士會冊封我們為騎士。他會說：『我敢發誓，從來沒見過如此勇猛的功績啊！』」

聖托狄巴把那本珍貴的書放在門洞外的草地上。草地沾滿沙塵，空蝸牛殼四處散落，小小的微黃蝸牛殼上面有紫色螺旋紋。他打開書，原來那是一本動物寓言集，寫著「動物習性大全」，每一頁都有附圖。

在孩子的催促下，他不斷翻動印有美麗哥德字體的手稿，跳過迷人的獅鷲、野牛、鱷魚、蠍尾獅、白鳥、肉桂鳥、賽倫女妖、印度甜樹④、龍、鯨魚。羚羊在檉柳樹上摩擦彎曲的角，結果纏困住自己，淪為猛獸的獵物——他們沒興趣。野牛藉排氣迷惑追兵——同樣也只是徒勞。靜坐印度甜樹上的鴿子躲過龍的侵襲——卻也因此為男孩所忽略。豹吐出香氣吸引獵物——只是吸引不了他們。還有，如果要欺騙老虎，只要在牠腳邊丟顆玻璃球，牠會以為看到自己的孩子。遇上獅子，只要趴在地上，便可逃過一劫。這種猛獸害怕白色公雞，會用尾巴捲葉片抹去自己的足跡。高地山羊能從山上一躍而下，毫髮無傷，憑藉的就是捲曲的雙角。長牙羚羊可以像動耳朵那樣動牠的犄角。母熊習慣把幼熊當不成形的東西背著，再把牠舔成自己喜歡的形狀。假如白鳥面朝你坐在床欄上，表示你死期不遠。刺蝟會收集葡萄給子女吃，牠的做法是在葡萄堆裡打滾，全身尖刺插滿果實帶回去。還有那頭長了七片鰭、臉上掛著靦覥表情的鯨魚，你若是不謹慎些，可能會把牠當成小島，划船靠岸。可惜這些依舊抓不住男孩的心。最後聖人總算找到了希臘人稱為犀牛的獨角獸。

照書上所說，獨角獸行動迅捷而且膽小，就像羚羊一樣，只有一個辦法抓得到：你必須以一名閨女做餌；獨角獸見她獨自一人，會立刻過來把頭枕放在她膝上。書上插圖中有一名看來不太可靠的閨女，一手握住那可憐東西的角，另一手則招呼著拿長矛的獵人；臉上虛偽的表情與獨角獸愚蠢的信任眼神形成強烈對比。

待他們讀完指示，也記住插圖內容，加文便不再耽擱，立即去找廚房女侍。

「聽好了，」他說，「妳得跟我們上山去抓獨角獸。」

「噢，加文少爺！」被加文抓住的女僕喊道，她叫做梅格。

「沒錯，妳非來不可。還要靠妳當誘餌呢，牠會過來把頭枕在妳膝上。」

梅格哭了起來。

「好啦，別鬧了。」

「噢，加文少爺，我不想要獨角獸呀！我是個聽話的女孩，一直很聽話的。我還有好多衣服要洗，要是女主人發現我溜出去，我會挨棍子的。加文少爺，我會挨棍子呀！」

加文抓緊她的髮辮，硬是把她拖走。

高山上清冽的冷風中，四個孩子商量獵捕的細節。梅格哭個不停，頭髮被人抓住，逃脫無望。如果抓著她的人需要雙手並用比畫，便會換人接手，如此輪流下去。

「好，我是隊長。」加文說，「我年紀最大，所以隊長我來當。」

「可是出點子的人是我。」加瑞斯說。

「現在的問題是，書上說誘餌必須單獨留下來。」

「她一定會跑掉。」

「梅格，妳會跑掉嗎？」

「請讓我走吧，加文少爺。」

「你看。」

「那我們得綁住她。」

「噢，加赫里斯少爺，真的要綁我嗎？」

「閉嘴，妳只是個女生。」

「沒有東西可以綁呀。」

「各位英雄，我是隊長，我命令加瑞斯跑回家拿繩子。」

「我才不去。」

「你不去的話，事情就要搞砸啦！」

「為什麼要我去？這明明是我出的主意。」

「那我命令阿格凡去拿。」

「不要。」

「加赫里斯去吧。」

「我不去。」

「梅格，妳這壞女孩，不准妳逃走，聽清楚沒？」

「是的，加文少爺。可是，噢，加文少爺……」

「如果我們能找到堅韌的石南根，」阿格凡說，「就可以把她的辮子綁在上面。」

「就這麼做吧。」

「噢！噢！」

四個男孩把閨女綁妥，在她身邊圍坐下來，商討下一步。他們從兵器庫裡偷了幾枝真正的獵野豬長矛，可謂武裝齊備。

「這女孩就是母親，」阿格凡說，「這就是媽咪昨天做的事，我要當格魯莫爵士。」
「那我當派林諾。」
「阿格凡要當格魯莫可以，但誘餌必須獨自留下，書上是這麼寫的。」
「噢，加文少爺！噢，阿格凡少爺！」
「別鬼叫了，妳會嚇跑獨角獸。」
「然後我們要跑去躲起來。難怪母親昨天沒抓到，因為那幾個騎士都留下來了。」
「我要當芬．麥庫爾⑤。」
「那我就是帕洛米德爵士。」
「噢，加文少爺，別丟下我一個人啊！」
「不要吵。」加文說，「妳真蠢，能當誘餌，妳應該覺得驕傲才對。我們的母親昨天就是如此。」
加瑞斯說：「沒關係，梅格，不要哭。我們不會讓牠傷害妳。」
「牠只會直接殺死妳！」阿格凡惡狠狠地說。
一聽這話，可憐的女孩哭得更厲害了。
「你幹麼說這種話？」加文憤怒地問道，「你老愛嚇人，這下她越哭越大聲了。」
「好啦，」加瑞斯說，「好啦梅格，梅格乖，不要哭喔。等我們回家以後，我的彈弓借妳玩。」
「噢，加瑞斯少爺！」
「喂，你快過來，別理她了。」
「噢！噢！」
「好啦！好啦！」
「梅格。」加文說著裝出一副可怕的表情，「如果妳不馬上停下來，我就這樣看妳喔！」
她立刻不哭了。
「好，」加文說，「一等獨角獸出現，我們得全部衝出來刺死牠，大家聽懂沒？」
「要殺死嗎？」

「對，一定要殺死為止。」

「知道了。」

「希望長矛不會讓牠太痛苦。」加瑞斯說。

「你就是會有這種蠢念頭。」阿格凡說。

「我不懂為何要殺死牠。」

「這樣我們才能帶回家給母親啊，你這笨頭！」

「不如我們抓住牠，」加瑞斯說，「然後牽回家給母親，你們覺得怎麼樣？我的意思是，如果牠很溫馴，可以讓梅格牽著走。」

加文和加赫里斯都贊成。

「如果牠很溫馴，」他們說，「那活著帶回去更好，這可是打獵最好的結果了。」

「我們可以逼牠走，」阿格凡說，「一路用樹枝打牠屁股。」

「還可以連梅格一起打！」他補充了一句。

於是男孩全埋伏起來，決定保持肅靜。現場只聽見輕柔的風聲、石南叢裡的蜜蜂嗡嗡聲、天際的雲雀歌聲，以及遠處梅格斷斷續續的啜泣聲。

獨角獸出現的時候，完全超乎孩子的想像。別的不提，牠實在是高貴的動物，有種渾然天成的美感。任何人只要見了牠，立刻便會著迷。

獨角獸全身雪白，亮銀色的蹄，優雅的珍珠色犄角。牠靈巧地越過石南叢，腳步輕盈，彷彿沒有重量；長長的鬃毛才剛梳理過，此時在輕風吹拂下波蕩。獨角獸全身最燦爛之處莫過於眼睛，牠的鼻子兩側有淡淡的淺藍皺紋，一直延伸到眼窩，形成包圍雙眼的憂傷陰影。牠的眼睛被這哀傷而美麗的陰影所環繞，流露出的哀愁、寂寥，以及那溫柔高貴的悲劇氣息，足令觀者喪失一切情感，僅僅剩下憐愛。

獨角獸走向廚房女傭梅格，在她面前低下頭，拱起頸子，用珍珠色的犄角碰觸她腳邊的土地，又用銀色蹄子摩擦石南叢向她致意。梅格忘了哭泣，擺出一個皇家敬禮動作，朝獨角獸伸出手。

「來吧，獨角獸，」她說，「如果你願意，請躺在我膝上。」

獨角獸嘶鳴一聲，又伸蹄扒著地面，然後非常謹慎地單膝跪地，接著另一隻腳也跪下，在梅格面前屈起身驅。牠以這樣的姿勢，抬起水汪汪的眼睛望著梅格，最後才把頭枕在她膝上。牠用自己平坦的白皙臉頰摩擦梅格柔軟的衣裳，一臉懇求的神色看著她。獨角獸的眼白往上一閃，羞怯地收起兩隻後腳，靜靜躺著，仰頭凝視。牠的眼中流露出信任的神色，舉起前蹄，在半空中做出扒弄的動作，彷彿在說：「注意我呀，愛我吧！請撫摸我的鬃毛，好嗎？」

埋伏在旁的阿格凡嗚咽一聲，突然朝獨角獸衝去，手中緊握銳利的獵野豬長矛。其他三個男孩見狀都站了起來，看著他往前衝。

阿格凡跑到獨角獸身旁，舉起長矛便往牠後腿、纖細的腹部和肋骨猛刺，同時尖聲怪叫。獨角獸痛苦地看著梅格，猛然一躍起身，滿懷責難地看著她。梅格一手握住牠的角，彷彿出神了而不自知。她雖只是輕輕握住，獨角獸卻似乎無法掙脫。在阿格凡的長矛戳刺下，獨角獸鮮血四濺，染紅了青白色的毛皮。

加瑞斯朝他們跑去，加文緊隨在後。加赫里斯最後才到，傻愣愣的不知如何是好。

「住手！」加瑞斯大喊，「別這樣刺牠！停啦停啦停啦！」

加文也趕到了，阿格凡的長矛就在這時插進獨角獸的第五根肋骨下方。只見牠一陣顫動，全身發抖著伸直後腳。牠的後腳直挺挺的，彷彿即將奮力一跳，然後又是一陣顫抖，在死前的劇痛中晃動。獨角獸的視線始終與梅格相對，女孩也一直低頭看著牠。

「你在幹什麼？」加文怒吼，「別刺了！不要傷牠！」

「噢，獨角獸。」梅格悄聲說。

獨角獸四腳平躺，停止了顫抖，頭落在梅格膝上。牠的腳踢完最後一下，僵硬了，青色的眼瞼垂到一半，再也不動。

「瞧你幹的好事！」加瑞斯喊道，「牠這麼漂亮，你居然殺了牠！」

阿格凡吼回去：「這女孩是我母親，牠把頭放在她膝上，牠就得死！」

「我們不是說好了要留活口？」加文大叫，「我們明明說好要帶牠回家，然後就可以端菜。」

「可憐的獨角獸。」梅格說。

「你們看，恐怕牠已經死了。」加赫里斯說。

加瑞斯走到阿格凡面前，面對著長他三歲，可以輕易把他打倒在地的哥哥，他開口質問：「你為什麼要這麼做？你是個凶手！牠明明是隻可愛的獨角獸，你為什麼要殺牠？」

「牠把頭枕在母親的大腿上。」

「牠又沒惡意！牠的蹄是銀色的。」

「牠是獨角獸，本來就該殺。我應該連梅格也一起殺才對。」

「你這個叛徒！」加文說，「我們本來可以把牠牽回家並且端菜的。」

「總之現在牠死了。」加赫里斯說。

梅格低頭看著獨角獸雪白的額毛，又抽抽噎噎哭了起來。

加瑞斯撫摸著獨角獸的頭，別過頭掩飾自己的淚水。他這一摸，才發現獨角獸的毛皮有多柔順。他貼近看到了獨角獸生命迅速消逝的眼神，徹底體會到整件事的悲劇性。

「唉，總之都死了。」加赫里斯說了第三遍，「咱們還是把牠帶回家吧。」

「我們居然抓到了耶。」加文說，他這才慢慢明白過來他們已經達成目標。

「畜生一隻！」阿格凡說。

「我們抓到了！靠自己抓的！」

「連格魯莫爵士都抓不到。」

「我們卻抓到了。」

加文已經忘記先前的悲傷，反而繞著屍體跳起舞來，一邊揮動長矛，一邊發出淒厲的怪叫。

「咱們得把牠剖開。」加赫里斯說，「一切要照規矩來，先把內臟掏乾淨，再把牠放到馬背上，像真正的獵人那樣帶回城堡去。」

「我們一定會討她歡喜！」

「她會說：『老天保佑，我兒子可真是厲害！』」

「我們就可以像格魯莫爵士和派林諾國王一樣，從此事事順心如意啦！」

「要怎麼剖開呢？」

「咱們把內臟挖出來。」阿格凡說。

加瑞斯站起來，走進石南叢裡。他說：「我可不想參一腳。梅格，妳呢？」

梅格原本就覺得不舒服，她一言不發。加瑞斯才解開她的頭髮，她拔腿就跑，只想早點遠離這場悲劇，快快回城裡去。加瑞斯跟在她後頭。

「梅格、梅格！」他喊著，「等等我！別跑呀！」

可是梅格停也不停，飛奔的速度好似羚羊，赤腳在身後輕快躍動，加瑞斯只好放棄。他撲倒在石南叢裡，放聲大哭起來──他也不知道自己為什麼哭泣。

剩下的三個小獵人解剖時遇上了麻煩。他們從腹部割起，卻不知正確方法，結果刺穿了腸子，把原本美麗的動物弄得渾身血淋淋，既恐怖又噁心。三人以自己的方式愛著獨角獸，阿格凡的感情可能最為扭曲。他們覺得破壞這美麗的東西自己也有責任，出於罪惡感，竟然由愛生恨了。加文尤其討厭這具屍體，討厭牠沒了性命，討厭牠曾經那樣美麗，現在卻害他自覺禽獸不如。之前他很喜歡獨角獸，也是他幫忙逮著的，這下除了把羞愧和自厭情緒通通發洩在屍體上，別無他法。他一陣亂切亂砍，自己也有點想哭。

「咱們搞不定的。」他們喘氣道，「就算內臟真的掏乾淨了，我們要怎麼搬下山呢？」

「可是咱們非搬不可，」加赫里斯說，「非搬不可呀！要是不搬，不就一點意義都沒了？得把這東西搬回家呀！」

「我們搬不走的。」

「我們沒有馬兒。」

「平常解剖完不都是放在馬背上嗎？」

「不然把頭砍下來吧！」阿格凡說，「咱們想法子把頭砍下來，帶頭回去就好。有頭應該就夠了吧，大家一起扛。」

他們雖然打心底討厭這恐怖差事，仍舊動手割斷了獨角獸的頸子。

石南叢裡的加瑞斯停止哭泣，翻過身來，直直望著天空。他看見一朵朵雲莊嚴地航越無限深遠的天穹，只覺頭暈目眩，心裡想著：從這裡到那朵雲有多遠呢？一哩嗎？上面那朵雲呢？兩哩？在那之後是一哩又一哩，一百萬一千萬哩虛無的藍。如果這時天旋地轉，或許我會從地面掉下去，那我就可以飛得好遠好遠。飛過雲層的時候，我會試著抓住它們，但不會因此停下，我要去哪兒好呢？

想到這裡，加瑞斯覺得有點反胃，加上他原本就因為沒去幫忙處理屍體而覺得愧疚，這下更是渾身不對勁。在這種情形下，唯一的辦法就是離開讓他不舒服的地方，試著將之拋諸腦後。於是他起身去找其他人。

「哈囉！」加文說，「你抓到她了嗎？」

「沒有，她跑回城堡去了。」

「希望她沒跟別人說。」加赫里斯說，「這是個驚喜，不然就沒意思了。」

三名屠夫弄得滿頭大汗，全身是血，那模樣可憐極了。阿格凡還吐了兩次。但他們依舊不罷休，加瑞斯也上前幫忙。

「可不能這時候停下來。」加文說，「想想看，要是咱們能帶回家給母親看，那會是什麼場面？」

「如果我們能把她想要的東西帶回去，說不定她會上樓來道晚安喲！」

「她會笑著說我們是偉大的獵人。」

好不容易切斷了恐怖的脊椎骨，卻發現獨角獸的頭太重，他們根本扛不動。他們試著合力抬起，結果把自己弄得渾身血汙。後來加文提議用繩子拖，偏偏又沒繩子。

「我們可以抓著角拖。」加瑞斯說，「反正是下坡路，一路推拉就好了。」

因為一次只能有一個人握住，他們便輪流拖。若是獨角獸的頭被石南樹根絆住，或卡在山溝裡，其他人就幫忙推。即使是這樣，對他們而言還是很重，所以每走個二十碼就得停下來換手。

「等咱們回到城堡，」加文喘著氣說，「就把頭擺在花園的椅子上。母親大人用餐前散步的時候一定會經過。咱們站在頭前面擋著，等她走近了，再突然同時站開，獨角獸就出現啦！」

「她一定會嚇一跳。」加赫里斯說。

等他們好容易下了山坡，頭又被鉤住了。他們發現在平地上無法繼續用拖的，因為角抓不穩。這時已經快到晚飯時間，眼看情況緊急，加瑞斯自告奮勇跑回城裡拿繩子。他們把繩子綁在血肉模糊的頭上，最後總算把這個眼睛稀爛、皮開肉綻、骨肉幾乎分家、沾滿泥濘和血腥，還纏著石南的展覽品拖進草藥花園，放上椅子。加瑞斯還特地試著把那東西撐起來，希望能稍微呈現出記憶中的美麗。

魔法王后果然準時來散步了，她一邊與格魯莫爵士聊天，腳邊則跟著玩賞犬特雷、布蘭齊和甜心。她並未注意到站在椅子前的四個兒子。他們恭敬地站成一排，渾身髒兮兮，興奮而且滿懷希望。

「好！」加文一聲令下，他們同時站開。

摩高絲王后沒看到獨角獸。她腦中想著別的事情，和格魯莫爵士一同走過去了。

「母親！」加瑞斯喊的聲音有些古怪，他追了上去，拉拉王后的裙襬。

「嗯，小乖乖，什麼事呀？」

「噢，母親，我們給您抓了一隻獨角獸。」

「格魯莫爵士，您看他們多可愛。」她說，「哎，我的小親親，你們自己去廚房要牛奶喝吧！」

「可是，媽……」

「好了好了，」她低聲說，「改天再說吧。」

於是王后神色自若地離去，一頭霧水的野森林騎士跟在後頭。她並未注意到孩子們的衣服又破又髒，甚至連責罵都沒有。

當晚稍後，她發現了獨角獸，把孩子鞭打了一頓，因為她自己和英格蘭騎士耗費了一整天工夫，卻什麼也沒抓到。

① Flanders，現今比利時西北兩省與法國北部一小部分的區域，面臨北海。

② Malainn Vig，即Malainn Bhig，位於愛爾蘭多納格省（Donegal）。

③ 英文中maid同時有閨女和女傭之意。

④ Peridexion Tree，一種生於印度的樹，果實甜美，鴿子喜歡在此休憩。這種樹也能驅趕龍。

⑤ Finn MacCoul，愛爾蘭芬尼安史詩（*Fenian Cycle*）中的英雄，自幼受詩人教養，食智慧之鮭魚而成為智者，締造許多豐功偉業。

第八章

畢德格連平原上帳棚林立，七彩繽紛，看起來像一座座老式浴棚。有些還真的像浴棚一樣有條紋，但多數是沒有花紋的黃綠等顏色。帳棚上往往縫了或印了紋章圖樣，例如巨大的雙頭黑鷹、飛龍、長槍、橡樹，或與主人姓名諧音的事物。比方說凱伊爵士的帳棚上畫了一把黑鑰匙，敵對陣營的烏爾巴爵士①則是穿著飄垂袖子的手肘。這種袖子的正確名稱是「曼奇袖」。帳棚頂端燕尾旗飛揚，成捆的長矛斜靠其上。好動的貴族會在門外掛上盾牌或大銅盆，你只要用槍托撞擊這些器具，回聲還沒散去，裡頭的貴族便會暴跳如雷地衝出來，要和你一決勝負。好脾氣的狄納丹爵士在帳棚外掛了一個夜壺。除了帳棚，當然就是營地裡的人。帳棚四周到處是人，廚師正和偷吃羊肉的狗兒吵架；小隨從趁別人不注意，在對方背上寫罵人的話語；還有歌手優雅地彈著魯特琴，情感豐富地吟唱近似《綠袖子》的曲調；也有些侍從一臉天真模樣，卻把患了跗節肉腫的馬匹賣給別人；樂師彈起六弦琴，試圖賺點蠅頭小利；吉普賽人為你預卜戰事凶吉；身軀龐大、頭巾裹得亂七八糟的騎士下著西洋棋，有些隨軍女販便坐在他們大腿上。除此之外，尚有小丑、吟遊詩人、特技演員、豎琴手、歌手、弄臣、魔術師，還有人跳著熊舞、雞蛋舞、梯子舞、芭蕾舞；江湖郎中、表演吞火和走繩索特技的人輪番獻上餘興節目。從某方面來看，還真像德比的賽馬日②。謝伍德森林環繞著營棚林立的陣地，向遠方不斷延展，直到視線之外。林中充滿野豬、正值壯年的公鹿、不法之徒、火龍和紫蛺蝶，此外還埋伏了一支軍隊，但這件事沒人知道。

亞瑟王對即將來臨的戰事不加聞問。他的營棚位於陣地熙攘騷動的中心，他便隱身帳幕之後，日復一日對艾克特爵士、凱伊或梅林大發議論。下頭的軍官見絲質營帳裡鎮日燈火通明，以為國王接連不斷召開作戰會議，肯定有什麼厲害的破敵良策，為此大感欣喜。事實上，談話的內容與戰事無關。

「一定會有人相互較勁呀！」凱伊說，「到時候你這個組織裡的騎士人人都爭著當第一，每個人都想坐主位。」

「那我們就用沒有主位的圓桌。」

「可是，亞瑟，哪有圓桌坐得下一百五十個騎士呢？我算算……」

近來梅林很少參與爭論，總是雙手交疊於腹部，面帶微笑坐在一旁。這時他出面替凱伊解決難題。

「直徑至少要四十五公尺。」他說，「半徑乘二再乘π就是周長。」

「嗯，好，假設直徑就是四十五公尺吧，那桌面得要多大呢？那不就是像一片大海，周圍一點點人。中間連菜都不能擺呢，因為沒人搆得到。」

「那我們就換成環狀的桌子，」亞瑟說，「不要用圓的。我不知道正確的說法是什麼，總之像車輪的輪框，僕人可以在輪輻間空出來的地方走動。就叫他們『圓桌武士』好了。」

「好名字！」

「重要的是……」國王想得越多，就越見其睿智；他繼續說道：「最重要的是，從他們年輕的時候就要開始。現在和我們作對的老騎士年紀都大了，很難再學新東西。要拉他們入夥不難，教他們用正確的方式動武也還辦得到，可是恐怕積習難改，就像布魯斯爵士。格魯莫和派林諾——當然要拉他們進來——這會兒不知道在哪？格魯莫和派林諾一定沒問題，因為他們本來就很和氣。但如果換成洛特的手下，恐怕就很難習慣了。所以我才說要從小開始。為了將來著想，我們必須培育新一代的騎士，上回跟那個誰來的藍斯洛就是個好例子，我們得多找些像他那樣的孩子。他們才是圓桌的中心支柱。」

「說到『圓桌』，」梅林開口道，「我不妨讓你知道一下，羅德格蘭斯國王正好有一張很適合。既然你會娶他女兒，他說不定願意把那張桌子當結婚賀禮送你。」

「我會娶他女兒？」

「是啊，她叫桂妮薇。」

「呃，梅林，我並不想知道太多將來的事，我也不見得相信……」

「有些事情，」魔法師說，「無論你相不相信，我都得告訴你。麻煩的是，我總覺得有件事忘了告訴你。記得提醒我，下回有空要警告你桂妮薇的事。」

「您把大家都搞糊塗了！」亞瑟埋怨道，「我也忘了自己原本要問您什麼，比如說誰是我的……」

「到時候你必須大宴賓客，」凱伊打斷他，「像是在五旬節的時候，邀請所有騎士共進晚餐，講講他們的事蹟。如果事後能向別人敘述自己的豐功偉業，他們一定願意照你的新方法去打。梅林可以用魔法把每個人的名字印在座位上，再把徽章刻在椅背上，一定很壯觀！」

一聽這令人興奮的想法，國王把原先的問題丟到腦後，兩個年輕人立刻坐了下來，畫起自己的紋章給魔法師看，以免他弄錯顏色。畫到一半，凱伊抬起頭，吐了吐舌，「對了。您還記不記得上回我們爭論『侵略』這碼子事？嗯，我倒是想了一個開戰的好理由。」

梅林整個人僵住了。

「說來聽聽。」

「要有開戰的好理由，只要找個好理由就行啦！比方說吧，如果有個國王發現一種新的生活方式，對大家都有好處，說不定還是唯一能拯救人類免於滅亡的方法。可是萬一人類太壞或太愚蠢，不接受他的勸說呢？為了眾人利益著想，他可能就得用武力逼迫他們。」

魔法師緊握雙拳，使勁絞著長袍，渾身劇烈發起抖來。

「真有意思，」他顫聲道，「真是太有意思了。我年輕的時候，的確就有這麼一個人。那傢伙是個奧地利人，發明了一套新的生活方式，認為自己應該將之付諸行動，於是就用武力試圖強迫改革，使整個文明世界陷入痛苦和動盪之中。不過呢，我的朋友，那傢伙忽略了一件事，那就是改革這行裡有位老前輩，叫耶穌基督。我們不妨假設耶穌和那奧地利佬一樣，都懂得要怎麼拯救世人。有趣的是，耶穌可沒有把門徒訓練成突擊隊員，也沒有焚毀耶路撒冷的神殿或把過錯一律推到彼拉多身上。相反的，他很清楚地讓人知道，哲學家的職責在於『提供』新的想法給世人，而不是逼迫他們接受這些想法。」

凱伊臉色蒼白，仍有些不服氣。

他說：「亞瑟現在打的這場仗，不就是要逼迫洛特王接受他的想法嗎？」

① 凱伊（Kay）與鑰匙（key）音近，烏爾巴（Ulbawes）則與手肘（elbow）音近。

② Derby Day，在英國中部德比郡舉辦的賽馬大會。

第九章

王后提議獵捕獨角獸，卻產生了意想不到的結果。派林諾國王越是相思情切，眾人越覺得要想辦法幫幫他。帕洛米德爵士有個靈感。

「要解除陛下的憂鬱，」他說，「只有靠尋水獸了。這個習慣已經跟了大君閣下①一輩子，敝人在下我不是一直強調這點嗎？」

「就我個人來看，尋水獸已經死啦！不然也是遠在法蘭德斯。」格魯莫爵士道。

「那我們必須打扮一番，」帕洛米德爵士說，「假扮成尋水獸，自己上場供人獵捕。」

「恐怕有點強人所難。」

可是撒拉遜人滿腦子都是這個主意。

「怎麼會？」他問道，「看在老天分上，怎麼會呢？小丑不都是穿著動物服飾，扮成鹿啊、羊啊什麼的，配合鈴鐺和小鼓的音律轉圈跳舞嗎？」

「可是帕洛米德，咱們可不是小丑啊！」

「學學他們不就成了？」

「學做小丑嗎！」

小丑就是雜耍藝人，是一種地位低賤的吟遊詩人，格魯莫爵士一點都不喜歡這個主意。

「可我們要如何扮成尋水獸呢？」他有氣無力地問，「這東西複雜得很！」

「請描述一下。」

「哎，該死的，牠生了蛇頭豹子身體，獅子屁股雄鹿腳，而且啊，老兄，我說咱們哪學得了牠肚子裡的聲音？聽起來就像三十對獵犬在吠啊！」

「敝人在下我來當肚子，」帕洛米德爵士回答，「我就這麼叫。」

他唱起了約德爾調②。

「噓！」格魯莫爵士驚叫，「你會把城堡裡的人統統吵醒啊！」

「那就這麼說定了？」

「說定個鬼！這輩子沒聽過這種荒唐事！而且牠可不是這種叫法，是像這樣。」

接著格魯莫爵士唱起不成調的男高音，有如瓦士灣③裡幾千隻野雁齊聲鳴叫。

「噓！快收聲啊！」帕洛米德爵士大喊。

「我才不收聲！你剛才那是在學豬叫！」

於是這兩位博物學家開始互相學貓頭鷹咕咕叫、學豬呼嚕叫、學海鷗嘎嘎叫、學嬰兒嗚嗚叫、學公雞喔喔叫、學牛哞哞叫、學狗汪汪叫、學鴨子呱呱叫、學貓咪咪叫，叫得臉紅脖子粗。

「這個頭嘛，」格魯莫爵士突然停下來說，「得用厚紙板做。」

「或者用帆布？」帕洛米德爵士說，「附近的漁民應該有不少。」

「不妨用皮靴做蹄子。」

「在身上漆些豹紋。」

「身子中間得用鈕釦扣住……」

「……咱們倆就這麼接在一塊。」

「而你呢，」帕洛米德爵士慷慨地說，「就當後半部好了，由你來學狗吠。顯然聲音是從肚子裡出來的。」

格魯莫爵士開心得紅了臉，操著沙啞的諾曼腔說：「哎，真是謝謝啊，帕洛米德。我得說，您可真是個大好人！」

「哪裡哪裡。」

此後一整個星期，派林諾國王很少見到兩位朋友。「派林諾，你去寫情詩吧。」他們告訴國王，「不然就到懸崖邊唉聲嘆氣去，聽話呀！」於是他四處閒晃，偶爾靈感來了，便喊著「法蘭德斯——發懶的廝」④或「女兒——履行」⑤。陰鬱的王后則總是離他不遠。

在這同時，帕洛米德爵士鎖上房門，兩個人躲在裡頭又縫又剪，一下上漆一下吵架，有著前所未有的熱烈氣氛。

「我的好夥計，我不是跟你說了？包子⑥的花紋是黑色的。」

「是深褐色。」帕洛米德爵士固執地說。

「啥深褐色？再說咱們也沒有這顏色啊！」

兩人像捍衛自己創作似的怒視對方。

「頭做好了，戴戴看吧。」

「瞧你把東西扯破了，我就說你笨手笨腳。」

「本來就做得不牢靠。」

「這下又得重做一個。」

「帕洛米德，別碰到豹紋啊！唉，又給你弄糊了。」

重建完成後，異教徒騎士退後一步欣賞作品。

「一千個對不住！」

「走路要看路呀！」

「哼，是誰把牠的腳插進肋骨啦？」

到了第二天，怪獸的後半身又出了問題。

「屁股太緊了。」

「別彎腰就行了。」

「我要當後半身，非彎腰不可。」

「不會裂開的。」

「一定會。」

「我說不會就不會。」

「看吧，果然裂開了。」

到了第三天，格魯莫爵士說：「注意我的尾巴，你踩在上頭了。」

「格魯莫，別抓太緊，我的脖子扭到了。」

「你看不到嗎？」

「對，我看不到，我脖子扭到了。」

「你又踩到我的尾巴了。」他們安靜了一會兒，解決了問題。

「好，這回當心點，咱們腳步要一致。」

「您來喊口號吧。」

「左！右！左！右！」

「我覺得屁股要掉下來了。」

「如果您不抓緊敵人在下我的腰，咱們可要分家了。」

「哎，我得抓著屁股，一定得放開。」

「鈕釦鬆開了。」

「去他的鈕釦。」

「敵人在下我不是說過了嗎？」

於是他們利用第四天縫好鈕釦，重新開始。

「我可以練習吠叫嗎？」

「可以，請啊！」

「你覺得我的叫聲從裡面聽起來如何？」

「好極啦，格魯莫，好極了。只不過聲音從我後面來，有些古怪，您懂我的意思吧？」

「我覺得聲音挺模糊的。」

「是有那麼一點。」

「或許外面聽起來沒問題。」

到了第五天，他們有了長足的進步。

「我們應該來練習快跑。總不能老是用走的，不然到時候他追來怎麼辦？」

「有道理。」

「等我說跑，就開始跑啊。預備，準備好了，跑！」

「留神啊，格魯莫，您頂到我了！」

「頂到你？」

「小心床。」

「您剛才說什麼？」

「哎呀，我的天！」

「把這床給燒了吧！哎喲我的腳！」

「您又把鈕釦給扯開了。」

「去他的鈕釦，我撞到腳趾啦。」

「呼，敝人在下我的頭也掉了。」

「我們還是用走的就好。」

第六天，格魯莫爵士說：「如果有音樂可以搭配，跑起來應該會容易些。你懂我意思吧？就是聽起來像馬蹄快跑的聲音。」

「可惜咱們沒音樂可配。」

「的確沒有。」

「我說帕洛米德，我吠的時候，能不能請你一邊唱『噠噠』呢？」

「敝人在下我願意試試。」

「太好了，咱們這就出發！」

「噠噠！噠噠！噠噠！」

「該死的！」

「咱們又得重做了。」週末時，格魯莫爵士說。「不過蹄子還能用。」

「我想以後到了外頭，跌倒應該就不那麼痛了。您懂我的意思吧？就是跌在青苔上啊。」

「或許帆布也不會扯得那麼厲害。」

「咱們把它縫成兩層，弄得更堅韌好了。」

「就這麼辦。」
「我真高興蹄子還能用。」
「我說帕洛米德，這東西看起來可真像一隻凶猛的怪物啊！」
「這回做得實在是好極了。」
「可惜沒法讓牠嘴巴噴火什麼的。」
「萬一燒起來就危險了。」
「帕洛米德，咱們要不要再來跑個一回？」
「當然好。」
「先把床推到牆角吧。」
「當心鈕釦啊。」
「如果你發現我們就要撞上什麼東西，就停下來，懂吧？」
「知道了。」
「帕洛米德，照子放亮點啊！」
「沒問題，格魯莫！」
「那準備好了嗎？」
「好了。」
「咱們上路吧！」
「帕洛米德，剛才可真是一路狂飆啊！」出身野森林的騎士喊道。
「跑得真是漂亮。」
「您可注意到我從頭到尾吠個不停？」
「格魯莫爵士，我怎麼可能沒注意到呢？」
「呼呼，我已經好久沒這麼開心過了。」
他們披著一身怪獸行頭，興高采烈地喘著氣。

「我說帕洛米德，瞧我甩尾巴呀！」

「真有您的，格魯莫爵士，我也會眨眼呢。」

「不不，帕洛米德，你看我的尾巴，錯過可惜啊。」

「哎，我看您甩尾巴，您也該看我眨眼睛吧，這樣才公平。」

「可我人在裡面，什麼都看不到！」

「這個嘛，格魯莫爵士，敝人在下我也沒法轉頭看肛門。」

「好了，咱們再跑最後一趟。這回我不但要叫個痛快，還要甩尾巴。這樣肯定很嚇人。」

「敝人在下我則會持續眨眼。」

「帕洛米德，咱們跑的時候偶爾跳個兩下，你覺得怎麼樣？你懂我意思吧，就是後腳騰躍那樣。」

「既然是後腳騰躍，自然是由後半部獨自發動比較有效。」

「你是說我可以自己來？」

「正是。」

「哎，帕洛米德，你真是大好人一個，居然讓我一個人跳啊！」

「敝人在下我相信您在騰躍的時候會稍加留心，以避免對前半部的後面造成撞擊吧？」

「帕洛米德，就照你說的！」

「穿靴備鞍呀，格魯莫爵士。」

「喲呼，帕洛米德爵士。」

「嗟嗟、嗟嗟、嗟嗟，我們出發去探尋！」

王后體認到一件不可能的事。即使她的思想為蓋爾族的惡意所障蔽，總算也明白驢子不與蟒蛇為伍。無論她怎麼在那群可笑的騎士面前展現她的才能與美貌，或者繼續以愛情為餌追求他們，都沒有用。他們不過是一群撒克遜蠢材，而她卻是個聖人。情勢一轉，王后發現自己只在乎可愛的孩子。對他們來說，她可是全世界最偉大的母親！她心裡惦記著兒子，胸中充滿母性之愛。所以，當加瑞斯緊張兮兮地帶了一束白色石南來到她的臥房，為上回挨鞭子賠不是的時候，她抱著加瑞斯親個不停，眼角還同時瞄著鏡子。

他掙脫懷抱，擦乾眼淚，一方面覺得不舒服，一方面滿心狂喜。他帶來的石南被漂亮地插在一個沒加水的杯子裡——母親是個以家庭為重的人哪！而他可以自由離去了。於是加瑞斯帶著母親原諒的消息，蹦蹦跳跳跑出皇家寢室，像個陀螺似的下螺旋梯去了。

這裡和亞瑟王兒時玩耍的城堡大不相同。若非那座長橢圓形的塔屋，諾曼人大概認不出這是城堡。它比諾曼民族所知的任何事物都要老上一千歲。

男孩跑步穿梭於城堡之中，要把母親的關愛帶給兄長知道。這座城堡起源於遠古時代，本是一座海角堡壘，先住民的神異地標。他們被火山洪流般的無情歷史逼到海邊，於此海角天涯負隅頑抗。他們背對汪洋，在狀如舌頭的陡峭岩壁上築起高牆。高牆橫越舌根，而那原本象徵毀滅的無邊大海，反而成為周圍的天然防衛。正是在這海岬上，身上塗著藍色顏料的食人族用石塊堆砌高牆，十四呎高、十四呎寬，內有排屋讓人從中投擲燧石。他們在高牆外側安插千百尖石，構成一面朝外的鐵蒺藜，有如驚怕的刺蝟。夜晚，他們在高牆的庇護下，與家畜一同擠在木造小屋裡。敵人的首級高懸於牆頭長竿之上作為裝飾，國王更在地底祕密建造藏寶室，同時充作地下逃生管道。通道由高牆下方穿出，即便堡壘陷落，他也可以偷偷溜到敵軍背後。通道一次僅能容一人通過，此外亦設有特殊扭索，若後有追兵，則可趁其解除障礙物時襲其頭部。挖掘這座地下通道的工人事後被祭司王處決，藉此保守祕密。

這都是千年以前的事了。

隨著先住民的保育政策，洛錫安城不斷擴建。由於斯堪地那維亞的侵略，這兒冒出一座長形木屋；那兒的原始石牆則被推倒，改建圓塔供僧侶居住。那座包含牛棚和兩間寢室的橢圓形塔屋，則是最後才興建的。

加瑞斯便是在這片雜亂的歲月殘墟裡蹦跳奔跑，尋找自己的兄長；是在單坡頂屋和改裝的建物之間——它們本來是刻著歐延⑦文字，紀念過世已久的某甲之子某乙的石碑，後來才上下顛倒併入稜堡；是在那被大西洋氣流滌淨，因而顯得嶙峋的迎風峭壁上。小漁村依山傍海，位於下方的沙丘之間；是在那視野宏闊，放眼望去能見到十哩外的大浪和百餘哩天際積雲的地方。愛爾蘭的聖人與學者沿海而居，以一種既神聖又恐怖的姿態藏身圓頂石屋之中。他們在蜂巢小屋裡背誦五十首詩篇，在曠野中背誦五十首詩篇，跳入冰冷的海水而後背誦五十首詩篇，藉此表達對人世的強烈憎恨。聖托狄巴絕非其中典型。

加瑞斯在儲藏室裡找到三位哥哥。

這裡混雜了許多氣味，包括燕麥、火腿、燻鮭魚、乾鱈魚、洋蔥、鯊魚油、一桶桶醃漬鯡魚、大麻、玉蜀黍、雞毛、帆布、牛奶——每週四在此製作奶油；還有乾燥中的松木和草藥、蘋果、魚膠、製箭師傅用的亮光漆、外國香料、捕鼠器裡的死老鼠、鹿肉、海草、木頭刨花、一窩小貓、還沒賣掉的深山綿羊毛，以及辛辣的焦油。

加文、阿格凡和加赫里斯坐在羊毛上吃蘋果，爭論不休。

「這不干咱們的事。」加文固執地說。

阿格凡哀聲道：「明明就是呀！這件事和我們最有關係，而且又是錯的。」

「你竟敢說母親是錯的？」

「她有錯。」

「她沒錯。」

「你能提出證……」

「以撒拉遜人來說，他們算是不錯了。」加文道，「格魯莫爵士昨晚讓我試戴他的頭盔呢。」

「那跟這一點關係都沒有。」

加文說：「我不想談了。講這種事真下流。」

「不愧是加文！」

加瑞斯一進門，便看到加文怒視阿格凡，一頭紅髮下面紅耳赤。很明顯他又要大發雷霆了，偏偏阿格凡又是個倒楣的知識分子，即使受到暴力脅迫，還是礙於自尊而不肯讓步。他就是那種吵到一半就被人打倒在地，卻仍然躺在地上嘲諷對方的人。

「來呀，再多打幾拳呀，讓我瞧瞧你有多聰明！」

加文瞪著他。

「閉上你的嘴。」

「我不要。」

「那我就讓你閉嘴。」

「不管你怎麼做，事實就是事實。」

加瑞斯開口說：「阿格凡，別鬧了。加文，你不要理會他。阿格凡，你要是不閉嘴，他可是會殺了你喔。」

「我管他殺不殺我，反正我說得沒錯。」

「不要吵了。」

「我偏要吵。我說咱們應該寫封信給父親，向他報告那些騎士的事。我們應該把母親的事告訴他，我們……」

他話還沒說完，加文又衝了上去。

「你這靈魂賣給魔鬼的傢伙！」他怒吼，「叛徒！啊！你好大的膽子！」

阿格凡做了一件他們起衝突時從來沒發生過的事。因為他比較弱小，又很怕痛，因此他被揍倒的時候，竟拔出匕首來對付兄長。

「注意他的手啊！」加瑞斯大叫。

那兩人在羊毛堆裡滾了又滾。

「加赫里斯，抓住他的手！加文，不要打了！阿格凡，把刀子丟掉！阿格凡，你如果不把刀子丟掉，他真的會殺死你。啊，討厭啦你！」

男孩的臉色發青，匕首早已不知去向。加文雙手掐住阿格凡的喉嚨，正凶狠地抓阿格凡的頭去撞地板。加瑞斯抓住加文的上衣領口，扭轉衣領使他呼吸困難。加赫里斯躲得遠遠，四處找尋匕首。

「放開，」加文喘著氣，「放開我！」他沙啞地咳了兩聲，有如幼獅學習怒吼。

阿格凡的喉結受了傷，此刻他肌肉放鬆，雙眼緊閉，躺在地上打嗝，看起來彷彿命在旦夕。他們把加文拉開，按在地上，他還掙扎個不停，想要繼續未完成的工作。

離奇的是，每當他陷入這種狂怒之中，便彷彿沒了人性。多年以後，當他又被逼進這種狀態時，甚至還動手殺害女性——雖然事後悲痛不已。

假尋水獸完成之後，兩位騎士把它帶出城堡，藏在懸崖底下的一個洞穴裡，正好位於高潮線上方。接著兩人喝威士忌慶祝，眼看天色漸暗，便找國王去了。

兩人發現國王在自己房間裡，手拿鵝毛筆，面前一張羊皮紙。紙上沒有詩文，只有一張草圖，畫著兩顆交疊的心，上面各自寫著P[8]，被一箭穿透。國王正擤著鼻子。

「派林諾，打擾了。」格魯莫爵士說，「咱們在懸崖上看到了怪東西啊！」

「是什麼髒東西嗎？」
「哎，也不盡然……」
「我倒希望是。」
格魯莫爵士仔細衡量情勢，把撒拉遜人拉到一邊。兩人決定採取迂迴戰術。
「噢，派林諾，」格魯莫爵士口氣冷淡地說，「你在畫什麼東西？」
「你覺得是什麼？」
「看起來像一幅畫。」
「就是一幅畫。」國王說，「真希望你們倆離遠我一點。我的意思是，如果你們知趣一點就好了。」
「如果你在這兒畫一條線，應該會好些。」格魯莫爵士繼續說。
「在哪裡？」
「這兒，就豬這個地方。」
「老兄，我完全聽不懂你在說什麼。」
「真對不住啊，派林諾，我以為你在閉著眼睛畫豬。」
帕洛米德爵士覺得自己介入的時候到了。
他欲言又止地說：「老天保佑，格魯莫爵士可瞧見了一樁奇事啊！」
「什麼奇事？」
「是一個東西。」格魯莫爵士解釋。
「什麼樣的東西？」國王狐疑問道。
「你會喜歡的東西。」
「生了四隻腳。」撒拉遜人說。
「可是一隻動物？」國王問道，「還是植物？礦物？」
「動物。」
「是豬嗎？」國王又問，約略猜到兩人意有所指。

「不，不是啊，派林諾，不是豬。快把豬從你腦袋裡趕出去。這東西叫起來像獵犬哪！」

「像六十隻獵犬喲！」帕洛米德爵士解釋。

「那準是鯨魚了！」國王大叫。

「不不，派林諾，鯨魚哪有腳呢？」

「可是這聲音沒錯呀！」

「鯨魚真發出這種聲音？」

「老兄，我怎麼會知道？把話說清楚吧。」

「知道了，可是要怎麼講呢，這就像個猜動物遊戲啊。」

「不不，派林諾，這是咱們看到的一隻會吠的東西。」

「噢，我說！」他哀嚎著說，「你們兩個閉嘴吧！不然走開也好！一下鯨魚一下豬，這會兒又會吠了，我哪知道這是什麼東西？你們行行好，別來煩我，就讓我畫點小東西，然後自己上吊吧，也就這麼一回了。我是說，這樣的要求也不過分，對吧，啥，你們懂嗎？」

「派林諾，」格魯莫爵士說，「你要振作起來！咱們瞧見的可是尋水獸啊！」

「為什麼？」

「為什麼？」

「是的，為什麼？」

「你為什麼問為什麼？」

「我的意思是，」格魯莫爵士解釋，「你大可問『在哪裡？』或是『什麼時候？』，但為什麼問『為什麼』呢？」

「為什麼不呢？」

「派林諾，你腦袋不清楚啦？你聽我說，我們看到了**尋水獸**，這東西就在外頭懸崖上，近得很哩！」

「是『牠』，不是『東西』。」

「老夥計，管牠是不是東西，總之咱們看見啦！」

「那你們怎麼不去抓？」

「派林諾，要抓牠的人不是我們，而是你啊！再怎麼說，這是你一生的志業，對不對？」

「牠又蠢又笨。」國王說。

「牠蠢不蠢不是重點，」格魯莫有些不高興，「重點在於，牠是你的代表作啊，你不是常說嗎？只有派林諾家的人才抓得到牠！」

「抓牠有什麼意義？」國王問道，「啥？而且牠在懸崖上說不定快活得很。真不懂你們在大驚小怪什麼。」

「真正叫人難過的，」他話鋒一轉，「是有人想結婚卻結不成。我是說，那隻怪物對我有何好處？我可沒娶牠對吧？所以我幹麼成天追著牠跑？這不合邏輯嘛！」

「派林諾，你就是需要好好打個獵，抖擻一下精神。」

他們把筆拿開，給國王倒了幾大杯威士忌，自己也不忘喝個幾口。

「看來也只有這麼做了！」他突然說，「再怎麼說，只有派林諾家的人才抓得到！」

「這樣才勇敢！」

他們來不及阻止他，他便又說：「可我有時想起法蘭德斯女王的女兒，還是會難過。格魯莫，她並不漂亮，但她懂我。我們挺合得來，你懂我意思吧？我腦袋或許不怎麼靈光，一個人的時候又老碰上麻煩，可是我和小豬在一起的時候，她總是知道該怎麼做。也算是有個伴。年紀漸漸大了，有個伴總是不錯的，尤其是在我追了大半輩子的尋水獸之後，啥？在森林裡多少有些寂寞，倒不是說尋水獸不夠格當個伴，牠也算是。可你沒法和牠講話呀，小豬就不會這樣。而且牠又不會做菜。我實在不該跟你們說這些無聊事，可是說真的，有時我都覺得自己撐不下去了。小豬一點也不輕浮喲，你懂吧？我是真的愛她，格魯莫，真的，如果她願意回我的信，那不知該有多好。」

「可憐的老派林諾。」他們說。

「帕洛米德，我今天瞧見七隻喜鵲哩，就像廚房裡整排油炸鍋一樣飛過。」

「一隻悲傷，」國王向他們解釋，「兩隻喜悅，三隻成婚，四隻生男，所以七隻就是四個男孩，對吧，啥？」

「一定是。」格魯莫爵士說。

「牠們將會叫阿格洛法、帕西法、拉莫瑞克，還有一個的名字很滑稽，可我這會兒想不起來。就是這樣。不過我可真希望有個兒子叫多拿爾。」

「聽我說，派林諾，過去的事就讓它過去了，你要學著點，不然只是折磨自己。比如說啦，何不鼓起勇氣，去追你的尋水獸呢？」

「我看我非追不可了。」

「就是這樣，先別想其他的事。」

「我已經十八年沒追了，」國王悶悶不樂地說，「換點事情做也不錯。不知那獵犬跑哪去了？」

「啊，派林諾！你可想起來了！」

「高貴的國王陛下不如即刻啟程？」

「什麼？帕洛米德，今晚就去？摸黑嗎？」

帕洛米德爵士偷偷用手肘碰了格魯莫爵士。「俗話說真金不怕火煉。」他悄聲道。

「我懂你的意思了。」

「我想也沒關係，」國王說，「現在什麼都沒關係了。」

格魯莫爵士重新掌握了局勢，便喊道：「那太好啦！咱們就這麼辦：就在今天晚上，老派林諾埋伏在懸崖邊，我們倆呢，則一路把尋水獸趕過去。下午才看過牠，跑不遠的。」

稍後，兩人摸黑穿戴怪物裝的時候，格魯莫爵士問道：「剛才我說咱們負責趕尋水獸過去，你覺得我這個理由聰不聰明？」

「神來之筆。」帕洛米德爵士道，「我的頭沒歪吧？」

「好老弟，我什麼都看不到。」

撒拉遜人的聲音聽來有些不安。

「可真是暗得緊！」他說。

「別擔心，」格魯莫爵士道，「正好掩蓋咱們服裝的小缺陷。說不定過一會兒月亮就出來了。」

「老天保佑，他的劍向來不怎麼利。」

「哎，好了好了，帕洛米德，別臨陣畏縮啊。利不利我是不曉得，但我倒是精力充沛。可能是喝酒的關係。我告訴你，今晚我可要吠個過癮，跳個痛快！」

「格魯莫爵士，您跟我扣在一塊兒了，不是那幾個鈕釦。」

「請原諒啊，帕洛米德。」

「您是不是甩甩尾巴就好，不要跳了？因為跳的時候前半身不大舒服。」

「我不但要甩，也要跳！」格魯莫爵士口氣堅定。

「就照您的意思。」

「帕洛米德，把你的蹄子拿開，又踩到我的尾巴了。」

「剛出發的時候，您可不可以用手提著尾巴？」

「那就不自然了。」

「也對。」

「這下可好，」帕洛米德爵士苦澀地說，「居然下雨了。話說回來，這兒一天到晚都在下雨。」

他從蛇口探手出去，雨滴打在手背上，有如冰雹一般敲打著帆布。

格魯莫爵士威士忌喝多了，興高采烈地說：「親愛的前腳老兄，當初這可是你出的主意。開心點，黑人老兄，派林諾還在等我們過去，他的處境只怕更糟哩！畢竟他可沒有豹紋帆布遮風避雨啊！」

「或許雨會停吧。」

「當然會停！就是這樣啊，我的異教弟兄。好啦，準備好了沒？」

「好了。」

「喊口令吧。」

「左！右！」

「別忘了噠噠的馬蹄聲。」

「左！右！噠噠！噠噠！噠噠！您說什麼？」

「我只是在吠啊。」

「噠噠！噠噠！」

「看我奮力一躍！」

「哎喲，格魯莫爵士！」

「抱歉啊，帕洛米德。」

「敝人在下我恐怕沒辦法坐了。」

派林諾國王淋著大雨，動也不動站在山崖下，視線模糊地看著前方。他的獵犬拖著長長的繩子，已經圍著他繞了好幾圈。他穿著有點生鏽的全副鎧甲，雨從五個地方漏進來，包括左右外脛骨和前臂四處，但最慘的還是面甲。他的面甲是豬鼻子形狀，因為據說醜陋的頭盔可以嚇退敵人。派林諾國王的頭盔看起來像一隻愛管閒事的豬，雨水從豬鼻子進去，流下來搔得胸前好癢。國王正在沉思。

他心想：嗯，這麼做應該可以交代了吧。站在大雨裡頭一點也不舒服，可是那兩個好傢伙似乎一頭熱。很難再找到像老格魯莫如此親切的人，而帕洛米德雖是個異教徒，看來也很友善。既然他們興致高昂，陪著玩玩也是應該的。更何況可以讓獵犬出來溜達溜達。可惜牠老是要把自己纏住，但這是天性，改不了的。明天大概要整天刷洗盔甲了。

這樣至少有事做，國王悽慘地想著，總比整天沒事到處晃，一顆心永遠被悲傷啃咬要好多了。於是他又想起小豬。

公主的一個優點，就是不嘲笑派林諾。當你長年追趕尋水獸，偏偏又老是抓不到的時候，很多人會嘲笑你，可是小豬從來不會。她彷彿立即便能了解這事多麼有趣，還提出幾個捕捉尋水獸的好建議。某人並非故作聰明或如何，可是沒遭嘲笑總是好的。某人盡力了。

然後就到了可怕的那一天，那艘該死的船漂到岸邊。他們非上船不可，因為騎士必須勇於接受冒險。沒想到船竟然立刻開走。他們拚命向小豬揮手，連尋水獸也從林子裡探出頭來，一副驚惶失措的樣子，跟著他們游出海。可是船開呀開的，岸上的人越來越小，後來幾乎看不到小豬揮舞的那條手帕，接著獵犬就暈船了。

派林諾到每一個港口都寫信給她，將信件交給各地的旅店老闆，他們都滿口答應一定會送達。可是她連隻字半語也沒回覆。

最後國王下了結論，一定是因為自己配不上她。他的腦袋不清楚，也不聰明，又一天到晚把事情搞錯。堂堂法蘭德斯的公主為何要寫信給這種人？尤其又在他搭乘魔法船跑掉的情況下？這等於是棄人家不顧嘛，她當然有理由生氣了。雨下個不停，水滴得全身都是，這會兒連獵犬都打噴嚏了。盔甲一定會生鏽。這時候，一陣風吹著他頸背頭盔旋螺絲的地方。四下黑暗，恐怖極了。好像有什麼黏答答的東西從山崖上滴下來。

「不好意思，格魯莫爵士，是不是您在我耳邊聞聞嗅嗅的？」
「不不，老兄，走啊，走呀！我只是在努力叫罷了。」
「格魯莫爵士，我指的不是叫聲，而是一種沙啞的呼吸聲。」
「好傢伙，問我也沒用啊。我這兒只聽見吱吱嘎嘎的聲音，像風箱一樣！」
「敝人在下我認為雨就要停了，您覺得我們要不要也停下來？」
「哎，帕洛米德，你要停的話就停吧。可我們要是不趕快把這事搞定，我又要重頭再縫一次啦。停下來做什麼？」
「我只希望天色別這麼暗。」
「不能因為太暗就停下來呀！」
「是不能。如果可以該有多好啊。」
「那就走吧，老弟！左！右！這樣才對呀！」
「我說，格魯莫爵士，」不久帕洛米德爵士又說，「那個又來了。」
「哪個？」
「喘氣聲啊，格魯莫爵士。」
「你確定不是我的聲音嗎？」格魯莫爵士問道。
「非常肯定。這是一種帶有威脅或含情脈脈的喘氣聲，有點像虎鯨。本異教徒誠摯希望天色別這麼暗呀！」
「啊，這個嘛，不可能事事如你所願。快走吧，帕洛米德，這才像話嘛！」
又過了一會兒，格魯莫爵士陰沉地說：「老兄，你別一直撞我行不行？」
「可我沒撞您呀，格魯莫爵士！」
「哼，不然是誰撞的？」
「本人沒感覺到碰撞。」
「有東西一直撞我屁股。」
「會不會是您的尾巴？」
「不是，我把它纏在手上呀！」

「無論如何，前腳位於前半部，絕對不可能從後面撞您。」

「又來了！」

「什麼？」

「又撞我！這根本是惡意攻擊。帕洛米德，咱們遭到攻擊了！」

「不不，格魯莫爵士，您別胡思亂想。」

「帕洛米德，咱們得轉個身。」

「幹麼呢，格魯莫爵士？」

「瞧瞧是什麼東西在撞我。」

「敝人在下我什麼也看不到呀，格魯莫爵士，實在太暗了。」

「你從嘴巴伸手出去，看摸到什麼。」

「我摸到一個圓圓的東西。」

「那是我，帕洛米德爵士。你從後面摸到我了。」

「致上深深的歉意啊，格魯莫爵士！」

「沒關係，好老弟，沒關係的。你還摸到些什麼？」

這位好心的撒拉遜人結結巴巴地說：「是個冰涼的東西，而且……滑溜溜的。」

「帕洛米德，這東西會動嗎？」

「會動，還……還會聞聞嗅嗅啊！」

「聞聞嗅嗅？」

「聞聞嗅嗅啊！」

就在這時，月亮出來了。

「老天爺發發慈悲喲！」帕洛米德爵士從獸口朝外窺探，登時高聲尖叫。「跑啊，格魯莫，快跑！左！右！齊步走！跑步走！快啊、快啊！腳步對齊！哎喲，我可憐的腳後跟啊！哎喲，我的老天啊！哎喲！我的帽子呀！」

再等下去也沒用，國王心想。他們也許迷了路，或者不知跑哪兒快活去了。洛錫安的天候總是如此，濕得要命。他已經盡了全力配合，這會兒他們卻跑得不見蹤影，丟下他一個人和可憐的獵犬在這裡生鏽，未免太不體貼。真是糟糕。

他心意已決，便背起獵犬，走路回去睡覺了。

在一座陡峭懸崖的裂縫裡，冒牌尋水獸和自己的肚子爭吵。

「可是，我親愛的騎士先生，敝人在下我怎料得到會發生如此慘劇呢？」

「這是你出的主意，」肚子憤怒回道，「是你叫我們扮成這樣，都是你的錯。」

懸崖下方，正牌的尋水獸以一種多愁善感的姿態，在那浪漫的月光下等待牠的另一半，身後是銀白色的大海。此外，數十名心態扭曲的先住民，正藏身於岩石、沙丘、貝塚和圓頂石屋，專注觀察眼前情勢，試圖理解英格蘭人的陰謀詭計，卻只是徒然。

① 原文是maharajah sahib，指印度的大君，sahib是殖民時代印度人對歐洲人的敬稱。懷特應是故意藉此強調帕洛米德是異教徒（撒拉遜人）。

② Yodel，一種阿爾卑斯山區特有的真假嗓互換唱法。

③ The Wash，位於英格蘭東部的北海水灣。

④ 文字遊戲，原文是Flanders—Glanders，glanders是馬鼻疽病。

⑤ 也文字遊戲，原文是Daughter—ought to。

⑥ 即「豹子」誤音。

⑦ Ogham，g不發音。西元四世紀至七世紀用來寫愛爾蘭文的字母。亦見「歐甘」的譯法。

⑧ 派林諾（Pellinore）和小豬（Piggy）的字首都是P。

第十章

畢德格連，決戰的前夕。雙方陣地裡都有若干主教，為士兵祝福，聽人告解，舉行彌撒。亞瑟的部下態度虔誠，洛特王的人則不然——會打敗仗的軍隊大抵如是。雙方主教都保證己方必勝，因為上帝與他們同在，然而亞瑟王的部隊知道敵軍兵力是己方三倍，所以最好先得到赦免。洛特王的士兵也知道兩軍兵力懸殊，於是他們徹夜跳舞、飲酒、賭博，講著下流故事。至少歷史家是這麼說的。

在英格蘭國王的帳棚裡，最後的參謀會議已經結束，梅林特別留了下來，一副憂心忡忡的模樣。

「梅林，您在擔心什麼？難道我們終究要打敗仗嗎？」

「不，這場仗你會贏。直說無妨，你會盡全力奮戰，並且在正確的時間呼叫該叫的人。你的天性就是會打贏這場仗，所以告訴你也沒關係。不，我現在擔心的是別的事，有件事應該要告訴你。」

「和什麼有關呢？」

「看在老天分上！如果我記得和什麼有關，幹麼還要擔心？」

「和那個叫妮姆的女孩有關嗎？」

「不不不不，完全是兩回事。是一件……一件我想不起來的事。」

過了一會兒，梅林把鬍子從嘴裡拿出來，開始數手指頭。

「我跟你說過桂妮薇的事了，對吧？」

「我不相信。」

「沒關係。我也警告過你有關她和藍斯洛的事了。」

「不論您警告的事情是真是假，」國王說，「總之這個指控很卑鄙。」

「那我也說過神劍的事，要你小心劍鞘囉？」

「是的。」

「我說過你父親的事，所以不可能是這個，我也跟你提過某個人的事情。」

「最讓我頭痛的，」魔法師大喊，一邊大把大把地拔頭髮，「就是我不記得這件事究竟在過去還是未來。」

「那就別想了。」亞瑟說，「反正我也不想知道未來的事。我還希望您別老是為這些事情煩惱，我看了很擔心。」

「但是事關重大，我非說不可。」

「別去想它，」國王建議，「說不定自然就記得了。您應該放個假；最近為了警告和打仗的事，您用腦過度啦。」

「我會的！」梅林叫道，「等這場仗結束，我會去北亨伯蘭徒步旅行。我有個布萊斯師父①就住在北亨伯蘭，或許他能告訴我到底什麼事情想不起來。然後我們可以到野外賞鳥去，他對野生鳥類可有研究了。」

「那好，」亞瑟說，「您休個長假。等您回來，我們再想辦法預防妮姆的事。」

老人停止摸弄手指，目光銳利地看著國王。

「亞瑟，你是個天真的人。」他說，「這也是好事，說真的。」

「為什麼？」

「你還記得小時候那些魔法嗎？」

「不記得，我有過什麼魔法嗎？我記得自己對各種鳥獸很感興趣，所以才一直保留倫敦塔裡的動物園。可是我不記得有什麼魔法。」

「人總是善忘的。」梅林說，「我猜你也不記得我說過的寓言了？我常用寓言來解釋事情。」

「我當然記得。有一個是關於某位拉比還是誰的，就是我想帶凱伊一起去的那次，您跟我說的。我一直不懂那隻母牛為何會死。」

「嗯，現在我有另一個寓言要告訴你。」

「好呀！」

「在東方，或許就是雅卡南拉比的故鄉，有個人在大馬士革的市集裡遇見了死神，他發現幽靈恐怖的臉上有著驚訝的表情。這個人嚇壞了，跑去找一位智者，問他應該怎麼辦。智者說死神此番來到大馬士革，可能就是準備隔天早上把他抓走。這位可憐人嚇得六神無主，便問如何才能脫逃。最後他們想出一個辦法，那就是連夜騎馬逃到阿勒坡，藉此擺脫骷髏死神。

「於是他果真騎馬去了阿勒坡——那是一場可怕的逃亡，從來沒有人能在一個晚上走這麼遠的路。到了之後，他走進市集，暗自慶幸逃出死神魔掌。

「就在這時，死神走上前來，拍拍他的肩膀說：『抱歉，我是來抓你的。』『什麼？』那人害怕地大叫，『我不是昨天才在大馬士革碰到你？』『正是如此，』死神說，『所以當時我很驚訝，因為我的任務是今天來阿勒坡找你。』」

亞瑟仔細思索這令人毛骨悚然的老故事，半晌後他說：「所以逃避妮姆是沒用的？」

「就算我有意如此，」梅林說，「到頭來也是徒勞無功。時間和空間自有其道理，將來會由一個叫愛因斯坦的哲學家發現，有些人稱之為『命運』。」

「但我實在不懂您為何要像隻蟾蜍一樣被關在洞裡。」

「啊，這個嘛，」梅林說，「一個人為了愛情，什麼都做得出來。何況洞裡這隻蟾蜍不見得不快樂，可能比睡覺的時候還快活些。我就想點事情，等他們放我出來。」

「所以他們會放您出來？」

「陛下，讓我告訴你一件事，你聽了可能會很驚訝。我們倆都會再回來的，雖然那是幾百年後的事情。你知道將來自己的墓誌銘寫些什麼嗎？『*Hic jacet Arthurus Rex quondam Rexque futurus*』②你還記得拉丁文嗎？這句話的意思是『永恆之王』。」

「我和您一樣，以後都會再回來？」

「亞瓦隆峽谷裡的人是這麼說的。」

國王沉思良久。外頭夜色濃重，色彩鮮明的帳幕裡悄靜無聲。衛兵行走於草地上，也聽不到腳步聲。

最後他開口說：「不知道將來有沒有人會記得我們的圓桌？」

梅林沒有回答。他低頭垂著花白的鬍鬚，雙手放在膝間，緊緊握著。

「梅林，他們會是什麼樣的人啊？」年輕國王快快不樂地喊道。

① Bleise，在《亞瑟之死》中，畢德格連森林一戰後，梅林講述了布洛伊斯（Bloyse）的故事，他即是記錄圓桌武士事蹟的人。

② 即「永恆之王亞瑟長眠此處」。

第十一章

洛錫安的王后躲進了寢室，與客人斷絕一切聯繫，派林諾只好一個人吃早餐。飯後他到海邊散步，欣賞海鷗飛過頭頂；牠們就像白色的羽毛筆，頭部輕輕沾了墨水。老鸕鶿站在岩石上晒乾翅膀，有如一個個十字架。派林諾和往常一樣感傷，又有點煩惱，因為他好像少了什麼東西。其實他少的是帕洛米德和格魯莫，如果他想得起來。

就在這時，他聽見一陣叫喊聲，便過去探個究竟。

「在這兒啊，派林諾！嗨！我們在這兒啊！」

「哎，格魯莫，」他饒富興味地問，「你們在懸崖上做什麼？」

「看看那怪獸啊，老兄，看看那怪獸！」

「噢，哈囉，你們找到格拉提桑啦。」

「親愛的老兄，看在老天分上，想點辦法吧，咱們被困了一整夜啦。」

「可是格魯莫，你扮成這副德行作啥？身上還有斑點什麼來著，帕洛米德頭上又是什麼東西？」

「老兄，別光站在那兒說話呀！」

「可是格魯莫，你好像長了根尾巴，我看它在你背後晃啊晃的。」

「我當然有尾巴！可不可以請你別說了，做點什麼吧？咱們被困在這該死的裂縫裡一整晚，累得都快站不起來啦。快啊，派林諾，動手宰了你這隻尋水獸吧！」

「哎，我說我殺牠做什麼呢？」

「我的老天爺，你這十八年來不一直想殺牠嘛？快啊，派林諾，行行好幫個忙。你要是不趕緊想辦法，咱們就要摔下去了」

「我不懂的是，」國王難過地說，「你們怎麼會跑到山崖上去，而且又穿成這樣？看你們這身打扮，好像自己要當尋水獸似的。話說回來，尋水獸又是打哪來的呀，啥？我是說，這整件事好突然啊。」

「派林諾，我問你最後一次，你到底要不要殺怪獸？」
「為何？」
「因為牠把我們逼上懸崖啦！」
「這倒有些不尋常。」國王說，「牠向來不會對人這麼感興趣。」
格魯莫爵士聲嘶力竭地喊道：「帕洛米德認為牠愛上咱們倆啦！」
「愛上你們了？」
「是嘛，你瞧，我們不是打扮成尋水獸的模樣嗎？」
「所謂物以類聚嘛。」帕洛米德爵士有氣無力地說。
派林諾國王笑了起來，這是他抵達洛錫安後首次露出笑容。
「哎呀！」他說，「老天保佑，真是前所未聞啊！帕洛米德為何認為牠愛上他了呢？」
格魯莫爵士一本正經地說：「尋水獸整晚繞著懸崖走來走去，一會兒磨啊蹭的，一會兒又咕嚕咕嚕叫，有時候還把頭纏在石頭上，用那種眼神看我們。」
「哪種眼神啊，格魯莫？」
「老兄，你瞧牠現在這模樣。」
尋水獸絲毫不在意主人的到來，反而含情脈脈地凝視帕洛米德爵士。牠的下巴緊貼著山壁腳，熱切而誠摯，偶爾搖一下尾巴。牠的尾巴在小圓石地面左右掃動，尾巴上紋章一般的草束和葉飾發出沙沙聲，有時還低聲悲泣，抓著山壁。接著牠又覺得自己太過唐突，於是優雅地拱起蛇頸，把頭藏在肚子底下，偷偷從眼角往上窺視。
「哎，格魯莫，你要我怎麼做？」
「我們只想下來。」格魯莫爵士說。
「我看得出來，」國王說，「看起來是個好主意。聽好了，我實在不曉得這事究竟怎麼開始的，啥，但我知道你們想下來，非常清楚。」
「那就殺了牠吧，派林諾，殺了這要命的東西。」
「哎，說真的，」國王說，「這我可不確定！畢竟牠誰也沒礙著，對吧？戀愛是好事，這可憐的怪獸不過是動了情，我不懂為何要殺牠。我要說的是，我自己也在戀愛，是吧，啥？所以多少有點同理心。」

「派林諾國王，」帕洛米德爵士口氣堅定地說，「您再不趕緊採取行動，敝人在下立刻就要壯烈成仁，含笑九泉啦！」

「可是我親愛的帕洛米德，你難道不知道嗎，我就算想殺也殺不成呀，因為我的劍是鈍的。」

「那就把牠敲昏吧，派林諾。給牠頭上狠狠來一記，老兄，或許牠就腦震盪啦！」

「格魯莫老哥，你說得倒是容易，可萬一我沒打昏呢？說不準把牠給惹火了，格魯莫，然後我該怎麼辦呢？就我個人而言，實在不懂你為何要對付這東西。再怎麼說，人家不過是喜歡你，對吧，啥？」

「不管牠的行為動機如何，重點是咱們被困在懸崖上啊！」

「那你們下來不就成了？」

「老哥，我們一下去就會遭受攻擊啊！」

「那只是愛的表現，」國王安撫他們，「像是獻殷勤嘛，我相信牠不會傷害你們的。你們只要走在牠前頭，一路走回城堡就行啦，啥？其實你們不妨也稍微鼓勵牠一下，畢竟人人都希望感情付出有回報嘛！」

「你的意思是，」格魯莫爵士冷冷地問道，「叫我們和這隻爬蟲類打情罵俏？」

「這樣事情一定會容易許多，我是說，走回去的路上。」

「你倒是說說我們該怎麼做。」

「哎，帕洛米德沒事可以和牠纏纏頸子，是吧，你也可以甩甩尾巴呀！能不能順便舔牠鼻子呢？」

「敝人在下我，」最後帕洛米德爵士一臉嫌惡、氣若游絲地說，「既不會纏頸子，也不會舔鼻子。此外本人就要跌下去了。再會！」

說完這話，倒楣的異教徒鬆開雙手，從懸崖上摔了下去，眼看就要落進怪獸嘴裡——但是格魯莫爵士抓住了他，殘存的鈕釦則固定住他的位置。

「看吧！」格魯莫爵士說，「瞧你幹的好事。」

「可是，我親愛的老兄……」

「誰是你親愛的老兄！你分明是見死不救！」

「噢，什麼話！」

「對，就是你，無情無義。」

國王抓抓頭。

「我想，」他有些懷疑地說，「我應該可以抓住牠的尾巴，讓你們趁機逃走。」

「那就快，你要是不馬上行動，帕洛米德一掉下去，我們就要分成兩半了。」

「我還是不懂，」國王傷心地說，「你們一開始為何要打扮成這樣。這對我來說是個謎啊！」

「不過呢！」他補上一句，同時抓住尋水獸的尾巴，「來吧，老女孩，起來，我們也只好看著辦了。好了，你們兩個快逃命去。快啊，格魯莫，我感覺尋水獸不大高興啊。啊，妳這壞東西，放開！快跑，格魯莫！壞東西！呼！不乖不乖啊！放開！快啊，你們，快點跑！過來過來！別碰啊！牠馬上就要掙脫啦！乖乖過來妳聽到沒？蹲下！到我後面！喔妳大壞蛋啊！再跑快點啊，格魯莫！坐下坐下！躺下啊，野獸！妳好大膽子！小心啊，老兄，牠追來了！噢，妳要玩真的是吧？看啊！牠真咬我啦！」

兩人搶先一步跑到吊橋，吊橋隨即在兩人身後拉起。

「呼！」格魯莫爵士解開後半身的鈕釦，站起身擦擦額頭。

「嗚喔！」幾位送雞蛋來城裡的老太太說。城堡裡有些人能講幾句英語，包括聖托狄巴和茱蘭阿姨。

「毛皮光澤小東西，畏縮膽小的壞東西！」守吊橋的人說：「噢，把我嚇得慘兮兮！」

「滾開啊！」其他人說。

「可愛的帕洛米德爵士，他要刀下來撕啦！」幾位明知他們徹夜受困峭壁上，卻隻字未提的古民說。這是他們的習慣，因為害怕吃虧上當。

眾人轉身察看異教徒，發現此言果然不假。帕洛米德爵士倒在一座騎馬踏腳石上，劇烈地喘著氣，連怪獸的頭也沒力氣拿下。大家幫他拿下來，又往臉上潑了一桶水，再用圍裙幫他搧風。

「啊，這刻臉的人」他們滿懷同情心地說，「這撒克遜人啊！這黑皮膚的野蠻人啊！他是不是回補來啦？再給他一點水，啊，再潑一桶啊！」

帕洛米德爵士悠悠轉醒，鼻子冒著氣泡。

「敝人在下身在何處？」他問道。

「咱們都在這兒啊，好老弟，咱們安全回來了，怪獸在外頭呢。」

一聲悲傷的哀嚎穿過鐵閘門，彷彿三十對獵犬對月長嚎，為格魯莫爵士的說詞作證。帕洛米德爵士不禁發起抖來。

「咱們應該到外頭瞧瞧，看派林諾國王回來了沒。」

「好的，格魯莫爵士，請先給我一秒鐘恢復精神。」

「尋水獸可能已經加害於他了。」

「可憐的傢伙！」

「你覺得怎麼樣？」

「微恙而以，馬上就過去了。」帕洛米德爵士鼓起勇氣說。

「那我們別浪費時間，說不定這會兒怪獸正在吃他呢！」

「請帶路吧！」異教徒說著撐起身子，「朝城垛前進！」

於是乎一群人邁開步伐，爬上橢圓塔屋的狹窄階梯。

從高處往下望去，峽谷裡的尋水獸變得很小，彷彿頭腳顛倒。峽谷與城堡接壤，牠坐在谷中一塊大圓石上，尾巴垂在小溪裡，歪頭仰望吊橋，舌頭伸在外面。沒有派林諾的蹤影。

「顯然怪獸沒在吃他。」格魯莫爵士道。

「除非他已經被吃了。」

「在這麼短短的時間裡，老兄，我看牠是來不及。」

「不然也會留下骨頭什麼的，至少會留下盔甲。」

「就是說。」

「您覺得我們該怎麼辦？」

「真叫人頭疼呀。」

「您看我們是不是冒險出擊？」

「帕洛米德，你不覺得我們應該先觀望一陣嗎？」

「所謂三思而後行。」帕洛米德爵士同意道。

他們觀望了半個小時，在場的古民因為缺乏刺激，紛紛失了興趣，喀噠喀噠跑下樓梯，隔著城牆朝尋水獸丟石頭。兩位騎士則留在瞭望臺上。

「現在的情勢可真複雜。」

「可不是嘛。」

「我的意思是，你仔細想想就會明白。」

「完全正確。」

「一方面奧克尼王后發著脾氣——我看她對那隻獨角獸很有意見哪，另一方面則是派林諾悶悶不樂。而你不是應該要愛上美人伊索德[①]嗎？這會兒尋水獸又同時愛上咱們倆了。」

「很混亂的局面呀。」

「仔細想想，」格魯莫爵士不安地說，「愛情可真是一種強烈的情感。」

就在這時，兩個緊緊纏繞的人影從懸崖邊的路上緩步走來，彷彿是來印證格魯莫爵士的說法。

「我的老天，」格魯莫爵士叫道，「這是怎麼回事？」

兩人越走越近，身影逐漸清晰。其中一人是派林諾國王，他摟著一名肥胖中年女子的腰。女子穿著橫鞍裙，生了一張長長的馬臉，臉色紅潤，手中拿著狩獵短鞭，頭髮挽成一個髻。

「那一定是法蘭德斯女王的女兒！」

「我說，你們兩個！」派林諾國王看見他們，便高喊道：「我說，看這裡啊，你們知道是誰來著，猜得到嗎？誰想得到啊，啥？你們猜我找到誰了？」

「啊哈！」胖女士的聲音宏亮，用狩獵短鞭頑皮地輕拍他的臉頰。「是誰來找誰啊？」

「是啊、是啊、我知道！根本不是我找到她，是她找到我啊！你們覺得怎麼樣？」

「而且你們知道嗎？」國王亢奮地續道，「我那些信一封都回不了，因為我沒附回郵地址！我們根本也沒地址可寫！我就知道有地方出了差錯。所以小豬就騎上馬，你們知道嗎，翻山越領來找我啦！尋水獸可幫了她大忙——因為牠生了個好鼻子，而咱們那艘魔法船呢，你們一定想不到，可它八成也有點腦筋，看我難過得厲害，居然跑回去接她們啦！多貼心啊！她們不知在哪裡的小海灣裡找到船，就來到這兒啦！」

「可咱們站在這兒做啥？」國王叫道。他興奮得要命，以致於旁人無法插話。「我要說的是，咱們何必這麼喊來喊去的？你們覺得這樣禮貌嗎？你們倆是不是應該下來放我們進去啊？這吊橋又是怎麼回事？」

「是尋水獸啊，派林諾，尋水獸！牠在峽谷裡啊！」

「尋水獸又怎麼了？」

「牠包圍城堡啦！」

「喔對，」國王說，「這下我想起來了，牠咬了我一口。」

他舉起綁繃帶的手揮了揮，「你們瞧瞧，小豬馬上就幫我包紮了。她是用那個什麼幫我綁的，哎，就是那個。」

「襯裙！」法蘭德斯女王的女兒朗聲道。

「對對，就是用襯裙！」

國王笑得渾身發抖。

「這是好事，派林諾，都是好事，但你打算拿尋水獸怎麼辦呢？」

國王陛下興高采烈地大叫：「喝，尋水獸嘛！這有啥大不了，我就收拾牠去！」

「好啦！」他大步走到峽谷邊，揮劍喊道：「好啦！妳走開吧！去！去！」

尋水獸心不在焉地看了他一眼，動動尾巴表示認得，注意力便又回到城樓上。偶爾有古民丟的石頭飛來，都被牠靈敏地接住而後一口吞下，就像你要把雞群趕開，牠們卻偏偏不走那樣。

「把吊橋放下！」國王下命令，「我來對付牠！去啊，快點去啊！」

城裡的人猶豫地降下吊橋，尋水獸立刻靠上前去，滿臉希望的表情。

「好啦，」國王叫道，「妳先衝進去，我來殿後。」

吊橋還未降至地面，小豬便箭步衝了過去。派林諾國王或許身手不那麼矯健，或許是被尋水獸的溫情分了心，結果和她在過道上撞個正著。尋水獸從他們後方衝來，把國王撞倒在地。

「當心！當心啊！」聚集在城堡裡的僕人、魚婦、鷹匠、蹄鐵匠、製箭師父和其他好心人齊聲高呼。

法蘭德斯女王之女轉過身，有如護子心切的母老虎。

「快滾啊，不要臉的野丫頭！」她大喊，拿起短鞭朝怪獸的鼻子抽去。尋水獸噙著眼淚退開了，鐵閘門也在這時轟隆隆下，將雙方隔了開來。

到了那天晚上，又有新的危機產生。看來格拉提桑怪獸是打定了主意，要包圍城堡直到伴侶出現為止。碰上這樣的情況，帶雞蛋來市集賣的先住民除非有人護送，否則也不願出城。最後三位南方騎士還得劍拔弩張地送他們到山腳下。

在村子街上，聖托狄巴正等著迎接護衛團，有如一個邋遢的森林之神，被四個男孩前後簇擁著。他滿口威士忌酒氣，心情正好，揮舞著手中棍杖。

「一個故事都不講了！」他大喊，「我這會兒可不是要和茱蘭大娘結婚啦？又和鄧肯打了這麼一架，再也不當聖人啦！」

「可喜可賀啊！」孩子們對他說了第一百次。

「我們也過得很好，」加瑞斯補充說，「我們每天晚餐都能端菜呢。」

「榮耀歸於主！每一天都行嗎？」

「是啊，而且母親還帶我們去散步。」

「哎，你看看，讚美青春，青春就來啦！」

聖人見到護衛隊出現，立刻像個伊洛克族人[②]狂吼了起來。

「叛徒納命來！」

「別緊張，」他們說，「別緊張啊，聖人先生。他們拔劍並不是要來打架的。」

「怎麼不是？」他憤慨地問道，然後趨前吻了派林諾國王，熏得他滿臉酒氣。

國王道：「我說，你當真要結婚了？我也是啊！你開不開心啊？」

聖人的回答是雙臂緊緊摟住國王脖子，硬拉他去茱蘭大娘開的私酒店。派林諾其實有些不情願，因為他只想快快回到小豬身邊，但顯然他們非得舉行單身漢派對慶祝一番。蓋爾族人的惡意如同霧氣一般退去，無論是受愛情感染，抑或威士忌的效用，又或者霧氣本來便容易消散；當地居民總算是拋開種族恩怨，敞開他們溫暖的北國胸懷，把三個南方人當成貴賓款待了。

① 在《亞瑟之死》中，帕洛米德爵士無意間瞥見伊索德，為之怦然心動而大發豪勇，在比武大會中連戰皆捷，拿下冠軍。

② Iroquois，現居美國紐約州和威斯康辛州的原住民部落。

第十二章

畢德格連之戰的地點靠近謝伍德森林中的索赫特城①，時間則是聖靈降臨節假期間。這是一場決定性的戰役，從某些方面來講近似於後來所謂的「總體戰」。

反叛的十一位國王打算用諾曼人的方式與統治者決戰，也就是亨利二世和他兒子們那種獵狐狸的態度：目的是為了娛樂和獵物，而無意置對方於死地。這些國王指揮著坦克車般的貴族騎士，準備冒運動的風險，亦即裘洛克斯②所說的那種風險。洛特王帶頭的這場叛亂，做法可說與獵狐狸如出一轍，卻沒有罪惡感，而且危險程度只有二成五。

不過十一叛王總需要一點戰功。騎士雖無意大規模自相殘殺，卻沒有理由對農奴手下留情。照他們的估算，一天下來若無獵物袋可供炫耀，那就一點意思都沒有了。

於是呢，照反叛諸侯的意思，這應該是場雙重戰役，或者是戰中有戰。位在十一王聯軍外圈的是六萬步兵和武裝護衛，他們受徵召而來，裝備欠佳，胸中燃燒著因蓋爾族悲劇而生的怒火，準備和亞瑟的兩萬英格蘭步兵拚命。兩軍之間存有種族的深仇大恨，然而這樣的對立關係卻是由那些無意拚個你死我活的「貴族上層」所掌控。於是軍隊有如成群獵犬，彼此的拚殺完全受獵犬主人命令，而主人卻將此當成一場刺激的賭局。舉例來說，假如這些獵犬陣前抗命，洛特及其黨羽將會很願意和亞瑟的騎士並肩作戰，弭平暴動，因為在他們看來，這才是真正的叛亂。

依照傳統，這些位於權力核心的貴族彼此之間還比和自己部下來得親近。對他們來說，率領大隊人馬出戰，一來是為了讓自己的獵物袋好看，二來則是為了排場。對他們來說，要打一場好仗，非得要「戰場上頭、手、肩膀齊飛，刀劍聲響徹森林和水邊」。飛當然是飛農奴的頭、手、肩膀；刀劍聲響則因雙方鐵甲貴族交手而生，空有聲音，卻無斷肢殘廢之虞。在洛特統率之下的戰爭大抵如是。等一定數量的農奴腦袋搬家，英格蘭騎士也被修理得差不多了，亞瑟便會明白再戰無益，轉而屈服求和。於是雙方會達成停戰協議，贏家可從豐厚的贖金中大賺一筆，然後一切又恢復舊觀。唯一的差別是封建共主的迷思將被打破，反正本來也就只是個迷思罷了。

不消說，這樣的戰爭當然得照規矩來，就和獵狐狸一樣。只要天氣許可，戰爭便會在約定的集合時地展開，一切依循往例進行。

亞瑟卻另有想法。畢竟在他看來，這一點也談不上「娛樂」：讓八萬平民相互殘殺，少數人卻在坦克車一般的外殼保護下，為了賺取贖金而演習。亞瑟漸漸認為那些頭、手、肩膀都是有價值的，亦即其擁有者的價值，即便他們只是農奴。經過梅林的教導，他對傳說中獅心理察那樣的做法漸生疑竇：放任鄉村為敵所掠，農民莊稼毀壞，士兵慘遭屠戮，然後自己支付一筆無關痛癢的贖金——這根本不合邏輯。

於是英格蘭國王下令，在他的戰爭中沒有贖金這回事。他的騎士要對付的不是敵方步兵，而是蓋爾邦聯的騎士。既然兩族原本就有心結，便讓步兵的歸步兵，各自盡全力拚鬥。但是他自己的貴族則要以對方貴族為攻擊目標，將之視為普通步兵，絕不講和，也無視任何芭蕾舞者的規範；要讓敵方首腦見識戰爭的真相，直到他們對事實有所體悟，此後對戰爭避之唯恐不及為止。

此刻他已明白，是役告終之後，他畢生的使命便是與一切憑恃武力而扭曲良善的惡行奮戰到底。

所以我們應可相信，國王的士兵在決戰前夜確實誠心悔過。少王的願景已進入麾下將領和士兵心中：圓桌武士的新理想將由苦難中誕生，他們勢必冒險犯難，做出令人厭惡的事情，只為良善之故——因為他們很清楚這場仗只有流血和死亡，而無其他報償。除了在心懷恐懼的情況下為所應為，因而無愧於良心，他們將一無所獲。邪惡之徒往往過度感情用事，將如此行徑稱作光榮，從而貶低其價值，然不改其光榮真諦。一個個年輕士兵跪在分送上帝之愛的主教面前，上述信念深植心中。他們知道敵人數目是己方三倍，而到了日落時分，自己溫熱的身軀或許早已冰冷。

亞瑟以暴行開啟戰局，此後暴行不斷。首先，他並未依循慣常的開戰時間。照理他應該先讓軍隊吃過早餐，然後領兵與洛特對峙，等到中午、戰線排列妥當，再下令開戰。開戰的信號發出之後，他應該派騎士向洛特的步兵衝鋒，而洛特的騎士則會向他的步兵衝鋒，如此展開一場精彩的屠殺。

反之，亞瑟趁夜出擊，採取一種可悲又無禮的戰術，在黑暗中發出一聲印地安式的戰呼，血脈賁張，手持神劍，大膽地以一敵三，殺進叛軍營地。敵軍的騎士數量遠超過亞瑟，光是叛軍領袖「百騎王」一人所帶領的騎士，數目就是圓桌武士後來全盛時期的三分之二。此外，亞瑟並未挑起戰端，而是在國內距邊境數百哩之處抵抗侵略，而這個侵略行動也不是他引發的。

帳棚倒塌，火炬燃亮，刀劍交擊，殺聲四起，還雜著驚惶的哀嘆。那喧嘩噪音，殺人或被殺的惡鬼在火光映照下漆黑的身形——當年謝伍德森林的殺戮戰場，如今卻是橡樹成蔭的茂密景致！

這是一個卓越的開始，成功隨之而來。十一叛王和旗下貴族均已穿好盔甲——那時貴族穿戴盔甲極其費時，往往持續終夜。若非如此，攻方或許兵不血刃即可獲勝。反之，他們只取得了主動權，但也始終保持主動的優勢。先住民騎士並肩殺出混亂的營地，勉強組成一支裝甲兵團，其數量仍為國王手下有盔甲保護者數倍之多，卻少了慣有的步兵屏障。由於時間匆促，來不及編組步兵，還跟在貴族身邊的若非士氣渙散，就是無人領導。亞瑟把步兵交給梅林指揮，去對付以敵營為中心的對方士兵，自己則帶著騎兵，緊追在叛亂諸王後頭。他既已讓他們奔逃，便知道必須窮追不捨。敵軍又驚又氣，認為這是毫無騎士風範的個人侮辱；更對這種直截了當的殺人行徑感到不可思議。照國王這樣做，豈不是把貴族當成撒克遜步兵一般亂殺了嗎？

國王的第二樁暴行，是他根本忽視了步兵。他把戰爭中涉及種族仇恨、雖邪惡但確實存在的部分留給兩族自行解決——也就是留給營地裡廝殺正烈的步兵和梅林的指揮，騎兵則迅速衝過。帳棚裡雖是每三個蓋爾人對一個高盧人，然而他們遭受突擊，反而居於劣勢。亞瑟對這些步兵並無特別惡感，他將怒氣集中在騙誘他們混亂腦袋的領袖身上，卻也知道非讓他們打上一場不可。他只希望自己的軍隊能夠獲勝。在這同時，他的任務是對付敵軍將領。天色漸明，亞瑟戰法的暴虐之處益發明顯。

原來十一位國王勉強組織了一道步兵屏障，躲在後面等待亞瑟衝鋒。照說他應該衝進這一排驚慌失措的民兵陣中，左揮右砍大肆屠殺，但他卻視若無睹，策馬飛奔而過，彷彿不把他們當成敵人，甚至連動手攻擊都沒有，逕自朝有護甲在身的敵軍核心衝去。步兵群感激涕零地接受如此仁慈之舉，似乎毫不覺得為洛錫安送命是件光榮的事。戰後，據叛軍將領所說，這並非匹克特族的紀律。

新的一天開始，衝鋒同時發動。

你或許曾在軍操表演或某個展覽上的露天古裝劇場看過騎兵衝鋒，如果有，你便知道騎兵衝鋒不是用「看」的，而是用聽的。聽那如雷的馬蹄聲、顫抖的大地、猛烈的砲火、色彩鮮明而踩踏不斷的涼鞋！是的，而且這還只是普通騎兵演練，而非中古騎士衝鋒。想像一下，兩倍重於午夜古裝表演馬兒的坐騎，馬背上的人也因為裝備和盾牌而重達兩倍。再加上盔甲撞擊的鈸音和韁繩的叮噹聲。把制服變成陽光下耀眼的鏡子，長槍則變成鋼打的長矛。這時長矛放低，他們眼看就要衝來了。大地在馬蹄下震動，身後土塊紛飛，地上留下深深的蹄印。然而真正可怕的不是馬背上的人，也不是他們手中的長矛或刀劍，而是戰馬的鐵蹄，是那橫跨戰場、無處可逃、排山倒海而來的鋼鐵方陣的衝擊力。那力道彷彿能將人踏得粉碎，擊打著大地，比鼓聲還要響亮。

蓋爾邦聯的騎士盡全力迎戰，站穩陣腳，予以反擊。然而這是他們首次遇上不顧階級差異的敵人，又遭受猛烈攻擊，加上原本仗著人數是對方四倍以上，心高氣傲，怎麼也想不到會被兵力如此薄弱的敵人衝殺又衝殺，最後終究影響了士氣。他們在接連衝鋒之下逐漸讓步，陣形未亂但不斷後退，被驅趕著沿謝伍德森林中的一片空地移動。那是一片寬闊草地，有如長滿青草的入海河口，樹林夾立兩側。

在這個階段的戰事中，許多人表現出英勇戰績。洛特王單挑梅里奧・德・拉・胡赫爵士與克萊倫斯爵士。之後他遭凱伊刺落馬下，又爬上馬，卻再度被亞瑟砍傷肩膀——年輕、神采飛揚、情緒亢奮的亞瑟簡直無所不在。

身為將領，洛特似乎是個訓練嚴明的軍人，而且有點怯懦。他固然拘泥形式，卻仍是精明的戰術家。到了中午，他似乎認清自己碰上了一種新的戰爭，需要新的守備方式。照目前看來，亞瑟那群魔鬼般的騎兵對贖金毫不關心，而且打算拚老命衝殺己方騎兵構築的銅牆鐵壁，直到攻破為止。他決定採取消耗戰。於是在戰線後方的一場緊急作戰會議上，叛軍將領決定，由洛特帶著四位國王和半數守軍沿空地後退，嚴陣以待。其餘六位國王足以守住英格蘭軍隊，藉此讓洛特的部下休息重整。等陣地布置妥當，前鋒六王便後退穿越陣地，由洛特等人防守前線，換他們休養生息。

叛軍照著這個指令分開了。

亞瑟見到敵軍兵分兩路，明白等待已久的時機來臨，立刻遣侍從騎馬衝進森林。原來他早已和班恩、勃爾斯兩位法國國王達成互助協議，這兩位盟友從法國率領約一萬人前來相助。法軍以預備部隊的身分，埋伏在空地兩側的林子裡。國王的策略就是將敵人往他們那裡趕。侍從策馬飛奔，茂密的橡樹林中閃現盔甲反光，洛特這才明白中計。然而他只注意到空地的一側，勃爾斯王正率兵猛攻他的側翼，沒注意到班恩王在另外一頭。

到了這個地步，洛特有些膽怯了。他肩上負傷，才與視誅殺貴族為理所當然的敵人交手，現在又遭到伏擊。「噢，守護我們免於死亡和恐怖傷害」，據說當時他是這麼說的，「因為我們已身陷死亡之險境③」。

他派卡拉鐸斯國王領一精銳中隊前去迎戰勃爾斯，卻發現另一名侍從已經從對面引出了班恩王。他雖仍占有數量上的優勢，但已勇氣盡失。「哈！」他對坎伯涅公爵喊道，「此戰敗矣！」據說他還「因憾恨與悲傷④」而痛哭。

卡拉鐸斯本人被打下馬，他率領的中隊亦遭勃爾斯王擊潰。六王組成的前鋒也在亞瑟連續衝鋒下節節敗退。洛特帶著摩根諾國王的部隊，轉身面對班恩王，期能守住側翼。

假如天色再多亮一個小時，叛亂或許就要在當日結束了。然而夕陽西沉，當晚正好又沒有月亮，才救了先住民一命。亞瑟下令收兵，準確判斷敵軍已經士氣渙散，便讓部下安眠一晚，枕戈待旦，只留少數衛兵警戒。

精疲力竭的敵軍昨晚才通宵賭錢，現在又反側難眠。他們若不是全副武裝，就是召開作戰會議。如同所有曾發兵攻打格美利的高地軍隊，他們互不信任。他們認為敵軍會再次發動夜襲，因今日一戰而憂懼喪膽。他們意見紛歧，有人主張投降，有人則堅持抗戰到底。一直到曙光初露，洛特王才讓其他人順從他的意。

在他的命令之下，殘餘的步兵被當成牲口一般趕開，各自逃命。騎士則團結起來，組成單一方陣以抗敵軍衝鋒，此後任何人若臨陣脫逃，將立即因怯懦之罪而被射死。

到了翌晨，他們還不及排好陣形，亞瑟已派兵攻至。他的戰術與之前相同，起先只派四十名騎兵小隊進攻。這支突擊部隊乃是嚴挑細選，成員皆勇氣過人。他們繼續昨天下午的猛攻，全速衝鋒，一舉穿越或突破敵陣，然後重整隊伍，再次發動強襲。頑強的敵人軍團在猛攻之下敗退，一肚子怨氣，意志消沉，鬥志全失。

時至正午，三位同盟國王全軍出動，準備一舉擊潰敵軍。一時間殺聲震天，斷裂的長矛紛飛，馬兒前腳在半空中扒抓然後重重倒地，叫喊聲撼動樹林。結束之後，在那飽經踐踏、草皮被馬蹄翻起，遍布各式兵器碎片的草地上，只剩一片不自然的靜寂。有人仍騎著馬，漫無目的地走動，再無蓋爾騎士兵團的蹤跡。

國王騎馬自索赫特城返回時，梅林出來迎接。魔法師滿臉倦容，依舊沒有騎馬，穿著步兵的無袖鎖子甲，堅持以如此的裝束參戰。他帶來蓋爾氏族步兵已經投降的消息。

① Sorhaute，屬於尤里安國王的領地。

② Jorrocks，Robert Smith Surtees創造的漫畫人物。他是一位莽撞的雜貨商，非常熱中於獵狐狸。

③ 出自《亞瑟之死》第一部第十五章，洛特見到勃爾斯王率兵衝出，知其勇猛善戰，便自知大事不妙，而向耶穌禱告。

④ 以上兩句皆出自《亞瑟之死》第一部第十六章，洛特見班恩王出現，高呼此戰敗矣，又見到許多英勇騎士戰死而痛哭。

第十三章

數週以後，派林諾國王和未婚妻坐在山崖上，頂著九月的月光，凝望海洋。他們即將前往英格蘭成婚。國王伸手摟著她的腰，耳朵緊貼著她的頭頂，沉浸在兩人世界裡。

「多拿爾實在是個有趣的名字。」國王說，「真不知妳怎麼想到的。」

「可是，派林諾，是你想出來的呀！」

「我嗎？」

「是啊，阿格洛法、帕西法、拉莫瑞克和多拿爾。」

「他們一定會像普智天使一樣，」國王興奮地說，「像普智天使一樣啊！可什麼是普智天使？」

在他們背後，古老的城堡巍然聳立，襯著滿天星斗。圓塔頂層隱約傳來吵鬧聲，那是格魯莫和帕洛米德，正因尋水獸而吵得不可開交。牠仍然深愛冒牌的尋水獸，也仍然包圍城堡——僅在洛特帶著敗軍歸來那天暫時解除幾個小時。英格蘭騎士得知己方與奧克尼交戰已久，感到非常訝異。但為時已晚，更何況戰爭已經結束。如今所有人都留在城內，吊橋永遠處於升起狀態，格拉提桑怪獸則映著月光，趴在塔底，頭閃著銀光。派林諾堅決反對殺牠。

梅林北行之旅途中也來到這裡。他肩頭斜掛背袋，腳穿巨大長靴，打扮時髦，一身雪白，容光煥發，有如將啟程前往藻海①結婚的鰻魚，因為妮姆出現的時刻就要到來。可是他心不在焉，始終記不起那件應該告訴徒弟的事，所以很不耐煩地聽他倆述說困境。

騎士們站在城牆上，對著站在外面的魔法師喊道：「真對不住！都是尋水獸害的。洛錫安與奧克尼的王后很氣牠呀！」

「你們確定此事與尋水獸有關？」

「當然啦，老兄。你看，牠把咱們圍在這兒啦！」

「可敬的先生，」帕洛米德可憐地哭喊，「都怪咱們扮成了尋水獸，進城時又正好被牠瞧見。於是牠就產生了，呃，熱烈的情感。這下可好，怪獸賴著不走啦，因為牠認定伴侶就在裡面。若是降下吊橋，可是很不保險的呀！」

「你們最好向牠解釋一下。就站在城垛上，把誤會說清楚吧。」

「您認為牠聽得懂嗎？」

「再怎麼說，」魔法師道，「牠好歹也是隻魔獸，是有這種可能。」

可惜解釋並未奏效，尋水獸凝眸而望，彷彿認為他們撒謊。

「我說梅林！別走啊！」

「我非走不可。」他漫不經心地說，「我有件事要做，卻想不起來要做什麼、又要去哪裡做。而且我得繼續徒步旅行，要到北亨伯蘭與我師父布萊斯會合，讓他寫下這次戰事的紀錄，然後我們要去賞個野雁，然後呢……哎，我也不記得了！」

「可是，梅林，尋水獸不相信我們呀！」

「不用在意。」他的語氣曖昧而憂慮，「我不能久留，抱歉了。請二位替我向摩高絲王后道歉，並代我問候她好嗎？」

於是他踮起腳尖開始旋轉，準備消失。他這趟徒步旅行多半不是用走的。

「尋水獸不相信我們啊，該怎麼辦才好？」

他再次短暫現身，不高興地說：「怎麼，還有事？」

「梅林，梅林！等一等呀！」

他眉頭一皺。

「給牠心理分析吧！」最後他這麼說，又開始旋身。

「可是，梅林，等等！我們要怎麼分析呢？」

「就照一般的方法。」

「什麼樣的方法？」他們絕望地喊道。

梅林徹底消失，只有話音留在原地。

「找出牠做過哪些夢，諸如此類。解釋現實狀況，不過別講太多佛洛依德。」

在那之後，為了不打擾派林諾國王的喜事——反正他也不願為這種芝麻小事煩心，格魯莫和帕洛米德只好自尋出路。

「哎，聽我說啊，」格魯莫爵士喊道，「雞生蛋……」

帕洛米德爵士打斷他的話，解釋起花粉和雄蕊的關係來了。

城堡圓塔的皇家寢室裡，洛特王夫婦躺在雙人床上。國王已經熟睡，他為了寫戰爭回憶錄耗盡心神，亦無特別理由保持清醒。摩高絲卻輾轉難眠。

明天她將前往卡利昂參加派林諾的婚禮。她向丈夫解釋，此番自己是以使節的身分前去，為他請求寬赦。她會把孩子一併帶去。

洛特為此大發雷霆，本來有意禁止她去，可是她知道如何對付洛特。

王后悄悄下床，走到櫃子前面。自從敗軍歸來，她已耳聞諸多亞瑟軼事，說他強壯又有魅力，純真且寬宏大量。即使為他所敗的人心中充滿嫉妒和猜忌，仍無法抹滅他的意氣風發。此外，謠傳這位年輕人和薩南伯爵的女兒萊安諾兒還有一段風流韻事。王后摸黑打開櫃子，從中取出一條像布一樣的東西，站到窗邊的月光下。

這條布雖然不比黑貓魔法殘忍，卻更令人毛骨悚然。這東西叫絆馬索──專綁家畜用的，在先住民的櫃子裡有好幾條這樣的東西。這算不上厲害的魔法，充其量是個符咒。摩高絲是從丈夫帶回外島來安葬的一位士兵屍體上取來的。

那是一片由死者側面割下的人皮，亦即拿小刀從右肩開始，小心割出兩道切口──如此才能保持條狀，然後自右臂外側往下，像沿著手套接縫一樣繞過每根手指，再向上割至腋窩。接著朝身體外側割去，從腳到胯下，最後才回到肩膀的起點，繞屍體輪廓一圈。這樣便會得到細長的條狀物。

絆馬索是這樣用的。你要趁心愛的人熟睡時，將繩索拋過他頭頂，而且不能吵醒他，然後再把絆馬索綁成蝴蝶結。假如你中途把他驚醒，一年之內他便會死去。如果整個過程中都沒把他吵醒，他注定會就此愛上你。

摩高絲王后站在月光下，在指縫間拉扯著絆馬索。

四個男孩也醒著，但他們不在自己房間。晚餐時他們躲在樓梯上偷聽，得知隔天將隨母親前往英格蘭。

此刻他們置身一座小小教堂，雖然占地僅二十平方呎，歷史卻與基督教傳來島上同樣悠久。教堂以石砌成，與堡壘高牆一樣未使用泥灰。月光從沒安玻璃的孤窗灑入，落進石頭祭壇上的聖水盆。水盆從石臺挖鑿而成，相配的蓋子則是用剝落的石片切割製成。

奧克尼家的四個男孩跪在祖先故居裡祈禱，希望對親愛的母親永遠忠誠，不負她苦心教導的康瓦耳宿仇，並且永誌不忘父親統治的霧之國度洛錫安。

窗外，細長的彎月站得挺直，有如濃重夜幕裡的魔法指甲屑。襯著天空的是烏鴉形狀的風信雞，口中啣箭，遙指南方。

① Sargasso Sea，位於西印度群島東北之海域，因散布漂浮的馬尾藻而得名。英國小說家Jean Rhys有一部傳世名作《夢迴藻海》（*Wide Sargasso Sea*）。

第十四章

也算帕洛米德爵士和格魯莫爵士運氣好，就在車馬隊動身出發前的緊要關頭，尋水獸恢復了理智，否則他們就得留在奧克尼，錯過整場婚禮。雖然如此，他們還是整夜沒睡。因為尋水獸是突然恢復的。

問題是牠竟然移情別戀，愛上了成功的分析師帕洛米德——心理分析常發生這種事——而且對原本的主人一點興趣都沒有了。派林諾國王免不了感嘆幾句美好時光不再，便把所有權交給了撒拉遜人。馬洛禮雖然明白告訴我們，唯有派林諾家的人才抓得到牠，可在《亞瑟之死》後半部，追牠的人總是帕洛米德爵士，也就是這個原因。誰抓得到其實都不重要，因為從來沒有人抓到過牠。

前往卡利昂的南行路途漫長，一路上轎子搖擺，護衛策馬在飄揚的燕尾旗下緩步慢行，每個人都很興奮。轎子本身極有意思，乃是由普通雙輪馬車構成，側邊各有一旗桿似的長棍，雙棍間懸鋪吊床，一旦躺臥其中，便幾乎感覺不到任何顛簸。二位騎士跟在皇家隊伍後頭，想到終於能逃出城堡，前去參加婚禮，便覺興奮無比。聖托狄巴與茉蘭大娘也跟著來了，如此便是雙重婚禮。尋水獸走在最後面，眼睛緊緊盯著帕洛米德，生怕又被人辜負。

聖人全都從蜂巢屋裡出來送行，佛美人、佛伯格人和達努的子民①、先住民，從懸崖、小船、山顛、沼澤和貝塚上向他們揮手道別。赤鹿和獨角獸全部並排立於山岡上目送他們離去。尾巴分叉的燕鷗自海口飛來，吱吱尖叫，似在模仿發電報聲。白尾的麥鷄和田鷚飛行於隊伍左右，輕快地停留在荊豆叢間；老鷹、遊隼、烏鴉和山鴉則在上空盤旋。燃燒泥炭所生的濃煙也亦步亦趨，彷彿想在他們的鼻梢盤旋最後一次。歐延碑文、地底密道和海角碉堡在烈日下展現史前時代的建築風采。海鱒和鮭魚將頭伸出水面，閃著銀光。這裡是世上最美麗的國度，而它的峽谷、山巒、長滿石南的山肩也齊聲加入共鳴，蓋爾世界的靈魂向男孩們發出仙靈般的吶喊：「記得我們！」

如果說旅途令男孩們興奮異常，那麼卡利昂首都的繁華景象，就是教他們瞠目結舌了。在這裡，國王的城堡周圍街道交錯——可不只有一條街；還有鄰近貴族的城堡、修道院、禮拜堂、教堂、大聖堂、市集、商店。街上到處是人，穿著藍、紅、綠色等光鮮服飾，手挽購物提籃，或驅趕前方聒噪的鵝群，或穿著哪家老爺的制服，四處跑腿。鈴聲作響，鐘塔上報時聲悠揚，旗幟飄動——連空氣都彷彿有了生命。這兒有狗、驢子、身披華麗衣裳的馬兒，還有神父和農村馬車，輪子嘎吱作響，彷彿審判日降臨。這兒有商家販賣裹著金箔的薑餅，或陳列最時新的鎧甲套件，有絲綢商人、香料商人和珠寶商人。店鋪懸掛色彩鮮豔的招牌，就像現代旅館的招牌那樣。僕從在酒店外痛飲喧嘩，老太太為雞蛋討價還價；流浪漢帶著一籠籠獵鷹求售，肥胖的議員戴著象徵職位的金鏈子；皮膚黝黑的農夫除了綁腿之外幾乎全身赤裸；被皮繩拴成一群的靈提、兜售鸚鵡的怪異東方人；裝模作樣小碎步走路的漂亮仕女，個個戴著頂端有面紗垂下的高頂笨蛋帽。如果仕女正要上教堂，前面或許還會有侍從引路，手中捧著祈禱書。

卡利昂是個有城牆保護的城鎮，因此在這熙來攘往的周圍，是看似永無止境的長長城垛。城牆每隔兩百碼皆有塔樓，此外還有四座大門。若你穿越平原前來，便會見到城堡主樓和教堂尖頂從牆上叢叢冒出，就像盆栽開花。

亞瑟王與老友重逢，又聽說派林諾的婚事，倍感欣喜。當年他年紀還小，在野森林裡初次遇上派林諾，便把騎士當成了崇拜對象，因此決定舉辦一場前所未有的盛大婚禮。他們包下卡利昂大教堂，極盡鋪張之能事，以期能皆大歡喜。主教彌撒由多如繁星的樞機主教、主教和教廷使節主持，偌大的教堂裡舉目盡是紫紅二色，焚香瀰漫。小童搖響銀鈴，有時還得衝向某位主教，搖鈴叫醒他。有時教廷使節會把主教灑得滿身是香。那簡直像一場百花大戰，幾千枝蠟燭在華麗的祭壇前熊熊燃燒。無論朝哪個方向，都可以看到聖職人員忙著鋪展桌巾、拿起經書、互相徹底祝福、以聖水浸濕彼此，或虔敬地向彼此畫十字。樂聲宛如天籟，有葛雷果聖歌，也有聖安布魯茲聖樂。教堂更是擠得水洩不通，這裡有各類僧侶、修士和方丈，他們腳穿涼鞋，與騎士並肩而立，騎士的盔甲映著燭光。在場甚至還有一位芳濟會主教，身穿黑衣，頭戴紅帽。主教的長袍和法冠幾乎全以金縷織成，邊緣鑲上鑽石，而這許多人一會兒穿、一會兒脫，使得整間教堂裡都是沙沙聲。至於拉丁文嘛，他們講話速度之快，只聽複數所有格在屋頂的椽間迴盪。在神職人員發出不可勝數的訓誡、勸勵和祝禱的情況下，教堂裡的會眾竟然沒有立刻上天國，也算是難得了。就連教宗也和在場所有人一樣，希望婚禮圓滿成功，因此好心將贖罪券給了每個他想得到的人。

婚禮結束後便是婚宴。派林諾國王夫婦在儀式中自始至終都牽著手，他們和身後的聖托狄巴及茉蘭大娘，都被燭光、焚香、聖水弄得有些眩惑。眾人簇擁他們登上榮譽主位，由亞瑟親自屈膝上菜，不難想見茉蘭大娘有多開心了。菜色包括孔雀派餅②、鰻魚凍、德文郡奶油、咖哩海豚肉、冰水果沙拉、兩千種其他小菜。席間有人演說，有人唱歌，還有人祝賀健康或乾杯敬酒。有位特使從北亨伯蘭火速趕來，遞交電報給新郎倌。他念了出來：「梅林祝你們幸福句點。禮物在王座下句點。問候阿格洛法、帕西法、拉莫瑞克、多拿爾。」一待電報引起的興奮平息，結婚禮物也找到以後，眾人安排了幾種紙牌遊戲，讓宴會的年輕成員參與。王室的一名小侍從在牌局中脫穎而出，他叫藍斯洛，父親就是亞瑟在畢德格連的盟友——班威克的班恩王。現場還有啣蘋果、推移板、蹺蹺板以及一種叫「麥克與牧羊人」的傀儡戲，逗得大家哈哈大笑。聖托狄巴和一位胖主教為了勞德比利特赦書[3]大吵起來，一棒敲昏了主教，把場面弄得有點尷尬。

最後大家感情豐富地唱完驪歌[4]，在深沉的夜色中散去。派林諾國王龍體違和，新的派林諾王后扶他上床，說他只是興奮過度。

遠在北亨伯蘭，梅林一躍下床。他們才從清晨和日落時分賞雁歸來，本來已精疲力竭準備就寢，卻在睡夢中突然想起——再簡單不過的一件事！他忘記提起的正是亞瑟他**母親**的名字！他只顧喋喋不休談論烏瑟．潘卓根、圓桌理念和戰局分析、桂妮薇和劍鞘、過去和將來，卻忘了最重要的這件事。

亞瑟的母親是伊格蓮，也就是本書剛開始，奧克尼的孩子們在圓塔上談到的那位，在庭塔閣被俘的伊格蓮。亞瑟正是在烏瑟．潘卓根衝進她城堡的那晚成形的。按照傳統，烏瑟必須等伊格蓮為伯爵守喪完畢才能娶她，因此男孩誕生得太早。所以亞瑟才被送去給艾克特爵士撫養。除了梅林和烏瑟，世上無人知曉他被送往何處，伊格蓮也不知情。如今烏瑟已死。

梅林赤腳踩著冰冷的地板，站在床邊晃動身子。如果他立刻旋身前往卡利昂，或許還來得及！可是老人身心俱疲，又被「後見之明」弄糊塗了，更何況他還處在半夢半醒之間。他想等明天早上再說，也不記得身在未來抑或往昔。他摸著黑，伸出布滿紋理的手找睡衣，妮姆的容貌已經盤據他睡意惺忪的腦袋。梅林跌上床，鬍子塞進棉被，鼻子壓著枕頭，沉沉睡去。

空蕩蕩的城堡大廳裡，亞瑟王往後一靠。他剛與幾位心腹騎士喝了睡前酒，現在只剩下他一個人。真是疲累的一天，不過他年紀還輕，正是精力最充沛的時候。此時他後腦倚靠著王座，回想婚禮的經過。自從他拔出石中劍成為國王以來，始終征戰不斷；也是因為這些磨練，他才擁有現在的氣度和擔當。如今總算可以平靜度日，他想著和平的喜樂，想著自己有朝一日也將成婚，如同梅林所預言，或許還會有個家。接著他又想到妮姆以及所有美麗的女性。他也睡著了。

他突然驚醒，發現面前站了一位黑髮藍眼、頭戴王冠的美麗女子。北方來的四個野孩子站在他們的母親身後，顯得羞怯又傲慢，而女子手裡正捲著一條帶子。

外島的摩高絲王后先前刻意避開宴席，精心挑選在這個時刻現身。這是少王頭一回見到她，而她知道自己的姿容無懈可擊。

事情究竟如何發生，或許永遠解釋不清。或許絆馬索果真具有魔力。或許因為王后的年紀是亞瑟兩倍，也具有他兩倍的歷練和經驗。或許只因為他向來心思單純，往往輕易便對人做出評斷。或許是他始終沒有親生母親，所以摩高絲帶著孩子站在面前所散發的母性之愛，就足以使他意亂情迷。

不管怎麼解釋，九個月後，這位空暗女王為同母異父的弟弟生下一名男孩，取名莫桀。以下就是後來梅林繪製的家譜。

康瓦爾伯爵＝伊格蓮＝烏瑟・潘卓根

摩根勒菲　伊蓮　洛特＝摩高絲＝亞瑟

加文　阿格凡　加赫里　加瑞斯　莫桀

你或許得把家譜當成某種歷史教材，多讀幾次。這是亞瑟王悲劇中至為重要的部分，也正是湯瑪斯・馬洛禮爵士把他那部長篇巨著取名《亞瑟之死》的原因。雖然書中十之八九講的都是騎士比武、尋找聖杯之事，整體探討的卻是這位年輕人最後為何身殞。這是一部悲劇，一部全面性的亞里斯多德式悲劇，講述罪愆的糾纏不散。所以我們必須特別留意亞瑟之子莫桀的身世，將來時候到了，更要記住國王曾與自己的姊姊同床共眠。此事亞瑟並不自知，或許也應歸咎於她，然而在悲劇之中，純真畢竟是不夠的。

① Fomorians、Fir Bolg、Tuatha de Danaan均為愛爾蘭神話中的古代居民。

② 以豆子、南瓜、西葫蘆等各式食材製成的派餅，餅上以花椰菜裝飾排列如孔雀羽毛而得名。

③ The Bull called Laudabiliter，由教宗亞德里安四世於西元一一五六年頒布的敕書，將愛爾蘭的統治權移交給英王亨利二世。

④ *Auld Lang Syne*，原為蘇格蘭民族詩人柏恩斯（Robert Burns）的詩作，後譜成曲調，在中日等國配上歌詞，成為畢業時演唱之驪歌。

第三部

殘缺騎士

「……不，」藍斯洛爵士說，
「一旦蒙受恥辱，便永無翻身之日。」

第一章

班威克城堡裡，法國男孩看著磨光的茶壺蓋表面，凝視映在上頭的倒影。蓋子在陽光下閃現黯淡的金屬亮澤。壺蓋幾乎與今日士兵的鋼盔無異，作為鏡子的效果自然有限，可是他也沒別的選擇。他來回翻轉壺蓋，希望能從凸面的各種扭曲形象中，得出自己的大致樣貌。他試圖找尋自我，卻畏懼可能找到的結果。

男孩認為自己出了問題。日後他雖然成為偉人，全世界都臣服腳下，仍終生為此缺陷所困，彷彿知道心底潛藏了什麼，為之羞慚，卻無法理解。我們也毋須試圖理解。既然他寧可深藏心中，我們便不應多加探觸。

男孩站在兵器庫裡，四周陳列著各式武器。過去兩個小時裡，他一邊拋擲一對啞鈴——他稱作「秤砣」——一邊唱著既不成調也無歌詞的曲子。他年方十五，剛從英格蘭回國，父親正是協助英格蘭王弭平叛亂的班威克國王班恩。你一定記得，亞瑟有意招募年輕人成為騎士，趁早使他們具備圓桌信念，而他早已在宴席上注意到藍斯洛，因為這孩子不論玩什麼幾乎都是贏家。

藍斯洛猛力舉著啞鈴，發出無言的噪音，心裡想著威武的亞瑟王。他滿心敬愛之意，才會在此舉啞鈴。他將自己和英雄唯一的那次對話銘記在心，隻字未忘。

那時他們正要乘船返回法國，亞瑟與班恩王親吻道別，然後喚住藍斯洛，兩人走到船的一角。班恩艦隊的紋章船帆、忙於纜索的水手、武裝砲塔、弓箭手和鉛白色的海鷗，便成了他們談話的背景。

「藍斯，你過來一下好嗎？」國王說。

「陛下。」

「晚宴時，我注意到你和別人玩遊戲。」

「是的，陛下。」

「你可說是大獲全勝。」

藍斯洛瞇眼看著地面。

「我想找很多精於遊藝的人，一起來協助我實踐理念。這是等我平定全國、成為真正的國王之後要做的事。你長大以後願意來幫忙嗎？」

男孩扭扭身子，突然眼神奕奕地看著對方。

「這事和騎士有關，」亞瑟繼續說道，「我打算建立一個騎士組織，就像嘉德勳章①那樣，專門與濫用武力的人作對。你有興趣加入嗎？」

「有的。」

國王仔細打量他，不確知他究竟是欣喜、驚怕，還是純粹出於禮貌。

藍斯洛有些倉皇。

「你了解我所說的話嗎？」

「法文中我們稱之為Fort Mayne②，」他解釋道，「家族裡誰的臂力最強，誰就當頭，可以照他的意思胡來。所以我們才說是Fort Mayne。您想要集結一群相信正義而非強權的騎士，終止『強壯的手臂』為亂的情形。是的，我非常想加入。但我得先長大。謝謝您。現在我要說再見了。」

於是他們乘船離開英國，男孩站在船首，始終不肯回頭，怕洩漏自己的感情。其實早在宴席當晚，他便已愛上亞瑟。那位甫戰勝歸來的北方君王，晚餐時滿臉通紅、意氣風發的模樣，深深烙印心頭，隨著他回到法國。

在那雙專注搜尋壺蓋的黑眼睛後頭，是他昨晚做的一個夢。七百年前——如果照馬洛禮的記載，則是一千五百年前——那時的人與現代的精神科醫師一樣，很把夢境當一回事。藍斯洛的夢令他不安，並非因為這個夢潛在的意義，因為他絲毫不知此夢意義何在；而是因為夢使他覺得失落。夢境是這樣的。

藍斯洛和弟弟艾克特．德馬利斯分別坐在椅子上，他們站起身，騎上兩匹馬。藍斯洛說：「出發吧，讓我們去追尋找不到的東西。」於是他們去了。但是有某個人或某種力量朝藍斯洛撲來，把他痛揍一頓，奪去他身上衣物，替他穿上一件滿是繩結的衣服，令他改騎驢子。接著有一座美麗的井，井水清澈至極，為他平生僅見。於是他下了驢子，到井邊喝水，只覺世上美好之事莫過於此。不料他才彎身湊上去，井水便往下降，直直降到井底，離他越來越遠，碰也碰不到。他因此覺得淒涼，彷彿遭井水遺棄。

男孩反覆傾斜手中錫蓋，將亞瑟、水井、使他夠格為亞瑟效力的啞鈴，還有肌肉痠疼的臂膀都拋諸腦後，心中卻還有個揮之不去的念頭。這個念頭與金屬蓋上映出的面容有關，與那位於他靈魂深處，使他長成如此容貌的缺陷有關。他從不自欺欺人，深知無論再怎麼轉動頭盔，鏡中倒影仍不會改變。他早已決定，等自己長大成人，受封騎士，一定要給自己取個憂悒的稱號。他既是長子，受封騎士只是早晚的事，然而他不願自稱藍斯洛爵士，而要叫做Chevalier Mal Fet，亦即「殘缺騎士」。

在男孩看來——而他認為必定有什麼緣由——他的臉就像皇家動物園裡的怪物一般醜陋。他長得像非洲猩猩。

① 嘉德勳章（Order of the Garter），為西元一三四八年左右由英王愛德華三世制訂。相傳某次舞會中，索爾斯堡（Salisbury）伯爵夫人不慎掉落襪帶，國王見狀急中生智，撿起襪帶繫於自己膝下，因而替伯爵夫人解圍。嘉德（garter，即襪帶之意）勳章即源自此。

② 意即「強壯的手臂」（Strong Arm）。

第二章

藍斯洛最後成為亞瑟王麾下最偉大的騎士。他在戰鬥上的頂尖地位類似板球選手布雷德曼①，崔斯坦和拉莫瑞克則分居第二和第三。

但你得記住：人除非努力鞭策自己，否則無法精通板球此道；而長矛競技就如板球，是門藝術。長矛競技在許多方面都和板球很相似。競賽時，會有個記分帳篷，裡頭真有個記分員在羊皮紙上做記號，那些記號就像今天板球記分員為每次得分所做的紀錄。從大看臺到茶點帳篷間，那些穿著上好袍子四處走動的人，必然也會發現這項競技和板球比賽十分相似。它十分費時——要是藍斯洛爵士對上一位好騎士，他通常得在場上待一整天；而且鎧甲很重，所以所有人的動作都像以慢動作播放。開始比劍時，雙方劍士在綠地上對面站立，就像擊球手與投球手那樣，只是站得近些。或許加文爵士一開始會來個內旋球，而藍斯洛爵士會以一記漂亮的滑腿打法，將球擊至後外野；之後藍斯洛面對加文的守備，會回敬一個前球——這叫「突刺」，而所有圍在場邊的人會拍手叫好。大帳中的亞瑟王可能會轉向桂妮薇，表示那個偉大的男人足下工夫美妙如昔。騎士的頭盔後方有幃巾以防止熾烈的陽光照在鎧甲上，就像今天板球選手有時會放在帽子下的手帕。

就藝術等級而論，騎士運動和板球是差不多的，而藍斯洛和布雷德曼唯一不同之處，大概是他優雅些。他不用彎腰伏在球拍上，也不用跳起來接球。說起來他比較像另一位板球選手伍利②，不過，如果光坐在那裡就想變成伍利，可是行不通的唷。

兵器庫是班威克城堡當中最大的房間，小男孩戴著高頂盔站在這裡，日後他將成為藍斯洛爵士。在未來三年中，這孩子醒著的時間大多耗在這房間裡。

從窗戶看出去，他可以看到主城堡的房間，大多很小，因為建築堡壘時不會有閒錢享受奢華。在內堡和裡頭那些小房間周圍，有座寬廣的牛欄，或說是個環形要塞，若有人圍城，城堡的牲畜就會被趕到這裡來。城堡四周圍著一道副塔樓的高牆，牆的內面蓋了許多充作商店、穀倉、兵營和馬廄的大房間，其中一間就是兵器庫，夾在安置了五十匹馬的一間間馬廄和牛舍之中。最好的家族鎧甲（那些真正在使用的鎧甲）收在城堡內一個小房間裡，兵器庫裡放的是軍隊的武器、家族中閒置不用的東西，以及進行操演、練習或體能訓練所需的物品。

各式方旗和三角旗安置在架著椽木的屋頂下，或懸或倚，旗上飾有班恩家的盾徽，這種徽紋現在稱為「遠古法蘭西」[③]。牆邊收著比試用的長矛，平放在爪釘上以免彎曲變形，看來有點像體育館裡的練習用橫木。一個角落裡立著一堆已經變形、受損，不過還有點用處的長矛；占了第二面主牆的架子上，則放著步兵使用的東西，有無袖鎖子甲、手套、矛、高頂盔和波爾多劍。對班恩王來說，住在班威克是件幸運的事，因為當地出產精良的波爾多劍。還有甲具桶，遠征海外用的鎧甲以乾草包覆收在裡頭——有些桶子從上次遠征後就沒再打開過，其實裡頭混雜了各種稀奇古怪的東西。照看兵器庫的戴普大叔曾打開一個甲具桶，替裡頭的物品列了清單，卻大失所望地離去——他在裡頭找到十磅椰棗和五包糖。那若不是十字軍帶回來的錐狀糖塊，就是某種蜜糖。戴普大叔把單子留在甲具桶旁，除了糖以外，單子上還列有：一頂附金飾的戰盔、三雙鐵手套、一件外袍、一本彌撒書、一塊祭壇布、一對鎖子甲、一只銀便盆、十件獻給吾主的襯衣、一件皮短褂和一袋西洋棋。此外，在這些甲具桶堆成的凹處裡，有一組修繕受損鎧甲的架子，架上還有一大罐橄欖油（現在較偏好礦物油，不過在藍斯洛的時代，他們沒這麼考究）；此外還有一盒盒用來拋光的細沙、好幾袋鎖子甲用的鉤釘（每兩萬枚要價十一先令八便士）、鉚釘、鎖子甲的備用環、用來裁切新皮繩與束膝帶的皮革，以及千餘種在當時很不錯，但現今已遭世人遺忘的東西。有軟鎧甲——類似曲棍球守門員穿在身上的保護墊，或像美式足球員身上那種填塞式的防護衣。一些如刺槍靶等操練用的物品都推到各個角落，好在房間中央騰出一些位置，戴普大叔的桌子則放在門口，桌上散落鵝毛筆、吸墨沙、藍斯洛腦袋不靈光時用來打他的棍子，以及混亂得難以形容的筆記，上頭記載最近有哪幾件鎧甲罩衣拿去抵押（對價值不菲的鎧甲來說，抵押是一大福音）、哪幾頂頭盔在哪一天被擦得亮晶晶帶過來、誰的臂甲需要修理，以及在什麼時候付了誰什麼東西、請他擦亮什麼東西。大多數帳目都有錯。

要一個男孩在一個房間裡待上三年，只在吃東西、睡覺以及在田地裡練習長矛比試時才離開房間，似乎是一段很長的時間。光想像一個男孩會去做這種事，就已經夠困難了，除非你一開始就了解藍斯洛既不浪漫、也不殷勤的個性。丁尼生[④]和前拉斐爾派[⑤]的擁護者很難認出這個陰沉不討喜、還有一張醜陋面孔的孩子，他不會向任何人透露自己其實是靠著夢想和祈禱活下來的。他們可能會好奇，這孩子用來對抗自我的蠻橫力量究竟有多大？竟讓他年紀輕輕便這樣摧殘自己的肉體。他們也可能會猜想，這孩子為什麼這麼奇怪？

一開始，藍斯洛拿著一柄鈍頭矛和戴普大叔對戰好幾個月，那是一段煩悶的日子。戴普大叔會全副武裝地坐在一張凳子上，拿著鈍頭矛的藍斯洛會反覆向他進攻，找出鎧甲上最好的著力點。之後他安靜獨處幾個鐘頭，另外在他獲准碰觸真正的武器之前，又在戶外待上好幾個小時，練習各種投擲法，用彈弓或擲矛來練習擲射、拋接棍棒。經過一年苦練，他晉級到刺靶練習：在地上立起一根木樁，用劍和盾與之戰鬥，有點類似攻擊假想敵，或是沙袋練習。他在刺靶練習中所用的劍和盾，重量是一般武器的兩倍，公認重量一般以六十磅為佳。這樣一來，當他最後使用一般武器時，就能運用自如，因為相較之下會比較輕。與板球規則不同的是，最後階段是模擬戰鬥。在歷經所有艱苦挫折的鍛鍊之後，他終於獲准進行幾近真實的戰鬥，對象是他的兄弟和堂表兄弟。這些戰鬥必須嚴守規則，一開始可能是先擲射鈍頭矛，接著用尖端和刃鋒都已弄鈍的劍互擊七次，「在一定時間的過程中，不能扭打，也不能用手抓著對方，否則會被判定受罰」。突刺在這些比賽是不合規定的，也就是說，你不能用矛尖猛戳。最後他們會以劍盾鏗鏗互擊。現在，這個充滿幹勁的男孩可能會帶著他的劍和圓盾輕率地向同伴挑釁。

在蛙人與自由潛水⑥出現前，有一款英國皇家海軍的制式舊型潛水裝，如果你曾經穿過就會明白，為什麼那些潛水兵的動作都很慢。一名潛水兵兩條腿上各有四十磅重的鉛，前胸後背各有一塊重達五十磅的鉛板，另外還要加上潛水衣和頭罩的重量。他不在海裡的時候，重量是一般人的兩倍。他得跨越甲板上的繩索或通風管時，就像爬一堵牆般，可真是項艱鉅的任務。如果你從前面推他一把，他後面的重量就會讓他往後摔倒，反之亦然。受過訓的潛水兵會變得很擅長應付這些麻煩，他們能舉起重達四十磅的腳，在船梯上輕快地上下來去；但對一個訓練不足的傢伙來說，光是移動就會讓他累得半死。藍斯洛和那些潛水兵一樣，要學習如何抵抗重力且行動敏捷。

全副武裝的騎士和潛水兵不只這點相似。

除了頭罩、一身累贅以及難以呼吸的狀況外，他們都還得借助許多親切仔細的助手來著裝。他們必須倚賴這些助手，才能讓身上的行頭看來恰如其分。潛水兵把命交在那些為他著裝的海軍士兵手裡，這些年輕士兵就像見習騎士或騎士的侍從，心中懷抱某種保護的敬意，謹慎專注地照顧潛水兵。他們是以職稱而非姓名來稱呼他，所以他們說的是「潛水兵，坐下。」「潛水兵，現在輪到左腳。」或是「潛水兵二號，對講機裡聽得到我的聲音嗎？」

把自己的性命交在他人手上是件好事。

三年了。別的男孩子有別的事可想，所以他們並不擔心；但是對那個醜陋的男孩來說，這些練習是他晦暗神祕的生命的全部。為了亞瑟，他得和那些精於遊藝的人一樣砥礪自己。即使晚上躺在床上，也得思考有關騎士的理論。他得讓自己在數百個有爭議的議題上有正統合理的見解，例如武器的適當長度、盾牌披飾⑦的式樣、護肩甲的接合方式，此外，雪松木是否如喬叟所堅信，比梣木更適合製矛？

在他早年思考的騎士問題當中，有個簡短的例子：洛伊的雷諾與荷蘭的約翰這兩位騎士進行長矛比試，雷諾故意繫了一頂篷盔（這是一種裡面填了稻草的巨大鼓狀盔，有時候會用來罩在原有的頭盔上），所以它很鬆；荷蘭的約翰手中的矛尖打到雷諾的篷盔時，它就掉了下來。也就是說，那頂篷盔從雷諾身上掉下來，雷諾卻沒有從馬上掉下來。這一招很有效，卻也很危險——所有騎士已為此爭論許久，有些人說這是下流把戲，有些人認為這雖然公平但太過冒險，有些則認為這是個好方法。

這三年鍛鍊所造就的藍斯洛，既沒有一顆快樂的心，也無法像雲雀那樣歡唱。在他的時代，一輩子看起來不過就是一個星期後的未來，他卻因為鍾情於某人的提議，在騎士訓練這件事上花了三十六個月。這段時間，他用白日夢來激勵自己。他想成為全世界最傑出的騎士，這樣一來，亞瑟就會以愛來回報他；此外，他還想要另外一樣在那年代仍然可能發生的事情，那就是：他希望能夠透過自身的純潔和卓越，施行一些常見的奇蹟——比如說，治癒盲人之類。

① 布雷德曼（Sir Donald George Bradman, 1908-2001），澳洲板球選手，公認最佳擊球手。

② 伍利（Frank Edward Woolley, 1887-1978），英格蘭板球選手，是位優秀的全方位板球選手。

③「遠古法蘭西」（France Ancient），象徵法國王室的百合徽紋，以藍色為底，上有重複的金黃色百合圖樣。若徽紋中的百合只有三朵，則稱為「現代法蘭西」（France Modern）。

④ 丁尼生（Alfred Tennyson, 1809-1892），英國詩人，著有長篇敘事詩《國王之歌》（*Idylls of the King*），是亞瑟王文學中相當重要的作品。

⑤ 前拉斐爾派（Pre-Raphaelites），英國畫家、詩人和評論家在一八四八年成立的組織，反對缺乏想像力又做作的畫風，想要發揚在義大利畫家拉斐爾之前的藝術風格，他們的主張對之後的英國畫壇影響極大。代表人物有米萊（John Everett Millais）、但丁．羅塞蒂（Dante Gabriel Rossetti）、威廉．羅塞蒂（William Michael Rossetti）、亨特（William Holman Hunt）等，其畫作亦有不少以亞瑟王傳奇為主題。

⑥ 自由潛水（free diving），或譯裸潛，即不帶任何裝備，憑藉一口氣下潛到水中再浮出水面。

⑦ 披飾（mantling），徽紋中附在盔冠旁邊的捲帶形裝飾。

⑧ 喬叟（Geoffrey Chaucer, 1342-1400），英國中世紀著名作家，著有《坎特伯雷故事》（*The Canterbury Tales*）等書。

第三章

有三個偉大家族與亞瑟的命運緊緊相繫，這些家族有個共同的特徵：家中都住著一位天才，扮演介於導師和密友之間的角色，分別影響孩子們的性格。在艾克特爵士的城堡，這人是梅林，他對亞瑟的人生有決定性的影響；在寂遠的洛錫安，這人是聖托狄巴，他那好戰的哲學必然相當影響加文和他那幾位兄弟對氏族的向心力；而在班恩王的城堡，這人是藍斯洛的叔叔，名叫闕波爾。事實上，他就是我們先前見過的那個老人，大家都叫他戴普大叔，不過他的教名是闕波爾。在那個年代，為孩子命名的方式通常和今天我們為獵狐犬和小馬取名字的方式相同。如果你是有四個孩子的摩高絲王后，你會在所有孩子的名字當中都放一個字母G：加文（Gawaine）、阿格凡（Agravaine）、加赫里斯（Gaheris）、加瑞斯（Gareth）。因此，如果你的兄弟叫做班恩（Ban）和波爾斯（Bors），你的名字就註定是闕波爾（Gwenbors）。這樣比較容易記得你是誰。

戴普大叔是這個家族當中唯一把藍斯洛當一回事的人，藍斯洛也是唯一認真對待戴普大叔的人。這個老傢伙很容易被人輕忽，因為他是那種無知人們會拿來取笑的特異人士，也就是真正的大師。他的興趣之一是騎士之道，對此，戴普大叔有的可不只是一副在歐洲受過考驗的盔甲，他自有一套理論。他對新哥德式風格的稜線、扇形圖案和凹紋大感憤怒。穿戴活像納爾遜桌①上繩飾的盔甲，在他看來簡直荒謬透了，因為每道溝紋都會讓敵人的攻擊容易著力。他曾說，一具好鎧甲的標準就是要完全找不到著力點；而每當想起日耳曼人做的那些可怕紋路，他就快抓狂。說到紋章學，他無所不知。如果有人犯了什麼明顯的錯誤，比如弄混了金屬材質和顏色，他整個人就會像觸電般陷入狂熱：長長的白色八字鬍尖端會像蟲鬚般顫動，指尖怒不可遏地扭絞在一起，手臂揮舞，暴跳如雷，眉毛跟著動個不停，幾乎就要嘶嘶冒出煙來。但如果沒有這樣激烈的情緒，是成不了大師的。因此，當他們起了爭執，比如為了在盾牌上切出一個開口，或者要不要在盾上加入背帶之類的事，他摑了藍斯洛的臉，藍斯洛也很少放在心上。有時戴普大叔給惹煩了就會揍他，不過藍斯洛也忍了下來。在那個年代，他們都這麼相處。

男孩容忍戴普大叔暴烈脾氣的原因之一，是因為他想要的一切都能夠從大叔身上學習。戴普大叔是位傑出的神職人員和權威，同時也是法蘭西最優秀的劍士之一。一切都是為了學習，男孩真心這麼認為。一切都是為了在這位天才的粗暴教導之下去破壞、去追跡、去突擊——為了舉起那重劍往前伸直突刺，直到自己就要迸裂成兩半，只是讓戴普大叔接住他的奮力一擊，逼迫他更嚴酷地拉筋。

打從他有記憶以來，那個有雙青鋼色眼睛的男人就興奮地在那裡跳上跳下，彈著手指，用盡吃奶的力氣大叫，好像不這麼做就活不下去似的：「**迴圈攻擊！雙迴擊！繞劍脫出！一！二！**」

在夏末某個晴朗日子裡，藍斯洛和他叔叔一起坐在兵器庫裡。在這個大房間裡，有許多灰塵在太陽的光束中飛舞，已經打轉了好一陣子，牆上排列著磨光的盔甲、成排的矛，頭盔和高頂盔則掛在木釘上。這裡有短匕首、甲具及各種繡有班恩家盾徽的方旗和三角旗。這兩人激烈地比試了一回合之後，坐下來休息，戴普大叔被擊敗了。藍斯洛現年十八歲，劍術已經比老師更為出色——雖然戴普大叔並不承認，而他的學生也很巧妙地假裝沒這回事。

他們還在喘氣的時候，一名見習騎士進來通報藍斯洛的母親召見他。

「什麼事？」

見習騎士表示有位先生來了，說要見他，王后說他馬上就到。

伊蓮王后此時正坐在城頂房間裡織著掛毯，兩名客人分坐在她左右。她並不是康瓦耳姐妹當中那位伊蓮；這個名字在當年很普遍，《亞瑟之死》裡就有好幾位女性叫這名字，這種情況在手稿來源混雜不清的時候尤其常見。三名成年人坐在長桌旁，看來像是一排主試官坐在這陰暗的房間裡。一位客人是位花白鬍子的年長紳士，頭戴尖頂帽，另一位則是個剃了眉的漂亮輕佻女子，肌膚呈橄欖色。三人全都看著藍斯洛，然後那個老紳士率先開口。

「嗯！」

其他人等著。

「你們叫他加拉罕。」那老紳士說。「他的名字是加拉罕，」他又說，「行了堅信禮之後，現在叫藍斯洛。」

「您怎麼知道？」

「沒辦法。」梅林說，「這種事就是有人會知道，這話題就別再繼續了。現在，我看看，還有什麼事情是我要告訴你的？」

那剃了眉的年輕女子以手掩口，像貓一樣，優雅地打了個呵欠。

「從現在起算三十年，他會了遂心願，而且他會是全世界最傑出的騎士。」

「我能活到那一天嗎？」伊蓮王后問。

梅林搔了搔頭，又拿指節往頭上敲了敲，然後回答：「會。」
「這樣呀，」王后說，「我得說，這一切都非常美好。你聽到了嗎，藍斯？你會是全世界最傑出的騎士呢！」
男孩問：「您是從亞瑟王的宮廷來的？」
「是的。」
「一切都好嗎？」
「是的。他向你致意。」
「國王快樂嗎？」
「非常快樂。桂妮薇也向你致意。」
「桂妮薇是誰？」
「天啊！」魔法師叫了起來，「你不知道嗎？不，當然不知道。我的腦袋叮叮噹噹亂成一團了。」說到這裡，他望向那位美麗的女士，彷彿她或許得為那些叮噹聲負責——事實上的確如此。她就是妮姆，而他最後還是愛上了她。
「桂妮薇是亞瑟的新王后，」妮姆說，「他們結婚好一陣子了。」
「她父親是羅德格蘭斯王，」梅林解釋，「亞瑟結婚時，他送了一張圓桌給亞瑟當新婚賀禮，還有一百名騎士隨行。那張圓桌坐得下一百五十人。」
藍斯洛應了一聲：「噢！」
「國王想通知你此事。」梅林說，「也許使者在途中淹死了。也可能是暴風雨。但他確實想告訴你。」
「噢。」男孩又應了一聲。
梅林發現情況有點棘手，於是加快說話的速度。光看藍斯洛的表情，他無法分辨他到底是心裡受傷，還是生來就那副樣子。
「他目前為止只補上二十九個空位，」他說，「還有二十一個位子。相當多。所有騎士的名字都會用金字寫在上面。」
場面陷入一片靜默，沒人知道該說什麼。然後，藍斯洛清了清喉嚨。
「我待在英格蘭的時候，有個男孩名叫加文，」他說，「他已經成為圓桌的騎士之一了嗎？」

梅林看來有些愧疚，然後點了點頭。

「他是在亞瑟結婚那天受封的。」

「我明白了。」

之後又是一陣冗長的靜默。

「這位女士名叫妮姆，」梅林覺得自己最好開口打破這個僵局。「我愛她，我們現在算是蜜月旅行途中，不過是魔法式的就是了。現在我們得啟程到康瓦耳去。很抱歉，我們不能再久待了。」

「我親愛的梅林，」王后高聲道，「可是您會留下來過夜吧？」

「不、不了，謝謝，真的非常感謝。現在我們得趕緊動身。」

「離開以前喝點什麼吧？」

「不了，謝謝。您人真好，不過我們真得走了。我們要去康瓦耳施些魔法。」

「真是來去匆匆……」王后說。

梅林站起身來，拉著妮姆的手，打斷了王后的話頭。

「現在，再見了。」他堅決地說。在幾個旋轉之後，他們倆就消失不見。

他們的身體是離開了，但魔法師的聲音仍在空氣中迴盪。

「結束了，」他們可以聽到他鬆了口氣，「現在，我的天使，就去康瓦耳的那地方吧，我以前告訴過妳的，那裡頭有個魔法洞穴，如何？」

藍斯洛耷拉著步子回到兵器庫的戴普大叔身邊。他站在他叔叔跟前，咬住嘴脣。

「我要去英格蘭。」他說。

戴普大叔驚訝地看著他，不過一句話也沒說。

「我今晚動身。」

「這有點突然，」戴普大叔說，「你母親通常不會這麼快就做出決定。」

「母親不知道這件事。」

「你是說你要逃家嗎？」

「如果我和父母親說，他們只會大驚小怪，」他說，「我不是要逃家，我還會回來。不過我得盡快趕到英格蘭。」

「你是要我別跟你母親說嗎？」

「是的。」

戴普大叔嚼著他那八字鬍的尖端，絞著雙手。

「如果他們知道我沒有阻止你，」他說，「班恩會砍了我的頭。」

「他們不會知道的。」男孩一派淡然，隨即離開去收拾行李。

一個星期之後，藍斯洛和戴普大叔坐著一艘特別的小船來到英吉利海峽中央。小船兩端各有一個像是城堡的構造，而單桅杆中間還有另一個城堡，看來像個鴿子籠。船的首尾都有旗子，色彩鮮明的帆上有個王道十字[2]，一道長旗飄揚在桅頂。船上有八個槳手，而這兩個旅客暈船了。

① 納爾遜（Horatio Nelson, 1758-1805），英國著名的海軍統帥，於特拉法爾加海戰中擊敗拿破崙，奠定英國海上霸權基礎；但也在此役中陣亡。納爾遜桌是一種長度可伸縮的桌子，以納爾遜命名。

② 王道十字（Cross Potent），十字的四個端點各有一道與十字垂直的短線紋，看起來像是四個丁字尾端點相連的十字紋，是紋章中常見的十字紋。

第四章

這名崇拜英雄的少年帶著一顆苦澀的心馳向卡美洛。十八歲的他將生命獻給了國王，卻只落得遭人遺忘，不啻一大打擊；他在滿是灰塵的兵器庫裡花上那麼多時間，咬牙揮舞著沉重的武器，卻看到加文爵士早他一步成為騎士。而所有不平當中，最痛苦的莫過於他為了年長國王的理念摧殘自己的身體，最後卻發現國王的妻子翩然而來，不費吹灰之力就奪走了他的愛。藍斯洛嫉妒桂妮薇，同時又以自己的妒忌為恥。

戴普大叔騎著馬靜靜跟在這個受傷的男孩身後。有件事他很篤定：他教出了全歐洲最好的騎士；但男孩太年輕，還不了解。戴普大叔激動地跟在他的天才身後，就像隻呵護著杜鵑鳥的山雀般興奮。他背負戰鬥甲具，這些甲具根據他的巧思井然有序地用皮帶繫起來──因為從現在開始，他就是藍斯洛的侍從。

他們來到一塊林間空地，一條小溪從中穿過，有片水深不過數吋的淺灘，溪水流過那些潔淨的石頭淙琤作響。陽光灑落空地，旅鴿懶洋洋地唱著「嗚咕──嗚，咕咕」的調子，在那條悅耳的小溪對岸，有個頭戴頂盔、身穿黑色鎧甲的魁梧騎士。他端坐在一匹黑色戰馬上，盾牌罩著帆布套子，完全看不到盾徽的圖案。那副鐵甲讓他顯得高大肅穆，巨大的頭盔隱沒了他的臉，帶著幾分威脅的意味。你不知道他在想什麼，也不知道他下一步要做什麼。他是個危險人物。

藍斯洛停了下來，戴普大叔也是。那黑騎士策馬來到淺水處，在他們面前勒住韁繩。他舉起長矛行了個禮，之後矛尖指向藍斯洛身後某處。這要嘛是叫藍斯洛回家，要嘛就是要他到那裡去，好好比畫一場。不論是前者或後者，藍斯洛用臂鎧行了個禮，然後轉身走向指定地點。他從戴普大叔那兒取來他的矛，將原本用鏈子懸在後面的頂盔拉到前面來，並將那鋼製塔樓抬到頭上就定位，將綁帶繫上。現在，對方也看不見他的表情了。

這兩個騎士在小小的空地兩端對陣，接著，雖然他倆一個字也沒說，卻不約而同地托起長矛，策動馬匹，開始進行比試。戴普大叔躲在附近一棵樹後頭，喜不自勝地把手指捏得喀啦喀啦響。雖然藍斯洛自己還不明白，不過他已經可以預見那黑騎士的下場。

第一次總是會興奮，比如說，第一次自己搭飛機總是令人興奮得喘不過氣來。在此之前，藍斯洛從來沒有進行過真的比試──雖然他用上百個矛刺靶和上千個鐵環練習過，卻從未認真以性命相拚。在這場比試之初，他這麼想：「現在可是騎虎難下，沒人會來幫我了。」然而他隨即鎮定下來，下意識地以他一貫對付矛刺靶和鐵環的方式來行動。

他的矛尖擊中了黑騎士肩甲邊緣底下，位置準確無誤。他的馬全速奔跑的同時，黑騎士的馬還在小跑步。於是黑騎士連人帶馬快速地向左偏，以漂亮的拋物線雙雙飛起，轟然落地。藍斯洛從他們身側呼嘯而過的時候，可以看到這一人一馬倒在地上，騎士那支破碎的長矛落在馬腿間，盾牌從馬匹上掉落，一只閃亮的馬蹄鐵將罩在外頭的帆布撕裂開來。只見人馬纏在一起，彼此都害怕對方會傷害自己，因此都努力踢踹對方，想要重獲自由。後來那匹馬用前腿撐著，將身體抬直了，而騎士坐起身來，舉起一隻戴著臂鎧的手，像是要揉他的頭。藍斯洛勒住了馬，轉頭騎回黑騎士身邊。

一般說來，一位騎士用長矛將另一位擊落馬下後，落馬的那位通常會大發脾氣，把摔倒的原因怪罪到馬身上，並且堅持要對方下馬，徒步用劍分個高下。他們的理由通常是：「那頭母驢的兒子害我栽了跟頭，不過我老爹的寶劍可就不同了。」

然而那黑騎士並沒有這麼做，他雖然穿了一身黑，個性顯然開朗多了，因為他坐起來之後，透過頭盔上的縫隙吹了聲口哨，聲音聽來充滿驚訝和讚賞之情。他取下頭盔抹了抹額頭。盾牌的外罩已被馬蹄子扯壞，露出紋章圖案：底色金黃，上面畫著一隻以後腿直立的紅龍。

藍斯洛把他的矛扔到一旁的灌木叢，跳下馬來，在那騎士身旁跪下。他的心再次盈滿了愛。沒有發脾氣確實是亞瑟的作風，被人結結實實地打下馬來卻坐在地上讚美對方，也是他典型的風格。

「大人。」藍斯洛說，一邊謙卑地取下自己的頭盔，低著頭，行了一個法蘭西式的禮。

國王十分興奮，匆忙想站起身來。

「藍斯洛！」他高聲說，「天啊，是那個小男孩藍斯洛呢！你是班恩王的兒子吧？我記得當年班恩王來參與畢德格連之戰時看過你。剛剛真是出色的一擊！我從沒見過這麼漂亮的攻擊，你是打哪學來的？真不錯！你是要到我的宮廷來嗎？班恩王近來可好？你那位迷人的母親好嗎？真的，我親愛的小老弟，剛剛真是太棒了！」

藍斯洛看著氣喘吁吁、正伸出雙手要扶起他的國王，心中嫉恨之意煙消雲散。

他們把馬抓回來，並轡而行，慢慢朝王宮前進，完全忘了戴普大叔。兩人都有許多話要向對方說，一路上說個沒完。藍斯洛捏造了班恩王或伊蓮王后的傳話，亞瑟則告訴他加文殺了一位女士。他還說派林諾國王結婚之後變得十分勇猛，結果在一次競技中誤殺了奧克尼的洛特王；又告訴他圓桌的事及他對圓桌的期望。雖然進度很緩慢，但現在藍斯洛來了，一切都會步上正軌。

他到卡美洛的第一天就受封為騎士（他在過去兩年中隨便哪個時間都能成為騎士，不過他希望亞瑟授勳，所以拒絕了其他人選）當晚，他晉見桂妮薇王后。傳說她的頭髮是金色的，不過並非如此；王后的頭髮令人驚豔的黑色，而她那對深邃澄澈的藍眼睛裡也蘊含讓人吃驚的無畏之色。她對這年輕人扭曲的面孔感到訝異，但並不害怕。

「好了，」國王說，他將他倆的手拉在一起，「這是藍斯洛，我和妳提過他。他將會是我手下最好的騎士，我從沒見過有人能像他對我那樣，把人打下馬來。我要妳好好對待他，桂妮，他的父親是我的老朋友。」

藍斯洛冷冷地吻了王后的手。

他並未發現她有何特別，因為此時此刻，他心裡都是他先前自行描繪的形象，根本容不下她真正的樣子。他只覺得她是個強盜，搶走他的東西，由於強盜各個虛偽冷酷、工於心計，所以他也認為她虛偽冷酷、工於心計。

「你好嗎？」王后問。

亞瑟說：「我們得跟他說說他離開之後發生了什麼事。有很多事要說呢！從哪裡開始好呢？」

「就從圓桌開始吧。」藍斯洛說。

「噢，天啊！」

王后笑了，也對這位新騎士露出微笑。

「亞瑟老想著圓桌，」她說，「連晚上做夢都會夢到。要是沒讓他講上一星期，他是說不完的。」

「這事進行得還算順利，」國王說，「這種事不可能一直都很順當。我們已經有了一個理念，現在人們也開始理解，這是件好事。我確定這會行得通。」

「他們早晚會改變主意。」

「那奧克尼一族的問題怎麼辦呢？」

「你們是指加文嗎？」藍斯洛問，「奧克尼一族發生了什麼事？」

國王看來有些不自在，他說：「問題出在他們的母親摩高絲身上。她養育他們的方式既沒有愛也沒有安全感，所以他們很難理解那些待人以誠的人們，反而存有疑懼。他們沒辦法理解我要他們去做的事。現在他們有三人在這裡——加文、加赫里斯和阿格凡。這不是他們的錯。」

「我們剛結婚的那年，亞瑟首度為聖靈降臨節①舉行慶典，」桂妮薇解釋，「他派所有人出去探險，看看他的理念是否能夠落實。等他們回來後，我們才知道加文砍了一位仕女的頭，而親愛的老派林諾也沒能救出一位落難少女。亞瑟很生氣。」

「那不是加文的錯，」國王說，「他是個好人，我喜歡他。都是那女人的錯。」

「在那之後，情況有好轉嗎？」

「有的。當然，進展得很慢，不過我確定漸入佳境。」

「派林諾很後悔嗎？」

亞瑟說：「是的，他確實很後悔。不過這也沒有什麼好後悔的，那只是他諸多糊塗事的其中一件而已。真正的問題在於，自從他娶了法蘭德斯女王的女兒之後，就變得非常勇猛，認真參加比試，而且常常獲勝。我之前告訴過你，有天他和洛特王在練習時殺了對方。這件事引發很大的反彈。奧克尼的孩子們發誓要為父親復仇，現在全都去找可憐的老派林諾，說要血債血還。我實在沒辦法約束他們。」

「藍斯洛會幫你的，」王后說，「有個老朋友來幫忙真好。」

「是啊，真好。好了，藍斯洛，我想你應該會想看看你的房間。」

那時夏天已然過了一半，卡美洛的業餘鷹匠帶著他們的遊隼，進行最後階段的訓練。如果你是個聰明的鷹匠，很快就能讓你的鷹展翅飛行；如果你沒那麼聰明，犯錯在所難免，有時候會沒辦法完成獵鷹最後的訓練。因此，卡美洛所有鷹匠都想表現出自己是個聰明的傢伙，所以都盡早讓鷹加入訓練的行列。如果你到野地去散個步，常會看到四面八方都是氣急敗壞的鷹主，一邊拉著放鷹繩，一邊和助手爭論不休。正如同詹姆士一世③所說，放鷹易令人情緒激動，因鷹本身即性情凶猛，與之為伍的人也受此感染。

亞瑟送了藍斯洛一隻關在鷹籠中的矛隼，供他娛興之用。這件禮物極為貴重，因為只有國王才能夠養矛隼。雖然這說法不一定正確，不過至少朱莉安娜·巴恩斯院長是這麼告訴我們：皇帝可以擁有金鷹，國王可以飼養矛隼，接下來的伯爵養遊隼，貴族仕女養雌灰背隼，王室侍從養蒼鷹，牧師養雌雀鷹，而聖水執事則養雄雀鷹。③藍斯洛很喜歡這件禮物，而且忙不迭和其他氣急敗壞的鷹匠比賽。那些鷹匠努力批評彼此的訓練方式，互相說著一些心口不一的阿諛之詞，眼中卻帶著猜忌。

藍斯洛得到的這隻矛隼還沒完全換羽，她和哈姆雷特一樣，身體胖得直喘氣④。由於換羽的關係，她在鷹籠裡關了好一陣子，這讓她有些怏怏不樂，而且暴躁易怒；所以藍斯洛得先用放鷹繩拉著她飛幾天，直到確定能夠安全使用誘餌為止。

所謂放鷹繩，是一條綁在老鷹繫腳皮繩上的長索，用來防止老鷹飛走。如果你用放鷹繩放過鷹，就會知道這玩意有多難用。現在大家會使用釣魚的捲線器，收放比較方便，不過在藍斯洛的年代並沒有好的捲線器，只能把放鷹繩像毛線那樣繞成一顆球。這會有兩個很糟糕的問題：一是所有的繩球都會碰上的問題，它們總會糾結成一團，而非一顆整齊的繩球；再者，如果你在一處未好好修整的野地放鷹，放鷹繩就會纏上薊草和草叢，阻礙鷹前進，妨礙訓練。因此，藍斯洛和那些怒氣騰騰的傢伙都繞著卡美洛走，天空中滿是打結的繩子、敵對的氣氛，以及振翅的鷹群。

亞瑟王要他的妻子好好對待這個年輕人。她喜歡她丈夫，也察覺到自己橫阻在他和他的朋友之間。她並沒有蠢到試圖為此補償藍斯洛，但她對他本人產生了某種興趣。那張破碎的臉雖然醜陋，卻討她喜歡，而且亞瑟也要她好好對待他。由於當時卡美洛放鷹的人很多，放鷹的助手卻沒幾個，所以桂妮薇和藍斯洛一起去放鷹，幫他整理繩球。

他沒怎麼注意這女人。「那女人過來了」或「那女人走了」——他是這麼跟自己說的，他完全沉浸在放鷹的氛圍裡。這項活動對女性來說算不得一回事，而他看待她的態度，比女性對放鷹的態度好不了多少。他雖然外表醜陋，卻是非常有溫文有禮的年輕人，而他的自我意識也太強，不會讓自己一直想著這種瑣碎的小事。他的嫉妒已經轉化成漠視她這人的存在。他繼續放鷹，禮貌地接受並感謝她的幫忙。

一天，那些薊草惹出大麻煩，他又誤算了前一天應給的食料量。那隻矛隼情緒很糟，藍斯洛也感染了她的心情。桂妮薇並不擅長放鷹，對鷹也不特別感興趣，那天就被他的臭臉給嚇著；因為她嚇壞了，人也變得笨拙起來。她好心盡力想幫忙，但她知道自己對放鷹沒什麼天分，心裡又慌亂，所以雖然小心又和善，專注盡力想把放鷹繩捲好，卻還是捲錯了。而他以一種幾近粗暴的態度從她手中拿走那顆可憐的繩球。

「這樣不對。」他說，然後深深皺起眉頭，開始生氣地用手指扯開她精心捲繞的繩球。

瞬間，一切都靜止了。桂妮薇站在那裡，心裡十分受傷。藍斯洛感受到她的沉默，也站在原地。那隻鷹停止撲翅，樹上的葉子也不再沙沙作響。

此時，這年輕人明白了一件事：他傷害了一個真實的人，一個和他年紀相仿的人。他從她眼底看見她對他的恨意，發現自己嚇壞她了。她一直試著對他好，但他總是以刻薄的態度回報她。然而，最重要的是，她是個有血有肉的人。她既不工於心計，也不虛偽冷酷。她是美麗的珍妮⑤，會思考，也有感覺。

① 聖靈降臨節（Pentecost），基督教重要節日，即復活節五十天以後的星期日；也是指猶太教的五旬節。根據《使徒行傳》第二章記述，基督復活後五十天，聖靈降臨在使徒身上，他們開始向群眾公開宣布耶穌基督的福音。

② 詹姆士一世（James the First, 1566-1625），一六〇三年即位為英格蘭國王。

③ 參見《石中劍》第二十一頁注釋。

④ 典出《哈姆雷特》（*Hamlet*）第五幕第二景，哈姆雷特與萊爾提斯鬥劍時，其母葛楚德王后在一旁觀戰，說哈姆雷特「He is fat, and scant of breath」，之後拿了手巾給哈姆雷特擦汗。

⑤ 珍妮（Jenny）是桂妮薇（Guenevere）的小名。

第五章

頭兩個注意到藍斯洛和桂妮薇墜入愛河的人是戴普大叔和亞瑟王。梅林（他現在被那位善變的妮姆穩穩當當鎖在洞穴裡）已經提醒過亞瑟，而他對這件事下意識感到恐懼。不過，他一直不喜歡預知未來，所以一直不把它放在心上。戴普大叔的反應，則是和他的徒弟站在那隻業已馴化的矛隼的鷹棚裡，給小弟子來場長篇大論。

「上帝啊！」戴普大叔用上了好幾個同類的感嘆句，「這是怎麼了？你在做什麼啊！我教出全歐洲最好的騎士，但他竟為了一位淑女的美麗眼睛，就把我教給他的東西全都拋到九霄雲外。而且還是位已婚的夫人！」

「我不知道你說什麼。」

「不知道！不知道！聖母啊！」戴普大叔咆哮起來，「我說的是桂妮薇？還是別人呢？願榮耀永歸於神！」

藍斯洛抓住這老人的肩，讓他坐在一個箱子上。

「聽著，叔叔，」他堅定地說，「我一直想跟你說，你是不是該回班威克去了？」

「回班威克！」他叔叔大叫起來，彷彿心頭被人戳了一刀。

「是的，回班威克。你不能永遠假裝是我的侍從。第一，你是兩位國王的兄弟；再者，你的年紀是我的三倍大。這違反軍事規章。」

「軍事規章！」老人咆哮著，「你這沒種的傢伙！」

「說別人沒種不大好吧。」

「你所知道的一切都是我教你的！沒看到你證明自己的能耐就要我回班威克去嗎！喂，你還沒在我面前用過劍！你那把歡悅劍還沒上過陣呢！你這忘恩負義、不知感恩圖報的傢伙！我會抱憾而死的！我向老天發誓，我會的！」

接著這惱怒的老人爆發一大串高盧式咒罵，包括征服者威廉那句「上主榮光」[①]與假託路易十一之口的「天殺的」笑話[②]。然後他順著這條王室的思路，依序以盧卡的聖容[③]、上帝之死、上帝的牙齒和上帝的頭來咒罵紅臉威廉、亨利一世、約翰王和亨利三世[④]。矛隼似乎很喜歡這場表演，興奮得豎起了羽毛，看起來活像個女僕在窗外揮舞拖把。

「好吧，如果你不想走，就別走，」藍斯洛說，「不過，請不要跟我談王后的事。要是我和她互相喜歡，我又能怎麼辦？而且喜歡別人也沒什麼錯吧？王后和我又不是什麼惡人。你跑來教訓我有關她的事，簡直當我們之間有什麼不可告人之事。你要嘛是誤會了我，要嘛是不相信我的榮譽。請別再提這件事了。」

戴普大叔兩眼一翻，搔亂頭髮，扳扳指節，親親指尖，接著又用別的姿勢來表達他的看法。不過，之後他倒是再也沒有提起這段戀情。

亞瑟對這問題的反應很複雜。梅林警告過他，他的妻子與他最好的朋友會彼此相愛，但這說法本身互相矛盾——你的朋友若背叛了你，就算不上是你的朋友。亞瑟深愛他那玫瑰花般的桂妮薇和她所擁有的活力；同時對藍斯洛懷有直覺的敬意，而這份敬意很快就成了喜愛之情。因此，他實在不知道該不該懷疑他們。

他得到的結論是：這問題最好的解決之道，就是帶藍斯洛去參加羅馬戰爭。無論梅林的警告是否為真，這個做法不但能讓這孩子遠離桂妮薇，而且，讓他的優秀子弟兵跟在身邊也是件好事。

歷經數年之久的羅馬戰爭十分曲折，我們不須在這方面花太多時間。論其本質，這場戰爭是畢德格連之戰的合理結果，也是延燒到整個歐洲的後續戰火。在大不列顛，為贖金而戰的封建想法已遭粉碎，但在國外可不同，而現在有個外地的贖金獵人找上這位安坐王位不久的國王。有個叫做路奇烏斯的先生，是羅馬的獨裁官[5]（馬洛禮用的字眼就是獨裁官，仔細想想還真有點奇怪），他遣大使前來要求亞瑟繳納貢金——在交戰前，叫做貢金，交戰後，就叫贖金了。國王徵詢議會的意見後，回信拒絕。於是路奇烏斯獨裁官便宣戰了。他也派出使者，如麥考萊[6]所說的拉爾斯·波希納[7]，到境內各地去爭取同盟。至少有十六位國王和他一道從羅馬出發，進入日耳曼高地與英格蘭人對戰。他的同盟來自安巴居、阿藍奇、亞歷山卓港、印度、哈蒙山、幼發拉底河、非洲、大歐羅巴半島、爾塔因、伊拉米、阿拉伯、埃及、大馬士革、達米耶塔港、凱亞、卡帕多其亞、塔斯、土耳其、龐斯、潘波里、敘利亞和加里西亞，此外還有來自希臘、賽浦路斯、馬其頓、卡拉布里亞、凱特蘭、葡萄牙的同盟[8]，以及上千名西班牙人。

就在藍斯洛迷戀上桂妮薇的頭幾個星期，亞瑟決定橫越海峽，到法蘭西迎擊敵人。在這場戰爭中，他決定將這名年輕人帶在身邊。當然，那時候的藍斯洛還不是公認的圓桌第一騎士，否則他無論如何都得跟著出征。現階段他只和亞瑟進行過一場比試，而公推的騎士隊長是加文。

被帶離桂妮薇身邊，讓藍斯洛十分不滿，他認為這意味著亞瑟不信任他。此外他也知道，崔斯坦爵士在類似情況下留在康瓦耳陪伴馬克國王的王后。他不明白為何他不能像崔斯坦一樣留下來陪桂妮薇。

雖然羅馬戰爭持續好幾年，不過我們不用一五一十交代。就是一般的戰事，雙方互相推擠、叫陣、重傷受苦，許多人命喪沙場，還有無畏的勇氣、高超的本事、漂亮的戰術，日日上演。這是畢德格連之戰的擴大版，而亞瑟也同樣拒絕將這場戰爭視為運動或商業行為——雖然它的確具有這種特質。紅頭加文擔任使節時動了怒，在談判當中殺了個人。藍斯洛爵士率兵迎戰人數三倍於他的敵軍，打了漂亮的勝仗，並手刃黎利王與三位赫赫有名的貴族：阿拉庫克、赫爾德和赫倫戴[9]。該役中還有三個惡名昭彰的巨人敗亡，其中兩名是亞瑟親手解決的。最後，在決戰時，亞瑟手持斬鋼劍[10]往路奇烏斯皇帝頭上一斬，直劈到胸口才停下來。後來發現，敘利亞的蘇丹、埃及國王和衣索匹亞國王（海爾．塞拉西[11]的祖先），以及十七名來自各地的國王和六十名羅馬元老，都死於這場戰爭。亞瑟將他們的屍體放在豪華的棺木裡（此舉毫無嘲弄之意），以這些棺木代替原本的貢金送交羅馬市長，此舉讓市長和將近整個歐洲都承認了他的共主地位。普里森斯、帕維亞、彼德聖及崔伯港[12]都向他宣示效忠。於是繼英格蘭之後，歐洲大陸上的封建戰爭慣例也就此打破，永遠消失。

在這段征戰的日子裡，亞瑟變得非常喜歡藍斯洛，因此，他們返家時，他已經完全不相信梅林的預言，將之拋到九霄雲外。藍斯洛是這場戰爭中公認最偉大的戰士。他們兩人都認定桂妮薇不可能成為他們之間的阻礙，剛開始那幾年便如此平安地度過了。

① 「上主榮光」（Per Splendorem Dei），為征服者威廉（即英王威廉一世）起兵攻打當時的英王哈羅德二世，於一〇六六年九月登陸英格蘭時所說的話。

② 「天殺的」（Pasque Dieu），典出法國作家雨果名著《鐘樓怪人》第十卷第五章〈法王路易的祈禱室〉，路易十一在此通篇呼喊這句話。

③ 盧卡（Lucca）的聖容，是奉於聖馬丁諾教堂（Duomo di San Martino）的聖像，據傳是由曾與耶穌對談的法賽利人尼哥底母（Nicodemus）所雕刻，與耶穌本人十分相似。

④ 此處四位英格蘭君主是照年代排列的，分別是威廉二世（一〇八七—一一〇〇年間在位）、亨利一世（一一〇〇—一一三五年間在位）、約翰王（一一九九—一二一六年間在位）、和亨利三世（一二一六—一二七二年間在位）。

⑤ 羅馬史上有多位獨裁官以路奇烏斯（Lucius）為名：在西元前四五八年和四三九年兩度出任獨裁官的辛辛納圖斯（Lucius Quinctius Cincinnatus）；西元前三二五年與三〇九年兩度出任獨裁官的科索（Lucius Papirius Cursor）；西元前八二年出任獨裁官的蘇拉（Lucius Cornelius Sulla）。但懷特在下文中點出拉爾斯‧波希納其人，所以此處的路奇烏斯應是指羅馬王政時代的最後一位羅馬王蘇佩布（Lucius Tarquinius Superbus）。

⑥ 麥考萊（Thomas Babington Macaulay, 1800-1859），十九世紀英國詩人、歷史學家和政治家，著有通俗敘事詩《古羅馬之歌》（Lays of Ancient Rome），敘述羅馬歷史的英雄故事。

⑦ 拉爾斯‧波希納（Lars Porsenna），伊特魯利亞（Etruria，義大利中部古國）國王，曾於西元前五〇八年出兵羅馬，擁護最後一任羅馬王蘇佩布的王位。

⑧ 以上提及之地名均引自馬洛禮《亞瑟之死》。亞歷山卓與達米耶塔均為埃及北部重要港口。卡帕多其亞（Capadocia）為土耳其城市。此處之「非洲」是指羅馬時代非洲撒哈拉沙漠以北部分地區，尤指努米底亞（大致相當於今阿爾及利亞）。大歐羅巴半島即歐洲大陸，因歐洲可視為亞歐大陸伸入大西洋的一個大半島，古代腓尼基人將愛琴海以西稱為「歐羅巴」，意思是「日落之地」。

⑨ 阿拉庫克（Alakuke）、赫勞德（Herawd）、赫倫戴（Heringdale）均為馬洛禮《亞瑟之死》中出現的貴族。

⑩ 斬鋼劍（Excalibur），傳說中亞瑟王擁有的著名神劍。此劍之名最早出現於馬洛禮《亞瑟之死》，由湖中仙女贈與亞瑟。

⑪ 海爾‧塞拉西（Haile Selassie），衣索匹亞皇帝，一九三〇至七四年間在位，試圖使國家現代化，後遭軍方政變罷黜。

⑫ 以上提及之地名均引自馬洛禮《亞瑟之死》。普里森斯（Pleasance）、彼德聖（Petersaint）為義大利城市名，帕維亞（Pavia）為義大利北部城市。

第六章

截至目前為止，人們對藍斯洛爵士有什麼印象呢？他們也許認為藍斯洛不過就是個武藝超群的醜陋青年罷了，不過他可不只如此。他是個擁有中世紀榮譽觀的騎士。

有句話這麼說：「某某人說到做到。」這話總結了藍斯洛曾試圖表達的理念，今天你在英國鄉間還不時會聽到這句話，愛爾蘭農夫用來表示讚美或恭維。

藍斯洛想做個一言九鼎的人。他將自己所說的話視為他最寶貴的資產，而那些無知的鄉民也是這麼想。

不過奇怪的是，雖然待己與待人誠信很重要，但他天性中有個矛盾的想法偏離聖賢之道。對他來說，他說的話之所以有價值，不僅因為他是個好人，同時也因為他是個壞人。只有壞人才需要準則來約束自己的所作所為。比如說，他喜歡傷害別人。這個奇怪的理由使他成為一個殘酷的人，然而也因為同樣的理由讓這可憐的傢伙從未殺過任何一個求饒的人，也從未在他可事先防範的情況下殘忍待人。他之所以會愛上桂妮薇，原因之一就是，他對她所做的第一件事就是傷害她，如果他沒有在她眼中看見受傷的痛苦神情，可能根本不會把她當成人來看待。

聖賢之所以成聖，多半有些奇怪的理由。如果換成是個不會為心中禮儀規範所苦的人，可能會就這麼帶著他心所崇敬之英雄的妻子遠走高飛，這樣一來，亞瑟的悲劇或許就不會發生了。藍斯洛花了半輩子折磨自己，試圖找出何者為善，以剷除自己為惡的傾向；換成平常人，可能早在招致自我毀滅之前就斬斷根源了。

這兩位好友從羅馬戰爭回到英格蘭的時候，船隊在三明治港靠岸。那是個灰濛濛的九月天，藍色及紅銅色的蝴蝶在收割後新發的草叢中飛舞，鷓鴣像蟋蟀般鳴叫，黑莓逐漸熟成變色，仍包覆在棉絨搖籃中的榛果核仁還沒什麼味道。桂妮薇王后在海灘上迎接他們，她親吻國王之後，藍斯洛就明白了——她終究還是橫在他們兩人之間。他動了動，看起來像是他的五臟六腑打了結；對王后行禮之後，他馬上到最近的一家旅舍休息，當晚他躺在床上徹夜無眠。第二天一早，他提出離開宮廷的要求。

「但你幾乎沒待在宮廷裡啊，」亞瑟說，「為什麼這麼快就要走？」

「我應該離開的。」

「應該離開？」國王問，「你這話是什麼意思？應該離開？」

藍斯洛握緊了拳頭，指節暴突。「我想遠行探險，去尋找冒險的機會。」

「可是藍斯洛……」

「圓桌不就是為了這個目的而設立嗎？」年輕人大吼，「不是要騎士遠行探險、對抗強權嗎？為什麼你要阻止我？這正是圓桌這個想法的重點啊！」

「噢，拜託，」國王說，「你不要這麼激動。如果你想去，當然可以照自己的意思做。我只是覺得如果你能陪伴我們一陣子也很好。別生氣了，藍斯洛。我真不懂你究竟是怎麼了？」

「早點回來。」王后說。

第七章

那些知名的探險就是這麼開始的。不為名聲，也不為娛樂，而是為了逃離桂妮薇；是為了維護他的榮譽，而非去樹立榮譽。

我們得仔細談談其中一次探險，這樣才能說明他是如何努力分心忘情，又是如何成就那些高貴情操。同時，也可以展現英格蘭當時的情形，了解亞瑟王為什麼要推行他對於公理正義的理論。亞瑟並不驕慢，然而他的國家格美利早年陷入無政府的混亂狀態，因此需要像圓桌這樣的理念，讓這地方得以存續。像洛特這樣輕啟戰端的人雖已受制裁，但是擁地自重的貴族行徑如同盜匪，卻逍遙法外，無從約束起。那些土豪或拔下猶太人的牙齒，拿走他們的錢財，或把反抗他們的主教處以火刑。這些惡主人底下的農奴會被澆上油脂放在慢火上烤、用滾燙的融鉛燒燙、釘上木樁、挖掉眼睛丟在一旁等死；或被割斷腿筋，只能用手和膝蓋沿路爬行。小規模的爭鬥不斷，讓窮苦無依的人更難生存；就算騎士在戰鬥中被拽下馬，他全身鎧甲嚴密防護，若非武藝高手，誰也傷不了他。舉個例子，在傳奇的布汶之戰[①]中，法蘭西的腓力·奧古斯都落馬之後被步兵包圍，然而那些倒楣的步兵無法刺穿他的盔甲，因此他很快獲救，而且越戰越勇，因為他暴怒不已，完全失控。不過，藍斯洛初次遠行探險的故事，倒是自以其方式為那段紛爭不斷的強權年代做了明證。

在威爾斯邊界上有兩個騎士：卡拉鐸斯爵士和特昆爵士，他們是克爾特族人。這兩個保守派男爵從未臣服於亞瑟，也不相信任何形式的政府，只相信武力。他們都擁有堅固的城堡和邪惡的家臣；在他們領導之下，那些家臣為惡的機會要比在一個安定社會中來得多。他們就像是捕食弱小同伴的老鷹。不過，把他們比為老鷹有點不公平，畢竟有許多老鷹是很高貴的，而特昆爵士和高貴一點也沾不上邊。如果他現在還活著，很可能會被關進瘋人院，而他的朋友鐵定會逼他去做心理分析。

藍斯洛爵士騎著馬尋求冒險，離自己真正想去的地方越來越遠。因此，對他來說，馬兒腳下的每一步都是種折磨。就在這場冒險進行了一個月左右，某天他碰上一個身披鎧甲，騎著高大馬匹的騎士，前鞍橋上橫著另一位五花大綁的騎士。受縛的騎士昏迷不醒，全身是血，還沾滿了泥漬；他的頭懸在那牝馬肩上，頭髮是紅色的。俘虜他的騎士坐在鞍上，體格十分魁梧，藍斯洛從對方的盾徽認出他是卡拉鐸斯爵士。

間。

「你的俘虜是誰？」

那大個子騎士從身後取出俘虜的盾牌，舉高。盾面是金黃色底繪上紅色山形紋，三個綠色薊花紋上二下一將山形紋夾在中間。

「你把加文爵士怎麼了？」

「不干你的事。」卡拉鐸斯爵士說。

加文一定是在馬兒停步的時候醒了過來，因為他倒栽的頭發出聲音：「好兄弟，是你嗎？藍斯洛爵士？」

「真高興見到你，加文。你還好嗎？」

「糟糕透頂，」加文爵士說，「尚祈您伸出援手。若閣下袖手旁觀，恐再無人能擔此任。」

他這番話用的是正統騎士語，是高位者所用的語言——那個年代有兩種語言，諾曼法語的位階高於撒克遜英語，這種情形就像「高階日爾曼語」是指德語，「低階日爾曼語」則是指荷蘭語。

藍斯洛看著卡拉鐸斯爵士，然後用撒克遜方言說：「把那傢伙放下來，跟我比個高下。」

「你這傻瓜，」卡拉鐸斯爵士說，「我會讓你落得同樣的下場。」

之後他們把加文放在地上綁好，讓他無法逃走，然後準備開打。卡拉鐸斯爵士有個侍從可以遞矛給他，不過藍斯洛堅持要戴普大叔待在家裡，所以一切都得自己來。

這場爭鬥和先前與亞瑟比試的那一場不同。比如說，這兩個騎士更為勢均力敵，而且在一開始長矛比試的過程中，兩人也都沒有落馬。他們手中的梣木矛裂開了，但兩人都還坐在馬鞍上，兩匹馬兒嚇得停在原地。之後兩人比劍，藍斯洛證明他的劍藝高於對方，打鬥一個多小時之後，他一劍刺進卡拉鐸斯爵士的頭盔，穿透頭骨——接著，就在這具屍體歪倒在馬鞍上時，藍斯洛一把抓住對方的領子，將他扯下馬來，同時砍下他的頭。他為加文鬆綁，接受他的衷心感謝，然後再次踏上英格蘭的荒野，完全沒再想起卡拉鐸斯爵士的事。他碰上他的表弟萊諾爵士，兩人一路同行，行俠仗義。不過，忘了卡拉鐸斯爵士真是件不智之舉。

某日，他們騎了好一段路，在酷熱午間來到一座森林。藍斯洛心中為了王后的事掙扎不已，加上天氣又熱，已經累壞了，再也沒辦法前進。萊諾也很疲睏，他們決定將馬繫在一棵長在灌木叢中的蘋果樹上，躺在樹下休息。藍斯洛馬上就睡著了，不過蒼蠅的嗡嗡聲吵得萊諾爵士睡不著覺，就在這時，他眼前出現一幅奇景。

有三名全副武裝的騎士正在逃命，一名騎士緊追在後，他們座下的馬蹄轟隆作響，搖撼地面（藍斯洛居然沒醒過來，真是件怪事），接著，後頭的魁梧騎士趕上他的獵物，將他們一個個擊落馬下，俘虜了他們。

萊諾是個很有野心的孩子，他認為自己可以代他那聞名遐邇的表哥爭取這個戰功，因此他安靜起身穿上鎧甲、騎上馬，向那勝利者挑戰。但沒三兩下他也被擊落了，而且被五花大綁動彈不得。藍斯洛醒來之前，這場華麗的表演便結束了。這四場戰鬥的神祕勝家是特昆爵士，最近死於藍斯洛之手的卡拉鐸斯爵士就是他的兄弟。特昆爵士的嗜好是把俘虜帶到他那可怕的城堡，扒光他們的衣服痛揍一頓，直到他滿意為止。

另一場表演開始時，藍斯洛兀自沉睡。在這隊人馬中，有四名服儀華麗的騎士持著矛，撐著一頂綠色的絲質罩篷，罩篷下則是四位中年女王，她們騎著白騾，看來優美如畫。她們從蘋果樹旁經過時，藍斯洛的戰馬發出一聲刺耳嘶鳴。

這四位巫后當中年紀最長的是摩根勒菲，她停住隊伍，朝藍斯洛爵士走去。他穿著全副鎧甲躺在長草地上，看起來頗為危險。

「是藍斯洛爵士！」

這世上傳播速度最快的莫過於醜聞，在那些擁有超自然力量的人之間傳得尤其迅速，因此四位女王早就知道他和桂妮薇的戀情；而她們也知道，他現在是公認全世界最強的騎士。她們因而嫉妒桂妮薇，同時也對這個擺在她們眼前的大好機會感到欣喜。於是她們開始爭論，究竟她們之中誰可以施展魔法以擁有他。

「我們犯不著為此爭吵，」摩根勒菲說，「我會在他身上施咒，讓他六個小時內都醒不了。我們把他平安帶回我的城堡之後，由他來選擇他要誰。讓他自己選。」

事情就這麼說定。於是，這位沉睡不醒的頭號戰士和他的盾牌就由兩名騎士抬到戰車堡。這曾是糧食堡，但外觀已經失去仙靈氣息，話說回來，它本來就是座很普通的碉堡而已。仍自熟睡的藍斯洛被送到一個寒冷、空蕩蕩的房裡，在那裡等待咒語的時效過去。

藍斯洛醒來時，並不知道自己人在哪裡。房間似乎是用石頭砌成，很暗，像個地牢。他躺在黑暗之中，心想不知道接下來會發生什麼事。沒多久，他就開始想桂妮薇王后了。

接下來倒是發生的了一件事：有位年輕少女為他帶來晚餐和問候。

「你好嗎，藍斯洛爵士？」

「我不知道，美麗的姑娘。我不知道自己是怎麼到這來的，所以實在不知道自己究竟好不好。」

「不用害怕，」她說，「如果你就是她們說的那個偉大的人，明天早上我或許可以助你一臂之力。」

「謝謝妳。無論妳能不能幫我，我都很感激妳能為我設想。」

之後那位美麗的少女便離開了。

次日一早，傳來了打開門栓的咚咚聲和生鏽門鎖的嘎吱聲，接著幾個穿著鎖子甲的侍衛走進地牢，在門的兩側列隊站好，迎入四位魔法女王。每位女王都穿著最漂亮的衣服，堂堂地向藍斯洛爵士行了屈膝禮。他有禮地站著，嚴肅地對每位女王鞠躬。摩根勒菲為他一一引見，她們分別是高爾女王、北加里斯女王、東土女王、外島女王。

「聽著，」摩根勒菲說，「我們知道你的事，所以你也不必妄想有什麼事是我們不知道的。你是跟桂妮薇王后有曖昧關係的湖上騎士藍斯洛。你是世界公認的第一騎士，這也是那女人喜歡上你的原因。不過，這一切都結束了。如今你在我們四人的手上，你得從中選出你的女主人。顯然，若非出於你自己的意思來選，也沒什麼意義——不過你也只能從我們四人之中選擇。你要選誰？」

藍斯洛說：「這叫我怎麼回答？」

「你必須回答。」

「第一，」他說，「妳對我和大不列顛王后的指控並非事實。桂妮薇是對國王最忠貞的女士。如果我現在是自由之身，或是妳給我一副鎧甲，我願意和妳所指定的任何一個戰士比武，以證明此事。第二，我絕對不可能選妳們當中任何一位做我的女主人。失禮之處還請見諒。不過，我只能這麼說。」

「噢！」摩根勒菲說。

「就是這樣。」藍斯洛說。

「就這樣？」

「是的。」

四位女王嚴峻而高傲地行禮，旋即離開房間。侍衛靈巧地向後轉身，身上的鎖子甲在石頭地板上敲得叮噹作響。光線從門後消失。門關了，鎖落了，閂也上了。

那位美麗少女帶著下一頓餐點進來時，看來似乎想和他說話。藍斯洛注意到她很有膽識，或許喜歡恣意而行。

「妳說妳或許能夠助我一臂之力？」

女孩懷疑地看著他說：「如果你就是她們說的那個人，我就能助你一臂之力。你真的是藍斯洛爵士？」

「恐怕正是在下。」

「那麼，」她說，「如果你幫我，我就幫你。」

說完她哭了起來。

那少女哭起來十分迷人，並且帶著某種決心。不過，趁她還在哭的時候，我們最好來解釋一下格美利這個地方早年舉行的比武大會是怎麼回事。真正的比武大會和長矛競技是不同的，如果是長矛競技，騎士是以單挑的方式攻擊或防禦，贏家會得到獎賞；比武大會則比較像自由戰：先讓一群騎士選邊站，每邊各有二十到三十個騎士，之後他們會自由對戰，衝擠成一團。這種混戰有其重要性，比如說，如果你付了比武大會的報名費，你也能參加長矛競技，但若你只付了長矛競技的費用，就沒辦法參加比武大會。在這些狂亂的混戰中，參賽者很容易受重傷。如果適度控制，這種混戰倒也不是壞事，可惜在那個年代，根本沒有控制可言。

潘卓根時代的快樂英格蘭有點像是奧康諾[②]時代的可憐老愛爾蘭，派系林立。無論是某個國家的騎士、某個地區的住民，或是某個貴族的家臣，都可能與附近的派系水火不容，這種對立會演變成世仇，而後某地的國王或領導者就會向另一地的國王或領導者下戰書，舉行比武大會；雙方都會抱著要給對方難看的意圖與會。在羅馬天主教徒對上新教徒、斯圖亞特王室對上橙黨黨員[③]的時代，也是相同的情況，他們正面交鋒時，手裡都拿著粗木棍，心裡也都想著要殺了對方。

「妳為什麼哭呢？」藍斯洛問。

「噢，天啊，」那少女啜泣著，「可怕的北加里斯王向我父親下了戰書，要在下週二舉行比武大會。他找來了三名亞瑟王的騎士助陣，我那可憐的父親一定會輸。我很擔心他會受傷。」

「我懂了。妳父親叫什麼名字？」

「他是巴德馬格斯王。」

藍斯洛站起身來，禮貌地親吻她的前額。他馬上明白她希望他做些什麼了。

「很好，」他說，「如果妳能救我離開這個監牢，我會在下週二為巴德馬格斯王出戰。」

「噢，謝謝你，」那少女說，一邊擰乾她的手帕，「恐怕我現在得離開，不然他們會在樓下找我。」

如果北加里斯王本人要和她父親對戰，她當然不會幫著北加里斯的巫后把藍斯洛囚禁起來。

清晨時分，城堡裡的人都還沒起床，藍斯洛就聽見那扇沉重的門被安靜地推開。一隻柔軟的手握著他，在黑暗中領著他往外走。他們通過十二扇魔法門來到兵器庫，那裡放著他的鎧甲，全都擦得閃閃發亮，準備就緒。待他裝束完畢，他們前往馬廄，他的戰馬正在鵝卵石上蹭著閃閃發光的蹄鐵。

「請千萬記得。」

「當然。」他說完，在晨光中騎過了吊橋。

他們躡手躡腳地穿過戰車堡的走廊時，已經計畫好要先與巴德馬格斯王碰面。藍斯洛要到附近一座白衣修士會⑥的修道院去，在那裡和少女碰頭——當然，她背叛摩根女王讓藍斯洛逃走之後，自己也得逃走才行。他們要在修道院裡等人把巴德馬格斯王帶來，然後做好比武大會的安排。不幸的是，戰車堡位於野森林中，而藍斯洛迷路了。他和他的馬漫無目的地走了約莫一天，一路上不是撞到樹枝，就是纏在黑莓叢裡，一人一馬很快就發起脾氣。傍晚時分，他們跌跌撞撞來到一座紅色綢質帳篷，裡面一個人也沒有。

他下了馬，看著那頂帳篷。在布滿亂石的森林裡有著這麼豪華的帳篷，觸目所及卻毫無人跡——這看起來實在有點詭異。

「真是頂奇怪的帳篷。」他想。由於他腦子裡裝滿了桂妮薇，所以思緒也跟著抑鬱起來，「不過，我想今晚應該可以在裡面過夜，這頂帳篷在這裡，要不是有什麼冒險等著，就是主人到別處度假去了；如果這裡有險可冒，我就該接受挑戰；如果是主人離開了，他們也不會介意我在這裡窩一晚。再怎麼說，我迷路了，也沒別的事好做。」

他將馬具卸下，繫好馬，脫下身上的鎧甲，整齊地掛在樹上，盾牌放在最上面。之後，他吃了一些那女孩給他的麵包，在一條流經帳篷旁的小溪裡喝了些水，伸展手臂，讓手肘喀喀作響，打了個呵欠，用拳頭叩擊門齒三次後，上床睡覺。那床十分華麗，床罩也是紅色綢緞，和帳篷同款料子。藍斯洛滾上床去，鼻子壓進絲枕裡，拿它當桂妮薇送上的一個吻，之後便沉沉地睡著了。

他醒來時，月亮已經出來了，有個裸體的男人正坐在他的左腳上剪指甲。

他一察覺到那男人存在，立即驚醒，突然在床上動了起來。男人察覺到有人在動，也大吃一驚，跳起來抄起劍。藍斯洛跳到床的另一邊，跑向他掛在外面樹上的武器；男人追上前，手上揮舞著劍，想從後面給他一擊。藍斯洛安全地跑到樹旁，拿著武器轉過身來。他們看起來既詭異又嚇人——在月光下，兩人都是全裸，兩人手裡的銀色鐵器也在滿月之下閃閃發亮。

「看招！」男人大叫，他瞄準藍斯洛的腿猛烈一擊。下一刻，他的劍卻已落地，他雙手抱著肚子，彎著腰，尖叫起來。藍斯洛這一擊已經讓他見了血，那血在月光之下看起來是黑色的，而他胃裡的某些東西也對外展露了它們的祕密生活。

「別打了！」男人叫道，「饒了我。別打了。你快殺死我了！」

「對不起，」藍斯洛說，「可是你甚至沒等我拿到劍就進攻。」

男人繼續尖聲大喊：「饒了我！饒命！」

藍斯洛把劍插在地上，走上前檢查對方的傷勢。

「我不會再傷害你了，」他說，「沒事了，讓我看看。」

「我的肝臟被你切開了！」男人控訴道。

「嗯，我只能說我真的很抱歉。話說回來，我也不知道我們到底為什麼會打起來。靠在我肩上，我們一起把你弄到那張床上去。」

藍斯洛把男人放在床上，幫他止血，發現那道傷並不致命；就在此時，一名美麗的女士出現在帳篷門口。當時他們已經點上燈心草蠟燭，所以她馬上就發現出了什麼事，而且立刻放聲尖叫。她衝過去安慰那個受傷的男人，罵藍斯洛是凶手，然後繼續大哭大叫。

「別叫了，」男人說，「他不是凶手，我們只是有點誤會。」

「我睡在床上，」藍斯洛說，「他進來坐在我的腳上，我們兩個都嚇了一跳，就打起來了。很抱歉我傷了他。」

「但這是我們的床，」那位女士尖叫起來，看起來就像《金髮姑娘與三隻熊》⑤裡頭的熊，「你在我們的床上做什麼？」

「我真的很抱歉，」他說，「我來的時候帳篷裡沒看到任何人，而且我迷路了，十分疲累，所以我想，如果我借住一晚，應該沒什麼關係。」

「是沒關係，」男人說，「我們歡迎你借住一晚，畢竟這傷也沒那麼糟。能告訴我你的名字嗎？」

「藍斯洛。」

「哇！」男人大叫起來，「親愛的，瞧瞧剛才我是和誰對打呢！難怪我一下就輸了。我還在想，你怎麼那麼輕易就放我一馬呢。」

於是他們堅持藍斯洛應該留下來過夜，第二天一早，他們也指出正確的方向，好讓他前往白衣修士會的修道院。

這場邂逅在我們的故事主線中就到此為止，不過，那位騎士名叫貝勒斯，他傷勢復原之後，經藍斯洛引介成為圓桌騎士。他個性寬大溫和，是亞瑟需要的人；而藍斯洛讓他坐上圓桌，好試著彌補自己犯下的錯。

在白衣修士會的修道院中，那位美麗的少女心急如焚地等待。她很擔心他會失信。一聽見鵝卵石地面上響起他的馬蹄聲，她立刻從高塔的房間飛奔而下，熱烈地歡迎他。

「父親今晚會到，」她高聲說，「噢，我真高興你來了！我還怕你可能會忘了呢。」

聽到她選用的字眼，藍斯洛扭曲的嘴角露出一絲笑容。然後他換上平民服裝，洗了澡，靜待巴德馬格斯王到來。

「格美利真是個奇怪的地方，」他自言自語，好讓自己的思緒遠離年輕的王后，「事情發生得好快，大半時間都不知道自己在哪裡。而我那表弟從蘋果樹下消失了，這還得找出個解釋來才行。至於巫后啦、比武大會啦、入夜之後跑到你床上的人啦、一個家有一半的人都消失得無影無蹤啦，這樣下去，要行事合宜實在很困難。」

之後他梳了梳頭髮，整整衣袍，下樓見巴德馬格斯王。

因為馬洛禮已經寫過了，所以這裡無須詳述這場比武大會。藍斯洛從那名年輕少女推薦的人選中挑了三名騎士與他同去，同時他也安排讓連他在內的四名騎士都使用素面盾——這是羽翼未豐的騎士所用的白色盾牌，藍斯洛堅持這麼做，因為他知道圓桌有三位弟兄會代表另一邊出戰。他不希望被認出來，因為可能會在弟兄間造成心結。但是，他又覺得和他們對戰是他的責任，因為他已答應那位少女的請求。對手陣營由北加里斯王領兵，他手下有一百六十名騎士，巴德馬格斯王只有八十名。藍斯洛先迎向第一位圓桌騎士，讓他肩膀脫臼；之後他使勁朝第二位發動攻勢，那可憐的傢伙掛在馬尾巴上，頭盔插入地表數吋之深；最後他朝第三位的頭盔用力一擊，結果那個騎士的鼻子開始流血，騎著馬跑走了。在他打斷北加里斯王的大腿骨之前，所有人都看得出來，不管從哪方面來說，這場比武大會都算是結束了。

接下來我們的英雄出發探查萊諾究竟出了什麼事，這是他首度能夠自由地去做這件事情——打從他這位表弟失蹤之後，他不是被一群邪惡女王囚禁起來，就是得履行他對救命恩人的義務。他離開前，巴德馬格斯王得到了比武大會的獎賞，而那位少女對他感激涕零。他們彼此承諾友誼長存，如果有求於彼此，只要送個信，即當傾力相助。藍斯洛爬上馬，向幾個農夫問了路，摸清方向，往他和表弟走散的森林走去，也就是有蘋果樹的地方。雖然天氣冷，不過他認為，如果在最後見到表弟之處來個地毯式搜索，或許能找到什麼蛛絲馬跡。

在那棵蘋果樹所在的樹林中，他遇到一位騎著小白馬的女士。事實上，他就是在那棵樹下碰到她。那棵樹可能是棵魔法樹，因此才會有許多人從那裡經過。

「夫人，」他說，「您可知道，這座森林裡有什麼險可冒嗎？」

「如果你夠強壯，能夠一一挑戰，」她說，「那可多了。」

「我可以試試。」

「你看來是個強壯的男人，似乎也很勇敢，不過你的耳朵實在招風得有點嚇人，」那位女士說，「如果你願意，我就帶你到這世上最殘暴的領主那兒，不過他一定會殺了你。」

「沒關係。」

「要我帶你去，得先告訴我你的名字。如果你不是個有名的騎士，帶你去簡直就是謀殺的行徑。」

「我的名字是藍斯洛。」

「我想也是，」那位女士說，「好吧，實在很幸運。如果有關你的傳言都是真的，那麼你可能是這世上唯一能夠打敗他的人。他的名字是特昆爵士。」

「很好。」

「有人說他是個瘋子。他曾在一次戰爭中俘虜並囚禁六十四名騎士。他用荊棘鞭打他們，如果你成了他的階下囚，他也會將你的衣服脫光，狠狠打你。」

「聽起來是個有趣的對手。」

「那裡有點像是集中營。」

「我已經準備好面對這種事了，」藍斯洛爵士說，「這就是亞瑟創造圓桌武士的原因，他想要避免這類事情發生。」

「如果我帶你過去，你得答應我，事成之後，要為我做一件事——也就是說，如果你獲勝的話。」

「什麼樣的事呢？」他謹慎地問道。

「你不用害怕，」那位女士說，「只是要你去向另一位我認識的騎士挑戰，他害幾位少女非常痛苦。」

「我很樂意為您效勞。」

「好吧，」那位女士說，「上帝知道你之後的路該怎麼走。無論如何，你和他對戰時，我會為你祈禱。」

他們騎了一會兒馬，來到一處淺灘，長得有點像藍斯洛初次與亞瑟王交手的那處淺灘。淺灘四周的樹上掛著生鏽的頭盔和淒涼的盾牌，那裡共有六十四面盾牌，上面有斜帶紋⑥、山形紋、直立的梭子魚、鵪或金鷹的圖紋、雙腿向前直立的正面獅臉，看起來有種遭人遺忘的荒涼。盾牌的肩背帶都已變綠，生著霉斑。整個地方看起來就像是獵場看守人的絞刑架。

空地中央的主樹上掛著一只巨大的銅盆，睥睨著那些落敗的盾牌。銅盆底下最新的盾牌屬萊諾所有——銀白色底面上畫著紅色斜帶紋，此外還畫有排行標記⑦。

藍斯洛知道他該怎麼處理那只銅盆，而他也動手了。他調好頭盔的位置，穿過低垂的樹葉，來到銅盆旁邊；他用矛尾敲擊銅盆，直到把盆底敲落。之後他和那位女士靜立林中。森林似乎被那陣可怕的噪音震懾住，一片寂然。

沒有人來。

「他的城堡在後面。」女士說。

他們安靜地策馬走向城門，在門前來來回回騎了半小時，他脫下頭盔和臂鎧，皺起眉頭，焦慮地咬著指甲。

就在那半小時過去之後，一個魁梧的騎士穿越森林而來。他的相貌讓藍斯洛吃了一驚，因為他長得很像之前藍斯洛為了營救加文而殺死的卡拉鐸斯爵士；不但體格相似，前鞍橋上也橫著一個五花大綁的騎士。更怪的是，這位騎士的盾牌上畫著三個薊花紋和一個山形紋，盾牌上方還有個方塊⑧塗成紅色。事實上，眼前這第二位高大騎士俘獲的正是加赫里斯，加文的弟弟。藍斯洛審視著那位騎士。

或許我們可以這麼說，如果你能看出騎士的風格，就多少能夠認出那些穿著鎧甲的騎士是誰了，即使他變裝或拿了素面盾也沒有影響。日後藍斯洛有時候必須變裝作戰，不然沒有人願意和他打，不過亞瑟等人通常會從騎馬的方式認出他來。就像現在，雖然我們因為距離太遠而看不清板球選手的面孔，但還是認得誰是誰，那個年代也一樣。

由於藍斯洛花了很長的時間鍛鍊，因此很善於判斷他人的風格。他看著特昆爵士，沒幾下工夫便注意到他的坐姿有個小缺點。於是他對那位女士說，如果特昆不調整坐姿，他應該可以救出那個俘虜。結果，特昆爵士進行長矛比試時，確實調整了坐姿，這項批評就無效了；不過這件事倒是間接說明了長矛競技是怎麼回事，所以或許值得一提。

競技中最重要的，就是騎術。如果一個人敢在衝撞的那一刻仍然全力衝刺，通常就會贏。大多數人都會略微退縮，因此沒讓衝力達到最大。這也是藍斯洛總是獲勝的原因，他身上有股戴普大叔所說的「衝勁」。他變裝時，有時候會故意大剌剌坐在鞍上，騎姿笨拙，不過最後總會來個真正的衝撞，所以有時他連長矛都還沒擊出，觀眾和他那不幸的對手就會大叫：「啊！是藍斯洛！」

「這位好騎士，」他說，「把受傷的人放下來休息一會吧，我們兩個來較量一下。」

特昆爵士朝他騎過去，從牙縫中擠出一句：「如果你是個圓桌騎士，那麼我可是恨不得把你打倒再痛扁一頓。你和你那整桌騎士都一樣。」

「說得簡單呢。」

之後他們按照慣例後撤，托起長矛，然後如雷霆般朝對方衝撞。藍斯洛在最後一刻發現自己對特昆爵士坐姿不良一事上判斷有誤，而在最後那一瞬間，他發現特昆是他在長矛比試上所遇過最好的對手，對方衝刺的力道與他相當，目標也相當精準。

兩名騎士縮身閃避，在此同時，雙矛互擊，而兩匹馬前奔中途這麼一受阻，人立起來向後摔倒。兩枝矛雙雙斷裂，高高拋入空中，有如烈性炸藥般優雅地轉了一圈又一圈，這情景嚇得馴馬上的女士忍不住轉過頭去。再回過頭看時，兩匹馬都摔斷了背，倒在地上，兩名騎士動也不動地躺在地上。

兩小時後，蘭斯洛和特昆還在以劍相拚。

「住手，」特昆說，「我有話問你。」

藍斯洛停手。

「你是誰？」特昆爵士問，「你是我碰過最強的騎士，我從沒見過誰有這麼強的力量。聽著，我的城堡裡現在有六十四名俘虜，另外在我手下死傷的有好幾百人。不過，這些人都比不上你。如果你願意和我講和，與我為友，我就釋放這些俘虜。」

「你真仁慈。」

「只要你不是那人，我就願意這麼做。不過，要是你就是那人，我就得和你拚個生死。」

「那人是誰？」

「藍斯洛，」特昆爵士說，「如果你是藍斯洛，我絕不會求饒或請和。他殺了我兄弟卡拉鐸斯。」

「我就是藍斯洛。」

特昆爵士從頭盔的縫隙中哼了口氣，竟趁對手不備狡滑出招。

「噢，這樣嗎？」藍斯洛說，「我只要假裝我不是我自己，就可以救出那些俘虜，而你居然連一聲招呼都不打就想殺了我。」

特昆繼續嘶嘶地噴著氣。

「卡拉鐸斯爵士的事我很抱歉，」藍斯洛說，「不過他是死於一場公平的交戰，也沒有提出求和。我並沒有手下留情，他是在交戰中被殺的。」

他們又打了兩個小時。對穿著鎧甲的騎士來說，劍並不是唯一的武器，有時他們用盾緣互擊，有時用劍柄互捅。周圍的草地都濺上他們的血，血點看似鱒魚身上的斑點，拖著尾痕的血跡則彷彿一隻隻小蝌蚪。因為身上盔甲沉重，所以有時他們摔成一團；笨重的騎士頭盔填塞稻草，只留一個小呼吸孔，他們都覺得快要窒息；他們疲倦地舉著盾牌，根本無法好好遮護自己。

整場打鬥眨眼間就結束了。他倆都一言不發。藍斯洛抓住時機丟下劍，抓住特昆頭盔上口鼻部位的開口，兩人摔倒在地，特昆的頭盔脫落。他們抽出短匕近身互搏。特昆的身體彈起，又抖了一抖，便斷氣了。

後來，加赫里斯和那名女士餵藍斯洛喝水時，他說：「不管他做錯多少事，他都是個厲害的傢伙。他沒求和，真是遺憾。」

「想想那些重傷的騎士和那些酷刑吧。」

「他是個老派人，」他說，「我們確實得阻止這樣的人橫行，不過，他仍舊算是老派武士中的佼佼者，這點無庸置疑。」

「他是個畜生。」

「不管他是什麼樣的人，他都愛他的兄弟。啊，加赫里斯，能把你的馬借給我嗎？我想繼續前進，不過我的馬已經死了，可憐的東西。你若願意，可以去城堡把萊諾和其他人放出來。叫萊諾回宮廷去吧，要他放聰明點。我得和這位女士到別處去。你能答應我嗎？」

「你剛剛才救了我和我的馬，當然可以帶走牠，」加赫里斯說，「天啊，你一直在救我們奧克尼的人！上次你才救了加文，阿格凡人就在這座城堡裡。藍斯洛，你當然可以帶走我的馬，當然沒問題。」

① 布汶之戰（Battle of Bouvines），西元一二一四年，英國約翰王與神聖羅馬帝國奧托四世（Otto IV of Brunswick）結盟，欲取回英國輸給法國的失土，然而法王腓力二世（Philip II Augustus，即法蘭西的腓力·奧古斯都）在此戰中大敗對手聯軍，獲得決定性的勝利。

② 奧康諾（Daniel O'Connell, 1775-1847），愛爾蘭傳統舊教（天主教）的政治意見領袖，反對合併法，大力推動愛爾蘭獨立和天主教解放運動。

③ 橙黨（Orange Order，或譯奧蘭治團體）是新教基進組織，成立於一六九五年，主要根據地在北愛爾蘭，每年七月都會舉行遊行，慶祝在一六九〇年博因河戰役（Battle of the Boyne）中，出身荷蘭王室，且信奉新教的橘邑的威廉（William of Orange）打敗信奉天主教的詹姆士二世（James II），成為英國的威廉三世（William III）。

④ 白衣修士會（white friar），天主教加爾默羅修會（Carmelite）的修士，因穿白袍得名。

⑤《金髮姑娘與三隻熊》（*Goldilocks and the Three Bears*），英格蘭童話，故事中金髮姑娘來到森林中，發現一間房子，裡面有三張床，她在三張床上輪流試躺過，最後睡在小床上，後來熊一家三口回來，發現了她。

⑥ 斜帶紋（Bend），在紋章學中指從盾面左上角往右下角斜畫而下的斜帶紋，另有左斜帶紋（bend sinister），是從右上角往左下角斜畫而下的斜帶紋。

⑦ 排行標記（Cadency），另外加在家族盾徽上的標記，各地用法不一。以英格蘭來說，一般長子會在盾徽上方畫一條標記紋（Label，綴有流蘇式短直帶紋的橫帶紋），次子畫新月紋（Crescent）、三子畫星形紋（Mullet）等等；而女兒不管排行第幾，所用的徽記都是將家族盾徽的框線從盾形改成菱形。

⑧ 方塊（Canton），在盾徽右上角（左上角稱canton sinister）另加的一個方塊，用來顯示持有人之間有血親關係。

第八章

藍斯洛初次遠行探險為期一年，途中還有其他幾次冒險，不過其中只有兩件值得細寫。這兩件事都和強權勢力的保守道德觀有關，亞瑟王也為此發起聖戰對抗。正是這種老派，即諾曼貴族抱持的態度，在此時期提供了冒險的機會，因為鮮少有人會像權貴世家在財產被奪時表現得如此苦大仇深、憤慨不平。圓桌騎士受命出外對付惡霸，遵循「恃強凌弱」原則的憤怒領主憑著絕望的狠勁抄起棍棒。如果那個年代有《泰晤士報》這類刊物，他們一定會投書控訴。好一點的會說服自己，說亞瑟是一股新風潮，而他的騎士悖離了祖先之道；壞一點的則把亞瑟說得比布爾什維克黨人①還糟，他們放任天性中的殘暴面，淨幻想些子虛烏有的犯行，再一股腦歸罪到圓桌騎士頭上。情況與常識完全脫節，繪聲繪影的暴行事蹟有暴虐的人相信。由於失去權力的恐懼感作祟，在藍斯洛必得撂倒的領主當中，有很多人也如此看待他，認定他是那種放毒氣的劊子手。他們和他對戰的方式既寡廉鮮恥又充滿恨意，好像他是敵基督②一樣，而且他們也深信自己是在捍衛正義。這已經成了一場意識型態的內戰。

一個晴朗的夏日，藍斯洛騎馬經過一座陌生城堡的林地，草地上雜生著高大的榆樹、橡樹和山毛櫸等各種樹木，而藍斯洛正抱著一顆沉重的心思念著桂妮薇。那位領他去找特昆爵士的女士在分別之際（他已經為她履行承諾），與他談了一會兒有關婚姻的話題，因而激怒了他。那位女士說他應該娶個妻子或找個情婦，於是藍斯洛生氣了。「眾口悠悠，要說什麼，我管不著，」他說，「不過現階段我是不可能結婚的，我也不認為找情婦會有什麼幫助。」他們就此爭論了好一會兒便分道揚鑣。如今，雖然又歷經幾場冒險，他仍在思索那位女士的忠告，心情十分低落。

就在此時，空中傳來一陣鈴聲，他抬起頭。

有隻漂亮的遊隼在他頭頂上，對準一棵榆樹頂端飛了過去，她在微風中發出清澈的叮噹聲，身後還拖著一條放鷹繩。她心情不好，一飛到榆樹頂便坐下來，用泛著怒氣的眼睛和噴著氣的鳥喙四下張望，那條放鷹繩在最近的一根樹枝上繞了三圈。她注意到藍斯洛往她騎來時，憤怒地又想飛走，不過被放鷹繩絆住，只能頭下腳上拍打著翅膀。藍斯洛緊張得一顆心幾乎要跳進嘴裡，擔心她會不會弄斷自己的羽毛。過沒多久，她不再拍動翅膀，就這樣倒吊在那裡慢慢旋著，看起來卑微、憤怒而荒謬，但她的頭就像蛇一樣，仍舊向上抬著。

「噢，藍斯洛爵士，藍斯洛爵士！」某位不知名的仕女騎著馬，全速朝他飛奔而來，而且顯然想要放開馬轡，好握著自己的手。「噢，藍斯洛爵士！我的隼不見了。」

「她在那裡，」他說，「就在樹上。」

「噢，天哪！噢，天哪！」仕女說，「我只是試著用繩子把她叫回來，繩子就斷了！如果我不把她抓回來，我丈夫會殺了我。他是個魯莽的人，很熱衷放鷹。」

「不過他不可能殺了妳吧？」

「噢，他會的！他可能並非故意，但是他會！他就是這樣一個莽撞的人。」

「或許我能阻止他？」

「噢，不，」仕女說，「千萬別這麼做。你說不定會傷了他，我可不想讓你傷了我親愛的老公。你不覺得爬上那棵樹把鷹抓下來比較好嗎？」

藍斯洛看了看仕女，又看了看那棵樹。之後，他重重嘆了口氣，對仕女說了一番話。根據馬洛禮的紀錄，他是這麼說的：「這位美麗的女士，既然您知道我的名字，也要求我發揮騎士精神來幫助您，我會盡我所能去抓您的鷹。雖然我實在不太會爬樹，這樹又高，而且沒幾根粗大的樹枝能助我攀爬，不過我還是會盡力而為。」

他的童年都在學習成為戰士，沒時間像別的男孩子一樣去偷鳥巢。對於在亞瑟或加文那種背景下成長的人來說，這位仕女的要求並不難，但他實在非常困擾。

藍斯洛難過地脫下鎧甲，直到身上只餘襯衫和長褲，其間他偷瞄了那棵可怕的樹好幾次，最後在仕女於樹底下大談鷹隼、丈夫和今天的好天氣時，英勇地撲上了第一根粗樹枝。

「好吧。」他說，這時他眼裡盛滿憤怒，整張臉也可怕地皺成一團。「好吧，好吧。」

此時在樹頂，那隻隼被放鷹繩給牢牢纏住（她照例讓繩子繞上頸子和翅膀，並且認為那條繩子在攻擊她），所以藍斯洛得讓她停在他光裸的手臂上。她帶著歇斯底里的狂暴情緒抓著他的手臂，不過他也沒空去管那些抓傷，只是耐著性子將纏結的繩子解開。鷹匠被自己的鷹弄傷時，很少會去斥責牠們。他們太過投入了。

他成功地把那隻鷹從樹枝中救出來後，發現沒辦法單靠一隻手爬下去。仕女此時正在樹下，看起來好小好小，藍斯洛對她大吼道：「聽著，我要想辦法折下一根粗樹枝，把樹枝綁在她的繫腳皮繩上，再把她丟下去。我會找根不太重的樹枝，這樣她會慢慢往下降。我得把她往外丟一點，才能避開樹枝。」

「噢，請務必小心！」仕女叫著。

完成所說諸事後，藍斯洛又開始小心往下爬。途中有幾處不好著力，他只能靠自己的平衡感過關。就在他離地還有約二十呎時，有個全副武裝的胖騎士騎著馬一路狂奔而來。

「哈！藍斯洛爵士！」那胖騎士吼，「你現在所在之處真是正合我意啊！」

仕女撿起那隻隼，想離開現場。

「女士！」藍斯洛喊。他開始懷疑，為何每個人都知道他的名字。

那胖子高聲叫喊：「你這殺手，別碰她！那是我老婆！對，她就是！她只是照我的吩咐行事罷了。這是個詭計。哈！哈！現在你身上沒有那副出名的鎧甲了，我這就要殺了你，像淹死一隻小貓那樣殺了你。」

「這可不合乎騎士典範啊，」藍斯洛皺了皺臉，「你至少應該讓我穿上盔甲，公平決戰。」

「讓你穿上盔甲？你第一天出來混嗎？你以為我是誰啊？老子可不信那些新潮玩意，一派胡言！只要哪個把小孩烤來吃的傢伙落在我手上，我一定會動手殺了那個惡棍！」

「但是……」

「你下來，下來！我一整天都在等這一刻呢！下來受死吧！你要是個男子漢，就要像個男子漢！」

「我向你保證我從來沒烤過小孩。」

那胖騎士的臉漲成紫色，大吼道：「騙子！騙子！惡魔！你馬上給我下來！」

藍斯洛坐在一根樹枝上，啃著手指甲，兩腳懸在那裡晃呀晃的。

「你的意思是，」他問，「你故意放掉那隻身上帶著放鷹繩的隼，為的就是要在我衣衫不整時殺了我？」

「你下來！」

「如果我下去，我一定會盡我所能殺了你。」

「你這小丑！」那胖騎士大叫。

「是嗎？這是你自己的錯吧，」藍斯洛說，「你不該玩這種下流把戲。我再給你最後一次機會，你要不要做個紳士，讓我下去整裝應戰？」

「當然不行。」

藍斯洛折斷一根腐爛的樹枝，往他那匹馬的另一側跳下樹，於是馬就攔在兩人中間。胖騎士騎著馬朝藍斯洛衝過來，傾身橫過擋在中間的馬，想砍下藍斯洛的頭。藍斯洛用樹枝擋下這一擊，讓那騎士的劍卡在木頭上，接著他從劍主人手中奪過劍來，割斷他的喉嚨。

「走開！」藍斯洛對仕女說，「別哭了。妳的丈夫是個傻瓜，而妳則是個煩人的傢伙。殺了他，我一點都不後悔。」

不過，其實他心裡很後悔。

最後一次冒險也與背叛和仕女有關。當時這年輕人正悲傷地騎馬穿過沼澤地帶，這地區在當年還是濕地，可說是英格蘭最荒涼原始的地區。整片沼地到處都是祕密通路，只有那些曾降服於烏瑟·潘卓根的撒克遜沼地人才知道該怎麼走。這整塊帶著海水鹹味的平原是這片陰霾天空底下一塊巨大的茅草地。鷺鷥嗚嗚而鳴，澤鷸從蘆葦叢上低掠而過，數百萬隻赤頸鳧、綠頭鴨與澤鳧列成一隊隊飛行，看來就像許多香檳酒瓶乘著靈光一般的翅膀在空中飛翔。在這塊泡在鹽水裡的沼地上，來自斯匹次卑爾根群島的鵝群在此覓食，頸子彎成特殊的環曲形，而沼地人帶著網子和工具尾隨其後。這些沼地人的肚子上長著斑點，腳上有蹼——英格蘭其餘地方的人這麼相信。他們通常會殺死外來的人。

藍斯洛騎在一條似乎哪兒也去不了的直路上，就在此時，他看見兩個人從另一頭朝他飛馳而來。是位騎士和他的夫人。那位夫人騎在前面，看起來像發了瘋般，騎士在後頭追她。陰沉的天空下，他的劍閃閃發光。

藍斯洛朝他們騎去，大叫：「這裡！這裡！」

「救命啊！」婦人尖叫，「噢，救我啊！他想砍了我的頭！」

「別理她！滾開！」那騎士咆哮，「她是我老婆，卻給我戴綠帽！」

「我沒有，」婦人哭了起來。「噢，先生，救救我吧。他是隻殘酷暴虐的野獸。只是因為我喜歡我的日耳曼表兄，他就吃醋了。我為何不能喜歡我的日耳曼表兄？」

「妳這淫蕩的女人！」那騎士大吼，試圖抓住她。

藍斯洛騎到他們中間，「說真的，你不可以這樣對待女性。不管這是誰的錯，你都不能殺女人。」

「打哪時起有這等規矩？」

「自亞瑟王即位為王起。」

「她是我老婆，」那騎士說，「她和你一點關係都沒有。滾！不管她說了什麼，她都是個淫婦！」

「噢！不，我不是，」婦人說，「你這惡霸！你還喝酒！」

「是誰讓我煩得想喝酒的？更何況，喝酒的罪再大，也大不過通姦。」

「你們兩位都別說了，」藍斯洛說，「這事有點麻煩。我最好擋在你們兩人之間，等你們都冷靜下來再說。先生，如果我請你饒了這位女士，和我比試一場，你應該不會反對吧？」

「當然反對。」那騎士說，「我認得你的盾徽——銀白底，紅色斜帶紋，你是藍斯洛。我還沒笨到向你挑戰，更別說是為了這個婊子。天殺的，你幹麼一定要管這閒事？」

「只要你以你的騎士精神起誓，不殺這位女士，」藍斯洛說，「我這就走。」

「我不會發這種誓。」

「你是不會，」那位婦人道，「反正，就算你答應了，你也不會遵守誓言的。」

「有幾個沼地兵跟在我們後面，」那騎士說，「你往後看看，他們可是全副武裝的。」

藍斯洛勒住馬，回頭看去。就在這時候，那騎士從他的近側欺過身去，砍下了那位婦人的頭。藍斯洛沒有看到任何士兵，他回過頭來的時候，發現身側那名騎在馬上的婦人已經丟了腦袋。她的身體駭人地抖動著，慢慢向左傾斜，最後跌到地上。鮮血濺得他的馬匹上到處都是。

藍斯洛氣得臉色發白。

「光是為了這個，我就該殺了你。」他說。

那騎士立刻跳下馬，躺在地上。

「別殺我！」他說，「饒命啊！她是個淫婦！」

藍斯洛也下了馬，拔出劍來。

「起來，」他說，「起來打啊，你這個，你這個……」

那騎士匍匐爬向他，抱住他的大腿，拉近了自己與這位復仇者之間的距離，好讓他無法順利揮劍。「饒命啊！」這卑鄙的做法讓藍斯洛打從心眼裡厭惡。

「起來，」他說，「起來打啊！你聽著，我會脫下盔甲，只用劍和你比試。」

然而那騎士只是一逕說著：「饒命！饒命啊！」。

藍斯洛開始發抖，不過他發抖的理由並不是那個騎士，而是因為他自身的殘酷。他憎惡地舉起劍來，把那騎士一把推開。

「看看這些血。」他說。

「別殺我，」那騎士說，「我求和了，我求和了。你不能殺一個開口向你求饒的人啊。」

藍斯洛舉著劍，從騎士身邊走回自己的馬，彷彿他正遠離自身的靈魂。他感受到自己心中的殘酷和怯懦，這兩樣東西正是他之所以勇敢而仁慈的原因。

「起來，」他說，「我不會傷害你的。起來，走吧。」

那騎士看著他，四肢著地，就像隻狗一樣，然後猶疑畏縮地站起身子。

藍斯洛轉身離開，他覺得很不舒服。

在聖靈降臨節的慶典上，之前遠行探險的圓桌騎士會在卡利昂齊聚一堂，講述他們的冒險故事。亞瑟發現，如果事後必須談論爭鬥過程，他們會比較想要以新的方式來行使正義。他們喜歡帶俘虜一起來，做為故事的見證人，就好像非洲某個偏遠地區的警察署長之類的人物，派他手下的警察局長到叢林去，要他們在下一個聖誕節的時候，把他們導向正途的對象（也就是那些未開化的部落酋長）給帶來。這樣一來，偉大的宮廷讓那些部落酋長印象深刻，常常就改頭換面地回去了。

藍斯洛初次遠行冒險之後的第一個聖靈降臨節，幾乎可以說是一場災難。幾個橫暴派的巨人衣衫襤褸，被奧克尼一族所俘，來此輸誠效忠。不過，整個會場到處都是藍斯洛的代表。「你是誰的人？」「藍斯洛。」「好傢伙，那你又是誰的人？」「藍斯洛。」沒多久，整張圓桌就一直吼著同樣的答案。亞瑟說：「貝勒斯爵士，歡迎來到卡利昂。能不能請你告訴我，我手下的哪位騎士讓你心服口服？」整張圓桌異口同聲地吼道：「藍斯洛。」貝勒斯爵士不知道那些人是不是在笑他，整張臉紅了起來，用很小的聲音回答：「是的，我向藍斯洛爵士求和。」

貝第維爵士來了，並坦承他是如何砍下他那不貞妻子的頭。他把頭也帶來了，於是有人叫他帶著那顆頭去向教宗懺悔——他此後變得十分聖潔。加文來了，態度乖戾，並用蘇格蘭腔陳述藍斯洛是如何從卡拉鐸斯爵士手中救了他。而加赫里斯則代表六十四名拿著生鏽盾牌的騎士，述說藍斯洛從特昆爵士手中救了他們的經過。巴德馬格斯王的女兒也來了，熱切地敘述著他們與北加里斯王舉行的比武大會。此外在那些我們沒提到的冒險裡，還有許多人前來，大多是藍斯洛偽裝成凱伊爵士時敗在他手下的騎士。你可能還記得，在我們的第一部「石中劍」裡，凱伊因為管不住自己的舌頭，所以很不受歡迎。在這次遠行冒險途中，藍斯洛不得不從三名追在凱伊身後的騎士手中把他救出來。後來，為了讓凱伊毫髮無傷回到宮廷，某天晚上藍斯洛趁他睡覺時和他對調鎧甲，所以後來找上藍斯洛的騎士都把他認成凱伊，因此大吃一驚；這些騎士碰上穿著藍斯洛鎧甲的凱伊便躲得遠遠。在這情況下向藍斯洛求和的騎士包括：加文、尤文、沙格默、馬利斯的艾克特和其餘三人。此外還來了一個騎士：洛貴斯的梅利奧特爵士，他是在超自然的情況下獲救。

這些人全都表示效忠之意，不過宣誓的對象不是亞瑟王，而是桂妮薇。藍斯洛讓自己遠離了她一整年，但他的忍耐力也是有限的。他無時無刻想著她，渴望回到她身邊，他得讓自己小小放縱一下，所以他把他的俘虜送去跪在她腳下。這是一項致命的錯誤。

① 布爾什維克黨（Bolshevist），由列寧和托洛斯基領導的組織，一九一七年在俄國發起十月革命，建立蘇維埃政權，成為第一個社會主義國家。

② 基督再臨之前，會有敵基督以彌賽亞之姿出現，迷惑世人。

第九章

如果人無法同時愛上兩個人，那麼，就很難解釋桂妮薇的情形。也許人不能用同樣的方式去愛兩個人，但是愛人的方式有很多種。女人可以同時愛她的孩子和丈夫，而男人常常會對一個女人抱有性慾，但心裡又愛著另一個女人。某方面來說，桂妮薇愛著這個法蘭西人，但她也沒有失去對亞瑟的愛慕之情。她和藍斯洛開始相愛時，不過是兩個大孩子，而國王要比他們年長八歲之多。在你二十二歲時，三十歲幾乎就算是個老人了。而她與亞瑟之間的婚姻被稱為「政治婚姻」，也就是說，這樁婚姻是建立在亞瑟與羅得格蘭斯王之間的協定上，並未徵詢她本人的意見。而這樁婚姻就像一般的政治婚姻，建立了成功的聯盟。藍斯洛出現之前，這個年輕女孩傾慕她那威名赫赫的丈夫，儘管他垂垂老矣。對他，她有尊敬、感激、親切、愛情，以及一種保護欲。她的感覺還不只如此，或許你可以說，她對亞瑟抱有多種情感，卻獨獨缺少浪漫的熱情。

然後那些俘虜來了，這位僅僅度過生命中二十幾個夏天的王后紅著臉坐在王位上，整座大廳燈火通明，底下滿是高貴的騎士，全都跪在地上。「你是誰的俘虜呢？」「我是王后的俘虜，藍斯洛爵士遣我來此，生死聽憑您差遣。」「你又是誰的俘虜？」「是王后您的，藍斯洛要我來的。」藍斯洛爵士——人人嘴裡都掛著這名字；他是這世上最傑出的騎士，凌駕眾人之上，甚至高過崔斯坦；他既優雅又仁慈，相貌醜陋卻戰無不勝；而他把這些人全都送給她。這像是個生日派對，有這麼多禮物。就像故事書裡寫的一樣。

桂妮薇坐得筆直，向她的俘虜屈身行王室禮。她赦免所有人，眼神比頭上的王冠還要閃亮。

藍斯洛最後才到。先是門邊那群拿火把的人起了一陣騷動，之後有個聲音開始在大廳裡打轉。前一刻，觥籌交錯的聲響和扯著嗓子的招呼聲，聽起來就像聖基爾達島[①]上的海鳥聚會；下一刻，喊著多要一塊羊肉、多來一品脫蜂蜜酒的聲音就全靜止了，一張張模糊不清的白色臉孔全轉向門口。只見藍斯洛就站在那兒，身上穿的不再是鎧甲，而是高貴的天鵝絨袍，裝飾著荷葉邊和菱形花紋。這個醜陋但友善的黑色人影猶豫著，不明白這陣寂靜所為何來——燈光讓他自慚形穢。那些臉孔又轉了回去，海鳥聚會旋即重新開始，藍斯洛走上前去，親吻國王的手。

這一幕道盡一切。或許一切盡在不言中比任何解釋都來得強。

「哈，藍斯，」亞瑟高興地說，「毫無疑問，這真是場熱鬧的狂歡。有了這些俘虜，珍妮坐都坐不住呢。」

「這些人都是要獻給她的。」藍斯洛說。王后和他都沒有看著彼此，而當他們這麼做時，兩人就像兩塊互相靠近的磁鐵，喀地一聲對上了，就在這一刻，他跨過了那條界線。

「我情不自禁地想，他們也是要獻給我的，」國王說，「結果你給了我一份相當於三個國家的大禮。」

藍斯洛覺得現在非說話不可，以避免沉默。於是他開始用很快的速度說：「對整個歐洲的皇帝來說，三個國家實在不算什麼，」他說，「你這麼說，好像沒打敗過羅馬獨裁官似的。你的領土最近如何呢？」

「一如你之前規畫的樣子，藍斯洛。如果你和其他人沒有進行文明教化的工作，打敗獨裁官又有什麼好處呢？如果整個歐洲到處都是瘋狂的爭戰，當上歐洲的皇帝又有什麼用呢？」

桂妮薇努力打破沉默，好支持她的英雄。這是他們初次共謀合作。

「親愛的亞瑟，你真奇怪，」她說，「你一直都在打仗，征服別的國家，贏得勝利，你卻說戰爭是件壞事。」

「它確實是件壞事，是全世界最糟糕的事。噢，上帝啊，這事我們不需要再多作解釋了吧。」

「是不需要。」

「奧克尼一族的情況呢？」那年輕人匆忙地問，「你那舉世聞名的教化進行得如何了？強權還是代表公理正義嗎？你可別忘了，我離開有一年之久啊。」

國王托著頭，悲傷地看著兩肘之間的桌面。他是個仁慈、有良知、愛好和平的人，從小便由一位天才導師嚴格管教。他和導師得出的結論是：殺害別人或當暴君都是錯誤的；為阻止這類的事再次發生，他們發明了圓桌的概念，這個想法有點像是民主概念、運動精神或是道德原則。而現在，在努力推行和平世界的同時，他發現鮮血已經淹上他的手肘。他健康愉快的時候，不怎麼會為此難過，因為他明白，這樣的兩難無可避免；但是脆弱時，他會受羞愧與躊躇折磨。北歐人中，他是推行文明教化的先鋒之一，也是率先揚棄匈奴王阿提拉[②]之道的人。有時，為了消滅混亂而戰的戰役似乎並不那麼值得。他常常想，對他手下那些死去的士兵來說，即便是活在暴政與瘋狂之下，活著也比死去來得好。

「奧克尼一族很糟，」他說，「至於教化的部分，除了你剛剛帶來的成果以外，其他也很糟。你還沒來的時候，我一直覺得自己不過是個空有名號的君主，不過現在，我覺得我算得上是三國的皇帝了。」

「奧克尼一族怎麼了？」

「天啊，我們非得在你剛回來、大家都興高采烈的時候說這件事嗎？不過我想我們是得談談。」

「是摩高絲。」王后說。

「部分問題在她。現在洛特死了，摩高絲和所有她找得到的人上床。我真希望派林諾國王殺死洛特的那場不幸意外從沒發生過，她現在這個樣子對她的孩子造成很壞的影響。」

「你這話是什麼意思？」

國王用手刮著桌面說：「我真希望那次你扮成凱伊時沒有擊敗加文，我尤其希望你從卡拉鐸斯和特昆手裡救下他們兄弟時，沒有光榮獲勝。」

「為什麼？」

「這圓桌，」這年紀較長的男人一字一句地說，「在我們想到這個辦法時，它是個很好的概念。我們必須為那些慣於爭戰的人找到一種方式，讓他們能在不傷害人的情況下表現自我。我所能想出的方式，只有帶起一陣風潮，就像小孩子那樣。而為了讓他們加入，我們得像學校裡那些孩子一樣弄出個幫派來，然後入幫的人得先發毒誓，只能為幫派的理念而戰。你可以稱之為『教化』，我一開始發明這觀念的時候，我的意思只是要人不欺凌弱小——不要侵犯少女、不要搶劫寡婦、不要殺害無力還擊的對手。人應該要文明、有教養。但是，這個概念已經變成一種運動精神了。梅林總說運動精神是這世界的詛咒，事實的確如此。我的計畫全亂了。現在這些騎士都過於熱衷，把它變成一種競賽。梅林說過，這是一種比賽狂熱。人人都喋喋不休地散播謠言，又是暗示，又是猜測，最近誰把誰打下馬來，誰拯救的少女最多，誰是圓桌最好的騎士。我之所以做一張圓桌，就是為了防止這類事發生，卻無法避免。而奧克尼就是其中最狂熱的一族，我猜想，他們對母親的不安全感讓他們認為在排名中奪冠，確保一個安全地帶，至關重要。他們必須贏，為了補償她，就必須贏。這就是為什麼我希望你沒打敗加文。他是個善良的傢伙，但他會把這件事放在心裡，日後與你為敵。更別說你在長矛比試的平均分數上已經傷了他的自尊。這些東西是他們成就的一部分；對我手下的騎士來說，這些成就的重要已經勝過他們的靈魂。如果你不小心行事，奧克尼一族會要你血債血還，就像他們要可憐的派林諾付出代價一樣。這是種可恥的心態。為了他們所謂的榮譽，他們會去做毫無價值可言的事。我真希望我從來沒有發明榮譽、運動精神，或文明教化這些事。」

「好一場演說啊！」藍斯洛說，「別難過了。就算他們一族要我血債血還，也傷不了我。至於你的計畫，別胡說，它完全沒亂啊。圓桌是有史以來最好的想法了。」

仍把頭埋在手中的亞瑟抬起眼來，發現他的朋友和他的妻子正互相凝視，眼中帶著一股孩子般的失控與瘋狂，於是他很快低下頭去，專心看著自己的盤子。

① 聖基爾達島（St. Kilda），位於蘇格蘭西部海域的火山島，是大西洋最大的海鳥棲息地，自一九八六年起名列世界遺產。

② 阿提拉（Attila the Hun, 406-453），古代歐亞大陸匈奴人最偉大的領袖和皇帝，史學家稱為「上帝之鞭」（Attila the Scourge of God），曾多次率領大軍入侵東羅馬帝國及西羅馬帝國，造成極大的打擊。在西歐，他被視為殘暴及搶奪的象徵。

第十章

戴普大叔說話時，手裡轉著一頂頭盔。「你的披飾破了，也有磨損。我們得再去弄一個來。披飾被砍破是榮耀，不過有機會換掉它卻放著不管，可就不怎麼名譽了，反而像在誇耀。」

他們此刻正在一個北面有窗的小房間裡說話，房內又冷又暗，青色光線看來就像是凍結在鐵製品上的油脂。

「好。」

「歡悅劍的狀況如何？還鋒利嗎？拿起來平衡感好不好？」

歡悅劍是由中世紀最出色的鐵匠迦藍 所打造。

「好。」

「好！好！」戴普大叔喊道，「除了『好』以外，你能不能說點別的？藍斯洛，我的靈魂已經要踏進棺材了，不過它還是要問你，你是不是啞啦？說到底，你到底是發生了什麼事？」

藍斯洛正在順他頭盔上的羽飾，這羽飾原本是戴普大叔手上那頂頭盔的裝飾，是一種識別標記，而且可以取下來。透過電影和漫畫，你腦中那些穿鎧甲的騎士可能通常會插著鴕鳥羽毛，像蒲葦莖幹那樣不斷點頭。這裡的羽飾可不是那樣。舉例來說，凱伊的羽飾狀如堅硬的扁平扇子，前後攤開，孔雀羽毛上的雀眼紋都經仔細排列，看來就像一把堅固的孔雀羽扇豎在他頭上。這樣的羽飾既不是一叢羽毛，也不會點頭；比較像是魚的脂鰭[①]，但比較俗麗。藍斯洛不大喜歡俗麗的東西，所以他戴的是幾根用銀線綁起來的蒼鷺頸羽，和他盾上的銀白色很相襯。他原本撫摸著那些羽毛，現在卻把它們猛力扔到角落去，站了起來，焦躁地在窄室裡踱步。

「戴普大叔，」他說，「你還記得我要求過你，不要提起某件事嗎？」

「我記得。」

「桂妮薇愛我嗎？」

「這你該問她。」他叔叔以法式邏輯回答。

「我該怎麼做？」他大叫起來，「我該怎麼做？」

如果難以解釋桂妮薇為何同時愛著兩個男人，那麼就更不可能解釋藍斯洛的情形。至少在這個年頭不可能，因為我們不會受迷信和偏見所囿；對我們來說，只要順著自己的心意就行了。那為什麼藍斯洛不像已脫離蒙昧的現代人那樣，要不直接和桂妮薇發生關係，要不乾脆和他心目中英雄的妻子私奔？

讓他進退兩難的原因之一是：他是個基督徒。身處現代世界，我們很容易遺忘在遙遠的古代有一些人是基督徒；而在藍斯洛的年代，除了約翰．史考特斯．艾利基納[②]之外，就沒其他新教徒了。藍斯洛在教堂長大（無論是誰，都很難背棄自己的出身），而他信仰的宗教直接禁止他引誘摯友的妻子。而另一個阻礙他隨心所欲的絆腳石就是騎士精神，或者也可以說是亞瑟所發明，而後深植於他那顆年輕心靈中的文明教化。一個信奉強權的惡領主，就算當著教堂審議會的面，或許也會帶著桂妮薇遠走高飛，因為奪人之妻本身就是一種「恃強凌弱」、強者為王的表現。但是藍斯洛的整個童年歲月都在思考騎士言行與亞瑟王的理論，他認定這世上是有公理的，而他的信心一如亞瑟本人般堅定，亦如那些愚信的基督徒般堅定。最後一個原因是他天生的障礙。在他那個乖僻的腦袋裡的神祕角落裡，在那些他深刻體會的悲傷無解糾纏中，有些我們無法解釋的東西，讓那男孩心中產生了障礙。他自己也無法解釋，而對我們來說，那實在是太過遙遠的事了。他愛亞瑟，也愛桂妮薇，但他恨他自己。全世界最好的騎士——這項顯然只有他能如此自稱的榮銜，招來眾人嫉羨的目光，但藍斯洛從不覺得自己是個好人。他的外在醜怪而高貴，長得活像鐘樓怪人，內在則藏著他自幼深植的羞恥感和自我厭惡。現在要去深究是什麼原因造成這樣的結果，已經太遲，要一個年幼的孩子相信自己不討人喜歡是非常容易的事。

「在我看來，」戴普大叔說，「這一切都取決於王后想怎麼做。」

① 脂鰭（adipose fin），魚體表面一種由皮膚和脂肪構成的鰭狀突起，位於背鰭與尾鰭間，只見於一些比較古老的魚類。

② 約翰．史考特斯．艾利基納（John Scotus Erigena, 810-877），愛爾蘭神學家、哲學家和詩人。

第十一章

這一回，藍斯洛在宮廷裡待了好幾個星期。日子一天天過去，他越來越走不開。他發現自己困在社交活動裡，而在那些基本的活動之外，他最關切的是他個人的困境（因為他和我們這個時代的人不同，他認為純潔是很重要的事。他就像丁尼生爵士筆下那個男人，相信只有心地純淨的人才能擁有「十人之力」），他的力量確實就如同十人之力，而中世紀發明這個詞時的解釋也是如此。而他從這想法推論出，如果他和王后在一起，就會失去他那十倍於常人的力量。基於這個理由（及其他理由），他帶著絕望的勇氣抗拒著她。桂妮薇也很難受。

某日，戴普大叔對他說：「你還是離開好了，你已經瘦了將近兩石[1]。要是你走，有些事不管怎樣都會有個了斷。最好快點擺脫。」

藍斯洛說：「我不能走。」

亞瑟說：「請留下來。」

桂妮薇說：「你走吧。」

第二次遠行探險是他人生的轉捩點。當時在卡美洛有許多謠言，主角都是某個叫佩雷斯國王的人，他是個跛子，住在鬧鬼的柯賓堡裡頭。大家認為他有點瘋，因為他相信他和亞利馬太的約瑟[2]有親戚關係。在現代，他這種人會成為不列顛以色列人[3]，而且會花上一輩子測量大金字塔的甬道來預言世界末日。不過，佩雷斯國王倒也沒瘋得太厲害，而他的城堡也確實鬧鬼，裡頭有個鬧鬼的房間，房裡有數不清的門；到了晚上，會有東西從門外跑進來和你對戰。亞瑟認為這或許值得派藍斯洛過去研究一下。

在前往柯賓的路上，藍斯洛經歷了一次奇怪的冒險；在那之後許多年，藍斯洛一想起這趟冒險就懊喪不已。他每每回頭將它視為失去童貞的最後一場冒險，並且在之後二十年內日復一日地相信，在那件事發生之前，他一直是上帝的臣民，但在那之後，他就成了一個謊言。

柯賓堡底下有個村子，看起來很繁榮，有鵝卵石街道、石造房子，和年代久遠的橋梁。城堡就座落在村中一側的山坡上，另一側山坡上則有一座塔。村民都集結在街上，彷彿正等著他到來；而空氣中有種夢幻般的氛圍，彷彿陽光帶來一陣金雨。藍斯洛覺得很奇怪，他血液裡彷彿充滿過多的氧氣，而他能感受到每一面牆上的每一塊石頭、這村子裡所有的色彩，還有胯下座騎的愉快步伐。這座村子被施了魔法，裡頭的村民都知道他的名字。

「歡迎光臨，湖上騎士藍斯洛爵士，騎士中的菁英！」他們喊，「您一定能解救我們脫離這個危難。」

他勒住馬和他們談話。

「為什麼你們要大聲叫我呢？」他一邊問，一邊想著其他事情，「你們怎麼會知道我的名字？發生了什麼事？」

他們毫不費力地且莊重地以合聲的方式回答。

「噢，這位好騎士，」他們說，「您看到那座山丘上的塔了嗎？那裡頭有位痛苦的小姐，她被人用魔法放在沸騰的水裡煮，已經過了好幾個冬天。只有全世界最傑出的騎士才救得了她。加文爵士上星期來過，但他無能為力。」

「如果加文爵士辦不到，」他說，「我當然也沒辦法。」

他不喜歡這種競賽。身為全世界最優秀的騎士，你得面臨一種危險，那就是會不斷受到挑戰，直到你無法維持這個頭銜為止。

「我想我該走了。」他說，然後抖了一下馬轡。

「不，不，」那些人嚴肅地說，「我們知道您是藍斯洛爵士。您能從滾水裡救出我們小姐的。」

「我得走了。」

「她正在受苦。」

藍斯洛靠在馬肩上，右腿跨過馬尾，然後雙腳落地站定。「告訴我該做些什麼吧。」他說。

那些人圍著他排成一隊，由村長拉著他的手，所有人一起走上山丘，其間除了村長向他解釋狀況，大家都很安靜。

「我們領地的小姐以前是這個國家最美麗的女孩，」村長說，「所以摩根勒菲女王和北加里斯女王對她起了嫉妒之心，將她禁錮在魔法中作為報復。那樣傷害她實在太可怕了，如今她已經在滾水裡待了五年。只有全世界最傑出的騎士才能救她出來。」

他們來到塔前鬧門時，另一件怪事發生了。那門是以古老的方式閂著，石造大門有深狹縫隙，讓沉重的橫閂來回移動，而閂的重量足以抵禦攻城鎚的攻擊。但現在這些橫閂自動移入牆內，鐵鎖也自己轉動，發出嘎吱聲。門安靜地開了。

「進去吧。」村長說。眾人在塔外站定，等著看會發生什麼事。

塔內的一樓有座火爐，用來維持魔法之水的熱度，藍斯洛進不去。二樓有個充滿蒸氣的房間，遮蔽了他的視線。他像盲人一樣將雙手在面前交握，走進房裡，直到聽見短促尖銳的叫聲才停下來。許久未開啟的門重啟後，帶入的氣流驅開部分蒸氣，發出叫聲的女孩就在那裡。這位迷人的小姑娘害羞地坐在一個澡盆裡看著他。她就如同馬洛禮所描述，全身像根針一樣光溜溜。

「呃。」他說。

那女孩臉紅了，至少是以待在滾水裡的狀態下所能表現出來的臉紅。她低聲說：「請把您的手給我。」她知道要如何解除這個魔法。

藍斯洛伸出手讓女孩握住。她站起來走出浴盆，外面的人全都歡呼起來，彷彿他們確知裡頭發生了什麼事。他們帶了一件連衣裙和合適的內衣進來，那紅通通的女孩著裝時，村裡的婦女在門口圍成一圈。

「哦，穿上衣服的感覺真好。」她說。

「我的小親親！」一個又胖又老的女人喊著，流下歡喜的淚水。她顯然是那女孩幼時的奶媽。

「藍斯洛爵士辦到了，」村民大聲叫道，「為藍斯洛爵士三呼萬歲！」

歡呼聲結束之後，先前在滾水中的女孩走向他，把手放在他手中。

「謝謝您，」她說，「我們應該到教堂去感謝上帝和您。」

「應該的。」

於是他們來到村裡一間整潔的小禮拜堂，感謝神的恩典。他們跪在兩道牆之間，牆上的壁畫畫著一些看起來十分重要的聖人，頭上頂著藍色的光環，踮著腳尖站著，以避免因透視畫法而被畫矮了。彩色玻璃窗上鮮麗的圖畫投射在他們頭上，有鈷藍、錳紫、銅黃、紅色、銅綠色。整個室內充滿各種色彩。儀式進行了一半，他才明瞭，上帝允准他行使了奇蹟，而這正是他一直想做的事。

佩雷斯國王從村子另一頭的城堡一拐一拐地走來，查看到底發生什麼事。他看著藍斯洛的盾牌，心不在焉地親吻先前還泡在滾水中的女孩，他像隻順從的鸛鳥般傾過身去，讓她在他臉上輕吻一下。然後他說：「天啊，你是藍斯洛爵士！我看到你把我女兒從水壺魔咒中救出來了。你真是個好人！這事很久以前就有預言了。我是佩雷斯國王，亞利馬太的約瑟是我的近親。不過你呢，當然了，是我們主耶穌基督的八等親。」

「天哪！」

「真的，真的，」佩雷斯國王說，「這全都以算術的方式寫在史前石柱的石頭上了，而且我在卡波涅克的城堡裡有幾個聖盤之類的東西，還有一隻嘴上帶了個黃金香爐的鴿子，牠能往四面八方飛。不過我還是要說，你實在是大好人，把我女兒從那個水壺裡救出來了。」

「爹地，」那女孩說，「應該有人為我們介紹一下。」

佩雷斯國王像是想趕走蟲子似的揮了揮手。

「伊蓮，」他說。又是一個同名的人。「這是我女兒伊蓮。幸會幸會。這位是湖上騎士藍斯洛爵士。幸會幸會。這些全都寫在石頭上了。」

或許是因為第一次見面時她沒穿衣服，藍斯洛有點偏心地認為，除了桂妮薇以外，伊蓮是他所見過最美麗的女孩。他也覺得害羞了起來。

「你一定要來跟我們待一陣子，」國王說，「這也寫在石頭上了。哪天把聖盤和別的東西拿給你看。教你做算術。天氣真好。女兒不用每天泡在滾水裡。我想晚餐應該準備好了。」

① 石（stone），英制重量單位，一石等於十四磅或六．三五公斤。

② 亞利馬太的約瑟（Joseph of Arimathea），耶穌門徒。亞利馬太的約瑟十分富有，也很有地位，耶穌被釘上十字架之後，是他領出屍體葬入墓中。傳說中，聖杯就是由他帶到英格蘭的。

③ 不列顛以色列人（British Israelite），據傳有些古不列顛人是失落的以色列支派（Lost Tribes of Israel，指在亞述毀滅以色列以後，四散逃離的以色列人）的子孫。

第十二章

藍斯洛在柯賓堡留了幾天，那些鬧鬼的房間一如預期，此外也沒別的事好做。由於桂妮薇，由於這份無望的愛帶來劇烈苦痛，他胸口澎湃難安而致筋疲力竭，沒有多餘力氣到別處去。打從愛上她之初，他就一直煩躁不安，所以他覺得，只要他繼續到處走、做別的事情，或許還有逃離的希望。現在，讓自己忙碌的力量已經消失，他覺得，如果只是等著看自己會不會心碎，那麼人在哪裡都一樣。此外，他也把另一件事看得太簡單了：如果妳只有十八歲，而全世界最傑出的騎士在妳一絲不掛時將妳從冒著滾水的水壺裡救出來，妳愛上他的可能性非常高。

一晚，佩雷斯滔滔不絕的宗教族譜十分令人厭煩，而那男孩心上的折磨讓他在晚餐桌上無法好好吃飯，甚至連坐也坐不住，此時總管抓住機會。他已經服侍佩雷斯家族四十年了，他妻子便是那位含淚歡迎伊蓮的奶媽，他本人也支持戀愛。此外，他也十分了解藍斯洛這樣的年輕人——如果以現今的英格蘭來比擬，可能還是個大學生或噴射機駕駛員。如果總管生在現代，他會是個出色的學院總監。

「先生，再來點葡萄酒嗎？」總管問。

「不了，謝謝。」

總管有禮地鞠躬，然後又倒了一盅酒，而藍斯洛看也不看就喝光了。

「先生，這酒不錯。」總管說，「王上在酒窖上花了很大的心血。」

這時佩雷斯國王已經到圖書館忙預言的事了，把煩悶的客人留在大廳。

「是的。」

貯酒室外頭傳來一陣窸窣聲，總管走過去查看，而此時藍斯洛正在喝另一杯酒。

「先生，這可是瓶好酒。」總管說，「王上為了這些酒建造很好的儲藏室，內人剛剛從酒窖拿了一瓶新的酒上來。看看這些酒垢，先生，我可以向您保證，您一定會喜歡這瓶酒。」

「對我來說，所有的酒都一樣。」

「您真是個謙虛的年輕人，」那總管一邊說，一邊換了一個更大的酒杯。「請容我這麼說，先生，您儘管說您那個小玩笑吧，不過鑑賞好酒的行家，可是很容易就被認出來的。」

藍斯洛想要與自己的悲哀獨處，可是這總管正在煩他，而他也發現自己受到打擾。因此他自忖，自己心不在焉的時候是不是對這位總管做了什麼無禮的事。或許這總管是真的對酒很狂熱而無法自抑。他很有禮貌地把酒喝掉了。

「很好，」他帶著鼓勵的口吻說，「絕品佳釀。」

「先生，真高興聽到您的讚賞。」

「你曾經……」藍斯洛問了一個天底下所有年輕人都不斷詢問的問題，並未注意到這是受酒精影響。「你曾經談過戀愛嗎？」

總管謹慎地笑著，又斟上一滿杯。

還不到午夜，藍斯洛和總管已經在桌上相對而坐，兩人的臉都紅通通的，中間放著一瓶香料酒——這是由紅酒、蜂蜜、香料和總管妻子加進去的其他材料混合而成的。

「所以我告訴你，」藍斯洛像隻人猿般瞪著眼睛，「我不會跟別人說，不過你真是個好傢伙，善解人意的傢伙。和你談話很愉快，可以暢所欲言。再來一杯。」

「祝健康。」總管說。

「我該怎麼做？」他大叫，「我該怎麼做？」

他把他那顆可怕的頭放在桌上的雙臂當中，開始哭泣。

「勇敢一點！」總管說，「不做毋寧死！」

他用一隻手拍著桌子，眼睛看著貯酒室的門，另一隻手又幫藍斯洛斟滿一杯酒。

「喝吧，」他說，「開懷地喝吧。請容我直言，先生，要做個男子漢啊。馬上就會有好消息的，一定會的，之後，您就會像那些吟遊詩人說的，想緊緊抓住無情的短暫時光。」

「好傢伙，」藍斯洛說，「如果我有機會，沒這麼做可真該死。」

「小男孩和他主人一樣優秀呢。」

「那當然，」那年輕人說，然後眨了眨眼，不過他擔心自己看起來必定像隻野獸。「事實上，還要更棒呢，是吧，總管？」

他開始像個傻子一樣地笑著。

「噢，」總管說，「我妻子布萊珊來了，就在貯酒室門口，她手裡拿著一封信呢。我敢說那一定是要給您的。上面說什麼？」總管問，他看著坐在那裡瞪著信紙的男孩。

「沒什麼。」他說，然後把紙丟到桌上，搖搖晃晃走到門邊。

總管把信拿起來讀。

「上面說桂妮薇王后就在五哩以外的凱斯堡，她要您過去。還說國王沒和她在一起。紙上還有幾個脣印。」

「是嗎？」

「您不敢去。」總管說。

「我不敢？」藍斯洛咆哮起來，然後跌跌撞撞走入黑暗當中，十足誇張地笑著，一邊叫喚他的馬。

次日一早，他在一間陌生的房間裡驚醒過來。房間很暗，窗上懸著繡毯；他的頭並不疼，因為他體格很好。他跳下床走向窗戶，拉開窗簾。那一瞬間，昨晚發生的一切，他全都明白了——那個總管、那些酒、可能摻和在酒裡的愛情魔藥、桂妮薇的信，以及剛才躺在他床邊的軀體：黑暗、結實、帶有已然冷卻的熱情。他拉下窗簾，額頭靠在窗框冰冷的石頭上，感到十分沮喪。

「珍妮。」他說。雖然只過了幾分鐘，對他卻像好幾個小時。

床上沒有回答。

他轉過身，發現眼前是那個之前身陷滾水的女孩——伊蓮。她躺在床上，赤裸的細瘦手臂夾住身側的床單，紫羅蘭色的眼睛定定看著他的眼。

對於自身的感情，藍斯洛一直都是個殉道者，我們也用不著去掩飾這個事實。就在他回頭看到伊蓮的時候，他那張醜陋的臉上出現了無盡的憤怒與悲傷，那感情是如此簡單、誠實，因此在窗外光線的照射之下，他的裸體看起來尊貴不可侵犯。他開始顫抖。

伊蓮動也不動，只用靈活的眼睛看著他，就像是隻老鼠。

藍斯洛走到放著他的劍的箱子旁。

「我應該殺了妳。」
她只是望著他。十八歲的她在那張大床上看來渺小得可憐，而且她嚇壞了。
「妳為什麼這麼做？」他大喊，「妳做了什麼？妳為何要背叛我？」
「我必須這麼做。」
「但這是背叛！」
他無法相信她的背叛。
「這是背叛！妳背叛了我！」
「為什麼？」
「妳讓我……妳拿走了……偷走了……」
他把劍擲到角落，坐在那口箱子上。他開始哭泣，臉上所有的線條奇異地扭絞在一起。伊蓮從他身上偷走的東西是他的力量，她偷走了他的十人之力。直到今天，孩子們仍然相信這種事：只要他們今天表現良好，明天就能在板球賽投出好球。
藍斯洛停止哭泣，他盯著地板，開始說話。
「還小的時候，」他說，「我向上帝祈禱，求祂讓我行奇蹟。只有處子能夠行奇蹟。我想成為全世界最優秀的騎士。我既醜陋又寂寞。妳的村人說我是全世界最傑出的騎士，而我也確實把妳從滾水裡救出來，行了奇蹟。我不知道那第一次居然也是最後一次。」
伊蓮說：「噢，藍斯洛，你以後還能行更多奇蹟。」
「不可能。妳已經把我的奇蹟偷走了。我再也不是全世界最優秀的騎士了。伊蓮，妳為什麼要這麼做？」
她開始哭泣。
他起身拿毛巾裹住自己，走到床邊。
「別在意了，」他說，「喝醉酒是我的錯。我覺得很難過，所以我喝醉了。我想或許是總管故意讓我喝醉的。如果他確實是故意的，那真是非常不公平。別哭了，伊蓮，這不是妳的錯。」
「是我的錯，是我的錯。」
「或許是妳父親要妳這麼做，好在族譜裡弄進一個我主耶穌基督的八等親。不然就是總管的妻子——女巫布萊珊唆使的。」

別為了這件事感到抱歉，現在沒事了。來，讓我吻妳一下。」

「藍斯洛！」她哭喊，「這一切都是因為我愛你。我不是也有對你付出嗎？我是個處女，藍斯洛。我沒有搶走你的東西。噢，藍斯洛，這都是我的錯。我該死！你為什麼不用你的劍殺了我？但這一切都是因為我愛你，我無法克制自己。」

「好了，好了。」

「藍斯洛，如果我有了孩子呢？」

他停止安慰她，再次走到窗邊，彷彿要瘋了。

「我想要有你的孩子，」伊蓮說，「我要叫他加拉罕，就跟你的首名一樣。」

她赤裸的細瘦手臂仍夾著身側的床單。藍斯洛轉過身，憤怒地看著她。

「伊蓮，」他說，「如果妳有了孩子，那是妳的孩子。用同情來綁住我並不公平。我要走了，希望永遠都不要再見到妳。」

第十三章

桂妮薇此時正在一間陰暗的房間裡做斜針繡之類的女紅，她討厭做這種事。這是為亞瑟做的盾牌護套，上面有隻以後腿直立的紅龍。伊蓮只有十八歲，要解釋一個孩子的感覺相當簡單，但桂妮薇已經二十二歲了，她已經發展出某種個人特質，當王后還是個孩子時，曾單純地接受眾俘虜之禮，而這種特質改變了曾經單純的感受。

有一種稱為「人生知識」的東西，要等到步入中年之後，你才會擁有。你無法將它傳授給年輕人，因為它沒有邏輯，也不遵守那些永恆不變的法則。它沒有規則可言。只有將女人帶往她生命中期的漫長歲月，才能發展出這樣的調和感。如果你要教寶寶走路，用邏輯向她解釋走路是怎麼一回事是沒有用的，她必須親身體驗，才能學習那個叫做走路的奇怪姿勢。同樣，你也不能用教導的方式告訴一名年輕女性何謂人生知識。她必須經歷歲月的體驗。之後，當她開始厭棄她那老舊的軀體時，她會赫然發現自己懂了。日子可以繼續過下去，而她所憑藉的不是原則、不是推理、不是是非，僅是一種奇特且不斷改變的調和感，這種調和感往往與原則、推理或是非相違。她不再希冀以尋求真理的方式生存（如果女人真的有過這種希望），從今而後，她會遵循第七感的指引。她在初次學習走路時學會了第六感，也就是調和感，而現在她有了第七感：人生知識。

男人和女人都利用第七感，試圖駕馭充斥著戰爭、不貞、妥協、恐懼、愚弄和偽善的人生及其中的起伏。第七感的發掘過程很緩慢；發掘出第七感也不代表勝利。或許嬰兒會驕傲地哭出來：我擁有調和感了！但第七感沒有可供辨識的哭聲，我們只能帶著那著名的人生知識，以一種僵化的習慣來駕馭這詭譎的起伏。因為我們已經走到一個僵持的階段，想不到別的事好做了。

而在這階段，我們開始遺忘那段我們尚未擁有第七感的時光。就在我們遲滯地走向調和的當口，我們開始遺忘，我們的軀體一度也擁有閃耀著生命熱情的時光。記得這樣的感覺並無法獲得撫慰，因此它在我們的意識中死去了。

然而，曾幾何時，我們每個人都赤裸裸地站在這世界面前，眼前的人生是一連串問題，受到我們密切而熱情的關注。曾幾何時，尋求上帝是否確實存在是非常重要的問題。對那些要面對現世的人來說，來生存在與否至關重大，因為那會決定她此生的生活方式。曾幾何時，對我們火熱的軀體來說，自由戀愛與天主教道德觀對立的問題，就像有把槍讓我們的腦袋開花一樣重要。

而在更早之前，曾幾何時，我們以我們的靈魂測度世界是什麼，愛是什麼，而我們自己又是什麼。

在我們得到第七感時，這些問題和感覺都會逐漸消失不見。步入中年的人，能夠毫無困難地在信仰上帝與觸犯誡律之間取得平衡。事實上，第七感會慢慢殺死其餘感覺，因此最後誡律根本不算什麼問題，我們再也看不見、感覺不到、聽不見它們了。曾經喜愛的軀體、尋求的真理、質疑的上帝，我們從此耳聾目盲，無所知覺。我們現在正在最後一感的保護之下，以安全而無意識的調和走向無可避免的死亡。〈感謝上帝賜我年老〉這首詩如是吟唱：

感謝上帝賜我年老，
賜我年歲、疾病與死亡。
年衰體病，尤以踏進棺材之時，
便得從心所欲。

桂妮薇坐在那裡做斜針繡，腦中想著藍斯洛的時候，才二十二歲，還沒走到人生的中點，也沒生病，所以她只有六感。我們很難想像她的想法。

首先，是心智與身體的混亂——那是會為了日落與月光的魅惑而哭泣的時期；那是對上帝、對真理、對愛情和永恆的信仰與希望所產生的信念與困惑；那是會為了形體之美而心醉的天性；那是會疼痛與鼓脹的心；那是至極的快樂與逾恆的哀傷，而兩者之間彷彿橫亙著一片汪洋。接著是無禮地暴露出肆無忌憚的自私任性，以平衡上述這些迷人的特質——心神不寧、無法安定，總忍不住要去打擾中年人——在抽象話題（例如「美」）上冒失地爭論，彷彿真有興趣與中年人談論這些；至於何時該出於對中年人的尊敬而壓抑真理，則一點經驗都沒有；所擁有的，是一種籠統的興奮與厭惡，以及與第七感格格不入的感覺。而這些，都是二十二歲的桂妮薇所擁有的部分特質，因為人人皆有。但是在這之上，她的個人特質裡還有個寬廣又不確定的部分；她以此不同於天真的伊蓮——她可能不那麼悲情，也比較真實；就是這樣的力量，讓她成為藍斯洛所愛的珍妮。

「噢，藍斯洛，」她一面縫著盾冠，一面吟唱：「噢，藍斯，快點回來吧。帶著你那扭曲的微笑，或是你獨特的走路方式回來吧，你的步伐會告訴我你是生氣，還是感到迷惑。回來告訴我，愛情是或不是一種罪惡都無妨。回來告訴我，只要我是珍妮、你是藍斯就夠了，別人會怎麼樣都沒關係。」

令人吃驚的是，他回來了。從伊蓮那裡直奔回來，在她的掠奪後直奔回來，藍斯洛就像枝飛向愛情之心的箭矢般歸來。他已在謊言中與桂妮薇共寢，他的十人之力已經被騙走了。現在的他在上帝的眼中是個謊言，所以他覺得自己也確實成了一個謊言。他再也不是全世界最優秀的騎士，他再也無法行使奇蹟對抗魔法，他也無法獲得醜陋與空虛靈魂的報償，這個年輕人飛奔向他的愛人求取安慰。他馬下的鐵蹄在鵝卵石上發出噠噠聲響，那聲音讓王后放下手上的女紅，起身探看是否亞瑟打獵歸來。他腿上的鎖子甲環踏在階梯上，發出鏗鏘聲，像是馬刺敲在石頭上。然後，她還沒確定到底發生了什麼事，便又哭又笑地背叛了她丈夫，她一直都知道自己將會這麼做。

第十四章

亞瑟說：「藍斯，這裡有一封你父親寫來的信，說他遭克勞達斯王攻擊。我答應過他，必要時會協助他對抗克勞達斯，以回報他在畢德格連會戰中助我一臂之力。我得去一趟。」

「我明白了。」

「你有什麼打算？」

「你這話是什麼意思？我有什麼打算？」

「這個嘛，你是要和我去？還是要留在這裡？」

藍斯洛清了清喉嚨，然後說：「你覺得怎麼做最好，我就怎麼做。」

「這對你來說可能很困難，」亞瑟說，「我不想這樣要求你，不過如果我請你留在這裡，你會介意嗎？」

藍斯洛想不出任何安全的字眼，於是國王將他的沉默誤解為失望。

「你當然有權去見你父母，」他說，「如果你很想回去，我不會要你留下的。或許我們可以改天再做安排。」

「你為什麼要把我留在英格蘭？」

「得有個人留下來盯著那些氏族。如果我知道有個足以應付狀況的人留在這裡，我在法蘭西會覺得安心些。康瓦耳的崔斯坦和馬克王之間的問題很快就會浮上檯面，還有奧克尼的宿怨。你知道困難點在哪裡。而且，有個人可以照顧桂妮，我也比較放心。」

「或許，」藍斯洛痛苦地選擇用詞，「你信任別人比較好。」

「別傻了。連你都信不過，你要我相信誰呢？你只要在狗舍外面露個臉，那些小賊馬上聞風而逃。」

「這可不是張好看的臉。」

「你這殺人不眨眼的傢伙！」國王高聲地開了個玩笑，重重地往這位朋友背上一拍，隨即離開去安排遠征的事了。

他們有了一整年歡樂時光，這個奇異的天堂為期十二個月，躲藏在琴酒般清澈的水底下或砂礫河床上，只有鮭魚才知道這個天堂存在。他們戴罪長達二十四年之久，但只有第一年看似快樂。當他們年華老去，回憶及此，這一年當中何時下雨結霜他們都不記得了。對他們來說，四季都染上了玫瑰花瓣邊緣的美麗色彩。

「我不懂，」藍斯洛說，「妳為什麼會愛上我呢？妳確定妳愛我嗎？是不是有什麼地方弄錯了？」

「我的藍斯。」

「可是我的臉，」他說，「我看起來那麼可怕。現在我相信，不管這世界是什麼樣子，神都會愛它，只因為祂愛它。」

有些時候，他的恐懼會籠罩著他們。桂妮薇並不因自己所做所為而感到懊悔，但她從她的愛人身上察覺到了。

「我不敢想。別想。珍妮，吻我。」

「為什麼要想呢？」

「我無法不想。」

「親愛的藍斯！」

在其他時候，他們會為了芝麻小事爭吵，然而即便是爭吵，也是情人之間的拌嘴，事後想起來也覺得甜蜜。

「妳的腳趾頭看起來像是要到市場去的小豬。」

「我希望你不要說這種話。太不尊重了。」

「尊重！」

「對，尊重。為什麼你不該放尊重點呢？我畢竟是王后啊。」

「妳叫我應該要尊重地對待妳，這是當真的嗎？那我想我應該要一直保持單膝下跪的姿勢吻妳的手嘍？」

「有何不可？」

「我希望妳不要這麼自私。如果說有什麼事是我無法忍受的，那就是有人拿我當她的財產看待。」

「自私！哈！」

之後王后會開始跺腳或一整天都心情不好。不過，在他適度表示悔意後，她就原諒了他。

到後來，他們會告訴對方自己的私密感受，而當他們互相傾訴時，總是帶著某種純真的驚奇。有一天，藍斯洛對王后說出他的祕密。

「珍妮，我還小的時候，我討厭我自己。我不知道為什麼。我覺得很丟臉。那時我是個非常聖潔的男孩。」

「你現在沒那麼聖潔了。」她說著笑了起來。她並不了解他正在對她說的話。

「有一天，我哥哥要我借他一枝箭。我有兩三枝特別直的箭，我很珍惜它們，而他的箭則有些彎曲。我假裝弄丟了那些直箭，沒辦法借給他。」

「你這個小騙子！」

「我知道。後來，因為我對他撒了謊，非常自責，也認為我對上帝不真誠。所以我到護城河邊的一叢刺人蕁麻旁，把平時用來射箭的手伸進去做為處罰。我捲起袖子就把手放進去。」

「可憐的藍斯，你那時真是個純真的孩子。」

「但是珍妮，我沒被蕁麻刺到。我很確定，我的確記得我沒被刺到。」

「你是說這是個奇蹟嗎？」

「我不知道。這很難確定。那時我是個愛做夢的孩子，總是活在想像的世界裡。在那個世界裡，我是亞瑟最優秀的騎士。蕁麻的事可能是我想像出來的，但是我記得我沒有被刺到的時候，我嚇了一跳。」

「我確信那是個奇蹟。」王后堅定地說。

「珍妮，我這輩子一直都想要行奇蹟。我想要做個聖潔的人。我想那是一種野心，或是一種驕傲，或許是某種不值得去做的事。對我來說，征服這個世界是不夠的，我還想要征服天堂。我很貪心，只做最強的騎士並不夠，還要成為最優秀的騎士。做白日夢最糟的部分就在這裡。這就是為什麼我想要遠離妳。我知道，如果我不純潔，就不可能行奇蹟了。而我確實行了一個奇蹟，那是個很棒的奇蹟。我從滾水中救出了一位被魔法禁錮的女孩，她叫伊蓮。之後我就失去了我的力量。現在我們在一起了，我再也無法行奇蹟了。」

關於伊蓮的事，他並不想告訴她所有真相，因為他認為，如果她知道她並非他的初次對象，可能會傷害到她。

「為何不能？」

「因為我們是有罪的。」

「我個人從來沒行過奇蹟，」王后的語調有些冷酷，「所以我可不像你那麼後悔。」

「但是珍妮，我一點都不後悔。妳就是我的奇蹟，為了妳，我可以再把它們都扔下海。我只是想告訴妳我小時候的感覺。」

「這個嘛，我不敢說我能體會。」

「妳無法了解想要在某些事情上有所成就的念頭嗎？不，我看得出來，妳不需要。只有那些有所缺憾、低劣、次等的人才需要有某種成就。妳一直都是完美無瑕，所以妳不需要去想像。但是我總不停想像著。我知道我再也不是最優秀的騎士後，有時會覺得很害怕，即使現在和妳在一起，我也會這麼想。」

「那我們最好到此為止，這樣一來，你就可以去好好告解一番，然後行更多奇蹟。」

「妳知道我們是不可能結束的。」

「在我看來，這整件事都是想像出來的，」王后說，「我無法了解。這似乎很不實際而且自私。」

「我知道我很自私。我沒辦法控制自己。我試著不自私，但那是天性，我沒辦法。噢，妳不能了解我對妳說的事嗎？我小時候很寂寞，而我努力鍛鍊自己。以前我告訴自己，我將成為橫越花剌子模沙漠①的偉大探險家；或者成為像亞歷山大或聖路易王那樣偉大的國王；或者是偉大的療癒者，我會找到一種能治癒傷口的香膏，然後免費發送眾人；我也可能成為聖人，只要碰觸傷口就能治好它；或者我會去追尋某種重要的東西，比如真十字架②或聖杯那樣的聖物，或是其他類似的東西。這些都是我的夢，珍妮。我只是告訴妳，我以前都在做些什麼夢。那是我所謂的奇蹟，我現在已經失去的奇蹟。我把我的希望給了妳，珍妮，做為我愛的禮物。」

① 花剌子模沙漠（Chorasmian Waste），位於今中亞西部。波斯、印度、阿拉伯、突厥、蒙古等古帝國都曾統治過這塊土地。

② 真十字架（The Cross），據說是當年釘死耶穌基督的十字架。由羅馬大國君士坦丁大帝的母親，聖海倫娜（St. Helena）尋獲。

第十五章

他們那美好的一年，在亞瑟返家時宣告終結，而且幾乎立刻毀於一旦，但並非國王的緣故。他回來那天晚上，當他詳述那些自記憶中湧現的細節、告訴他們他是如何打敗克勞達斯時，門房那兒起了一陣騷動；晚餐時，波爾斯爵士被引入大廳。他是藍斯洛的表親，之前在柯賓堡度假，調查鬧鬼的事。他給藍斯洛捎來一份訊息，是晚餐後附在他耳邊說的。不巧的是，他討厭女人，而他也像大多數厭惡女性的人一樣，有一種女性的缺點——輕率；他也把這消息告訴了他的好友，於是很快整個宮廷都知道了：柯賓的伊蓮生下一個漂亮的兒子，她為他受洗命名為加拉罕——如果你還記得，那就是藍斯洛的首名。

「所以，」桂妮薇後來與她的愛人獨處時說，「這才是你失去奇蹟的原因。你說把希望給了我，全是謊話。」

「這話是什麼意思？」

桂妮薇開始用鼻子呼吸，她覺得眼球後面有兩根充血的拇指，正試著把她的眼球給推出來，而她不想看他。她試著不去想像，心中也感到害怕。她可能會說出一些丟人又充滿恨意的話，但她沒辦法控制自己的舌頭。她就像在大海中游泳的人般掙扎著。「你知道我是什麼意思。」她望向別處，苦澀地說。

「珍妮，我是想告訴妳，但這解釋起來太困難了。」

「我能了解它的困難度。」

「事情不是妳想的那樣。」

「我想的那樣！」她大叫，「你怎麼知道我怎麼想？我想的和大家想的都一樣，那就是你是個誘拐女孩的卑鄙傢伙！你和你的那些奇蹟不過是謊言罷了！而我居然笨到去相信你。」

她每丟出一項指控，藍斯洛就轉一次頭，彷彿試圖不讓那些話戳中他似的。他看著地上，藏起他的眼睛。他的眼睛很大，通常讓他看來有種恐懼或驚訝的表情。

「伊蓮對我來說毫無意義。」他說。

「但她應該有一點意義啊。她是你孩子的母親，你怎能說她對你毫無意義？你還試圖隱瞞她的事！不，別碰我，走開。」

「我不能在事情變成這樣的時候離開。」

「如果你碰我，我就去找國王。」

「桂妮薇，我在柯賓時被人灌醉了，他們告訴我妳在凱斯等我，然後摸黑把我帶到伊蓮的房間去。我隔天早上就離開，回到這裡。」

「差勁的謊話。」

「這是真的。」

「連小孩都不會相信。」

「如果妳不願相信，我也無法逼妳。我發現真相時，想拔出劍來殺了伊蓮。」

「我會讓她死的。」

「那不是她的錯。」

王后拉扯她的衣領，彷彿衣領太緊。「你在替她說話，」她說，「你愛上她了，而且還欺騙我。我一直都這麼覺得。」

「我發誓我說的是實話。」

她突然停止控訴，哭了起來。「為什麼不早點告訴我？」她問，「為什麼不告訴我你有個孩子？為什麼一直騙我？我想她才是你的奇蹟，你引以為傲的奇蹟。」

同樣承受著狂亂情緒的藍斯洛也哭了，他伸出手臂環抱著她。

「我不知道我有了孩子，」他說，「我不想要孩子。那不是我所追尋的東西。」

「如果你早點告訴我實話，我會相信你的。」

「我是想告訴妳，但我做不到。我怕妳會受到傷害。」

「現在這樣我傷得更重。」

「我知道。」

王后擦乾了眼淚，看著他，她的微笑像是一場春雨。沒多久，他們就吻在一起，感覺就像讓雨水洗淨的綠色大地。他們覺得彼此更加了解，但也種下了猜疑的種子。他們的愛更加強大，但憎恨、恐懼與猜忌的種子同時也開始生長，因為愛與恨是可以並存的，它們會互相折磨，而這為他們的愛情帶來了最猛烈的風暴。

第十六章

此時在柯賓堡，稚氣的伊蓮正準備啟程。她要從桂妮薇手中把藍斯洛搶過來，除了她自己，所有人都對這場遠征感到同情。她手無寸鐵，也不知該如何作戰，她這麼做也毫無尊嚴可言。藍斯洛並不愛她，她仍無藥可救地愛著他。她能夠用來和王后的成熟相抗衡的，只有她自身的不成熟和卑微的愛情，還有那個帶去見父親的白胖嬰兒——然而這孩子對他父親來說，僅象徵一樁殘酷的詭計。這場遠征就像是赤手空拳的軍隊，要攻下牢不可破的要塞，同時還將一隻手綁在身後。伊蓮個性樸實，這只能歸因於她這輩子大多數時間，都在那座魔法大釜中遺世獨居，而這樣的她，決定要在桂妮薇的地盤與對方交鋒。她訂製最華麗精巧的衣袍，要去卡美洛向英格蘭王后挑戰；不過，穿上這些衣服，只會讓她看起來既呆蠢又土氣。

如果伊蓮不是伊蓮，她可能會把加拉罕當武器。同情和歸屬可以打動藍斯洛這種人，也許能夠成功地約束他。但伊蓮並不聰明，也不懂要如何約束她的英雄。她帶著加拉罕是因為她愛這孩子，她把他帶在身邊不過是因為她不想和她的寶寶分開，同時也想在他父親面前炫耀他，還有部分原因是她想比較他們的相貌。她最後一次看到她那幼小心靈所繫的男人，已經是一年前的事了。

而在伊蓮計畫要俘虜藍斯洛的同時，藍斯洛正在宮廷和王后在一起，不過現在，他的心再也無法保持國王離家在外時，他為自己編織出來的短暫平和了。國王不在的時候，他還能讓自己沉浸在過去的時光中，但國王現在無時無刻都在他肘腋之側，彷彿批判著他的背叛。他對桂妮薇的熱情並沒有埋葬他對亞瑟的愛，他仍感覺得到那份情感。對藍斯洛這樣的中世紀人物來說，這是很痛苦的，因為他們有個致命的弱點，就是看到高位者便會興起敬愛之心。而藍斯洛無法忍受的是，這讓他覺得他對桂妮薇的感情是低賤的，但這卻是他一生中最深刻的感情——然而現在所有的密會都讓它看起來很低賤。這名丈夫的出現，迫使這對情人匆匆相會、關門落鎖，想出卑劣的計謀和罪惡的花招，這一切都玷辱了那些若非如此美妙，則根本不該碰的事物。而在這個汙點中，折磨他最甚的莫過於他知道亞瑟是個仁慈、單純又正直的人，莫過於知道他總是遊走在重傷亞瑟的邊緣，而他是愛他的。桂妮薇也有自己的痛苦。他們初次懷疑爭吵的時候，兩人都在對方眼中種下了（或說見到了）痛苦的種子。對他來說，去愛一個嫉妒而多疑的女人是件痛苦的事。她沒有立即相信他對伊蓮這件事的解釋，是個致命打擊，但他無法不愛她。

最後，他的性格當中出現一些反抗因子，也就是他對純潔、榮譽與性靈上的優越所懷抱的奇特欲望。這些事，再加上他下意識對伊蓮要帶著他的兒子到來心懷恐懼；凡此種種，不但粉碎了他的快樂，也不容許他逃避。他很少坐下，總是不安地四下徘徊；把東西拿起來，卻連看也不看就又放下；走到窗邊往外看，卻什麼也看不見。

而桂妮薇確實察覺自己對伊蓮的到來有所恐懼，她在伊蓮要來的那一刻便知道了。然而，對她和所有女性來說，這種恐懼比男性更甚。男人常常指控女人，說他們本來並沒有任何不忠的念頭，都是被女人無意識的的嫉妒給逼出來的。但是不忠的念頭可能原本就存在，只有女人才能夠意識、察覺。舉例來說，偉大的安娜．卡列妮娜就是用狂熱的無理嫉妒把佛朗斯基逼到某種地步①——雖然那是唯一能實際解決他倆問題的方法，也是無可避免的解決之道。她能夠看到的未來比他要多很多，因此她以一股激情朝著未來前進，毀了現在，因為她知道，未來必然走向毀滅。

這就是桂妮薇的狀況。也許伊蓮這個急迫的問題並沒有讓她過度緊張，也許她並沒有真的懷疑過藍斯洛，然而，她的先見之明已然察覺她的愛人見不到的厄運與憂傷。更精確地說，她並非以邏輯理性察知這些事，而是在她更深層的意識中浮現的。可惜的是，語言是種笨拙的工具，一個母親「無意識」地感到她的寶寶在隔壁房裡哭泣，我們就不能說她「沒察覺」這回事。在這層面上，桂妮薇潛意識裡感知到的事實，包括亞瑟與藍斯洛的情形、宮廷裡會發生的大部分悲劇，以及她自己沒有生子——這樁事實令人痛苦，永遠都無法彌補。

她對自己說，藍斯洛已經背叛了她，她是伊蓮詭計之下的受害者，而她的愛人一定會再次背叛她。她用上千句類似的話折磨她自己，但在內心未知的角落裡，她的感受又是另外一回事了。或許她確實在嫉妒，但不是對伊蓮，而是對那個嬰兒；或許她害怕的是藍斯洛對亞瑟的愛；又或許，那是一種對整個局勢的恐懼，因為局勢並不穩定，而且註定會遭到報應。女人遠比男人清楚，上帝的律法終會彰顯。她們有更多理由明白這一點。

不管如何解釋桂妮薇的態度，結果都為她的愛人帶來痛苦。她變得跟他一樣焦躁煩亂，無理、殘酷的程度更是遠勝。

亞瑟的感覺是這場宮廷悲劇的最後一個環節。他的成長過程完美無缺，這對他本身來說是種不幸。他的老師教導他的方式就像讓他在子宮內接受教育，在那裡，他以魚類到哺乳類的姿態來體驗人類歷史。同時，他也像個在子宮裡的孩子一樣受到愛的保護。這樣的教育造成的影響就是，他在成長過程中沒有獲得任何有用的生活技能——沒有惡意、虛榮，沒有懷疑、殘酷，甚至沒有一般程度的自私。在他看來，嫉妒可說是最不名譽的惡行。可悲的是，他既無法恨他的朋友，也無法折磨他的妻子。他得到太多愛與信任，而他也擅長對別人付出愛與信任。

亞瑟並不是那些動機玄奧到可以拿來詳細解剖的有趣角色，他只是個單純而情感豐沛的男人，因為梅林相信愛與單純有其存在價值。

現在，這個在他眼前發展的情勢是個惡名昭彰的難題（非常難解，所以人稱「永恆的三角習題」，就像歐幾里德的幾何習題「驢橋定理」[②]），所以亞瑟只能退開。也只有那些信任別人又樂觀進取的人才有辦法退開，那些得不到愛情又背信忘義的人，會受到自我厭世的想法驅使，轉而攻擊別人。亞瑟的強壯和溫柔讓他抱著希望：如果他信任藍斯洛和桂妮薇，事情終究會好轉。對他來說，這麼做似乎比用一些手段逼迫他們立即回到正途要來得好些，例如，以不忠的罪名送這對情侶去砍頭。

亞瑟不知道藍斯洛和桂妮薇是一對戀人，他從來沒確實發現他們在一起，也沒有找出他們有罪的證據。在這些情況下，他那無畏的天性希望自己不會發現他們在一起，而不是設下陷阱來破壞眼前情勢。他並非縱容的丈夫，而是他希望以拒絕察覺此事的方式，讓麻煩自行消失。當然，在他的下意識中，他很清楚他們正睡在一起，而他的下意識也明白，如果他質問妻子，她會承認。她有三項最大的美德：勇敢、慷慨和誠實。所以他沒辦法問她。

國王對眼前局勢的態度並沒有讓他變得比較快樂。他不像桂妮薇那麼激動，也沒有藍斯洛那樣不安，但他變得更加沉默。他在自家宮廷中像隻老鼠那樣偷偷摸摸，不過，他確實一度試圖抓住那把刺人的蕁麻。

「藍斯洛，」某日下午，國王在玫瑰花園裡找到他。「你最近看起來不大好，出了什麼事嗎？」

藍斯洛折下一朵玫瑰，掐著花萼。這種花後來被稱為遠古玫瑰，五枚花萼都從花瓣底下向外伸展，如同玫瑰紋章[③]。

「這，」國王孤注一擲地問，「和那位聲稱有了你的孩子的女孩有關嗎？」

如果亞瑟只問了他第一個問題，或許那件事就會在回應那個問題的沉默中揭露出來。但是亞瑟擔心有什麼不該說的事在這陣沉默中透露，所以他用第二個問題去引導對方，於是機會轉瞬即逝。

「是的。」藍斯洛說。

「我猜，你沒辦法逼自己娶她？」

「我不愛她。」

「嗯，你自己的事你最了解。」

那時的藍斯洛無法自制地想找人訴苦，好解除他心中某些痛苦，但又無法對眼前這個特殊的傾聽者說出事實，於是他開始說伊蓮的事，那是一段冗長而瑣碎的陳述。他對亞瑟說出了部分事實：他是如何蒙受恥辱，又失去了他行奇蹟的能力。而他被迫讓伊蓮擔任這場告解的主角，於是在半小時後，他無意之間給了國王一套可以採信的說詞，亞瑟不想知道事實真相時，可以說服自己的說詞。對這可憐的傢伙來說，這部分事實很有用，他在之後那幾年學會用這套說詞來取代可怕的真相。身處文明制度下的我們，面對這種狀況時會馬上採取離婚法庭、贍養費等等補償措施；我們能以一種合宜的輕蔑態度看待那些戴綠帽的懦弱丈夫。但亞瑟只是中世紀的野蠻人，並不了解我們的文明制度，面對像嫉妒這樣的惡德，也只能繼續保持過度寬大的禮儀。

後來在玫瑰花園裡找到藍斯洛的人是桂妮薇，她的態度一派甜美而理性。

「藍斯，你聽說了嗎？有個使者剛到，說那個讓你心煩的女孩帶了寶寶，正要到宮廷來。她今晚就會到。」

「我知道她要來。」

「當然，我們應該盡全力好好待她。可憐的孩子，我想她並不快樂。」

「她不快樂不是我的錯。」

「當然不是你的錯。不過這世界總會讓人不快樂，我們一定要在行有餘力的時候去幫助那些人。」

「珍妮，妳對這件事情表現得如此寬大，真是太好了。」

他轉向她，想要抓住她的手。她的話語讓他燃起希望，以為一切都會沒事。但珍妮把手抽回。

「不，親愛的，」她說，「她離開以前，我不想和你在一起。我要你保持自由之身。」

「自由之身？」

「她是你孩子的母親，又是個未婚女子。我們倆永遠不可能結婚。假如你願意，我希望你能和她結婚，因為這是我們唯一能做的事。」

「但是，珍妮……」

「不，藍斯，我們要講道理。她在這裡時，我要你離我遠一點，讓你確定自己究竟愛不愛她。至少這是我能為你做的。」

① 典出托爾斯泰（Leo Tolstoy）名著《安娜．卡列妮娜》（Anna Karenina），女主角安娜．卡列妮娜為愛拋夫棄子，與軍官佛朗斯基私奔，但兩人的愛情終究破滅，最後安娜自殺身亡。

② 即商高定理，又稱勾股定理、畢式定理，直角三角形兩短邊的邊長平方和等於斜邊的邊長平方。

③ 此處是指英國蘭開斯特家族的紅玫瑰和約克家族的白玫瑰兩種紋章，由五瓣玫瑰構成，花瓣間有綠色花萼伸出。為了英格蘭王位，這兩大家族的支持者斷斷續續於一四五五至一四八七年間發生內戰，後稱為玫瑰戰爭。

第十七章

伊蓮抵達城門塔樓的入口，桂妮薇冷冷地親吻了她。「歡迎來到卡美洛，」她說，「無比歡迎。」

「謝謝妳。」伊蓮說。

她們心懷敵意，面帶微笑地注視著對方。

「藍斯洛看到妳會很高興。」

「噢！」

「親愛的，大家都知道寶寶的事了。這沒什麼好害羞的。我和國王都很期待，想看看他是不是長得像他爸爸。」

「妳人真好。」伊蓮不大自在地說。

「妳一定要讓我第一個看他。妳叫他加拉罕，對吧？他強壯嗎？會認東西了嗎？」

「他現在重十五磅，」那女孩驕傲地宣告，「如果妳願意，現在就可以看他。」

桂妮薇以一種旁人無法察覺的方式努力克制情緒，然後開始擺弄著伊蓮的圍巾。

「不了，親愛的，」她說，「我不能這麼自私。妳長途跋涉而來，一定得好好休息，寶寶也需要安頓下來。今晚我可以等他睡了之後再來看他。時間多的是。」

但她最後還是得去看那個寶寶。

藍斯洛再次碰到王后時，她的甜美與理性全消失了。她顯得冷酷而驕傲，說起話來彷彿在發表演說。

「藍斯洛，」她說，「我想你應該到你兒子那裡去。你到現在都還沒去看他，這讓伊蓮非常傷心。」

「妳看過他了？」

「是的。」

「他醜嗎？」

「他長得像伊蓮。」

「感謝上帝。我馬上就去。」

王后把他叫了回來。

「藍斯洛，」她說著，用鼻子深吸一口氣。「我相信你不會在我的屋簷下和伊蓮睡在一起。如果你我在塵埃落定之前必須分開，你也不能和她睡在一起，這樣才公平。」

「我不想和伊蓮睡在一起。」

「你當然會這麼說。我會相信你。不過，如果你這次違背了你的諾言，我們之間就結束了。徹底結束。」

「我能說的都說了。」

「藍斯洛，你欺騙過我一次，我怎麼能夠肯定你不會再騙我？我安排伊蓮住在我隔壁的房間，如果你去，我會知道。我要你待在自己的房間裡。」

「都聽妳的。」

「今晚如果我能離開亞瑟，我會送信給你。我不告訴你時間。如果我送信給你時你不在房裡，我就會知道你和伊蓮在一起。」

布萊珊夫人為小男嬰準備搖籃時，伊蓮正在她房裡哭泣。

「我在射箭場看到他，他也看到我了。但是他轉過頭去，找了個藉口就離開。他甚至都還沒來看過我們的孩子。」

「好了，好了，」布萊珊夫人說，「天啊，真是一團亂。」

「我不該來的，來了只會讓我覺得自己更悲慘，他也這麼覺得。」

「那是因為有王后在。」

「她很漂亮，對吧？」

夫人陰沉地說：「一個人要心地善良才算是真正的美麗。」

伊蓮開始無助地啜泣，她鼻子通紅，看起來很抗拒，就像那些要放棄權位的人一樣。

「我要他快樂。」

敲門聲傳來，藍斯洛走了進來——她的眼淚馬上就乾了。兩人行了禮，卻顯得很不自然。

「我很高興妳來卡美洛，」他說，「妳好嗎？」

「我很好，謝謝你。」

「寶寶……他好嗎？」

「這是閣下**您的**兒子。」布萊珊夫人加重了語氣。

她將搖籃轉向他，往後移一些，讓他看得到孩子。

「我的兒子。」

他們站在那裡，低頭望著那新生的小東西；他看起來既無助又沒什麼活力。如同詩人所吟詠，他們現在很強壯，這孩子卻很羸弱，但是有一天，他們會變得羸弱，而他則會變得強壯。

「加拉罕。」伊蓮說，她彎腰靠近裹毯，做一些蠢笨的手勢，發出毫無意義的聲音，母親在寶寶有反應時都喜歡這麼發聲。加拉罕捏著小拳頭，朝自己的眼睛揮拳，而這件事似乎讓那女人感到很高興。藍斯洛驚異地看著他們母子。「我的兒子，」他想，「他是我的一部分，不過他很漂亮，似乎並不醜。要怎麼樣才能分辨那些嬰兒呢？」他將右手手指伸到加拉罕面前，放進他那胖胖的手掌中讓他握住。那隻手看起來就像是由一個精巧的娃娃工匠裝在手臂上，手腕有一圈皺褶。

「噢，藍斯洛！」伊蓮叫著。

她試圖衝進他懷裡，不過他把她推開。他的目光帶著恐懼和憤怒，越過她的肩膀望向布萊珊；然後他發出一陣野性而瘋狂的叫聲衝出房門。失去支撐的伊蓮倒在床邊，哭得比之前更厲害。而布萊珊維持著剛才承受藍斯洛爵士目光的姿勢，僵硬地站在原處，以一種高深莫測的表情看著那扇關上的門。

第十八章

第二天早上，他和伊蓮都被召到王后房裡。對藍斯洛來說，他帶著一種快樂的感覺前去見她。現在的他，正在回憶桂妮薇昨晚是如何託稱身體不適，離開國王的房間，在黑暗中召喚她的愛人。那雙經常暗中幫助他們會面的手領著他的手指躡手躡腳來到指定的床上。雖然亞瑟的房間就在隔壁，必須保持安靜，他們卻在一股熱情的溫柔中盡其所能獲得歡愉。自從發生伊蓮的事之後，這是藍斯洛最快樂的一天。他覺得，只要他能說服他的桂妮薇與國王斷得乾乾淨淨，讓整件事情公開，那麼仍有維持榮譽的可能。

桂妮薇看起來僵直而嚴厲，臉上是完全褪去血色的蒼白——不過她鼻翼兩側各有一個紅色斑點，看起來像是暈船了。她獨自一人。

「原來如此。」王后說。

伊蓮直視著她那對藍眼睛，而藍斯洛像是被人射中似的停下了腳步。

「原來如此。」

他們站在那裡，等著看桂妮薇下一步是要開口說話還是會就此死去。

「你昨晚上哪去了？」

「我……」

「別說了。」王后尖叫起來，她移動手，他們可以看到她手裡握著一球手帕，已被撕成碎片。「叛徒！叛徒！帶著你的娼婦滾出我的城堡！」

「昨晚……」藍斯洛說，有股絕望在藍斯洛心中旋繞，但兩個女人都沒注意到。

「你不要跟我說話。別對我撒謊。滾！」

伊蓮平靜地開口：「藍斯洛爵士昨晚在我房裡。我的侍女布萊珊趁暗帶他來的。」

王后指著門，用手指比出戳刺的動作。她一邊顫抖，頭髮一邊開始往下滑，看起來十分駭人。

「滾出去！滾出去！妳也是！妳這禽獸！妳怎麼敢在我的城堡裡說這種話！妳怎麼敢在我面前承認這種事！帶著妳的情夫滾出去！」

藍斯洛呼吸沉重，定定注視著王后。他可能已經失去意識了。

「他以為他是要去找妳。」伊蓮雙手交疊，順從地看著王后。

「老掉牙的謊言！」

「這不是謊言，」伊蓮說，「我沒有他活不下去。布萊珊幫我偽裝的。」

王后搖搖晃晃地跑上前，想要打伊蓮耳光，但那女孩沒動，像是希望桂妮薇打她。

「騙子！」王后尖叫。

她跑向藍斯洛，他雙手抱頭坐在一口箱子上，眼神空茫地看著地板。她抓著他的披肩，又拖又拉地把他往門的方向拽，但他一動也不動。

「所以你教她說這些？為什麼你不想個新的故事？你可以給我一點有趣的說法啊，你以為那套陳腔濫調還會管用是嗎？」

「珍妮……」他說話的時候沒有抬起眼睛。

王后想要吐他口水，不過她從來沒練習過吐口水。

「你怎麼敢叫我珍妮？你全身上下都還沾滿了她的味道。我是王后，英格蘭王后！我不是你的娼妓！」

「珍妮……」

「滾出我的城堡！」王后用她最高的音調尖聲大叫，「永遠都別再來！不要讓你那張邪惡、醜陋、野獸一般的臉出現在這裡！」

藍斯洛突然大聲對著地板說了一聲：「加拉罕！」

然後他把手從頭上放下來，抬起頭，讓旁人看著她方才所說的那張臉。那張臉帶著一種驚訝的表情，一隻眼睛的視線歪斜。

他用一種比較平靜的語調說：「珍妮。」但他看起來像個盲人。

王后張嘴想說些什麼，不過一個字也沒說出口。

「亞瑟。」說完他開始大聲尖叫，然後跳到窗外去——那是一樓的窗戶。她們聽見他衝進灌木叢，樹枝劈啪斷裂，接著他一邊跑過樹林和灌木叢，一邊發出某種顫抖而響亮的叫聲，像是出獵的獵犬。那嘈雜的聲音隨他遠去逐漸消失，留在房中的兩個女人陷入一陣沉默。

伊蓮現在的臉色和王后先前一樣蒼白，但仍站得筆直維持著她的驕傲。「妳把他逼瘋了。在這之前，他的心智本來就已經很脆弱了。」

桂妮薇一句話也沒說。

「妳為什麼要把他逼瘋？」伊蓮問，「妳已經有了一個好丈夫，還是這塊土地上最好的男人。妳是王后，妳有妳的尊嚴與快樂，還有一個家。我沒有家、沒有丈夫，而我的尊嚴也消失了。為什麼妳不讓我擁有他？」

王后依舊沉默。

「我愛他，」伊蓮說，「我為他生了一個漂亮的兒子，這孩子日後也會是全世界最優秀的騎士。」

「伊蓮，」桂妮薇說，「離開我的宮廷。」

「我這就走。」

桂妮薇突然抓住她的裙子。

「別告訴任何人，」她口氣急促，「剛剛發生的事妳一個字都不能說出去。如果妳說了，他就完了。」

伊蓮把裙子拉了回去。

「妳認為我會這麼做？」

「不然我們該怎麼辦？」王后大叫起來，「他瘋了嗎？他會好起來嗎？之後會發生什麼事？我們該做點什麼事吧？我們要怎麼說呢？」

伊蓮沒有停步回話，但她在門邊回過頭，嘴脣顫抖。

「是的，他瘋了，」她說，「妳贏了，妳得到他，但是妳也毀了他。妳接下來要如何處置他？」

房門關上，桂妮薇坐了下來。那條破破爛爛的手帕從她手中落下。然後，她開始哭泣——那是緩慢、深沉、毫無掩飾的哭泣。她將臉埋在雙手中，悔恨地顫抖起來。（那位從不在意王后的波爾斯爵士曾經這麼對她說：妳的眼淚真是可恥，妳只在一切都於事無補的時候才掉眼淚。）

第十九章

兩年後，佩雷斯國王和布利昂爵士坐在城頂房間裡。那是個和煦的冬日早晨，野地還結著霜，風平霧薄，不會干擾鴿子的視線。昨晚留下來過夜的布利昂爵士穿著鑲貂皮的緋紅色衣裳。他的馬和侍從在庭院中等候，正準備帶他回布利昂城堡，不過，動身之前，兩人吃了一頓早茶，他們坐在那裡，手伸到明亮的爐火前，喝著熱香料酒，咬著酥餅，談論著那個瘋子。

「我確定他曾是個貴族，」布利昂爵士說，「他老是做那些只有貴族會做的事，而且他非常喜歡紋章。」

「他現在在哪裡？」佩雷斯國王問。

「只有上帝知道了。那些獵犬到布利昂堡的那天早上，他就消失了。不過我確定他以前是個貴族。」

「如果你問我，」布利昂爵士壓低聲音，補上一句，「我相信他就是藍斯洛爵士。」

他們啜著熱酒，注視著火焰。

「胡說。」國王說。

「藍斯洛爵士死了，」國王說，「上帝祝福他。每個人都知道這件事。」

「他又高又壯。」

「又沒證實。」

「如果他是藍斯洛爵士，你絕不會認錯。他是我見過最醜的男人了。」

「我從來沒見過他。」布利昂爵士說。

「有人作證說，藍斯洛穿著襯衫長褲發了瘋到處跑，最後給野豬刺傷了，死在修道院裡。」

「那是什麼時候的事？」

「去年聖誕節。」

「那差不多就是我那個瘋子跟著狩獵隊跑掉的時候，我們那次也是在獵野豬。」

「這個嘛，」佩雷斯國王說，「他們**或許**是同一人吧。如果是，事情就有趣了。你那個人是怎麼跑來的？」

「那是前年夏季遠行探險的時候，我像以前一樣，把帳篷搭在一片漂亮的綠地上，在裡頭等著看會發生什麼事。我記得那時在玩西洋棋，外頭突然傳來一陣駭人的吵鬧聲，我出去一看，發現有個沒穿衣服的瘋子正在毆擊我的盾牌，而我家的矮人坐在地上揉著他的脖子（那瘋子差點沒把他的脖子給扭斷）大聲呼救。我走到那傢伙跟前說：『看這裡，你這好傢伙。你不會想和我對打。過來，把劍放下來，乖乖聽話。』他手裡握著我一把劍，而且我看得出來他已經瘋了。所以我說：『你不該打架的，老小子。我知道，你需要吃點東西，好好睡上一覺。』說真的，他看起來實在很可怕，眼睛通紅，活像是連續三個晚上盯梢哪隻幼鷹。」

「他怎麼說？」

「他只說：『言及於此，汝當止步，勿近我身，如若不然，休怪我手下無情。』」

「這倒奇了。」

「對啊，很怪吧。我是說，他居然會說上位語。」

「他做了什麼？」

「這個嘛，我那時只穿了一件袍子，而這男人看起來又很危險，所以我回到帳篷裡，穿上鎧甲。」

佩雷斯國王又遞了一塊酥餅給他，布利昂爵士點點頭接了過來。

「我穿上鎧甲之後，」他咬了滿嘴食物後繼續往下說，「拿了把劍出去，想讓那傢伙繳械。我不想攻擊或打他，不過這傢伙是個會殺人的瘋子，也沒別的辦法奪下他的劍。我走向他，就像眼前有條狗那樣把手伸出去說：『可憐的傢伙，過來，好傢伙。』我以為事情很容易就能解決。」

「結果呢？」

「他一看到我穿著鎧甲，又拿著劍，就像老虎一樣撲了過來。我從沒見過這種攻擊法。我試著擋下他，而且我敢說，要是他露出破綻，我就會因為自衛而殺了他。可是我發現自己坐在地上，鼻子耳朵都在流血。他給了我一擊，嗯，我整個腦袋都受傷了。」

「天哪。」佩雷斯國王說。

「後來他把劍丟到一邊，直直衝進帳篷裡。我那可憐的老婆就在裡頭的床上，身上連件衣服也沒穿。不過他就這樣跳上床躺在她旁邊，一把搶過床單把自己裹在裡面，然後就睡著了。」

「一定是個已婚男子。」佩雷斯國王說。

「我老婆發出恐怖的尖叫聲，從另一邊跳下床，套上罩衫跑到外面來找我。那時我還躺在地上反應不過來，所以她以為我死了。我告訴你，我們還吵鬧了一陣子，真是大驚小怪。」

「那他還睡得著？」

「睡得跟木頭一樣沉。最後我們總算從那一團混亂中清醒過來，我老婆把我的一隻臂鎧放到脖子下面，好止住鼻血，然後商量了一會兒。我家矮人是個聰明的小傢伙，他說我們不應該傷害他，因為他是受到上帝護佑的人。事實上，也是這個小矮子說他可能是藍斯洛爵士。那年有很多傳言都在談論藍斯洛之謎。」

布利昂爵士停下來，又咬了一口酥餅。

「最後，」他說，「我們把床跟其他東西全搬上馬，用轎子把他抬到布利昂堡。他連動也不動一下。我們把他弄到那裡之後，把他的手腳全綑起來，以防他突然醒過來。我現在覺得很抱歉，不過依照我們當時的了解，實在也不能冒險。我們把他放在一間舒適的房間裡，有乾淨的衣服，我老婆還給了他很多營養食品讓他恢復體力，不過我們認為還是得一直把他綁住才行。我們把他留在那裡待了一年半。」

「他是怎麼跑走的？」

「我正要說呢，這可是整個故事最精華之處。一天下午，我出外到森林裡晃了半個小時，兩個騎士從背後攻擊我。」

「兩個騎士？」國王問，「從背後？」

「對，兩個，從背後。是布魯斯．索恩斯．匹帖爵士和他一個朋友。」

佩雷斯國王重重拍了膝蓋一下。

「那個人是個眾所皆知的敗類，」他高聲道，「我不懂為何沒有人幹掉他。」

「問題是要先抓到那傢伙才行。不過，我是在和你說那個瘋子的事。布魯斯爵士和另一個傢伙讓我處於相當劣勢，你一定也會同意我的說法，而我得很遺憾地說，我最後夾著尾巴逃走了。」

布利昂爵士停了下來注視火光。然後他又打起精神。

「嗯，不過，」他說，「總不能大家都做英雄，對吧？」

「當然。」佩雷斯國王說。

「我那時傷得很重，」布利昂爵士說，發現情節似曾相識，「我覺得自己就要昏倒了。」

「是。」

「那兩個一人一邊一路追著我到城堡去，其間也一直攻擊我。我到今天都還不知道自己是怎麼逃掉的。」

「全都寫在石柱的石頭上了。」國王說。

「我們拚老命地騎，騎過城門塔樓的砲眼洞，那瘋子一定就是在那裡看到我們，我告訴過你，我們把他安置在城門塔樓的房間裡。所以啦，事情經過他全都看到了，而我們後來發現，他赤手空拳地弄壞了腳鐐。那腳鐐可是鐵做的，就扣在他的腳踝上。他為了弄壞它，結果自己受了重傷。之後他從後門衝出來，滿手是血，那些鐵鏈還掛在後頭。他把布魯斯的同夥拽下馬來，拿了那人的劍，當著布魯斯的頭就是一擊，打中他的鼻子，於是他就這麼落馬了。第二個騎士想要從背後刺殺那瘋子（他可是手無寸鐵），不過，就在那傢伙刺出的那一剎那，我把他的手齊腕斬斷了。之後那兩個人拉住他們的馬逃命去也。我可以跟你保證，他們跑得可飛快。」

「這就是布魯斯的結局。」

「那一年，我兄弟待在我那裡。我對他說：『為什麼我們要把這個好傢伙用鐵鏈鎖起來？』看到他受傷的手，我覺得很愧疚，『他既快樂又親切，』我說，『而且他救了我的命。我們不能再把他鎖起來了，應該要還他自由，盡我們所能去幫助他。』嗯，佩雷斯，我喜歡那個瘋子。他個性溫和，又受歡迎，他還叫我大人。一想到他可能就是那個偉大的湖上騎士，而我們居然把他綁起來，還讓他謙卑地叫我大人，我就覺得很可怕啊。」

「最後發生了什麼事？」

「他安靜地待了幾個月。之後獵野豬的獵犬到城堡來了，其中一個跟在後面的傢伙把他的馬和長矛留在一棵樹旁邊；那瘋子拿了矛，騎著馬跑掉了。上流的狩獵似乎讓他很興奮，鎧甲、對戰或是打獵，這些事情觸動了他那可憐的腦袋，他也想要參一腳。」

「可憐的孩子，」國王說，「真是個可憐的孩子！他很可能就是藍斯洛爵士。有人說他去年聖誕節給一隻野豬殺了。」

「我想聽聽那個故事。」

「如果你說的那人就是藍斯洛，那麼在他們打獵的時候，他就騎在那隻野豬正後方。那隻野豬很有名，那些獵犬抓了牠好幾年都抓不到，這也是不能徒步進入這處獵場的原因。藍斯洛是唯一趕上這場殺戮的人，那隻野豬殺了他的馬，撕裂他的踝骨，在他的大腿留下一道很嚴重的傷，不過後來他就砍下了牠的頭。他是在一座修道院附近殺死牠的，只一擊，那野豬就死了。那座修道院裡有位隱士跑出來，不過傷口和整個情況讓藍斯洛發了狂，拿起劍就往隱士身上丟。這件事我是從一位當時在場的騎士那裡聽來的。他說那人毫無疑問是藍斯洛爵士，從他長得醜和其他事情就可以判斷出來。他又說，在那人昏過去之後，是他和隱士把他弄到修道院裡。他說，受了那種傷，沒人能撐得過去；而且無論如何，他看到那人死了。他說啦，他非常確信這個瘋子是個偉大的騎士，因為就在那人躺在死野豬旁奄奄一息的時候，他站在旁邊，聽見那人稱呼隱士為『兄弟』。所以你看，或許他最後還是恢復了神智。」

「可憐的藍斯洛。」布利昂爵士說。

「上帝賜福予他。」佩雷斯國王說。

「阿門。」

「阿門。」布利昂爵士看著火焰，跟著重複一次。然後他站起身，抖了抖肩膀。

「我該走了，」他說，「我忘了問，你女兒現在怎麼樣了？」

佩雷斯國王嘆了口氣，也站了起來。

「她把時間都花在女修道會。」他說，「我想她明年就會正式加入了。不過她下星期六會回家探望幾天，到時我們就能見到她。」

第二十章

布利昂爵士離開之後，佩雷斯國王拖著腳步走上樓，開始研究聖經家譜學。他思索著藍斯洛的事，為了他的孫子加拉罕，他對這事很有興趣。我們都曾經差點被我們的妻子和親密愛人逼瘋，但佩雷斯國王認為，人類天性之中有種傾向，通常可以讓我們不致發狂。而他認為，這種傾向在藍斯洛身上不大正常——至少，因為情人間的口角而失去理性，是不大正常的。他看著班恩家的家譜，希望能在這家族裡找出哪個瘋狂分子得為這件事負責。如果有，或許也會遺傳到加拉罕身上。這樣可能就得把那孩子送去伯利恆醫院①，也就是現在的精神病院。不這麼做的話，會引起很多麻煩。

「班恩的父親，」佩雷斯國王喃喃自語，他擦亮眼境，吹掉了堆積在紋章學、家譜學、招魂問卜術、神祕數學等眾多文獻上的灰塵。「是班威克的藍斯洛王，他娶了愛爾蘭王之女。而藍斯洛王的父親，是喬納斯，他娶了高盧曼紐爾的女兒。好，那喬納斯的父親是誰呢？」

仔細思考，或許真能在藍斯洛的心智中找到脆弱的一環。十年前，那個小男孩還在班威克城堡兵器庫裡來回翻轉壺盔時我們就已經注意到，男孩的內心深處或許一直有那麼一個他人無法觸及的黑色地帶。

「納西安，」佩雷斯國王說，「這見鬼的納西安，好像有兩人叫這名字。」他回頭從利賽斯、哈里艾勒葛羅斯、隱士納西安（藍斯洛好幻想的特質可能遺傳自他）、納帕斯，再到第二個納西安（如果他還活著，會對佩雷斯國王有關藍斯洛只算是我主八等親的理論感到不滿）。事實上，在那年代，幾乎所有隱士都叫納西安。

「見鬼了。」國王又說了一次，之後他瞥了窗外一眼，看城堡外頭的噪音究竟是發生了什麼事。

以前曾迎接過藍斯洛的村民追趕著一個瘋子（今天早上似乎出現很多瘋子），一行人到處亂竄。瘋子身上沒穿衣服，瘦得像鬼一樣，一邊跑一邊以手護頭。幾個繞著他跑的小男孩朝他身上丟泥巴，他不時停下來，抓起一個男孩扔到灌木叢去。不過此舉不過是讓那些男孩開始對他丟擲石塊。佩雷斯國王清楚地看到鮮血從他高高的顴骨向下流，也看到他凹陷的臉頰、寫滿恐懼的眼睛和肋骨之間的藍色暗影。他也看得出來，這個男人正向城堡而來。

佩雷斯國王步履維艱地下樓。這時，一大群城堡的人站在城堡中庭，把那瘋子團團圍，還用一種欽佩的目光看著他。他們放下鐵閘門，把村裡的孩子擋在外頭；他們有意善待這個逃亡者。

「看看他身上的傷，」一個侍從說，「那道傷疤好大。或許他發瘋以前是個四處行俠仗義的騎士呢！所以我們應該好好對待他。」

就在女士們咯咯笑，見習騎士在一旁指指點點的當口，那瘋子低著頭，靜靜站在圈子中央，等著看接下來會有什麼事發生在他身上。

「也許他是藍斯洛爵士。」

這話引出了一陣大笑。

「不，我是說真的。一直都沒人能證實藍斯洛死了。」

佩雷斯國王直直走向那瘋子，看著他的臉。他得站到那人身旁才看得清楚。「你是藍斯洛爵士嗎？」他問。

那張形銷骨立的臉很髒，長滿鬍子，而眼睛連眨都不眨一下。

「你是嗎？」國王又問。

這啞巴仍舊沒有回答。

「他又聾又啞，」國王說，「我們把他留下來當弄臣吧，我得說，他那張臉實在夠有趣的。哪個人給他弄件衣服來吧，嗯，要滑稽的衣服，讓他睡在鴿舍裡。給他弄點乾淨的稻草來。」

那個啞巴突然舉起雙手，發出一聲大吼，把所有人都嚇得往後退，國王的眼鏡也掉了。之後他又放下手順從地站著，於是大家都發出神經質的笑聲。

「最好把他鎖在裡面，」國王明智地說，「安全第一。食物不要用手拿給他，丟給他就行了。小心駛得萬年船呀。」

於是藍斯洛爵士被帶到鴿舍去，做了佩雷斯國王的弄臣。他被人鎖在那裡面，吃丟過來的食物，睡在乾淨的稻草上。

佩雷斯國王的姪子（一個叫卡斯特的男孩）下週六要受封為騎士，城堡裡洋溢歡樂的氣氛。伊蓮也會回來參加這場典禮。國王一直著迷於各種慶典儀式，這回他是以王室的方式來慶祝，領地裡每個男人都得到一件新袍子。令人遺憾的是，這回慶祝，他過度慷慨地使用了布萊珊夫人的丈夫所管理的酒窖。

「祝健康！」國王喊。

「為健康乾杯！」卡斯特爵士回應，他可是拿出自己最好的表現來了。

「每個人都拿到袍子了嗎？」國王大吼。

「是的，謝謝您，陛下。」參與盛會的人回答。

「確定嗎？」

「千真萬確，陛下。」

「那久好。袍子萬脆！」

國王高興地披上自己的袍子；他在這種場合中就變了個人。

「陛下這麼慷慨地送了禮物給我們，大家都十分感謝。」

「卜客氣了。」

「為佩雷斯國王三呼萬歲！」

「萬歲！萬歲！萬歲！」

「辣個傻子呢？」國王突然問，「傻子拿到袍子了嗎？那口憐的傻子在哪？」

回答這問題的是一片沉默，因為大家都忘記把袍子拿到藍斯洛爵士旁邊。

「每袍子？沒納袍子？」國王大喊，「把傻子大過來！」

於是藍斯洛爵士從鴿舍裡被帶出來，做為王室餘興節目。他穿著七拼八湊的弄臣衣服，在火光中筆直站著，鬍子裡還沾著稻草，看起來十分可憐。

「口憐的傻子，」國王難過地說，「口憐的傻子，來吧，穿上我的袍子。」

於是，佩雷斯國王無視於反對的進言和忠告，脫下那件價值不菲的長袍，蓋在藍斯洛頭上。

「方了他，」國王叫喊，「讓他今天也快合快合。總不能用遠把一個人鎖起來吧。」

藍斯洛身穿那件堂皇的衣服筆直地站著，在大廳中看起來有股奇異的莊嚴。如果他能好好修整一下鬍子（把鬍子剃得乾乾淨淨的現代人，已經忘了鬍子修整前和修整後會有多大差別）；如果他在那場野豬追獵之後，沒在那可憐隱士的小房子裡餓到只剩一把骨頭；如果沒有謠傳說他死了——即便如此，大廳中仍有某種敬畏的氣氛。只是國王並沒有注意到。而當藍斯洛爵士慎重地踩著步伐回到他的鴿舍去時，整間屋子的鄉巴佬都自動讓出一條路給他。

① 伯利恆醫院（Hospital of Bethlehem），位於英國倫敦，全世界最古老的精神病院，正式名稱為 Bethlem Royal Hospital，又稱為 Bedlam。

第二十一章

伊蓮行事仍然不甚優雅。若是易地而處，桂妮薇會越見蒼白、引人注目，但伊蓮只是越來越豐腴。她穿著見習修女的白衣裳，和幾名女伴一起走進城堡花園，走路的模樣顯得有點笨拙。現年三歲的加拉罕牽著她的手，走在她身邊。

伊蓮之所以打算成為修女，並不是因為感到絕望。她也不會在往後餘生扮演電影裡的修女。兩年的時光，一個女人可以忘記很多愛情；至少會將它打包收藏，並且適應這段變化。比起一個生意人記得自己因為運氣不好，而錯失某項可以讓他坐擁百萬的投資，她對這份愛的記憶也沒深刻多少。

伊蓮決定離開兒子成為耶穌的新娘，是因為她認為這是她唯一的出路。這件事既不戲劇化，也不全然出於虔敬；她只是明白，她永遠無法再像愛她那死去的騎士一般愛上別人。所以她放棄了，她無法再逆風而行。

她不再為藍斯洛哀嘆，也不再為他伏枕哭泣。她甚至很少想起他。他就像個不斷鑽磨著岩石的貝殼，將她心中那個屬於他的角落給磨損了。對她來說，雖然過程是痛苦的，然而現在貝殼已經安穩地留在岩石裡，嵌在裡面，不會再磨耗岩石了。現在的伊蓮和幾個女孩子一起走在花園裡，腦中只想著卡斯特爵士受封為騎士的典禮、宴會上的蛋糕夠不夠吃，以及得替加拉罕補襪子。

跟在伊蓮身邊的一個女孩子在玩某種球戲（就是當尤里西斯遇上瑙西卡[①]時，她手中正在玩的那種球戲），好讓自己保持暖和。那顆球引著她朝井邊灌木叢的方向去，她旋即又朝伊蓮跑回來。

「有個**男人**，」她悄聲地說，彷彿她所說的不是人，而是條響尾蛇。「有個**男人**睡在井邊。」

伊蓮的好奇心被勾了起來——並非因為那是個男人，也不是因為那女孩被嚇著了，而是因為居然有人會在一月天裡睡在戶外，實在有點不尋常。

「安靜，」伊蓮說，「我們去看看吧。」

這位體態豐腴的白衣見習修女躡手躡腳地走近藍斯洛——這名平凡的女孩平心靜氣地走向他，渾圓的臉蛋從不願顯現高貴的神情；她是想著要給加拉罕補襪子的年輕少婦，無法察覺人性的脆弱與需求。她平靜而天真地向他走去，心裡忙著想別的事，像隻無憂無慮的兔子一邊啃著青草，一邊蹦蹦跳跳地穿過常走的小路。然而，脖子上的繩圈卻突然收緊。

伊蓮的心不過跳了兩下，便認出藍斯洛。她的第一下心跳先是升高，在頂端顫抖著，接著第二下心跳便趕了上來，讓波頂再次攀高，之後這兩下心跳像是人立的馬兒，旋即雙雙跌落。

藍斯洛穿著一身騎士的袍子，伸展著身體。布利昂爵士聲稱那些上流人士的活動觸動了他的腦袋，此話不假。這可憐的瘋子被那件長袍及他腦中貂皮和色彩的奇異記憶所驅使，離開國王的餐桌來到井邊。他獨自一人在沒有鏡子的黑暗中洗臉，用那削瘦見骨的指節清洗眼窩，並試著用馬廄的馬梳和大剪刀整理頭髮。

伊蓮遣走身邊的女伴。她將加拉罕的手交給她們當中一個，他也沒有抗拒，就這樣走了。他是個神祕的孩子。

伊蓮跪在藍斯洛爵士旁邊看著他，她沒有碰他，也沒有哭。她抬起手輕撫他骨瘦如柴的手，腦中浮現的是那隻手先前較完好的模樣。她屈身蹲伏好半晌才開始哭泣——她是為了藍斯洛而哭，為了他在睡眠中放鬆的疲倦雙眼而哭，也為了他手上的那些白色傷疤而哭。

「父親，」伊蓮說，「如果您不幫我，就沒人能幫我了。」

「怎麼了，親愛的？」國王問，「我有點頭痛。」

但伊蓮根本不理會他說的話。

「父親，我找到藍斯洛爵士了。」

「誰？」

「藍斯洛爵士。」

「胡說，」國王說，「藍斯洛被野豬殺死了。」

「他在花園裡睡著了。」

國王突然從王座上站起身。「我一直都知道，」他說，「只是我太笨了，所以不了解。他就是那個瘋子。當然是。」

他有點發暈，舉起一隻手放在頭上。

「交給我吧，」國王說，「讓我來處理，我知道該怎麼做。總管！布萊珊！天殺的每個人都上哪兒去了？啊！啊！你在這裡。好，總管，去把你妻子布萊珊夫人帶來，再找兩個我們信得過的人。我看看，帶赫伯特和葛斯吧。妳說他在哪裡？」

「就睡在井邊。」伊蓮很快地回答。

「沒錯。所以，我們得讓大家別靠近玫瑰花園。你聽到了嗎，總管？所有人都要迴避，因為國王要來了，沒人可以擋路。拿條床單，要牢靠的床單。我們可以用床單四角把他兜起來。準備好塔樓的房間，叫布萊珊把床單晾乾，最好是弄張羽毛床來。生上火，然後找醫生來，告訴他要看巴托羅謬．安格李克斯②書裡跟瘋病有關的部分。噢，妳最好做點果凍之類的。趁他睡得正熟，我們該幫他換件乾淨衣服。」

他再次醒來時，他們發現他目光澄澈，不過心智狀況顯然還是很糟，得靠他們拯救。

又一次醒來時，他說：「耶穌基督，我怎麼會在這裡？」

他們當下只說要他好好休息、等他強壯起來之後再談云云。醫生對皇家交響樂團揮了揮手，他們即刻開始演奏〈耶穌基督那溫柔的母親〉——因為根據巴托羅謬博士書中的建議，瘋子會喜歡樂器。每個人都滿懷希望地看著音樂會產生什麼效果，不過藍斯洛只是抓著國王的手，痛苦地大喊：「看在上帝的分上，大人，告訴我，我是怎麼跑到這裡來的？」

伊蓮把手貼上他的額頭，要他躺下。

「你來的時候像個瘋子，」她說，「沒人認出你是誰。你之前崩潰了。」

藍斯洛對她投以困惑的目光，緊張地笑了。

「我把自己弄得像傻瓜一樣。」他說。

之後他又問：「有很多人看到我發瘋嗎？」

① 希臘神話中，尤里西斯（即奧德賽）得罪海神波賽頓，於特洛伊戰爭結束後返鄉途中，在海上漂流了二十年之久，最後在雅典娜的安排下，為阿爾凱諾奧斯國王（Alcinous）的么女瑙西卡（Nausicaa）所救。阿爾凱諾奧斯國王派船護送尤里西斯返回故鄉，然而護送尤里西斯的船隻最後承受了海神之怒，在故鄉的海岸上化為石頭。

② 巴托羅謬．安格李克斯（Bartholomeus Anglicus），英國人，一二二四至二五年間曾在法國大學教授神學，編有《事物的本質》（*De Proprietatibus Rerum*）一書，是當時所有科學的百科全書，內容包括神學、哲學、醫學、天文學、編年學、動物學、植物學、地理學、礦物學等，共十九冊。

第二十二章

藍斯洛的身體向他的心智展開報復。他在一間通風良好的房間裡躺了兩週，身上每一根骨頭都在痛，其間伊蓮並沒有一直待在他的房間。他完全聽任她擺布，而她也夜以繼日照顧他，不過，她心裡有某樣東西讓他感到寬慰——不管那是禮儀、驕傲、慷慨、謙卑，或者只是一股不想把他生吞活剝的決心都好。她一天就只來一次，而且也沒拿任何事責難他。

一天，她正要離開，他叫住了她。他穿著一件日袍坐起身來，兩手放在大腿上。

「伊蓮，」他說，「我想我得計畫一下。」

她等著他宣告她的判決。

「我不能永遠留在這裡。」他說。

「你知道，你想留多久都可以。」

「我不能回宮廷去。」

伊蓮有些遲疑地說：「如果你願意，我父親會給你一座城堡，我們……可以住在一起。」

他看著她，然後又望向別處。

「或者你也可以只要那座城堡。」

藍斯洛抓起了她的手，「伊蓮，我不知道該說些什麼。我沒辦法好好表達我的想法。」

「我知道你並不愛我。」

「那妳認為我們這樣會快樂嗎？」

「我只知道什麼時候我會覺得不快樂。」

「我不希望妳不快樂，不過不快樂的種類很多。難道妳不認為，如果我們住在一起，以後妳會更不快樂嗎？」

「我會是全世界最快樂的女人。」

「聽著，伊蓮，只有把話攤開來說，我們才有希望，就算實話聽起來很傷人也得如此。妳知道我並不愛妳，也知道我深愛王后。之前發生的事是一場意外，也已經無可挽回。事情就是這樣，我不能改變它。妳設計騙我兩次。如果不是因為妳，我現在應該還在宮廷裡。妳認為在這種情況下，我們住在一起會快樂嗎？」

「在你成為王后的人以前，」伊蓮驕傲地說，「你已經是我的人了。」

他抬起一隻手遮住眼睛。

「妳希望妳丈夫和妳的關係是這樣嗎？」

「有加拉罕在。」伊蓮說。

他們並肩坐著，一起看著火焰。她沒有哭泣，也沒有要求憐憫；他也明白，她沒用這些事情讓他難堪。

雖然很難開口，不過他還是說了：「伊蓮，如果妳希望我留下來和妳在一起，我就這麼做。但我不懂妳為何想這麼做。我喜歡妳，非常喜歡妳。發生了那些事之後，我也不明白為何還喜歡妳。我不希望妳受傷害。但是伊蓮，我不能娶妳為妻。」

「我不在乎。」

「這是因為……因為婚姻是一種契約，而我……我一直都以自己說話算話為傲，如果我無法守住承諾……如果我對妳沒有那種感覺……該死的，伊蓮，欺騙我的人是妳，我沒有任何義務要娶妳為妻。」

「是沒有義務。」

「義務！」藍斯洛大吼，面孔扭曲。他朝著火吐出那個字眼，彷彿嘗起來味道很糟。「我必須確定妳能夠了解，我不是在欺騙妳。我不會娶妳為妻，因為我並不愛妳。這一切並不是我造成的，我不能給妳我的自由，我不能保證我會永遠和妳在一起。這些條件很傷人，伊蓮，我不希望妳接受。這是情勢所逼。如果我不這麼說，那我就是在說謊，那樣事情會更糟……」

他沒再繼續說下去，把頭埋在雙手中。

「我不懂，」他說，「我一直試著盡我所能把事情做到最好。」

伊蓮說：「不管是什麼條件，你都是我善良仁慈的主人。」

佩雷斯國王給他們一座藍斯洛爵士已經去過的城堡。向國王承租該地的布利昂爵士得搬出去，騰出位置給他們；布利昂爵士一旦得知這是為了向曾經救他一命的瘋子表達感激之意，他更是欣然從命。

「他是藍斯洛爵士嗎？」布利昂問。

「不是，」佩雷斯國王說，「他是自稱『殘缺騎士』的法國騎士。我告訴過你，藍斯洛爵士已經死了，這事我可沒說錯。」

經過安排，藍斯洛從此將隱姓埋名過日子，因為如果讓人知道他還活著，還住在布利昂堡，只會在宮廷引起一陣騷動。布利昂堡有條很不錯的護城河，它其實是一座島。要進城唯一的辦法是到陸地那邊的城門塔樓搭船。城堡本身環繞著一道鐵製的魔法柵欄，或許是拒馬之類的東西。有十名騎士受命服侍藍斯洛，另有二十名女士服侍伊蓮。

她欣喜若狂。

「我們要叫它歡樂島，」她說，「我們在這裡會很快樂。還有，藍斯……」聽到她用小名稱呼他，他畏縮了一下。「我希望你能做你喜歡的事。我們要舉辦比武大會、放鷹，還要做很多事。你一定要請人來住，這樣我們就有伴了。藍斯，我答應你，我絕不會嫉妒，也不會想花你的錢。只要我們小心行事，我們就會很快樂，不是嗎？歡樂島真是個可愛的名字，對吧？」

藍斯洛清了清喉嚨，「確實是個很棒的名字。」

「你得打造一面新的盾牌，這樣就能參加比武大會，又不會被認出來。你想用哪種盾徽？」

「隨便，」藍斯洛說，「以後再慢慢安排吧。」

「殘缺騎士。真是個浪漫的名字！有什麼含義嗎？」

「它有好幾層意思。其中一個是『醜陋的騎士』，或是『犯錯的騎士』。」

他沒有告訴她，這名字的另一層意思是「不幸的騎士」——也就是「受到詛咒的騎士」。

「我不覺得你醜，也不認為你犯了什麼錯。」

藍斯洛重新振作起精神。他知道，如果他表現得鬱鬱寡歡，或是來個徹底退隱，那麼他留下來和伊蓮在一起會很不公平；不過話說回來，偽裝是件空虛的差事。

「那是因為妳很討人喜歡。」他說完迅速又笨拙地親了她一下，好掩飾他話中的玩笑意味。不過伊蓮注意到了。

「你可以親自教育加拉罕，」她說，「你要把你的本事全教給他，這樣他長大之後就會是全世界最偉大的騎士。」

他再次親吻她。她說了「只要我們小心行事」，而她也試著要謹慎小心。他同情她的努力，卻也感激她高尚的心。他就像個一心二用的人，同時做兩件事，一件重要，另一件則不重要，而他認為自己要對那件不重要的事盡義務。不過，被人所愛總是一件困窘的事。而基於對自身的評價，他也不想接受伊蓮的謙卑。

他們出發前往布利昂的那天早上，最近受封為騎士的卡斯特爵士在大廳裡攔下藍斯洛。他只有十七歲。

「我知道你自稱殘缺騎士，」卡斯特爵士說，「不過我認為你是藍斯洛爵士，你就是吧？」

藍斯洛抓住了這男孩的手臂。

「卡斯特爵士，」他說：「你覺得這是個很有騎士精神的問題嗎？假設我是藍斯洛爵士，卻自稱為殘缺騎士，你難道不認為我有什麼理由才這麼做嗎？出身高貴的紳士應不應當尊重這些理由？」

卡斯特爵士漲紅了臉，他單膝跪下。

「我不會和任何人說的。」他說。而他也確實守住這項承諾。

第二十三章

春天緩緩到來，新家也安頓下來；伊蓮為她的異鄉騎士安排了一場比武大會。獎賞是一名美麗的女僕和一隻矛隼。

有五百名來自全國各地的騎士在這場比武大會中出戰，不過殘缺騎士以一種心不在焉的凶殘擊倒所有站在面前的對手，這事成了個敗筆。離去的騎士既困惑又吃驚，因為沒有一個人被殺——他把人撂倒之後，就漠不關心地饒了對方的性命，無一例外；而且，無論情況如何，這位異鄉騎士都不發一語。那些敗陣的騎士帶著瘀傷慢跑回家，沒有出席通常會在比武大會之夜舉行的盛宴，一邊猜測著那位沉默寡言的冠軍究竟是誰，一邊以迷信的口吻互相討論這些事。伊蓮露出勇敢的微笑，然而等到最後一位騎士離開，她便回到房間哭了起來。之後她擦乾眼淚，起身去找她的主人。他在打鬥結束的那一刻便消失了，因為他養成一個習慣，每天晚上日落時分都會獨自離去，而伊蓮並不知道他去了哪裡。

她在城垛上找到他。兩人沐浴在金色光芒中，他們的影子、他們腳下那座高塔的影子，以及所有好像燒起來似的樹木底下陰暗的幽影，在綠地上拉出一條條靛藍色的寬帶。他的眼睛絕望地望向卡美洛。那面新盾牌在他身前支撐著他，上面有個用來掩飾身分的盾徽，是個站在黑色原野上的銀色女子身形，有名騎士跪在她腳邊。

伊蓮個性單純，所以她很喜歡這盾牌所呈現出來的敬意。她從來就不聰明，但她現在才發覺，那銀色女子是戴了王冠的。她無助地站在那裡，不知道自己究竟能做些什麼，然而她什麼也不能做。她的武器不僅鈍，還是質地柔軟的金屬。她能用的武器只有耐性和自制，然而，如果你的對手是內心的癡情狂愛，這兩樣武器都派不上用場，而古人無不為愛壯烈犧牲。

一天早上，他們坐在湖邊綠地上，伊蓮正在刺繡，藍斯洛看著他的兒子。加拉罕正和他的娃娃玩著某種私密的遊戲，他是個一本正經又沉默寡言的小男孩——其他男孩子老早就開始玩玩具兵時，他仍然非常喜愛這些娃娃。藍斯洛用木頭刻了兩個披著鎧甲的騎士給他，它們騎在附有輪子的馬匹上，可以拆下來，而且用托子[①]拿著矛。將兩匹馬朝向彼此，拉動繫在它們腳下兩個平臺上的線，這兩個騎士就會進行長矛競技，可以讓雙方都跌下馬鞍。但加拉罕完全不理它們，只是玩著一個叫大聖人的破布娃娃。

「關妮絲會毀了那隻雀鷹。」藍斯洛說。

在他們視線所及之處，有位城中仕女朝他們快步跑來，手上帶著一隻雀鷹。她的匆忙刺激了那隻雀鷹，牠不斷拍翅，但關妮絲不以為意，只是偶爾生氣地搖牠一下。

「怎麼了，關妮絲？」

「噢，夫人，有兩個騎士在對岸等著，他們說要來向異鄉騎士挑戰。」

「叫他們走，」藍斯洛說，「就說我不在家。」

「但是大人，門房已經告訴他們要怎麼搭船了，他們正要過來，一次一個。他們說他們不會一起過來，如果您打敗了第一位，第二位才會過來。第一人已經上船了。」

他站起身來，拍去膝上灰塵。

「叫他在比試場等我，」他說，「我二十分鐘後過去。」

比試場是一塊鋪了沙子，夾在兩道牆之間的長形空地，兩端各有一座高塔。牆上設有可以俯瞰的看臺，像是壁球的球場，不過是露天的。伊蓮和僕人們坐在看臺上觀看底下兩名騎士交鋒，他們打了很久。這場競技兩人平分秋色，各自落馬一次，而長劍比試已持續了兩小時之久。兩小時後，那陌生騎士大喊：「停！」

藍斯洛馬上停手，彷彿他是個獲准休工吃晚餐的農夫。他把劍像乾草叉那樣往地上一插，然後站在一旁耐心等候。他的確一直都帶著農家雇工的緘默耐性行事，並未試圖傷害他的對手。

「你是誰？」那陌生人問，「請告訴我你的名字，我從來沒遇過像你這樣厲害的人。」

藍斯洛突然將兩隻臂鎧舉到頭盔上，像是想將那張已經隱藏起來的臉掩藏在雙手後，他痛苦地說：「我是湖上的藍斯洛爵士。」

「什麼！」

「我是藍斯洛啊，德加里斯。」

德加里斯將他的劍鏘啷一聲往石牆一扔，隨即往護城河旁的高塔奔去，鐵鞋在比試場的地面敲出回音。他一邊跑，一邊解開頭盔扔到一旁。當他跑到門房鐵閘邊時，他把兩手圈在嘴邊，使盡全身力氣大喊：「艾克特！艾克特！真的是藍斯洛！快過來！」

他隨即又回頭跑向他的朋友。

「藍斯洛！我親親愛的朋友！我就知道是你，我就知道是你！」

他摸索著繫繩，想用笨拙的手指拿掉藍斯洛的頭盔。他一把除去自己的臂鎧，也匡啷一聲往牆上擲。他等不及要看藍斯洛爵士的臉。藍斯洛站在那裡，一動不動，像個疲倦的孩子，任由大人為他脫去衣服。

「可是，你這一陣子都在做什麼？你為什麼在這裡？大家都擔心你已經死了。」

頭盔也除了下來，和其他被扔在一旁的甲具作伴去了。

「藍斯洛！」

「你說艾克特和你一道嗎？」

「是，就是你的兄弟艾克特。我們找了你兩年了。噢，藍斯洛，我真高興見到你！」

「你們一定要進來休息一下。」他說。

「但是，這麼久了，你都在做些什麼呢？你躲在哪裡？王后一開始派出三位騎士搜尋你的下落，最後我們一共有二十三人在找你。這起碼花了她兩萬鎊。」

「我一直來來去去的。」

「連奧克尼一族也來幫忙了。加文爵士也是搜索隊的一員。」

就在這時候，艾克特爵士搭著船到了（這位是艾克特．德馬瑞斯爵士，不是亞瑟王的監護人），閘門升起，讓他通過。他朝異鄉騎士跑去，彷彿像在足球場上要鏟對方球似的。

「兄弟！」

伊蓮從看臺下來，在比試場一端等候。她十分清楚，她現在歡迎的人將會粉碎她的心。然而她沒有打擾他們之間的問候，只是看著他們，像個被摒除在遊戲外的小孩。她站在那裡，集中她所有的氣力。此時她召喚了她所有的力量與她心牆上所有的護衛，在她心中那座要塞集合。

「這位是伊蓮。」

他們轉向她，鞠躬行禮。

「歡迎來到布利昂堡。」

① 托子（Fewter），用來托矛的支撐器具，與馬鞍或胸甲相連。

第二十四章

「我不能離開伊蓮。」他說。

艾克特．德馬瑞斯說：「為什麼不行？你不愛她，對她也沒有任何義務。你留在這裡和她在一起，只會讓你自己變得很悲慘而已。」

「我對她有某種義務。我無法解釋，但確實有。」

「王后很絕望，」德加里斯說，「她花了一大筆錢找你。」

「這我無能為力。」

「你犯不著生氣，」艾克特說，「在我看來，你在生氣。不管王后做了什麼，既然她有了悔意，你就該大方點原諒她。」

「沒有什麼好原諒的。」

「看吧，這就是我的意思。你應該回到宮廷去做你該做的事。別的不提，這是你欠亞瑟的，別忘了，你是向他宣誓效忠的騎士。他現在非常需要你。」

「需要我？」

「奧克尼的老麻煩。」

「奧克尼怎麼了？噢，德加里斯，你不了解我聽到這些熟悉的名字有多高興。把所的閒言閒語都告訴我吧。凱伊最近還是老做蠢事嗎？迪納丹還是那麼好笑嗎？崔斯坦和馬克王最近有沒有什麼消息？」

「如果你那麼想知道這些事，就該回宮廷。」

「我已經告訴過你了，我不能回去。」

「藍斯洛，你該用務實一點的態度來看這件事。你真以為你隱姓埋名和這個鄉下姑娘躲在這裡，還能做你自己嗎？你以為你在一場比武大會裡打敗五百名騎士，還不會被人認出來？」

「我們一聽說那場比武大會，馬上就趕了過來，」艾克特說，「德加里斯說：『這要不是藍斯洛，我就是個荷蘭人。』」

「這意味著，」德加里斯說，「如果你堅持留在這裡，就得放棄戰鬥。再交戰一次，你的事就會傳遍全國。事實上，我想是已經傳出去了。」

「和伊蓮在一起就表示要放棄所有，也就是你要完全退下來——沒有長矛競技、沒有比武大會、沒有榮譽、沒有愛情，可能還得一輩子躲在屋裡。你知道，要忘記你的長相，可不是件容易的事。」

「不管怎麼說，伊蓮都是個仁慈的好女人。艾克特，若有人信任你又仰賴你，你怎麼能去傷害他？連對待狗都不能這樣殘忍。」

「可是人可不會跟狗結婚。」

「該死的，那女孩愛我啊。」

「王后也愛你啊。」

藍斯洛把帽子拿在手上轉著。「我最後一次見到王后的時候，」他說，「她叫我永遠都不要再接近她。」

「但是她花了兩萬鎊找你。」

他靜了半晌，然後用一種粗啞的聲音問：「她好嗎？」

「非常糟。」

艾克特說：「她知道這是她的錯。她一直哭，波爾斯說她是個傻瓜，她也沒有反駁。亞瑟也很慘，因為圓桌整個亂了套。」

藍斯洛將帽子扔到地上，站起身。

「我告訴過伊蓮，我不能保證會留下來和她在一起，」他說，「所以我必須留下。」

「你愛她嗎？」德加里斯追根究柢地問。

「是的。她一直都對我很好，我很喜歡她。」

在他們的目光中，他改變了自己的用詞。「我愛她。」他辯護似的說。

兩位騎士留下來待了一星期，藍斯洛飢渴地聽他們帶來的圓桌消息，卻日漸消沉。晚餐時間的高桌上，伊蓮坐在她的主人身旁，席間對話充斥著她從沒聽過的人名和她完全聽不懂的事。她能做的只是再端上一份餐點，艾克特接過餐點，卻仍滔滔不絕地說著某則趣聞，完全沒停下來。他們把她夾在中間談笑風生，她也忙著笑。藍斯洛每天都在日落時分到他的塔樓去，完全不知道這個地點已經被人發現，因為她第一次發現他在那裡時，她轉身輕手輕腳離開。

「藍斯洛，」一天早上，她說，「有個人帶著馬和鎧甲在護城河的另一邊等你。」

「是騎士嗎？」

「不，他看起來像是侍從。」

「我倒想知道這次會是誰。叫門房帶他過來。」

「門房說那人不願意過來。他說他要在那裡等藍斯洛爵士。」

「我去看看。」

就在他要下樓搭船的時候，伊蓮攔住他。

「藍斯洛，」她說，「如果你要離開，你要我把加拉罕教養成什麼樣的人？」

「離開？誰說我要離開的？」

「沒有人說，不過我想知道。」

「我不懂妳在說些什麼。」

「我想知道加拉罕應該接受什麼樣的教育。」

「這個嘛，我想就一般的方式吧。我希望他能學著當一個好騎士。但是這整個問題都是憑空想像出來的啊。」

「這就是我想知道的。」

然而，她又把他攔下來。

「藍斯洛，你能再告訴我一件事嗎？如果你要離開，如果你必須離開我……你會回來嗎？」

「我告訴過妳，我沒有要離開。」

她一邊說話，一邊想著要如何準確表達自己的意思，就像個正慢慢穿越沼地的人，邊走邊試探著前方的路。

「這對我日後教養加拉罕會有幫助……對我要怎麼活下去會有幫助……如果我知道未來有什麼在等著我……如果我知道有朝一日……如果我知道你會回來……」

「伊蓮，我不知道妳為什麼要說這些。」

「我不是想要阻止你，藍斯。或許離開這裡是你最好的選擇，或許這事終究要發生，只是，我要知道我能不能再見到你……因為這對我來說很重要。」

他執起她的手。

「如果我離開了，」他說，「我會回來的。」

護城河另一邊的人是戴普大叔。他站在藍斯洛那匹老了兩歲的戰馬旁，馬鞍上整整齊齊放著藍斯洛慣用的鎧甲，彷彿在做工具檢閱似的。每樣東西都疊放端正，用皮帶扣在適當的戰鬥位置上。無袖短鎧捲成一束，頭盔、護肩甲和臂甲都已磨光，實實在在地打磨了好幾個星期，表面呈現出光亮的色澤，那是只有剛從店裡買來、還沒讓家庭清潔方式弄糊的全新商品才有的色澤。空氣中有馬鞍皂[1]的氣味，混合著一股獨一無二、專屬於鎧甲味道，就像你走進高爾夫球場的專賣店所聞到的味道那樣獨特，而對騎士來說，這是一股令人興奮的氣味。

藍斯洛全身肌肉都回想起他那副鎧甲的感覺，打從他離開卡美洛後就再也沒見過它了。他的食指想起那把劍的握柄是以它為支點來運作的；他的拇指清楚知道，當它得在這個支點的近側施力時，要用上幾盎司力道；手掌內側的肌肉想要緊緊握住劍柄；而他整隻手臂都記得歡悅劍的平衡感，想拿著它在空中揮舞。

戴普大叔看上去老了些，他一句話也沒說，只是拉著韁繩，排出馬具，靜待騎士上馬馳騁。他嚴厲的眼神凶猛一如蒼鷹，堅守自己的崗位，他沉默地拿出一頂巨大的頂盔，盔上有個很眼熟的羽飾，是鷺鳥的頸羽和銀線。

藍斯洛用雙手從戴普大叔那兒接下頭盔，拿在手上轉著。他的手十分精確地知道這盔的重量，剛好二十二磅半。他看著頭盔出色的打磨、嶄新的襯裡和後面的新披飾。披飾是天青色的薄綢，上面用金線手工繡上許多小小的遠古法蘭西百合。他馬上就知道這刺繡是誰做的了。他將那頂頭盔湊上鼻端，對著披飾吸了一口氣。

剎那間，她就在那裡了——不是他在城垛上遙想的桂妮薇，而是以不同姿態現身、真實的珍妮；他能細數她眼瞼上每一根睫毛、肌膚上每一個毛孔、聲音裡每一種語調、和她微笑的每一個肌肉牽動。

藍斯洛頭也不回地離開布利昂堡，伊蓮站在城門塔樓上，沒有揮手送他。她定定看著他，就像遭逢船難之後，拚命往小船上載運清水的人。她還有幾秒鐘的時間可以儲存藍斯洛，陪她度過往後的歲月。她現在所有的是這些記憶、他們的兒子以及一大筆錢。他把所有錢都留給她，她終生都會有一年一千鎊的收入——在那個年代，這可是一大筆錢。

① 馬鞍皂（saddle soap），混合中性肥皂與牛趾油，專門用來保養皮革產品的清潔配方。

第二十五章

離開伊蓮十五年後，藍斯洛仍然留在宮廷。而國王與桂妮薇和她的愛人之間，關係也一如往常，只是所有人都老了。藍斯洛發瘋後初次歸來時才二十六歲，頭髮剛剛轉成獾灰色，現在已經相當白了。亞瑟也是少年白，不過掩藏在這兩人柔細鬍子底下的嘴脣依然紅潤。只有桂妮薇設法保持頭髮烏黑。她在四十歲時仍保有曼妙體態。

還有一點不同，新世代進入了宮廷。圓桌的這幾位主角心中仍有他們一貫的熱情，但是他們現在已成了一種形象，而不再是有血有肉的人了。對周遭的年輕食客來說，亞瑟不是未來的十字軍戰士，反被公認為過去的一個征服者；而藍斯洛是戰無不勝的英雄，桂妮薇則是傾國的傳奇美人。對這些年輕人來說，看到亞瑟在蒼鬱的林地中狩獵，就等於看到王者風範。他們眼中所見到的不是人，而是英格蘭。而當藍斯洛騎馬走過，與王后一同為了某個私密的笑話笑出聲來，這些平民會對他會笑這件事感到驚異不已。「看，」他們會對彼此說，「他在笑欸！像我們這樣的粗人一樣笑呢！藍斯洛爵士笑了，這真是太紆尊降貴、太平民化了，就好像他是個普通人似的。或許他也會吃喝、晚上也會睡覺呢。」不過，在這些新世代心中，他們很確定偉大的湖上騎士不會做這種事。

確實，二十一年的歲月中，滔滔河水流經卡美洛的橋墩，建築物也有同樣的歲數了。一開始那些年，投石器和攻城射石機在轍痕斑斑的大道上往返，城堡石牆在一場又一場圍城戰事中摧毀；可在輪上移動的木製高塔，笨重地在那些怯戰的要塞之間來去，好讓上面的弓箭手往下射出箭矢，將死亡送進那些叛徒的堡壘；技師匠人成群結隊走在夏日飛塵之中，肩上扛著鶴嘴鋤和鏟子，在那些已然變節的望臺下挖鑿，讓巨石場落。當亞瑟無法用正攻方式攻下一座銅牆鐵壁的城堡時，他會在牆上特定的地方挖出通道，這些通道會先用梁柱支撐，然後在適當的時機燒掉梁木，使通道崩塌，讓通道上方那些填滿粗礫石的外牆坍倒。

早年的歲月都是戰事，那些堅持自己因劍而生的人也因劍而亡。在那些歲月裡，整座塔裡的戰士都在燒烤食物，火光遍照，彷彿來了許多蓋伊．福克斯①似的，他們完全不認為這座塔是個要塞，他們把它搞成了一根頂級的煙囪；在那些歲月裡，戰斧砍在防斧門板上，發出鏘鏘聲響，防斧門的第一層木板是平行釘上，但第二層則是垂直，所以不會順著木頭的紋理裂開；在那些歲月裡，諾曼巨人的步伐搖搖晃晃，很容易解決，只要先砍掉他們的腿就能擊中他們的頭；長劍繞著頭盔和肘甲輕快敲擊，若是狀況激烈，還會伴隨一陣火花，讓那些奮戰的騎士看起來耀眼奪目。

早先那幾年，不管你到什麼地方去，都會在路的盡頭看到一些東西：可能是傭兵的行進隊伍、搶劫或蘇格蘭與英格蘭邊境上的木樁；可能是某個新秩序的騎士正和某個保守派貴族對戰，因為他想阻止對方殺害農奴；可能是某個金髮少女讓人從高聳的要塞裡用皮製繩梯救出來；可能是布魯斯．索恩斯．匹帖爵士正自全速奔馳，而藍斯洛爵士緊追在後；或者可能是軍醫正在替某個不幸的戰士仔細診察，並且讓他吃下洋蔥和大蒜，以便藉由傷口的味道來診斷腸子是否被刺穿。他們在檢視傷口時，會讓傷患穿上一件帶有羊脂的毛衣，是用羊隻乳房附近的生羊毛製成。這裡是坐在對手胸膛上的加文爵士，他用一把尖長的隨身匕首插進對手面甲下方的通氣孔，了結對方，而那把匕首的別名就叫做「上帝恩典」。有幾個騎士是在戰役中被自己的頭盔給悶死的，在那個年代從事這種激烈的活動，通氣孔又小，常常會發生這樣不幸的意外。戰場這一頭，一些地位比較低的老派貴族架設了寬敞的絞刑臺，要吊死亞瑟王的騎士和信賴他們的撒克遜平民；那是一座華麗的絞刑臺，和隼丘[2]搭建的那一座幾可媲美，可在十六根石柱中吊上六十具屍體，看起來像土褐色的倒吊金鐘。比較簡陋的絞架上裝了橫木，像是電線桿上的踏腳處，讓劊子手可以爬上爬下。戰場另一頭有個地方，四周圍了樹籬，裡頭的灌木叢都放了陷阱，沒有人敢走近方圓一哩之內。前方可能會有個笨蛋騎士掉進抓鹿的陷阱，而這個陷阱會彈開一根粗大的樹枝，把他整個人吊起來，掛在樹枝末端，任他在天地之間無助地擺盪。後方可能正進行一場慘烈的比武大會或派系戰爭，所有傳令官對著打算衝鋒的騎士團大吼：「不可戀戰！」這句口號相當於現在還能在英國大馬賽[3]中聽到的那句：「別追了！」

這個世界原本會在公元一千年就行結束，然而得到緩刑之後，便爆發了無法無天的暴虐行為，毒害歐洲長達數個世紀之久。要為此負責的就是被圓桌視為敵人的強權教條。那些強權派的好鬥領主在尚未開發的林地裡狩獵（凡事總有例外，野森林城堡的艾克特爵士就是個好人），以至於索爾茲伯里的約翰[4]必須告訴他的讀者：如果這些偉大而無情的獵人即將經過你的居所，你該帶上你家裡所有的食物，或是你能立即向鄰居購買或商借的食物，快點離開，否則你就完了，甚至還會被冠上叛國的罪名。迪律伊[5]告訴我們，孩童會被人綁著大腿吊在樹上。而當時一個不算太罕見的景象是，你可能會看到一個全副武裝的人，臉紅得像龍蝦，看起來像是一團黏糊糊的燕麥粥，因為圍城戰事的過程中，這傢伙給人當頭澆下一桶滾燙的穀糠皮。喬叟還提過其他更戲劇性的奇景：人們臉上掛著微笑，斗篷底下暗藏利刃；死屍拋在樹叢裡，喉嚨多了一道開口；冰冷的屍體張大了嘴，仰躺在地[6]。各地的刀劍都沾著血跡，天空都看得到黑煙，所有權力都不受約束；而在這段普遍混亂的時代中，加文最後成功謀害了我們親愛的老友派林諾國王，為他父親洛特王報仇雪恨。

這就是亞瑟所繼承的英格蘭，也是他追求文明教化的過程中經歷的陣痛期。如今，在二十一年孜孜不倦的努力之後，這個島成功地呈現出不同的風貌。

那些黑騎士一度滿懷狂暴怒氣，等在某個淺灘邊，要向那些冒冒失失往那條路走的人收取過路費，然而現在無論哪位少女，就算身上佩戴金飾和其他飾物，也可以在整個國境裡安全來去，不用害怕受到傷害。而那些痲瘋病人（當時他們稱之為痲疹）以前常穿著白色的蒙頭斗篷在林間漫遊，如果他們想要警告別人，會敲起悲傷的響板；如果他們不想警告你，則敲也不敲，直接衝上來一把抓著你。然而現在有了合適的醫院，隸屬宗教騎士團管轄，可以照顧這些從十字軍東征回來得了痲瘋病的人。所有暴虐的巨人都死了，而所有危險的飛龍（牠們以前會發出粗濁的聲音，像遊隼一般朝下撲擊）都已不能再傷人。過去，結夥的強盜會帶著飄揚的三角旗在幹道沿途來去，而現在，快樂的朝聖者成群結隊，在前往坎特伯雷的路上分享低級的故事。那些一本正經的神職人員到沃辛漢的聖母那兒去做一日遊，嘴裡唱著《哈利路亞喜樂頌》；沒那麼正經八百的神職人員，則即興唱首絕妙的中世紀飲酒歌：《我想死在客棧裡》。彬彬有禮的修道院長躁動不安地騎在緩步而行的馴馬上，頭上戴著毛皮製成的兜帽（這可違反了他們教團的戒律）；配備時髦的侍從讓鷹停在拳頭上；體格結實的農夫和老婆為了新斗篷而爭吵；另外有一夥快樂的傢伙身上也沒穿戴鎧甲之類的裝備就出去打獵了。有些人騎著馬去了跟特魯瓦⑦一樣盛大的市集；有些人則去了可與巴黎匹敵的大學，那裡有兩萬名學者，裡頭最後出了七名教宗。修道院裡，僧侶們都以活躍的創造力描繪手稿上的起首字母，精緻複雜的程度使得這些手稿的第一頁都很難讀。而那些現在沒在手稿開頭畫基督標記「$\chi\rho$」的人，正仔細抄寫圖爾的格列高利主教所著的《法蘭克人史》⑧、《黃金傳奇》⑨、《西洋棋戲》，或是某本放鷹專論——前提是，如果他們沒讓神奇的路爾那本《偉大藝術》⑩或最最神奇的那位魔術師所編纂的《巨鑑》⑪迷住。廚房裡，幾個有名的大廚正在準備菜餚，其中一輪菜就包括：牛睪丸湯、甜酒湯⑫、八目鰻凍、牡蠣燉洋蔥、醬燒鰻魚、烤鱒魚、醃豬肉配芥末、雄鹿內臟、填料烤豬、燻雞、酒醬鵝肉、野鹿麥粥、清燉母雞、烤松鼠、香羊肚⑬、閹雞脖子布丁、內臟、牛胃、杏仁凝乳白肉、甘藍菜、牛油煮蔬菜、蘋果慕斯、薑糖麵包、水果塔、牛奶凍、榲桲蜜餞、斯第爾頓乳酪等。用餐的大廳中，那些讓酒壞了味覺的年長紳士正在享用中世紀的奇珍異饈——調味很重的鯨肉和海豚肉。美麗的女士在盤裡放上玫瑰和紫羅蘭，烤過的金盞花讓麵包牛油布丁的風味更加美妙，而那些侍從則偏愛羊奶乳酪。育兒室裡，所有小男孩都想盡辦法說服他們的母親，把硬梨子放在蜂蜜糖漿裡和醋一起燉煮，再配上發泡奶油當晚餐。餐桌禮儀也遠遠超過我們的文明程度。現在，他們不再使用麵包做的盤子，用的是有蓋的盤子、加了香料的洗手缽、華麗的桌布和供過於求的餐巾。用餐者戴著花環、穿著優雅的服飾，侍者則以正規的芭蕾動作上菜。葡萄酒瓶放在桌上，沒那麼體面的麥酒則放在桌底下。眾音樂家組成奇特的樂團，在人們用餐時演奏鈴、大號角、豎琴、維奧爾琴⑮、齊特琴⑯和風琴。亞瑟王尚未建立他的騎士之道時，塔中騎士蘭德里⑰必須警告他女兒，晚上不可獨自一人到自家餐室去，正是擔心暗處會發生什麼事；然而現在，餐廳裡有了音樂和燈光。而在煙霧瀰漫的拱形大廳內，原本只有邋遢的貴族在那裡啃骨頭，手指上還沾滿了血；現在人們吃東西時手指都很乾淨，他們會從木碗裡取出帶有藥草香味的盥洗皂洗手。在修道院的地窖裡，總管從桶子裡取出新釀與陳釀麥酒、蜂蜜酒、波特酒、波爾多紅酒、乾雪莉酒、萊茵白酒、啤酒、攙了香料的蜂蜜酒、洋梨酒、香料甜酒和上好的白威士忌。法官在法院裡施行的是國王的新法令，而非強權惡法。農家的好妻子正烘著令人口水直流、熱騰騰的鐵盤麵包，他們不惜成本把上好的泥炭放進火裡，平時畜養的肥鵝就足以讓二十個家庭吃上二十年。亞瑟在位的時候，撒克遜人和諾曼人開始認同自己是英格蘭人。

無怪乎，歐洲所有野心勃勃的年輕騎士都群聚在這偉大的宮廷裡。也難怪他們視亞瑟為王，而視藍斯洛為征服者。

在這段日子來到宮廷的年輕人之中，有加瑞斯，以及莫桀。

① 蓋伊．福克斯（Guy Fawkes, 1570-1606），於一六〇五年十一月五日密謀炸毀倫敦西敏宮（今國會大廈），殺害英王詹姆士一世及英格蘭上下議院的議員，然而計畫尚未實施便即被捕，並予處決。倫敦今天在十一月五日仍會施放煙火慶祝，稱為「蓋伊．福克斯日」。

② 隼丘（Montfaucon），巴黎近郊的山丘，古代是處刑之地，在法國大革命期間設滿了絞刑臺。

③ 大馬賽（Grand National），英國從一八三九年起，在三、四月的時候於利物浦舉行的全國性馬賽。

④ 索爾茲伯里的約翰（John of Salisbury, 1115?-1180），中古世紀的英國哲學家，也是同時代最傑出的拉丁文學者。

⑤ 迪律伊（Duruy, 1811-1894），法國歷史學者及政治家。據說懷特藏書中有一本迪律伊所著的法國史。

⑥ 出自喬叟《坎特伯雷故事》中〈騎士的故事〉第三部分的內容，只是懷特將其中幾個字換成現代英文。

⑦ 特魯瓦（Troyes），法國東北部大城，是中世紀的貿易重鎮。

⑧ 《黃金傳奇》（*Legenda Aurea*），十三世紀時以拉丁文寫就，在歐洲風行一時；曾翻譯成多種歐陸語言流傳，作者為Jacobus de

Voragine，內容是關於聖徒的行蹟，如聖喬治屠龍之類的故事。

⑨《西洋棋戲》（*Jeu d'Echecs Moralise*），作者為Jacobus de Cessolis，原拉丁書名為《*Liber de ludo scacchorum*》，懷特在此使用法文譯名。盛行於十四世紀歐洲宮廷，內容主要解釋西洋棋在中世紀時所代表的象徵寓意與社會意涵。

⑩《偉大藝術》（*Ars Magna*），為展現作者瑞門．路爾（Ramon Llull）邏輯體系的一本書。路爾是十三世紀的哲學家，能以阿拉伯語、拉丁語、西班牙語等多種語言寫作。

⑪《巨鑑》（*Speculum Majus*），意為巨大的鏡子，作者為博韋的樊尚（Vincent of Beauvais），是一部百科全書，全書共有八十本，分為九千八百八十五章，是十八世紀時歐洲最大部頭的百科全書。

⑫甜酒湯（caudle ferry），一種用葡萄酒或麥酒混合糖、蛋、麵包、香料等物的飲品。

⑬香羊肚（haggis），蘇格蘭傳統名菜，將羊的心、肺、肝等內臟絞碎，佐以燕麥、洋蔥等餡料，填入羊胃袋中煮熟。

⑭維奧爾琴（viol），中世紀的六絃提琴，是現代小、中、大提琴的前身。

⑮齊特琴（zither），一種類似古琴、古箏的樂器，上有數十條絃。也是這類扁平型撥絃樂器的總稱。

⑯塔中騎士蘭德里（the Knight of the Tower Landry, 1320-1391），著有《*Livre pour l'enseignement de ses filles*》，用來教導女兒適當的宮廷禮儀。

第二十六章

「這年頭我們很少看到箭在人的心臟裡顫抖了。」一日下午，藍斯洛在弓箭靶場如是說。

「顫抖！」亞瑟高聲說，「用這個字眼來形容箭射中之後所產生的振動，真是太妙了。」

藍斯洛說：「我是從歌謠裡聽來的。」

他們離開靶場坐在涼亭裡，從那裡他們可以看到正在練習射靶的年輕人。

「這倒是真的，」國王陰鬱地說，「在這衰頹的年頭，是沒那麼多我們熟悉的爭戰了。」

「衰頹！」他的最高司令官抗議，「你幹麼不高興呢？這樣的日子不就是你要的嗎？」

亞瑟轉移了話題。

「加瑞斯很有前途，」他看著那男孩。「這倒有趣。他沒小你幾歲吧，不過一想到他，就覺得他還是個孩子。」

「加瑞斯是個好人。」

國王伸出手，親密地緊搭著藍斯洛的膝蓋。

「說到加瑞斯，大家認為你才是那個好人，」他說，「這事已經成為傳奇了。一個男孩隱姓埋名來到宮廷，待在廚房裡工作，連自己的兄弟都認不出他來。凱伊有次故意使壞，還給他取了個綽號叫『大小姐』。在他完成偉大的冒險成為騎士之前，你是唯一親切待他的人。」

「這個嘛，」藍斯洛反駁，「你不能怪加文，他十五年沒見到他弟弟了。」

「我沒有怪任何人，我只是說，你會去注意一個廚房的見習騎士，並且一路幫助他，最後還授與他騎士勳位，這是件好事。不過，你一直對人很好。」

「奇怪的是，他們會一直來這裡，」他朋友說，「我想那是因為他們無法不來。只要是有想法的孩子，都會覺得必須去亞瑟的宮廷，就算在廚房工作也好。因為這裡是新世界的中心。這也是為什麼加瑞斯會離開他母親。她不會肯讓他來，所以他離家化名而來。」

「胡說。摩高絲是個惡毒的老女人——只能這麼說她了。她不許他到宮廷裡來是因為她恨你，不過無論如何他還是來了。」

「摩高絲是我的異父姐妹，而我曾經做過很對不起她的事。她每個兒子都離開她，跑來服侍她憎恨的人，這對女人來說並不好過。就連莫桀也來了，那是她最小的兒子。」

藍斯洛看來有些不自在，他直覺地不喜歡莫桀，同時也不喜歡心裡有這樣的芥蒂。他並不知道亞瑟就是莫桀的父親，因為早在他或桂妮薇來到宮廷之前，這故事就已經給遮掩藏匿起來，一如過去亞瑟出生的祕密。但他確實感到這個年輕人和國王之間有些什麼。他毫無來由地討厭莫桀，就像狗不喜歡貓；但他對自己的偏見感到羞愧，因為這有違他協助年輕騎士的原則。

「莫桀到這裡來，一定傷她最深，」國王繼續說，「女人總是最疼愛么子。」

「就我所知，她從來不偏愛他們當中哪一個。如果他們到宮廷來會傷她的心，那不過是因為她恨你。她為什麼恨你？」

「那是個很糟的故事，我不想談。」

國王說著又補上一句：「摩高絲是個……很有主見的女人。」

藍斯洛壞心眼地笑了。

「從她行事風格看來，一定是的，」他說，「我聽說她雖然已經做了祖母，卻還對派林諾的兒子拉莫瑞克死纏爛打。」

「誰告訴你的？」

「已經傳遍全宮廷了。」

亞瑟站起身，煩亂地邁出三步。

「上帝啊！」他叫道，「拉莫瑞克的父親殺了她丈夫！她的兒子又殺了拉莫瑞克的父親！拉莫瑞克才幾歲啊！」

他坐下來看著藍斯洛，彷彿很害怕他又會說出什麼事來。

「都一樣，她就是會這麼做。」

國王突然激動地問：「加文上哪去了？阿格凡呢？莫桀呢？」

「他們應該是遠行去探險之類。」

「不會……不會是到北方去了吧？」

「我不知道。」

克……噢，上天啊，請憐憫我的罪過，請憐憫他人的罪過，請憐憫這紛擾的世間吧。」

藍斯洛驚惶地看著他。

「你在怕什麼？」

亞瑟再次站起身來，開始急促地說話。

「我擔心我的圓桌，我擔心接下來要發生的事，我擔心圓桌徹頭徹尾錯了。」

「胡說。」

「我設立圓桌，是為了終結無政府的混亂狀態。它為暴力提供出路，讓那些習慣用武力解決事情的人，可以用一種有益的方式來行使武力。但這整件事都錯了。不，讓我繼續說。它之所以錯，是因為它奠基於武力。正義必須倚賴正義來建立，不能靠強權惡霸的行徑。但那就是我一直想做的事。現在，我要自食惡果了。藍斯洛，恐怕現在惡報要來了。」

「我不明白你在說什麼。」

「加瑞斯來了，」國王突然說，語氣平靜，彷彿一切都結束了。「我想你馬上就會明白。」

就在他們說話時，一個裹著皮綁腿的信差來到靶場，國王的眼角餘光發現那信差十萬火急地尋找加瑞斯爵士，並拿了一封信給他。他看著那男孩把信讀了一次、兩次、三次，接著困惑地對來人說話。加瑞斯無意識地向那信差鞠了一個躬，然後慢慢朝他們走了過來。

「加瑞斯。」國王說。

這年輕人跪下，握住國王的手，彷彿他的手是欄干或救生索。他看著亞瑟，目光呆滯，眼中也沒有淚水。

「我母親死了。」加瑞斯說。

「是誰殺了她？」國王問，彷彿那是個再自然不過的問題。

「是我哥哥阿格凡。」

「什麼！」

驚叫的人是藍斯洛。

「我哥哥殺了我母親，因為他發現她和一個男人睡在一起。」

「藍斯洛，拜託安靜一點，」國王說，然後轉向加瑞斯，「他們怎麼處置拉莫瑞克爵士？」

不過加瑞斯還沒把故事的前半段說完。

「阿格凡砍下她的頭，」他說，「就像那隻獨角獸。」

「獨角獸？」

「拜託，藍斯洛。」

「我很遺憾。」

「他殺了生育他的母親。」

「我一直都知道他會這麼做。」加瑞斯說。

「你確定這消息是真的嗎？」

「是的，是真的。殺了獨角獸的人就是阿格凡。」

「拉莫瑞克就是獨角獸嗎？」國王溫和地問。他不知道外甥在說什麼，不過他急於幫忙。「拉莫瑞克死了嗎？」

「噢，叔叔！他們說阿格凡發現她光著身子和拉莫瑞克爵士一起躺在床上，於是他砍了她的頭。然後他們也逮住拉莫瑞克。」

藍斯洛對往日悲劇所知不多，所以他沒有國王那樣的耐性。

「他們是誰？」他問。

「莫桀、阿格凡，還有加文。」

「所以事情是這樣的，」藍斯洛爵士說，「你那三個兄弟先殺了那個連蒼蠅都不忍傷害的派林諾國王，只因他在一場比武大會中失手殺死你們的父親；然後又在床上殺了自己的親生母親，最後再宰了派林諾的么子拉莫瑞克，只因為你們那位年紀大他三倍的母親勾引他。我想，他們是聯手對付他一個人吧？」

加瑞斯把國王的手抓得更緊，垂下頭去。

「他們將他團團包圍，」他麻木地說，「莫桀從背後捅了他一刀。」

第二十七章

加文和莫桀在先住民地區劫掠了一陣後，直接回到卡美洛，但阿格凡沒和他們一道回來。拉莫瑞克才剛斷氣，或者說，他們才剛開始明白事件始末，便起了爭執。摩高絲王后之死是意外；阿格凡受了極大刺激的後果，用他自己的話說，是一時怒極攻心。不過他們本能地知道，真正的原因是出於嫉妒。所以他們用一貫的罪名指控他，說他不過就是個肥胖的惡霸，而他最崇高的工作就是殺死手無寸鐵的男人或女人。在那場暴怒的意外過後，他們便慟哭著離開了他。加文現在憶起他對那位特立獨行的母親所懷抱的孺慕之情，也是那位巫后期望她那幾個兒子能懷抱的感情。他陰鬱而悔恨地馳向國王的宮廷，心裡明白，他們殺死小拉莫瑞克的方式會讓亞瑟大為震怒，因為那孩子是排名第三的圓桌騎士，不過，他並不後悔殺了他。在他看來，拉莫瑞克確實該死，就像重罪犯該當處死，因為他和他父親都傷害了奧克尼一族。他知道，由於他殺了親生母親，現在宮中的人都會睥睨他，而他年輕時在盛怒下殺死一名女人的舊事也會有人重提。然而這些並不足以讓他沮喪，讓他悔恨不已的，是他親愛的奧克尼族母親已逝（直到現在，他才開始釐清這件事的來龍去脈），是他又重創了亞瑟的理念，而他其實本性寬厚。他希望國王吊死他，將他放逐，或嚴厲懲治他。他走進王室會客廳，整個人陰鬱羞愧。

莫桀沒事人似的跟在加文身後走進房內，他身材細瘦，頭髮是淺金色，看起來就像個白子，那對明亮的眼睛則是藍色，是褪盡了色彩的淺藍，以至於你根本看不進他眼底深處，他的鬍子也剃得很乾淨。不管是他身上哪個部分，都讓人難以掌握，頭髮、眼睛、鬍子都一樣，整個人似乎連顏色都洗刷殆盡，捉摸不定。在那張粉紅色的削瘦臉龐上，只有明亮的藍眼周圍長了魚尾紋——如果你喜歡，可以假定他閃爍的雙眼中帶著幽默，亦或是譏嘲，或就只是強調了其中天藍色的瞳孔，好顯得更幽遠深邃。他走進來，姿態筆直，同時帶著迎合與叛逆的味道，不過肩膀一邊高一邊低。由於接生婆技術笨拙，他生來便略微駝背，就像理查三世。

亞瑟正在等他們，桂妮薇和藍斯洛分立於國王左右。

體格壯碩的紅髮加文笨拙地單膝跪下，雙眼不是看向國王，而是看著地板。

「請求赦免。」

「請求赦免。」莫桀也跟著說，他跪在同母異父的兄弟身邊，卻直視國王眉心。他的聲音高深莫測，修飾優雅，但話裡的意思可能與話面意思恰恰相反。

「我赦免你們，」亞瑟說，「去吧。」

「去？」加文問。他不確定自己是否被驅逐出境。

「對，去吧。我們可以等到晚餐再見面，但是現在，去吧。請你們離開，拜託。」

加文粗魯地說：「那件事有一半是因為運氣不好。」

這回亞瑟的聲音既不疲倦也不哀傷了：「滾！」

他像戰馬一樣頓著腳，並且以手指門，彷彿要將他們扔出去似的。他的眼睛閃著光，彷彿一道突來的灰綠色火焰，因此即便是莫桀，也很快地站起身。加文吃了一驚，神色困惑，搖搖晃晃走出門去，而那駝背的傢伙在離開之前便恢復鎮定。他行了一個演員式的禮：腰彎得很低、看似謙卑的華麗幻影——然後他直起身，與國王相對而視，微笑，之後才離去。

亞瑟顫抖地坐了下來，藍斯洛和桂妮薇越過他頭頂互使了個眼色。他們想問，他為何原諒自己的外甥；他們也想抗議，因為原諒弒母之罪，必然危及圓桌。但他們從未見過亞瑟如此震怒，這其中或許有什麼隱情，因此他們忍住不語。

不久，國王開口：「藍斯，在這件事發生之前，我曾試著告訴你一些事。」

「是的。」

「一直以來，你們兩個都聽我在講圓桌的事，我希望你們明白。」

「我們會竭盡所能。」

「很久以前，梅林還在我身邊幫助我的時候，試著教導我如何思考。因為他知道他最後必須離開，所以他逼我自己去思考。藍斯，絕對不要讓人教你如何思考，思考是這世界的詛咒。」

國王坐在那裡望著他的手指，往昔的念頭有如螃蟹一般穿過指間，而他們只是等待。

「梅林贊同圓桌的想法，」他說，「在當時，它顯然也是個好主意。它必定是個過渡階段。現在我們得想想，下一步該怎麼走。」

桂妮薇說：「我看不出來圓桌有什問題，就因為奧克尼一族弒親嗎？」

「我對藍斯解釋過。圓桌的想法在於：重要的是公理，而非強權。遺憾的是，我們想要用強權來建立公理，那是不對的。」

「我不明白為什麼不對。」

「我想要為強權挖一條發洩管道，讓它有效地流泄。這概念應該要阻止那些好戰分子，讓他們為正義而戰；我希望這樣可以解決問題，但並沒有。」

「為什麼？」

「就是因為我們已經得到正義。我們已經達到我們奮戰的目標，但現在我們手邊還是有那些戰士。你不懂發生什麼事嗎？我們已經把奮戰的目標消耗殆盡，所以圓桌所有的戰士都會開始腐化。看看加文和他那些兄弟，以前還有巨人、飛龍和邪惡騎士的時候，我們可以讓他們有些事做，可以讓他們遵守規則。但是現在這條路已經走到盡頭，他們再也無處運用他們的力量，所以他們發洩在派林諾、拉莫瑞克和我姊姊身上——願上帝慈悲。腐化的第一個徵兆，就是我們的騎士精神整個變成一種競賽狂熱，就是那些關於誰長矛比試的平均分數最高之類的屁話。殺戮再次開始，則是腐化的第二個徵兆。這也是我為什麼會說，如果親愛的梅林現在還在這裡幫我，他會要我再去思考別的方法。」

「那是因為安逸和奢華的生活讓我們怯懦了，那條弦鬆了，彈出來的音自然會變調。」

「不，完全不是這樣。一切只是因為我把強權收起來放在背後，以便隨時拿出來運用。雖然我並不知道要怎麼做才能把強權連根除去，但我應該這麼做，而不是試著去適應它。現在強權留了下來卻無從發洩，於是逐漸變成一條邪惡的管道。」

「你應該懲處此事。」藍斯洛說，「當初貝第維爵士殺妻，你讓他帶著她的頭去找教宗。你現在也該要加文去找教宗。」

國王攤開雙手，第一次抬頭往上看。

「我要把你們所有人都送到教宗那裡去。」他說。

「什麼！」

「倒不是真的送到教宗那裡。看吧，就像我說的，問題在於我們的強權已經沒有世俗目標，所以現在只剩下心靈目標了。我想這個問題想了整夜，如果我的鬥士已經把可以較量的現世事物消耗殆盡，那麼為了讓他們免於沉淪，我就必須讓他們轉而與心靈對抗。」

藍斯洛的眼神燃燒起來，開始熱切地看著亞瑟。在此同時，桂妮薇一言不發，她先是迅速地偷偷瞥了她的愛人一眼，然後回頭以一種全新的保留態度面對丈夫。

「有些事如果我們不去做，整個圓桌就會走向滅亡，」國王繼續說，「不僅仇恨會越結越深，人開始在光天化日之下殺人，一些放肆的下流話也會四處流傳。看看崔斯坦和馬克王后的事吧，大家似乎都站在崔斯坦那邊。道德是很難議論的，不過事實如此，我們自己先弄出一種道德感，但這股道德感現在正在腐化，而我們莫可奈何。道德感一旦腐化，比完全沒有還糟。我想，所有純粹追求世俗目標的努力，都帶有墮落的種子，就像我那著名的文明教化一樣。」

「這跟送我們到教宗那裡去有什麼關係？」

「這是一種比喻。我的意思是，我的圓桌理念是一種暫時的理想。如果我們要救它，就得把它轉化成一種精神上的理想。我忘了還有上帝。」

「藍斯洛他，」王后的聲音很奇怪。「可從來沒忘記過。」

不過她的愛人太專注這個話題，沒注意到她的語調有什麼不對。

「你想怎麼做？」他問。

「如果你了解我的意思，我想我們一開始可以試著做一些對性靈有助益的事。我們已達到實質的目標，也就是和平與繁榮，現在無事可做了。如果另外找個實質目標，一個暫時目標，像是擴張版圖之類，只要目標達成，我們就會再次面臨同樣的問題，說不定還會更糟。但是，為什麼我們不能把圓桌的力量轉向性靈層面，讓能量再次凝聚起來？你知道我說的性靈是怎麼回事。如果我們的強權已經打通一條通道，讓力量能為上帝服務，而不是為人的權利服務，那當然就可以阻止腐化，而且值得一試，對吧？」

「十字軍！」藍斯洛大喊，「你要送我們去拯救聖墓①！」

「我們可以試試，」國王說，「我還沒有確實想過，不過或許是個不錯的選擇。」

「或者我們可以去尋找聖徒遺物，」這位司令官現在已經整個人燃燒起來。「如果所有騎士都去尋找真十字架的碎片，他們可能甚至不須和別人對戰。我是說，如果我們發動十字軍東征，我們應該還是會動用武力，會把強權運用到對抗異教徒上。不過，如果我們當真凝聚整個圓桌的力量，去尋找某個上帝的所有物，啊，這絕對值得一試。還有，既然我們到時候會很忙，那麼，或許根本沒有必要和別人對戰。若是如此，也許我們不必把要找的東西限為一種。想想看，我們一共有一百五十名騎士，全都是探險專家，就像偵探一樣；如果我們所有的騎士都把力氣用在尋找屬於上帝的東西，那麼可能會找到好幾百件價值不菲的物品。說不定圓桌就是為此而生的，為了要朝這個目標前進。我們甚至可能會找到新的福音書，整個基督教世界都可能因為我們的作為而獲益。想想看，一百五十名受過搜索訓練的人！而且現在去做一點也不嫌遲。真十字架是在三二六年發現的，不過聖屍衣[2]要到一三六〇年才在雷內找到。我們或許能夠找到那枝刺殺了我主的長矛[3]！」

「我正在考慮。」

「我們一定要特別去找聖經手稿。」

「是的。」

「我們得到各地去，到聖地去，到所有的地方去！就像尊貴的德・儒安維爾[4]一樣！」

「是的。」

「我認為，」藍斯洛爵士說，「這是你有史以來最了不起的想法！」

「這恐怕有困難，」這次，輪到國王的聲音變了調。「夜深時，我在想，或許這想法的企圖太大了。你知道，人一旦人達到完美的境界，就會消失不見。那樣一來，或許圓桌就完了。如果有人要去尋找上帝呢？」

不過藍斯洛並不了解這種形而上的理論。他沒注意到亞瑟語調裡的變化，開始對著自己哼唱十字軍的聖歌：

木十字的碎片啊，
是領袖的象徵，
人民將追隨其後……[5]

「我們可以去尋找聖杯！」他得意洋洋地大喊。

就在此時，佩雷斯國王的信使到了。他說，有人要求藍斯洛爵士去修道院為一名年輕人授與騎士勳位。他是個像鴿子一般溫文有禮的英俊年輕小夥子，在一座女修道院受教長大。至於他的名字，那位信使說，應該是加拉罕。

桂妮薇王后站起身又坐下，鬆開雙掌又握起來。她知道，藍斯洛爵士就要到另一個女人為他生的兒子那裡去了——然而她不怎麼在意。

① 聖墓（Holy Sepulchre），耶穌基督的陵墓，又指建在基督受難和埋葬原址的教堂。

② 聖屍衣（Holy Shroud），耶穌受難之後，用來包裹祂屍體的裹屍布，亞麻材質，上有一個人形印在上面，現存義大利杜林（Turin）。

③ 是羅馬士兵隆基努斯（Longinus）刺傷耶穌側腹的那柄長矛。

④ 此指Jean de Joinville (1225-1317)，中世紀法國編年史家，在第七次十字軍東征中隨侍法王路易九世，著有《聖路易史》（*Histoire de Saint Louis*）。

⑤ 原文「Lignum crucis, Signum ducis, Sequitur exercutus…」採自十字軍時代的文獻。其英文解釋為「wood of the cross, sign of the leader, the multitude was followed.」，其中Lignum crucis指基督受難的十字架上所留下來最大的一塊碎片。

第二十八章

如果你想看圓桌騎士出發尋找聖杯的過程；想看加拉罕抵達的驚奇場面，而桂妮薇出於好奇、嫉妒與恐懼等錯綜複雜的心思，竟半認真地起意勾引他；想看宮廷最後的晚餐，彼時雷聲響起，還有日光、覆蓋的器皿和瀰漫整座大廳的甜香氣息——如果你想看這些，你得去看馬洛禮的描述。那種說故事的方式只能用一次。重點是，圓桌騎士在聖靈降臨節之後成群結隊出發，他們的直接目標就是聖杯。

藍斯洛再次回到宮廷，已經是兩年後的事了。對留守的人來說，這兩年是很寂寞的。劫後餘生的騎士三三兩兩回來，這些疲憊的人帶來死傷消息或勝利的傳聞。他們或拄杖跛行，或牽著再也無法載人的倦馬；如果他們在戰爭當中失去一隻手，回來是就用另一隻手持斷肢。所有人看起來都既憔悴又困惑，臉上有股狂熱，喃喃說著一些夢境，有自動航行的船、奇異彌撒中的銀桌、在空中飛過的矛、公牛與帶刺樹木的幻象、古老墓穴中的魔鬼、活了四百年的國王和隱士——這些都成了宮中流言的內容。據貝第維爵士計算，有半數騎士失蹤，可能都死了。而藍斯洛爵士一直沒回來。

第一位回來提出可信報告的證人是加文，他抵達宮廷時，頭纏繃帶，情緒很差。他是奧克尼一族當中唯一拒絕正確學習英語的人，因此說話有北方口音。只是那口音幾乎是裝出來的，他心中還有一半是用蓋爾語思考。加文對南方的英格蘭人有防衛心，並以他的種族為傲。

「這場遠行探險實在盲目又黑暗，」加文說，「如果要說我出過什麼無謂愚蠢的任務，這就是了。」

「發生了什麼事？」

亞瑟和桂妮薇像是兩個好孩子，手放在大腿上坐著聽故事。而他們也像孩子那樣伶俐急切，極力想推究真相。

「發生了什麼事是吧？這個嘛，就是我浪費了十八個月，一直漫無頭緒到處亂闖，最後帶著這個你說是『腦震盪』的東西，搞得半死不活。無論如何，願上帝在這場聖杯探險中護佑我。」

「從頭開始把故事告訴我們吧。」

「從頭開始？」

他叔叔對這件事深感興趣，他頗感詫異。

「嘖，總有點什麼事可說吧。」

「還不就那些老套。」

「給加文爵士拿點喝的來，」王后說，「坐下來吧，大人，我們都歡迎你回家。放輕鬆點，把故事告訴我們——當然，如果你不是很累。」

「不累，就是腦袋瓜有點疼。我可以說說這個故事。謝謝妳，夫人，我要威士忌。我瞧瞧，那一團糟的鳥事要從哪說起呢？」

奧克尼的族長坐下來，試著回憶。

「當我們離開瓦庚堡的時候……你們知道嗎？第一天，我們一群人騎馬到瓦庚，第二天早上解散後就再也沒碰頭了。我們離開那裡時，我是往西北方搜索。走哪個方向倒也不重要。在我們分開的前一天，藍斯洛給了所有人一條線索，說老佩雷斯國王曾經對他提起過一個聖盤，就在他其中一座大城堡裡。他倒沒強調它的重要，只告訴大家它的價值。我們當中最好的一半往那方向去了，不過我不煩惱那些。我往西北方去找。」

他喝了一大口酒。

「我首先碰上加拉罕，」他說，「那個自大無情的蠻子，我對那小子的印象可好了。」

「那個小鬼，」加文爵士又喝上一大口酒，暖身得差不多了。他繼續說，「不消說，那個漂亮小鬼一定是個孌童，我真是有夠倒楣，聞到這個世界的惡臭——就是他。」

「他打敗你了嗎？」

「沒，沒，那是後話。我一開始就碰上他。

「他在修女院裡頭，在一群母雞的包圍下長大！」他生氣地繼續說，「很多和他交手過的人都說過他個人的探險，那個聖潔的懦夫，心好比冷酷的鷂子……不過那孩子是英格蘭人，如果他膽敢到蘇格蘭去，一定會被砍死的。」

「除非他在那之前就已經被砍死了。」他下了結論，被自己這念頭給嚇到了。

「加拉罕爵士做錯了什麼？」

「沒什麼，那傢伙不喝酒不吃肉，還相信自己是個處子。不過我碰上了梅里亞斯爵士——你們知道嗎？梅里亞斯爵士殘廢了。他告訴我那個加拉罕幹了什麼好事。為了某些緣故，梅里亞斯爵士被帶到那個蠻子跟前，請求那男孩讓他同行。我不懂他為什麼這麼做，因為第一個去找加拉罕的人是尤文，而加拉罕爵士拒絕了！尤文爵士對他來說不夠好！好吧，好吧，不過他紆尊降貴讓梅里亞斯跟著去了，而且還冊封他為騎士！把我的靈魂賣給惡魔吧！居然讓一個十八歲的笨蛋冊封你為騎士！他冊封梅里亞斯時，是這麼說：『現在，這位好先生，你是國王與王后的後裔，如今授與你騎士的身分，你當成為所有騎士精神的明鏡！』你說說，這是什麼意思？嗐，這個英格蘭的勢利鬼！後來，他們兩個出發探險，來到一個十字路口，梅里亞斯說，他想往左邊去。加拉罕說：『你最好別走那條路，因為我認為我比你更該往那兒去。瞧，漂亮的加拉罕可不來假裝謙虛那一套，對吧？總之，梅里亞斯還是往左邊去了，然後就如加拉罕所預言，有個神祕騎士向他騎來，一出手，便隔著他的鎖子甲把他打成重傷。他就快死了，而那根斷折的棍子就在他旁邊。當偉大的加拉罕找到重傷的他，我們那個小子只說：『所以，走另一條路會比較好！』這漂亮孩子跑去對一個半死不活的人說那種『我早告訴過你了』的話！也不幫他半點忙！」

「梅里亞斯爵士後來怎麼了？」

「他對加拉罕說：『爵士，如果死亡能取悅祂，就讓它來吧。』他把那根棍子舉到面前。梅里亞斯是個好騎士，我很高興能告訴各位，他還活著。」

亞瑟說：「加拉罕畢竟只是個孩子！或許他的成長過程也很辛苦。我覺得不該因為這些枝微末節的社交錯誤，就這樣不近人情地批判他。」

「你知道他攻擊他的父親，把他打下馬來嗎？你知道他讓自己的父親跪在他身前請他賜福嗎？你知道有人請求加拉罕，說要死在他的懷裡，而他還大發慈悲允許他們這麼做？」

「這個嘛，或許真的算是大發慈悲。」

「惡魔啊！」加文大喊，把鼻子埋進酒杯當中。

「你沒告訴我們你發生了什麼事。」

「我碰上的第一個冒險，嗯，事實上，應該不能只算成一個冒險，那就是闖進了少女堡。這事最好別在王后面前說。」

亞瑟的語氣有些冷峻。「加文爵士，我的妻子不是孩子，也不是傻瓜。每個人都知道那座城堡的風俗。」

桂妮薇十分禮貌地說：「在法文裡，這叫做『領主權』[1]。」

「好吧，那麼，我和尤文及加瑞斯爵士來到少女堡。這座城有七名騎士，總之，他們固守這個風俗。我們在城外找到這七名全副武裝的騎士，和他們好好打了一場，把他們全殺了。等到一切安頓，卻發現加拉罕已經搶在我們前面。一開始就是他把那些騎士趕出來，不過他一個人也沒殺，而我們忙著打鬥的時候，他人就在城堡裡。我們不過就是做了屠夫，替不屬於我們的功績收尾。」

「運氣真差。」

「加拉罕騎著馬離開，不願跟我們說話。意思是說，我們是有罪的人，而他則是受到上帝祝福的人。那之後發生什麼事，我就不管了。」

「你繼續和尤文及加瑞斯一道嗎？」

「沒，我們在少女堡之後就分道揚鑣了。我到處亂走，最後來到一座修道院，碰上住在那裡的宗教人士。你知道那種人嘛，就是救世軍[②]那一類。我問他能不能讓我住一晚，他第一個要求是：『我要知道，為何上帝與你之間有所阻礙？』嗯，他既是主人，也是教士，所以他逼著我告解，我也不能斷然拒絕。他就那七個騎士的事劈里啪啦哀嘆了一堆廢話。他說，這是七件死罪。然後又說，我只不過是個殺人凶手，語氣平靜得像陽光一樣。」

「他有沒有告訴你，」國王興致勃勃地問，「無論什麼理由，殺人都是錯的，尤其你當時正在尋找聖杯？」

「我的靈魂一定是被他賣給惡魔了！他一直說教，說加拉罕驅逐了那七個騎士，卻沒殺半個人，又說，聖杯不該扯上流血事件。」

「他還說了什麼？」

「我不記得了。就像我說的，這傢伙講了一堆好話，又勸我應該苦修贖罪。他說，一個人要好好告解，而且要絕對坦白，否則找到聖杯也沒用。那孩子是個笨蛋，一個浪遊騎士是不苦修的，也跟那些勞動工人一樣，四旬齋[③]不齋戒——我就是很好的榜樣。我對那人撒了謊，繼續前進，之後碰上了阿格洛法和葛里菲特……後來呢？後來，我和他們共騎了四天，我想想……之後再次分道揚鑣。米迦勒節[④]之前的日子，如果沒有那些冒險，我還真是籠罩在黑暗中，什麼也沒得做。」

「事實上，」加文又加了一句。「英格蘭這幾年已經找不到還有什麼險可探了，這地方完了。」

「給加文爵士再拿一杯酒來。」

「米迦勒節之後，我碰上了艾克特．德馬瑞斯。他也像我一樣運氣很差。我們騎到一座位於森林裡的小禮拜堂，當晚睡在那裡做了一個夢，而且兩人都做了同樣的夢。夢裡有隻連在膀子上的手，穿著織金緞子，拿著一副馬轡繩和一根蠟燭。有個聲音告訴我們，我們兩個會需要這兩樣東西。後來我碰上第二個教士，他說馬轡代表克己，蠟燭則代表信仰，看起來艾克特和我缺少這兩樣。你看看，人把夢境扭曲成什麼樣子。之後我們碰上一件沉重的不幸，就像一直籠罩在我身邊的那種。我倆碰上了我的表親尤文，他的盾加了罩子，我們也沒認出他的盾徽。艾克特把第一次和尤文交手的機會讓給我，他是我的表親、我的族人啊。我的矛漂亮地穿過了他的胸口，那地方是他那件鎖子甲上的弱點。」

「尤文死了嗎？」

「咳，那老傢伙死了。對我來說，這實在可怕極了。」

亞瑟清了清喉嚨。

「在我看來，這對尤文來說比較糟糕。」他說，「願上帝讓他安息，如果你聽了一開頭那位教士的話，或許就不會發生這麼慘的事了。」

「我不想殺他！他是奧克尼一族的表親！想想看，那個南方來的道學先生，拿著白色盾牌，他之前還拒絕與尤文共騎！」

「你是說加拉罕？他用的是素面盾嗎？」

「是啊，是加拉罕。那不是素面盾，他在某些場合都拿著一面盾牌，據他自己說，那是亞利馬太的約瑟的盾牌。徽紋是銀底，上面有個紅色的T形十字⑤。我們後來才知道，銀底是代表處子的純白，紅色十字則是代表聖杯……我離題了。」

「你剛剛說到殺了尤文。」亞瑟耐著性子說。

「我和艾克特繼續往另一座修道院騎去，我們告訴那裡的修士夢裡出現的馬轡繩。我告訴你，那修士是吃素的！他說了一個殺人的老故事，十分激動，想要我們悔改。我們找一些藉口，很快就離開了。」

「他有沒有告訴你們，你們之所以運氣不好，是因為你們只尋求殺戮？」

「有，他說了。他說，跟我們比起來，藍斯洛善良多了，因為他很少殺害他的敵人，特別是他根本沒參與這次探險。他還說，還有許多其他騎士因為各自的罪行，都和我們一樣倒楣，艾克特自己就碰上了二十個。他說，殺人和這次遠行探險的宗旨相違背。我們只和他談了一下，之後趁他還講個沒完，我們就開溜了。」

「然後呢？」

「我們來到一座城堡，就艾克特和我兩個，前方正是一場美妙的競賽。我們加入了攻擊方，打了場漂亮的仗。就在我們強行攻入，大家情緒都有點高昂的時候，加拉罕就出現了。只有全能的上帝知道是哪陣妖風把那小子帶來的。他似乎不是來支持這些拿對戰當消遣的騎士，因為他加入了另一方陣營，把我們逼出城堡，然後給了我這個。」

加文碰了碰他身上的繃帶。

「艾克特沒跟他打，因為他們是親戚，」加文解釋，「我沒管那些就打了，不過就算去在意那些也是白搭。他給了我一擊，劈裂我的頭盔，打碎了鐵製的防護帽，是，然後長矛擦過去，殺了我的馬。我以基督之名起誓，我就這麼玩完了。我在床上躺了一個多月。」

「然後你就回來了？」

「是啊，回來了。」

「你的運氣似乎真的很不好。」王后說。

「差透了！」

加文看著他手上的空杯子好一會兒，然後又高興起來。

「我殺了巴德馬格斯王，」他說，「你們還不知道那件事。我剛剛說故事時忘了講。」

亞瑟一直都專心傾聽，同時轉著自己的念頭。現在，他顯出不耐的模樣。

「去睡吧，加文，」他說，「你一定累了。去睡一覺，好好想想吧。」

①領主權（droit de seigneur），意即領主擁有領地所有少女初夜權的權力。

②救世軍（Salvationist），此指基督教救世軍（Salvation Army）成員。救世軍成立於一八六五年，總部設於倫敦，現為國際慈善組織。

③四旬齋（Lent），又譯「大齋期」，時間從復活節前四十天起算，到復活節前一天為止（週日不計），是基督徒緬懷基督受難的日子，期間教徒會齋戒禱告。

④米迦勒節（Michaelmas），紀念大天使米迦勒的節慶，為九月二十八日。

⑤T形十字（Tau Cross），又稱聖安東尼十字（St. Anthony Cross），這種十字並非十形，而是T字形。

第二十九章

下一個回家的人是萊諾爵士，他是藍斯洛的表弟。藍斯洛有個兄弟叫艾克特，還有兩個表兄弟，叫萊諾和波爾斯。萊諾有點像加文，脾氣很差，不過他惱火的對象不是加拉罕，而是他自己的哥哥波爾斯。

「道德這碼子事真是荒誕，」萊諾說，「去找個向來擇善固執的人給我，我就能夠告訴你，連天使也插翅難飛的麻煩長什麼樣子。」

國王和王后一如往常並肩而坐，聆聽這些旅人的故事。他們養成一個習慣，就是在騎士歸來時，親自帶著點心飲料到大廳，以便在他吃東西時聽他說最新消息。陽光穿過高處的彩繪玻璃，落在他們之間的桌面，所以他們的手在杯盤之間移動時，那些餐具看起來就像紅寶石、翡翠或成簇的火焰。他們置身於一個寶石的魔法世界，在一座樹葉都是珠寶的森林中。

「波爾斯對道德有興趣？」

「波爾斯一向如此，真該死，」萊諾說，「看來我們家族有道德的基因呢。起頭的是藍斯洛，這已經夠糟了，但波爾斯會把自己逼瘋的。你們知道波爾斯只發生過一次性行為嗎？」

「是噢。」

「是啊，真的。而且，講到這回尋找聖杯的探險，他似乎一直在學某種天主教義的進階課程。」

「你是說他在讀經嗎？」

萊諾的態度稍稍軟化。他打從心裡喜歡他哥哥，不過他也經歷了一場危及他們兄弟情的大危機。現在他可以談這件事，也有時間想這件事，他開始看到這場爭執的另一個面向。

「不，你們千萬別把我的話當真，」他說，「波爾斯是個好傢伙，如果我們家族要出個聖人，一定會是他。他腦袋不是很靈光，也有點道貌岸然，不過他的想法有時候很有價值。在這次探險中，我相信上帝在試探他，而我也不確定他能不能勝出。我之前想殺了他。」

「你最好從頭開始說你的故事，」亞瑟說，「不然我們不知道事情是怎麼發生的。」

「我的故事沒什麼。我就像加文那樣亂晃，而且被幾個修士說成殺人凶手。我要告訴你們波爾斯的故事，因為我也參與其中。」

「我認為，」萊諾說，「上帝正在考驗波爾斯。這就像是他即將就任神職，所以他們要確定他是個循規蹈矩的人。你們知道嗎？我認為，加文、我、艾克特和其他所有人都偏離正道，因為一開始我們沒去告解。波爾斯第一天就去了，而且還進行苦修。他發誓只吃麵包和水，穿襯衣，睡在地上，當然，也不會和女士們發生關係——不過他只做過一次就是了。這就是他的問題。嗯，就在他把自己的生活搞得這麼規矩之後，首先，他開始看見幻象。他看到以血哺育幼鳥的鵜鶘①，還有天鵝啦、渡鴉啦、腐木和一些花。這些東西都和他的神學有關，他向我解釋過，不過我記不得了。再來，有個女士請求他救她逃離一名叫普里丹爵士的騎士。救出那位女士易如反掌，他也有機會殺了普里丹爵士。你們要注意，他是在我們對戰之後才告訴我這個故事，他本人堅持那是他的第一項考驗。他說他覺得自己像是參加障礙馬賽，柵欄一次比一次高。他很擔心，要是哪一次搞砸了，就會被送回馬廄去。要是他殺了普里丹爵士就玩完了，他們會把他再次丟到場外的草地上去，就像加文和我們其他人一樣。他說沒有人告訴他這些事，但這些柵欄突然就這麼在他面前冒出來，好像有人監視他的一舉一動，但那人既不會出手幫忙，也不會給他提示，只在一旁看他跳不跳得過去而已。所以啦，他沒殺普里丹，只是尖聲叫他認輸，並且用劍身平打他的臉，直到他投降為止。於是他就這麼平安跳過了這次柵欄。國王啊，你認為在這場探險當中，有東西在阻止我們殺人嗎？你知道，就是某種超自然的東西啊。有沒有？」

「萊諾，即便你之前真的想殺了你哥哥，我還是認為你很聰明，」國王說，「繼續說吧。」

「這個嘛，接下來的考驗和我直接相關，也就是為什麼我曾想殺了他。現在我覺得很抱歉。我剛剛才覺得很抱歉。但是在當時，我並不明白。」

「第二項考驗是什麼？」

「你知道，波爾斯和我感情一直都不錯。這次吵架是件小事。我們一直都以自己的方式表達親愛之情。波爾斯當時正穿過森林，同時碰上兩件事。其中一件是我，那時我全身赤裸給人綁在馬上，兩個騎士騎在馬上，分別從我左右用荊條鞭打我。另一件則是個少女，她策馬狂奔，有個騎士緊追在後，想奪取她的貞操。這兩件事發生在方向相反的兩處，但波爾斯只有一個人。」

「想想看，」萊諾爵士難過地說，「我被人用荊條鞭打，實在是倒楣透了。我之前也被特昆爵士打過一次。」

「波爾斯選了哪一邊？」

「波爾斯決定去救那個少女。後來我和他對戰時，問他天殺的他到底是什麼意思，居然遺棄自己的兄弟不管。他說，雖然他喜歡我，但那時我像是一條髒狗，而少女畢竟是少女。所以他認為，他的職責是先去救比較好的那一方。這就是我為什麼想殺了他。」

「不過現在，我可以了解他的意思了，」萊諾又說，「我了解到，這是他的第二項考驗，他被迫要做出一個困難的決定。」

「可憐的波爾斯，希望他在這件事情上沒表現得太過道貌岸然吧？」

「他很謙和。當時這些考驗常常突然出現在這老傢伙面前，而他會瞎猜一通，通常都覺得自己猜錯了——最後他走出迷陣，卻發現自己猜對了。他一直誠惶誠恐，盡其所能把事情做好。」

「第三項考驗是什麼？」

「這些考驗一樣比一樣糟。在第三項考驗中，有個神父打扮的男人來找他，說是附近的城堡裡有位少女，如果波爾斯不和她做愛，她就會死。這個像是神父的傢伙點明說，波爾斯之前已經做出錯誤的選擇，去拯救那個少女，犧牲了自家兄弟，也就是我的性命；因此，如果他現在不和這位少女觸犯戒律，就會內疚到死。我應該要先交代一下，那兩個騎士把我丟在那裡等死；波爾斯後來發現我好像死了，就把我的屍體帶到修道院去埋葬。當然，我後來康復了。

「正如那個偽神父所說，城堡裡的確有一位少女，而她也證實了那個故事。她說，如果我哥哥不善待她，魔法會讓她為愛而死。於是波爾斯發現，他要嘛得犯下道德上的罪行，來拯救這位少女，要嘛就是拒絕犯罪，任她去死。他後來跟我說，他想起天主教義問答入門的一些內容，和先前在卡美洛出任務時聽到的布道，所以他認為，他只能對自己的行為負責，不能為這位少女的行為負責。於是他拒絕了那位少女。」

桂妮薇咯咯笑了起來。

「這事還沒完。那位少女美如天仙，她帶著十二位可愛的仕女，爬上城堡最高的塔樓，表示如果波爾斯不願放棄他的純潔，她們要一起跳下來。她說她會逼她們跳，又說他只需要與她共度一夜就好，所以，為何不享樂並讓所有仕女得救？那十二位仕女全都對波爾斯大叫，求他大發慈悲，哭著乞求憐憫。」

「我敢說，我哥哥左右為難。那些可憐的人是那麼害怕，又那麼美麗，而他只要不那麼固執，就能救她們的性命。」

「他怎麼做呢？」

「他讓她們跳樓了。」

「這真是羞恥！」王后大叫。

「噢，當然啦，她們不過是一群魔物罷了。那座塔整個上下反轉，馬上就消失了，事實證明他們全都是魔物，連那神父也是。」

「我想這件事的寓意是，」亞瑟說，「你絕不能犯下道德上的罪行，就算有十二條人命會因此獲救也不行。以教義來說，我相信這是合理的。」

「我不知道教義是什麼玩意兒，我只知道，這事讓我哥哥的頭髮幾乎變灰了。」

「這是好事。第四項考驗又是什麼？還有嗎？」

「第四項考驗是我，這是最後一道障礙了。他把我留在修道院裡等著下葬，不過我在那裡醒了過來；等我康復得差不多了，立刻騎馬動身去找他。我現在對這件事感到很抱歉——順道一提，我先前做了一些事，也應該請求赦免。不過，你們想想，被自家兄弟棄之不顧而被人打死，似乎有些過分吧。我那時一部分是因為從壁爐上拿了某人的食物，一部分是因為不了解到底波爾斯經歷了哪些事，還有一部分是因為在我失去意識之前，剛好知道他丟下我，把我交付給我的命運——我得說，我心裡很痛苦。事實上，我想殺人。

「我在森林裡的一座禮拜堂找到波爾斯，而且馬上告訴他，我是來殺他的。我說：『我應該把你視為重犯或叛賊，因為你是我們尊貴的騎士世家中最虛假的一個。』波爾斯拒絕和我對戰，於是我說：『如果你不打，就算你站著不動我也要殺了你。』波爾斯說所有人對戰都行，但就是不跟自家兄弟。又說，在聖杯探險的旅途中，一般人他都不殺了，更何況是自家兄弟。我說：『我不管你能不能殺人，如果你要防禦，我就和你對戰；如果你不防禦，我也不管，反正我就是要殺了你。』我那時很生氣。而波爾斯只是跪下來，請求我寬恕。」

「現在我了解到，波爾斯所做的事相當正確，」他繼續說，「他尋找聖杯，反對殺戮，而我是他兄弟。他也十分勇敢。不過當時我無法了解這些事，只覺得他很固執，所以我在他跪下來的時候，把他打得四腳朝天，接著又拔出劍來，要砍掉他的頭。」

萊諾沉默了一分鐘，看著身前的盤子，彩色玻璃在那裡落下一團明亮的寶石紅，形狀像是一顆蛋。

「要知道，」他說，「如果只有你自己一個人，醉心於道德與教條是很不錯，不過，如果有別人攪進來，該怎麼辦呢？我想，看到波爾斯跪下來讓我殺他，就很清楚了吧。不過，後來有個隱士從禮拜堂衝出來，護住我哥哥的身體。他說，他會竭盡所能不讓我殺了自己的兄弟。於是我殺了那個隱士。」

「你殺了一個手無寸鐵的人？」

「國王，我十二萬分抱歉，不過這是事實。別忘了，我當時是在盛怒之下，而這傢伙阻止我殺波爾斯啊！在我能力所及之處，我也不過是個普通人而已。他們用某種道德武器來阻撓我，我就用我的武器與之對抗。我覺得波爾斯是以一種不公平的方式來和我對決，而這隱士是站在他那邊的。我覺得他是以他的意志來與我的意志相抗，如果他要救那個隱士，只要放開他的固執，站起來和我對戰就行了。我不知道你們是否明白我的意思，總之我覺得他才該為那隱士負責，和我沒有關係。」

「當時我恐怕只是意氣行事，」過了一會兒，萊諾承認，「一個人總會知道自己是怎麼搞的。我想打，而且我也會去打。我說，如果不殺那隱士，我就要殺了波爾斯，而我也確實準備殺了他。你們知道那是什麼情況，這叫怒不可遏。」

大廳有一股令人不安的沉默。

「我最好把故事說完。」他尷尬地說。

「繼續吧。」

「這個嘛，波爾斯讓我殺了那個隱士。他只是躺在地上要我大發慈悲。我的怒火更盛了，一部分是羞愧所致。我舉起劍要砍下我兄弟的頭，就在那時，高爾的卡格凡斯爵士來了。他擋在我們之間，對我吐口水，說我不該試圖殺害我父親的骨肉。這時我腳下滿是那隱士的血，他的話成了壓死駱駝的最後一根稻草，於是我丟下波爾斯，找上卡格凡斯爵士。沒三兩回合，我就解決了他。」

「波爾斯在做什麼呢？」

「可憐的波爾斯。他那時的感覺是什麼，我不願去想。他再一次留在自己的圍牆裡，你看，他只要捨棄固執就能拯救另一個人的性命。他已經讓那隱士送死，原因顯然是頑固；而我現在就要殺了無辜的卡格凡斯，那個想要幫助他的人。卡格凡斯也一直哭著對他說：『起來啊，為什麼要讓我代替你被殺呢？』」

「這是消極抵抗，」亞瑟顯然對此很有興趣。「這是一種新式武器。不過用起來似乎很困難。請繼續吧。」

「這個嘛，我在一場公平決鬥當中殺了卡格凡斯。我很抱歉，不過我這麼做了。然後我回頭找波爾斯，想把事情做完。他拿起盾遮住了他的頭，不過沒有掙扎。」

「發生了什麼事？」

「上帝來了，」男孩莊重地說。「祂來到我們之間，讓我們驚異不已，並且使我們的盾牌起火燃燒。」

之後是很長一段靜默。亞瑟一直期盼著某些事，同時也對那些事懷抱著恐懼；現在他消化著這些事物帶來的第一波浪潮。

「知道嗎，」萊諾說，「波爾斯祈禱了。」

「然後上帝就來了？」

「我不知道究竟發生什麼事，不過異象出現了，陽光在我們的盾牌上起火燃燒。我們突然停止爭執，開始大笑。我看著波爾斯，覺得他是個白痴；他親了我一下，於是我們就和好了。然後他把他的故事告訴我，就像我剛剛告訴你們的那樣；之後，他坐上一艘覆著白色綢緞的魔法船離開了。如果有人能夠找到聖杯，那一定是波爾斯。我的故事就到此為止。」

他們沉默地坐在那裡，發現要談論屬靈的事實在有點困難，最終，萊諾爵士說了最後一段話。

「對波爾斯來說，這一切都很好，」他發著牢騷，「但是那隱士呢？卡格凡斯爵士呢？為什麼上帝不救他們呢？」

「神的旨意是很深奧的。」亞瑟說。

桂妮薇說：「我們並不知道他們過去發生了什麼事。這些殺戮不會傷害他們的靈魂，或許這樣的死法會對他們的靈魂有所助益。或許上帝讓他們這樣死去，是因為對他們來說，這是最好的選擇。」

① 中世紀的歐洲人認為鵜鶘找不到食物時，母鳥把自己胸膛啄出血來餵食幼鳥，是基督教中重要的意象，象徵基督的犧牲。

第三十章

回來的人當中，第三位重要人物是阿格洛法爵士。他來到宮廷時已是午後向晚，寶石紅的彩光已經離開桌面爬上了牆。他有張漂亮的高貴面孔，也頗有幽默感，年紀很輕，還沒度過他生命中第二十個夏天。他盾牌的紋章上多了一條識別用的黑色飾帶，表示仍在為他父親派林諾國王哀悼。至少，他們這麼認為。不過事實上，他們上次與他分別之後，他母親也過世了；此外，他還帶來另一個噩耗，他的一名姊妹去世──整個派林諾家族的運道都很不好。

「加文在嗎？」阿格洛法問，「莫桀和阿格凡人在哪？」

他四下看著，彷彿這樣就能在大廳找到他們。在他頭頂上方，那些彩色光束照在一塊小而樸素的繡毯上，毯上的畫是幾位穿著鎖子甲的騎士，他們頭上戴著連有鼻甲的上漆頭盔，正在追一隻熊。

亞瑟說：「阿格洛法，他們在這裡沒錯。我的快樂完全掌握在你手裡了。」

「我了解。」

「你要殺了他們嗎？」

「我要先殺了加文。在尋找聖杯之後這麼做，似乎有點奇怪。」

「阿格洛法，你絕對有權向奧克尼一族復仇，如果你這麼做，我不會阻止你。不過我希望你知道自己在做什麼。你父親殺了他們的父親，而你弟弟和他們的母親睡在一起──不，先別解釋，讓我提醒你事實是什麼。後來，奧克尼一族殺了你父親和你弟弟，而現在你要來殺奧克尼族人，所以日後加文的兒子會去殺你兒子，如此繼續下去。這是北方的律法。

「不過，阿格洛法，我正想在不列顛建立新的律法，好讓人不再繼續屠殺下一代。你可曾想過，這對我來說會是一項艱巨的工作？俗話說：『以牙還牙，於事無補。』我喜歡這句話。別把這件事攬在你身上，把它交給我。我可以用謀殺你弟弟的罪名來懲處奧克尼一族，我可以砍下他們的頭。你要我這麼做嗎？」

「是的。」

「或許我該這麼做。」

亞瑟看著他的手，他碰上麻煩時常常這麼做。

然後他說：「可惜你從來沒有機會看看奧克尼一族在家裡的樣子。他們沒有像你那麼快樂的家庭。」

阿格洛法說：「你認為我的家庭生活現在很快樂嗎？你知道我母親幾個月前過世了嗎？父親以前都叫她小豬。」

「我很抱歉，阿格洛法。我們還沒聽說這件事。」

「國王，大家總是嘲笑我父親。我知道，他不是個傑出的人，不過他絕對是個很好的丈夫，對吧？不然我母親不會在他過世之後，也跟著孤寂而死。國王，我母親並不是個內向安靜的人，但是，在奧克尼一族殺了父親和拉莫瑞克之後，她就逐漸失去生氣。現在，她也躺進同一座墳墓裡了。」

「阿格洛法，你必須做你認為正確的事。我知道，你是個純種派林諾漢子，你一定會這麼做。我不會要求你贊同我的看法，不過你能讓我提三件事嗎？第一，我雖然沒有處罰加文，不過你父親是我第一個打從心裡敬佩的騎士；第二，奧克尼一族都仰慕他們的母親，她讓他們非常愛她，她卻只愛她自己。第三，噢，阿格洛法，請聽我這一句吧——國王只能盡可能利用手邊最好的人才。」

「我恐怕不了解所說的第三件事。」

「你認為世仇是件好事嗎？」亞瑟問，「這會讓你們兩家快樂嗎？」

「不盡然。」

「如果我想遏止世仇這種規則，你認為加文以及其他像他這樣的人會服從嗎？」

「我了解了。」

「如果我將奧克尼一族全數處死，又有什麼好處呢？阿格洛法，我們會少掉三個共事的騎士，而他們一直都過得很不快樂。所以，你懂嗎？我的希望全繫在你身上了。」

「我得想一想。」

「你一定得想想，無論任何事，都不要倉促決定。不必考慮我，只要做你認為對的事情就好。你是派林諾家的人，所以我知道，最後一切都會很圓滿。現在，把你的聖杯探險故事告訴我吧，今晚就讓我們先把奧克尼一族的事放在一邊。」

阿格洛法重重嘆了口氣，「據我所知，截至目前為止，並沒有什麼聖杯冒險。不過我已經失去了一個妹妹，或許還失去了一個弟弟。」

「你妹妹死了嗎？我可憐的孩子。我以為她平安地待在修女院裡。」

「他們發現她死在某艘船上。」

「死在船上！」

「對，一艘魔法船。她手裡還拿著一封長信，裡面說的都是聖杯探險的事，還有我弟弟帕西。」

「如果我們問問題，會讓你痛苦嗎？」

「不，我想聊這件事。我還有多拿爾。而且，帕西似乎一直都很出名。」

「帕西法爵士做了什麼呢？」

「或許我應該從頭開始，先告訴你們那封信的事。」

「你們都知道，」阿格洛法爵士說，「帕西是我們家族中最像老爸的一個。他個性溫和謙卑又有點迷糊，還很害羞。他在那艘魔法船上碰到波爾斯時，覺得很不安，信裡是這麼說的。你知道，他和加拉罕一樣是個處子騎士①。我以前看到他和老爸在一起時就常想，這真是好一對父子啊。比如說，他們都很喜歡動物，也知道怎麼跟牠們相處。之前老爸有尋水獸，而帕西離家後，似乎主要都和獅子交朋友。帕西也是個仁厚樸實的人，有一天，他們試著要將一把神聖的劍從鞘裡拔出來，我是說，那艘聖船上的三個人。帕西第一個試。當然，他沒有成功——這類事情都是要留給加拉罕做的。不過，他失敗之後，只是傲然地四下看了看，說：『說真的，我失敗了！』不過這是後話。

「信上所說的是帕西在離開瓦庚後的第一次冒險，他和藍斯洛爵士同行，最後碰上加拉罕爵士。他們與他進行長矛比試，而加拉罕把他們兩人都打下馬。後來帕西離開藍斯洛，來到一個隱士的住處，在那裡告解。隱士建議帕西跟著加拉罕去古斯或卡波涅克，而且絕對不要與他對戰。事實上，那時候帕西對加拉罕有股狂熱的英雄崇拜，便接受了建議。他騎往卡波涅克，在那裡策馬穿越森林的時候，聽見修道院的鐘聲，他也是在那裡碰上四百多歲的艾弗列王②。我最好還是別說艾弗列的事，因為這部分我不大了解。我想，要等到發生聖杯被人找到之類的事，這個老人才會死。不過信裡的這個部分又混雜了佩雷斯國王的事，不是很好懂。總之，有八個騎士和二十個武裝的男人在卡波涅克攻擊帕西，就在危險關頭，加拉罕現身救了他。不幸的是，他的馬死了，但天色還沒暗下來，加拉罕就又騎馬離去了。」

「你知道，」萊諾遲疑地說，「聖潔又所向披靡可能很不錯，我也不會說加拉罕當個處子騎士有什麼不對，但是你們不覺得這傢伙太不近人情嗎？我不想說惡毒的話，不過他讓我毛髮直豎。他為什麼不能說句早安什麼的，非得這樣救個人，然後再一言不發地騎馬跑走，姿態還擺得老高。」

亞瑟一句話也沒說，那個年輕人繼續說著他的故事。

「帕西想要遵照指示，加入加拉罕的行列。但加拉罕已經騎馬離開了，這可憐的老傢伙只能跟在後面邊跑邊叫：『喂！』他想向人借馬，不過到處碰壁，最後才弄到一匹馬夫的馬，盡全力追加拉罕。不過有個騎士跑出來，把他打下馬來，於是帕西只能步行，所以完全趕不上加拉罕。說到這裡，我得說，我們家族還都真不是英雄型的人呢。這時候呢，有位女士出現了，他們後來發現她是個精靈，而且不是個好精靈。她熱切地問他要去做什麼，帕西說：『我不是要行善，但也不是要作奸犯科。怎麼樣？』於是那位女士借了一匹黑馬給他，不過後來發現，她是個魔物。那天晚上，帕西很幸運地對自己畫了個十字，結果那匹馬就戲劇性地消失了。當時他在某個沙漠裡頭，從一條大蛇口中救了一隻獅子，並和牠交了朋友。就像我說的，帕西一直很喜歡這些不會說話的朋友。

「後來，有位非常美麗的仕女帶著全套野餐用具出現，邀帕西共進晚餐。因為身處沙漠，以及其他原因，他餓了，再加上他一直不大會喝酒，所以他在那場晚宴玩得很盡興，我想他可能有點激動。結局是，他縱情大笑，非常興奮，又要求那位女士——呃，你們知道我要說什麼。那位女士同意了，不過，接下來事情就好轉了，因為帕西把劍放在地上，而他看到劍柄末端的十字架，所以再次對自己畫了個十字，結果帳篷整個翻了過來，那位女士身後的水燃燒起來，她又吼又叫地坐上一艘船逃走。

「帕西對自己的行為深感羞愧，而且第二天早上頭痛得厲害，所以他把劍刺進大腿，做為懲罰。在那之後，那艘聖船出現了，而且波爾斯就在船上。他們兩人一起航行，船帶他們去哪裡，他們就去哪裡。」

桂妮薇說：「如果這艘船是要送人去找聖杯，那我就完全能夠了解波爾斯為什麼會在船上，因為我們知道他通過了一些可怕的考驗。但是為什麼帕西法爵士也行呢？阿格洛法爵士，我無意無禮，但是你弟弟似乎沒做什麼呀。」

「他保有了他的童貞，」亞瑟說，「他和波爾斯一樣純淨，說起來，他還更純淨些。他是非常純真的。上帝說過，受苦的孩子會到祂身邊去。」

「但這樣一個迷糊蛋！」

亞瑟生氣了。

「上帝讓某些人的天堂之路崎嶇難行，但某些人只要爬上去就好，」他反駁道，「如果祂是慈悲的神，我看不出這有何不可。阿格洛法爵士，繼續說你那封信吧。」

「就在這時，我妹妹也來了。你知道她是個修女，而她們初次為她落髮時，出現了一個幻象，指示她們把那些頭髮收在一個盒子裡。我妹妹是個受過教育的女人，她的天命就是要從事宗教研究。就在帕西和波爾斯上船的時候，修道院裡出現了新的幻象，要她去做幾件事。第一項就是找加拉罕爵士。

「我妹妹找到加拉罕的時候，他剛打敗加文爵士，在卡波涅克附近的一個隱士居所過夜。她把他叫起來，為他穿上鎧甲，一起騎到可利比海去，在一座堅固城堡的另一頭，他們看到一艘神聖的船，波爾斯和帕西就等在船上。他們所有人一起航行，來到位於兩座高聳岩石當中的凹坑，另一艘船在那裡等著。要上那艘船，有些限制，因為船上有份卷軸警告上船的人必須要有無瑕的信仰。於是加拉罕帶著他那令人無可忍受的自信，稀鬆平常地上了船。他們跟在他後面走上船去，發現船上有張華麗的床，上面有頂絲製王冠，和一把半出鞘的劍。那是大衛王[3]的劍。那裡還有三個用伊甸園的樹做成的魔法紡錘，還有兩把較差的劍，要給帕西和波爾斯。當然，那把重要的劍是要給加拉罕的；劍柄上面覆蓋著兩隻怪獸的肋骨，是蛇妖卡利東和魚怪爾塔納[4]，末端的圓球是用美麗的石頭做成，劍鞘則是蛇皮做的；劍的一面殷紅如血，不過劍帶只是一般的麻料。

「我妹妹遵照指示把剪下來的頭髮裝在盒子裡帶來找加拉罕，這時她坐下來，用那些紡錘將頭髮織成一條新的劍帶。她在書裡讀過那把劍的由來，這時也對他們解釋，又說那些紡錘為什麼是用多種色彩的木頭製成[5]。最後，那把劍就交到加拉罕手上了。她是個處女，而她用處子之木製成的紡錘把自己的頭髮織成劍帶，整理好這把劍。之後他們回到第一艘船上，航向卡利西[6]。

「在前往卡利西的途中，他們救了一名被幾個惡徒囚禁在自家城堡裡的老人，他們在對戰中殺了許多惡徒。對此，波爾斯和帕西很不高興，但加拉罕說，那些人沒有受洗，殺了也沒有關係，後來也發現他們的確沒受洗。於是城堡的老人提出請求，希望能死在加拉罕懷裡，而加拉罕紆尊降貴地允准了。

「他們來到卡利西時，那裡另有一座城堡，城堡主人是一位得了痲瘋的女士。醫生對她說，唯一的治療方法，是要找到一位具有王室血統的純潔處女，在大碗裡盛滿她的血，讓這位女士在裡頭沐浴。所有經過這條路的人都會被城堡裡的人放血，而我妹妹完全符合這些條件。他們三個騎士奮戰終日，想保護她，然而那天晚上，有人對他們說明放血的原因，於是我妹妹說：『一人犧牲總好過兩人死。』她同意放血止戰，所以他們第二天就這麼做了。她先為醫師祝福，並且做了安排，要人把她的遺體放在聖船裡，拿著這封信向外漂流，接著她就在手術中途死了。」

阿格洛法爵士接受了幾句常見的弔慰和感嘆後，正往樓上的寢室去，他走到國王身邊。那時大廳很暗，寶石般的光芒已經消失了。

「欸，」他有些不好意思地說，「你能不能請奧克尼一族明天和我共進晚餐？」

透過昏暗的微光，亞瑟細細端詳他，接著露出大大的微笑。他親吻阿格洛法，眼淚滑到微笑的嘴角邊。他說：「現在我又有一個親愛的派林諾了。」

① 處子騎士（Virgin knight; maiden knight），意指無罪的騎士，只有這樣的騎士才可能找到聖杯。

② 艾弗列王（King Evelake），即Afallach，亞法隆之王，克爾特傳說中的冥神，最終將重傷死去的亞瑟帶到塞爾特傳說中的天堂亞法隆。

③ 大衛王（King David），聖經中曾打敗巨人歌利亞的以色列王。

④ 蛇妖卡利東（Calidone）、魚怪（Ertanax），均為馬洛禮《亞瑟之死》中的怪物。

⑤ 根據馬洛禮《亞瑟之死》，這些織梭是以夏娃在伊甸園生命之樹上摘採果實的那根樹枝製成的。夏娃將樹枝種到土裡，一開始長出白色的樹；亞當來了，樹變成綠色；亞伯（亞當與夏娃之子，為哥哥該隱所殺）來了，樹變成紅色。參見《亞瑟之死》第十七卷第三章。

⑥ 卡利西（Carlisle），英國地名，在英格蘭西北部，有人認為亞瑟的宮廷位於此地。

第三十一章

偉大的湖上騎士還是沒有半點消息。不管他在哪裡，他的名字對所有人的心都有一種神奇的溫暖力量，尤其對女性而言。他成了一位**大師級**人物，就像戴普大叔從前在他心目中的地位那樣。如果你曾學過怎麼飛行、或曾經師事偉大的音樂家或劍客，只要想想那位老師，就知道卡美洛的人是怎麼看待藍斯洛。他們會為他而死，因為他的成就確實偉大。而現在，他失蹤了。

那些還活著的人陸續回來了——帕洛米德，他現在受了洗，快被尋水獸給煩死了；為了贏得伊索德的愛，他與崔斯坦爵士之間有一場漫長而詩意的競爭，也因而逐漸老去；格魯莫．格魯穆森爵士，如今年近八十，頭禿得像顆蛋，為痛風所苦，但仍勇敢地外出探險；凱伊，目光熱切，喜歡諷刺別人；迪納丹爵士，雖然累得眼睛都睜不開了，但還是會拿自己慘敗的事情開玩笑；還有野森林城堡的老艾克特爵士，已高齡八十五歲，步履蹣跚。

他們帶回了折斷的武器和傳言。有人說，加拉罕、波爾斯、另一個艾克特和一名修女參加了一場神奇的彌撒，主祭的是一隻羔羊，而助祭的有一個人、一頭獅子、一隻鷹和一頭牛；彌撒結束後，那隻主持彌撒的羊穿過教堂一面窗戶上的彩色玻璃羔羊，卻沒把玻璃弄破，象徵著無玷受胎。又有人說，加拉罕是如何無情地對付一隻墓穴中的魔物，如何冷卻欲念之井，最後又是如何打敗瘋瘋女士的城堡。

這些甲冑生鏽、盾牌傷痕累累的人在各個地方看到藍斯洛的身影。他們說，有個全副武裝、相貌醜陋的男人，對著路旁的十字架祈禱；他們說，在月光下有張疲憊的臉枕著盾牌睡著了。他們還說了一些難以置信的事，說藍斯洛被人打下馬，被人擊敗，敗陣落馬後還跪在地上。

亞瑟問了幾個問題，派出使者，並不忘為他的司令官祈禱。桂妮薇心思處於危險的狀態，開始在言語的懸崖上徘徊，隨時可能說出一些話或做出一些事，危及她自己和她的愛人。莫桀和阿格凡這兩個最先從聖杯探險退下來的人，睜著明亮的眼睛等待；他們按兵不動，像置身伊莉莎白女王議會裡的伯利爵士[①]，也像滑溜的貓咪正偷偷盯著鼠洞——聚精會神，專心看著。

傳言開始說藍斯洛死了。一位黑騎士在某個淺灘殺了他；他和自己的兒子比試長矛，結果弄斷脖子；他被自己的兒子打敗後，又發了瘋，騎著馬這裡來那裡去；一個神祕騎士偷走他的鎧甲，他讓野獸給吃了；他和兩百五十個騎士對戰成了階下囚，像狗一樣吊起來。大多數人相信並暗指他在睡夢中被奧克尼一族謀殺，埋在一堆樹葉底下。

騎士團最後潰不成軍，先是三三兩兩晃回來，然後一次只回來一個，最後要隔上一陣子，才有單騎歸來。而貝第維爵士記錄的死亡及失蹤名單也逐漸確立為一張死亡名單，因為失蹤的人要嘛筋疲力盡地回來，要嘛就是有可靠報告說他死了。和藍斯洛有關的耳語中，開始出現死亡的色彩。由於幾乎所有人都喜歡他，因此那些說話的人也只敢輕聲低語談論他的死，深怕要是提高了音量，事情就會成真。不過，他們輕聲談到他的善良與突出的外貌，講到他以前是如何又如何給了誰誰誰一擊，又說到他的滑腿打法。幾個卑微的見習騎士和廚房女僕仍清楚記得他的微笑或他在聖誕節賞的小費，雖然他們知道這位偉大的司令官甚至不大可能記得他們的名字，卻仍在哭濕的枕頭上入睡。凱伊抽著鼻子公開表示自己一直都是個刻薄的無賴，隨即擤鼻涕快步走出房間，把大家都嚇了一跳。一股緊張的氣氛和世界末日就要到來的感覺在整個宮廷裡滋長。

藍斯洛在一場暴雨中歸來，全身濕透，看起來縮得很小。他牽著一匹白色母馬，那馬年紀老大，已經跑不動了。他們身後跟著烏黑的秋日雲朵，而馬瘦得身體都凹陷了，肋骨突出的雪花白和其間的靛藍暗影形成對比。那時一定有某種魔法、某種讀心術或直覺發揮了作用，因為在他出現前，宮殿中所有的城垛和塔樓，以及正門的吊橋上，都擠滿了人，他們等待、期盼，在沉默中指指點點。這些人看到一個小小身影疲憊地穿過獵場遠方的樹林，便交頭接耳起來。白馬旁邊，那個一身緋紅的人就是藍斯洛。他平安無事。至於他的冒險究竟如何，他還沒說出來，大家全都知道了。亞瑟瘋了般奔跑，要所有人都進去，把城垛讓出來，給那男人一個機會說話。因此在那人影抵達之前，已經沒有人等在那裡刺激他了，只有敞開的正門及背已彎駝、白髮蒼蒼的戴普大叔站在那裡，等著把他的馬牽進去。窗簾後躲了幾百對眼睛，看著那個疲累不堪的男人把韁繩交給他的侍從；看著他把頭壓得低低的，一直不抬起來；看著他轉身走進他的房間，消失在塔樓階梯的黑暗中。

兩小時後，戴普大叔來到國王寢室。他已服侍藍斯洛脫衣就寢。他說，在那件緋紅色長袍下，有件潔白的襯衣，而在襯衣下，他穿著一件可怕的髮織襯衫。藍斯洛爵士要他送個口信，說他非常疲倦，請國王見諒，他明天會去找國王。不過，重大的消息也不該延誤，因此他要戴普大叔轉告國王，聖杯已經找到了，是加拉罕、波爾斯和帕西法找到的。他們帶著聖杯和帕西法妹妹的遺體，已經抵達巴比倫的薩拉[2]。聖杯不能帶到卡美洛來。波爾斯最後會回家，但其餘人永遠都不會回來了。

① 伯利爵士（Lord Burleigh），本名威廉．塞西爾（William Cecil），在一五五八至一六〇三年間擔任伊莉莎白一世（Elizabeth I）的首席顧問。

② 薩拉斯（Sarras），傳說中的城市，其舊時邊界接近埃及，由聖杯歷史中的艾法拉王（King Evalach，據說亞利馬太的約瑟使他後來改信基督教）統治。傳說中聖杯最後的所在，加拉罕和帕西法在此將聖杯交還給上帝。

第三十二章

為了這個場合，桂妮薇打扮過了頭。她化了不必要的妝，而且化得很難看。她四十二歲了。

藍斯洛看到她站在亞瑟身旁，在桌邊等著他的時候，只覺得體內的心臟破了個洞，內藏的愛意在他血管中奔流。那是他所熟悉的愛，對那二十歲少女的愛，當時的她驕傲地站在王座旁，底下是呈獻給她的俘虜；不過，眼前的女孩雖然還是同一個，但打扮大不相同，妝化得很糟，還穿著過於鮮豔的絲綢衣裳，她想要用這些東西來抗拒人類無可違抗的命運。在他看來，她是個熱情而無垢的年輕靈魂，遭到戲弄青春的把戲圍攻——身體背叛，血肉化成青森骸骨。他不覺得她那身愚蠢的華服俗不可耐，反而感到貼心。那個女孩還在那裡，對他來說，在破碎的胭脂障壁之後的她仍有吸引力。她勇敢地對外宣告：我不會被打敗！在拙陋的媚態和有失莊重的服裝底下，有個人類正在呼救。那雙年輕的眼睛困惑地說著：是我，我就在這裡面，他們對我做了什麼？我不會屈服。她一部分的靈魂明白，這股力量讓她動彈不得，使她痛恨不已，她想要單用她的眼睛去擁抱她的愛人。她的眼睛訴說著：別看這些東西了，看著我，我還在這裡，就在這雙眼睛裡。看看正在囚牢中的我吧，救我出來。而她靈魂的另一個部分則說：我才不老，這都是幻覺。我打扮得很美麗。你看，我的一舉一動都像個年輕人，我會打敗歲月大軍。

藍斯洛只看到一個靈魂，那是個被判罪的無辜孩童，以染髮劑和橙色綢衣如此脆弱的武器來守護她薄弱的地位，這些東西，是她想要用來取悅他的，而她又是帶著何等的恐懼啊。他看到

那熱情的小手
朝雲端緊握，不願屈服，
那樣的驕傲，將使命定失敗的主角
與幽靈巨人搏鬥。

亞瑟說：「你休息夠了嗎？覺得怎麼樣？」

「我們真高興看到你，」桂妮薇說，「真高興你回來了。」

他們看到的是個態度沉著的人——吉卜齡①也是這麼描述吉姆的。他們看到的，是個嶄新的藍斯洛，沉默而有洞察力。他正從靈魂的高處向他們走來。

藍斯洛說：「我精神恢復得差不多了，謝謝你。我認為，你們會想知道聖杯的事。」

國王說：「恐怕我是自私了些，沒讓大家進來。我們會把故事寫下來，放在索爾茲伯里的教堂聖油櫃裡。不過藍斯，我們想要在不受任何打擾的情況下，先聽聽你說。」

「你確定有體力說故事嗎？」

藍斯洛微笑著握住他們的手。

「沒什麼好說的，」他說，「畢竟，找到聖杯的人並不是我。」

「坐下來，別再齋戒了，先吃點東西再說。你瘦了好多。」

「來杯香料甜酒？還是洋梨酒？」

「我現在不喝酒，」他說，「謝謝你。」

在他吃東西時，國王和王后分坐在兩邊看著。他還不知道自己要鹽（就在他的手指剛剛要伸出去拿鹽）的時候，他們就已經把鹽遞到他手上。他取笑他們嚴肅的面孔，說他覺得不自在，還假裝用杯子裡的水向亞瑟灑聖水，好讓他們笑一笑。

「你們想要聖徒的遺物嗎？」他問，「喜歡的話，可以拿我的靴子去。我已經快穿爛了。」

「藍斯洛，這事可不能拿來開玩笑。我相信你親眼見過聖杯了。」

「就算我看過，你們也不用幫我遞鹽啊。」

不過他們還是看著他。

藍斯洛說：「請你們了解，是加拉罕和其他人找到聖杯的。我沒有那樣的資格。所以，你們這樣大驚小怪是不對的，而且對我來說，這很傷人。有幾個騎士回來了？」

「一半，」亞瑟說，「我們已經聽過他們的故事了。」

「我想你們知道的已經比我多了。」

「我們只知道那些殺人以及不願告解的人被趕回來。你說加拉罕、波爾斯和帕西法是有資格的人。有人告訴我，加拉罕和帕西法是處子騎士，至於波爾斯，雖然他不算處子，卻成了一流的神學家。我想，波爾斯的資格是來自於他的教義，而帕西法的資格則來自於他的純真。至於加拉罕，我只知道所有人都不喜歡他，此外什麼也不知道。」

「不喜歡他？」

「他們抱怨他太不近人情。」

藍斯洛看著杯子沉思。

「他是不近人情，」最後他說，「不過，他為什麼得有人情味？你覺得天使有人情味嗎？」

「我不大了解你的意思。」

「你覺得，如果大天使米迦勒此刻出現在這裡，他會說：『今天天氣真好！要不要來杯威士忌？』這樣的話嗎？」

「我想是不會。」

「亞瑟，我說這些話，你可別認為我無禮。你要記住，我之前去了奇怪而荒涼的地方，有時候相當孤單，有時候坐在一艘船上，只有上帝和呼嘯的大海與我同在。你知道嗎？當我回來和其他人在一起的時候，我覺得我快瘋了，不是因為海，而是因為人。這些人環繞著我，讓我逐漸忘卻我所有得到的東西。對我來說，甚至連你和珍妮所說的許多話，似乎都沒有必要，只覺得是奇怪的噪音，感覺很空洞。你知道我的意思嗎？『你好嗎？』『請務必坐下來。』『天氣真好。』這有什麼重要？人說太多話了。我之前去的地方，也就是加拉罕待的地方，『禮貌』是一種浪費時間的行為。只有人與人之間才需要禮貌，因為它可以讓無聊的工作有秩序地運作。你知道『禮貌能造就人品』，卻無法使人近神。這樣你應該能了解了吧，為什麼在那些對加拉罕叨叨不休的人眼中，他似乎很不近人情，而且又無禮諸如此類。他的靈魂已經走遠了，活在孤島上與寂靜和永恆為伍。」

「我了解了。」

「請不要認為我說這些話很無禮，我是想解釋一種感覺。如果你們去過聖派翠克的煉獄④，就會明白我的意思。等你從那裡出來，也會覺得人很荒謬。」

「我確實了解，我也明白加拉罕的為人了。」

「他實在是個可愛的人。我跟他在一艘船上待了很長一段時間，所以我懂。不過，這不表示我們要一直把船上最好的座位讓給對方。」

「這就是所有騎士最不喜歡他的一點。我了解了。不過，藍斯，我們在等你說你自己的故事，不是加拉罕的故事。」

「是啊，藍斯。告訴我們你發生了什麼事，別管那些天使了。」

「既然我沒有碰上天使的資格，」藍斯洛爵士微笑著說，「我也只能對你們說故事了。」

「繼續吧。」

「我離開瓦庚的時候，」這位首席司令官說，「有個狡猾的想法，就是找聖杯最好從佩雷斯國王的城堡開始……」

桂妮薇突然動了一下，這讓他頓了一頓。

「我沒去那座城堡，」他溫柔地說，「因為我出了一場意外。發生了一件不在計畫內的事，之後，我就被帶到後來去的地方了。」

「什麼意外？」

「其實那不算是意外。加諸在我身上的訓誡中，這不過是第一擊而已，我對此很感激。你知道嗎？我應該常常談到上帝，而這個字眼對那些不敬神的人來說，是有所冒犯的，就像對那些敬神的人來說，『天殺的』之類的字眼也會冒犯他們。那我該怎麼做才好呢？」

「你就假設我們都是敬神的人，」國王說，「繼續講那件意外吧。」

「我和帕西法爵士並肩共騎，遇上了我兒。他只一擊，就把我打落馬下，我兒子做的好事。」

「是偷襲。」亞瑟很快地說。

「那是一場公平的比試。」

「你當然不會想擊敗你的兒子。」

「我確實想贏他。」

桂妮薇說：「每個人都有時運不濟的時候。」

「我騎向加拉罕的時候，用上了我所有的技巧，而他讓我落馬了，我有史以來最了不起的一次落馬。」

「事實上，」藍斯洛咧嘴而笑，補上一句，「我可以說，他是有史以來讓我落馬的少數幾人之一。我記得，我躺在地上的第一個感覺只是驚奇而已。要到後來，那股驚奇才有所轉變。」

「發生什麼事了？」

「我躺在地上，加拉罕騎著馬站在我旁邊，一句話也沒說。我們對戰時，有個住在那片荒地上的女隱士走出來，行了一個宮廷禮，她說：『全世界最傑出的騎士，上帝與你同在。』」

藍斯洛看著桌子，一手作勢敲擊桌巾，然後清了清喉嚨，說：「我抬頭看，想知道是誰在對我說話。」

國王和王后等待他的答案。

藍斯洛再次清了清喉嚨：「如果你明白我的意思，我想談的不是我的冒險，而是我的靈魂。所以我不能在這件事上表示謙虛。我知道我是個壞人，不過戰鬥一向都是我拿手的項目。對我的惡德來說，心裡一面想著——知道自己是全世界最好的騎士，有時是一種慰藉。」

「然後呢？」

「這個嘛，那位女士不是在對我說話。」

他們默默消化著整件事的意義，同時看著他右嘴角開始抽動。

「加拉罕？」

「是的，」藍斯洛爵士說，「這位女士的目光越過了我，直接看向我兒加拉罕。她才剛說完，加拉罕就慢步離開。隨即，這位女士也走了。」

「她說的是什麼噁心的話！」國王高聲道，「這真下流！根本是有預謀的侮辱！應該要鞭打她一頓！」

「她說的是事實。」

「但是她故意跑到你跟前來說給你聽！」桂妮薇大叫，「更何況，不過就落馬一次……」

「我現在比以前更敬神了，」藍斯洛認罪地說，「不過當時我不能忍受這種事，我覺得有人把我的支柱拿走了。我明白，她只是說出一個簡單的事實，但感覺卻好像將我的心完全粉碎了。所以我獨自一人像隻受傷的動物，離開了帕西法。帕西法說要找些事做，不過我只說：『隨你高興。』我心情沉重地離開，騎著馬漫無目的地走，想要找個地方，自個兒把心給扯裂。最後我來到一間禮拜堂，覺得自己可能又要發瘋了。亞瑟，你看，我腦子裡有很多問題，這似乎是一個知名的騎士為了那麼一點虛名必須付出的代價，而當這虛名消失的時候，我覺得自己似乎什麼都沒有了。」

「你的一切都還在。你還是全世界最傑出的戰士。」

「有趣的是，那禮拜堂沒有門。但不知道是不是因為我有罪，還是當時因為心碎而憤憤不平，我就是進不去。我睡在外面，枕著盾牌，做了個夢，夢見有個騎士偷走我的頭盔、我的劍和我的馬。我試著醒來，卻沒辦法。我所有象徵騎士的東西都被拿走了，但是我醒不過來，因為我的心充滿了痛苦的念頭。有個聲音對我說，我再也不能做禮拜了，不過我只想著跟那個聲音對抗，所以，等我醒來，那些東西都不見了。

「亞瑟，如果我不讓你了解那晚發生什麼事，你就沒辦法了解其餘的事。我本可以去追蝴蝶，但是，我把童年都花在學習做你最好的騎士。後來我變壞了，但我擁有一樣東西。以前在內心深處，我覺得非常驕傲，因為眾人都認為我是頂尖的；我知道，這樣的感覺很卑劣，但我也沒有什麼別的事可驕傲。起先，我的承諾和奇蹟都離我而去；現在，就在我所說的這一晚，這種感覺也不見了。我醒來時，發現所有的武器都不見了，於是我痛苦地走來走去。這事說來不大光彩，但我哭泣、詛咒。也就是這時候，這些懸念從我內心掙脫了。」

「我可憐的藍斯。」

「這是有史以來最好的事了。你們知道嗎？到了早上，我聽見鳥兒的叫聲，這讓我好過一些。被一大群鳥安慰，實在也滿好笑的。我小時候從來沒有時間去偷鳥巢，所以我不知道那是什麼鳥，不過亞瑟，你應該會知道。那隻鳥很嬌小，牠看著我，尾巴高高昂起。牠只有馬刺上的齒輪那麼大而已。」

「也許是鷦鷯。」

「是嗎？那麼就當牠是鷦鷯好了。你明天能找一隻給我看看嗎？我的心因為黑暗而無法獨自了解的事，這些鳥讓我了解了。那就是：如果我受到懲罰，那是因為我的天性使然。不管這些鳥兒身上發生什麼事，都是依據牠們的天性。牠們讓我了解到，如果你是美麗的，那麼這世界就是美麗的，你要有捨，才會有得，而且你要不求回報地捨。所以我接受加拉罕打敗我，也接受鎧甲被人拿走，而在這個神聖的時刻，我找到一個人，向他告解，因此，我不再邪惡了。」

「所有去尋找聖杯的騎士，」亞瑟說，「都覺得他們必須先去告解。」

「在那之前我從來沒有好好告解過。我這輩子幾乎都活在道德之罪中。不過這一回，我告解了所有的事。」

「所有的事？」王后問。

「所有的事。亞瑟，你懂嗎，終其一生，我的良知都是有罪的，我一直認為不能將這個罪告訴別人，因為……」

「如果說了會傷害到你，那就別告訴我們了，」王后說，「畢竟我們不能聽你懺悔。你只要告訴神父就夠了。」

「別再煩她了，」國王也同意，「無論如何，她生了一個好兒子，一個似乎能找到聖杯的好兒子。」

他所說的人是伊蓮。

藍斯洛突然悲傷地看著他們，目光在兩人之間流轉，然後他握緊拳頭。三人都屏住呼吸。

「我告解了，」最後他開口說話，他們又開始呼吸，然而他的聲音頗為沉重，「接著，我就開始苦修贖罪。」他停了下來，仍然有些猶疑，而他隱約意識到眼下正是他人生的十字路口。他們全都知道，如果說什麼時候該把這件事說出來，那就是現在了，他應該在這個時候把事情告訴身為朋友和國王的他——但是桂妮薇正在阻止他。那也是她的祕密。

「這項苦修，要穿上一件某位已故修道者的頭髮製成的襯衫，那位修道者我們都認識，」他最後敗下陣來，繼續往下說。「我不吃肉、不喝酒，每天望彌撒。三天後，我離開神父的房子，騎著馬，回到我失去裝備的地方，到那附近的一個十字架旁。那神父借了我一點錢讓我繼續前進。總之，我當晚睡在十字架附近，做了另一個夢——第二天早上，那個偷了我鎧甲的騎士回來了。我和他比試長矛，取回了鎧甲。這不是很不可思議嗎？」

「我想那是因為你現在好好告解了，得到神的恩典，所以你可以信任你的能力。」

「我當時也是這樣想，不過你馬上就知道了。我那時想，現在我已經把我的罪從心中拔除，所以應該能再次獲准成為全世界最優秀的騎士。我非常快樂地騎馬離去，想要唱點歌，後來我來到一處美麗的平原，上面有城堡、帳篷，應有盡有。那是一場比武大會，有五百名騎士，分成黑白兩邊。白隊騎士占了上風，所以我認為我應該加入黑隊。我認為，既然已經獲得寬恕，就應該拯救弱小，成就豐功偉業。」他停了下來，閉上眼睛。「不過，白隊的騎士，」他睜開眼睛，補上最後一句，「很快就讓我淪為階下囚。」

「你是說你再次被打敗了嗎？」

「我被打敗了，而且受了羞辱。我覺得我的罪比以前更重了。他們放我走的時候，我像第一晚那樣，一邊騎著馬，一邊詛咒。夜色降臨時，我躺在一棵蘋果樹下，哭著睡著了。」

「但這與教義不合啊，」王后高聲說，她和大多數女人一樣，是個優秀的神學家，「如果你確實告解，又苦修贖罪，而且也得到赦免……」

「我為一項罪行苦修贖罪，」藍斯洛說，「但是我忘了我還有另一項罪行。那天晚上，我做了另一個夢，有個老人來跟我說：『噢，信仰邪惡又薄弱的藍斯洛啊，面對你的死罪，你的意志也幾乎毫不動搖呢。』，珍妮，我這一生當中，都背負著另一項罪行，那是最糟的罪行。驕傲讓我想成為全世界最優秀的騎士；同時也因為驕傲而讓我自我炫耀，才會在比武大會中去幫助較弱的一方。是。妳可以說那是虛榮心作祟。我只為了……為了那女人的事告解，並不會讓我成為好人。」

「所以你被打敗了。」

「是的，我敗了。第二天早上，我去找另一個隱士再次告解。這次，所有該做的事我都徹底做了。但他告訴我，在聖杯的探險過程中，光是禁慾、不殺人是不夠的，我得將這世上所有的誇耀與驕傲都拋諸腦後，因為上帝不會想要祂的探險出現這樣的行為。我必須放棄所有世俗的榮耀，而我確實放棄了才得到了寬恕。」

「後來發生了什麼事？」

「我騎著馬，來到莫托斯之水③，我在這裡和一個黑騎士比試長矛，他也把我打下馬。」

「這是第三次了！」

桂妮薇大叫：「但是，你這回確實得到寬恕了啊！」

藍斯洛將手放在她的手上，微笑起來。

「如果有個男孩偷了糖果，父母懲罰他，」他說，「他可能會感到十分抱歉，從此變成一個好孩子。這不會讓他去偷更多的糖果，對吧？但這也不表示，父母應該要給他糖果。上帝讓我被黑騎士撂倒，不是在懲罰我，祂只是保留那份勝利的大禮，至於要不要給我這份禮物，一直都是由祂來決定。」

「但我可憐的藍斯，你放棄了你的榮耀，卻沒有得到任何回報啊！你是個罪人時，戰無不勝；那麼，為什麼在你接近天國的時候，卻一直落敗呢？為什麼你總是被你所愛的事物傷害呢？那你後來怎麼做？」

「我在莫托斯之水中跪下，珍妮，就跪在黑騎士擊敗我的地方——我為這場冒險感謝上帝。」

① 吉卜齡（Joseph Rudyard Kipling, 1865-1936），英國小說家，《吉姆》（*Kim*）是他一九〇一年出版的長篇小說。

② 聖派翠克的煉獄（St. Patrick's Purgatory），位於愛爾蘭紅湖（Lough Derg）中的一座小島，是古代很受歡迎的朝聖地點。傳說中有個愛爾蘭人對聖派翠克表示，除非他能得到實質證據，否則他不會相信上帝。於是聖派翠克向上帝祈求，而上帝應其所請，在這島上揭示了煉獄的模樣。

③ 莫托斯（Mortoise），馬洛禮《亞瑟之死》中出現的地名，藍斯洛在此登船，遇上他兒子加拉罕。

第三十三章

亞瑟再也聽不下去了。

「這實在太過分了！」亞瑟憤憤不平地高聲說，「我不想聽了。為什麼一個善良、仁慈又體貼的人要受到這樣的折磨？就算只是用聽的，也讓我打從心裡感到羞恥。到底……」

「噓，」藍斯洛說，「我很高興放棄了愛情和榮耀。還有，我真的不得不這麼做。上帝並沒有讓加文或萊諾承受這樣的痛苦，對吧？」

「呸！」亞瑟王說，他此刻的語調是加文以前在他面前用過的。

藍斯洛笑了。

「好，聽你的口氣是確定沒有了，」他說，「不過也許你該聽一下這個故事的結局。

「那天晚上，我在莫托斯之水的岸邊躺下，做了一個夢，要我上一艘船。當然，我醒來的時候，船已經在那裡了。我上了船之後，有絕妙的香氣、感覺和可口的食物等著我，還有……嗯，你想得到的任何東西。我那時『為我所思所欲之物所盈滿』。我知道現在沒辦法向你們解釋那艘船的事，因為，在我回到人群後，它便逐漸離我遠去了。不過，你們可別以為船上只有薰香或珍貴的布疋。是有這些東西沒錯，不過，這艘船之所以可喜，並不在此。你們要想想焦油的氣味和海的顏色。海有時候很綠，就像厚玻璃那樣，可以看到底部。有時候是個寬大的緩坡，沿著坡頂飛翔的水鳥會消失在凹谷當中。在暴風雨中，激浪的巨牙咬在岩島上，海水退去時，在懸崖上露出白色利齒。到了夜晚，萬籟俱寂，你可以看見星光反射在潮濕的沙灘上，其中有兩顆星星相當靠近。沙地起伏，就像口腔頂端的構造。還有海草的氣味以及孤獨的風所發出的噪音。有幾個島，鳥停在島上，遠看就像兔子的形狀，而彩虹就是牠們的鼻子。冬天是最棒的，因為島上會有鵝，牠們會排成好幾列，像長長的炊煙，然後在早晨冰冷的微光中像獵犬那樣唱起歌來。

「亞瑟，不需要為了上帝一開始加諸於我的事情憤憤不平，因為祂回報給我的東西更多。我說：『公正親愛的我父耶穌基督，我不知道自己身處何種喜樂，因為這項喜樂超越了地上所有我曾經歷的喜樂。』

「那艘船還有一點很奇怪，裡面居然有位死去的女士，手上拿著一封信，那信告訴我其他人的經歷。更奇怪的是，她已經死了，我卻不覺得害怕。她的臉十分平靜，就好像在陪伴我。在船上、在海裡，我們都覺得彼此有了某種交流。我不知道我的勇氣是從哪兒來的。

「我和那位死去的女士在船上待了一個月後，加拉罕被帶來我們這裡。他賜福予我，讓我親吻他的劍。」

亞瑟的臉紅得像是隻公火雞。

「你要他為你賜福？」他質問藍斯洛。

「當然。」

「好吧！」亞瑟說。

「我們一起在聖船上航行了六個月，在這段時間裡，我漸漸了解我兒子，而他似乎也很關心我。他常常用很有禮貌的態度說話。我們不時在外島冒險，冒險內容都和動物有關：海鵰的叫聲很美，加拉罕還指引我看沿著水面飛翔的鶴，牠們的影子也在底下飛，不過上下顛倒。他告訴我，漁夫把鸕鶿叫做老黑巫，還有，渡鴉的壽命和人類一樣長。牠們會在高空中嘎嘎叫著，以失速下墜來取樂。有一天，我見到一對紅嘴山鴉，真是美極了！還有海豹！牠們像人一樣說話，一路隨著船上的音樂前進。

「我們在某個星期一來到一處林地，有個白騎士騎下海岸，要加拉罕下船。我知道他會被帶去找聖杯，所以我很難過我不能一起去。你可還記得，當你還小的時候，孩子們會為了遊戲選邊，而你可能完全落選？我當時的感覺差不多就是那樣，不過還更糟。我要加拉罕為我祈禱，我要他祈求上帝約束我，讓我服侍祂。之後我們親吻對方，互道再見。」

桂妮薇抱怨：「我不懂，如果你已蒙受寬恕，為什麼你不能跟著去。」

「這問題很難解。」藍斯洛說。

他張開雙手，從指縫中看著桌子。

「或許我心術不正，」最後他才說，「或許，在我內心深處，也可以說在我的潛意識裡，我並不是為了一個正當的目的而想要改變……」

王后聽著，臉上露出一股微妙的神采。

「胡說。」她輕聲說，不過意思卻恰恰相反。她親密地壓著他的手，但藍斯洛把手拿開。

「我之所以祈求上帝**約束**我，」他說，「或許是因為……」

「在我看來，」亞瑟說，「你讓你自己沉浸在不必要的溫柔良知裡。」

「或許吧。但無論如何，我沒有入選。」

他坐在那裡，看著那片在他雙手之間現身的海洋，聽著島上的塘鵝在懸崖邊發出笨拙的叫聲。

「那艘船乘著一陣強風，又把我帶出海，」最後他說，「我沒怎麼睡，不過常常祈禱。我祈求，雖然我沒有入選，但是或許能夠給我一些聖杯的消息。」

當下三人各懷心思，室內一片寂靜。亞瑟想著一幅悲慘的景象——有個塵世的罪人，是他們之中最善良的人，他步履艱難地跟在那三個超凡的處子騎士身後，這是他命中註定、勇敢但徒勞的苦工。

「有趣的是，」藍斯洛說，「無論祈禱的人如何聲稱祈禱會得到回應，不祈禱的人還是認為不會有回應出現。夜半時分，那艘船乘著一陣大風，把我帶到卡波涅克城堡後面。這也很奇怪，因為那就是我一開始要去的地方。」

「船靠岸時，我知道，我的願望有一部分能夠達成。當然，我看不見全貌，因為我不是加拉罕，也不是波爾斯。不過他們對我很好，已經算是逾矩了。」

「城堡後面有如死亡一般漆黑，我穿上鎧甲走上去。有兩隻獅子等在階梯入口，想要阻止我前進。我拔出劍跟牠們對戰，其中一隻前腳擊中了我的手臂。當然，我實在很蠢，我應該信賴上帝的時候，卻選擇信賴我的劍。於是我用我那隻麻木的手畫了十字，往裡頭走去，兩隻獅子並沒有傷害我。途中每一扇門都開著，只除了最後一扇門，我在那裡跪了下來，然後祈禱，接著門便開了。

「亞瑟，我說這些，聽起來一定很不真實。我不知道要如何把它化為言語。最後一扇門後面有個禮拜堂，正在舉行彌撒。

「噢，珍妮，那個美麗的禮拜堂盈滿光和一切！妳或許會說：『是鮮花和蠟燭。』不過不是這些，或許那裡什麼都沒有。

「那是，噢，吶喊——力量與榮耀的吶喊。它攫住了我所有的感官，把我拉了進去。

「不過我進不去。亞瑟、珍妮……有把劍阻止了我。加拉罕在裡面，還有波爾斯和帕西法。還有九名騎士，分別來自法蘭西、丹麥和愛爾蘭；此外，船上那位女士也在。亞瑟，聖杯就在那兒，在一張銀桌上，和其他聖物放在一起！不過就算我在門這頭再怎麼渴望，我都無法進入。我不知道主持彌撒的神父是誰，或許是亞利馬太的約瑟，或許是……噢，算了。他帶著一樣看起來很沉重的東西，搬不大動，於是我丟下劍走進去，想要幫他。上帝為證，亞瑟，我只是想要幫忙。但是，在那最後一扇門旁，有股氣息打在我的臉上，像是從火爐中吹出的熱風，之後，我就無聲無息地倒在地上了。」

第三十四章

侍女們在黑暗的房間裡來來去去，水罐和水桶在樓梯上匡啷作響，蒸氣氤氳。她們踩過地上的水灘，發出啪躂啪躂的腳步聲，隔壁房間則傳出低語，夾雜著絲綢摩擦的神祕聲響。

王后爬上通往澡盆的六階木梯臺，坐在澡盆裡的木板上，只露出一顆頭。這個澡盆像個大啤酒桶，她頭上纏著白色頭巾。她全身赤裸，只戴著一串珍珠項鏈。角落有面鏡子（這在當時非常昂貴），另一角落裡有張小桌子，放著香水和香油。沒有粉撲，只有放在羚羊皮袋裡的白堊粉，攙了十字軍帶回來的玫瑰油來增添香氣。地板上的水灘間散落著用來擦乾的亞麻巾，此外還雜有珠寶盒、織錦、襯衣、襪帶、襯裙，這些都是從別的房間帶來供她挑選的。有些被主人厭棄的失寵頭巾散置一旁，被漿成奇怪的形狀，像是熄燭蓋、蛋白霜，還有兩隻牛角形。將它們固定在一起的髮網上串著珍珠，手帕布料則是東方的絲綢。

一名侍女站在王后的澡盆前，拿著一塊刺繡披飾給王后檢查。刺繡的圖案是一個由她丈夫與她父親的紋章所組成的釘合紋章①：一邊是以後腿直立的紅龍，象徵英格蘭；一邊是六隻身體朝前、頭往後看的美麗獅子，象徵羅德格蘭斯王，他名字的字首「Leo」就代表獅子。這塊橫在她胸前的披飾上綴著沉沉的絲質流蘇，就像窗帘繩。絲質盾徽的邊緣則飾有銀藍兩色的逆松鼠紋②。

桂妮薇已經卸掉糟糕的濃妝，讓人為她穿上她挑選的衣服，沒有多餘的裝飾。那些侍女洋溢著歡樂的情緒，過去一年多來，她們服侍的王后易怒而冷酷、自我矛盾又憔悴痛苦；但是現在，她們不再受責，任何事都能取悅她。她們都很確定藍斯洛必定會再次成為她的情人。然而事實並非如此。

桂妮薇看著那六隻身體朝前、頭往後看的獅子，牠們吐出紅色的舌頭、探出腳爪，正在行軍，一面傲慢地朝背後眨眼，一面擺動尾巴尖端的火燄。她帶著一種睏倦的滿意點了點頭，於是那名侍女行了個禮，把披飾帶到更衣室去。王后目送她離去。

你可以說，桂妮薇本身就是一隻會吃人的獅子，或者說，她是那種堅持要在每個地方掌權的自私女性。其實，只要稍微檢視一下就會發現，她所做所為似乎就是如此。她美麗、嗜血成性、壞脾氣、頤指氣使、任性、貪得無饜、迷人——所有食人動物的本性她都具備了。但是，這些簡單的解釋都建築在一個基礎上：她並不是個隨便的女人。她的人生除了藍斯洛和亞瑟以外，沒有別人。她並沒有吃掉其他人。即使如此，她也不是當真吃了他們。那些被獅子吃掉的人通常像個遊魂，只能仰賴獅子維生，如同行屍走肉。但是，那兩個顯然已經被她吞進肚子裡的人，無論是亞瑟或藍斯洛，都活得很好，也有自己的成就。

無論真實性有多少，有人這麼解讀桂妮薇：以前他們把她這樣的人稱為「真實人物」。她不是那種會乖乖讓人貼上諸如「忠誠」、「不忠誠」、「犧牲」或「嫉妒」等標籤的人。她有時忠誠，有時不忠誠。她的行為就像她自己。而在這個自我當中，一定有些什麼：一顆真誠的心，否則她沒辦法占有亞瑟和藍斯洛這樣的兩個男人。他們說，物以類聚，而他們至少能夠確定，她的兩個男人都十分慷慨，因此，她必然也是個慷慨的人。要描述一個真實人物是很困難的。

她活在戰亂的年代，當時年輕人的生命就像二十世紀的飛行員一樣短暫。在這樣的時代，年長的倫理學家會願意把道德法則放鬆一些，以便得到保護。那些倍受撻伐的飛行員渴望著可能很快就會消逝的生命和愛情，他們觸動了年輕女性的心，也可能喚醒了某種虛張聲勢的回應。慷慨、勇氣、誠實、憐憫、直視生命無常的力量（顯然這是指友誼和溫柔）。這些特質，或許可以解釋桂妮薇為何選擇了藍斯洛和亞瑟。其中，勇氣最為重要，在時機到來時，要有能以真心相待的勇氣。詩人總是鼓勵女性要有這樣的勇氣。她在有花堪折時收集了她的玫瑰花苞，而驚人的是，她只拿了兩朵，同時也是其中最出色的兩朵花，並且一直留在身邊。

桂妮薇最大的悲劇是她沒有孩子。亞瑟有兩個私生子，藍斯洛有加拉罕，但桂妮薇（她是他們三人當中最該有孩子、最能善盡父母義務的人，似乎也是上帝造來生育可愛孩子的人）是個空殼，是一片看不到海水的海岸。當她到了海水終將乾涸的年齡時，這件事讓她心碎。為此之故，她有一陣子變得錯亂發狂，不過那是後來的事了。這件事或許也能解釋她為何會有兩份愛情——她對亞瑟可能抱持著對父親的愛，而藍斯洛，則是她無法擁有的兒子。

圓桌和那些豐碩戰果很容易讓人目眩神迷。你讀到藍斯洛成就了某些高貴的功績，而當他回家，回到他情婦身邊，你會討厭她，因為她阻擋或破壞了這些功績。然而，桂妮薇沒辦法去尋找聖杯。她不能帶著矛在英格蘭森林裡消失一年從事探險。即便她再熱情，即便她那熱切而溫柔的心多麼真實、多麼渴望，她的本分都是待在家裡。除了那些和現代女性橋牌聚會差不多的娛樂以外，並不獲允從事其餘休閒活動。她可以帶著雌灰背隼去放鷹，玩矇眼捉迷藏③或掐瑪莉④，這些，就是那個年代成年女性的消遣。但是大型鷹隼、獵犬、紋章學、比武大會——這些都是藍斯洛的事。對她來說，除非她喜歡做一點紡織或刺繡，否則除了藍斯洛，她無事可做。

所以，我們得把王后想成一個被剝奪了最重要特質的女人。她逐漸衰老，開始做出奇怪的事。甚至有人懷疑她是不是對一位騎士下毒。她也變得不得人心。不過，說一個人不得人心通常是種讚美，而桂妮薇——雖然她的生活騷動不已，又在心有怨懟的情況下過世（她和藍斯洛不同，天生就不適合宗教），但她從來都不會做無意義的事。她以王室的方式做女性會做的事，並且大致來說都處理得宜；而此時此刻，當她在澡缸裡拿著繡有獅子圖案的披飾時，她也正忙著做這樣的事。

如果一個男人親眼見過上帝，不管他還有多少人性，你都不能期待他立刻恢復情人的身分。如果這男人是藍斯洛，是一個在任何情況下都會為上帝瘋狂的人，那麼，這樣的期待既樂觀又殘酷。不過女人在這方面是殘酷的。她們不接受藉口。

桂妮薇知道，藍斯洛會回到她身邊。從他祈求上帝「約束」他的那一刻，她就知道了。知道這件事讓她雀躍起來，就好像一朵太久沒有澆水的花得到滋潤。他剛回來時，她的胭脂和俗麗的絲綢引起他的憐惜，如今則扔在一邊。現在，她身上只剩下平靜而完整的調合，沒有急躁感。

藍斯洛並不知道，他將會為了王后再次背叛他所深愛的上帝，因此她的態度雖然讓他吃了一驚，他卻感到很高興。他一直擔心會有一些可怕的嫉妒和指控。他不知道該怎麼向那孩子解釋，向那個被囚禁在塗了胭脂的眼睛裡、正遭受折磨的孩子解釋，他不能到她身邊去；雖然她十分痛苦，但他有了更甜美的義務。他擔心她會攻擊他，會在他面前布下拙陋的陷阱——正因為它很拙陋，所以更顯出這欺騙的可悲。他實在不知道自己該如何面對這樣的悲哀。

桂妮薇沒這麼做，相反，她抹去了胭脂，容光煥發。她沒有攻擊，也沒有指控。她真正開心地微笑著。他明智地對自己說，女人是無法預測的。他甚至還能開誠布公地和她討論這件事，而她也同意他所說的話。

桂妮薇坐在澡盆裡，心不在焉地看著那些獅子。她回想起他們的對話時，臉上有種做夢般的表情，底下藏著祕密的快樂。她看到那張迷人的醜陋臉龐，非常嚴肅地談論他那顆真誠的心所嚮往的事物。她愛那些嚮往；她愛這位年老士兵，他忠實地追隨自己對上帝的純潔之愛。她知道，他的嘗試終究會失敗。

藍斯洛向她道歉、並乞求她不要認為他侮辱了她。他很小心地指出幾點：一、在找到聖杯之後，他們不能再像以前那樣了，那不大好；二、如果不是因為他們有罪的愛，他或許會有接近聖杯的資格；三、無論如何，他們在一起很危險，因為奧克尼一族已經盯上他們，尤其是阿格凡和莫桀；四、這件事對他們來說是一項很大的恥辱，對亞瑟也是。

其餘時間，他試著用混亂冗長的言語向她解釋他對上帝的發現。他認為，只要他能使桂妮薇皈依上帝，就可以解決道德上的問題。如果他們能一起走向上帝，他就不必為了他自己的快樂而犧牲愛人的快樂。

王后率直地笑了。他真是個貼心的人。她同意他所說的一字一句——這就已經是一種皈依了。

她從澡盆裡舉起一隻雪白的手臂，拿起澡刷的象牙長柄。

① 釘合紋章（Impaled arm），一種象徵婚姻或同盟關係的紋章形式，是將紋章分成左右兩半，分別放上雙方（如父親與丈夫家族的）的完整紋章圖案。

② 逆松鼠紋（Countervair），是種稱為毛皮紋（fur）的基本裝飾紋，原形是松鼠紋（Vair），紋路形似某種松鼠的生皮，形狀像是成排的鐘，而逆松鼠紋是將上下兩排的鐘對齊，並將「鐘口」兩兩合在一起。不管是松鼠紋或逆松鼠紋，基本色都是藍白色。

③ 矇眼捉迷藏（Blind man's buff），遊戲名，當鬼的要矇起眼睛去抓別人，並辨識對方的身分。

④ 掐瑪麗（Pince-merille），遊戲名，玩家要掐別人的手臂，叫出「M[e']rille」或「Morille」。不過詳細玩法已不可考。

第三十五章

在他歸來初期，一切都很好。像王后這樣的女人或許能看到一般男人看不到的事，但她們的眼界也是有限的。藍斯洛忠於神的時間若只有一個星期或一個月，那她還能帶著一顆溫暖的心好好等待，但當時間從幾個月拉長到一年時，就是另一回事了。或許——或許他最後還是會與她舊情復燃，但是，女人是無法耐著性子等待勝利的，因為到時她可能就老得無法享受勝利的果實了。時光匆匆，若是歡愉就在門口，你卻只能枯等，那未免太愚蠢了。

桂妮薇慢慢起了變化，她沒有變得消沉，卻開始感到憤怒；接連好幾個月的神聖關係，讓她內心深處醞釀起一股風暴。神聖？是自私吧？她對自己大叫，為了拯救自己的靈魂，居然放棄另一個人的靈魂，真是自私。波爾斯寧願讓十二個假仕女被人從城堡塔樓丟下去，也不願犯下道德之罪來拯救她們，這件事讓她打從心裡震驚。現在，藍斯洛也在做同樣的事。這對他當然很好，他可以帶著他的騎士精神、他的神祕主義、他在男性世界中能夠得到的所有補償，放棄這段愛情。但是，放棄一段愛情是兩個人的事，就好比兩個人才能調情或吵架。她可不是毫無知覺的物品，可以隨他方便拿起來又放回去。你今天要拋棄的是一個人的心，可不是酒。酒是你擁有的物品，你可以丟開不喝，但你愛人的靈魂並不是你自己的靈魂，並不任由你支配，你對它有責任。

對於這些事，藍斯洛和果敢的桂妮薇一樣明白，但是，隨著他們的關係逐漸惡化，他也很難堅守心意。他處境之為難，和有個手無寸鐵的隱士擋在身前的波爾斯不相上下。對他而言，他絕對有權堅持順服於他鍾愛的上帝，就像當時波爾斯向萊諾投降一般。但是，桂妮薇就像那個隱士擋在波爾斯身前一般，擋在他身前，此時他是否有權犧牲自己往日的愛情，讓它如同那個隱士一樣被犧牲？藍斯洛和王后一樣，都被波爾斯的解決之道給嚇到了。這兩個戀人的心太過慷慨，無法適應教條。而慷慨是第八死罪。

事情在某天早上爆發，當時他們單獨在城頂房間裡唱歌，兩人之間有張桌子，桌上放著一種叫做簧管小風琴[1]的樂器，看起來像是兩本厚重的聖經。桂妮薇唱了一首法蘭西瑪麗[2]的歌，而當藍斯洛吃力地唱著另一首阿拉斯駝子[3]的歌時，王后的右手突然按住手下所有的音符，左手往那個像兩本聖經的樂器一壓，簧管小風琴發出一聲可怕的冷笑，之後便歸於死寂。

「妳為何這麼做？」

「你還是走吧，」她說，「走吧，去探險吧。你難道看不出來，你快讓我筋疲力竭了嗎？」

藍斯洛深吸一口氣，然後說：「是，我的確看出來了，天天皆如此。」

「所以你還是走吧。不，我不是憑空妄想。我不想為此爭吵，也不想改變你的想法。不過，對我仁慈點，走吧。」

「聽起來像是我故意要傷害妳似的。」

「不，這不是你的錯。不過，藍斯，我希望你走，讓我喘口氣。只要一陣子就好。我們無須為此事爭吵。」

「如果妳要我走，我當然會走。」

「沒錯，我要你走。」

「也許那樣比較好。」

「藍斯，我希望你了解，我不是想騙你去做什麼，也不想強迫你。只是我認為，讓我們像朋友那樣分開一、兩個月會比較好。只是這樣而已。」

「我知道妳從沒想過要騙我，珍妮。我覺得我自己也很混亂。我一直希望妳能了解這點，了解我身上到底發生什麼事。如果妳也在那艘船上，或是妳能親身感受，事情就簡單多了。但我無法讓妳感同身受，因為妳不在那裡，所以我很為難。我覺得，我似乎為了另一種新的愛情犧牲了妳，或者妳可以說，是犧牲了我們。而且，」他轉過身說：「這看來彷彿——彷彿我也不要自己往日的愛情了，但我並沒有這麼想。」

說完，他沉默片刻，站在那裡看著窗外，雙手僵硬地放在身側，過了好一會兒，他頭也不回地用著苦澀的語氣說：「如果妳要，我們可以重新開始。」

他從窗邊回過頭時，房中已空無一人。晚餐過後，他來到王后門前，要求晉見，但只得到一句口信，求他去做她之前所要求的事。他收拾了一些行李，雖然他並不了解到底發生什麼事，不過他覺得自己像從災難中死裡逃生。他的侍從如今無論如何都老得沒辦法再追隨他，因此，次日清晨，他向又老又駝的侍從道別，之後便騎著馬，離開了卡美洛。

① 簧管小風琴（Regal），一種可以搬動的小型管風琴，由兩口風袋輪流上下鼓風，經常造成聖經樣式。

② 法蘭西瑪麗（French Mary, Marie de France），十二世紀後葉的女詩人，在法國出生，但後來住在英國。

③ 阿拉斯駝子（the hunchback of Arras）即亞當・德拉阿爾（Adam de la Halle, 1273-1287），法國詩人、音樂家和最早的法國通俗劇的創始人。

第三十六章

王后這段祕密戀情看似重新開始；如果說，那些侍女因此感到高興，宮廷中其他人則不然。或者你也可以說那些人確實高興，但那是一種殘酷、等著看好戲的高興。宮廷中的風向已經第四度改變了。

最初是亞瑟在偉大的十字軍東征中開啟的年輕同袍情誼；接下來，在這全歐洲最偉大的宮廷中，騎士的競爭一年比一年腐敗，最後幾乎都變成宿怨和空洞的競賽；在那之後，聖杯的熱情燒毀這種不良的氣氛，成就短暫美景。而現在，最成熟也最悲傷的時期來了：一切熱誠都消耗殆盡，只剩下著名的第七感可用。現在，這個宮廷有了「人生知識」，它結了許多果實：英雄事蹟、文明教化、生活禮儀、蜚短流長、流行風潮、怨憎惡意，以及對醜聞的容忍態度。

半數騎士被殺——而且是最好的那一半。亞瑟在聖杯探險剛開始時擔心的事已經發生了：一旦至臻完美，你就會死去。因此，除了死亡之外，加拉罕對上帝別無所求。最好的騎士都至臻完美，糟的那一半則繼續汲汲營營。的確，有些仁善的影響力留下來——藍斯洛、加瑞斯、阿格洛法；還有幾個步履蹣跚的老人，如格魯莫爵士和帕洛米德爵士。但是，風向已經變了。現在的風氣，是加文的乖戾憤怒、莫桀的虛偽優雅、阿格凡的冷嘲熱諷。康瓦耳的崔斯坦也好不到哪裡去，傳說那裡有件魔法斗篷，只有忠貞的妻子才能穿——也有人說那是個魔法角杯，只有忠貞的妻子才能喝裡面的酒。他們在隱名盾①上表達無聲的吃吃竊笑，在盾徽中埋下線索，暗示盾牌主人的妻子不貞。騎士的忠誠變成一種「新聞」，服裝則變得古怪荒謬。阿格凡腳穿短統便鞋，長長的鞋尖用金鏈子固定在膝下的襪帶上；而莫桀鞋尖的鏈子則固定在環腰的帶子上。原本穿在鎧甲外面的背心罩衣，做得後襬長、前緣高。你幾乎無法走路，因為擔心被袖子絆倒。想趕流行的女士爭相剃掉瀏海，把頭髮全都藏起來，她們的袖子得先打結，才不會曳地。男士展露他們的腿，其程度也同樣令人吃驚。他們的衣服色彩斑斕，有時兩條腿一紅一綠。他們也不再穿戴鋸齒狀的披飾，浮誇的衣服雖有豐富的視覺效果，但實在稱不上優雅。莫桀以一種輕蔑的方式穿著那些可笑的鞋子，就像對自己的一種諷刺。宮廷變得相當時髦。

因此，現在有幾雙眼睛盯上了桂妮薇——那些眼神既非強烈懷疑，也非溫情縱容，而是算計與上流社會冷酷的厭煩目光。狡詐的貓咪在鼠洞前一動也不動。

莫桀和阿格凡認為亞瑟是個偽君子——如果你認為這世上沒有所謂的禮儀，那全天下有禮貌的人必然都是偽君子。他們還認為桂妮薇品味粗俗。

他們說，美人伊索德以一種文明的方式讓馬克王戴了綠帽。她公然做這件事，非常公開、非常時髦，而且品味絕佳。每個人都可以拿這件事去刺激馬克王，享受其中樂趣。她在服裝上表現出完美的鑑賞力，她戴著滑稽的帽子，看起來像隻微醺的小母牛。她還花了馬克王好幾百萬，用孔雀舌頭做晚餐。

反觀桂妮薇，穿著打扮活像個吉普賽人，款待客人的方式則像個公寓管理人，也不公開她的情人。最讓人受不了的是，她惹人厭惡。她毫無風格可言，衰老得毫不體面，像個漁婦般大嚷大叫、丟人現眼。據傳，她和藍斯洛大吵一架，指控他移情別戀，然後將他遣走。大家認為她是這麼嚷的：「我每天都看到也感覺到，你的愛開始消逝了。」莫桀用他一貫含糊又富旋律的聲音說，他了解漁婦，卻不了解漁貴婦。這句嘲弄的話可說是無人不曉。

在這股離他而去、而非與他同在的新氛圍中，亞瑟顯得快快不樂，他衣著樸素，在宮中走來走去，試著不失禮。王后比較積極：她一如當年他們初次見面時，是個果敢的女孩，黑髮紅唇，頭抬得高高的。她挺身面對這情勢，並試圖款待客人，假裝自己跟得上流行，冀求以此解決問題。藍斯洛先前回來時，她曾以胭脂華服妝扮自己，現在這些東西又拿出來了，而且她的舉止變得有點瘋狂。在所有輝煌的王朝中，要是在位者不受歡迎，都會出現這樣徒勞的補救行徑。

藍斯洛離開後，麻煩突然來了。在王后舉辦的一場晚宴上，那股從聖杯探險開始以來一直高懸在空中的危機感突然落實。

加文似乎喜歡吃水果，尤其喜歡蘋果和梨子，而可憐的王后急著讓時髦女主人的新方法成功，因此，加文出席她為二十四位騎士所舉行的晚宴時，她特別留心準備好吃的蘋果。她知道，在她丈夫心中，康瓦耳和奧克尼家族一直都是威脅。而現在，這個氏族的族長就是加文。她希望晚宴成功，這將有助於新的氣氛，她也希望這是場雅致世故的晚宴。她想要像美人伊索德那樣，做個彬彬有禮的女主人，來軟化那些針對她的批評。

不幸的是，別人也知道加文喜歡蘋果，而派林諾國王之死的仇隙也沒有消失。的確，亞瑟讓阿格洛法爵士斷了復仇的念頭，兩家的宿怨似乎就這麼和解了。但是，有個騎士叫皮內爵士，是派林諾家族的遠親，在他看來，復仇是必要的，於是，他在蘋果裡下了毒。

毒藥不是一種好用的武器。在這個案例中，它一如往常出了亂子：有個名叫派翠克的愛爾蘭騎士吃了本來要給加文的蘋果。

你可以想像當時情景：臉色蒼白的騎士嚇得在燭光中站了起來，想幫忙卻白費力氣，那些臆測的目光輪番掃視旁人，帶著羞人的質疑。每個人都知道加文的弱點。這位現在已不受歡迎的王后從來就不喜歡他們家族，這頓晚餐又是她親自準備的，而皮內爵士並未挺身出來解釋。那房間裡有人要殺加文，卻誤殺派翠克爵士，在抓到真凶以前，他們同樣有嫌疑。最後，波特的馬鐸爵士（比起旁人，這傢伙更為傲慢自大、心懷不軌、拘泥挑剔）說出大家心裡的話——他指控王后犯下背義的罪行。

在現代，如果是非晦澀不明，正義又難以伸張，雙方會雇用律師，以辯論得出結論；而在那個年代，上流階級會雇用戰士，以打鬥的方式解決問題——兩種方式最後的結果都一樣。馬鐸爵士決定省下雇用戰士的費用，自行出戰，而他堅持桂妮薇必須聘雇一名戰士來為自己辯護。亞瑟的王室哲學是以正義取代強權，所以他也沒辦法做些什麼來拯救妻子。如果馬鐸要求召開榮譽審判庭，他就會召開。亞瑟也不能在與他妻子有關的爭議上出戰，就像今天丈夫和妻子不能為彼此作證一樣。

情況大大不妙。爭論幾乎還沒開始，臆測、謠言和駁斥就已經滿天飛。派林諾家族的宿怨、潘卓根與康瓦耳的世仇、王后與藍斯洛之間的愛恨糾葛、一個完全置身事外的人突然死亡……一切都混雜成一團環繞在王后身邊的毒霧。如果藍斯洛還在，他會為她出戰；但是她把他遣走了，沒人知道他的下落，有些人認為他回到法蘭西雙親的身邊。如果有人知道他就在附近，或許馬鐸爵士就會收回指控。

我們還是不要詳述對戰審判之前的那段日子比較好，也不要去描述那個發狂的女人跪在波爾斯爵士腳邊的模樣——他從以前就不喜歡她，現在他才剛達成聖杯任務回來，還是不喜歡她。她向他乞求，如果找不到藍斯洛，請他為她出戰。她得用求的，可憐的東西，因為當時宮中氣氛已經變得沒有人會接受她的委託。英格蘭王后連一位能夠委任的戰士都找不到。

最糟的的情況出現在對戰前夕。當晚，她和亞瑟都徹夜未眠。他堅信她是無辜的，但他不能干預審判。雖然她是被別的麻煩給捲進這團糾葛中，她還是哀憐地一再重申自己的無辜，因為她知道，明天晚上她可能就會被送上火刑臺。他們將一起目睹圓桌的悲劇和恥辱，因為居然沒人願意出面拯救他們。他們知道，這圓桌的王后在卑劣的謠言中被說成一個消滅好騎士的人。在痛苦的黑暗中，亞瑟突然絕望地大叫：「妳是怎麼了，為何就不能把藍斯洛爵士留在身邊呢？」就這樣，直到天明。

① 隱名盾（Canting shield），盾面繪上藏有持有人之名的圖案，來暗示持有人是誰。比如說，盾牌的持有人叫 Castletons，則他的隱名盾可能就會使用城堡（castle）的圖案。

第三十七章

討厭女人的波爾斯爵士勉強答應，如果找不到別人，他就為王后出戰。他已經解釋過，這樣做不合規矩，因為他本人也出席了那場晚宴；不過，王后跪在他腳邊的模樣讓亞瑟見到了，他才紅著臉扶起她，許下承諾。之後他消失了一兩天，因為審判時間訂在兩週後。

西敏斯特的草地經過整理，作好對戰的準備。他們在這片寬闊的廣場上用堅固的圓木立起一道像是畜欄的屏障，中間沒有柵欄。一般的長矛比試會在場中設下柵欄，不過這一回要進行殊死戰，也就是說雙方最後可能要下馬比劍，因此就沒設柵欄了。場子的一端為國王設了一個帳篷，另一端則為王室侍衛長設了一個帳篷。這些防禦工事和帳篷都用布加以裝飾，兩頭各有一個布幕做成的門，看起來就像馬戲團團員要進入表演場地時得通過的誇張門洞。而在這個像馬廄般場地的某個角落，一個大家都看得到的地方，有一大束柴薪，柴薪當中有根鐵樁，這根柱子不會燒掉，也不會熔化。萬一法律不支持王后，這些東西就會用在她身上。在亞瑟開始他的人生志業之前，控訴王后犯罪的人立刻處決，但是現在，由於他自己事業的成果，他得準備燒死他的妻子。

有個新的想法開始在國王心中成形。努力疏通強權的做法已然失敗，即便讓它轉向心靈層面亦然，現在，他認為要廢止它。他決定，不再屈從強權，應該要共同建立一套新的標準，將強權連根帶葉拔除。此時他正摸索著走向公理，作為一項公平的基準；同時他也走向正義，把正義當作一項不仰賴強權的抽象概念。幾年後，他發明了民法典。

決戰當天是個寒冷的日子，那些布緊緊綳在防禦工事和帳篷架上，三角旗也在風中招展。劊子手在角落呵著自己的指尖，站得離火盆很近，以便用火烤他的大刀。王室侍衛長的帳篷中，由於風太大，傳禮官[①]在舉起喇叭吹奏之前，還得先潤潤嘴唇。桂妮薇在王室侍衛長看守下坐在幾名侍衛中間，還得討求才能得到一條披肩。大家都注意到她瘦了，那是一張蒼白的中年面孔，混在士兵們結實的臉之間，專注而堅定地等待著。

最後救了她的人自然是藍斯洛。在失蹤的那兩天，波爾斯在一間修道院找到他，現在，他及時趕回為王后迎戰馬鐸爵士。認識他的人皆盡認為，無論他當初被遣走有多麼不光采，他都會這麼做。只是大家都認為他已離開這個國家，因此他的歸來確實有幾分戲劇化。

馬鐸爵士從競技場南面盡頭的凹處出場，他的傳禮官吹奏喇叭時，他重申了他的指控。波爾斯爵士從北邊洞口走出來，與國王和王室侍衛長進行交涉，這場不知是爭論抑或解釋的會談冗長而朦朧不清。因為風勢強大，周遭的人都聽不見會談內容。觀眾開始躁動，猜測到底是什麼拖延了對戰，這場戰鬥審判為何未照章進行。波爾斯爵士在國王與王室侍衛長的帳篷間來回數趟，最後回到他自己的洞裡去。之後是一陣令人不安的靜默，其間一隻有著獅子鼻的小黑狗溜進競技場，蹦蹦跳跳地忙著只有牠自己才清楚的差事。一位紋章王官②抓住牠，用肩帶將牠綁住，得到觀眾嘲弄的歡呼。之後場中又靜了下來，只有小販叫賣堅果和薑餅的聲音。

藍斯洛騎著馬從北邊出口現身，手裡拿著波爾斯的紋章盾牌。不過，雖然他變了裝，圓形競技場中的所有人還是立刻就認出他來。那陣靜默就好像所有人突然都屏住呼吸。

他不是來向王后施恩的。不管是說他「放棄她」以拯救自己的靈魂，還是說他現在回來是因為他這人極度寬宏大量，這些殘酷的解釋都與事實不合。真相要複雜多了。

這位騎士從童年開始（他從未完全脫離這時期）就有這樣的困擾：對他來說，上帝是個真實人物。祂不是在你做壞事時懲罰你，或做好事時獎賞你的抽象存在，祂是個真實人物，就和桂妮薇、亞瑟和其他人一樣。當然，他覺得上帝要比桂妮薇或亞瑟都好，不過，重點在於——祂有人性。藍斯洛清楚知道祂長什麼樣子、會有什麼感覺，而在某種程度上，他愛著這個「人」。

殘缺騎士身陷其中的困境，不是「永恆的三角習題」，而是「永恆的四角習題」。這個「永恆的四角習題」既為「永恆」，也是個「四角習題」。他沒有放棄他的愛人，因為他怕受到某種神靈的處罰；但是，今天他要面對的是兩個他所愛的人。一個是亞瑟的王后，另一個則是在卡波涅克城堡舉行彌撒的那個無語存在。不幸的是，就像一般戀愛常見的情形，他所傾慕的兩個對象彼此對立。這就好像要他在珍與珍娜之間抉擇——如果他選擇珍娜，並不是因為他擔心如果和珍在一起，就會被珍娜懲罰，而是因為他滿懷溫情與憐惜地認為，自己最愛的人是她。他甚至可能認為，上帝比桂妮薇更需要他。這才是問題所在，它是感情上的問題，而非道德上的問題；他為了這個而隱居修道院，希望在那裡把事情想清楚。

再者，如果要說他回來的原因跟他本身寬宏大量無關，這也和事實有出入。他是個有雅量的男人，在這方面可謂大師。即便在平時，上帝比較需要他，但是現在，他的初戀情人顯然急需他幫助。或許，對離開珍而投向珍娜懷抱的男人來說，心中也有一定的溫情，讓他在珍非常需要他的時候回到她身邊，而這份溫情，或許也可說是憐惜、寬宏或慷慨（雖然這些情感現代已經不流行，甚至可能有點噁心。無論如何，藍斯洛一直在他對桂妮薇的愛當中掙扎，也一直在他對上帝的愛當中掙扎。但是，當他知道她惹上麻煩，他馬上就回到她身邊。他看到那張等待他的臉龐在羞辱人的監禁中煥發出神采，某種尖銳的感情讓他那顆包在無袖短鎧底下的心開始動搖），你可以說那是愛情，也可以說是同情，就看你怎麼想。

同一時間，波特的馬鐸爵士也動搖了，只不過現在回頭為時已晚。沒人看到他的臉在頭盔下紅了起來。他覺得墊著頭的稻草頭帶底下有股溫熱感。然後他回到自己的角落，用馬刺踢著馬。

斷裂的長矛劃過天際時有某種美感。長矛底下的地面仍自奔忙，與長矛一邊上升、一邊靜靜翻轉的慢動作形成強烈對比。那枝矛似乎不受塵世影響，緩緩移動著。在此同時，矛下的世界卻瞬息萬變——馬鐸爵士向後仰倒，頭下腳上落馬，在優雅的分離過程中展現自成一格的獨立旋轉姿態，並在所有人都遺忘他存在時跌落到別處去。根據某個彈道迷的說法，馬鐸爵士的長矛是以矛尖著地，就落在那位抓住黑色獅子狗的紋章王官身後。那位王官後來回過頭去，從肩頭向後看，才發現矛就插在他身後，嚇了一大跳。

藍斯洛爵士下馬，不占有馬可乘的便宜。馬鐸爵士起身，開始用劍狂亂地對著敵人揮擊。他太激動了。馬鐸爵士被擊倒兩次之後方才認輸。他第一次被擊倒時，藍斯洛朝他走去，準備接受投降，但他慌了，對著那個聳立面前的男人底下刺了一劍。這是犯規的一劍，因為它從下方刺入對方的鼠蹊部，也就是在鎧甲最脆弱的那一點。藍斯洛後退一步，讓馬鐸起身，看他是不是要繼續打。這個時候，大家都看見鮮血沿著藍斯洛的腿甲和脛甲流了下來。他明明讓人在大腿上狠狠刺上一劍，卻依舊自我克制地抽身後退，這舉動令人毛骨悚然。如果他發頓脾氣，或許感覺會好些。

第二回合，王后的戰士更加無情地擊倒馬鐸爵士，於是馬鐸扯掉了自己的頭盔。

「好吧，」馬鐸爵士說，「我投降。我錯了。饒了我吧。」

藍斯洛做了一件好事。大多數騎士只要王后勝訴就滿足了，讓它到此為止，不過藍斯洛思慮周詳，他對旁人當下的想法及他們會對此事作何感想，十分敏感。

「我可以饒你一命，」他說，「不過你得保證，在派翠克爵士墳上不會寫下隻字片語提及此事，任何與王后有關的事都不可以。」

「我保證。」馬鐸說。

之後，有幾個醫生把這位敗軍之將帶走，藍斯洛則來到王室帳篷前。王后立刻獲釋，正和亞瑟待在裡面。

亞瑟說：「陌生人，脫下你的頭盔吧。」

當他取下頭盔的時候，他們心中都興起一股親愛之情；他就站在他們面前，傷口不斷淌血，他們再次憐惜地看著那張可怕而熟悉的面孔。

亞瑟走出帳篷，他要桂妮薇站起來，牽著她的手，把她帶到競技場中。他對藍斯洛爵士鞠了個正式的躬，並拉住桂妮薇的手，也讓她行了一個宮廷禮。他在他的人民面前這麼做之後，以古老語言高聲說：「爵士，今日你為我和我的王后費盡辛勞，我等賜福予你。」而在亞瑟深情微笑面孔後面，桂妮薇正自啜泣，彷彿她的心即將爆裂開來。

① 傳禮官（Herald），英國紋章院（Herald's College，或稱College of Arms，管理貴族紋章的單位）的職官，職級在紋章王官之下。

② 紋章王官（King-of-arms），紋章院官名，職級僅次於紋章院最高長官司禮官（Earl Marshal）。

第三十八章

派翠克案的指控獲得澄清的次日，妮姆帶著她預見的說明來到宮廷。在被她鎖進洞穴之前，梅林將不列顛的事交到她手中，並迫使她承諾（除此之外他也別無辦法），既然她通曉他的魔法，她就要親自照看亞瑟。之後他順從地進了監牢，繼續以寵溺的目光在一旁看著她。妮姆雖然個性散漫又不守時，但從某方面來說卻是個好女孩。她晚了一天到，說出蘋果被人下毒的原委，隨後又回去忙自己的事。皮內爵士那天早上就逃跑了，還留下一篇書面告解證實這個說法。大家也都認為，藍斯洛爵士那時就在附近還真是幸運。

王后就沒那麼幸運。當然，她還安然無恙活得好好的，不過，有件令人不敢置信的事情發生了：藍斯洛無視那些淚水、無視他們之間如泉水般重新湧出的情感，仍然堅持忠於他的聖杯。

「這對他來說很好。」她高聲說，讓他自己沉浸在新的喜悅中，當然很好。但當時的她日漸瘋狂，對那些親眼目睹的人來說，是件痛苦的事。無疑他感覺非常好，他得到回報，擁有活力、腦袋清楚，還有飛揚的心情。或許他那位有名的上帝確實給他一些她給不了的東西。或許他和上帝在一起會比較快樂，然後他很快就會開始到處去行奇蹟了。但是她呢？他從來沒有想過，她從上帝那裡得到了什麼。她咒罵他，說這跟他為了別的女人離開她是一樣的。他把她最好的東西拿走了，現在她老了，沒有價值，他就去了別處。他的所做所為就像個禽獸般自私的男人，先把某處能用的東西搬空，取完之後，就去別處。他是個卑劣的小偷，居然還以為她會相信他！她現在再也不愛他了，就算他跪在地上祈求，她也不會讓他靠近她。事實上，她早在聖杯探險之前就開始瞧不起他——對，她瞧不起他，而且決定要拋棄他。他可不要以為是他拋棄了她，剛好相反，她把他像髒抹布一樣扔到一旁，因為她心中對他唯一的感覺就是輕蔑。因為他姿態過高、自命不凡，而且卑鄙幼稚又狂妄，因為他那無用的上帝，因為那些假道學的謊言，所以，她要對他實話實說，事實上，她再也不想瞞下去了——在宮中她早有個年輕騎士愛人，早在聖杯探險之前就有了！這年輕人要比藍斯洛好得多，如果有個玫瑰般漂亮的男孩在她腳邊膜拜她（對，他會膜拜她走過的土地），那她幹麼跟一塊發臭的果皮在一起？藍斯洛最好回到伊蓮身邊，回他那個好兒子的母親身邊去。一個老古板配上另一個老古板，搞不好他們可以整夜一起祈禱。他們可以談論他們的孩子，他們的加拉罕，找到那個可恨聖杯的人；之後如果他們高興，還可以嘲笑她，對，她樂於讓他們嘲笑，笑她從來沒能懷上一個兒子。

然後桂妮薇開始大笑。一部分的她一直從那兩扇靈魂之窗看著外面，而且非常討厭自己製造出來的噪音。笑聲之後，她的眼淚掉了下來。她真心地哭了。

亞瑟想安排一場比武大會，慶祝王后無罪開釋。奇怪的是，他選中柯賓附近的某處作為比武大會的舉行地點。可能是溫徹斯特或布萊克利，也就是後來四個英格蘭長矛比試場遺跡之一。不過它究竟在哪裡並不重要，重要的是，失去孩子的伊蓮度過寂寞中年時光的地方就是在柯賓堡。

「我猜你會去參加比武大會嘍？」王后語帶怒意地說，「我想，你會到你那個妓女附近去嘍？」

藍斯洛說：「珍妮，妳不能原諒她嗎？她現在可能既醜陋又悲慘，她從來就沒有什麼足以依靠。」

「多慷慨的藍斯洛啊！」

「如果妳不要我去，我就不去，」他說，「妳知道，除了妳以外，我從沒愛過任何人。」

「你只愛亞瑟，」她說，「只愛伊蓮，只愛上帝！除非還有哪些人是我沒聽過的。」

藍斯洛聳聳肩——如果對方想吵架，這是一種最蠢的回應方式。

「妳要去嗎？」他問。

「我要去？去看你和那顆蕪菁調情嗎？我當然不去，而且我不准你去。」

「很好，」他說，「我會告訴亞瑟我生病了。我可以跟他說，我的傷還沒好。」

他去找了國王。

等到桂妮薇改變心意，每個人都已經出發去參加比武大會，宮廷整個空了。也許她是想把藍斯洛留下來，以便和他獨處，卻發現跟他獨處也沒什麼用，於是她轉了念頭——不過原因究竟為何，我們無從得知。

「你最好還是去吧，」她說，「如果把你留在這裡，你會說我是出於嫉妒才這麼做，還會用這件事來責備我。還有，如果你跟我在一起，可是會傳出醜聞的。而且我不要你在身邊，我不想看到你的臉。把它帶走！走！」

「珍妮，」他理智地說，「我現在不能走。我已經說我有傷不能去，要是現在去了，會有更多醜聞。他們會認為我們吵架了。」

「他們愛怎麼想就怎麼想。在你把我逼瘋以前，我只告訴你一件事，你一定要去。」

「珍妮。」他說。

他覺得自己的心裂成兩半，她以前將他逼瘋過一次，而那股瘋狂好像又要回來了。她或許也注意到這點。無論如何，她的態度突然又變得溫和起來，在他去柯賓前，用一個深情的吻為他送行。

「我答應妳，我會回來。」他這麼說過，而他現在信守承諾。對他來說，去參加比武大會卻不去看看伊蓮，毫不可能。他不只承諾過要回到她身邊，而且還握有他們獨子的遺言；他們的獨子已經死了（或至少可以說上了天堂）。即便是最冷酷的人，也不能不把這個訊息帶給她。

他會住在柯賓，跟她談加拉罕，並且變裝參加比武大會。他會告訴亞瑟，他先前佯稱傷還沒好，以便出其不意變裝前來，因為這是新風尚。而事實也會支持這說法，因為他實際上是住在柯賓城堡，而不是住在比武大會的地點。這樣一來，就不會傳出他在最後一分鐘與王后起了爭執的醜聞。

當他騎在通往護城河的道路上，他的目光穿過那些鐵蒺藜，驚訝地發現伊蓮正在城垛上等他，姿態跟他二十年前離開時一模一樣。她在大門迎接他。

「我一直在等你。」

她現在矮胖豐滿，有點像維多利亞女王。她真誠地歡迎他。他說過他會回來，而他現在就在這裡。她別無所求了。

她的下一句話像刀一般地刺進他心口。

「從現在起你會永遠待在這裡了。」她語氣篤定地說。多年前他們分別的時候，她便是這樣解讀他給她的回答。

第三十九章

如果有人想讀柯賓比武大會的經過，讀馬洛禮的書就對了。他熱心擁護比武大會，就像今天那些常跑勞德板球場①的老先生一樣，而且他可能有什麼門路，能看到某種古老的《威斯頓板球聖經》②之類的東西，甚至是計分簿。他完整記錄了這場比武大會，包括各個騎士的得分、誰撂倒了誰，誰又是怎麼被擊倒的。不過，對那些不玩板球的人來說，這些老舊的板球比賽紀錄容易變得很枯燥，所以我們當然略去不提。馬洛禮的書裡唯一可能會讓人乏味的東西，就是這些詳細的得分清單（事實上，對那些知道許多小牌騎士過往戰績的人來說，倒也不那麼乏味），而他前後寫了兩次還三次。在這裡，我們只要提兩件事就夠了：藍斯洛橫掃全場，大敗敵隊（他的技藝在聖杯探險之後又恢復了），若非馬鐸爵士給他的那道傷口再次裂開，他在比武高峰之後還會帶劍上陣。若說他在這場會戰中理當表現優良，顯然很奇怪，因為當時他仍為桂妮薇、上帝和伊蓮這三重痛苦煩心不已，不過，有些人在類似狀況下也有同等絕佳表現。雖然身負舊創，最後他還是撂倒三、四十人（附帶一提，他還擊敗了莫桀和阿格凡），一度有三個騎士同時圍攻他，其中一人的長矛突破了他的盔甲，之後矛斷了，矛頭留在他體內。

藍斯洛趁自己還能坐在馬上時退出場外，他倒在鞍上急馳而去，想找個可以獨自清靜的地方。每當他受了重傷，就直覺想要獨處。對他來說，死亡是件私密的事，所以，如果他快死了，他希望自行解決。只有一名騎士跟上他（他太虛弱了，無法把對方趕走），這名騎士幫他把矛頭從肋骨當中拔出，並在他最後昏迷，「快變成風」時緩和他的痛苦。也是這名騎士把他放到床上，又將發狂的伊蓮帶到他床邊。

溫徹斯特比武大會的重要性不在於哪個特定的戰果，甚至也不是藍斯洛受了重傷，因為他最後還是康復了。這件事與我們這四位朋友的人生真正相繫之處，我們隨後再詳述。不幸的伊蓮突然提出了無理的判決（說藍斯洛會永遠留下來陪她），他遲疑著該不該告訴她事實真相。或許他一直是個軟弱的男人——因為軟弱，所以一開始無法將桂妮薇從他最好的朋友身邊搶走；因為軟弱，所以才想要用上帝取代拿他的愛人；而他最軟弱的地方，就是幫了伊蓮一個忙，跟她說他會回來。現在，面對著這位可憐女士的簡單願望，他更沒有勇氣給她直接一擊粉碎她的幻想。

除了她的單純或說無知外，要解決伊蓮的問題還有個麻煩：她生性敏感。她其實比桂妮薇還要敏感，只是她缺乏果敢外向的王后所擁有的力量。她敏感到在他長久離家後回來時，沒有用歡迎淹沒他，也沒有責備他。她從來就不覺得自己有理由責備他，尤其她也沒有用自憐自艾讓他窒息。他們在柯賓等待比武大會開始時，她只是堅定地用手捧著自己的心，小心藏住長久以來對主人的期盼，以及在兒子死後那份全然的孤寂。藍斯洛很清楚她藏起來的是什麼。他本身善變而敏感，所以他已經忘了他們的特殊關係是怎麼開始的。對於伊蓮的悲傷，他開始怪罪自己，覺得一切都是他的錯。

因此，在省了他那些淚水和歡迎之後，她提出那小小的要求，他除了盡力讓她快樂，又能怎麼做呢？雖然他終究還是得告訴她，她那從不動搖的希望毫無根據，但他遲遲沒這麼做。他覺得自己像個知道明天必須執刑的劊子手，想在今天給對方一點小小的快樂。

「藍斯，」比武大會前，她謙卑而稚氣地提出了特殊的請求，「現在我們在一起了，對戰時，你會戴著我的信物嗎？」

現在我們在一起了！在她的語調中，他看到一幅畫，上面畫的是個被拋棄了二十年的棄婦，他因而第一次感覺到，在這段時間裡，她一直追隨著他的騎士大業，就像個小學生崇拜板球打擊手霍布斯[3]一樣。這隻可憐的鳥兒一直在想像那些對戰——而且當然幾乎都想岔了：那些二手消息祕密地滋潤了這顆飢渴的心，猜測著今天誰的信物會登上榮耀的寶座。或許她這二十年來一直告訴自己，那偉大的戰士有一天會帶著她的信物出戰——那不幸的靈魂一直沒得到善意的對待，只能以此安慰自己的荒謬野心。

「我從來不戴信物。」他說，這是事實。

她沒有反駁，也沒有抱怨，只是試圖隱藏自己的失望。

「我會戴著妳的信物，」他馬上回答，「能戴上它是我的榮幸，對我的變裝也很有幫助。因為大家都知道我不戴信物，所以這信物會是個絕妙的偽裝。妳真是太聰明了，居然想得到這方法。它會讓我的戰績更加出色。那是什麼樣的信物呢？」

那是一枚綴著大顆珍珠的紅色衣袖。二十年的時間足以練出優秀的繡工。

溫徹斯特比武大會後兩週，伊蓮還在看顧她的英雄，桂妮薇和波爾斯爵士在宮中吵了一架。波爾斯討厭女人，因此和女人相處時，總愛給她們上些有教育意義的課。他說他的想法，她們說她們的想法，彼此都聽不懂對方說些什麼。

「啊，波爾斯爵士，」王后說。她一聽說那隻紅袖子的事，就急急忙忙派人把波爾斯找來，因為他是藍斯洛最親的親戚之一，「啊，波爾斯爵士，你可聽說藍斯洛爵士是如何虛偽地背叛了我？」

波爾斯爵士注意到王后臉色漲紅，幾乎要「怒令智昏」，因此他以極大的耐性說：「如果要說誰遭到背叛，那應該是藍斯洛自己。他一次被三名騎士圍攻，受了重傷。」

「我很高興、非常高興聽到這件事！」王后大喊，「要是他死了，那倒是件好事！這個虛偽背信的騎士！」

波爾斯聳聳肩，轉過身去，表示不想再聽到或討論這樣的話題。他走向門口，整個人的背影顯示出他對女人的看法。王后追上前；如果有必要，她會強迫他留下來。她不會讓自己的人生這麼容易受騙上當。

「在溫徹斯特大型長矛比試中，他頭上戴了那隻紅袖子，」她大喊，「我為什麼不能說他背信？」

波爾斯擔心王后會攻擊自己，於是說：「聽到那隻袖子的事，我非常遺憾。但如果他不用那隻袖子偽裝，那些人也許就不敢以三打一了。」

「他無恥！」王后高聲說，「儘管他驕傲又自負，他還是被打下來了不是嗎？他是在公平對戰中落敗的。」

「不，事情不是這樣。他們以三欺一，而且他的舊傷裂開了。」

「他無恥！」王后又重複一次，「我聽加文爵士在國王面前說藍斯洛有多愛伊蓮。」

「加文要說什麼，我管不著。」波爾斯一句話頂了回去，語氣辛辣、絕望、悲哀、憤怒，還帶著些許驚詫。之後他將尊敬拋諸腦後，摔門而去。

此時在柯賓，伊蓮和藍斯洛正握著彼此的手。他無力地對她微笑，低聲說道：「可憐的伊蓮，妳似乎總是在我出事的時候照顧我，似乎也只有在我半死不活的時候，妳才能夠擁有我。」

「你現在永遠都是我的了。」她容光煥發地說。

「伊蓮，」他說，「我得跟妳談談。」

① 指位於倫敦的Lord's Cricket Ground，為板球運動中最重要的組織——瑪莉勒本板球俱樂部（Marylebone Cricket Club）所有，以其創辦人湯馬斯·勞德（Thomas Lord）命名。

② 《威斯頓板球聖經》，指*Wisden Cricketers' Almanack*，是英格蘭板球選手John Wisden在一八六四年創辦的板球年鑑，至今仍在發行。

③ 霍布斯（Sir Jack Hobbs, 1882-1963），英格蘭知名板球打擊手。

第四十章

殘缺騎士從柯賓回來時，桂妮薇仍在生氣。不知為何，她相信伊蓮再次成為他的情婦；或許是因為，若要傷害她的愛人，這是最好的方式。她說，他一有機會就跑去找伊蓮，由此觀之，他的宗教情感不過是種偽裝。她說，這念頭一直都在他腦子深處。他是個騙子，還是個軟弱的騙子。他們在一起時，時而因為他的軟弱和欺騙而歇斯底里，時而濃情蜜意；當她想起自己終其一生都跟一個騙子相愛時，還好有片段出現的濃情密意能夠平衡情緒。爭吵過後，她看起來健康多了，甚至再次美麗起來。然而她眉間多了兩道皺紋，雙眼有時會露出驚恐之情，像鑽石般閃閃發亮。藍斯洛則是看起來越來越固執。他們漸行漸遠了。

伊蓮聽了藍斯洛的解釋，而現在，她擊出了她人生中唯一的強打——她自殺了，不過，她不是出於故意的。

由於河流是那個年代的交通要道，所以死亡之船順河而下，來到首都，停在宮殿的城牆底下。她就躺在裡面——這隻向來無助的胖鷓鴣就在裡面。或許人自殺是因為軟弱，而非堅強。為了引導命運之手，她付出了溫柔的努力，先是用薄弱的把戲來誘騙她的心上人，繼而是沉默的體恤——這些在生命的獨裁中都不足以獲認可。她的兒子走了，她的愛人也走了，什麼都沒留下。即使是那項要回到她身邊的承諾，也在她徒勞的努力中被揚棄了。以前，她還能為什麼而活，那是個扶手——不是什麼特別華麗的扶手，只是一個能讓她抬頭挺胸的扶手。她原本可能會成功。她從來不是個專橫、苛求的女孩，原本可以在這趟遠路上有點小小的成就；但是現在，連那小小的成就也沒了。

人人都下來看那艘船。他們看到的不是那位阿斯托萊的純真少女①，而是一位中年婦人，兩手戴著一雙看起來很僵硬的手套，恭謹地抓著一串珠子。死亡讓她看來蒼老了些，而且和先前不大一樣。船中那張堅定的灰色面孔顯然並非伊蓮——她要不是去了別處，就是消失了。

即使藍斯洛是個軟弱的男人、比武狂熱分子，或者說，就算他是個不斷想讓自己行止合宜的惱人生物，他似乎也無法安然面對此事。對他來說，一方面是因為他有著瘋狂的遺傳傾向與古怪的臉，再者也因為他的忠誠與道德標準有所混淆，所以，即便沒有這麼多超出既定範圍的打擊加諸於他，他也很難保持生命的平衡。如果有顆無情的心保護他，那麼，就算有再多打擊，他也撐得住。然而，他的心一向只能與伊蓮的心匹敵，所以現在無力承擔那副迫使她躺下的重擔。所有他原本可以為那可憐的人做、卻已來不及做的事，以及該為這起無可挽回的悲劇負責的可恥問題，都在他腦子裡混成一團。

「你為何不能對她仁慈一點？」王后哭喊，「你怎能這樣不留任何東西給她，好讓她活下去？你應該要對她慷慨一點、溫柔一點，讓她能活下去啊！」

桂妮薇還未察覺，伊蓮再次橫阻在他們之間，而且這回的影響更勝以往；她很自然地說出這些話，而且是認真的。她為船上的對手悲傷，並被這股悲傷給淹沒了。

① 在馬洛禮的《亞瑟之死》中，加拉罕的母親是卡波涅克的伊蓮（Elaine of Carbonek）；另有一位阿斯托萊的伊蓮（Elaine of Astolat），愛上了到阿斯托萊參加比武大會的藍斯洛，請求對方在比武中配戴她的信物，又在他受傷時照料他，藍斯洛離開之後，她心碎而死。此處懷特應該是將這兩位愛上藍斯洛的伊蓮融成一個角色。

第四十一章

即便發生了自殺案，卡美洛仍持續新式生活。沒有人認為這種生活方式特別快樂，不過人們緊抓著生命不放，繼續活下去。這種生活的情節一點也不緊湊，泰半只是小事一件接著一件來，是一連串不必要的意外。有件約莫在此時發生的荒謬意外值得一提，倒不是說這件事有什麼承先啟後的地位，純粹因為這事不知為何像是會發生在藍斯洛身上。他行事頗有個人風格。

一天，他正躺臥樹林裡，轉著一些沒人知道的悲傷念頭，一位正在打獵的女射手路過此地。她究竟是個長著鬍、戴領結的男裝麗人呢？還是個從電影世界跑出來的無腦角色，只因為弓箭很可愛，就拿來玩玩呢？這很難說。總之，她看到了藍斯洛，以為他是隻兔子。不過，總而言之，她應該是個男裝麗人，因為，雖然她錯把人當兔子來射，相當不可取，但是電影明星能射中目標，可是很不尋常。藍斯洛的屁股上插了一根六吋長的箭，無法起身，他就像是柏忌上校①，得在高爾夫球賽中彎腰再下一桿。他生氣地說：「不管妳是位女士，還是個小姑娘，妳在這不幸的時刻帶了弓，而惡魔讓妳成了一名弓箭手！」

就算背後負傷，藍斯洛還是參加了下一場比武大會——這是一次很重要的比賽，因為其間出了好幾件事。藍斯洛這人過於純真，察覺不到不對勁，不過別人都很明白；宮廷中真正緊張的大事在西敏斯特長矛比試後就清晰地浮上檯面了。首先，亞瑟開始在他們那段不幸的三角關係中維護自己的地位。他採取的方法是：在這場大混戰中，這可憐的傢伙突然加入藍斯洛的敵方陣營。他攻擊他的摯友，還大發雷霆想要傷害他。他沒做出什麼不合騎士規範的事，而且到了最後關頭，他也沒有傷害藍斯洛。但是，儘管如此，他對藍斯洛的感情還是有了奇怪的轉變。事前事後他們都還是朋友，然而就在那憤怒的一刻，亞瑟是戴了綠帽的丈夫，藍斯洛則是背叛者。這是一項表面上的解釋，他們倆在潛意識中承認了這種關係，不過這底下還有另一層想法。這時的亞瑟已經不再是快樂的小瓦，他的家庭和王國也不再處於命運的巔峰。或許他已經厭倦掙扎，厭倦奧克尼結黨營私的老問題，還有那些奇怪的新潮流行，也厭倦愛情與現代正義的兩難。他和藍斯洛對戰，可能是希望能死在對方手裡——事實上，那不單是希望，而是有自覺的意圖。這個公正、慷慨、心地善良的男人或許下意識認為，對他和他所愛的人來說，唯一的解決之道就是他的死亡——在那之後，藍斯洛可以迎娶王后為妻，也不用再和上帝交戰。所以，他可能是想給藍斯洛一個機會好在公平對戰中殺了他，因為他整個人已經精疲力盡。事情真相可能是這樣的。不過無論如何，後來什麼事也沒發生。他一時失去控制發了脾氣，但過後他們又再次和好如初。

那場比武大會的另一個重點是，純真而愚蠢的藍斯洛終於和奧克尼一族徹底決裂。除了加瑞斯以外，他一個接一個將他們全部打下馬來，莫桀和阿格凡還被擊倒兩次。只有聖人才會蠢到在多羅洛斯塔[②]等地數度拯救他們的性命；但是在此時任意將他們擊倒取得勝利，卻是一種本能策略。事實上，加文十分可敬地拒絕參與謀害藍斯洛的陰謀，而加赫里斯不過是個笨蛋。不過，從那天開始，在莫桀和阿格凡的時髦同黨策畫之下，危害這位最高司令官的人身安全，只是時間早晚的問題罷了。

在這陣風潮裡的第三根稻草，是加瑞斯在西敏斯特加入藍斯洛的陣營。這特殊的對調，底下的意義立刻吸引所有人的注意──國王和他的左右手對抗，加瑞斯則和自己的兄弟對抗。顯然有暴風雨將至，才會有這樣的暗流。它來得十分戲劇化，而且從一個沒人起疑的地方出現。

有位倫敦東區[③]出身的騎士叫做梅里亞格蘭斯爵士，他在宮中一直都不快樂。如果他早生幾年，在那個人還會被當人看的時代，他可能會過得不錯。不幸的是，他屬於比較晚的世代，也就是莫桀的世代，所以大家是用新標準來評判他。人人都知道，梅里亞格蘭斯爵士的出身並非上品，他自己也明白（上品這個名詞是莫桀發明的），但這項認知並不會讓他快樂。此外，梅里亞格蘭斯爵士之所以悲傷，還有個特殊的理由，而這個悲傷的理由妨害了他與其他人的關係──打從有記憶以來，他就無助而絕望地愛著桂妮薇。

消息傳來時，亞瑟和藍斯洛正在九瓶球[④]的球道邊，他們養成一個習慣，每天都會跑到這個已經過時的地方聊聊天、提振心情。

亞瑟正說：「不，不，藍斯。你一點都不了解可憐的崔斯坦。」

「他生前是個卑鄙下流的人。」藍斯洛堅持道。

他們之所以使用過去時態，是因為崔斯坦最後為美人伊索德彈奏豎琴時，讓憤怒的馬克王給殺了。

「即使他死了也一樣。」這位騎士又加上一句。

不過國王大搖其頭。

「他不是個卑鄙小人，」他說，「他是個小丑，最滑稽的角色之一。他總是讓自己陷進非常奇特的狀況。」

「小丑？」

「心不在焉的小丑，」國王說，「那是種滑稽透頂的痛苦。看看他的愛情故事吧。」

「你是指素手伊索德④嗎？」

「我一直堅信崔斯坦把這兩個女孩完全搞混了。他為美人伊索德發狂，之後完全忘了她。有一天，他和另一個伊索德上床時，某個動作讓他回想起某些事，他才明白，原來伊索德不只一個，而有兩個。這件事讓他氣壞了。他說，我在這裡和素手伊索德上床，我所愛的人卻一直都是美人伊索德！他當然會生氣。後來，他差點就在澡盆裡被愛爾蘭王后殺了。這年輕人身上有種涵義深遠的喜劇光芒，卑鄙下流並非出於他本意，你要原諒他。」

「我……」藍斯洛才要說話，有個信使來了。

那男孩個頭矮小，氣喘吁吁，身上鎧甲罩袍在右腋下方有個箭孔。他用手指捏著那道裂縫，話說得飛快。

王后出事了。五月一日那天，她去參加五月節的活動。依照慣例，她很早就出發，想在十點以前把還沾著露水的櫻草、紫羅蘭、山楂花及剛冒新芽的樹枝帶回來，因為五月的早晨很適合收集這些東西。她沒帶護衛（王后的騎士全都帶著素面盾以為識別），只帶了十名平民打扮的騎士。他們全都身穿綠服來慶祝這個春日節慶。阿格凡也名列其中——他後來一直黏著桂妮薇，好刺探她的祕密；至於藍斯洛，他被刻意支開了。

總之，半路埋伏的梅里亞格蘭斯爵士跳出來時，他們一行人正帶著一堆花朵和樹枝吱吱喳喳地聊天，快樂地騎馬回家。出身是否上品這件事一直蹂躪他的心智，所以最後他下了決心，如果所有人都說他出身不夠上品，那麼，他就要堂堂正正地去做不紳士的事了。他知道王后的人馬沒有武裝，也知道藍斯洛沒跟他們在一起。於是他帶了一隊武力強大的弓箭手和一群武裝的人，計畫要俘虜王后。

他們打了一場。王后的騎士手拿刀劍，盡其所能保護她，結果全都受了傷，有六人還傷得頗重。之後桂妮薇投降，好保全他們的性命。她被迫與梅里亞格蘭斯爵士談判（他的心倒還不全然是個無賴），如果她叫她的衛士住手，他就必須承諾，把這些受傷的騎士連同她一起帶到他的城堡去，而且必須讓他們睡在她房外的會客室。梅里亞格蘭斯愛著桂妮薇，臨時起意的邪惡退縮了，他也明白，不可能強迫他所愛之人違背她的意志，於是他同意這些條件。這可憐的傢伙從來就沒辦法真正為惡。

在那團可悲的混亂中，傷患一個接一個掛在馬上，但王后還是臨危不亂。她喚來一個年幼的見習騎士，他有匹腳程很快的健康小馬。她偷偷將她的戒指脫下來給他，要他送口信給藍斯洛，並要那年幼的見習騎士一有機會就快點逃命——他確實這麼做了，身後還追著幾個弓箭手。那枚戒指就在這裡。

故事說到一半，藍斯洛就咆哮著叫人去取他的鎧甲。故事說完時，亞瑟已跪在他腳邊，正為他繫上脛甲。

①柏忌上校（Colonel Bogey），柏忌為高爾夫術語，即擊球入洞的桿數高於標準桿一桿。此詞源於十九世紀末英國的流行歌詞「I'm the Bogey Man, catch me if you can.」，所以後來高爾夫球界將柏忌先生視為假想敵，大家都「追在柏忌先生後面」，並贈予他上校榮銜。

②多羅洛斯塔（Dolorous Towers），藍斯洛殺了卡拉斯爵士的地方。

③cockney指倫敦東區的工人階級，帶有貶意。

④九瓶球（nine-pin），十六世紀時一種類似保齡球的球類運動。九個球瓶呈直筒狀，排成菱形，而球身比較小且沒有洞。

⑤素手伊索德（Isoud White-Hands），這位伊索德來自布列塔尼，是崔斯坦的妻子。

第四十二章

當那些弓箭手頹喪地騎馬返回，說他們沒能射倒那個男孩時，梅里亞格蘭斯爵士就知道接下來會發生什麼事了。他煩憂苦惱，一方面是因為他知道自己做了壞事與蠢事，另一方面則是因為他真心愛著王后。然而他心中還有掙扎，他知道事情都走到這一步，回頭為時已晚。藍斯洛接到王后送去的訊息，一定會來，所以他得爭取時間。城堡並未做好圍城應戰的準備，但是，由於王后在城內，如果他們能準備好，就有希望和圍城的人談判。所以，在城堡做好防禦準備之前，要不惜代價阻止藍斯洛爵士。他猜得沒錯，藍斯洛才剛武裝好，就匆匆忙忙來救王后了。他來此必經的森林中有塊狹窄的空地，要阻止他，最好的辦法就是在那裡再設下埋伏。那塊空地非常狹窄，就算弓箭手無法射穿他的鎧甲，也一定能殺死他的馬。在那動亂的年頭過後，道路兩旁的灌木叢都被清出一箭之地的距離；但這塊空地地形特殊，所以被忽略了。梅里亞格蘭斯爵士知道，一枝勁射的箭在一定射程內可以穿透最好的鎧甲。

於是，埋伏很快就準備好，但是城堡內亂成一團。牧人將牲畜趕進要塞，但所有的牲畜都到處亂走，要嘛干擾彼此，要嘛就是不肯走到門的另一頭去。那些打水的男孩興奮地將水倒入大桶——這是一座起源似乎可追溯到愛爾蘭時期的無用城堡，城堡外庭沒有水井。女僕瀕臨崩潰，跑來跑去；至於梅里亞格蘭斯爵士，他就像那些出身不高的人，決定用一種不會受到非難的方式來接待他的俘虜王后。他們給她弄了一間閨房，從他那間單身漢的房裡搬出繡毯，放在她房裡，擦亮銀器，並且派人向最近的鄰居借來金盤子。在他們準備國賓住房，好迎接桂妮薇入住的時候，她本人被帶到一間小小的等候室中；她仍堅持要給她那些受傷的騎士準備繃帶、熱水和擔架，讓情況更加混亂。梅里亞格蘭斯爵士在樓梯上上下下地跑，喊著「是的，夫人，馬上就好。」或「瑪莉安，瑪莉安，妳天殺的，蠟燭收到哪去了？」或「莫多克，馬上把那些羊帶出城頂房間。」他會找時間把額頭靠在砲眼冰冷的石頭上，緊抓著迷亂的心，詛咒自己的愚蠢，並將已經失序的計畫弄得更加混亂。

最先把身邊狀況理出頭緒的人是王后。她只要求為傷兵綁上繃帶，因此她的需要自然最早獲得滿足。她和幾名侍女坐在城堡的一扇窗戶前（這裡是這陣旋風平靜的中心點），就在這時，有個女孩大叫起來，說路的那端有什麼來了。

「那是輛載貨馬車。」王后說，「應該是載著城堡儲糧等物品。」

「馬車上有個騎士，」那女孩說，「一個穿著鎧甲的騎士。我猜有人要把他抓去吊死。」

在那個年頭，乘坐載貨馬車被視為不名譽之舉。

後來，她們看到一匹馬追在那輛馬車後面，全速奔馳而來，馬韁在塵土中晃動。然後她們驚恐地發現，那馬身上所有的內臟也都在塵土中晃動。牠全身插滿箭，看起來像隻豪豬，而牠帶著一種麻木的奇怪表情奔跑，也許是嚇呆了。那是藍斯洛的馬，而藍斯洛就在那輛載貨馬車上，用劍鞘打著拉車的馬。他一如預期中了埋伏，花了一點時間和那些襲擊者動手比畫，不過他們跳過樹叢、跨過溝渠，輕易逃離了那個沉重的落馬鐵人。於是，即使身穿鎧甲，還是被迫步行走完剩下的路程。一個人不可能穿著和他等重的裝備走完這段路，這一點，梅里亞格蘭斯計算到了，但是，他沒有算到那輛被藍斯洛霸占的馬車。這個偉大的男人在知道王后出事時有多焦慮呢？有人說，他剛上路時，騎著馬游過泰晤士河，從西敏斯特橋游到蘭貝斯①；這說法根本欠缺考慮，如果這是事實，只要哪裡出了岔子，他就會因為自己的鎧甲而淹死。

「妳竟敢說那是要被吊死的騎士？」王后大叫起來，「妳這小賤人，竟敢拿藍斯洛爵士和重罪犯相提並論？」

那可憐的女孩紅著臉不說話了。在此同時，他們看到藍斯洛將馬韁丟給嚇壞的馬夫，猛攻上吊橋，一邊扯開喉嚨咆哮。

藍斯洛在城門口破門而入時，梅里亞格蘭斯爵士便已聽見他到來。慌亂的門房驚慌不已地抓著門，想在藍斯洛眼前將門關上，耳邊卻吃了一記鐵拳給擺平了。大門毫無防備地開啟。當時藍斯洛罕見地大發肝火，或許是因為他的馬受了苦。

梅里亞格蘭斯爵士原本正在監督幾個武裝的人，當他們躲進中庭的木造小屋（這是用來對抗希臘之火②的措施）時，他的神經整個斷了線。他跑向後階梯，於是，當藍斯洛在門房小屋附近怒吼時，他已經跪在王后跟前懇求了。

「現在又怎麼了？」桂妮薇問，她看著那個既特別又粗俗的男人匍匐在她跟前。她眼裡帶著好奇，而非全然嫌惡。畢竟，因為愛情而遭綁架是一種恭維，尤其是結局皆大歡喜。

「我投降！我投降了！」梅里亞格蘭斯爵士大喊，「噢，親愛的王后，我向妳投降。請不要讓藍斯洛爵士殺了我！」

桂妮薇看起來容光煥發、美麗非凡。或許是因為五月節，或許是因為這個倫敦東區出身的騎士對她的恭維，或許是因為某種女性對快樂的預感；無論如何，她覺得很快樂，而她對這個俘虜她的人並無怨恨之心。

「很好，」她愉快而明智地說，「關於此事的流言蜚語越少，我的名節就越安全。我會試著安撫藍斯洛爵士。」

梅里亞格蘭斯爵士顯然鬆了一口氣，重重嘆了一口氣。

「是啊，」他說，「那是隻年老的公麻雀——啊哈！啊哈！請原諒，真的。仁慈的王后，您那些受傷騎士的狀況不大好，不知在安撫藍斯洛爵士之後，能否請您今晚在梅里亞格蘭斯城堡過夜呢？」

「我不知道。」王后說。

「你們明日一早可以全部離開，」梅里亞格蘭斯爵士慫恿道，「我們不會再提起此事。這麼做比較好。您可以說，您是來此地做客。」

「很好。」王后說。梅里亞格蘭斯爵士抹著自己的額頭時，她已走下樓找藍斯洛。

他站在內庭，咆哮著要他的敵人出來。桂妮薇看見他，他也看見她，他們一個字都還沒說，古老的電流訊息便開始在他們眼中傳遞。彷彿伊蓮和整個聖杯探險從來就不存在似的。就我們可以了解的部分，她接受了她的挫敗。他必然在她眼中發現，她已經屈服於他，也就是說，她準備好要讓他去做他自己（去愛他的上帝，去做他想做的事）只要他還是藍斯洛就行了。她再次變得平靜而理智。她已宣布放棄她的瘋狂，而且無論他做了什麼，她都很高興看到他活得好好的。他們是兩個年輕人——是那兩個很久很久以前在卡美洛煙霧瀰漫的大廳上，眼神如同磁石般喀地一聲接在一起的年輕人，而那接合的喀嚓聲幾乎快被他們遺忘了。桂妮薇真心降服了，卻反而陰錯陽差贏得這場戰爭。

「什麼事這麼大驚小怪？」王后問。

他們說話的語調輕鬆而戲謔。他們又再次墜入愛河。

「問得好。」

然後他臉紅了，用稍微憤怒的聲音說：「他射死了我的馬。」

「謝謝你過來，」王后說，聲音很溫柔，那是他記憶中她最初的聲音。「謝謝你這麼快、這麼勇敢地趕來。不過他已經投降了，我們必須原諒他。」

「他殺了我可憐的馬，真可恥。」

「我們已經談和了。」

「如果我知道妳要談和，」藍斯洛的語氣有些妒意，「就不會冒著生命危險來了。」

王后拉起他的手，他手上沒有戴鐵手套。

「你覺得很遺憾，」她問，「是因為你表現太好了嗎？」

他沒有說話。

「我不在乎他，」王后說著，臉紅了，「我只是在想，還是別有什麼醜聞比較好。」

「我比妳更不想再有什麼醜聞。」

「你做你想做的事，」王后說，「如果你想跟他打，就打吧。你有權決定。」

藍斯洛看著她。

「夫人，」他說，「但得您滿意，我死而無怨。至於我，就聽憑您處置了。」

他受感動時，總是會情不自禁地用莊嚴的騎士語說話。

① 蘭貝斯（Lambath），倫敦市中的一處自治區，位於泰晤士河南岸，倫敦著名景點倫敦眼（London's eye）即位於此地。在馬洛禮《亞瑟之死》中，梅里亞格斯的城堡便位於此處。

② 希臘之火（Greek Fire），敘利亞人卡里尼科斯（Callinicus）於西元六六八年所發明的易燃火藥武器。

第四十三章

受傷的騎士躺在外面房間的擔架上。桂妮薇睡覺的內室中有一扇窗戶，上面裝著鐵條，沒有玻璃。

藍斯洛發現花園中架有梯子，高度足以讓他遂行目的——雖然他們沒有約好，不過王后正等著他。當她在窗前看到那張皺在一起的臉，鼻子還好奇地朝向星空，她完全不覺得那是獸形滴水嘴或惡魔。她站在那裡，有那麼幾下心跳的時間，感到血液在頸間狂熱奔流，然後她安靜地走向窗戶——那是共謀下的安靜。

沒有人知道他們究竟對彼此說了些什麼。馬洛禮說：「他們向對方傾訴了各種各樣的怨言。」或許他們同意，他們不可能一邊愛著亞瑟，又一邊欺騙他。或許藍斯洛最後總算讓她了解他的上帝，而桂妮薇讓他了解她沒有孩子的痛苦。也或許，他們最後完全同意接受他們之間的罪惡之愛。

後來，藍斯洛爵士輕聲道：「我想進去。」

「我很樂意。」

「夫人，妳衷心希望我和妳在一起嗎？」

「是的。」

他破壞最後一根鐵條的時候，弄傷了他的手，傷口深及骨頭。

兩人的低語變得斷斷續續，之後，黑暗的房間便陷入一片寂靜。

第二天早上，桂妮薇王后很晚才起床。梅里亞格蘭斯爵士急著想讓這整件事盡快平安落幕，他在會客室裡大驚小怪，希望她快點離開。說起來，將他心中所愛卻又不能據為己有的王后囚禁在住處是種折磨，而他可不想延長這份折磨。

最後，一方面為了要催她起床，同時也出於愛人的那種無可控制的好奇心，他進房間叫醒她——這類行為在晨間會客的日子裡是可能出現的。

「求您寬恕，」梅里亞格蘭斯爵士說，「夫人，您生了什麼病嗎？怎麼睡了這麼久？」

他看著無法得手的美人坐在床上，又假裝沒在看她。藍斯洛之前弄傷了手，血沾得整張床單都是。

「叛徒！」梅里亞格蘭斯爵士突然大叫起來，「叛徒！妳背叛了亞瑟王！」

他深信自己受騙，憤怒和嫉妒讓他發了狂。由於他的冒險精神走錯了方向，所以他一直相信王后是位純潔的女性，而他這個想染指她的人則是錯的。現在他發現她一直都在欺騙他，她假稱貞潔而不能愛他，同時卻在他眼皮底下和她那些受傷的騎士做起運動來。他已擅自下了結論，認為那些血屬於某位受傷的騎士，不然她為什麼堅持要他們睡在會客室裡呢？最瘋狂的嫉妒與憤怒交混，他一直沒注意到窗上的鐵條，因為已經有人盡量小心地將它們放回去了。

「叛徒！叛徒！我要告妳叛國！」

聽見梅里亞格蘭斯爵士的叫嚷，受傷的騎士紛紛跛著走向門邊，這陣騷動很快便傳了出去，侍女和服侍的女僕、見習騎士、馬童和幾個馬夫，全都興奮地跑過來看。

「這全都是騙局，」梅里亞格蘭斯爵士大喊，「或多或少，都是騙局！有個受傷的騎士來過這裡！」

桂妮薇說：「不是這樣。他們可以作證。」

「這是謊言！」那些騎士大吼，「在我們當中挑一個出來！我們要跟你打！」

「不，你們不會這麼做，」梅里亞格蘭斯爵士尖聲叫著，「不用再說那些漂亮話了！有個受傷的騎士和王后陛下睡在一起！」

血跡顯然是一項很好的證據，他一直指著那些血跡，直到藍斯洛在那群快被他催眠的侍衛中現身。沒有人注意到他手上戴了一隻手套。

「怎麼回事？」藍斯洛問。

梅里亞格蘭斯爵士把事情經過告訴他，狂亂的語氣再加上手勢，還帶著一股找到新的人可以傾訴的亢奮。他看來就像個悲痛發狂的男人。

藍斯洛冷冷地說：「請容我提醒你，你對王后做了什麼事。」

「我不知道你在說什麼，我也不管。我知道，有個騎士昨晚在這個房間裡。」

「你說話小心點。」

藍斯洛嚴厲地看著他，一方面是想警告他，一方面是想要讓他恢復神智。他們兩個人都知道，這項指控最後會以戰鬥審判收場，而藍斯洛想讓他明白，他的對手會是誰。梅里亞格蘭斯爵士最後確實明白了，他突然擺起架子，看著藍斯洛。

「你也要小心，藍斯洛爵士，」他平靜地說，「我知道你是全世界最好的騎士，但是，如果你要在一場錯誤的爭執中挺身而出，你就要小心了。畢竟，上帝有可能會為了正義出擊的，藍斯洛爵士。」

王后真正的愛人咬緊了牙。

「這要由上帝來決定。」他說。

接著他非常惡毒地補上一句：「就我所知，我很清楚這些受傷的騎士都沒有進過王后的房間。如果你要為此而戰，我奉陪。」

到最後，藍斯洛一共為落難的王后出戰三次，第一次是義正辭嚴地對上馬鐸爵士，第二次是以非常可疑的謬論對上梅里亞格蘭斯爵士，而第三次，他根本站不住腳的；然而他每一次出戰，都領著他們往毀滅更近一步。

梅里亞格蘭斯爵士丟下他的手套。他堅信自己所說的都是事實，所以他就像那些參與激烈爭執的人，非常固執，而且寧死不屈。藍斯洛接下了手套──他又能怎麼辦呢？所有人都開始準備挑戰的行頭，像是用印章在挑戰信物蓋上戳記之類的事，並且定下日期。梅里亞格蘭斯爵士安靜下來，他現在掉進裁判的體制裡了，有時間可以好好想想，不過，他一如往常想岔了方向。他真是個矛盾的男人。

「藍斯洛爵士，」他說，「現在我們約定要對戰了，在這時候，你不會對我做出背義的事來吧？」

「當然不會。」

藍斯洛非常驚訝地看著他。他和亞瑟一樣，總是低估這世界的邪惡，讓自己捲入許多麻煩──例如，他在西敏斯特把奧克尼一族打落馬。

「直到對戰之前，我們都還是朋友吧？」

這個老戰士感受到一股長久以來圍繞在他身邊的痛楚，恥辱的痛楚。他竟為了一句真實無偽的話要和這男人對戰。

「是的，」他熱誠地說，「是朋友！」

他良心不安地快步來到梅里亞格蘭斯身前。

「那我們現在可以和平共處了，」梅里亞格蘭斯以一種快活的調子說道，「所有事都能正大光明地說。你想看看我的城堡嗎？」

「當然。」

梅里亞格蘭斯帶著他在城堡裡看過一個又一個房間，最後來到一個有活板門的房間。板子一轉，門開了，於是藍斯洛掉進一個六十呎深的地窖，落在一堆乾草上。之後梅里亞格蘭斯下令藏起一匹馬，又回到王后那兒告訴她，她的戰士已經騎馬離開了。大家都知道藍斯洛常常無故消失，而這個習慣為這故事染上幾分真實色彩。對梅里亞格蘭斯來說，這似乎是一種保證上帝不會在這場爭執中站錯邊的方式，因為梅里亞格蘭斯自己的是非標準也已陷入混亂。

第四十四章

第二次戰鬥審判和馬鐸那一場同樣聳人聽聞。首先，藍斯洛在最後一刻到來，這回還比上一次更迫近最後時限。他們已經等到放棄，並說服拉文爵士代他上陣。拉文爵士騎馬進入競技場時，那個偉大的男人騎著一匹白馬（那是梅里亞格蘭斯的馬）全速衝來。他一直被關在地窖裡，直到今早才被人放出來——那個幫他送飯的女孩最後趁主人不在時放了他，代價是一個吻。他心中因為某些複雜的顧忌掙扎著該不該給那個吻，不過他最後決定，一個吻也無妨。

梅里亞格蘭斯在第一輪交鋒時便坐在地上，拒絕起身。

「我認輸，」他說，「我完了。」

「起來，起來。你根本沒在打。」

「我不打。」梅里亞格蘭斯爵士說。

藍斯洛困惑地看著他。為了他的馬和地板活門的事，這人都欠他一頓好打。不過他也知道，這個男人的指控實際上是真的，而他並不想殺他。

「饒命！」梅里亞格蘭斯爵士說。

藍斯洛的視線轉向王后的帳篷。她坐在那裡，受到王室侍衛官監護。由於他戴著一頂巨大的頭盔，所以沒人看到他徵詢的眼神。

然而桂妮薇看到了，或說她的心感受到了。她將手伸出包廂，拇指朝下一比，並且偷偷往下戳了好幾下。她認為梅里亞格蘭斯是個危險人物，要是不殺他，將後患無窮。

競技場中一片死寂，所有人都向前探去，看著那兩個戰士，屏息以待，像是一圈等待獵物死去的兀鷹。人人都在等那「慈悲的最後一擊」，就像羅馬競技場或西班牙鬥牛場裡的人一樣，而且人人都認為藍斯洛會這麼做。在他們看來，梅里亞格蘭斯的指控要比馬鐸的指控嚴重得多；而他們也像桂妮薇那樣，覺得他死有餘辜。在那年代，愛情所受到的規範與現在不同：具有騎士精神、成熟、長遠、有宗教性，而且幾乎是柏拉圖式的，所以不可任人隨意指控。現代人的愛情有時從開始到結束只歷經一個星期，但是在那年代可不是如此。

旁觀眾人看藍斯洛在那男人面前猶豫不定，又聽到他在頭盔裡面說話。他正提出某種建議。

「如果你起來，好好和我打，至死方休，我會讓你幾步。」他說，「我會脫掉頭盔，解除我身體左邊的武裝，我不會拿盾牌，我會把左手綁在背後。這樣的確就公平了吧？如果我這麼做，你要起來和我打嗎？」

梅里亞格蘭斯爵士發出某種高亢而歇斯底里的尖叫，之後大家看到他爬向國王的帳篷，做出幾個很激烈的手勢。

「別忘了他說的話，」他咆哮道，「每個人都聽到他說的話了，我接受他的條件，別讓他食言！左邊沒有鎧甲、沒有盾牌、沒有頭盔，而且左手要綁在後面。大家都聽到了！大家都聽到了！」

國王大叫：「停！等一下！」於是傳禮官和紋章王官下到競技場來，梅里亞格蘭斯也閉上嘴。每個人都為他感到羞愧。在這陣令人不安的寂靜中，他低聲喃喃抱怨，並且堅持要有人去監看那些條件是否確實做到。在此同時，有幾隻勉為其難的手在為藍斯洛爵士卸甲，將他的手綁起來。這些讓步實在太過分了，他們覺得自己猶如把深愛的人推去刑場的幫凶。當他們把他綁好，把劍遞給他時，他們粗魯地拍拍他，將他推向梅里亞格蘭斯，然後別開臉。

沙質的競技場上光芒一閃，彷彿有條鮭魚躍過河中的阻礙物，那是半身無防備的藍斯洛發動攻勢，當他進攻時，場景喀噠喀噠地換了——就像萬花筒內影像變換時所發出的喀噠喀噠聲。原本進攻的人是梅里亞格蘭斯，現在變成藍斯洛。

梅里亞格蘭斯爵士被馬拖出場去時，頭盔和頭都已被砍成兩半。

第四十五章

好了，這個冗長的故事告訴我們，那個來自班威克的外國人如何贏得桂妮薇王后的芳心，如何為了他的上帝而離她而去，最後又無視於禁忌回到她身邊。這是個古代的愛情故事，那時候成人仍真誠相愛；它不是個現代的愛情故事，沒有青少年追逐電影中的墮落激情。這些人掙扎走過四分之一個世紀才有所了悟；現在，他們來到了人生當中的小陽春時節。藍斯洛將他的上帝獻給了桂妮薇，而她則以她的自由回報。而伊蓮，她在這一團糟當中所扮演的角色，不過是個無足輕重的插曲。而今，她也得到了她的平靜。至於亞瑟，以個人觀點來看，他是這個三角關係當中最不幸的人，但也非全然只有不幸。梅林沒有讓他成為一個享受私欲的人，他被教養成一個要享受王室之樂的人，他要享受的是一個國家的繁盛。在他們遲暮之年，因為藍斯洛那兩場轟動一時的勝利，國家又恢復興盛。那些風尚、現代作風，以及圓桌中心的腐敗都隱藏起來了，而他那偉大的想法又重新施行。他發明了法律，以此作為權威。亞瑟並沒有公報私仇。他讓自己遠離桂妮薇和藍斯洛的痛苦，下意識相信他們不會讓他察覺此事。他的動機不是恐懼，也不是姑息，而是無上的高貴。國王手中握有權柄，身為一個丈夫，他只要一聲令下，就能在劊子手的斷頭臺或火刑柱上解決這永恆的三角習題。他的妻子和她的愛人就在他指掌之間，這才是他慷慨的心決定繼續無知無覺下去的理由，決不是因為怯懦。

這段小陽春時期在他們掌握之中，謠言平息了，也不再有無禮行徑。奧克尼一族只能低聲喃喃自語，疏遠得幾乎可以說是私底下的抱怨了。在修道院的寫字間和貴族的城堡中，抄寫員在彌撒書和騎士專論上龍飛鳳舞，繪圖員則在描繪字首字母，並小心畫出紋章盾徽。金匠和銀匠揮著小鎚子鎚出金箔，將金線彎曲，在主教的權杖上鑲嵌複雜至極的交錯圖案。漂亮的女士養知更鳥或雀鳥當寵物，非常努力教喜鵲說話。有先見之明的主婦在櫃子裡裝滿糖蜜，好在家人因惡氣染疾時充作藥物，並儲藏一種治療風濕的自製藥膏，以及用來嗅聞的麝香丸子。為了預備四旬齋，他們買來椰棗、綠薑杏仁茶和四先令六便士的鯡魚，用馬載運。各家鷹匠辱罵彼此的鷹隼，直到他們滿意為止。由於強權年代已過，律師在新的法庭中像蜜蜂般忙碌，提出各種令狀，有褫奪公權、大法官法庭、合同協定、侵占、扣押、查封、收買陪審團、緊急事故、財物扣押、贍養義務、具保領回、過路權、聽訟法庭、清償債款、遺產占有、是非之辯、贊成反對、初夜權，並且找出適用法條。小偷可能因偷竊價值一先令的物品而處以吊死（這是真的），因為當時法律修訂仍不完備，而且混亂；不過，一先令可以買到兩隻鵝、四加侖葡萄酒或四十八條麵包，對小偷來說是筆難以處理的大錢，只要想想這一點，或許這條法律聽起來也沒那麼糟。鄉間小徑上只有出身並不高貴的情侶，他們用手互環著腰，走在日落餘暉中，從後面看起來，就像個X字。

亞瑟的格美利一片和平，而這和平的快樂在藍斯洛和桂妮薇眼前綿延開展。但是，這張拼圖還有第四個角。

上帝是藍斯洛的圖騰。祂在他們的戰爭當中扮演另一個人，現在，祂終於選擇跨越那條小路。那個看著壺盔的小男孩，那個夢見井水總是從他脣邊溜走的男孩，有個雄心壯志，就是希望能行一般的奇蹟。他已經行了一次奇蹟，將伊蓮從她的澡盆裡救了出來，當時他是全世界最優秀的騎士——而他在那個可怕夜晚中了伊蓮的陷阱之後，便破壞了自己的禁忌。有四分之一世紀的時間，他都悲哀地想著那個晚上，這份哀傷也在整個尋找聖杯的探險中伴隨著他。那件事之前，他認為自己是上帝的臣民；但在那之後，他就成了一個騙局。現在，時間總算到了，他即將面對他的不幸。

有個來自匈牙利的騎士，名叫烏利爵士，他在七年前一場比武大會中受了傷。當時他和一個叫阿法格斯爵士的人對戰，雖然殺了對方，身上卻也留下好幾道傷口：頭上三道、身體和左手則有四道。已故阿法格斯的母親是個西班牙女巫，她對匈牙利的烏利爵士下了詛咒，讓他身上那些傷口全都無法癒合。它們會反覆不斷流血，直到全世界最優秀的騎士來照看這些傷口，用他的雙手讓傷口癒合。

一直以來，匈牙利的烏利爵士讓人背著走過一個又一個國家（或許他得的是某種血友病），找尋最優秀的騎士幫助他。最後，他勇敢地穿過海峽，來到陌生的北方國度。每個地方、每個人都告訴他，他唯一的機會就是藍斯洛。於是最後，他前來找藍斯洛。

亞瑟總是能感受到每個人身上最好的特質，他非常確定藍斯能做到這件事，只是他也覺得，圓桌所有的騎士都應該有機會試試看，這樣才公平。或許會在哪裡找到一個深藏不露的高手，因為以前也曾經發生過類似的事。

因為適逢聖靈降臨節，宮廷的人當時都在卡利西，每個人都應該在鎮上的草地聚會。烏利騎士被人用擔架帶到那裡，躺在金布做成的枕墊上，好讓診療開始進行。一百一十名騎士（另有四十名在外探險）穿著他們最好的衣服，依序繞著他站成一圈，地上鋪著地毯，並設有給貴婦人在旁觀看的帳篷。亞瑟對藍斯洛十分厚愛，為他安排華麗的陳設，好迎接即將到來的無上成就。

這是藍斯洛爵士之書的終章，現在我們要看的，是他在本書裡最後一次現身。他躲在城堡的馬具室裡，從那裡向外窺探。

房間裡有許多皮製韁繩，整齊地掛在馬鞍和鮮亮的馬嚼之間。他發現，那些皮繩很強韌，撐得住他的重量。他躲在那裡等待，祈禱快點有人（或許是加瑞斯？）能行此奇蹟，如果沒有，也讓他們忘了他吧，他祈禱不會有人注意到他缺席。

你認為做個全世界最優秀的騎士是件好事嗎？想一想，然後，也想想你要如何去捍衛這個名號。想想那些考驗，那些一再重複、冷酷無情、會傳出醜聞的考驗，它們會日復一日找上你，直到失敗之日，同時也是死去之時。再想想，你知道自己失敗的原因，那是你不欲人知的事，是你二十五年來哀傷地想隱瞞或忽視的事。試想，現在你就要走出去，在目前集結人數最多、地位最尊貴的觀眾面前，公開宣告你的罪行。他們期待你會成功，但你會失敗：你要公布你說了四分之一個世紀的謊言，而他們馬上就會知道原因何在——你一直想把可恥的理由藏起來，連自己也不願知道。但是，你在空寂的斗室中，這些事就會鑽出來，就會刺激你，讓你晃動著頭，像是想把它扔出去。從很久以前開始，你就一直想行奇蹟，但只有心地純潔的人才做得到。外面那些人正等著你去行這項奇蹟，因為你之前讓他們相信你心地純潔——但是現在，背叛、通姦和謀殺正把你的心像一塊布那樣扭絞著，你要走到陽光之下，測試你的榮譽。

藍斯洛站在馬具室裡，臉色慘白如紙。他知道桂妮薇就在外面，她的臉色也和他一樣蒼白。他絞著手指，看著強韌的韁繩，盡其所能地祈禱。

「瑟佛斯．勒布烏斯爵士！」傳禮官叫傳喚，而後瑟佛斯爵士踏步上前，他是在那張競爭名單中排名相當後面的騎士，個性害羞，唯一的興趣是自然史，終其一生未曾與人對戰。他走向那個只要別人一碰就會痛苦呻吟的烏利爵士，跪了下來，盡力而為。

「歐茲納．勒寇爾．哈迪爵士！」

如此這般進行下去，這整張名單上有一百一十人；馬洛禮以合適的順序記下所有這些華麗的人名，所以你幾乎可以看見他們沉重的鋼片甲衣上的漂亮切割、盾徽的色調，和每個羽飾的鮮亮色彩。那些用羽毛裝飾的頭讓他們看起來像是印第安勇士。他們走路的時候，足甲的金屬片鏘啷作響，在馬刺上敲出堅實、令人振奮的聲音。他們跪下來，烏利爵士縮了一下，沒有成功。

藍斯洛並沒有用馬韁繩上吊自殺。他已經破壞他的禁忌，欺騙他的朋友，回到桂妮薇身邊，並且在一場錯誤的爭執中殺了梅里亞格蘭斯爵士。現在他準備好接受懲罰了，他走過那條長長的大道，兩旁都是在陽光下等待的騎士。他不想引人注目，結果卻讓自己成了最醒目的最後一人。他在那些好奇的顯要中往下走，還是一樣醜陋、忸怩、躊躇不前，他是個即將崩潰的老兵。莫桀和阿格凡也向前移動。

藍斯洛跪在烏利身前的時候，他對亞瑟王說：「我有必要在所有人都失敗之後來做這件事嗎？」

「你當然得做。這是我給你的命令。」

「既然你下了命令，我就得做。但是，在所有人都失敗之後……這實在太傲慢了。我不能不做嗎？」

「你這樣想是不對的，」國王說，「由你來試絕對說不上傲慢。如果連你都做不到，那就沒有人做得到了。」

烏利爵士現在已經十分衰弱，他用手肘撐著身體坐了起來。

「拜託，」他說，「我來這裡，就是要請你做這件事。」

藍斯洛眼中含著淚水。

「噢，烏利爵士，」他說，「如果我做得到，我當然很願意幫你。但是你不了解、你不了解。」

「看在上帝的分上。」烏利爵士說。

藍斯洛看向他認為上帝所在的東方，在腦中說了一些話。他大概是這麼說的：「我不想要榮耀，但能否請祢保有我們的正直？看在這位騎士的分上，如果祢願意治癒他，就請祢這麼做吧。」接著他要烏利騎士給他看他頭上的傷。

桂妮薇在她的帳篷中，像隻老鷹般看著那兩個男人笨拙地搜索著。之後她看見附近的人動了，傳來一陣低語，繼而是歡呼。男士開始扔帽子、大叫、握手。亞瑟一再喊著某些相同的字眼，他抓住大老粗加文的手肘，把話不斷塞進他的耳朵裡去。

「傷口像盒子一樣合起來了！像盒子一樣合起來了！」幾個年長的騎士繞著圈圈跳起舞來，把盾牌弄得砰砰作響，像是在玩「豌豆布丁燙②」的遊戲，互相戳著對方的肋骨。許多侍從瘋了般地笑著，互拍對方的背部。波爾斯爵士親吻了愛爾蘭的安貴斯國王，後者也回以一吻。而驕縱的王子——加拉哈特爵士滾倒在自己的劍鞘上。慷慨的貝勒斯爵士在許久以前的一個夜晚，在一頂紅色絲質帳篷旁被藍斯洛切開肝臟，但他並不記恨，現在他用兩隻拇指抓住一根草葉邊緣，吹出可怕的噪音。貝第維爵士自從去見了教宗，便大大悔過，他喋喋不休說著幾根聖骨的事，那是他去朝聖帶回來的紀念品，上面用彎彎曲曲的字體寫著「來自羅馬的禮物」。布利昂爵士仍然記得他那位個性溫和的野人，他擁抱了卡斯特爵士，後者從來就不曾忘記那位異鄉騎士頗有騎士之風的斥責。仁慈又善感的阿格洛法是寬恕派林諾家宿怨的人，他真心和英俊的加瑞斯擊掌；莫桀和阿格凡皺起眉頭。馬鐸爵士的臉紅得像是隻公火雞，與匿名回來的毒殺者皮內爵士言歸於好。佩雷斯國王到處承諾，說他要送藍斯洛一件新斗篷；頭髮花白的戴普大叔已經老得令人難以置信，正試著要跳過他自己的手杖。帳篷的布幕放下來，旗子在風中招展，而歡呼聲一回又一回響起，聽來像是猛烈的砲火或雷聲，繞著卡利西的塔樓轉。廣場四處和其中所有的人，以及城堡中所有的高塔，看起來都像是在雨中上下起伏的湖面。

在人群當中，沒有人注意到，她的愛人獨自跪了下來。那寂然不動的身形知道一個祕密，一個沒有人知道的祕密。真正的奇蹟是上帝允許他行了奇蹟。「之後，」馬洛禮說，「藍斯洛爵士哭了，彷彿是個受到懲罰的孩子。」

① 豌豆布丁燙（Pease Pudding Hot），英國童謠。

第四部

風中燭

「他稍稍想了想，便說：
『我發現動物園對我許多病人有療效。我該給龐提非先生開個大型哺乳類動物的處方。別讓他以為他是在服藥……』」

第一章

歲月的增長對阿格凡頗為無情。他四十歲時的相貌就和現在五十五歲看起來一樣老了。他鮮少有清醒的時候。

而莫桀這冰冷細瘦的男人，看起來一點也沒有變老。他的年紀模稜兩可，就像他那對藍眼睛的深度、和他音樂般嗓音的抑揚頓挫。

此刻這兩人駐足之處，是卡美洛奧克尼宮裡的方庭迴廊，他們看著陽光下的鷹鳥棲息在綠色庭園的橫木上。這座方庭迴廊有著新式的火焰形拱門，而在這優雅的框架中，神態高貴漠然的鷹鳥看起來十分顯眼——這裡有一隻矛隼、一隻蒼鷹、一隻遊隼和她的雄隼，以及四隻小灰背隼。這四隻小灰背隼養了一整個冬天，不過都活了下來。橫木很乾淨——對熱中戶外運動的人來說，如果要參與這種血腥的運動，就有義務小心隱藏獸性的痕跡。所有的鳥兒都飾以美麗的緋色西班牙皮革和金工裝飾，鷹鳥的皮帶用白馬皮編成，而那隻矛隼的皮帶和繫腳皮繩，則是如假包換的獨角獸皮裁製而成，是對她一生地位的讚美。她大老遠從冰島被帶來，這是他們至少能為她做的事。

莫桀愉快地說：「看在上帝的分上，我們離開這裡吧，這地方臭死了。」

他說話的時候，那些鷹鳥稍稍動了一下，牠們身上的鈴鐺發出一陣細語般的聲響。這些鈴鐺是不惜代價從東印度帶回來的，而且矛隼身上那對鈴鐺還是銀製品。一隻有時作為誘餌的巨大雕鴞站在迴廊陰影處的棲木上，鈴響時，牠睜開了眼。睜眼之前，牠看起來不過是隻填充貓頭鷹，或是一團邋遢的羽毛，然而在那雙眼睛乍現之時，牠成了愛倫坡筆下的生物，你完全不會想看著牠。銳眼血紅，殺氣騰騰、可怕駭人，似乎還會發光，就像是蘊含火焰的紅寶石。牠的名字叫大公爵。

「我什麼也沒聞到。」阿格凡說。他疑心地嗅著，想要聞出些味道。不過他那塊負責嗅覺與味覺的上顎已經廢了，而且，他的頭正在發疼。

「是『運動』的臭味，」莫桀在話裡加上引號。「還有『合宜行事』與『好人』的臭味。我們到花園裡去吧。」

阿格凡執意要回到他們原先討論的話題。

「不用為了這種事心煩，」他說：「我們知道是非對錯，但是別人不知道。沒有人會聽我們的。」

「但是他們一定要聽，」莫桀眼睛虹膜上的小斑點燒出藍綠色的火焰，和貓頭鷹的眼睛一樣明亮。他不再是那個肩膀曲斜、衣著華麗的浮誇男子，反而成了一切的**肇因**。在這一點上，他完全無法與亞瑟妥協；他可以說是和那個英格蘭人徹底相反，互相對立。他變成了所向無敵的蓋爾人，他是比亞瑟一族更古老、更奧祕的滅絕民族所遺下的子孫。而今，當他對這一切的肇因燃起怒火時，亞瑟的新法顯得既中產階級又魯鈍；與匹克特人原始而野性的智慧相比，似乎只是一種愚蠢的自我滿足。他唾棄亞瑟時，他的母系祖先群集而至，顯現在他臉上。那些祖先的文明和莫桀一樣，也都來自母系家族，他們騎無鞍馬、駕雙輪戰車、在戰鬥時講究策略，並用敵人的頭顱裝飾他們猙獰的堡壘。他們蓄長髮，模樣凶猛，有位古代的作家描述他們行軍的模樣：「手中持劍，與洶湧的河水或暴風雨中澎湃的海洋對抗。」而今他們的民族性展現在愛爾蘭共和軍身上，而非蘇格蘭民族主義分子，他們不斷殘殺地主，然後又怨怪那些地主遭人謀害。這個民族會把林查洪這樣的人當成國家英雄，原因是他咬掉了一個女人的鼻子，而那女人屬於戈爾家族；這個民族被歷史的火山驅逐到世界遙遠的角落，他們在那裡懷抱惡毒的牢騷與自卑感，甚至至今仍公開表露他們自古相傳的自大。他們是天主教徒，不過，如果有任何一位教宗或聖徒（亞德里安、亞歷山大①或聖傑羅姆②）的政策不合他們的意，他們的做法是當著聖徒的面直接掉頭走人；這些破碎遺產的守護者不但歇斯底里、暴躁抑鬱，而且飽受責難。很久很久以前，以亞瑟為代表的外來者降服了這個野蠻、狡猾又英勇反抗的民族。而這便是這位父親和他兒子之間的一道障礙。

阿格凡說：「莫桀，我得跟你聊聊。好像沒地方坐了，你就坐在那東西上面吧，我坐在這裡。沒人聽得到我們說的話。」

「就算他們聽到了，我也不在乎。我們就是要讓他們聽到。這事應該要大聲說出來，而不是在迴廊竊竊私語。」

「這些耳語最後還是會傳出去。」

「不，不會的。他們不會把話傳出去。他不想聽，所以，就算我們有什麼耳語，他也可以一直假裝聽不見。如果你當英格蘭王當了這麼多年，你不會不知道要怎麼虛偽行事。」

阿格凡覺得不大自在。他對國王的恨意不如莫桀來得真實。事實上，除了藍斯洛以外，他也不特別反對哪個人。他的態度比較像是隨機的惡意。

「我認為，抱怨過去發生的事沒有什麼好處，」他陰鬱地說：「如果每件事都這麼複雜，年代又已經久遠，我們沒辦法期望其他人會站在我們這一邊。」

「或許這事年代久遠，不過無損亞瑟是我父親的事實，也改變不了他想把還是個嬰兒的我放在船中隨水漂走的事實。」

「對你來說，或許改變不了什麼，」阿格凡說：「不過對其他人來說，情況就不同了。這麼混亂的事根本不會有人在乎，你不能期待一般人會記得那些祖父或同母異父姊姊這類事。無論如何，現在大家不會為了私仇就開戰，你需要的是一種民族仇怨，它得跟政治有關、而且正等著爆發出來，你得利用那些唾手可得的工具。比如說那個篤信共產主義的約翰．鮑爾③，他有上千個支持者，他們各有目的，但隨時會在暴動中協助他。或者是撒克遜人，我們可以說我們支持民族主義運動，這樣一來我們就可以加入他們，以民族共產主義為藉口。總之得要是廣泛又普遍、所有人都能感同深受的名目才行。我們所反抗的對象一定要人數眾多，比如猶太人、諾曼人或撒克遜人，這樣才能讓大家都義憤填膺。我們可以當先住民的領袖，向撒克遜人聲討正義；或是做撒克遜人的領袖，對抗諾曼人；或者當農奴的領袖，反抗上流階級。我們要有一面旗幟，對，還要有個徽章。你可以用希臘十字④。或是像共產主義、民族主義之類的也行。不過，如果只是你和那個老人之間的個人私怨，那是沒有用的。不管怎麼做，你都得先花上半個小時解釋狀況，就算你上屋頂大吼也一樣。」

「我可以吼說我母親是他姊姊，而他為了這個緣故想把我溺死。」

「隨你吧。」阿格凡說。

那隻雕鴞醒過來前，他們正在談論一些他們家族早年蒙受的苦難——有他們的外祖母伊格蓮，她被亞瑟的父親糟蹋；還有蓋爾族與高盧族久已沉湮的宿怨，這是他們那隻母獸在古老的洛錫安給他們的教導。就阿格凡的冷血看來，這些不公不義都太過遙遠、混亂，不足以當成對付國王的武器。現在，他們談到了最近的一項屈辱——亞瑟與他同母異父姊姊所犯下的罪，最後竟想要以謀殺他們生下的私生子來了結。這當然是比較強大的武器，然而問題是，莫桀本人就是那個私生子。這位兄長的腦袋比較狡猾，而他的怯懦告訴他，身為人子，很難以自己的私生子身分為號召，去推翻父親。此外，亞瑟很久以前就讓所有人都三緘其口了；現在由莫桀重提此事，似乎不是個好主意。

他們默然對坐，盯著地板。阿格凡的健康狀況並不好，兩眼底下都有眼袋。莫桀還是一樣瘦，擁有最流行的纖細體型，身上誇張的服裝是很好的偽裝，讓人幾乎看不出衣服底下的歪斜肩膀。

他說：「我並不覺得光采。」

他痛苦地看向同母異父兄長，目光中的弦外之音溢於言表。他用他的眼睛說：「那麼，看看我的駝背吧，我沒有理由為我的出生感到光采。」

阿格凡不耐煩地站起來。

「總之我得喝一杯。」他一邊說，一邊拍手叫來見習騎士，然後將顫抖的手指橫在眼皮上，疲倦地站著，帶著嫌惡之情看著那隻貓頭鷹。等酒來的時候，莫桀輕蔑地看著他。

「如果你去耙那堆老糞，」阿格凡說，香料甜酒提振了他的精神：「你會把自己惹得一身臭。你得記住，我們不是在洛錫安，是在亞瑟的英格蘭，而他的英格蘭人愛戴他。要嘛他們拒絕相信你，要嘛他們雖然相信你，但他們責備的人卻是你而不是他，因為是你把事情給挑起來的。可以確定的是，任誰也不會追隨這場謀反行動。」

莫桀看著他。此時他就像那隻鴞一樣恨阿格凡，並在心理譴責他的懦弱。他無法忍受有人阻礙他復仇的白日夢，因此他在腦中發洩他對阿格凡的恨意，並對自己說，這個異父兄長不過是家族裡一個醉醺醺的叛徒。

阿格凡看出這一點，臉上露出笑容，這時他已經喝了半瓶酒來安慰自己。他拍著莫桀健康的那一邊肩膀，要這個年輕人斟滿他的酒杯。

「喝吧。」他說，然後吃吃地笑了起來。莫桀喝著酒，看起來像是隻被下了藥的貓。

「你可曾聽說，」阿格凡滑稽地問：「有個很厲害的聖人叫藍斯洛？」

他眨了眨一隻泡泡眼，以一種仁慈的表情俯看莫桀的鼻子。

「繼續。」

「我想你一定聽過我們那位英勇的騎士。」

「我當然知道藍斯洛爵士。」

「如果我說這位純正的紳士讓我們兩個都落過一兩次馬，我想應該沒錯吧？」

「藍斯洛第一次讓我落馬，」莫桀說：「已經是很久以前的事了，久到我都不記得是什麼時候。不過那一點意義也沒有。有人能用一根棍子把你推下馬，不代表他比你優秀。」

這狀況很奇怪，提到藍斯洛，莫桀原本激動的情緒突然變得無所謂，而阿格凡原本有些不情不願，現在則越說越順。

「對極了，」他說：「而且我們這位高貴的騎士一直以來都是英格蘭王后的愛人。」

「早在大洪水以前，大家就知道桂妮是藍斯洛的情婦了，不過那又如何？國王自己也知道啊。就我所知，已經有人告訴過他三次了。我看不出來我們有什麼辦法。」

阿格凡把手指放在鼻子旁邊，看起來像個喝醉酒的風笛手，接著他對弟弟搖了搖手指。

「是有人和他說過，」他說：「不過都講得很迂迴。他們給他暗示，像是在盾面畫上有雙關意義的圖案，或是只有忠貞的妻子才能使用的角杯。不過，沒有人公開在宮廷裡當面告訴他。梅里亞格蘭斯只做了概括性的指控，而且還是戰鬥審判時說出來的。想想看，要是我們直接告發藍斯洛，在新法的制度下會發生什麼事？這樣一來，國王就不得不去調查了。」

莫桀的眼睛亮了，就像那隻鴞的眼睛。

「喔？」

「除了分裂以外，我看不出還有別種可能。亞瑟仰賴藍斯洛作他的司令官和軍隊的主腦。那是他的權力來源，因為每個人都知道，殘暴的力量無人可匹敵。不過，如果我們可以在亞瑟和藍斯洛之間製造出因王后而起的有趣小誤會，他們的力量就會分裂。接著就是玩手段的時候了，然後輪到羅拉德派⑤、共產主義分子、民族主義分子和所有這類不滿的烏合之眾上場，最後，你就可以進行你那鼎鼎大名的復仇了。」

「我們可以讓他們分裂，因為他們自己已經分裂了。」

「不過這意義可不僅止於此。」

「這意味著，我們康瓦耳人會為外祖父討回公道，而我會為母親討回公道……」

「……而且不用硬碰硬，只是用點大腦。」

「也就是說，我可以為我自己向那男人復仇，因為他想把當時還是個嬰兒的我淹死……」

「……只要先揭穿那個惡霸幹的好事，並且小心行事。」

「暗算我們那位聲名遠播的藍色藍斯洛……」

「……暗算藍斯洛！」

情況是這樣的（或許這也是最後一次詳細解說了）：亞瑟的父親殺了康瓦耳伯爵，而他殺這男人的理由是因為他想要享有他的妻子。伯爵被殺的那一晚，不幸的伯爵夫人便懷了亞瑟。而他倉促的出生，使得許多婚喪喜慶種種習俗措手不及，所以他被祕密送到野森林城堡，由艾克特爵士撫養。他長成一個十九歲的年輕小夥子，對父母仍一無所知。那時他遇上了摩高絲，卻不知道她是他其中一個同母異父姊姊，是伯爵夫人與那位被殺害的伯爵所生的孩子。他這位同母異父姊姊，當時已經是加文、阿格凡、加赫里斯與加瑞斯的母親，年紀比這位年輕國王大上兩倍——而她成功地引誘了他。他們結合所生下的孩子就是莫桀，他在蠻荒遙遠的外島，獨自在他母親身邊長大成人。成長過程中，他一個人待在摩高絲身邊，因為他的年紀要比家族裡其他成員小得多。其他人都早已飛奔至國王的宮廷——他們不是受到野心所驅使（因為那裡是全世界最偉大的宮廷），就是想逃離他們的母親。莫桀被留下來，受她支配，與她心中對國王的怨恨為伴，她的怨恨不只承襲自祖先，也與個人情感有關。因為，雖然她設計引誘青年時期的亞瑟，但他從她身邊逃走，並且娶桂妮薇為妻，安定下來。而摩高絲帶著那個被留在身邊的孩子，在北方盤算著，她專注地將母親的力量加諸在那個駝背的孩子身上。她一下子愛他，一下子又忽略他，她是隻貪得無饜的肉食動物，以狗、孩子和情人對她的愛維生。最後，她其中一個兒子在嫉妒的風暴中砍下她的頭，因為他發現七十歲的她在床上和一個叫拉莫瑞克爵士的年輕男人在一起。她被暗殺，莫桀也有分，身處於可怕家庭的愛與恨之間，困惑不已。而今，在宮廷裡，他父親處心積慮要隱瞞他的出生背景。這不幸的兒子發現，他的身分被認定為是加文、阿格凡、加赫里斯和加瑞斯的兄弟，也發現母親要他全心憎恨的國王父親，卻和善相待；他發現，對於一個太過簡單直接、無法接受純粹智力評判的文化來說，他是個殘缺、聰明又好批評的人；最後他發現，他繼承的是北方的文化，與南方魯鈍的道德文化永遠水火不容。

① 有多位教宗以亞德里安（Adrian）和亞歷山大（Alexander）為名。亞德里安一世（772-95）、亞德里安二世（867-72）、聖亞德里安三世（884-85）、亞德里安四世（1154-59）、亞德里安五世（1276年7-8月）、亞德里安六世（1522-23）、聖亞歷山大一世（105-115）、亞歷山大二世（1061-73）、亞歷山大三世（1159-81）、亞歷山大四世（1254-61）、亞歷山大六世（1492-1503）、亞歷山大七世（1655-67）和亞歷山大八世（1689-91）（亞歷山大五世被稱為偽教皇，不計入）。

② 聖傑羅姆（St Jerome，約347-420），將希臘文和希伯來文聖經譯為拉丁文的聖徒，該版聖經至今仍是羅馬天主教的重要經典。

③ 約翰·鮑爾（John Ball），一三八一年，英格蘭因百年戰爭導致國庫空虛，因此徵收人頭稅，再加上當時黑死病流行，農民的遷徙受到限制，所以最後引發大規模的農民叛亂（Peasants' Revolt），當時領頭的三名領導者之一就是約翰·鮑爾。這次叛亂最後為理查二世鎮壓，約翰·鮑爾被處以絞刑。這次事件有人稱為瓦特·泰勒起義。

④ 希臘十字（Flyfot），與佛教的卍字形類似，但每邊彎角後突出部分較短，是中世紀常見的十字紋。納粹所用的十字形徽紋也是源自於此。

⑤ 羅拉德派（Lollard），十四世紀晚期追隨將聖經從拉丁文譯為英文的神學家約翰·威克里夫（John Wycliffe，約1324–1384），要求羅馬天主教改革的基督教派。

第二章

為阿格凡爵士拿香料甜酒過來的見習騎士從迴廊門走進來。他以誇張的宮廷禮鞠了兩次躬（這是騎士修行過程中，見習騎士成為候補騎士之前應行的禮儀），然後高聲道：「加文爵士、加赫里斯爵士、加瑞斯爵士到。」

那三兄弟跟在他身後，喧鬧地談論著戶外活動和各自近況。所以現在整族都到齊了。除了莫桀之外，他們都有妻子，不過被塞在某個地方，沒人見過，而這群兄弟彼此也闊別已久。他們聚在一起的時候，會做些很孩子氣的事，這些事還滿有趣的，不至引人反感。或許在亞瑟的故事裡，所有戰士都帶有某種孩子氣——如果單純坦率和孩子氣是同義詞。

家族之長加文領頭走來，一隻隼停在他的拳頭上，身上還披著不成熟的羽毛。如今，這個體格結實的傢伙滿頭的紅髮已然斑白，耳上毛髮則是雪貂般的顏色，帶點黃，很快就會轉白。加赫里斯看起來很像他，或者說，至少他是眾兄弟中和他最相像的，只不過他是個比較溫和的複製品，頭髮沒那麼紅、身體沒那麼強壯、體格沒那麼魁梧、個性沒那麼頑固。事實上，他還有點傻。純正奧克尼血統的所有兄弟中，加瑞斯年紀最小，身上還保留著青春的蹤跡。他走起路來一跳一跳的，彷彿正享受著生命的愉悅。

「嘖！」加文粗啞的聲音在門邊響起。「已經在喝酒了嗎？」他仍保有外島口音，拒絕說純正英語，不過已經沒再用蓋爾語思考了。雖然有違自身的意志，他的英語還是進步了。他越來越老了。

「這個嘛，加文，是啊。」

阿格凡知道有人不贊成他這番午前小酌，於是有禮地問道：「你今天好嗎？」

「不壞。」

「今天很棒，」加瑞斯說：「我們帶她去和藍斯洛的候隼①一起做高空獵擊，她真的很伶俐，我從沒想過，她沒有袋狐②也辦得到！加文把她調教得很好，沒有半點猶豫地往下撲，就好像她一直以來的目標就是那隻蒼鷺似的。她先漂亮地繞著白堡旁新堆的乾草飛了一圈，接著在朝聖路的加尼斯側搶到他的上方。她……」

加文發現莫桀故意打起呵欠來，於是說：「你可以把你那口氣省下來。」

「真是一趟好飛行。」他下了一個不甚有說服力的結論。「既然她有能耐抓到獵物，我們應該給她起個名字。」

「你都怎麼叫她？」他們紓尊降貴地問道。

「既然她是從藍迪來的，以藍斯洛來為她命名會是個不錯的主意。我們可以叫她藍斯洛妲之類的。她會是隻一等一的遊隼。」

阿格凡瞇著眼看加瑞斯，緩緩說：「那你最好叫她桂妮。」

加文從中庭走了回來，他剛把那隻遊隼放在她的棲木上。

「別說了。」他說。

「如果我說的不是事實，那我道歉。」

「我不管那是不是事實。我要說的是，你要管住你的嘴。」

「加文真是位『英勇的騎士』，」莫桀對著空氣說：「如果誰說了什麼不好的話，就會惹上大麻煩。你看，他真強壯——而且，他在模仿偉大的藍斯洛爵士。」

那名紅髮男子威嚴地轉向他。

「我不算是很強壯，兄弟，而且我不打算利用這點優勢。我只想要我的人民表現正派。」

「當然，」阿格凡說：「和國王的妻子睡覺是正派的表現，還有，即便國王的家族擊垮我們的家族、讓我們的母親懷了孩子、又想把他淹死，都算是正派。」

加赫里斯抗議：「亞瑟一直都對我們很好。拜託，不要再發這些牢騷了。」

「那是因為他怕我們。」

「我不明白亞瑟幹麼要怕我們，」加瑞斯說：「藍斯洛可是站在他那邊的，我們都知道他是全世界最好的騎士，可以擊敗任何人。不是嗎，加文？」

「就我個人而言，我不想談這件事。」

加文的高傲口氣激怒了莫桀，他突然對他們爆發。

「很好，但我想談。在長矛比試上，我可能是個差勁的騎士，不過我有勇氣為我的家族和權益挺身而出。我可不是偽君子。這宮廷裡的每個人都知道王后和最高司令官是一對愛侶。我們應該做純潔的騎士，要保護貴婦人，但是除了那個所謂的聖杯，所有人都對其他事三緘其口。阿格凡和我決定現在就去找亞瑟，當著整個宮廷的面，親口問他王后和藍斯洛的事。」

「莫桀，」氏族首領高聲說：「你不能做這種事！這是有罪的！」

「他會的，」阿格凡說：「而且我會和他一起去。」

加瑞斯仍沉浸在痛苦與吃驚的情緒中。「他們是認真的。」他斷然說出這句話。

那陣訝異平息之後，加文率先採取行動。

「阿格凡，我是一族之首，我禁止你這麼做。」

「你禁止我這麼做。」

「沒錯，我禁止你這麼做。因為如果你這麼做，你就成了個可悲的笨蛋。」

「老實的加文認為，」莫桀下評論：「你是個可悲的笨蛋。」

這回，那個高大的傢伙像馬一般驚跳起來，轉向他。

「我沒那麼說！」他咆哮道：「你以為你是個駝子我就不會揍你，所以你占我便宜。要是你再嘲笑我，我一定揍你，瘋子。」

莫桀聽見自己的聲音在說話，口氣冰冷，似乎是從他耳後傳來。

「加文，你真是嚇壞我了。你居然能說出有見地的話呢。」

當那個巨人朝他走來的時候，同樣的聲音又說：「來啊，打我啊。這樣就可以表現你的勇氣。」

「噢，住口，莫桀，」加瑞斯懇求：「一下子就好，你能不能別這樣找人麻煩？」

「如果你們不蠻橫，」阿格凡插嘴道：「莫桀才不會像你說的那樣，找人麻煩。」

加文像新式大砲般爆發。他轉身背離莫桀，像隻中了圈套的公牛，對他倆咆哮起來。

「我的靈魂一定是給了魔鬼。你們不能安靜、不能離開嗎？我們這個家族就是沒辦法有點安寧嗎？以上帝之名，別搞這些陰謀詭計，忘了這些藍斯洛爵士的愚蠢閒話吧。」

「這不愚蠢，」莫桀說：「我們也不會忘記。」

他站了起來。

「那麼，阿格凡，」他問：「我們去找國王吧？還有誰要一起來？」

加文擋在他們身前。

「莫桀，你不能去。」

「有誰要阻止我嗎？」

「我。」

「真勇敢啊。」那冰一般的聲音說，它仍然是從空中某處傳來。隨後，這個駝子移動腳步想要通過。

加文伸出指背上長著金色毛髮的紅色大手，將他推了回去，在此同時，阿格凡也伸出長著肥胖手指的白色手掌，按在他的劍柄上。

「別動，加文。我有劍。」

「你是有劍，」加瑞斯大叫：「你這惡魔！」

這個小弟發現自己的生命赫然落入一種模式。他們被謀殺的母親、那隻獨角獸、眼前這名正在拔劍的男人，和某個在儲藏室裡讓短劍閃耀出光芒的孩子：這些事讓他哭了出來。

「好了，加瑞斯，」阿格凡吼道，臉色白得像張床單。「我知道你的意思，我現在就拔劍。」

情況已然失控：他們的動作變得像木偶一樣，彷彿這些事以前都發生過——也確實發生過。加文一見到劍，就盲目地暴怒起來，他轉身背對莫桀，嘴裡迸出一連串字眼，並且拔出他一直帶在身邊的獵刀，朝阿格凡逼近——這些是同時發生的。那個胖子像是被兄長的怒火逼得採取守勢，從他面前往後退卻，用顫抖的手握住身前的劍柄。

「喂，我漂亮的小屠夫，」加文吼道：「你很清楚他是什麼意思。我們得向自家兄弟拔劍相向，因為你從來也沒饒過那些手無寸鐵的人。我用裹屍布詛咒你！拿起你的劍啊，老兄！拿起來！你是什麼意思？殺了母親還不夠嗎？該死的，你要嘛放下劍，要嘛就拿出勇氣來戰啊！阿格凡……」

莫桀拿著他自己的匕首，悄悄溜到加文身後。剎那間，刀光在陰影中閃動，那隻鴉的眼睛反射出光芒；在此同時，加瑞斯跳上去阻止。他抓住莫桀的手腕，大喊：「夠了！加赫里斯！把其他人看好。」

「阿格凡，把劍拿起來！加文，別管他了！」

「走開！我自己可以教訓這隻狗！」

「阿格凡，快點把劍放下，不然他會殺了你的。快點啊，老兄。別傻了。加文，別管他了。他不是認真的。加文！阿格凡！」

不過阿格凡給了這位家族之長無力的一劍，而加文輕蔑地用刀將這一劍打偏。這個鬢髮已白的高壯老人衝上前來，攔腰抱住阿格凡。阿格凡向後一倒，壓倒放著香料甜酒的桌子，他的劍鏗鏘落地，加文就壓在他身上。刀子惡毒地舉起，想完成任務，但是加赫里斯從後面抓住了刀。整個場面有一股戲劇性的靜默，所有人都一動也不動。加瑞斯抓著莫桀。阿格凡用還能自由活動的手遮住眼睛，想躲開那把刀。加赫里斯則抓著那隻復仇之手，讓它懸在半空中。

就在這難分難解的時候，迴廊的門再次打開，那位彬彬有禮的見習騎士如同先前那般不帶感情地宣告：「國王陛下駕到！」

所有人都放鬆下來。他們放開自己原先抓著的東西，開始移動。阿格凡喘著氣坐起來，加文轉身背對他，抬起一隻手遮臉。

「上帝哪！」他低語道：「但願我沒有這種病態的怒火！」

國王已經來到門口。

他進門，這個長久以來都盡其所能把事情做到最好的沉靜老人來了，看起來顯然比實際年齡要老上許多。他高貴的眼睛眨也不眨地看著眼前的情景，然後跨越迴廊，溫柔地親吻莫桀，並對他們所有人微笑。

① 候隼（Passager），此指在遷徙途中被捕獲的遊隼。

② 袋狐（bagman, bagfox），是一種裝在袋子裡，日後放到獵場給狗追的狐狸。

第三章

藍斯洛和桂妮薇正坐在日光室的窗邊。只從丁尼生之輩的作品去了解亞瑟王傳奇的現代人，會很驚訝地發現，這對眾所周知的情侶已然走過了生命的巔峰。而我們這些由羅密歐與茱麗葉這類傳統少男少女浪漫故事來解讀愛情的人，若是能回到中世紀，將會大感驚奇。在那時代，歌詠騎士的詩人會這樣描述真正的男子漢：「在天唯上帝，在地唯女神」①。當時的人不與青少年談戀愛，因為他們經驗老道，有自知之明。那個年代的人以生命相愛，沒有離婚法庭和精神科醫師等方便事物可用。他們在天堂有上帝，在人間有鍾情的女神。此外，由於獻身諸位女神的人必須奉行該神祇的誡律，所以他們的抉擇並非只基於肉體的短暫標準，也不因脆弱的肉體開始衰敗就輕言離棄。

藍斯洛和桂妮薇坐在高塔的窗邊，亞瑟的英格蘭在他們腳下延伸開展，沐浴在地平線上的落日餘暉中。

這是中世紀（也就是大家習稱的黑暗時代）的格美利，造就它的人，就是亞瑟。這位老國王剛登基時，英格蘭還充斥武裝貴族、饑饉與戰爭。在這個國家裡，有使用紅熱鐵具的神裁審判②，有英格蘭式的法律，還有〈紅色沼澤〉③這樣的無言歌。那時，但凡異國船隻所到之地，海岸上連一隻動物、一棵果樹都不會留下。後來，最後殘存的撒克遜人在沼澤和廣茂的森林中抵禦征服者烏瑟的暴政，而「諾曼人」與「貴族」也和現在印度語的「大人」成為同義詞。而後勒威林．艾葛里菲④的頭戴著象牙王冠，在倫敦塔的長釘上腐朽。此後，你會在路邊碰上托缽的乞丐，以及左手拿著右手的傷殘人士，身旁還跟著碎步奔跑的林犬，牠也少了一根腳趾（這樣一來他們就不能在領主的林地中打獵）。亞瑟初來乍到時，這裡的農民習慣每晚把自己關在自家小屋裡，像是碰上圍城似的，並且在黑暗中向上帝祈求和平，屋主會重複念誦海上有暴風雨逼近時所用的祈禱文，並在後面加上「上帝祝福我們、幫助我們」等請求，在場的其餘人都會回以「阿門」。亞瑟統治初期，你會在貴族的城堡裡發現，有人被剜去腸子，還未死透的腸子就放在他們面前燒；有人會被剖開來，看是否吞了貴族的金子；有人被凹陷的鐵馬嚼子箝住嘴巴；有人被倒吊起來，頭頂熏煙；還有人被丟進蛇坑，或者頭纏皮製止血帶，或者被塞進裝滿石頭的箱子弄斷骨頭。要了解那塊土地的模樣，只要去找那個年代的文學作品，其中杜撰著金雀花家族⑤與卡佩王族⑥之類的王族故事。傳說中的國王有的像約翰，習慣在晚餐前吊死二十八名人質；或如菲利普，有一票鎚矛軍隊保護他，這是一個用鎚矛來護衛主子的暴風騎兵團；如路易，他在受刑臺砍下敵人的頭，並強迫敵營的孩童站在鮮血四濺的刑臺底下。這些都是考伊蘭的伊格夫[7]經常講述給我們聽的故事（不過後來才發現他是個冒牌貨）。之後來了一群綽號「剝皮惡棍」的大主教，把教堂權充要塞，在滿是屍骨的墓園中掘出壕溝；技巧精進的殺手開出價目表，被教堂拒於門外的人曝屍街頭，饑餓的農民嚼草根、咬樹皮，甚至互食（其中一名吃了四十八人）。他們一手燒烤異教徒（曾經一天之內燒死四十五名聖殿騎士[8]），另一手用擲石器將俘虜的頭投入被圍困的城堡。這裡有個帶頭反抗的農民領袖身體被鏈著，他不停掙扎，頭上還戴著一只燒紅的三腳架。這裡還有個教宗抱怨不休，因為有人抓他求取贖金，那裡有另一個教宗扭個不停，因為有人對他下了毒。財寶鑄成金條，用水泥埋進城堡的牆垣，完工後再將建築師處死。在巴黎街道上玩耍的孩子玩的是治安官的屍體，其他人（有女人和老人）在受圍的小鎮牆外挨餓。胡斯和傑羅姆[9]頭戴叛教的禮冠，在火刑柱上燃燒，滋滋作響。朱密日的跛腳白癡順著塞納河漂流而下[10]。在吉爾斯・德・萊斯的城堡中發現了成噸的孩童屍骨，都已燒成灰燼；在這之前，他每年殺害兩百四十名孩童，一共持續了九年[11]。一場戰役中犧牲了八百名步兵的悔恨讓貝里公爵[12]失去眾望，最後連王國也丟了。年輕的聖普羅伯爵[13]學習戰爭技藝的方法是：獲得二十四名活生生的囚犯，練習用各種方式殺死他們。另一位虛構的君主路易十一，將那些討人厭的主教關在相當昂貴的籠子裡。羅伯特公爵[14]被手下的貴族冠上「偉大」之名，但教區居民給他的名號則是「惡魔」。亞瑟到來之前，平民百姓過著這樣的生活：有城鎮在一週內被狼群吃掉十四人；有三分之一人口死於黑死病；有人的屍體「像培根一樣」裝袋掩埋；有人晚上只能躲在森林、沼澤和洞穴避難；有些人活了七十年，碰上四十八次饑荒；人們仰賴那些名為「天地之主」的封建貴族，還要被不能殺生的主教拿著鐵棒痛打。他們大聲哭泣，認為基督和祂的聖徒都睡著了。

「為何，」這些貧苦的人悲哀地唱著：

為何我們如此不幸？
我們一樣都是人呀。[15]

亞瑟繼承的就是這麼一個驚人的現代文明。不過，它並不是橫亙在這對情侶眼前的文明。當下，他們眼前蘋果綠的日落景象是安全的，中世紀傳說中的快樂英格蘭就在他們眼前展開，沒有那麼黑暗。藍斯洛和桂妮薇此刻所注視的，是一個注重個人的年代。

騎士的年代真是令人著迷！每個人都忠於自己，忙著實現人性的奇思異想。在他們窗前延伸的景色有種特別的風情，是由許多意料之外的人事物組成的騷亂景象，你根本不知該如何著手描述。

黑暗的中世紀啊！十九世紀已貼上厚顏無恥的標籤，而在亞瑟的格美利，窗外的陽光在僧院與修女院中上百塊有如珠寶的彩繪玻璃上燃燒，在教堂與城堡的尖塔上跳舞，而這些建築物都是建造者真正喜愛的作品。在他們那個黑暗時代，建築是一股能在心中帶來光明的熱情，所以男人會為他的要塞取個暱稱。在人們會把投石器命名為「美麗」、「愉快」和「馬洛伊辛」（意為惡鄰居）的年代，藍斯洛的「歡樂堡」還不算太稀奇。在這個年代，為瘡所困的虛構笨蛋獅心王理查把他的城堡叫做「活潑」，而且稱為「我美麗的一歲女兒」。甚至那位傳奇惡棍征服者威廉也還有另一個小名：「大建築家」。想想那些染透了五種瑰麗色彩的玻璃，這些玻璃比我們現在的玻璃要來得粗糙，比較厚，尺寸也較小。他們對彩繪玻璃的熱切喜愛不亞於投注在城堡上的熱情，維拉爾．德．奧內庫爾[16]在旅途中受某個特別美麗的樣本吸引，因而停下來畫畫。他這麼解釋：「我是在旅途中服從召喚，來到匈牙利的土地，畫下了這扇窗，因為所有窗子裡我最喜歡這一扇窗。」想像一下那些古老教堂，裡頭的裝潢可不是我們所習慣的灰暗頹圮，這些教堂的內部色彩斑斕，牆上描繪的所有人物都踮腳站著，繡毯或巴格達織錦畫搖曳飄動。想像一下從桂妮薇的窗戶可以看見的那些城堡內部，這些城堡已經不是亞瑟登基時的陰森堡壘，裡面陳設的家具是由細木工匠手工製作，而非出於一般木工之手；在無門的牆上，阿拉斯鮮豔柔軟的掛毯微微起伏，這些有聖丹尼斯長矛競技圖案的繡毯，雖然足以覆蓋四百多平方碼的空間，織成時間卻不到三年，很有創作的熱忱。時至今日，如果仔細觀察這些廢棄的城堡，有時還可以發現以前用來懸掛那些華麗繡毯的鉤子。各位也該記得，洛林的金匠把聖祠做成小教堂的形狀，有側廊、雕像、耳堂[17]，一應俱全，就像娃娃屋；還有，里摩日的琺瑯工匠和內填琺瑯工藝、德國的象牙雕刻家，以及愛爾蘭金屬石榴石鑲嵌工藝。最後，如果你願意想像一下那些創作藝術在我國著名的黑暗時代中所產生的激盪，你必然會揚棄書寫文化是隨著君士坦丁堡陷落才傳入歐洲的說法。在那個年代，每個國家中的每個教堂執事都是文化人士，這是他們的工作。「每個字母，」一一位中世紀修道院院長說：「都會在惡魔身上打出一道傷口。」早在九世紀時，聖皮庫耶的圖書館[18]就有二百五十六卷藏書，包括維吉爾[19]、西塞羅[20]、泰倫斯[21]和馬可比斯[22]的著作。查理五世[23]的藏書超過九百一十卷，所以他的私人藏書與今日的「萬人文庫」[24]等量齊觀。

那扇窗外的最後一樣東西就是人類——這是各種奇特事物的混合體，看起來閃閃發光，自以為擁有軀體與所謂的靈魂，並以最驚人的方式滿足二者的需求。有個魔法師爬上了教宗的王座，他就是西爾維斯特二世[25]，此人惡名昭彰，因為他發明了時鐘。有位虛構的法國國王羅伯特，不幸被逐出教會，結果家事的安排出了大麻煩，不但只有兩個僕人經說服後才願意幫他煮飯，他們還堅持飯後要把燉鍋拿去燒掉。一位坎特伯雷大主教曾經一怒之下將所有聖保羅大教堂的領俸執事都逐出教會，還衝進聖巴托羅繆修道院，在禮拜進行到一半時敲昏修道院的副院長，造成一陣騷動，結果他的外袍在騷動中被扯了下來，露出底下的鎧甲，最後他只得坐船逃到蘭貝斯去。安茹伯爵夫人㉖總習慣在彌撒最後該捐獻時消失在窗外。朵蒂・德・莎蘭諾夫人拿她的耳朵當手帕用，眉毛還長到可以像銀鏈那樣垂到肩後。在虛構的愛德華一世時代，一位巴斯的主教在一般的考評後被判定不適合擔任大主教的職務，因為他有太多私生子——不是只有幾個，而是真的太多；不過這位主教遠遠不及亨內伯格伯爵夫人㉗，她突然一次生了三百六十五個孩子。

這是豐饒的年代，任何事都卯足全力去做的年代。或許是亞瑟將這個想法加諸於基督教國家，因為在梅林的教導之下，他所學習到的就是富足。

這位國王是騎士道的守護聖徒（至少馬洛禮是如此詮釋他的形象）。他不是五世紀時穿著成套鎧甲或塗上靛藍戰彩亂跳的可悲大不列顛人，也不是那些給晚年的馬洛禮帶來許多困擾的波蘭新貴成員之一。亞瑟是騎士精神之王，騎士道的菁華可能早在我們這位好古的作者開始工作的兩百年前就已綻放。他是中世紀所有美好事物的象徵，而這些事物，都是他一手建立的。

正如馬洛禮的形容，在這段誤呈的歷史中，英格蘭的亞瑟是文明的戰士。在那個年代，騎士的農奴並不是沒有希望的奴隸，相反，他至少有三個合法的晉升管道，其中最偉大的，就是天主教會。在亞瑟的政策協助下，這教會（它目前仍是全世界免費開放給知識分子的最大團體）有如一條對底層奴隸開放的高速公路。教宗亞德里安四世原是撒克遜農民，教宗格里高利七世㉘則是木匠之子。在受人鄙視的中世紀，只要你肯學習，就能成為世上最偉大的人。如果你相信亞瑟的文明教化與我們聞名遐邇的科學社會相比失色，那你就錯了。那個時代的科學家雖然碰巧被稱為魔法師，但是他們發明的事物和我們發明的東西一樣令人敬畏，只不過我們因為長久接觸，已經對他們的發明習以為常。那些偉大的魔法師，像是大阿爾伯特、培根修士和雷蒙・盧爾㉙，他們知道一些現已失傳的祕密。有一樣他們在無意中發現的東西也成為重要的文明日用品，就是火藥。他們因其學問而獲得榮譽，大阿爾伯特更當上主教。有個人叫做施洗者波塔㉚，似乎還發明了電影——不過他很明智地決定不繼續發展這項技術。

至於飛行器，十世紀時就有個叫艾森默㉛的修士做過實驗，要不是在調整尾部時出了意外，可能就成功了。他的墜毀「是因為，」馬姆斯伯里的威廉說：「他忘了調整後面的尾巴。」

即使是在現代，黑暗時代也離我們不遠。至少他們為自己喝的濃烈雞尾酒取了很響亮的名字：「爆帽」、「瘋狗」、「婊子生的神父」、「天使的食物」、「龍奶」、「關門大吉」、「跨步」，以及「抬腿」。

窗外景色賞心悅目，不過有時也很奇特。我們會用樹籬圍起來的田野和風景區，他們卻是作為村落、荒地、沼澤和大片森林。謝伍德森林從諾丁漢到約克中部，綿延了數百哩。這座島一直都很繁忙，忙著養蜂、忙著趕走禿鼻鴉，還要忙著趕牛犁田，說到這裡，你一定要去看看《魯特瑞爾詩篇》[33]，裡面用美麗的圖畫畫出了這些景象。在那個年代，如果你喜歡奇特事物，或許有幸看到全副武裝的騎士騎馬從窗外走過，你會注意到他的頭，耳上一圈和後面的頭髮全都剃掉了，頂部的頭髮則像日本玩偶那樣直豎起來，所以整顆頭看起來像是農家麵包[34]。戴上頭盔，這種頭頂堆髮的髮型就是絕佳的避震器。下一個從窗外經過的人可能是個教堂執事，說不定還騎著一匹慢馬，這一位的髮型恰恰與前一位騎士相反——由於教會有剃髮儀式，他的頭頂光禿一片。若想成為教堂執事，首先就要帶著剪刀去找主教。接下來，如果你想要某些奇特的人騎馬經過窗前，可能會看到一個誓言要解放上帝之墓的十字軍。當然，你已預想他的外衣上會有十字架，不過你可能還沒發現，這整件事情實在讓他欣喜若狂，所以他全身上下只要可裝上之處，皆是那符號。他就像剛剛當上童子軍，興奮無比，他會把十字架釘在他的紋章盾牌上、外衣上、頭盔上、馬鞍上，甚至勒馬繩上。接著通過窗前的人可能是熙篤會[35]的庶務修士之輩，從衣著看來，你可能會認為他是個博學的人，不過事實並非如此，由於職務的關係，他其實是個文盲。他的工作是在教宗的詔書黏上封鉛，而為了守住教宗的祕密，他們得確定他目不識丁才行。現在可能來了個撒克遜人，蓄著鬍子，頭戴類似佛里幾亞帽的帽子，作為挑釁的象徵；然後是一名來自北方蘇格蘭與英格蘭交界處的騎士，他以夜襲為生，所以深藍色外衣上綴著月亮和星星。在這片景致當中，可能會有一些煙霧從鍊金術士的風箱裡冒出來，鍊金術士是最聰明的人，想把鉛變成金子——雖然我們現在有了原子融合，離這個目標更近一些，但這項技術仍然不是今日人類所能完成的。遠處的僧院周遭，你可能會看到一列憤怒的僧侶，赤著腳，繞著僧院走——不過，因為他們和院長鬧翻了，所以可能是嘴裡一邊罵，一邊頂著太陽走路。如果你往這方向看，可能會看到一座葡萄園，四周用骨頭圍起隔籬（在亞瑟統治早期，有人發現骨頭能造很好的圍籬，不管是葡萄園、墓園，甚至是堡壘的）。又，如果你往另一頭看，可能會看到一座城堡的門，看似城堡主人的絞刑架，上面釘滿了狼、熊、雄鹿等動物的頭。遠處，從那裡往左邊去，可能正依照傑弗瑞·德·普利設立的規則進行競技會戰，紋章王官會仔細檢查那些戰士，確定他們沒把自己黏在馬鞍上，就像是拳擊賽前裁判的例行公事。在假想的愛德華三世統治期間，有個裁判在某位索斯伯里伯爵與一位索斯伯里主教決鬥的場合發現，主教的戰士鎧甲底下，全身都繡滿了禱文和咒語——這幾乎就和拳擊手在手套裡藏了馬蹄鐵一樣糟。窗臺底下，有一對罹患便祕的教廷大使陰沉地騎著馬要回羅馬，這兩人原本帶了詔書，要將巴納巴斯．維斯康提逐出教會，但是巴納巴斯逼他們把詔書吃了下去——包括羊皮紙、絲帶、封鉛，全都吃下去了。緊跟在他們後面走來的人，可能是一名專業朝聖者，他撐著一根盤曲錯節、尖端包有金屬的結實手杖，像是根登山杖，杖上沉沉壓著幾塊受過祝福的紀念章、聖徒遺物、貝殼、汗巾等物。他會自稱是個遊方僧；如果他是個遍遊各地的旅人，那麼他的聖徒遺物可能會包括：天使加百列的羽毛、幾塊燒烤聖勞倫斯的煤炭、聖靈「完好如初」的手指、「一小瓶聖米迦勒與惡魔對戰時的汗水」、一小撮「上帝對摩西說話時所在的灌木叢」、聖彼得的背心，或是某個保存在瓦辛漢[36]的受祝福的處女乳汁。在這位遊方僧後面徘徊的人，可能並非善類，也就是那些個「白天睡覺晚上警戒，吃好睡好卻身無長物」的傢伙。他也許是個強盜，他們這麼描述他：

> 對強盜來說，失風被逮，這是法律；
> 將被吊死，心中無憾，隨風搖擺。[37]

但是，在他最後一次隨風搖擺之前，他過著自由的生活。他的伴侶堅定地走在他身邊，也有人懸賞她的項上人頭。她剪去頭髮，進入森林，成了逃犯。她偶爾會回頭看，警戒著要捉拿他們的喊叫聲。

這裡可能來了一名貴族，他小心翼翼將一塊熱餡餅拿在身前，因為他每年都要將這樣的一塊餡餅送進宮裡給亞瑟王聞上一聞，以作為他的封建義務。那邊可能有另一名貴族竭盡全力追在飛龍之類的生物後面跑，之後他可能會「砰」地從馬上摔下來，他的馬逕自踱步離開。不過，如果他真落得這樣下場，他的一個僕從會立刻把他扶到自己的馬上去（我們今天也會這樣對待獵犬專家），因為這是封建法的規定。在遙遠的北方，逐漸黯淡的日落中，可能會有某個忙碌的女巫突然點亮小屋的燈光，她不只為她討厭的人製作蠟像，在她用釘子釘人像以前，她還會幫這些蠟像受洗——如此一來才會有效。她那些擔任聖職的朋友之中，有一位（順道一提，此君曾去找過那位**小主人**[38]）願意替任何一個你想解決的人舉行安魂彌撒——而且，當他講到「我主，使他永享安息」時，儘管那人還活著，但他說到做到。在同樣遙遠的西方，你可能會在同樣的日落時分看到在鷲丘[39]搭起巨大絞刑臺的恩格蘭．德．馬里尼[40]，此時他本人也因使用黑魔術被判有罪，而在同一座絞刑臺上腐朽，發出喀啦喀啦響。貝里公爵和不列塔尼公爵這兩個體面的年輕人，可能穿著仿鐵甲的綢緞甲衣，一路小跑步過來。這兩人不想用鎧甲占人便宜，而且發現綢緞穿起來比較涼快，所以他們決定要勇敢做個普通人。藍斯洛可能也幹過同樣的事。在他們上方的山丘旁（他們看不到之處），快樂無比的瓦特[41]可能就坐在那裡，焦油盒子放在身邊。他是格美利最典型的人物，那些焦油有消毒的作用，能防止他的羊受感染。要是你告訴他「別為了焦油這種不值錢的東西劫船」，他會馬上同意你的看法——因為這句俗語是他發明的，只是我們把羊轉譯成船了。

在更加遙遠的遠方，可能有個破產的人正在莫斯科市場亂捧亂打——不是出於自我厭惡，而是他熱切希望，如果他喊得夠大聲，那些混雜在人群當中的親朋好友就會同情他，出面為他還債。往南到地中海內灣，可能會看到有個漁夫因為賭博受獅心王理查的法律懲罰，這項處罰包括從主桅被扔進水裡三次，若是看到腹部入水，他的夥伴就會歡呼。第三種絕妙的處罰方式可能就發生在你背後的市場裡。如果酒商賣劣酒，他會被架上頸手枷，被迫灌下大量他自己賣的酒，之後，剩下的酒會倒在他頭上。隔天早上頭一定很痛！往這個方向，你會看到那位活潑姑娘愛麗森，她在得到喬叟描述的那個不尋常的親吻之後大笑：「嘻嘻！」如果你剛好是個胸襟開闊的人，你可能會被逗得很樂。往那方向，就像那位管家在他的故事裡所說，你可能會看到一位生氣的磨坊主人和他的妻女，他們想把昨晚因為搖籃移位而發生的怪事弄個明白[42]。有個運氣很好的年輕學生取得先機，用一門新式大砲射死了索斯伯里伯爵；在那所僧院學校的運動場上，他可能會因此被學者同伴視為偶像。運動場邊的梅樹（這和梅林的桑椹一樣，都是後來才引進）花朵可能正在月光下凋落。而另一個小男孩（這回是個年僅四歲的蘇格蘭國王）可能正難過地簽署一份王家委任書給奶媽，讓她有權揍他又不會被冠上叛國罪名。有一支惡名昭彰的軍隊，過去是以劍為生的精良小隊，現在可能正挨家挨戶乞討麵包（對軍隊來說，這真是個好下場）；而一個躲在東邊的教堂尋求庇護的人，只要踏出門外半步，腿就會被砍斷。在同一間庇護所中，聚集了一群製造偽幣的人、小偷、殺人犯和欠債的人，他們不是忙著籌畫離開，就是磨利刀子，準備晚上出門；他們在這平和又與世隔絕的教堂裡是不會被逮捕的。如果他們離開庇護所，最糟的狀況就是遭放逐。這麼一來，他們就得走路去多佛，不但一路都要走在路中央，手裡還得拿著十字架（只要他們放手，你就可以打他們）；到了多佛，如果他們沒辦法立刻弄到一條船，就必須每天走到海裡去，讓水淹到脖子上，來證明他們確實有嘗試過海。

你知道嗎？桂妮薇窗外所看見的黑暗時代，有非常多世俗禮儀規範，所以天主教會可以強迫大家停止一切戰事——他們稱之為「休戰運動」[43]，從星期三持續到星期一，同時整個降臨節[44]和四旬齋期間都必須休戰。你是否認為，因為他們有戰爭、饑荒、黑死病和農奴制度，而我們面對的是大戰、封鎖線、流行性感冒和徵兵制，所以他們的生活比我們要來得蒙昧？就算他們蠢到會相信地球是宇宙中心吧，我們不也相信人類是萬物之靈嗎？如果要花上一百萬年，魚類才會變成爬蟲類，我們人類能否在短短幾百年間跳脫成見呢？

① 原文為en ciel un dieu, par terre une déesse (one sky one god, for the earth one goddess)。

② 神裁審判（trial by ordeal），中古世紀歐洲人普遍相信神會幫助無辜者，因此受審者必須進行類似將手放入沸水等行為，若沒受傷或受傷很快痊癒，才能證明自己無罪。

③ 紅色沼澤（Morfa Rhuddlan），威爾斯語，地名，在威爾斯東北部克盧伊德河（River Clwyd）出口處，威爾斯人與撒克遜人過去曾在此地發生多次戰爭。它同時也是一首威爾斯民謠的名字。

④ 勒威林・艾葛里菲（Llewellyn ap Griffith）。「ap」為威爾斯語中「某某之子」的意思，故此名意為「葛里菲之子勒威林」。勒威林為十三世紀時人物，帶領威爾斯人反抗英王亨利三世，最後被封為威爾斯親王。亨利死後，繼位的愛德華一世重與勒威林為敵，勒威林於一二八二年被俘砍頭，頭顱掛在倫敦塔上。

⑤ 金雀花家族（Plantagenet），在一一五四—一三九九年間統治英格蘭及法國部分領土的王族，著名的獅心王理查即金雀花王朝的第二位君主。

⑥ 卡佩（Capet），在九八七—一三二八年間統治法國的王族，最後一任國王是查理四世，他死後，卡佩家族絕嗣，英王愛德華三世宣稱自己有權繼承法國王位，與法王腓力六世開戰，演變為英法百年戰爭。

⑦ 考伊蘭的伊格夫（Ingulf of Croyland, ?-1109），林肯郡考伊蘭修道院院長，曾是征服者威廉的左右手，著有《考伊蘭僧院史》（*Historia Monasterii Croylandensis*），不過該書後半多為後人續作。

⑧ 聖殿騎士（Templar），十二世紀初期耶路撒冷的宗教性軍團，主要職責是保護朝聖者和聖墓。

⑨ 胡斯（Jan Hus, 1369-1415），波希米亞的天主教神學士，在布拉格大學任教。他反對當時教宗出售贖罪券的行為，最後被打為異端，判處火刑。公認為馬丁路德宗教改革的先驅。傑羅姆（Jerome），胡斯的追隨者，在胡斯死後一年也被處死。

⑩ 朱密日（Jumi[e']ges），法國諾曼地魯昂一帶的地名。傳說法王克洛維二世（Clovis II, 637-655/658）娶了撒克遜女子芭蒂德（Bathilde）為妻，生下五個兒子，但歷史上僅有三人留名，這是因為信仰虔誠的國王將國家交給王后治理，自己出去尋訪聖蹟，國內貴族卻煽動他的兩個兒子叛變。最後叛變敉平，國王復位，王后判決要截斷這兩個兒子的後腳筋（即阿奇里斯腱）。殘廢的兩個兒子轉而尋求宗教的慰藉，因不知選擇哪一間修道院，於是由王后將兩人放到塞納河中漂流，他們隨著河水來到朱密日的修道院，為修道院長收留，後與父母言歸於好。根據歷史考據，此一傳說非真，因克洛維二世早逝，三名兒子輪流掌政，無人進入修道院修行，也無叛變情事。

⑪ 吉爾斯．德．萊斯（Giles de Retz, 1404-1440），又名Giles de Rais，法國貴族，是聖女貞德的戰友，百年戰爭結束後被譽為民族英雄，之後他埋頭研究鍊金術，殘殺了三百多名孩童，童話故事〈藍鬍子〉就是以他為藍本。

⑫ 貝里公爵（Duke of Berry, 1340-1416），法王約翰二世之子，查理五世之弟，是慷慨的藝術贊助者，但不孚人望。

⑬ 聖普羅伯爵（Cunt of St. Pol），法國的休二世（Hugh II, 1083-1130）年輕時的封號，他曾參與第一次十字軍。

⑭ 羅伯特公爵（Duke Robert），諾曼地理查二世之子，也是征服者威廉的父親。

⑮ 原文為法文：Pourquoi nous laisser faire dommage? Nous sommes hommes coome ils sont.

⑯ 維拉爾．德．奧內庫爾（Villars de Honnecourt），十三世紀的法國建築師，以旅行途中的素描著名。

⑰ 耳堂（Transept），十字形教堂中短軸兩邊的小廳，一譯袖廳。

⑱ 聖皮庫耶（St. Piquier），應作St. Riquier，加洛林王朝時的教堂，當時有二百五十六本藏書，並曾提出圖書館的修建案。

⑲ 維吉爾（Virgil，即Publius Vergilius Maro, 70B.C.-19B.C.），古羅馬最偉大的詩人。

⑳ 西塞羅（Cicero，即Marcus Tullius Cicero, 106B.C.-43B.C.），古羅馬知名雄辯家、政治家。

㉑ 泰倫斯（Terence，即Publius Terentius Afer, 195/185B.C.-159B.C.），古羅馬劇作家。

㉒ 馬可比斯（Macrobius，即Ambrosius Theodosius Macrobius），拉丁文學者及哲學家，生平不詳，但活躍於西羅馬帝國洪諾留皇帝（Honorius）和東羅馬帝國阿卡狄烏斯（Arcadius）在位時（約395-423）。

㉓ 指法王查理五世（1338-1390）。

㉔ 萬人文庫（Everyman Library），是指英國和美國在一九〇六年開始出版的一系列平價經典書籍。

㉕ 科學家熱拜爾（Gerbert）就是日後的教皇西爾維斯特二世（Sylvester II，999-1003年間在位），是中世紀最傑出的教皇之一，不僅發明全齒輪的機械式時鐘，其餘成就還包括：提倡「農業制度」，照顧農民的生活；讓波蘭脫離德國成為獨立國家；並把福音傳到北歐，使挪威的海盜成群信基督教。他讓各修道院的院士「選出」自己的院長，而非過去由教皇派任。他最早定出「選舉」制度。他與當時的政治領袖保持平行又不相屬的關係，把腳跨政治與教會的主教全部開除。他大力提倡興建學校與平民教育。

㉖ 安茹伯爵夫人（Countess of Anjou, 1101-1167），傳說為亨利二世之曾祖母，貌美卻來歷不明。伯爵發現妻子極少上教堂，就算去了也捐獻甚少，聽完福音就離開教堂。為了調查真相，伯爵派四名侍從強押她上教堂，輪到要奉獻時，伯爵夫人掙脫侍從的箝制，從禮拜堂的窗戶跳出去，據說當時雷聲大作，發出硫磺的難聞氣味。其後裔獅心王理查常對手下騎士提起此事以自娛，說出「既是惡

魔生，應往魔道行」的評論。

㉗ 出自亨利．皮強（Henry Peacham, 1576-1643）所著之《*The Valley of Varietie*》。

㉘ 格里高利七世（Gregory VII, 1020/1025-85），一〇七三—八五年間在位，主張改革的教宗中最偉大的一位，因主教敘任權，與亨利四世展開權力鬥爭。格列高里七世下令革除亨利四世教籍，逼使亨利四世屈服，一〇七七年亨利四世前往卡諾撒（Canossa）堡赤足懇求教宗赦免，被視為教會的勝利。三年後亨利四世捲土重來，罷免格列高里七世，另立新教宗，同時間有兩位對峙教皇共存。亨利四世率軍圍困羅馬城兩年之久，格列高里七世於一〇八五年卒於逃難中。

㉙ 大阿爾伯特（Albertus Magnus, 1192-1280），德國人，道明會（Dominican Order）神父，認為神學與科學應當並存，是羅馬天主教的三十三位教會聖師之一。培根修士（Friar Bacon，即Roger Bacon, ?1220-92），英國哲學家、鍊金術士，是首位詳述火藥製造流程的歐洲人。提倡實證主義，後來因推廣阿拉伯鍊金術而遭教會囚禁多年，出獄後不久便即去世。雷蒙．盧爾（Raymond Lully, 1232-1315），即《殘缺騎士》中「神奇的盧爾」，只是姓名拼法不同。

㉚ 施洗者波塔（Baptista Porta，即Giambattista della (John Baptist) Porta，1535-1615），義大利科學家，對博物學和物理學頗有研究，也從事寫作。他發明了照相暗箱，似乎也做出了類似望遠鏡的東西。

㉛ 艾森默（Aethelmaer，?-1072），坎特伯雷大主教。

㉜ 馬姆斯伯里的威廉（William of Malmesbury, 1095/96-1143），英國歷史學家，以拉丁文書寫《英王編年史》及《現代史》。

㉝ 《魯特瑞爾詩篇》（*Lutterell Psalter*），一份十四世紀的手稿，由一位富有的領主傑佛瑞．魯特瑞爾（Geoffrey Luttrell）委製，以圖文呈現許多聖經故事和田園生活。現藏大英博物館。

㉞ 農家麵包（cottage loaf），英國傳統麵包，由一大一小的兩個圓麵糰疊合（大的在下）入爐烘烤而成。

㉟ 熙篤會（Cistercian），天主教修會，主張安貧、禁語、茹素等教規。

㊱ 瓦辛漢（Walsingham），英格蘭東部城市，聖母曾在此顯現，是著名朝聖地。

㊲ 出自十五世紀的英詩〈*The Nut-Brown Maid*〉。

㊳ 指惡魔。

㊴ 鷲丘（Montfaucon），巴黎近郊的山丘，古代為處刑地，在大革命期間設滿了絞刑臺。

㊵ 恩格蘭．德．馬里尼（Enguerrand de Marigny, 1260-1315），法王腓力四世的重臣，在對外政策及教會問題上十分受倚重。

㊷ 快樂無比的瓦特（Joly Joly Wat），英國民謠〈*Jolly Wat*〉中的牧羊人。

㊷ 分別見喬叟《坎特伯雷故事集》中〈磨坊主人的故事〉與〈管家的故事〉。

㊸ 休戰運動（The Truce of God），十世紀晚期，教會頒布一些規定來規範殺戮，要求交戰雙方在下列規定時間當中必須休戰：復活節、四旬齋、降臨節，以及星期三日落時分到星期一日出時分。

㊹ 降臨節（Advent），從耶誕節前四個星期的星期日起，至耶誕節止，是教會的新年。

第四章

藍斯洛和桂妮薇從高塔的窗戶俯看騎士年代的夕照，落日餘暉襯著他們的黑色剪影，歷歷分明。藍斯洛這個醜陋老人的影子輪廓形似滴水嘴石獸，看起來就像是現今巴黎聖母院屋簷上沉思的怪物。不過，隨著性格成熟，醜陋的外表比以往更加高貴。醜惡的線條隱沒安息，成為力量的曲線。藍斯洛跟牛頭犬這種最表裡不一的狗一樣，也長了一張能博得信任的臉孔。

動人的是，這兩人正在唱歌。他們的聲音已不復充滿年輕的力量，但仍緊抓著曲調。他們聲音微弱，但純淨，兩人彼此扶持。

「五月到來，」藍斯洛唱：
「白晝陽光普照
大放光明
我不再害怕爭戰。」

「當，」桂妮薇唱：
「當每日循軌道
奔跑的陽光
不再明亮
我不再害怕夜晚。」

「但是，噢，」兩人合唱：
「但是，噢，不論晝夜

我心愉悅
終將筋疲力竭而去
所有力量，終將歸去。

他們停了下來，那架可攜式風琴發出一個出乎意料之外的優雅音符，接著藍斯洛說：「妳的聲音很棒，恐怕我的聲音是越來越沙啞了。」

「那我就連水也不喝了。我會在妳腳邊渴死，然後亞瑟會為我舉辦一場很盛大的葬禮，而且他會因為是妳逼我而永遠都不原諒妳。」

「這個嘛，我是希望你一滴也不要沾。」

「這麼說太不公平了！聖杯探險之後，我幾乎成了個禁酒主義者。」

「你不該喝烈酒的。」

「是啊，然後我會為了贖罪到尼姑庵去，從此過著幸福快樂的日子。現在我們唱些什麼好呢？」

藍斯洛說：「別唱了。我不想唱歌。來，珍妮，坐近一點。」

「你為了什麼事不開心嗎？」

「沒有，我這輩子從來沒有像現在這麼開心過。而且我敢說，我以後應該也不可能這麼快樂了。」

「為什麼你這麼快樂呢？」

「我不知道。因為春天終究還是來了，我們眼前就是明亮的夏天。妳的手臂又會再次晒成棕色，沿著手臂頂端的這裡頂上會發紅，圓圓的手肘會變成玫瑰色。我不確定我會不喜歡妳彎曲起來的部位，像是手肘內側。」

桂妮薇從這些迷人的恭維中退回現實。

「不知道亞瑟現在在做什麼？」

「亞瑟去找加文他們了，而且我現在正聊到妳的手肘。」

「我知道。」

「珍妮，我覺得快樂是因為妳凡事命令我。這就是我快樂的理由。妳嘮叨要我不要喝太多酒。我喜歡妳照顧我，告訴我該做些什麼。」

「你似乎就是需要人照顧。」

「我是需要，」他說，然後突如其來地說了一句話，把彼此都嚇了一跳：「我今晚能過來嗎？」

「不行。」

「為什麼不行？」

「藍斯，拜託別問。你知道亞瑟在家，這太危險了。」

「亞瑟不會介意的。」

「如果我們被亞瑟抓到，」她明智地說：「他得殺了我們。」

他否定了她的說法。

「我們的事亞瑟都知道。梅林曾經長篇大論警告過他，摩根勒菲也給過他兩次明顯的暗示，後來還有梅里亞格蘭斯爵士惹出的麻煩。不過他不想讓事情曝光。除非有人逼他，否則他絕對不會抓我們的。」

「藍斯洛，」她生氣地說：「我不准你把亞瑟說得活像是拉皮條的。」

「我沒那樣說他。他是我第一個朋友，而且我敬愛他。」

「那你就是把我說得好像我一錯再錯。」

「妳現在的行為就像如此。」

「很好，如果你要說的就是這些，你最好還是離開吧。」

「好讓妳跟他做愛，是吧？」

「藍斯洛！」

「噢，珍妮！」他跳起來抓著她，動作敏捷如昔。「別生氣。如果我講話太刻薄，我道歉。」

「走開！別煩我。」

不過他繼續緊抱著她，像是馴服一隻野生動物，不讓牠逃走。

「別生氣。我道歉。妳知道我不是有意的。」

「你是隻野獸。」

「不，我不是野獸，妳也不是。珍妮，我要一直抱著妳，直到妳氣消為止。我剛剛那樣說是因為我很悲傷。」

她的聲音低沉壓抑，悲傷地說：「你剛剛才說你快樂的。」

「嗯，我不快樂。這整個世界讓我覺得悲傷而且非常不快樂。」

「你以為只有你這樣嗎？」

「不，我沒這麼想。很抱歉我說了那些話，說那些話會讓我不快樂。拜託，請妳體諒我，別讓我再一直不快樂了，好嗎？」

她起了憐惜之心。這些年來，他們早年的脾氣都磨平了。

「那我就不為難你了。」

然而她的微笑和柔順只是再次打動了他。

「和我一起走吧，珍妮？」

「拜託別又開始了。」

「我沒辦法不這樣，」他絕望地說：「我不知道該怎麼辦。上帝啊，我們這一輩子都在重複相同的事，不過今年春天情況似乎更糟了。妳為什麼不跟我去歡樂堡，讓整件事浮上臺面呢？」

「藍斯，理智點，放開我吧。來，坐下來，我們再唱一首歌。」

「可是我不想唱歌。」

「我也不想承受這一切啊。」

「如果妳和我一起去歡樂堡，事情就解決了，一勞永逸。無論如何，我們可以一起度過晚年，而且會很快樂，不用再每天欺瞞說謊，可以平靜地死去。」

「你說亞瑟他全都知道了，」她說：「那我們就不完全算是欺騙他。」

「是，但這不一樣。我愛亞瑟，每當我看到他望著我，而且知道他知情的時候，我就無法忍受。妳看，亞瑟是愛我們的。」

「但是藍斯，如果你這麼愛他，和他的妻子一起逃走又有什麼好處呢？」

「我想讓事情公開，」他固執地說：「至少最後要公開。」

「可是，我不想要那樣。」

「事實上，」現在他又開始大發雷霆：「妳要的其實是兩個丈夫吧。女人總是什麼都要。」

她耐著性子緩和爭執。

「我不想要兩個丈夫，而且我就像你一樣，對這件事感到很不自在。但是，把事情公開有什麼好處？我們現在這樣，是很可憎，但至少亞瑟自己心裡很清楚，而且我們還是彼此相愛，也很安全。如果我和你一起逃走，一切都會毀於一旦。亞瑟必須向你宣戰，並且派兵包圍歡樂堡。而且，就算你和他沒有同歸於盡，你們其中之一也會被殺，連帶著好幾百人一起死，誰都沒好處。而且我並不想離開亞瑟。我嫁給他的時候，曾經承諾要陪在他身邊，他一直都對我很好，我也喜歡他。雖然我確實是愛你的，但我至少要給他一個家、幫助他。我不懂為何要公開我們的事。我們為什麼要讓亞瑟公開蒙羞？」

在逐漸晦暗的薄暮微光中，他們都沒有注意到，她說話的時候國王本人已經來了。他們的身影映在窗上，看不清身後房間裡的情景，但他已經進房，而且站在那裡好一會兒，將他原本在神遊遠方、思考奧克尼一族和其他國事的心神收回來，他在掛著簾子的門邊停下腳步，蒼白的手將繡毯拉到一邊，手上的王戒在黑暗中閃閃發光——他沒有偷聽，放下繡毯後，他離開房間，前去找個見習騎士宣告他到來。

「對我來說唯一正派的做法，」藍斯洛一邊說，一邊在兩膝之間扭絞著他的手。「唯一正派的做法就是我離開，而且不再回來。我試過，但我的腦子沒辦法再承受一次。」

「我可憐的藍斯，要是我們剛剛沒有停止唱歌就好了！現在你又要陷進那種情緒，你的病又要發作了。我們為什麼不能讓一切都順其自然，讓你那偉大的上帝去照看就好呢？嘗試去思考、或是因為對錯而行事是沒有用的。我不知道何謂是非對錯。但我們為何不能相信自己，順其自然，並且懷抱希望呢？」

「妳是他的妻子，而我是他的朋友。」

「那，」她說：「是誰讓我們相愛呢？」

「珍妮，我不知道該怎麼做才好。」

「那就什麼也別做。過來，給我一個溫柔的吻，上帝自會照看我們。」

「我親愛的！」

這一回，見習騎士發出他們常有的噪音，喀喀喀地上樓來了，還帶著燈。亞瑟下令點了蠟燭。

燭光在這對坐在屋中的情人四周點亮了色彩，而他們早已迅速放開對方。當那男孩在燭心上點火，屋中的掛毯才展露出壯麗的光彩。阿拉斯花開繽紛的草地和鳥兒紛飛的雜木林冒了出來，在四面牆上微微起伏。門邊的簾幕再次拉起，國王來到這個房間。

他看起來年紀很大，比他們兩個都來得老。不過，那是種自尊高貴的老態，即使是今日，你有時還是可以在六十歲以上的男人身上看到；他們把背挺得像燈心草一樣直，頭髮還是黑色的，他們就是有那種格調。現在你能看清楚藍斯洛了，他生性正直，是人性的高尚典範，對人類的責任有股狂熱。桂妮薇看起來既甜美又優雅，在她最狂暴的那幾年認識她的人看了可能會大吃一驚，現在她幾乎是個需要被保護的人。不過亞瑟是三人當中最令人動容的。他的衣著非常樸實，個性溫和且能包容身上簡單的東西。當王后在大廳的火炬底下招待那些有名望的客人時，藍斯洛常常發現他獨自一人坐在一個小房間裡縫補襪子。現在，他身穿一身藍色的家居袍子（藍色在那個年代是很貴重的顏料，所以會保留給國王或繪畫中的聖人和天使），他在燭光閃爍的房間門口停下來，微笑著。

「啊，藍斯。啊，桂妮。」

呼吸仍然有些急促的桂妮薇，回應了他的招呼：「啊，亞瑟。你嚇了我們一跳。」

「抱歉，我才剛回來。」

「加文他們還好嗎？」藍斯洛問。他一直都無法成功假裝出自然的語氣。

「我到那裡的時候他們正好打起來。」

「還真像他們會做的事！」他們高聲地說。「你怎麼做？他們在爭些什麼？」他們讓這件事聽起來生死交關。他們自己心裡有鬼，結果把整個氣氛弄擰了。

國王鎮定地看著眼前。

「我沒問。」

「家族的事吧，」王后說：「一定是。」

「一定是的。」

「沒有人受傷吧？」

「沒有人受傷。」

「那麼，」她大喊，並且注意到自己放鬆下來的口氣顯得很可笑：「那就好。」

「是啊，那就好。」

他們發現他目光閃爍，而且還覺得他們的困窘很有趣。氣氛回復正常了。

「好了，」國王說：「我們要繼續談加文他們的事嗎？我的妻子不給我一個吻嗎？」

「親愛的。」

她把他的頭拉向她，吻在他的額頭上。她認為他是個忠實的老東西——是她友善的熊。

藍斯洛起身。「或許我該告退了。」

「別走，藍斯。你陪我們一會兒很好啊。來吧，坐在火邊，給我們唱首歌吧。這火我們應該很快就用不著了。」

「是啊。」桂妮薇說：「夏天即將來臨，太棒了。」

「不過坐在火邊還是很舒服——尤其是在家裡。」

「你在自己家裡當然好。」藍斯洛意有所指地說。

「怎麼了？」

「我沒有家。」

「別擔心，藍斯，你會有的。等你到了我這把年紀，再開始煩惱這個吧。」

「雖然你這麼說，」王后說：「可是你碰上的每個女人都追著你跑好幾哩遠呢。」

「還帶著斧頭。」亞瑟加上一句。

「她們之中有一半的人真的向我求婚。」

「那你還抱怨你沒有家。」

藍斯洛開始大笑，最後一絲緊張似乎也跟著消散。

「你會不會，」他問：「跟一個手拿斧頭追著你跑的女人結婚？」

在回答這個問題以前，國王鄭重地考慮了一下。

「我不能，」他最後說：「因為我已經娶了別人。」

「娶了桂妮。」藍斯洛說。

現在情況很奇特。他們的對話似乎開始帶有與字面不同的意義，就像螞蟻用牠們的觸角交談一樣。

「娶了桂妮薇王后。」國王反駁。

「也可以說，娶了珍妮？」王后提出了她的看法。

「是的。」他表示同意，不過在此之前停頓了一段很長的時間。「也可以說，娶了珍妮。」

之後是一段更深沉的靜默，最後藍斯洛再次起身。

「好了，我得走了。」

亞瑟將一隻手壓在他的手臂上。

「不，藍斯，再待一會兒。我今晚要告訴桂妮微一些事，我希望你也聽聽。我們已經在一起很久了，有件很久以前發生的事，我要對你們兩個坦白以告，因為你是這個家族的一分子了。」

藍斯洛坐下來。

「很好。現在你們兩個各把一隻手給我，我要像這樣坐在你們中間。現在，我的王后和我的藍斯，你們都別為了我即將要說的事責怪我。」

藍斯洛苦澀地說：「國王，我們沒有立場去責怪別人。」

「沒有嗎？嗯，我不知道你這句話的意思，不過我要告訴你們一個故事，是我年輕時所做的事。這是我和桂妮結婚之前發生的事，離你受封成為騎士也很遙遠。你們會介意我說這些嗎？」

「如果你想說，我們當然不介意。」

「不過我們不相信你會犯什麼錯。」

「這事的開頭，是在我出生以前，真的，因為我父親愛上了康瓦耳伯爵夫人。為了得到她，他殺了伯爵。她就是我母親。這一段故事你們是知道的。」

「是的。」

「或許你們並不知道，我出生的日期有點尷尬，我父母結婚之後，我太快誕生了，所以他們祕而不宣，將襁褓中的我送走，由艾克特爵士撫養長大。將我帶走的人就是梅林。」

「後來，」藍斯洛愉快地說：「在你父親駕崩之後，你被帶回宮廷，從石頭裡拔出魔法之劍，證明你是有權繼承全英格蘭的國王，從此過著幸福快樂的日子。這故事不壞啊。」

「可惜這並不是故事的結局。」

「怎麼說？」

「這個嘛，我親愛的，我一出生就被帶離母親身邊，她一直都不知道我被帶到哪裡去，我也不知道自己的母親是誰。只有烏瑟‧潘卓根和梅林知道我們母子之間的關係。事隔多年，我已經當上國王，遇上了我母親家族中的人，卻還不知道他們是誰。烏瑟已經死了，而梅林一直都被那些後見之明搞得胡裡胡塗，忘了告訴我這件事，所以我們相遇的時候並不認識對方。而我認為其中有個人既聰明又美麗。」

「有名的康瓦耳三姊妹。」王后冷冷地說。

「沒錯，親愛的，就是有名的康瓦耳三姊妹。前任伯爵一共有三個女兒，當然，當時我不知道她們是我同母異父姊姊，她們的名字分別是摩根勒菲、伊蓮和摩高絲，她們公認是不列顛最美麗的女人。」

他們等待他沉靜的聲音繼續說下去，而他也沒有半點遲疑。

「我愛上了摩高絲，」那聲音接著說：「我們有了一個孩子。」

即便他們之中有人感到驚訝、憤怒、憐憫或嫉妒，也沒有表現出來。對他們來說，唯一令人吃驚的是，這個祕密居然被埋藏了這麼久。不過他們從他的聲音聽得出來，他深受此事折磨，而在他將心事全數吐露之前，也不希望被人打斷。

他們注視著火焰，度過彼此間最冗長的靜默。然後亞瑟聳聳肩。

「所以，你們懂了吧，」他說：「我是莫桀的父親。加文等人是我的外甥，但他確實是我的兒子。」

藍斯洛的眼神看來有話想說。「即便如此，我也不認為你做了缺德的事。你不知道她是你同母異父的姊姊，當時你也還沒遇上桂妮。而且，無論如何，看看摩高絲後來的所作所為，這很可能都是她的錯。那女人是個惡魔。」

「她是我姊姊，也是我兒子的母親。」

桂妮薇輕撫他的手。

「我很遺憾。」

「而且，」他說：「她非常美麗。」

「摩高絲……」藍斯洛起了個話頭。

「摩高絲已經付出代價了，她的頭被砍下來了，所以我們得讓她安息。」

「她是被自己的孩子砍下頭來，」藍斯洛說：「因為他發現她和拉莫瑞克爵士睡在一起……」

「拜託，藍斯洛。」

「抱歉。」

「亞瑟，我還是認為這不是你的錯。畢竟你並不知道她是你姊姊。」

國王深吸一口氣，然後以更加粗嘎的聲音說：「我還沒有告訴你們，」他說：「我所做過最糟的事。」

「是什麼？」

「你們想想，我那時候很年輕，才十九歲，然後梅林來了，他告訴我發生了什麼事，只是為時已晚。每個人都和我說，這是一項多麼可怕的罪行，又說這事的下場一定會很悲慘。他們還說了很多關於莫桀的事，說如果他生下來，會是個什麼樣的人。他們用那些可怕的預言把我嚇壞了，於是我做了一件至今仍讓我苦惱的事。母親一知道這件事，就把摩高絲藏起來了。」

「你做了什麼呢？」

「我讓他們弄了一份公告，宣告得把所有在特定時間出生的孩子放在一艘大船上，漂流到海上。因為莫桀出生了，我想毀掉他，卻不知道他是在哪裡出生的。」

「他們照做了嗎？」

「是的，船漂走了，莫桀也在船上，那艘船在一座島上失事，那些可憐的孩子大多都淹死了——不過上帝救了莫桀，後來還將他送回來羞辱我。摩高絲將他帶回她身邊很久以後，有一天突然把他帶到我面前。不過她一直對其他人假裝他和加文以及其他人一樣，都是洛特的婚生子。她當然不會想對外人提這件事，包括莫桀其他的兄弟。」

「好吧，」桂妮薇說：「既然這事只有奧克尼一族和我們自己知道，而且莫桀又平安無事……」

「妳不能忘記其他孩子，」他悲傷地說：「我會夢見他們。」

「你以前為什麼不跟我們說呢？」

「我心中有愧。」

這下子藍斯洛爆發了。

「亞瑟，」他高聲道：「你沒什麼好愧疚的。你那時候太年輕，少不更事，你所做的事固然不對，但別人也對你做過同樣的事啊。那些用罪行之類的故事來嚇唬孩子的畜生，要是落在我手上，我非扭斷他們的脖子不可。想想你所承受的那些苦難，卻沒有絲毫補償！這有什麼好處？那些可憐的孩子啊！」

「他們全都淹死了。」

他們重又坐下，看著火焰，最後桂妮薇轉向她丈夫。

「亞瑟，」她問：「你今天為什麼要告訴我們這個故事？」

他沒有馬上回答，還在思考該怎麼說。

「因為我怕莫桀對我有所怨恨，可憐的孩子，他是有資格這麼想。」

「叛國嗎？」最高司令官問。

「這個嘛，不見得是叛國，藍斯，不過我想他的確心有不滿。」

「砍了那個愛哭鬼的頭，解決他。」

「不，這種事我連想都沒想過！你忘了莫桀是我兒子，我喜歡他。我對這孩子做了很多不對的事，我的家族在某種程度上也一直在傷害康瓦耳一族，我不能再加重我的罪過。更何況，我是他父親，我在他身上看到自己的影子。」

「似乎並不是非常相像。」

「不過確實有相似之處。莫桀很有企圖心，也重視榮譽，我一直以來也是這樣。只是他身體虛弱，所以他在我們的運動當中表現並不好，這也讓他難受，我如果不是那麼幸運，可能也會同樣難受。從某個奇怪的面向來說，他也很勇敢，而且他忠於自己的人民。你想，他的母親要他反抗我，這很正常，而我在他心目中也代表邪惡。我幾乎可以確信，他最後會殺了我。」

「你真的認為這個說法構成現在不殺他的理由嗎？」

突然間，國王看起來有些驚訝，或說震驚。他既疲倦又悶悶不樂，所以他一直放鬆地坐在他們之間，而現在，他打起精神，與他的司令官四目相對。

「你得記住，我是英格蘭國王。如果你是國王，你就不能憑一己的喜好來處決人民。國王是人民的領袖，必須為他們樹立典範，照他們的希望行事。」

他忽視藍斯洛臉上的驚訝表情，再次握起他的手。

「你會發現，」他解釋：「如果國王是個相信武力的惡霸，他的人民也會是惡霸。如果我不做法律的表率，就無法讓人民奉公守法。我當然希望我的人民遵守新法，因為這麼一來，他們會更加繁盛，而我也更加成功。」

他們看著他，猜測他到底想要表達些什麼。他對上他們的目光，試著用眼神與他們的眼睛交談。

「所以，藍斯，我必須絕對公正。如果再有嬰兒被淹死之類的事情發生，我的良心無法承受。能夠讓我遠離武力的唯一途徑，就是新的法律。一個真正的國王不能只願意處決敵人，也要願意處決朋友。」

「以及他的妻子？」桂妮薇問。

「以及他的妻子。」他嚴肅地說。

藍斯洛在長凳上不自在地挪了挪身體，想以幽默的方式發表意見：「我希望你不會很快就砍了王后的頭？」

國王仍舊抓著他的手，仍然看著他。

「如果有人證明桂妮薇或是你藍斯洛，對我的王國犯下罪行，我就得砍了你們兩個的頭。」

「上帝垂憐啊，」她高聲喊：「我希望不會有人這麼做！」

「我也這麼希望。」

「那莫桀呢？」過了一會兒，藍斯洛問。

「莫桀是個鬱鬱寡歡的年輕人，我怕他可能會用盡所有手段來推翻我。比如說，如果他能找到某種方式透過你，親愛的，或者透過桂妮來打擊我，我確定他會去嘗試。你了解我的意思嗎？」

「我懂。」

「所以，如果有朝一日，你們當中任何一個人可能，嗯……可能給了他可趁之機……你們會為了我小心行事，對吧？我就交在你們手裡了，親愛的。」

「但這似乎沒道理啊……」

「自從他來到這裡，」藍斯洛說：「你一直對他很好啊。為什麼他會想要傷害……」

國王的手在膝上合起，似乎從低垂的眼皮底下看著火焰。

「你忘了，」他輕輕地說：「我一直沒能給桂妮一個兒子。我死的時候，莫桀也許會成為英格蘭國王。」

「如果他打算叛國，」藍斯洛一邊說，一邊握緊拳頭：「我會親手殺了他。」

一隻浮著藍色血管的手立即按在他的手臂上。

「你絕對不能這麼做，藍斯。不論莫桀做了什麼，就算他想要我的命，你也要答應我，你要記住，從某種意義來說，他是這個血統的繼承人。我一直都是個罪人……」

「亞瑟，」王后高聲說：「你別這麼說。太荒謬了，你讓我覺得心有所愧。」

「妳不覺得我是個罪人嗎？」他驚訝地問道。

「當然不覺得。」

「但是我以為，在知道那些孩子的事情以後……」

「沒有人會這麼想。」藍斯洛激動地大喊。

國王在火光中站起身，看起來既迷惑卻又寬慰。在他看來，說自己無罪才是荒謬，但他對他們的愛充滿感激。

「好吧，」他說：「無論如何，我不會再說自己有罪了。國王的職責是要盡力預防流血事件，而不是去引發流血事件。」

他再次從眉毛底下看了他們一眼。

「所以現在，我親愛的，」他愉快地下了結語：「我要到請願法庭去，為我們那有名的司法安排一些事。你留在這裡陪桂妮吧，藍斯，在聽完那個不幸的故事之後，安慰她一下，這才是我的好夥伴。」

第五章

亞瑟說要去為那有名的司法安排一些事，他並不是真的要去開庭。中世紀國王本人確實會出席法庭，即使到晚近，人稱亨利四世的國王[①]也是如此（他應該坐在國庫和王位上才對）。不過，要做立法工作的話，今天實在太晚了，亞瑟離開去讀明天的請願書，這是負責的他養成的一項習慣。現在他最大的興趣就是法律，這也是他對抗強權的最後努力。

在烏瑟．潘卓根的時代，除了某種不成熟又一面倒地保護上流階級的成規以外，並無法律可言。即使到了現在，國王開始鼓吹司法，以便一舉約束強權勢力，同時也還有三種法律在互相角力。他試圖將習慣法、教會法和羅馬法加以濃縮，變成單一的法典，而這部法典，他希望能命名為民法。這項工作和讀明天的請願書一樣，每晚都會召喚他，在司法室中獨自安靜地努力工作。

司法室在宮殿的另一頭，平時空蕩蕩的，此時卻不如往常。

室內已有五人在等待國王，不過我們這些現代訪客仍可能先注意到房間本身的模樣。首先令人驚奇的是，四周的掛毯把房間圍成正方形；此時已入夜，窗戶都關了，門又總是緊閉，所以你會覺得自己置身於一個盒子裡：你對這對稱的封閉空間會有種奇怪的感覺，關在瓶子裡被毒死的蝴蝶一定很清楚這種感覺。你可能正疑惑，這五人是怎麼被帶到這地方來的，這裡就彷彿是座中國式迷宮。四周牆上，從天花板垂到地板的掛毯兩兩並列，述說著大衛與拔示巴[②]，以及蘇珊娜與兩位長老[③]的故事，色彩鮮豔飽滿。現今我們看到的那些褪色物品，和這些讓司法室變成一只彩繪盒子的明亮掛毯則毫無關聯。

這五人的身影在燭光中搖曳閃爍。房裡陳設簡單，無法分散你對他們的注意力——這裡只有一張長桌和國王的高背椅，桌上攤著要給國王檢查的羊皮紙卷，以及角落一組成套的加高閱讀桌椅。這裡所有的色彩全集中在牆面和這五人身上。他們都穿著絲質鎧甲襯衣，盾徽是山形紋，中間有三個薊花紋，不過幾個兄弟各有不同的排行標記以示區別，所以他們看起來就像是一手攤開的撲克牌。這是加文一族，而他們還是老樣子，正在吵架。

加文說：「阿格凡，我說最後一次，你能不能別再講那些渾話？這事我不想出力，也不想參與。」

「我也不想。」加瑞斯說。

加赫里斯說：「我也是。」

「如果你們堅持這麼做，會讓整個氏族分裂的。我已經說得很明白了，我們都不會幫你們。你們得靠自己。」

莫桀一直帶著某種輕蔑的耐性等候著。

「我站在阿格凡這邊，」他說：「藍斯洛和我舅母是我們所有人的恥辱。如果沒有別人願意扛這個責任，就由阿格凡和我來吧。」

加瑞斯猛地轉向他。

「你真適合做這種丟臉的事。」

「謝謝。」

加文試著懷柔，不過他原本就不善與人斡旋，所以實際上他的努力就像地震一樣明顯。

「莫桀，」他說：「拜託，講點道理。做個勇敢樸直的人，這事先緩一緩吧？我比你年長，我能預料這麼做之後會引起什麼麻煩。」

「不管以後會怎樣，我都要去找國王。」

「阿格凡，如果你們這麼做，就是要開戰了。你難道看不出來嗎？這麼一來，亞瑟和藍斯洛就得互相對抗，不列顛諸國的國王會有一半因為藍斯洛的名聲而投在他麾下，這樣下去會變成內戰的。」

這位全氏族的領袖腳步沉重地朝阿格凡走去，用巨大的手掌拍著他，像隻天性純良的動物表演雜耍。

「嘿，老弟。就把今早那一點小爭執忘了吧。每個男人心裡都有一股衝動，不過說到底，我們還是兄弟啊。我不懂，你明知藍斯洛爵士為我們所付出的一切，怎麼還會想跟他作對呢？你不記得嗎？他從特昆爵士手裡救了你和莫桀啊。總之你們都欠他一條命。老弟，他也從多羅瑞斯塔的卡拉鐸斯爵士手中救了我。」

「他這麼做只是為了他自己的榮譽。」

加瑞斯轉向莫桀。

「你要在我們之間怎麼說藍斯洛和桂妮薇都隨便你，因為很不幸，這是事實。但是我不許你冷嘲熱諷。我一開始以廚房見習騎士的身分來到宮廷時，唯一善待我的人就是他。他完全不知道我是誰，但他一直教我一些訣竅、鼓勵我，還為我挺身而出對抗凱伊，他也是冊封我為騎士的人。每個人都知道，他這一生當中從沒做過卑鄙下流的事。」

「我還是個年輕騎士的時候，」加文說：「上帝宥我，我被捲入一場很有爭議的戰爭，怒氣攻心——對，我在某人求饒之後還是殺了他，後來又殺了一個少女。藍斯洛卻從沒讓任何比他弱的人悲痛過。」

加赫里斯補充：「他喜歡年輕騎士，而且會幫助他們贏得長矛比試。我不懂你們為什麼討厭他。」

莫桀聳肩，抖了抖外套的袖子，假裝要打呵欠。

「說到藍斯洛，」他說：「要找他的人是阿格凡。我的仇家是那位快樂的君主。」

「藍斯洛，」阿格凡表示：「是個名過其實的人。」

「他才不是，」加瑞斯說：「他是我所知道最偉大的人。」

「我對他可沒有那種學校男孩的崇拜之情……」

掛毯另一端的門鉸鏈發出吱嘎聲，門把也發出了刺耳的聲響。

「別說了，阿格凡，」加文口氣溫和地勸說：「別再說那些事了。」

「我不要。」

亞瑟的手拉起了簾幕。

「拜託，莫桀。」加瑞斯輕聲說。

國王走入房內。

「這只是為了公平起見，」莫桀說著提高了聲音，好讓大家一定聽得到：「畢竟我們的圓桌應該要有司法存在。」

阿格凡也假裝沒注意到有人來了，大聲回應：「現在該要有人說出真相了。」

「莫桀，安靜點！」

「而且只說真相！」那個駝子以一種勝利的語氣下了結論。

亞瑟啪躂啪躂地走過宮中的石砌走廊，心思全都放在眼前的工作上，他站在門口等著，一點也不驚訝。那些身上佩著山形紋與薊花紋的男人轉向他，看到這位老國王最後的榮耀時刻。他們靜默佇立了幾個心跳的時間，然後加瑞斯心痛地認清國王真正的模樣。他看到的不是一位浪漫的英雄，而是一個盡其所能把事情做到最好的凡人；他不是騎士精神的領袖，而是個不斷思考的孩子，試圖忠於他那位古怪的魔法導師；他不是英格蘭王亞瑟，而是個孤獨的老先生，在命運的齒牙之間，付出大半輩子的時間戴著王冠。

「大人，我來這裡是想要勸阻我弟弟，但他們不肯聽我的。不管他們可能會說些什麼，我都不想聽。」

加文沉重而緩慢地屈單膝，和他一起跪在地上。

「這事和我們一點關係都沒有。」

加瑞斯跪了下來。

最後跪下的是加赫里斯。

「我們想在他們開口之前離開。」

亞瑟走進房裡，輕輕將加文扶了起來。

「如果你們想要離開，當然可以，親愛的，」他說：「我希望我不會給你們家族添麻煩吧？」

加文陰沉地轉向另一邊的人。

「這個麻煩，」他說，他又重拾古老的騎士語，將它像斗蓬那樣披在身上。「將摧毀全世界騎士道之菁華，將損傷吾等高貴情誼，而罪魁禍首乃二位鬱鬱騎士！」

加文態度輕蔑地快步離開，他將加赫里斯推在身前，加瑞斯則以一種無助的模樣跟在他身後。在此同時，國王沉默地走向王座。他從位子上拿起兩個坐墊，放在臺階上。

「好吧，外甥們，」他平和地說：「坐下來，告訴我你們想要做什麼吧。」

「我們還是站著好了。」

「這當然隨你們高興。」

這樣的開頭並不符合阿格凡的策略，他斷然說：「噢，莫桀，算了吧！不，我們不是來和我們的國王吵架的，我們心裡一點也沒這種念頭。」

「我要站著。」

阿格凡謙卑地坐在一個坐墊上。

「你想要兩個坐墊嗎？」

「不，多謝了，大人。」

老人看著他們，一面等待，他像是個即將被吊死的人，或許屈服於劊子手，卻不用別人幫忙上套索。他帶著某種疲憊的嘲颯看著眼前，把這項工作留給他們。

「什麼都別說，」阿格凡用一種假裝得很好的不情願口氣說：「或許是比較明智的做法。」

「或許是的。」

莫桀全力爆發，穿透當下。

「這太荒謬了。我們來是為了告訴我們的舅舅一些事情，應該要有人告訴他這件事。」

「不怎麼愉快的事。」

「這樣的話，我親愛的孩子們，如果你們願意，我們就別再談這件事了。春天的夜晚很美，不宜煩惱那些不愉快。所以，你們兩個何不出去和加文言歸於好呢？你們可以要他把那隻聰明的蒼鷹借給你們明天使用。王后剛剛才說，她想要一隻不錯的幼兔當晚餐。」

他正在為她奮戰，或許是為了他們所有人而戰。

莫桀用熾熱的眼睛注視著他父親，毫無預警地宣告：「我們是要來告訴您一件宮廷裡每個人一直都知道的事。桂妮薇王后是藍斯洛爵士公開的愛人。」

老人彎下身去，將披飾弄直。他猛地將它蓋在腳上，讓腳保持溫暖，然後再次直起身子，看著他們的臉。

「你們準備好要證明這項指控了嗎？」

「是的。」

「你們知道，」他溫和地問他們：「以前也有人做過同樣的指控？」

「如果沒有，就太奇怪了。」

「先前最後一次有人造這樣的謠，是一個叫梅里亞格蘭斯爵士的人。由於這件事不管在哪方面都沒有可靠的證據，所以最後是付諸個人對戰來裁定判決。梅里亞格蘭斯爵士指控王后叛國，並為了他的主張而出戰。所幸藍斯洛爵士好心站在王后陛下這一邊。結果如何，你們記得吧。」

「我們記得很清楚。」

「最後舉行戰鬥審判時，梅里亞格蘭斯爵士躺在地上，堅持要向藍斯洛爵士投降，怎樣都沒辦法要他起來，最後藍斯洛提出一個條件，表示他願意脫下頭盔和左邊的鎧甲，並且將一隻手綁在後面。梅里亞格蘭斯爵士接受了，最後，他當然還是被砍倒了。」

「這些我們都知道，」他們兄弟當中最年輕的那人不耐煩地高聲說：「個人對戰沒有任何意義，這無論如何都不能算是公平的司法，最後勝出的人一定是那些暴徒。」

亞瑟嘆了口氣，雙手交疊。他自始都沒有抬高聲音，此刻也繼續以沉穩的聲音說話。

「莫桀，你還非常年輕。你還要學會一件事，那就是幾乎所有行使司法的形式都是不公平的。如果你能夠提出個人對戰以外的方式來解決爭端，我很樂意一試。」

「只因為藍斯洛比其他人都強，又總是站在王后那一邊，不代表王后永遠都是對的。」

「我確信王后不可能永遠都對。不過，你想想看，一旦我們捲入爭端，就得找個方法來解決它。如果一項主張的真假無法獲得證實，那麼就得用另一種方式來解決，而幾乎所有的解決方式都會對某一方不公平。你不需要親自與王后的戰士對決，莫桀，你可以以體弱為由，雇用你所知最強壯的人為你出戰，而王后當然也可以雇用她所知最強壯的人為她出戰。如果你們分別雇用你們所知最好的訟師來辯論，也是類似的。最後通常是最有錢的人勝出，因為他可以雇用最昂貴的訟師或最昂貴的戰士，所以我們也不用假裝說這只是暴力而已。

「不，阿格凡，」他在阿格凡想開口時繼續往下說：「先別打斷我。我要把這些藉由個人對戰做出判決的事說清楚。就我所知，這是錢的問題，是錢和運氣的問題，此外，當然還有上帝的旨意。如果兩邊財富相當，我們或許就能說，贏家是比較幸運的那方，就像丟銅板一樣。好，你們兩個能不能確定，如果你們指控王后叛國，你們會是比較幸運的一方？」

阿格凡假裝客氣地加入這場談話。他喝酒一直都很小心，所以他的手不再打顫。

「請您見諒，舅舅，我剛才要說的就是這點。我們希望不要以個人對戰的方式解決這次爭端。」

亞瑟立刻抬起頭看他。

「你很清楚，」他說：「神裁審判遭禁，而且，如果要做無罪宣誓④，也不可能為王后找到那麼多貴族。」

阿格凡微笑。

「我們對新法所知不多，」他流暢地說：「不過我們認為，如果一個說法能夠在你的新法庭上獲得證實，就沒必要進行個人對戰。當然，我們也可能弄錯了。」

「陪審團審判。」莫桀爵士語帶輕蔑：「您是這麼稱呼它的吧？某種行商法庭⑤之類的方式。」

阿格凡冷酷的心大喜，心想：「用他自己的武器逼死他！」

國王的手指在椅子扶手上敲打著，此刻他們連推帶拉地將他逼了回來。他緩緩開口：「你們相當了解新法。」

「比如說吧，舅舅，如果有證人發現藍斯洛確實在桂妮薇床上，那就沒有必要進行戰鬥審判，對吧？」

「阿格凡，請你體諒，即使我們是這種親戚關係，至少在我面前，我希望你能用舅母的頭銜來稱呼她。」

「珍妮舅媽。」莫桀說。

「是啊，我確定我曾聽過藍斯洛爵士用這名字稱呼她。」

「『珍妮舅媽』！『藍斯洛爵士』！『請你體諒』！那兩人現在可能正在接吻呢！」

「你說話要有點教養，莫桀，不然請你離開我的房間。」

「我確定他不是故意要放肆無禮，舅舅。他是因為你的盛名蒙羞，才會生氣啊。我們想要讓正義得以伸張，而且……嗯……而且因為他『家族』的緣故，他的感受非常深刻。對吧，莫桀？」

「我天殺的並不關心我的『家族』。」

國王的臉色看起來更加憔悴了，他嘆了口氣，但仍保有耐性。

「好吧，莫桀，」他說：「我們還是別為這些小事爭吵吧，我不會再阻止你對他們無禮了。你說我的妻子和我最好的朋友私通，而且你顯然打算實際證明這項指控，所以，我們就專注談這件事。我想你應該了解這項指控的含意吧？」

「不，我不知道。」

「無論如何，我確定阿格凡都很清楚。這項指控的含意是，如果你堅持要提出民事證據，而不向榮譽庭提出控訴，這個案子就會照民事證據的流程走。如果你們的案子最後成立，那位從特昆爵士手中救出你們的男人就會被砍頭，而我深愛的妻子會因叛國罪名而被活活燒死。如果你們的案子最後不成立，我必須警告你，莫桀，你會被放逐，而這會讓你失去所有的繼承權；屆時我也必須讓阿格凡上火刑臺，因為他做出這項指控，所以他自己必須承擔叛國罪名。」

「所有人都知道我們的案子很快就能夠成立。」

「很好，阿格凡，你是個很厲害的律師，也決心要走上法律途徑。提醒你們有種叫做慈悲的東西，我想應該是沒什麼用處吧？」

「是那種，」莫桀說：「要施給那些被放在船上隨水漂流的孩子的慈悲嗎？」

「謝謝你，莫桀。我差點忘了。」

「我們要的不是慈悲，」阿格凡說：「而是司法。」

「我了解。」

亞瑟把手肘擱在膝上，用十指覆住臉。他坐在那裡消沉了好一會兒，想要集中責任與尊嚴的力量，接著他在雙手的陰影中開口說話。

「你們打算怎麼抓到他們？」

這個高大的男人一直都很有禮貌。

「如果舅舅同意在晚上離開，我們會找來一支武裝隊，到王后房間抓藍斯洛。你得先離開這裡，不然他不會去。」

「我認為我不能對我的妻子設下陷阱，阿格凡。取得證據是你們的責任，我認為這麼說才公平。是的，我認為這是公平的。我當然有權拒絕成為——嗯，某種同謀。在我的職責當中，我沒有義務故意走開好幫助你們。不，我可以問心無愧地拒絕你。」

「但你無法永遠都不離開。你總不能為了讓藍斯洛無法接近，餘生就和王后用鎖鏈綁在一起吧。你下週不是要去參加狩獵大會嗎？如果你不去，你就是故意改變計畫以阻礙正義伸張。」

「沒有人能夠阻止正義伸張，阿格凡。」

「那麼，亞瑟舅舅，你會去參加狩獵大會；而藍斯洛如果人在王后的房間，我們也獲准闖進去拿人了？」

他那興高采烈的語調聽起來下流得連莫桀也覺得厭惡。國王站在那裡，將袍子拉上來環住他的身體，像是覺得有些冷。

「我們會去的。」

「你不會事先告訴他們吧？」那人的聲音興奮得有點結巴。「我們提出這項控訴後，你不會去警告他們吧？這樣可是不公平的。」

「公平？」他問。

他從一個非常遙遠的地方看著他們，似乎在稱量著真相、正義、邪惡和人性。

「我同意。」

他的眼睛從遠方歸來，筆直地盯著他們，發出遊隼般的閃光。

「不過，莫桀、阿格凡，我要以我個人身分把話說在前頭，我現在唯一的願望，就是要藍斯洛殺了你們兩個和所有目擊證人——我要很驕傲地說，我的藍斯洛絕對有能耐成就這件功績。此外，身為司法首長，我還要再說一件事，那就是如果你們這項嚴重的指控無法成立，我會用上所有你們提出的嚴苛法律來追捕你們兩個，絕不留情。」

① 亨利四世（Henry IV, 1367-1413），這裡指的是英格蘭的亨利四世。他因領地被奪等問題，揮兵廢絀當時的英王理查二世，建立蘭開斯特王朝。他的即位引起許多貴族的不滿，也埋下日後約克與蘭開斯特家族不和的種子（其孫亨利六世即位時雙方開戰，即玫瑰戰爭）。亨利四世即位後，為了取得國會認同，承認國會有徵稅與立法權。

② 聖經人物，大衛王與烏利亞之妻拔示巴私通，後來大衛王安排讓烏利亞在前線遇害身亡，娶拔示巴為妻。

③ 聖經故事，蘇珊娜是一位貞潔虔信的美女，一日她在自家花園沐浴，有兩位士師長老窺浴，意圖施暴，蘇珊娜不從，反被兩位長老誣陷與人幽會，被判死刑。先知但以理得到神的啟示，為她鳴冤，將說謊的長老處死。

④ 這是一種基於教會法來進行的自清方式。當事人要在相信他／她無罪的公正人士陪同下，到宗教法庭誓言自己無罪。

⑤ 英格蘭以前在市集和市場召開的簡易法庭，就地處理行商與在地商人之間的糾紛。

第六章

藍斯洛知道國王去新森林打獵了，所以他確信王后會派人找他過去。他的臥房很暗，只在聖像前面放著一盞燈，而他穿著一件家居袍子踱著步，身上除了那件色彩鮮豔的袍子以外，就只在頭上纏著某種類似穆斯林頭巾的東西，他已經準備要上床睡覺，這也就是說，他幾乎赤裸。

那是個昏暗的房間，並不奢華。牆面裸露，小而硬的臥榻也沒有遮篷。窗子沒有鑲玻璃，上面覆蓋某種浸了油、不透光的亞麻布。偉大的司令官通常都住在這種樸素的戰時臥房裡，房裡除了一張椅子或一口老箱子以外什麼都沒有——傳說威靈頓公爵以前住在沃爾默堡的時候①，都睡在行軍床上。藍斯洛房裡有口用金屬接榫的箱子，看來像是棺材，除了這口箱子和那張床以外，就只有他那把巨劍，用皮繩吊在牆上。

箱子上放著一個壺盔。他有時會把它拿到聖像燈前，站在那裡看著他在鋼鐵上的映影，臉上帶著和許久以前那個男孩同樣的迷惑表情。他把它放下來，繼續在房內踱步。

門上傳來輕敲聲時，他以為信號來了。他拿起劍，把手伸向門閂，不過門自己開了。來人是加瑞斯。

「我能進來嗎？」

「加瑞斯！」

他驚訝地看著他，然後說：「進來吧，看到你真好。」語氣不怎麼熱烈。

「藍斯洛，我是來警告你的。」

那老人挨近看了他一眼，咧嘴而笑。

「天哪！」他說：「我希望你不是要來警告我什麼嚴重的大事吧？」

「沒錯，這事是很嚴重。」

「好吧，進來，把門關上。」

「藍斯洛，是王后的事。我不知道要從何說起。」

「那就別麻煩了。」

他抓住這個年輕人的雙肩，把他往回推向門邊。

「你來警告我是很令人感動，」他說，兩手捏著對方的肩膀。「不過我不覺得你能告訴我什麼我不知道的事。」

「噢，藍斯洛，你知道，只要能幫上你的忙，我在所不辭。要是別人知道我來你這裡，我不知道他們會說出什麼話來。不過我無法置身事外。」

「出了什麼事嗎？」

他停下腳步，再次看加瑞斯。

「是阿格凡和莫桀。他們恨你。或者該說阿格凡恨你。他嫉妒你。莫桀最恨的人是亞瑟。我們已經盡力阻止他們了，但是他們一意孤行。加文說這事他不插手，而加赫里斯從來就沒辦法做什麼決定。所以我得自己過來。我得來找你，即使這麼做等於是反抗我的自家兄弟和整個氏族也得來，因為我的一切都是你給我的，我不能讓這件事發生。」

「我可憐的加瑞斯！你讓自己陷入了什麼樣的困境啊！」

「他們去找國王，直言說你——說你到王后的臥房去了。我們試過要阻止他們，雖然我們沒有留下來聽他們說，不過他們說的就是那件事。」

藍斯洛鬆開他的肩膀，在房裡踱了兩步。

「別為了這種事生氣，」他說著又走回來。「以前已經有很多人說過同樣的話了，不過什麼事也沒發生。不會有事的。」

「這次會出事的。我感覺得出來，我就是知道。」

「胡說。」

「這不是胡說，藍斯洛。他們恨你。有了梅里亞格蘭斯的前車之鑑，他們這次不會用戰鬥審判。他們太狡猾了。他們會用某種方法來設計你。他們會暗算你的。」

但是那老兵只是笑著拍了拍他。

「你在胡思亂想，」他說：「朋友，回家上床睡覺，把這件事忘掉吧。你到這兒來真是令人感動——不過你現在還是回家，放寬心，好好睡一覺。如果國王會為了這種謠言大驚小怪，他就永遠都沒辦法去打獵了。」

加瑞斯咬著手指，鼓起勇氣直言以告。

最後他說：「請你今晚不要去找王后。」

藍斯洛訝異地挑起一邊的眉毛，不過隨即放了下來。

「為什麼？」

「我確定那是個陷阱。我確定國王今晚是故意離開，好讓你去找她，然後阿格凡就會在那裡把你逮個正著。」

「亞瑟絕不會這麼做。」

「他已經做了。」

「胡說。你還要保母看顧的時候我就認識亞瑟了，他不會做出這種事。」

「但是這樣很危險！」

「如果有危險，我會好好享用的。」

「求求你！」

這一回，他把手放在加瑞斯背上，重重將他往門外推。

「好了，我親愛的廚房見習騎士，聽好。第一，我了解亞瑟；第二，我了解阿格凡。你覺得我應該怕他嗎？」

「但是背叛……」

「加瑞斯，我還是個年輕小夥子時，有位貴婦人追著一隻扯斷了放鷹繩的遊隼，從我身邊跑過去。拖在底下的放鷹繩纏上一棵樹，所以那隻遊隼被綁在樹頂。那位貴婦人說服我爬上那棵樹，把她的鷹帶下來。我從來就不是個很會爬樹的人，我爬到樹頂，解開那隻鷹的時候，那位貴婦人的丈夫全副武裝地出現了，說他要砍掉我的頭。這整件事是個陷阱，誘使我把鎧甲脫掉，好讓我落入他手中。我在那棵樹上，穿著襯衣，連把匕首也沒有。」

「真的？」

「嗯，我用一根樹枝敲在他頭上。他比可憐的老阿格凡像樣多了，即使那些輝煌的日子已經過去，我們全都為風濕所苦也一樣。」

「我知道你能應付阿格凡，但，要是他找一支武裝隊來攻擊你呢？」

「他什麼也不會做的。」

「他會的。」

門上傳來一聲刮搔聲，一聲輕敲。可能是老鼠幹的，不過藍斯洛的雙眼變得沒有一點表情。

「這個嘛，如果他真的做了，」他簡短地說道：「那我就得和那支軍隊對戰了。不過這完全只是幻想。」

「你今晚不能不去嗎？」

此時他們已然來到門邊，國王的司令官的語氣不容置喙。

「聽好，」他說：「如果你一定要知道，王后已經派人來找我了。如果我被宣召，我是不能拒絕的，對吧？」

「所以即使我背叛了先民，也是徒勞無功。」

「不是徒勞無功。任何知道此事的人都會因為你勇於面對而敬愛你。不過我們可以信任亞瑟。」

「所以你無論如何都要去？」

「是的，廚房的見習騎士，而且我這會子就要去了。天啊，別看起來這麼難過。這事就交給身經百戰的壞胚子處理，快點上床去吧。」

「也就是說，我們要道別了。」

「胡說，是該道晚安。而且，王后正等著呢。」

老人輕輕鬆鬆把一件披飾甩過肩膀，彷彿仍保有年少的驕氣。他抬起門閂，站在門邊，想著是不是忘了什麼東西。

「如果我能夠阻止你就好了！」

「可惜，你不能。」

他踏入通道的黑暗之中，把這件事拋諸腦後，然後便消失了。而他忘記的那樣東西，是他的劍。

① 威靈頓公爵（Duke of Wellington, 176 9-1852），這裡是指第一任威靈頓公爵（Arthur Wellesley），曾敗拿破崙於滑鐵盧。沃爾默堡（Walmer Castle）是威靈頓公爵最後去世的地方，現為英國女王伊莉莎白二世所有。

第七章

桂妮薇正在她那間華麗寢室的燭光下梳理她的灰髮，等待藍斯洛到來。她看起來美得不可思議，不是電影明星那種美，而是一種靈魂有所成長的女性美。她獨自唱著歌，那是——居然是——一首讚美詩《聖靈降臨歌》[①]，據信是位教宗的作品。

燭火靜靜立在夜晚的空氣中，映射在散綴床頂深藍色罩篷的金色小獅子上。髮梳和髮刷上的拼貼裝飾閃爍，一口大箱子的磨光黃銅嵌板鑲了聖徒與天使的琺瑯裝飾，牆上的織錦掛簾皺褶輕柔，閃閃發亮，地板上還鋪了一條絕妙的毯子，這是種應受譴責的極度奢華。走在那條毯子上會讓人感到不安，因為毯子一開始並非只拿來鋪在地板上。亞瑟走過時通常會繞過它。

門輕輕打開時，桂妮薇正邊唱歌邊刷著頭髮，她低沉的聲音和靜立不動的燭火相得益彰。最高司令官把他的黑色披風放在底下的箱子上，走過去站在她身後。她從鏡子裡看著他，沒有半點驚訝之色。

「我能幫妳做這件事嗎？」

「如果你想要。」

他拿起髮刷，隨熟練敏捷的手指一同掃過那捧披垂的銀雪，王后閉上眼睛。

過了一會兒，他說話了。

「這像是……我不知道這像什麼。不像絲，比較像是傾瀉的流水，但又像是雲。雲是水凝成的，對吧？它是白色的霧氣？還是冬日的海洋？瀑布？還是結霜的稻草堆呢？是了，是稻草，深邃、柔軟又盈滿香氣。」

「這是個討厭的東西。」她說。

「它是海洋，」他莊嚴地說，「我出生的海洋。」

王后睜開眼睛，問道：「你來時安全嗎？」

「沒人看到。」

「亞瑟說他明天就回來。」

「他這樣說嗎？這裡有根白頭髮。」

「拔掉它。」

「可憐的頭髮，」他說，「它很細呢。珍妮，妳的頭髮為何這麼美麗呢？大概要拿六條編成一條，才和我的頭髮差不多粗。我該拔下它嗎？」

「是，拔吧。」

「會痛嗎？」

「不會。」

「為什麼不會？小時候我常去拔我那些姊妹的頭髮，她們也會來拔我的，痛得很呢。是不是我們年紀大了，感受力也跟著變差，所以再也無法感受我們的痛苦與快樂呢？」

「不，」她解釋，「這是因為你只拔一根。如果你拔的是一把頭髮，就會痛了。來。」

他低下頭去好讓她能碰到，而她白皙的手臂向後伸出，用手指扭住他額前的頭髮，用力拉扯，直到他開始齜牙咧嘴。

「對，還是會痛。真令人欣慰啊！」

「你的姊妹是這麼拉扯你的頭髮嗎？」

「是啊，不過我更用力拉她們的頭髮。每當我走近她們當中的任一個，她都會用兩隻手護著辮子，然後瞪著我。」

她笑了。

「我很高興我不是你的姊妹。」

「噢，不過我絕不會拉妳的頭髮。它太美了。我想對它做點別的事。」

「你想做什麼？」

「我……嗯，我想像睡鼠那樣蜷在裡面睡覺。我現在就想這麼做。」

「等你弄完再說。」

「珍妮，」他突然問道，「妳覺得這事能持續下去嗎？」

「什麼意思？」

「加瑞斯剛來找我，警告我們說亞瑟故意離開設下陷阱，讓阿格凡和莫桀來逮住我們。」

「亞瑟絕不會做這種事。」

「我也是這麼說。」

「除非他們逼他這麼做。」她深思。

「我想不出他們要怎麼逼他。」

她突然改變話題。

「加瑞斯真好，竟然願意與他的兄弟為敵。」

「妳知道嗎？我認為他是這宮廷中最好的人之一。加文也很正派，不過他太暴躁了，而且他會記仇。」

「他很忠誠。」

「對。亞瑟曾說，如果你不是奧克尼家的人，那麼他們是很可怕的；但如果你是這家族的一分子，那你很幸運。他們打起架來像貓一樣凶狠，不過他們真心喜愛彼此。他們是一族的。」

不知為何，王后改變的話題還是將她帶回原來的軌道。

「藍斯，」她語帶驚恐地問，「你想他們會不會逼國王做出什麼事來？」

「妳這話是什麼意思？」

「亞瑟有種可怕的正義感。」

「我不明白。」

「上星期那些話。我想他是要警告我們。聽！你有沒有聽到什麼？」

「沒有。」

「我覺得我聽到門邊有人。」

「我去看看。」

他打開門，不過門外一個人也沒有。

「假警報。」

「那就閂上門吧。」

他滑過門木（五吋厚的粗橡木棒），深深插入厚牆洞中。他回到燭光旁，把王后閃亮的髮絲分成容易處理的髮束，雙手像織梭一般移動著，快速地將它們編成辮子。

「沒必要緊張，太可笑了。」他說。

然而她仍自沉思，並用一個問題來回答他的話。

「你記得崔斯坦和伊索德嗎？」

「當然。」

「崔斯坦以前和馬克王的妻子睡，所以馬克王殺了他。」

「崔斯坦是個傻瓜。」

「我認為他人很好。」

「那是他要妳這麼想。不過他可是康瓦耳騎士，和其他康瓦耳騎士都一個樣。」

「有人說他是全世界第二好的騎士。藍斯洛爵士、崔斯坦爵士、拉莫瑞克騎士……」

「只是茶餘飯後的閒談罷了。」

「你為什麼說他是個傻瓜？」她問。

「嗯，這要從很久以前說起。妳記不得在妳的亞瑟設立圓桌以前騎士是什麼樣子的，所以妳不知道妳丈夫是怎樣的天才。而妳也不了解崔斯坦和，呃，比如說加瑞斯吧，有什麼不同。」

「有什麼不同？」

「在過去，每個騎士都只想到自己。那些老騎士個個都是海盜，比如布魯斯·索恩斯·匹帖爵士就是。他們知道，只要穿上鎧甲就沒人奈何得了他們，所以他們為所欲為，公然殺人、淫亂。亞瑟登基的時候，他們很生氣。妳知道，他相信這世上有是非對錯。」

「他依然相信。」

「幸運的是，他的個性也像他這項理念一樣頑強。他不過是認為人們行事應當溫和些，卻花了大約五年的時間才有所進展。我一定是頭一批從他那裡接收溫和行事這個理念的騎士之一，我年輕時就接收這項理念，而且他讓這念頭成為我的一部分。大家總說我是個多完美、多溫文的騎士，不過這和我一點關係也沒有，這是亞瑟的理念，是他對加瑞斯他們這些年輕一代的期許，現在，這變成一種流行風尚了。而這引領我們去尋找聖杯。」

「那崔斯坦為什麼是個傻瓜？」

「這個嘛，因為他就是啊。亞瑟說過，他是個小丑。他住在康瓦耳，從沒接受過亞瑟的教導，不過他的確也抓住了這股流行風尚。他在腦子裡塞進某種斷章取義的念頭，認為知名的騎士應該溫文有禮，也一直迫切想達到這項流行的標準，但他沒有切實了解這個理念，內心對這理念也沒有任何感覺。他有點像是在模仿。他內心一點都不溫文有禮，他對妻子很惡劣，而且老是欺負帕洛米德，只因帕洛米德是個黑人，此外，他更是大大羞辱了馬克王。康瓦耳騎士都是老派人，心裡一直都對亞瑟的理念抱有敵意，就算他們確實掌握了其中某部分也一樣。」

「就像阿格凡。」

「對，阿格凡的母親來自康瓦耳。阿格凡之所以恨我，就是因為我是這理念的代表人物。這事很有趣，不過我們三個——我是說拉莫瑞克、崔斯坦和我，曾被一般人稱為最好的騎士，也是老派騎士痛恨的對象。崔斯坦被殺的時候，那些老派騎士很高興，因為他在仿效亞瑟的理念；又，當然啦，以背叛罪名殺死拉莫瑞克的就是加文家族的人啊。」

「我認為，」她說，「阿格凡之所以恨你，不過就是出於酸葡萄的老套。我並不認為他會在意那個理念，不過他天生嫉妒比他優秀的戰士。他討厭崔斯坦，是因為他去歡樂堡途中敗在崔斯坦手下；而他幫著殺死拉莫瑞克，是因為那孩子在長矛競技排名賽中擊敗他；至於你，你把他擊落馬下多少次了？」

「我記不得了。」

「藍斯，你發現了嗎？在他所憎恨的人當中，另兩個已經死了呀。」

「人遲早難逃一死。」

王后突然將髮辮自他指間扯開，從椅上扭過身來，一手抓著辮子，睜圓著眼凝視他。

「我認為加瑞斯說的是真的！我認為他們今晚要來抓我們！」

「走吧，趁還來得及。」

「但是，珍妮……」

她跳下椅子，開始將他往門推。

「不，沒有但是，我知道這是真的，我感覺得出來。這是你的斗篷。噢，藍斯，拜託快走吧。他們從背後給了拉莫瑞克爵士一刀啊。」

「來，珍妮，不要為了無中生有的事慌張。這只是幻想……」

「這不是幻想。你聽，你聽。」

「我什麼也沒聽到啊。」

「你看那扇門。」

此時用來拉起門上插銷的把手（一塊形似馬蹄的鍛鐵）慢慢向左移動，像隻螃蟹那樣不確定地移動。

「門怎麼了？」

「你看那把手！」

他們站在那裡，著了魔似的看著那把手盲目地拉動、偷偷摸摸又猶疑不決地進行探索。

「噢，上帝。」她低語，「現在已經太遲了！」

那根把手落下，鍛鐵敲在門板的木頭上，發出巨響。那是一扇很好的加厚雙層木門，其中一層木板的紋理是直的，另一層則是橫的，而此時有隻金屬手套正從門的另一側擊打。阿格凡的聲音在他頭盔的孔穴中回響，大喊著：「開門！以國王之名！」

「我們完了。」她說。

「叛徒騎士，」金屬在木頭上撞出極大的聲響，門那頭的聲音大喊，「藍斯洛爵士！汝已成甕中之鱉！」

許多別的聲音加入外面那陣吼叫的行列。眾多甲具的關節再也沒有必要保持警戒，所以在石梯上發出鏗啷鏗啷的響聲。門板在門木上撞擊著。

藍斯洛也不知不覺說起騎士語。

「這房裡有鎧甲嗎？」他問，「可遮護吾身之鎧甲？」

「這裡什麼都沒有，連劍也沒有。」

他面向那扇門站著，表情顯得困惑又專注，咬著手指。有好幾雙拳頭正在搥打那扇門，所以它震晃著，聲音聽起來就像是一群獵犬。

「噢，藍斯洛，」她說，「沒有什麼好打的，而且你身上幾乎什麼也沒有。他們全副武裝，而且人多勢眾，你會被殺，我也會上火刑臺，我們的愛情即將走向苦澀的結局。」

他因自己沒能解決這個問題而生起氣來。

「只要我有鎧甲就行了，」他惱怒地說，「像隻掉進陷阱的老鼠那樣被抓，這實在太荒謬了。」

他環視房內，詛咒自己為何忘了帶武器。

「叛徒騎士，」門外的聲音轟隆隆作響，「從王后的房間出來！」

另一個聲音美妙、沉著，愉快地喊道：「汝當明白，此地有十四名武裝兵士，汝等插翅難飛。」那是莫桀，而門上的敲擊聲更加響了。

「真該死。」他說，「我們不能讓這一直響下去。我得走了，不然他們會弄醒整個城堡的人。」

他轉向王后，將她抱進懷裡。

「珍妮，我想稱妳為我最高貴的基督徒王后。妳會堅強嗎？」

「我親愛的。」

「我甜蜜的老珍妮，給我一個吻吧。在我心中，妳一直都是個特別的好女人。從來沒人破壞得了我們的愛，別讓這次給嚇著了。如果他們殺了我，記著波爾斯爵士。我所有的兄弟和姪子都會照看妳。送信給波爾斯或德馬瑞斯，若有必要，他們會出手救妳。他們會安全地將妳帶到歡樂堡去，妳可以在我的領地住下來，過著如現在王后般的生活。妳明白嗎？」

「如果你被殺了，我也不想獲救。」

「妳會的。」他堅定地說：「要有個人活下來好好解釋我們的事，這很重要。這艱難的工作是妳必須要做的。還有，我要妳祈禱。」

「不。讓別人去祈禱吧。如果他們殺了你，他們也能燒死我。我會像個基督徒王后那樣從容赴死。」

他溫柔地吻了她，讓她坐在椅子上。

「現在爭論這些已經太遲了。」他說：「我知道，無論發生什麼事，妳都還是那個珍妮，而我也還是那個藍斯洛。」他仍自專心地環視房間，不經意地說道：「要是他們只衝著我來，那是還好；但他們硬把妳扯進來，這實在很糟。」

她看著他，試著止住淚水。

「我願意用腳來換取部分鎧甲——就算只有一把劍也好，這樣他們將記取教訓。」

「藍斯，如果他們殺了我，而保你平安，那我會很高興的。」

「那樣的話，我會非常傷心。」他答道，突然找回了他的幽默感。「好吧，好吧，我們得盡力而為。這得勞動我這把老骨頭，不過我想我會喜歡！」

他將蠟燭放在里蒙日箱的蓋子上，這樣他開門的時候，那些蠟燭就會在他身後。他撿起他的黑色斗篷，小心地將長的那一邊摺四摺，然後纏在左手和前臂上，作為護手。他從床邊拾起一只腳凳，穩穩地拿在右手，接著最後一次環視整個房間。此時，房外的噪音越來越響，有兩個人顯然想用戰斧破門而入，不過雙層木門的交錯紋理對他們造成阻礙。他走到門邊，揚聲說話，門外登時一片寂靜。

「各位好大人，」他說：「別再吵，也別再砍了，我這就開門，之後吾人但憑各位處置。」

「那就出來。」他們慌忙叫道：「來啊。」「汝等勿再反抗，反抗是無用的。」「讓我們進房。」「如果你到亞瑟王那裡去，我們將保汝之性命。」

他單肩抵住震盪不休的門，輕輕將門木往回推進牆裡，門那頭的人感到有什麼事要發生，停手不再砍劈。他先將右腳牢牢踏在離門邊側柱大約兩呎處，之後旋開門。門一顫，在他腳邊停下，留下一道狹窄的開口，拉出一道縫隙，而非大開。接著，有位全副武裝的騎士有如懸絲傀儡般順從地孤身闖入，藍斯洛使勁關上他身後的門，上閂，用襯著軟墊的左手抓住那人的劍柄，將他往前一推，伸腳一絆，在他摔落地面時拿起凳子猛毆他的頭，一轉眼便坐到對方胸口上去——如他以前一樣敏捷。這些事做來似乎輕鬆寫意，彷彿那個武裝的人一點氣力也沒有。這個穿著高大鎧甲、巨塔般的人進入房內，站了一會兒，透過頭盔縫隙搜索敵人，看起來很溫順——他彷彿是走進房裡，將劍交給藍斯洛，然後自己倒在地板上。現在這個高大的鐵人仍順從地躺在那裡，赤腳的男人將劍尖插入頭盔面甲。他用雙手在劍柄端施力下壓時，造成些許掙扎的顫動。

藍斯洛站起身，在睡衣上擦了擦手。

「很抱歉我必須殺了他。」

他打開面甲，看了一眼。「是奧克尼的阿格凡！」

門那頭傳來一陣可怕的叫喊，交雜著搥擊聲、砍劈聲和詛咒聲。藍斯洛轉向王后。「幫我穿上鎧甲。」他簡短地說。她毫不抗拒，立即和他一起跪在屍體邊，將關鍵的部分拆卸下來。

「聽著，」他們在拆卸時，他說：「這會給我們一個公平的機會。如果我能逼退他們，我會回來找妳，妳就到歡樂堡去。」

「不，藍斯。我們造成的傷害已經夠多了。如果你能殺出去，你一定要遠離此處直到事情平息。我要留在這裡。若亞瑟原諒我們，若這事能夠順利平息，那時候你就可以回來。如果他不原諒我，你再回來救我。這個要怎麼弄？」

「給我。」

「另一個在這。」

「妳最好和我一起走。」他力勸道，同時掙扎著穿上無袖短鎧，就像足球員穿運動衫那樣。

「不，如果我和你走，一切就永遠都完了。如果我留下來，我們還有機會能修補它。只要有必要，你總是可以來救我。」

「我不想離開妳。」

「如果我被判刑，然後你來救我，那麼我答應你，我會到歡樂堡去。」

「如果不是這樣呢？」

「用你的斗篷擦擦頭盔。」她說：「如果不是這樣，那你不久就能回來，一切都會完好如初。」

「很好。嗯，這樣就好，我不需要別的了。」

他握著血跡斑斑的劍直起身，看著那個殺了自己母親的死人。

「加瑞斯的哥哥，」他沉思道：「也許他喝醉了。雖然這麼說有點可笑，不過——願上帝讓他安息。」

「這代表，再見了。」她輕聲道，「暫時再見了。」

年老的女士讓他面向燭光。

「這代表，再見了。」

「吻我？」她問。

因為他穿著鎧甲，身上滿是血汙還覆著金屬片，所以他吻了她的手。兩人不約而同想著外面那十三人。

「我想讓你帶個我的東西在身上，藍斯，還有，讓你留個東西給我。你願和我交換戒指嗎？」

他們交換了。

「上帝與我的戒指同在，」她說：「就如同我與它同在。」

藍斯洛轉過身，走向門邊。門外的人仍舊喊著：「從王后的房間出來！」「國王的叛徒！」「開門！」他們正盡其所能製造噪音，為這樁醜聞增溫。他叉開雙腿，面對那團混亂，以榮譽的語言回答他們。

「靜下來，莫桀爵士，聽吾一言。汝等全部離開此門，勿再吵鬧、勿再做出中傷他人之舉。離開此地，勿再出聲。吾明日當面見國王，屆時汝等身分、其中又有何人控我叛國，自見分曉。之後，吾將盡騎士本分，答覆汝等控訴，表明吾今日來此並無陰謀詭計，吾將證明此言不虛，並且親手好好給汝等一個教訓。」

「呸，汝等叛徒，」莫桀的聲音叫道，「吾等不會讓汝等稱心如意，汝命皆在吾人手中。」

另一個聲音叫道：「吾等蒙亞瑟王授予生殺之權，可保汝等無虞，也可取汝等性命。」

藍斯洛拉下面甲，遮住他那張隱蔽在陰影中的面孔，接著用劍尖推開門閂。堅固的木頭砰地一聲開了，門楣下湧入鐵人和直立的火炬。

「噢，諸位，」他嚴峻地說：「汝等已無風度可言了嗎？既是如此，請小心了。」

① 《聖靈降臨歌》（*Veni, Sancte Spiritus*），拉丁文，意為聖靈降臨（Come, Holy Spirit），是聖靈降臨節彌撒的歌曲，作者一說為教皇英諾森三世（Innocent III）。

第八章

一週後，加文的族人在司法室中等待。因為窗戶都沒遮起來，在日光下，這個房間看來不大一樣。它再也不是個盒子、再也不是四面帶著些許威脅或虛偽冷漠的牆壁、再也不是誘使哈姆雷特出劍刺殺鼠輩的掛毯陷阱①。午後陽光自窗口灑入，照亮了那張拔示巴的掛毯，她在一座像是用玩具磚蓋成的城堡城垛上，坐在浴盆裡，露出一對渾圓的乳房——這束光讓她認出大衛，他在隔壁屋頂上，頭戴王冠、蓄著鬍子、手拿一把豎琴——這束光還在一百匹馬、成排並列的長矛、頭盔和成套鎧甲的地方形成漣漪，那是烏利亞被殺的戰爭場景。敵方騎士擊中烏利亞的腹部，他跌落馬下，看來像個沒經驗的潛水夫。那把劍的前半已然沒入他體內，所以這個可憐人就要變成兩半了，還有很多逼真的朱紅色蟲子駭人地從傷口中湧出，那應該是他的腸子。

加文陰鬱地坐在一旁為訴願人而設的長椅上，叉著手臂，頭靠在掛毯上。加赫里斯坐在長桌上，正替鷹調整皮盔上的繩子，他想換掉它們，好讓皮盔更密合。不過由於繩子交錯的方式很複雜，所以他把自己搞得一團亂。加瑞斯站在他旁邊，想把皮盔弄到自己手裡，因為他確定他能搞定這件事。莫桀臉色發白，一隻手臂吊著，靠在其中一扇窗的砲眼上往外看。他仍感到疼痛。

「這應該要從這道縫底下過去。」加瑞斯說。

「我知道，我知道。不過我想先把這個穿過去。」

「我來試試。」

「一下子就好。來了。」

莫桀站在窗邊說：「劊子手準備開始了。」

「噢。」

「這將是場殘酷的死刑。」他說：「他們用了乾燥過的木頭，不會有煙，所以她會在嗆死前被火燒死。」

「你這樣認為啊。」加文的語氣不大高興。

「可憐的老女人。」莫桀說，「人民幾乎為她感到難過。」

加瑞斯猛地轉向他。
「你以前就該想到這一點。」
「現在，上面。」加赫里斯說。
「我知道，」莫桀幾乎是自言自語地繼續說下去，「我們的國王大人一定會從這扇窗戶觀看這次執刑。」
加瑞斯勃然大怒。
「你就不能管住自己的舌頭一會兒嗎？任誰聽了都會認為你享受著看人燒死的樂趣。」
莫桀輕蔑地答道：「你也會呀，真的。只有你才認為這樣說有什麼不對。他們會把只穿著無袖連身內衣的她活活燒死。」
「看在上帝的分上，別說了。」
加赫里斯以他那緩慢的調子說：「我不認為你有什麼好擔心的。」
莫桀突然看向他。
「你這話是什麼意思？他沒什麼好擔心的？」
「當然沒什麼好擔心的。」加文生氣地說，「你認為藍斯洛不會來救她嗎？再怎麼說，**他**可決不是個懦夫。」
莫桀的腦子飛快轉動，他在窗邊的僵硬姿勢讓一種緊張不安的亢奮所取代了。
「如果他試圖救她，就會引發戰事了。亞瑟王得和他對戰。」
「亞瑟王會在這裡往下看。」
「但是這太奇怪了！」他爆發了，「你是說，藍斯洛可以在我們眼下帶王后逃走嗎？」
「事情就是這樣。」
「但是這樣就沒人受到懲罰了呀。」
「天啊，老哥。」加瑞斯叫道：「你**要**看著她被燒死嗎？」
「對，我要。對，我要。加文，你弟弟被殺了，你打算坐在這裡，讓這件事就這樣發生嗎？」
「我警告過阿格凡了。」
「加瑞斯！加赫里斯！你們這些懦夫！要他做點什麼啊！你們不能讓這事發生。他殺了你們的兄弟阿格凡啊。」
「莫桀，截至目前我對此事的了解，是阿格凡帶了十三名全副武裝的騎士，試圖在藍斯洛只穿件睡袍的情況下殺他。結果阿格凡自己連帶十三名騎士都被殺了——只有一個例外，他逃跑了。」

「我沒有逃跑。」

「你還活著，莫桀。」

「加文，我發誓我沒有逃跑。我盡力和他打了。不過他打斷我的手臂，之後我什麼也不能做。我以我的名譽起誓，加文，我有試著和他打。」

他幾乎哭了出來。

「我不是懦夫。」

「如果你沒逃跑，」加赫里斯說：「藍斯洛為什麼殺了其他人卻讓你離開？他當然想殺了你們所有人，那樣才不會有人證啊。」

「他打斷了我的手臂。」

「對，但是他沒殺了你。」

「我說的是實話。」

「但是他沒殺了你。」

臂上的疼痛和憤怒讓這男人像個孩子一樣大叫起來。

「你們這些叛徒！永遠都是這樣。只因為我不夠強壯，你們就反對我。你們站在那個孔武有力的笨蛋那邊，不肯相信我的話。阿格凡死了，守靈式也舉行了，你們卻不打算為此懲處任何人。叛徒、叛徒！從以前到以後都一樣！」

在他崩潰時，國王進來了。亞瑟看來很疲倦，他慢慢走向王座，坐了上去，之後比了個手勢，要他們坐下。加文坐回先前的長椅上，加瑞斯和加赫里斯仍站著，他們帶著憐憫的表情看著國王，背景襯著莫桀的啜泣聲。

亞瑟用手撫摸他的前額。

「他為什麼哭？」他問。

「因為他在向我們解釋，」加文說：「藍斯洛為何殺了十三名騎士，卻又轉念決定不該殺我們的莫桀。顯然是因為兩人惺惺相惜嘛。」

「我想我能解釋這事。你知道，就在十天前，我要求藍斯洛爵士不要殺了我兒子。」

莫桀苦澀地說：「這真是謝謝您了。」

「你不用謝我，莫桀。該謝的人是藍斯洛。」

「我希望他那時殺了我。」

「我很高興他沒下手。我們現在已經陷在這樁麻煩裡，兒子，試著有點感恩之心。記著，我是你父親。除了你，我沒有別的親人了。」

「我希望我從未來到這世上。」

「我也希望，可憐的孩子。不過你已經出世了，所以我們得盡力而為。」

莫桀臉上帶著一種虛假的羞愧之情，懷抱著恨意向他走去。

「父親，」他說：「你知道藍斯洛要來救她嗎？」

「我想會的。」

「您有派騎士去阻止他嗎？您安排了強大的守備嗎？」

「守備已經盡可能加強了，莫桀。我試著公平行事。」

「父親，」他熱切地說：「派加文和這兩位去加強守備。他會帶著大隊人馬來的。」

「加文？」國王問。

「謝了，舅舅。我希望您別這麼要求我。」

「加文，為了對已在那裡的守備人員公平，我應該要求你。你知道，若我認為藍斯洛會來，那麼，只有很弱的守備就不公平了，因為那是背叛我自己的人馬。他們會犧牲的。」

「不管您是否要求我這麼做，把您的王權用在別人身上吧，我不會去的。我一開始就警告過這兩位，我不會參與。我不想看到桂妮薇王后被燒死，我也得說，我希望她不會上火刑臺，我也不會幫忙執刑。就這樣。」

「這聽起來像是叛國。」

「或許是吧，不過我個人很喜歡王后。」

「我也喜歡王后，加文。娶她為妻的人是我啊。但是現在這是公開的司法問題，不能考慮個人的感受。」

「我想我無法不考慮我的感受。」

國王轉向其他人。

「加瑞斯？加赫里斯？你們能否答應我的請求，穿上鎧甲去加強守備呢？」

「舅舅，請不要這樣要求我們。」

「我也不想這樣要求你們，加瑞斯。」

「我知道你不想，但請別逼我們這麼做。藍斯洛是我的朋友，我要怎麼和他對打？」

國王觸碰他的手。

「我親愛的，不管對手是誰，藍斯洛應該會希望你去。他也相信司法。」

「舅舅，我沒辦法和他對抗。冊封我為騎士的人就是他啊。如果你要我去，我會去，但是我不會武裝。我想我也是個叛徒吧。」

「即使我的手臂斷了，」莫桀說：「我還是準備穿鎧甲上陣。」

加文語氣尖刻地說：「你應該夠安全了，瘋子。我們知道國王已經命令藍斯洛不可以傷害你。」

「叛徒！」

「那加赫里斯？」國王問。

「我和加瑞斯一起去，不著武裝。」

「我想我們也只能這麼做。我希望自己已盡力而為了。」

加文從椅上起身，帶著笨拙的同情，踩著沉重的步伐走向國王。

「你做的已比任何人想得到的都多了。」他親切地說，用厚厚的手掌握住國王青筋畢露的手，「我們現在要向前看，希望有最好的結果。讓我這幾個弟弟不著武裝去吧。只要他看得到他們的臉，就不會傷害他們。我留下來陪你。」

「那就去吧。」

「我該通知劊子手準備行刑嗎？」

「是的，莫桀，如果你非這麼做不可。把我的戒指給他，去貝德維爵士那裡拿許可憑狀。」

「謝謝，父親。謝謝。這花不了多少時間。」

那張蒼白的面孔熾烈地燃燒，在這一刻顯露一種奇怪而真實的感激，之後他便匆匆出去了。他跟在那兩位要去加入守衛的兄長身後，眼神明亮，嘴脣神經質地扭曲起來。只留下老國王和加文在一起，國王將頭埋進手中。

「他可以把這事處理得更得體一些。他可以試著不要表現得那麼快樂。」

加文把他的手放在國王佝僂的肩上。

「別害怕，舅舅。」他說：「一切都會好轉。我相信藍斯洛會及時救走她，不會造成什麼傷害。」

「你的努力令人讚賞。」

「我試著盡我的責任。」

「我審判她是因為法律要審判她。我已經盡力讓審判得以實行。」

「不過這審判不會執行。藍斯洛會安全地帶她離開。」

「加文，你不會認為我想讓她獲救吧。我是英格蘭的司法，而現在我們的職責，就是無怨無悔地把她送上火刑臺。」

「欸，舅舅，每個人都很清楚你是如何努力過。不過，我們都打從心裡希望她可以平安無事，這是無法改變的事實。」

「噢，加文，」他說，「我已經和她結婚這麼多年了啊！」

加文轉過身，走向窗戶。

「不要自尋煩惱，這團混亂會好轉的。」

「什麼是好？」老人神色悲傷地喊道，眼神尾隨加文的背影，「什麼又是壞？如果藍斯洛確實來救她，可能會殺死我派去燒死她的無辜守衛。他們信任我，而我派他們到那裡去阻攔他，因為這就是司法。如果他救了她，他們就會被殺；而如果他們沒有被殺，那她就會被燒死。但是加文，她會在可怕、燃燒的火焰當中被燒死——那是我深愛的桂妮啊！」

「別想了，舅舅。事情不會變成這樣的。」

但是國王崩潰了。

「他為什麼沒有立刻前來？他為什麼要等這麼久？」

加文語氣平穩，「他得等到她出現在公開場合，到廣場上，否則他就得攻城了。」

「加文，我曾試著警告他們。就在他們被抓的前幾天，我試著警告他們。不過這些事很難在不傷害人的情感下坦率直說。而我也是個傻瓜。我不想察覺此事。我希望只要我不弄清所有的事，事情最終就能解決。你認為這是我的錯嗎？你認為，如果我做了不同的選擇，我能保全他們兩個嗎？」

「你盡力了。」

「我年輕時做了些不公不義的事，從那時起，它就成為我生命中不幸的泉源。你認為，如果你做了壞事後又去做好事，能夠阻止壞事所帶來的苦果嗎？我不覺得。在那之後，我做了很多好事，想要堵住這不幸的泉源，但是它像漣漪一樣越變越大，並沒有被填塞住啊。你認為這件事也是我的報應嗎？」

「我不知道。」

「這樣的等待實在太可怕了！」他大叫道，「對桂妮來說一定更可怕。他們為什麼不馬上帶她出來，結束此事？」

「他們很快就會這麼做的。」

「這不是她的錯。這是我的錯嗎？我該拒絕接受莫桀的證言，無視整件事的存在嗎？我該判她無罪嗎？我可以把我的新法放到一邊去。我該那麼做嗎？」

「你是可以那麼做。」

「我是照我的意願來行事的。」

「欸。」

「但是司法又如何？最後的報應又是什麼呢？報應、司法、不當的作為、淹死的孩子！我昨晚一整夜都看到他們圍在我身邊。」

加文改變聲調，平靜地說：「你一定要忘記那些事。你要集中你的力量克服那些困難。你會這麼做吧？」

國王緊握王座的扶手。

「是的。」

「我想你得到窗戶這兒來。他們要帶她出來了。」

老人沒有動，手指將那木頭抓得更加緊了。他坐在那裡，緊盯著前方。接著他將全身力量都撐在兩隻手腕上，逼自己站起身，去執行他的職責。如果他沒有出現在刑場，處決就不合法了。

「她穿著白色的內衣。」

他們安靜地站在一起，像是沒有感覺的人一樣看著。在這決定性的時刻，他們有某個部分是麻木的，這樣的麻木反而讓他們忍不住喋喋不休。

「欸。」
「他們在幹什麼？」
「我不知道。」
「祈禱吧，我想。」
「欸，那前面是個主教。」
「他們在檢查禱詞。」
「他們看起來真怪。」
「他們很普通啊。」
「我已經出現在大家面前了，」國王像個孩子般問道：「你想我能坐下嗎？」
「你得留在這裡。」
「我想我做不到。」
「你一定要做到。」
「但是加文，如果她向上看呢？」
「如果你不留下來，就不合法了。」
外頭，就在那扇窗戶下用透視法繪出的市集中，似乎有人唱著讚美詩，不過無法分辨出歌詞或旋律。他們看到遊行的牧師為死刑的禮儀而忙碌，閃閃發亮的騎士一動也不動地站著，人群環繞在廣場外，看起來像是一個個椰子殼。要看見王后並不容易，她深陷在儀式的漩渦中，一下被帶到這邊，一下被帶到那邊，和一小群官員和懺悔神父會面，她被帶到劊子手旁，接受勸說跪下祈禱，再接受忠告起身發表談話，有人中傷她，有人拿蠟燭讓她握在手裡，有人原諒她，也有人要求她的原諒，她讓那些人慢慢帶向前去，將她的生命與儀典和尊嚴一同展示在人前。再怎麼說，黑暗時代的合法謀殺是沒有尊嚴可言的。
國王問道：「你看到任何救援前來嗎？」
「沒有。」
「這可真漫長。」
窗外的吟唱聲停止了，形成一片悲傷的沉默。

「還要多久？」

「還要幾分鐘。」

「他們會讓她祈禱吧？」

「會的，他們會讓她祈禱。」

老人突然問道：「你認為我們該祈禱嗎？」

「你想祈禱我們就祈禱吧。」

「我們該跪下來嗎？」

「應該沒什麼差別。」

「我們該說些什麼？」

「我不知道。」

「我該說我們的父嗎？這是我唯一想得到的。」

「那樣就好。」

「我們該一起說嗎？」

「你想一起說，我們就一起說吧。」

「加文，我恐怕我得跪下。」

「我站著就好。」奧克尼領主說。

「現在……」

就在他們開始不甚專業的祈願時，模糊的號角聲從市集另一頭傳來。

「噓！舅舅！」

祈禱的人話說到一半便停了下來。

「有一群士兵來了。我想是騎兵！」

亞瑟起身，靠向窗邊。

「在哪？」

「是號角！」

這時，黃銅的音調清楚、尖銳而歡躍地穿透這房間。國王推著加文的手肘，用顫抖的聲音大喊：「我的藍斯洛！我知道他會來！」

加文硬是將強壯的肩膀擠過窗框，兩人貪婪地看著外面的情景。

「沒錯，是藍斯洛！」

「瞧，他穿著銀色的衣服。」

「銀底、紅色斜帶紋的盾徽！」

「這瀟灑的騎士！」

「看他們所有人！」

這確實值得一看。市集突然崩潰了，像是荒野大西部的景色。盛裝水果的簍子破了，裡頭的椰子傾瀉而出。守衛的騎士正要上馬，他們一腳踩在馬鐙上，另一腳在戰馬旁邊跳來跳去，馬兒都以他們的主人為軸不斷轉圈圈。輔祭扔開香爐，神父橫衝直撞地穿過人群，主教想要留下，卻被推著往教堂方向走，他的權杖由幾位忠誠的副主祭拿著，高舉在那群混亂之上，像一面旗幟似的跟在後面。有頂罩篷原本是用四根柱子撐起來給某人或某樣東西遮蔭，現在柱子歪斜，罩篷也歪斜傾倒，就像是大西洋中進了水的小船。亮閃閃的騎兵穿戴著鏗然武裝，伴隨著銅管樂音，像是突進的潮水湧入廣場，羽飾有如印地安人頭般擺盪；他們的劍揚起、落下，像是某種奇怪的機關。舉行桂妮薇的最後儀式時，環繞在她身邊的侍者成群離棄了她，她就像座燈塔般直立在那裡，身上穿著白色內衣，高高綁在火刑柱上一動也不動。她在他們上面，戰爭就在她腳邊開打。

「他們操控馬匹奔跑和停止的手法真妙。」

「沒有別人能像那樣衝鋒的。」

「噢，那些可憐的守衛！」

亞瑟扭絞著他的手。

「有人落馬了。」

「是瑟瓦瑞德。」

「真是場混戰。」

「他的衝鋒，」國王激動地說，「向來無人能擋，一直都是。噢，這一擊真妙啊！」

「佩提洛普爵士上了。」

「不，那是佩里蒙斯，是他兄弟。」

「看看陽光的良劍。看看那些色彩。打得好，吉利梅爾爵士，打得好！」

「不，不！看看藍斯洛。看他是怎麼刺、怎麼砍的！現在落馬的是阿格洛法。瞧，他去找王后了。」

「皮亞馬斯會阻止他的！」

「皮亞馬斯——胡扯！我們會贏的，加文，我們會贏的！」

那大個子扭著身體，熱切地咧嘴笑了。「好吧——應該說是『他們』，你這傻子。當然是藍斯洛爵士，他會贏的。皮亞馬斯爵士上前了。」

「波爾斯爵士落馬了。」

「沒事。他們一會兒就會再把波爾斯弄上馬。他來了，向王后這邊來了。噢，看哪！他帶件外衣和長袍給她。」

「欸，他帶了。」

「我的藍斯洛不會讓我的桂妮薇只穿著件內衣見人的。」

「他是不會。」

「他把那些衣服套在她身上了。」

「她在微笑呢。」

「祝福他們。不過，噢，那些步兵啊！」

「你可以說，這事已經結束了。」

「他不會有過多的殺戮。這一點我們可以信任他吧？」

「這點我們是可以信任那男人。」

「那個落馬的人是達馬斯嗎？」

「欸。達馬斯總戴著紅色羽飾。我覺得那種東西戴了也只會給人扯下來而已。他們的速度真快！」

「桂妮薇上馬了。」

號角聲再次傳入房中，這次是不同的信號。

「他們一定是要走了。這是撤退信號。神哪，神哪，看看這一團混亂！」

「我希望不會有太多人受傷。你看到了嗎？我們是不是該去幫他們？」

「還有很多人不願屈服。」加文說。

「忠實的守衛。」

「有十多個呢。」

「勇敢的人啊！這全是我的錯！」

「我看不出除了我弟弟外有誰錯，而他現在已經死了。欸，他們最後一批人集結在那裡，你看，王后的白袍被擁在最前面。」

「我該向她揮手嗎？」

「不。」

「這樣做不好，對吧？」

「是不大好。」

「那好吧，我想我不該這麼做。不過，能在她離開時做點事總是好的。」

加文帶著歡喜之情轉向他。

「亞瑟舅舅，」他說，「你是個偉大的男人。我告訴過你，事情會好轉的。」

「你也是個偉大的男人，加文，善良又仁慈的人。」

他們快樂地以古禮親吻對方的雙頰。

「好啦，」他們說：「好啦。」

「現在要做什麼呢？」

「由你決定吧。」

老國王的視線在加文身上四處搜尋，彷彿想找出該做的那件事。他的年紀和那些惶惶然的話語都已從他身上消失。他的腰板挺直了些，雙頰呈玫瑰色，眼旁的魚尾紋向外伸展。

「我想我們應該先來點烈酒。」

「很好，叫見習騎士來吧。」

「見習騎士！見習騎士！」他對著門大叫，「你這天殺的跑到哪去啦？見習騎士！過來，你這小畜生，給我們拿點酒來。你這都做什麼去了？看著你的女主人上火刑臺嗎？你可真是沒有忠誠之心啊！」

那個滿心歡喜的孩子原本樓梯爬上一半，此時應了一聲，又格登格登地下去了。

「喝完酒以後呢？」加文問。

亞瑟快樂地回過神來，搓著手。

「我還沒想到。總會有什麼事發生。也許我們能讓藍斯洛道歉，或是做些類似的安排——然後他就可以回來。我們可以讓他解釋，王后叫他去，是要付給他先前雇用他在梅里亞格蘭斯一事出戰的費用，所以他才會在她房裡，而王后不想讓人談論這筆費用的事。之後他當然得來救她，因為他知道她是無辜的。是的，我想我們可以做些這類的安排。不過他們日後得好好規範自己才行。」

然而，面對舅舅的熱切，加文心中的熱忱消散了，他看著地面，把話說得很慢。

「我懷疑……」他如是起頭。

國王看著他。

「我懷疑，只要莫桀還活著，你就不可能和他言歸於好。」

一隻蒼白的手拉起門邊的掛毯，如鬼魂般的人倚在門上，他只穿著一半的鎧甲，沒有甲具保護的手肘吊了起來。

「只要莫桀還活著，」那人用完美的悲劇起始臺詞說道，「就不可能。」

亞瑟驚訝地轉過身。他審視著那對狂熱的眼睛，接著關切地走向兒子。

「為什麼呢？莫桀！」

「為什麼呢？亞瑟。」

「別那樣向國王說話。你好大膽子！」

「絕對不要那樣對我說話。」

缺乏起伏的聲調讓國王走到一半便停下腳步，現在他恢復了神智。

「來，」他慈愛地說，「我們知道這是場可怕的屠殺。我們從窗戶看到了。不過，當然，你舅母應當是安全了，這樣比較好，而且也符合所有司法形式的要求……」

莫桀的聲音聽起來像是機器運作，不過帶有深意。

「那些步兵……」

「這是場可怕的屠殺。」

「垃圾。」

加文機械式地轉向他的同母異父弟弟，整個身體都轉了過去。

「莫桀，」他沉重地問，「莫桀，你是在哪裡離開加瑞斯爵士的？」

「我是在哪裡離開他們兩個的？」

紅髮男子突然喊了出來，語調變得急促。「別模仿我，」他咆哮道，「不要像鸚鵡那樣鬼叫。說他們在哪裡就好。」

「去找他們吧，加文，就在廣場的人群裡。」

「他們沒受傷對吧？他們沒有武裝呢。他們沒受傷吧？」

亞瑟開口：「加瑞斯和加赫里斯……」

「他們躺在市集上。因為鮮血，所以很難認出他們。」

「他們死了。」

「胡說，莫桀。」

「胡說，加文。」

「但是他們沒穿鎧甲啊。」國王抗議道。

「他們可沒穿鎧甲。」

加文威嚇地加重了語氣。「莫桀，如果你在撒謊……」

「……那麼正直的加文就會殺了他最後的血親。」

「莫桀！」

「亞瑟。」他如是回應。他轉向亞瑟，臉色僵硬如石，狂暴地混合著怨恨、漠然與悲傷。

「如果這是真的，那就太可怕了。誰會想要殺加瑞斯？他沒有武裝呢！」

「是誰呢？」

「他們只是去戒備而已，甚至不是去參戰，而且是因為我要求他們這麼做才去。還有，藍斯洛是加瑞斯最好的朋友，那孩子和班恩家族交情很好。這似乎不可能吧。你確定你沒有弄錯？」

加文的聲音突然響徹房內。「莫桀，是誰殺了我的兄弟？」

「到底是誰呢？」

暴怒的加文朝那駝子衝去。

「我強壯的朋友，除了藍斯洛爵士還有誰呢。」

「你這騙子！我要去看看。」

他跌跌撞撞地出了房間，腳步仍然急促，就像他剛剛衝向他弟弟那樣。

「但是莫桀，你確定他們死了嗎？」

「加瑞斯的頭頂不見了，」他冷淡地說，「他表情很驚訝。加赫里斯則面無表情，因為他的頭給劈成兩半了。」

國王心中的疑惑更甚於恐懼，他的語調帶著一種困惑的悲傷：「藍斯不會這麼做。他認識他們……他愛他們。他們沒戴頭盔，所以他應該認得出他們才對。冊封加瑞斯為騎士的人就是他啊，他絕對不會做出這樣的事。」

「當然不會。」

「但是你說他做了。」

「我說他做了。」

「一定是哪裡搞錯了。」

「一定是哪裡搞錯了。」

「你這話是什麼意思？」

「我的意思是，純潔而無懼的湖上騎士蒙你准許，讓你戴了綠帽，又帶走你的妻子，而且他離開之前，還殺了我兩個兄弟來自娛——兩個沒有武裝的人，而且都是他親愛的朋友。」

亞瑟在長椅上坐下。年幼的見習騎士拿著他要的酒來了，向他鞠了兩個躬。

「您的酒，大人。」

「把它拿走。」

「大人，僕役長路卡爵士問，他能不能幫忙帶那些受傷的人進來，大人，還有，有沒有可以裹傷的亞麻布？」

「去問貝德維爵士。」

「是的，大人。」

「見習騎士。」他在那孩子離去時出聲叫喚。

「大人？」

「有多少傷亡？」

「他們說有二十位騎士死了，大人。驕傲的貝里恩斯爵士、瑟瓦瑞德爵士、葛里菲特爵士、布蘭第萊爵士、阿格洛法爵士、托爾爵士、古特爵士、吉利梅爾爵士、雷諾德爵士的三位兄弟、達馬斯爵士、皮亞馬斯爵士、陌生客凱伊爵士、迪安爵士、蘭貝格斯爵士、赫米迪爵士、佩提洛普爵士。」

「那加瑞斯和加赫里斯呢？」

「我沒聽說他們的情形，大人。」

魁梧的紅髮男子一邊哭泣，一邊以極快的速度再次奔回房內。他像個孩子般奔向亞瑟，啜泣著：「是真的！是真的！我找到人證了。可憐的加赫里斯和我們的小弟加瑞斯——他殺了他們兩個，在他們沒有武裝的情況下。」

他跪下雙膝，將沙白色的頭埋進老國王的斗篷。

① 出自《哈姆雷特》第三幕第四場，御前大臣普隆涅斯躲在王后房內掛毯後面，偷聽王后葛楚德與其子哈姆雷特之間的對話，誤以為哈姆雷特要殺王后，出聲呼救，因而為哈姆雷特所殺。

第九章

六個月後一個明亮的冬日，歡樂堡受圍。陽光灑落的方向與北風垂直，因此犁溝東側一片白霜。城堡外，椋鳥和田鳧焦急地在冷硬的草叢中覓食；落葉樹枯立在那，看來像是血管圖譜或神經系統。如果你擊打牛糞，發出的聲音和木頭沒兩樣。一切事物都帶著冬日的色彩，褪色的苔蘚綠，就像遺留在陽光下好些年的綠色天鵝絨靠枕。血管似的樹和靠枕一樣，樹幹上都有層絨毛。針葉樹全都拉起葬禮的帷幕，水坑和極冷的護城河都發出冰裂聲。歡樂堡獨自矗立，那是一幅在黯淡陽光下的美景。

藍斯洛的城堡並非難以接近。這座亞瑟即位時代的老式要塞已讓繁複的防禦工事所取代，這是現在很難想像的。你不能把它想成今日可見，在石頭當中夾雜破碎灰泥的廢棄堡壘。它抹上了灰泥。他們在灰泥裡頭攙了鉛黃，所以它帶點淡金色。鋪著石板的塔樓呈法式圓錐形，上百個出人意料的氣口攢簇在錯綜複雜的城垛上。數條古怪的小橋像嘆息橋[②]一樣覆著頂蓋，從這座小禮拜堂通到那座塔。外面還有樓梯，天曉得是通到什麼地方去——或許是天堂吧。煙囪突然自堞口穿出，真正的彩繪玻璃鑲在高處，安全無虞，在原本空無一物的牆上閃著微光。方旗、耶穌受難像、滴水獸、排水口、風向雞、尖頂與鐘塔全都擠在突出的屋頂上；屋頂向四方延伸，有時鋪著紅瓦，有時是生著綠苔的石頭，有時則是石板片。這地方是個小鎮，而非城堡。它是塊鬆碎的餡餅，而非老洛錫安未發酵的硬麵包。

歡樂的城堡周圍是圍城者的營地。在那個年代，國王出外征戰時會帶著自家的掛毯，而這些掛毯是一項用來衡量營區的標準。帳篷有紅色、綠色、格紋、條紋，有些是絲製的。這個迷宮充滿了色彩與固定索、營釘與長矛、玩棋的人和隨軍小販、懸著掛毯的內室和金餐具。英格蘭王亞瑟坐了下來，打算餓死他的朋友。

藍斯洛和桂妮薇站在大廳的爐火旁，房間中央的爐火已然不再明亮，逸散出黑煙，恰好自上方塔樓穿出。這裡有座合適的火爐，上面滿是班威克家族和支持者的紋章雕刻，鐵柵裡有半棵樹在悶燒。外面的冰霜讓地面變得太滑，馬匹無法行走，所以雖然沒有宣告，但今天是休戰日。

桂妮薇說：「我不懂你怎麼會搞成這樣。」

「我也不懂，珍妮。我甚至不知道我做了，直到所有人都這麼說。」

「你記得什麼嗎？」

「我想我那時很激動，而且很擔心妳，一群人對我揮著武器，而一群騎士想阻攔我。我得殺出一條路來。」

「這似乎不像你。」

「妳不會以為我想這麼做吧？」他苦澀地問道，「加瑞斯喜歡我更甚於他的兄弟。我幾乎可說是他的教父啊。噢，看在上帝的分上，別說了。」

「別介意。」她說，「我敢說他置身事外會比較好，可憐的人。」

藍斯洛沉思，踢踢爐中的圓木，一隻手臂放在壁爐上，看著餘燼中的光。

「他有對藍眼睛。」

他停下來，在火光中想著那對眼睛。

「他來到宮廷時，不肯說出他父母的名字。因為他一開始為了要來這裡，從家裡逃走。他母親和亞瑟有仇，那個老女人不願意讓他來。不過他不能不來。他要這股浪漫、騎士精神和榮譽。所以他逃到我們這裡，而且不肯說出他是誰。他沒有請求成為騎士。對他來說，只要待在這個偉大的中心就夠了，但後來他證明了他的力量。」

他把一根岔出的樹枝推回去。

「凱伊帶他進廚房工作，給了他『大小姐』的綽號。凱伊一直是個混蛋。於是……這好像是好久以前的事了。」

寂靜中，他們站在那裡，將手肘靠在壁爐架上，腳對著爐火；輕飄飄的火灰慢慢往下落。

「有時我會給他點小費，讓他給自己買點小東西。這位廚房見習騎士大小姐。不知為何，他很喜歡我。我就是用這雙手冊封他為騎士。」

他以訝異的表情看著自己的手指，彷彿以前沒見過它們似的動了動。

「後來他出外探險，與綠騎士對戰，我們發現他是個多麼了不起的戰士……」

「溫和的加瑞斯，」他的語氣幾乎帶著驚異之情，「我用同一雙手殺了他，只因為他拒絕武裝反抗我。人類真是種可怕的生物！如果我們從田野中走過時看到一朵花，我們會用棍棒砍下它的頭。加瑞斯就是這麼走的。」

桂妮薇悲傷地執起那隻有罪的手。

「這事你無能為力。」

「我可以做點什麼。」他陷入慣常的宗教傷感之中，「這是我的錯。妳說對了，這不像我。這是我的錯，我的錯，我的大錯。都是因為我任自己在那群人當中亂砍亂殺。」

「你得救人啊。」

「對，但我只能和武裝騎士對戰。然而我放任自己對那些一點機會也沒有的半武裝步兵亂砍亂殺。我全身上下都是鎧甲，他們身上只有強化皮甲，就只是皮革加上釦釘而已。不過我砍了他們，而上帝為此懲罰我們。因為我忘了我的騎士風度，所以上帝讓我殺了可憐的加瑞斯，還有加赫里斯。」

「藍斯！」她語氣尖銳。

「我們現在陷在地獄般的悲慘中。」他拒絕聽她說話，繼續往下說，「現在我必須對抗我的國王，那位讓我成為騎士、教導我一切的國王。我怎麼能夠對抗他？我又怎麼能夠對抗加文？我殺了他三個弟弟，怎能再加重我的罪過？但加文絕不會放過我的，現在他永遠不會原諒我了。我不怪他。亞瑟會原諒我們，但加文不會讓他這麼做。眼下除了加文，沒人想打仗，而我得像個懦夫一樣被圍困在這個洞穴裡，等一下他們就會帶著號角到城外來，開始唱：

叛徒騎士
出來戰吧。
耶！耶！耶！」

「他們唱些什麼不重要，你不會因為他們唱那些歌就變成懦夫。」

「我的人也開始這樣想了。波爾斯、布拉莫、布雷歐貝里斯、萊尼爾——他們一直要我出去迎戰。但要是我出去了，會發生什麼事呢？」

「截至目前為止，」她說，「我所知道的事實是你打敗了他們，然後你放他們走，拜託他們回家。每個人都尊敬你的仁慈大度。」

他把頭藏在肘彎裡。

「妳知道最後一戰發生什麼事嗎？波爾斯和國王本人進行長矛比試，把國王打下馬，接著自己也跳下馬，拔出劍站在亞瑟面前。我看到了，發瘋似的衝過去，波爾斯說：『我該終止這場戰爭嗎？』我大吼，汝好大膽，當心汝之首級。所以我們扶亞瑟上馬，然後我求他，我跪下來求他，要他走。亞瑟哭了，他熱淚盈眶看著我，一句話也沒說。他看起來老了好多。他不想和我們打，但是有加文在。加文曾站在我們這邊，但是邪惡如我，竟殺了他的弟弟。」

「別提你的邪惡吧。這事是由加文的壞脾氣和莫桀的狡猾所引起的。」

「如果只有加文，倒還有一絲和平的希望。」他悲嘆，「他內心還是正直的，他是個好人。但是莫桀一直暗中影響他，讓他痛苦。還有蓋爾和高盧兩族的宿怨，還有莫桀弄出來的新團體。我看不到盡頭啊。」

王后再次提出她已經說過一百次的建議：「如果我回到亞瑟身邊，任他處置，會有用嗎？」

「我們已經提議過，他們拒絕了。不用去面對那些，畢竟他們可能還是會燒死妳。」

她離開壁爐，向窗上的大型砲眼走去。圍城工事在外面底下展開，有幾個迷你的敵營士兵正在結冰的池塘上快樂地玩著一種叫「狐與鵝」的遊戲②。因跌倒而引發的明亮笑聲遠遠地傳了上來。

「戰爭一直持續，」她說：「那些不是騎士的步兵被殺了，卻沒人注意到。」

「一直持續。」

她沒有回頭，「親愛的，我想我要回去，回去改變這樣的事。就算我要上火刑臺，也總好過這樣的麻煩。」

他隨著她來到窗戶旁。

「如果這有任何幫助，珍妮，我會和妳一起回去。如果我們一起去讓他們砍頭就有希望停止這場戰爭，我們可以試試。但是所有人都瘋了。就算我們是自願犧牲，但要是我們被殺，波爾斯、艾克特和其他人也會記著這筆仇。還有很多仇恨正在形成，有的是為了我們在市集和階梯上殺死的人，有的是為了亞瑟過去五十年間的事。我很快就沒辦法約束這些事了，即使現在也一樣。赫貝斯．勒雷諾米、勇敢的維利爾、匈牙利的烏利，他們將會為我們復仇，然後事情越演越烈。烏利實在太過感恩戴德了。」

「文明教化似乎已經變得瘋狂了。」她說。

「是的，而且似乎是我們讓它變成這樣。波爾斯、萊尼爾和加文都受了傷，每個人都瘋狂嗜血。我必須帶著我的騎士突圍，四處奔走，假裝有出手攻擊。或許亞瑟將被力勸對付我，否則來的就是加文，那樣一來，我就得用盾把自己遮護起來，保護自己，絕不能還擊。其他人注意到我這麼做，會說我沒有盡全力，拖延戰事，讓他們更加悲慘。」

「他們說的是實話。」

「這當然是真的。但我若不如此，就得殺了亞瑟和加文，我怎麼能那麼做？除非亞瑟帶妳回去，離開這裡，否則狀況不會比現在好到哪去。」

要是二十年前，她可能因這種不得體的提議火冒三丈。然而現在他們已來到人生的秋季，所以她笑了。

「珍妮，這麼說或許很可怕，但這是事實。」

「這當然是事實。」

「我們就像對待傀儡娃娃那樣對待妳。」

「我們都是傀儡。」

他將頭靠在砲眼的冰冷石頭上，直到她拉起他的手。

「別想了，耐著性子待在城堡裡。也許上帝會照看我們。」

「這話妳以前也說過一次。」

「是啊，在他們抓到我們前一週說的。」

「就算上帝不照看我們，」他苦澀地說：「我們也可以去找教宗。」

「教宗！」

他抬起頭來。

「怎麼了？」

「噢，藍斯，你說的是……如果教宗向兩邊發出詔令，說要是我們不談判就把我們逐出教會的話呢？要是我們訴請教宗裁決呢？波爾斯和其他人會接受的。當然……」

在她選擇要用什麼字眼來表達時，他親密地看著她。

「他可以指派羅契斯特主教來主持和平談判……」

「但是要談什麼？」

然而她已經掌握了想法，為此變得急切起來。

「藍斯，不管要談什麼，我們倆都得接受。即使這意味著……即使會對我們不利，至少能帶來和平。而我們的騎士得聽命於教會，所以他們也沒理由繼續尋仇……」

他說不出話來。

「怎麼樣？」

她轉向他，表情鎮定祥和——那是女人在照顧別人或勝任其他工作而獲致成就時，特有的滿足與內斂神情，他不知該如何回應。

「我們明天可以派出一名信使。」她說。

「珍妮！」

他無法忍受她竟容許自己被從這人手中送到另一人手中，他們青春不再，或者他就要失去她，或者他不會失去她。他被夾在人民的生命、他們的愛情與他的親族之間，除了羞辱，什麼也沒了。她看出這一點，也就用這點來幫助他。她溫柔地親吻他。外頭的例行合唱又開始了：

叛徒騎士

出來戰吧。

耶！耶！耶！

「那麼，」她輕撫他的白髮，「別聽那些。我的藍斯洛必須留在城堡裡，而且將會有個快樂的結局。」

① 嘆息橋，義大利威尼斯連接總督府與監獄的著名廊橋，犯人在總督府受審後，通過此橋前往監獄。

② 狐與鵝（Fox-and-Geese），一種北歐傳統的桌上遊戲，玩者分別扮演狐與鵝，狐要捉鵝，而鵝要想辦法把狐圍住。

第十章

「所以教宗為他們下令休戰了。」莫桀冷冷地說。

「欸。」

加文和他在司法室裡等待最後階段的協商。他們兩人都穿著黑衣——然而兩人有著奇怪的差異：加文看來像個掘墓人，而莫桀那身衣服顯得燦爛輝煌，就像哈姆雷特。自從莫桀變成某個有名團體的領袖，他就開始做這種戲劇性的簡單打扮。該團體的目標是某種民族主義，要蓋爾族自治，還要屠殺猶太人，好報復那位傳說中的聖徒——林肯的聖休①。他們已有好幾千人，遍布全國，全配戴他的徽章：一隻血紅色的手緊握著一根鞭子；而他們自稱為「持鞭人」。至於年紀較長的那名男人，他只是穿著制服來取悅他弟弟，那是樸實的黑色衣料，代表真實、絕望而深沉的哀嘆。

「真有趣，」莫桀繼續說道，「如果不是因為教宗，我們絕對看不到這麼美麗的遊行隊伍，人人都帶著橄欖枝，那對無辜的情人還穿著白衣。」

「這是一場很好的遊行。」

加文的心思無法輕易走上諷刺的路子，所以他把這些諷刺當成事實的陳述了。

「這場戲自導自演得真好。」

那位兄長不自在地動了動，彷彿想放輕鬆點，不過他又回復原來的姿勢。

他像是提問還是求助般，含糊地開口：「藍斯洛在信裡說，他誤殺了我們的加瑞斯。他說他沒看見他。」

「這就是說，藍斯洛殺了加瑞斯是因為他對著那些沒有武裝的人亂砍，並沒看清楚那些人是誰。他這一向都以此聞名呀。」

這一回，話中的諷刺重到連加文都聽得出來。

「我覺得似乎不是如此。」

「像？當然不是。這不是藍斯洛的作風。他可是永遠都饒恕別人的**英勇騎士**，從沒殺過比自己弱小的人呢。藍斯洛會這麼受愛戴，就是因為他走了這條輕鬆的捷徑。你覺得他會突然放棄這樣的偽裝，不顧一切開始殺害沒有武裝的人嗎？」

加文徒勞地試圖表示公正：「他似乎沒有理由殺害他們。」

「理由？加瑞斯是我們的兄弟吧？藍斯洛殺他是為了要報復，因為我們家族抓到他和王后在一起。」

他更加小心地加上一句：「也因為亞瑟喜歡你，所以他嫉妒你擁有的影響力。他根本就是計畫好了，要削弱奧克尼一族的力量。」

「他削弱的是他自己的力量。」

「還有，他嫉妒加瑞斯。他怕我們的兄弟會竊占他的名聲。我們的加瑞斯在模仿他，這事可不大合那位英勇騎士的意。這兩個騎士當中總有一個要蒙羞。」

司法室已經準備好要成為最後的舞臺。這房間看起來很荒涼，只有兩人在裡面。他們以一種奇怪的方式坐在王座的臺階上，一人坐在另一人身後，也就是說，他們並沒有看著對方的臉。莫桀看著加文的後腦勺，加文則看著地板，他有點哽咽地說：「加瑞斯是我們當中最好的人。」如果他很快轉過身去，可能會為對方目光中的意圖感到詫異。那張年輕面孔的表情和他音樂一般的聲音彼此衝突。如果你湊近看，可能會注意到莫桀的樣子在過去六個月來變得更怪異了。

「他是個好人，」他說：「卻讓他所崇拜的那人給殺了。」

「這事給了**我**一個教訓，絕對不要信任南方人。」

莫桀以一股幾不可察的方式加重語氣，改變話中的代名詞。

「是啊，這事給了**我們**一個教訓。」

這個年邁的暴君轉過身來。他抓住那隻白色的手壓著，語氣困惑：「我以前認為這是阿格凡的錯——阿格凡和你的錯。我認為你對藍斯洛爵士有很深的成見。我真慚愧。」

「血濃於水。」

「確實如此，莫桀。一個人可能會響應理想——響應是非對錯諸如此類的事情，不過最後還是會回歸你的親族同胞。我記得加瑞斯以前會去洗劫神父在斷崖邊的小果園……」

他的語尾不確定地拉長，直到纖瘦的男人給了他一些提示。

「他還是個孩子的時候，頭髮就已經幾乎全白了，非常漂亮。」

「凱伊以前叫他『大小姐』。」

「那是項侮辱。」

「欸，不過這也是事實。他就像大小姐一樣，有雙漂亮的手。」

「現在他進墳墓了。」

血色衝上加文眉間，他的太陽穴青筋暴凸。

「上帝詛咒他們！我不想要這種和平。我不想原諒他們。亞瑟王為什麼要設法平息這件事？這又干教宗什麼事？被殺的人是我兄弟，又不是他們的兄弟，全能的上帝啊，我要復仇！」

「藍斯洛會從我們指縫間溜走的。他是個很油滑的人，抓不住的。」

「他溜不走的。我們這次逮到他了。康瓦耳人已經原諒太多事了。」

莫桀在階上挪了挪。

「你有沒有想過，圓桌對康瓦耳和奧克尼做了什麼？亞瑟的父親殺了我們的祖父，亞瑟引誘我們的母親，而藍斯洛就在弗羅倫斯和洛佛[2]面前殺了我們三個兄弟。我們卻在這出賣我們的榮譽，以便調停這兩個英格蘭人的爭執。這看起來很懦弱吧？」

「不，不是懦弱。教宗可能會逼國王帶回他的王后，但他的詔書裡完全沒提起藍斯洛爵士。我們會給他一個庇護所，讓他把那女人帶來，然後我們也會讓他走。不過，在那之後……」

「到了現在，為什麼該讓他逃出我們的掌心？」

「因為他已經有通行令狀。上帝啊，莫桀，我們可是騎士啊！」

「所以我們不能墮落地要下流手段，就算我們的敵人這麼要也不行。」

「欸，要公平。我們要讓這頭野豬走上法律途徑，讓他接受死刑。亞瑟已經失敗了——他會照我們的意志去做。」

「整件事已經起動，」莫桀爵士說：「可憐的國王已經完全無法掌控了呢，真令人難過。」

「欸，是很令人難過。不過他懂得是非之別。」

「他倒是變了嘛。」

「你是說，他失去了權威吧。」

「你也猜得太快了。」

他諷刺別人就像戲弄瞎子一樣容易。

「他沒法面面俱到。他一開始就不該把那個叛徒放在身邊。」

「也不該娶桂妮為妻。」

「欸，這個問題一直都橫在他們之間，挑起戰端的並不是我們。」

「確實不是。」

「國王一定要為司法正義挺身而出，就算教宗要他把那女人帶回他的床，我們也有權向藍斯洛爵士討個公道。老弟，從他帶走王后、殺害我們兄弟的那一刻起，他就已犯下滔天的叛亂罪。」

「我們絕對有權向他討個公道。」

那個強壯的傢伙再次握住另一人的手；蒼白的手被握在教會司事粗厚的掌中。他好不容易才開口道：「孤獨實在很令人難受。」

「我們是同母所生的兄弟啊，加文。」

「欸！」

「她也是加瑞斯的母親……」

「國王駕到。」

這場調停劇已經抵達最後的舞臺。隨著庭中號角響起，教會與政府雙方要人開始慢慢走上樓梯。那些朝臣、主教、傳禮官、見習騎士、法官和觀眾入場時都說著話。室內就像是一個以掛毯為四壁的空花瓶，慢慢開始插入鮮花。在此綻放的是那些面色白皙的貴婦人，她們頭上戴著牛角或甜筒式的頭巾、或像《愛麗絲夢遊仙境》裡那位公爵夫人頭上的驚人便帽。她們身上的緊身衣色彩鮮亮，腰身拉高到腋下，配著長裙和平滑的袖子，是用來自的黎波里的精紡毛布、塔夫綢或玫瑰花布裁製，這些嬌弱的生物身上帶著沒藥和蜂蜜（她們用來清潔牙齒）的香氣，游到她們的位子上。走在流行尖端的年輕侍從（許多人還帶著莫桀的徽章，表示他是「持鞭人」）是她們的追求者，他們腳穿著裝模作樣的長趾鞋，根本沒法上樓，只能在樓梯底脫下鞋子，再讓他們的見習騎士把鞋帶上去。這些年輕人給別人的主要印象就是包在長襪裡的雙腿——甚至有必要通過一項節制法令，堅持他們的外套長度要能遮住屁股才行。而那些責任重大的議員戴著非常特別的帽子，其中有些看起來像是茶壺保溫套、阿拉伯式纏頭巾、某種鳥類翅膀、暖手筒。他們的長袍打了摺、加了襯墊，衣領是高輪狀皺領式，此外還佩著肩章，帶子上鑲有寶石。教堂執事戴著整潔小巧的無邊便帽，好讓他們的剃髮處保持溫暖；與俗人有別的是，他們衣著樸素。一位來訪的樞機主教戴著一頂綴有華麗纓穗的帽子，至今仍用來裝飾牛津沃爾西學院的便箋[3]。還有各式各樣的毛皮，有人將黑色與白色羊毛做了巧妙的安排，縫成相對的菱紋。這些人聽起來就像是一群嗡嗡鳴叫的椋鳥。

這是這場調停劇的第一幕。第二幕一開始，預警的號角聲從近處響起，熙篤會修士、祕書、副主祭和其餘宗教人士來了，他們帶著墨水（用黑刺李木的樹皮煮成）、羊皮紙、吸墨沙、印璽、筆以及抄寫員寫字時拿在左手上的小刀。他們還帶了符木棒[4]和最後一次會議的紀錄。

第三幕是受命為教廷大使的羅契斯特主教。雖然他把罩篷留在樓下，教廷大使的身分不容置疑。他是位滿頭銀絲的長者，身穿白袍、外披法衣，握有權杖，還戴著戒指——這位彬彬有禮的聖職人員了解屬靈的力量。

最後，號角聲在門邊響起，英格蘭王駕臨。沉沉的貂皮覆住國王的雙肩和左臂，並在他右臂垂下一條長帶，他穿著藍色天鵝絨斗篷，頭戴一頂極其華麗沉重的王冠，那頂王冠得由幾名適任的官員撐著（幾乎確實是「撐」字面上的意思）；國王在引導之下走向高臺上的王座；金色的王座罩篷繡著許多以單後腿直立的紅龍。人群向兩旁分開，加文和莫桀走出來與國王會合。國王在別人安排之處坐了下來，站立的教廷大使也在王座對面掛著白金雙色裝飾的座位落坐。嗡嗡聲停了。

「我們準備開始了嗎？」

羅契斯特主教的聲音像教士一樣，緩和了緊張的氣氛。「教會已經準備好了。」

「政府這方面也準備好了。」

那是加文低沉的聲音，帶著些攻擊的意味。

「在他們過來以前，我們是不是該先做點安排？」

「已經安排得很好了。」

羅契斯特的眼睛看向奧克尼領主。

「我們要謝謝加文爵士。」

「不客氣。」

「這樣一來，」國王說：「我想我們得告訴藍斯洛爵士，法庭已經準備好，就等他過來。」

「貝德維老兄，帶犯人進來吧。」

要注意，加文習慣代表國王說話，而亞瑟也讓他這麼做。但教廷大使可就沒這麼順從。

「等一下，加文爵士。我已經指出，教會這邊並不認為這些人是罪犯。我此行任務是代表教宗進行和談，而非復仇。」

「教會要怎麼看待這些犯人就怎麼看待。我們已經做了教會要求的事，但是我們要依自己的爛方法去做。把那些犯人帶進來。」

「加文爵士……」

「為王后陛下吹號角吧，法庭就座。」

現場響起像是某個糟糕劇場的音樂，外頭也傳來相和的音樂，所有人的頭都轉向門口。

絲綢與毛皮磨擦聲沙沙響起，一列隊伍拖著腳步向前移動。那道拱門打開了，藍斯洛和桂妮薇就在那裡等待他們的判決開始。

他們的莊嚴姿態中帶了點悲哀的意味，就好像他們做了偽裝，但那身裝扮卻又不大合適。他們的白衣外披著金色薄紗，而那位不再年輕可愛的王后以一種不甚優雅的方式拿著橄欖枝。他們怯怯地走了過來，就像那些善意的演員，雖然想把事情做好，卻不擅於演戲。他們跪在王座前。

「我強大無畏的王啊。」

這個一致的舉動引來莫桀的注意。「真美妙啊！」

藍斯洛看向奧克尼族的兄長。「加文爵士。」

奧克尼背過身去。

藍斯特轉向教會。「羅契斯特大人。」

「歡迎你來，我的孩子。」

「我遵照國王和教宗的命令，帶桂妮薇王后前來。」

一陣難堪的靜默，沒有人敢出面為他們說話。

「若無人回應，那麼，我有責任擔保英格蘭王后的清白與無辜。」

「騙子！」

「我來此，係以性命擔保，王后對國王明白而真誠、善良而清白，為此，我將接受國王與加文爵士以外任何人的挑戰。這項提議，乃我對王后的義務。」

「聖父讓我們接受你的提議，藍斯洛。」

在房中增長的憐憫之情再次被奧克尼一族破壞了。

「汝出此言，真是忝不知恥。」加文叫道，「王后可待他人之寬宥。但汝這虛偽懦夫，因何殺死吾弟，殺害愛汝更甚於吾族之人？」

這兩位偉大的男人都開始使用騎士語，以配合這個場合和他們心中澎湃的情緒。

「上帝助我，我不會為自己找藉口，加文爵士。我寧願我所殺的是我自己的姪子波爾斯爵士。但我沒有看到他們，加文，而我為此付出了代價！」

「你無視於我，無視於奧克尼一族，你殺了他們。」

「加文爵士大人，你的看法實在令我深感悔憾。」他說：「因為我知道，如果你反對我，我就無法與國王和解。」

「老實說，藍斯洛，你今天是在通行令狀與庇護所的保護之下帶王后前來，但是你預謀殺害他人，所以你得離開。」

「你是說如果我預謀殺害他們；上帝宥我，大人。但我從未犯下同袍相殘之罪。」

他力表自己的無辜——但言者無心，聽者有意。加文一手拍在匕首上，大吼：「你是那個意思吧。你是說拉莫瑞克爵士……」

羅契斯特主教舉起手套。

「加文，我們可以把這項爭論留到日後再談嗎？當務之急是要迎回王后。藍斯洛爵士當然想對這件事做出解釋，教會才能為此和談提出合理的依據。」

「謝謝您，大人。」

加文盯著他看，直到國王疲倦的聲音促使整件事繼續進行。他們一路停停行行，十分笨拙。

「有人抓到你和王后在一起。」

「大人，我受到召喚，在不知原因的情況下，到我的女士、你的王后那裡去；但我才剛進房，阿格凡爵士與莫桀爵士便來敲門，說我是個叛徒、不義的騎士。」

「他們說得沒錯。」
「加文爵士大人，那場爭執證明他們錯了。我這樣說，是為了王后，而不是為了我的名聲。」
「很好、很好，藍斯洛爵士。」
殘缺騎士轉向他那位老朋友，他此生第一位深自敬愛的人。他沒再說騎士語，改用日常語。
「我們無法獲得寬恕嗎？我們再也不是朋友了嗎？我們根本不用回來，亞瑟，但我們帶著懺悔之心回來了啊。你不記得以往我們以朋友身分並肩作戰的時光嗎？只要你願意放我們一馬，這一切都可以在加文爵士的好意之下平復的。」
「國王要公正執法。」紅髮男子說，「你曾放過我那幾個弟弟嗎？」
「加文爵士，我已放過你們所有人了。如果說，這個房間有許多人的自由、甚至他們的生命原本都是我的，我說這話一點都不誇張。我曾在他人挑起的爭端中為王后出戰，為何不能在我挑起的爭端中為她出戰？我也曾為你而戰，加文爵士，那讓你免於不名譽的死亡。」
「但是現在，」莫桀說：「現在奧克尼一族只剩兩人了。」
加文猛地轉過頭去。
「國王可依他的意志來處理此事。至於我，六個月前我發現加瑞斯爵士沒有武裝倒在血泊中，就已下定決心了。」
「我向上帝祈求他當時已然武裝，那樣他或許就能免於一死，或許他也能殺了我，我們現在就不需要這麼悲傷了。」
「真是高貴的演說啊。」
這名老人突然激動地對著任何能聽進他話的人大喊：「為什麼你會以為我想要殺他們？封加瑞斯為騎士的人就是我。我愛他啊。聽到他的死訊時，我知道你們絕不會原諒我。我知道這表示沒希望了。我並無意殺害加瑞斯爵士。」
莫桀低語道：「我們也不想他死。」
藍斯洛最後一次試圖說服對方。
「加文，原諒我。我的心也為我所做的事淌血。我知道你多痛苦，因為我也為此感到痛苦。如果我苦行悔過，你願不願意讓我們國家的戰火平息呢？不要逼我為自己的生命而戰，讓我為加瑞斯朝聖吧。我會穿著襯衣，赤著腳，從三明治港出發，走到卡利西。其間每十哩路，就以他之名捐奉彌撒。」
「加瑞斯的血，」莫桀說，「在我們看來是無法用捐奉來償還的——雖然羅契斯特主教應該會非常高興。」

老騎士耐性盡失。

「你閉嘴！」

在此同時，加文的怒火也燃燒起來。

「放文明點，你這殺人的瘋子，否則我們會在國王腳下將你就地正法！」

「這還需要……」

教廷大使再次介入調停。

「拜託，藍斯洛爵士。我們之中總要有些人能控制情緒、表現合宜。加文，坐下。他提出的條件是以加瑞斯之血為名苦行悔過，讓戰爭結束。說出你們的答案吧。」

在這陣眾所期待的靜默當中，紅髮巨人提高聲調：「我已經聽到藍斯洛爵士的演說和他偉大的提議了，不過他殺了我弟弟。我可能永遠無法原諒這件事，因為他背叛了加瑞斯爵士。如果我舅舅亞瑟王想與他和解，那麼，我本人與蓋爾一族將不再服侍國王。不管我們怎麼說，我們都知道事實真相。對國王和我本人來說，這人是個叛徒！」

「加文，那些說我是叛徒的人全都死了。王后的事我已經解釋過了。」

「這事已經解決了。既然不能對那女人提出什麼含沙射影的指控，我就什麼都不說。我只是指出你的判決會是什麼樣子。」

「如果這是國王的判決，那我接受。」

「在你來以前，國王就已經與我達成共識了。」

「亞瑟……」

「以國王的頭銜來稱呼他。」

「大人，這是真的嗎？」

那老人只是低下頭去。

「至少要讓我聽到國王親口說！」

莫桀道：「說話呀，父親。」

他像頭受折磨的熊般搖晃著腦袋，動作一如熊那樣沉重，但目光沒有從地上移開。

「說話啊。」

「藍斯洛，」國王出聲說話，「你知道事實真相阻隔在你我之間。我的圓桌毀了，我的騎士或者離開，或者死去。我從不想要與你為敵，藍斯，你也不想與我為敵。」

「但這事無法結束嗎？」

「加文說……」他微弱地開口。

「加文！」

「公義……」

加文站了起來，看來狡猾、粗壯而高大。

「吾王、大人、舅舅。庭上要我宣布逮捕這不義的叛徒嗎？」

房內完全靜了下來。

「那麼，所有人聽好，這是國王的命令。王后應當回到國王身邊，並享有與以往同樣的權利，且不用為過往眾人臆測之事負責。這是教宗的意思。但是你，藍斯洛爵士，不義的騎士，汝當於十五日內離開本國，以上帝之名，吾等日後將會追擊汝，並摧毀法蘭西最堅固的城堡。」

「加文，」他痛苦地說，「別來追趕我，我會接受放逐的判決。我會住在我法蘭西的城堡。不過別來追趕我，加文。別讓戰爭無休止地持續下去。」

「把那裡留給比你更好的人。那些城堡可是國王的財產。」

「如果你要來追趕我，加文，別向我挑釁，別逼亞瑟與我對立。我無法和我的朋友對抗。加文，看在上帝的分上，別讓我們對戰。」

「別說了，老兄。送走王后，快點離開宮廷吧。」

憑藉某種最後關頭的奮力一擊，藍斯洛凝聚起精神。他的視線從英格蘭轉向折磨他的人，再慢慢轉向沉默不語的王后，看著她手上荒謬可笑的橄欖枝，還有她身上拙陋愚蠢的衣服。他抬起頭，將他們的悲劇提升到某種高貴而嚴肅的層次。

「那麼，夫人，看來我們必得道別了。」

他執起她的手，引她來到房中央，將她轉化為他記憶中的那位女士。他的手、他的腳步和充盈在他聲音當中的某種東西，讓她再次綻放成英倫玫瑰——這是他們最後一次相聚。他帶她走向他們都已遺忘的勝利頂峰。一如舞蹈般莊嚴，這個滴水石像獸帶著她走向中心，將她擺好嵌穩，成為王國的拱心石，以此畫下句點。這是藍斯洛爵士、亞瑟王與桂妮薇王后最後一次共聚一堂。

「吾王，我的老朋友，在我離開以前，我有句話要說。我受到的懲罰是要我離開我奉獻一輩子的地方；是要我離開你們的國家，並讓戰爭持續下去。最後一次，我會再次代表王后出戰。夫人，我要當著整個宮廷的面告訴妳，如果妳將來受到任何危險威脅，將會有一支弱小的軍隊從法蘭西來此護衛妳——所以，你們所有人都要記著。」

他慎重地親吻她的手指，僵硬地轉過身，安靜地穿過整個房間往外走。他離開的時候，眼前盡是不可知的未來。

十五天到多佛，是所有受庇護的罪犯要遵守的時限。他得以罪犯的方式來行此事，也就是「不著衣、不穿鞋、不戴帽、只穿襯衣，像是要去接受絞刑」。他得走在路中央，手裡拿著一個小十字架，那是庇護所的象徵。加文或他的人或許會偷偷緊追在他身後，等著抓住他鬆手將護身符放在一邊的時機。不過，不管他穿的是襯衣還是鎖子甲，他仍是他們的老司令官。他步伐堅定，未見遲疑，兩眼直視前方。他跨過起點時，堅忍的神情就已出現在他。這位年老士兵離開司法室時，房內的人們都覺得不值，許多人側目看向那些紅鞭子，暗自憂心起來。

① （Hugh of Lincoln, ?1135-1200），英國相當有名的聖徒。他在林肯擔任主教期間，曾保護猶太人免於受到武力迫害。

② 弗羅倫斯和洛佛（Florence and Lovel），在馬洛禮爵士的《亞瑟之死》中，是加文的兩個兒子。

③ 此指湯瑪斯．沃爾西（Thomas Wolsey，生年約在一四七一—七五年間，卒於一五三〇年），亨利八世時的樞機主教，權傾一時，但因無法幫國王辦成離婚而被撤職。牛津沃爾西學院指的是著名的基督教堂學院（Christ Church），沃爾西於一五二五年建立，該學院的徽章仍有代表沃爾西樞機主教的紅色帽子，下綴華麗的纓穗。

④ 符木棒（tally stick），古代刻痕記數的木籤。

第十一章

桂妮薇坐在卡利西城堡中王后的房間裡。那張大床已經被重製成靠背長椅，在罩蓬底下看起來齊整而方正，所以你會覺得有點不好意思坐下。長椅旁有個火爐，裡頭溫著一個壺，此外房中還有一張高背椅和一張閱讀桌，也有一本書供人閱讀，或許就是但丁提過那本由加羅多所寫的書①。這本書的價值在當時等同於九十頭公牛，但桂妮薇已讀過七次，因此這本書對她已沒什麼趣味可言。新落的雪將夜晚的光向上投射到房內，將天花板照得比地板還亮，因而改變了平時光影的形態。那些影子是藍色的，而且位置都不對。這位尊貴的仕女正在做女紅，她頗為正式地坐在高背椅上，書就放在她旁邊；此外她有個使女坐在床邊的臺階上，也正在做針線活。

桂妮薇手邊做著針線，腦袋像一般女裁縫一樣處於半空白的狀態，不是空白的那一半腦袋則在她碰上的麻煩中懶懶地晃蕩著。她希望她不是在卡利西，這裡太靠近北方（也就是莫桀的故鄉）、離文明的保障太遙遠。比如說，她會想待在倫敦——或許就待在倫敦塔。她想看的不是這片沉悶廣袤的白雪，而是倫敦塔窗外大都市的趣味和繁忙；她想看的是倫敦大橋，那上面擠滿搖搖欲墜的房舍，不時會有房子掉進河裡。她記憶中的倫敦大橋是座很有個性的橋，橋上有房子，長槍上掛著叛亂者的首級，此外還是大衛爵士與威勒斯大人全副武裝進行長矛比試的地方②。那些房子的地窖在橋墩裡，而且這座橋有自己的禮拜堂，還有一座塔可以進行防禦工事。倫敦大橋是個完美的玩具小鎮，主婦從窗裡探出頭來，或用長索把水桶縋進河裡，或傾倒廢水、晾衣服、或在吊橋要拉起來時對她們的孩子大吼大叫。

就這一點來說，即使只待在倫敦塔，也是好的。在卡利西，每件事物都靜得像是死了。但是在倫敦那座征服者的高塔③中，倫敦東區人的返復往來足以融解冰霜。甚至連亞瑟留在塔內的巡迴動物園，也能提供一個由噪音與氣味組成的適意背景。動物園最近加入了一隻完全長成的大象，是法蘭西國王的禮物，那隻孜孜不倦的新聞兀鷹馬休．派里斯④特地記錄了此事。

隨著思緒轉向大象，桂妮薇放下了手邊的女紅，開始揉著手指。手指已經冷得麻木了，而且不像以前暖得那麼快。

「愛格妮絲，妳給那些鳥兒放了麵包屑嗎？」

「放了，夫人。知更鳥今天很快活呢，牠對一隻貪吃的烏鶇唱出一聲相當有力的顫音。」

「可憐的東西。不過，我想牠們會唱上幾個星期。」

「大家離開似乎已經是很久以前的事了，」愛格妮絲說，「宮廷現在就像那些鳥一樣，非常安靜，而且非常無情。」

「他們會回來，一定會回來。」

「是的，夫人。」

王后再次拿起針，小心地刺穿過去。

「他們說藍斯洛爵士很勇敢。」

「藍斯洛爵士一直都是位勇敢的紳士，夫人。」

「最新一封信裡說，加文和他決鬥過一次。要和加文對戰，他心裡一定很難過。」

愛格妮絲加重語氣說：「我不明白國王為什麼要和加文爵士一起對抗他最好的朋友。誰都看得出來，這只是盲目的意氣用事。他們讓法蘭西的土地淪為廢墟，只為了刁難藍斯洛爵士，只為了醜惡的殺戮，只為了表明他們那些『持鞭人』會幹什麼好事。繼續這樣下去，對誰都沒好處。他們為什麼不能讓過去的事算了，我想要的不過如此啊。」

「我想，國王和加文爵士同行，是想表示公正。他認為奧克尼有權為了加瑞斯的死要求司法正義——我也這樣認為。此外，如果國王不緊抓住加文爵士，那他身邊就一個人都沒有了。對他來說，這世上再沒有比圓桌更令他驕傲的事，但圓桌正在分裂，他想留住重要人物。」

「與藍斯洛爵士對戰，」愛格妮絲說，「以保持圓桌完整，這方法實在不大高明。」

「加文爵士有權要求司法正義。至少他們說他有。國王做出這項選擇也是情非得已，他受那些人左右；他們有些人是想占領法國、宣稱自己的合法統治權，有些人是對他奮力維持的長久和平感到厭倦，有些人急著晉升軍階，還有些人想為那些死在市集廣場的人報仇。那些人是莫桀一黨的年輕騎士，他們信仰民族主義，而且有人讓他們相信我丈夫是個跟不上時代的糟老頭；還有人與先前在樓梯上奮戰的人沾親帶故；再者就是奧克尼一族，他們心中充滿古老的仇恨。愛格妮絲，戰爭就像火一樣。點火的可能只是一個人，但它會蔓延到所有人身上。起因不單是一件事。」

「噢，夫人，那些了不起的大事可不是我們這些可憐女人管得了的。不過，來吧，那信裡究竟說了些什麼？」

桂妮薇靜坐好一會兒，思緒繞著她丈夫遇上的麻煩打轉，是以她兩眼雖在看信，卻對信視而不見。然後她緩緩開口：「國王非常喜歡藍斯洛，所以他只能對他不公平——否則他怕自己會因此而對別人不公平。」

「是的，夫人。」

「信上說，」王后這才驀然一驚，注意到自己正看著的信。「加文爵士每天騎著馬到城堡前面去，大喊藍斯洛是個懦夫、是個叛徒。藍斯洛的騎士生氣了，出去一對一和他單挑，但他把他們全都擊倒了，有幾人還受了重傷。他差點就殺了波爾斯和萊尼爾，最後藍斯洛爵士必須親自出馬。是城堡裡的人要他出來的。他告訴加文爵士有人逼他這麼做，他就像走投無路的野獸。」

「那加文爵士怎麼說？」

「加文爵士說：『別再說個沒完了，開始吧，讓我們一了心願。』」

「那他們打了嗎？」

「是的，他們在城堡前面決鬥。所有人都承諾不插手，他們從早上九點鐘開始對戰。妳知道加文爵士的力量一直都是早上比較強，這也是他們這麼早就開始決鬥的原因。」

「上天垂憐藍斯洛爵士，願他擁有三個男人的力量！因為我聽說先住民中有紅頭髮的人，身上都有精靈血統，妳知道，夫人，這會讓那位領主在正午以前擁有三個男人的力量，因為太陽會為他而戰！」

「那一定很糟糕，愛格妮絲。但藍斯洛爵士太驕傲了，他不可能剝奪對方這項優勢。」

「要是他沒被殺死，我會很驚訝。」

「他差點就被殺了。不過他用盾護住自己，一直慢慢閃避、撤退。也就是說，他是承受了一些重擊，不過他在中午以前都防衛得很好。之後，當然啦，精靈力量削弱了，他採取攻勢的時機到了，他給了加文頭上一擊，把他擊倒，事情就結束了。加文爬不起來。」

「哎呀，加文爵士！」

「是的。藍斯洛可以當場殺了他。」

「但他沒有。」

「沒有。藍斯洛爵士退後，靠著劍站著。加文求他殺了他。他益發憤怒地大吼：『你為什麼停手？來啊，殺了我，一了百了啊！我不會求饒的。馬上殺了我，如果你放我走，我一定會再次回來與你對戰。』他哭了。」

「我們可以相信，」愛格妮斯明智地道，「藍斯洛爵士一定拒絕攻擊已經落馬的騎士。」

「我們是可以這麼相信。」

「雖然稱不上俊美，不過他一直都是個仁慈的好紳士。」

「他在各方面都出類拔萃。」

她們對自己的感覺害羞起來，便安靜不語，回頭縫起手上的東西。不久，王后道：「光線變差了，愛格妮絲。妳想我們可以點幾根燈心草嗎？」

「當然了，夫人。我剛好也麼想。」

她一面在火邊點上燈，一面抱怨這地方的落後、抱怨這些赤裸的北方蠻族居然沒有蠟燭。桂妮薇卻心不在焉地開始哼歌。這是她以前和藍斯洛一起唱的二重合唱曲，當她察覺時，她突然住口停了下來。

「啊，夫人，白天似乎開始變長了。」

「是啊，春天很快就要來了。」

愛格妮絲坐下來，在冒出黑煙的火光中重拾方才中斷的針線活。

「關於那件事，國王怎麼說？」

「他看到加文逃過一死的時候，他哭了。這讓他憶起一些事，於是他覺得很不舒服，就這麼病了。」

「他們是不是管這叫精神崩潰，夫人？」

「是的，愛格妮絲。他悲傷成疾，加文則是腦震盪，所以他們兩個一起病倒了。不過其他騎士仍然持續圍城。」

「唔，這不算一封快樂的信，對吧？夫人？」

「確實不算。」

「我記得我以前有過一封信——不過，他們說壞事傳千里。」

「既然宮廷空了，世界也四分五裂，除了護國公，再也沒有人留下來，現在所有事也只能寫在信裡了。」

「噢，莫桀爵士呀，我從來就無法接受他的喜好。為什麼他會想要在人前演說，還脫下帽子讓那些人歡呼呢？為什麼他要穿一身黑，好像他是要命的末日審判似的，不能穿快樂一點的顏色嗎？我敢說，他這是向加文爵士學的。」

「那件制服是用來哀悼加瑞斯的。」

「他從沒關心過加瑞斯爵士，那人沒有。我不相信他關心過任何人。」

「愛格妮絲，他很關心他母親。」

「欸，她活該讓她自己的喉嚨給人開了個口子。一群怪人，他們全都是。」

「摩高絲王后一定是個奇人。」桂妮薇若有所思地說，「這件事眾所周知，況且現在莫桀已當上護國公，所以拿出來談談也無妨了。不過，她必然是個令人懾服的女人，才能在她自己有四個大孩子的時候還俘虜了我們的國王。欸，她人都已經做祖母，還能俘虜拉莫瑞克爵士啊。要是她其中一個兒子對她的感情會激烈到出手殺害她，那她一定對他們有可怕的影響力。她那時年近七十了。愛格妮絲，我想她把莫桀吃了，就像蜘蛛那樣。」

「他們以前確實提過一次，說康瓦耳姊妹都是女巫。當然，她們之中最糟的一個是摩根勒菲。不過摩高絲也好不到哪去。」

「這讓人開始同情莫桀了。」

「不用可憐他，夫人，他不會給妳任何好處。」

「他被留下來主掌大局後一直很有禮貌。」

「欸，是啊。那些會搞出大麻煩的人通常都很安靜。」

桂妮薇邊思考這句話，邊將手邊的材料拿起來對著光。她有些焦慮地問道：「愛格妮絲，妳不會以為莫桀爵士圖謀不軌吧？」

「他生性陰險。」

「國王把他留下來照看國家、照看我們，他不會趁機做出什麼壞事吧？」

「請容我放肆，夫人，您的國王已經超出我理解範圍了。他先是去和他最好的朋友對戰，只因加文爵士要求；之後又把他的死敵留下來當護國公。他為什麼讓自己做出這麼盲目的事？」

「莫桀從未觸犯法律。」

「這是因為他太狡猾了。」

「國王說莫桀會成為王位繼承人，而你不能讓國王和繼承人同時離開國家，所以他當然就留下來做護國公了。這種處置再公允不過。」

「夫人，真正的公允處置絕不會造成不好的結果。」

她們繼續做手邊的針線活。
愛格妮絲加上一句：「如果那是真的，應該是國王留下來，讓莫桀爵士去呀。」
「我希望他這麼做。」
她隨後又補上解釋：「我想國王是想和加文爵士在一起，要是有個萬一，他可以居中為他們調解一番。」
她們不甚自在地繼續做針線，那些針融穿了暗色的材料，帶出一道長長的光，就像流星一般。
「愛格妮絲，妳怕莫桀爵士嗎？」
「是的，夫人。我怕。」
「我也是。他最近走路腳步放得好輕，而且……他看人的方式也很怪。然後大家都在談論蓋爾人、撒克遜人和猶太人了，還有那些互相叫囂、歇斯底里的事。我上星期聽到他自己一個人在笑，真可怕。」
「他是個狡詐的人。或許他現在正在聽我們說話。」
「愛格妮絲！」
桂妮薇手裡的針掉了，彷彿突然受了什麼打擊。
「噢，別這樣，夫人。妳不能把這話當真，我只是說笑罷了。」
不過王后仍是僵在那裡。
「到門邊去，我想妳是對的。」
「噢，夫人，我不能那樣做。」
「馬上把門打開，愛格妮絲。」
「但是夫人，他說不定在那裡呀！」
她已經抓到那種感覺，無助的火光不夠亮了。他可能就在這個房間裡，在某個黑暗的角落裡。她像隻有老鷹從頂上飛過的鷓鴣般驚慌地站起身來，緊抓著裙子。對這兩個女人來說，這座城堡突然顯得太晦暗、太空曠、太冷清、太北邊，太多黑夜與寒冬。
「如果妳去開門，他就會走開。」
「但我們一定要給他時間走開。」

她們以聲音來抗爭，覺得自己被蓋在一隻黑色翅膀下。

「站到門邊去，大聲說幾句話再開門。」

「夫人，我該說些什麼呢？」

「說：『我該把門打開嗎？』然後我會說：『好，我想這時候也該上床睡覺了。』」

「我想這時候也該上床睡覺了。」

「繼續。」

「很好，夫人。我該開始了嗎？」

「是的，去吧，快點。」

「我不知道我做不做得來。」

「噢，愛格妮絲，拜託，快點！」

「很好，夫人。我想我現在做得來了。」

愛格妮絲面向著門，彷彿那扇門可能攻擊她似的，然後她以她最高的音量大聲說話。

「我要去開門了！」

「這時候也該上床睡覺了！」

什麼事也沒發生。

「現在開門吧。」王后說。

她拉起門閂，推開門，莫桀正站在門框當中微笑。

「晚安，愛格妮絲。」

「噢，大人！」

這不幸的女人一手抓著胸口，搖搖晃地向他行了一個宮廷禮後，自他身旁匆匆跑過，奔向樓梯。他禮貌地站到一邊去。她離開後，他才踏進房間，他身上穿著那襲華麗的黑天鵝絨服，血紅的徽章上鑲著一顆冷硬的鑽石，在燭光下發出光芒。要是你有一兩個月沒見到他，你馬上就會知道他已經瘋了——但是他腦子失常是漸進的，所以那些和他住在一起的人看不出來。他的黑色小獅子狗跟在他身後，明亮的眼睛和捲曲的尾巴晃呀晃。

「我們的愛格妮絲似乎很緊張。」他說：「晚安，桂妮薇。」

「晚安，莫桀。」

「精美的小小刺繡嗎？我以為妳會為士兵織襪子。」

「你怎麼來了？」

「只是晚上過來看看。妳一定要原諒這戲劇化的舉動。」

「你總是等在門外嗎？」

「夫人，再怎麼說，人總是要從門口進來的，這會比從窗戶進來方便些——不過我相信大家都知道，有些人是那麼做的。」

「我了解了。你可要坐下？」

他以一種矯揉造作的姿態入座，獅子狗跳上他的大腿。從某方面來說，看著他就好像在看一齣悲劇，因為他正步上她母親的後塵。他在演戲，他拒絕進入真實的世界。

人們寫了一些描述蛇蠍美人背叛愛人、並使愛人走向毀滅的悲劇，有克瑞西達⑤、克麗奧佩特拉⑥、大利拉⑦，甚至還有幾個像潔西卡⑧那樣的淘氣女兒把她們的愛人帶到雙親面前，讓他們苦惱不已，但這些皆非悲劇的核心。對男人的靈魂來說，那些都無關要緊。就算安東尼最後是倒在他的劍旁吧，那又如何呢？同是一死罷了。腐蝕其心智的，是母親的欲望而非愛人的欲望；而將這個悲劇人物陷於死地的，也是同樣的事物。住在他內心深處的人是約卡絲坦⑨，而非茱麗葉。將哈姆雷特逼瘋的人是葛楚德⑩，而非愚蠢的奧菲莉亞。悲劇的核心無關乎巧取豪奪，因為任何輕佻的女孩都能偷走某人的心。悲劇的核心在於給予、增添、追加，以及無關乎枕衾的撫慰。對莫桀來說，黛絲德蒙娜⑪被奪走的生命與榮譽一文不值，因為那些事物都由他自己從自己身上奪走了——當那個母親角色勝利活存、又給了他令人窒息的愛時，他的靈魂就被偷走、被掩蓋、又枯乾了大半，而且似乎毋須負擔惡意的罪名。莫桀是奧克尼一族中唯一從未結婚的孩子，而他那幾位兄長飛奔到英格蘭時，他獨自被留下來和她一起住了二十年，成了她的糧食。現在她死了，他又成了她的墓穴。她像個吸血鬼一樣待在他體內。他走路、打噴嚏，擺出的是她的姿態。他演戲時，也變得像她以前那樣虛假，假裝自己是吸引獨角獸的處女。他也涉獵同樣殘酷的魔法。他甚至像她一樣開始養玩賞用的小型犬——雖然他對她的狗始終有種苦澀的嫉妒，就像他對她的情人抱持的恨意。

「我是不是在今晚的空氣裡感到一股冷意？」

「二月當然很冷。」

「我認為這是因為妳我之間的關係很微妙。」

「我丈夫所選定的護國公當然會受到王后的愛戴。」

「但我想，妳對妳丈夫的私生子可能就不是如此吧？」

她把針放了下來，直直看著他。

「我不懂你這趟過來有什麼用意，我也不知道你想要什麼。」

她不希望表現敵意，卻被他逼得不得不表示敵意。她從未怕過任何人。

「我想和妳談談政治現況，談一下就好。」

她知道他們面臨著某種危險，她覺得很無力。雖然她仍未懷疑他的神智是否健全，但她這樣的年紀已經無法應付狂人了。而他語調中令人厭惡的諷刺讓她覺得自己虛假，讓她無法簡單地表達己意。但她不會認輸。

「我很樂意聽聽你要說什麼。」

「妳真慷慨……珍妮。」

實在太讓人毛骨悚然了。他要讓她成為他那些幻想的一部分，他根本不是在對一個真實的人物說話。

她憤怒地說：「莫桀，你能不能好心點，用我的頭銜來稱呼我？」

「啊，當然。如果我僭越了專為藍斯洛保留的東西，我一定要道歉。」

他話中的嘲諷宛如興奮劑，喚醒了她這尊雕像；她體內的王室女子現身，那位成功在世上浮沉五十年之久的貴婦挺直了背脊，得了風濕的手指上戒指閃閃發光。

「我相信你會發現，」她即刻答道，「你很難做到。」

「哎呀！不過我恐怕就要這麼做。妳一直都有點烈性……珍妮王后。」

「莫桀爵士，如果你的行為舉止不能像個紳士，我就要走了。」

「要走到哪去呢？」

「我可以去任何地方，任何一個年紀老得足以做你母親的女人能夠避開你放肆言行的地方。」

「問題是，」他深思道，「有這樣的地方嗎？當妳想到人人都已離開到法蘭西去，而我又是這個王國的統治者時，這計畫似乎註定會失敗啊。當然妳可以到法蘭西去……如果妳去得了。」

她明白了，或說她逐漸明白了。

「我不知道你這話是什麼意思。」

「那妳一定要想出來才行。」

「如你見諒，」她說著站起身。「我要叫我的使女來了。」

「當然可以啊。不過我會再把她送走的。」

「愛格妮絲會服從我的命令。」

「我懷疑。那我們試試看吧。」

「莫桀，能請你離開嗎？」

「不，珍妮。」他說，「我想留下。不過，如果妳安靜坐著一分鐘，聽我說話，我保證我會做個完美的紳士——事實上，我會表現得像妳那些英勇的騎士一樣。」

「你沒有給我選擇的餘地。」

「是沒有什麼選擇的餘地。」

「你想怎麼樣？」她問。她坐下來，雙手在膝上交握。她已經習慣危機四伏的日子。

「別這樣，」他的語氣高昂愉快，而且相當瘋狂，他在享受貓抓老鼠的遊戲。「我們不能用這種單調的方式匆促行事。開始談話以前，一定要放輕鬆，不然感覺好緊張。」

「你說，我聽。」

「不，不。妳一定要叫我莫迪之類的小名。如此一來，我叫妳珍妮才會顯得比較自然。一切都會在更愉快的氣氛下進行。」

她沒有回答。

「桂妮薇，妳明白自己的立場嗎？」

「我的立場是英格蘭王后，而你的立場則是護國公。」

「亞瑟與藍斯洛在法蘭西對戰時才是這樣。」

「確是如此。」

「如果我告訴妳，我今天早上接到一封信呢？」他手上拍著那隻獅子狗，「信上說亞瑟和藍斯洛死了？」

「我不會相信你。」

「他們在一場戰役中，互相殘殺，最終雙雙陣亡。」

「這不是事實。」她沉靜地告訴他。

「的確不是。妳怎麼猜到的？」

「如果這不是事實，你卻這麼說，那就太殘忍了。你為什麼這麼說？」

「很多人會相信，珍妮，我認為很多人會相信。」

「他們為什麼要相信？」她問，仍未聽出這些話的意義所在。然後她停了下來，屏住呼吸。她生平第一次感到害怕，卻是為了亞瑟而害怕。

「你不能……」

「噢，但我能。」他快樂地說，「而且我要。如果我宣告了可憐的亞瑟的死訊，妳覺得會發生什麼事？」

「但是莫桀，你不能這麼做！他們還活著……你什麼都有了……國王讓你做他的代理人……你的忠誠……這不是真的！亞瑟一直都這麼謹慎公正地對待你……」

他的眼神冷酷，「我從不曾要求他公正以待。他這麼待人不過是藉此取樂罷了。」

「但他是你父親！」

「這個嘛，我並沒有要求他生下我。而且我認為他也只是藉此取樂。」

「我了解了。」

她坐在那裡，扭絞著她手上正在縫製的東西，試著思考。

「你為什麼恨我丈夫？」她問，那語氣幾乎可以說是驚奇。

「我不恨他。我瞧不起他。」

「事情發生時，」她溫柔地解釋道，「他並不知道你母親是他姊姊。」

「那麼，他把我們放到船上送出海時，也不知道我是他兒子囉？」

「他那時還不滿十九歲，莫桀。他們用預言來嚇唬他，他是受他們所逼。」

「我母親在遇上亞瑟王以前一直是個好女人。她和奧克尼的洛特有個快樂的家庭，為他生養了四個勇敢的兒子。但之後發生什麼事？」

「但她的年紀大他兩倍以上啊！我認為……」

他舉起手來，沒讓她再說下去。

「妳現在說的是我的母親。」

「我很抱歉，莫桀，但真的……」

「我愛我母親。」

「莫桀……」

「亞瑟王找上一個忠於丈夫的女人。他離開後，她成了蕩婦。她最後和拉莫瑞克爵士赤裸裸地死在床上，罪有應得地被自己的孩子殺死。」

「莫桀，如果你不了解……如果你不相信亞瑟的仁慈、他的悔恨和他的不幸，那說什麼都沒有用。他喜歡你。就在這令人傷心的事發生的一兩天前，他才在說他有多麼愛你……」

「這種愛他自己留著用吧。」

「他一直都非常公正。」她懇求道。

「公正而高貴的國王！是啊，在事後要當個公正的人總是很容易。這是最有趣的部分了。司法正義！這個他也自己留著用吧。」

她再次開口，試著讓聲音顯得平靜。「如果你公開稱王，他們會從法蘭西回來與你對戰，那樣我們就有兩場戰爭，而不是只有一場，而且這場戰爭會在英格蘭開打，如此一來，整個同盟都會瓦解。」

他純然喜悅地笑了。

「實在令人不敢相信。」她揑著那幅刺繡。

她什麼也不能做。一瞬間她腦中掠過一個念頭，如果她對他屈服，用她那年老僵硬的雙膝跪下來懇求，也許能打動他。不過這顯然沒用。他的主意就像是顆放在溝裡的球，已經定了。即使是他現在說的話，也都只是臺詞的一部分，就像以前一樣。

結局要按照劇本來搬演。

「莫桀，」她無助地說，「就算你不同情亞瑟、也不同情我，請你同情一下這個國家的人民吧。」

他將獅子狗從腿上推了下去，站起身，帶著一種瘋狂的滿足對她微笑。他伸展身子，居高臨下地看著她，卻完全沒看到她這個人。

「就算我不同情亞瑟，」他說，「我當然也會同情妳。」

「你這話什麼意思？」

「我在思考模式的問題，珍妮，一個簡單的模式。」

她看著他，沒說話。

「是的，我父親與我母親犯下亂倫的罪行。珍妮，如果我響應此事，與我父親的妻子結婚，妳不覺得這就是一種模式嗎？」

① 但丁（Dante Alighieri, 1265-1321），義大利詩人，以長詩《神曲》聞名於世。詩中人物法蘭西絲卡（Francesca）與保羅（Paolo）叔嫂相戀，兩人共讀加羅多（Galeotto）作品中藍斯洛與桂妮薇親吻的橋段後，激起心中熱情，也親吻起來，死後墮入地獄。在法文作品中，加羅多就是撮合藍斯洛與桂妮薇親吻的人，而他的作品在法蘭西絲與保羅之間也扮演同樣的角色。

② 於一三九〇年五月舉行的一場知名比試。由大衛爵士獲勝。

③ 征服者之塔（Conqueror's tower），應是指倫敦塔中由征服者威廉所建的白塔（White Tower）。

④ 馬休．派里斯（Matthew Paris, 1200-1259），英國史家。

⑤ 克瑞西達（Cressidas），莎士比亞《特洛伊羅斯與克瑞西達》（*Troilus and Cressida*，一譯特洛埃圍城記）與喬叟作品《*Troilus and Criseyde*》中的女主角。克瑞西達的父親預知特洛伊會戰敗，遂投奔希臘，將守寡的女兒獨自留在特洛伊。王子特洛伊羅斯愛上克瑞西達，但希臘與特洛伊雙方停戰，要求以克瑞西達交換一位希臘將領，克瑞西達雖與特洛伊羅斯誓言相愛，但她在希臘又愛上另一名希臘將領戴奧米第斯，特洛伊羅斯為此與戴奧米第斯大打出手，然而此時特洛伊大將赫克托戰死，特洛伊羅斯只得忿忿而去。

⑥ 克麗奧佩特拉（Cleopatra），即著名的埃及豔后，她藉凱撒的力量與弟弟托勒密爭位，為凱撒生下一子，凱撒死後，她又引誘凱撒

麾下的大將安東尼，安東尼後敗於凱撒姪兒屋大維之手，誤信克麗奧佩特拉的死訊而飲劍自殺，卻又得知她並沒有死，最後讓人抬到她面前，死在她懷中。克麗奧佩特拉最後雖試圖再引誘屋大維，卻遭拒，最後自殺身亡。

⑦ 大利拉（Delilahs），聖經人物，以色列士師參孫的情婦。參孫在上帝應許下出生，力氣極大，能徒手擊殺獅子，但他的情婦大利拉受非利士人收買，問出參孫的勇力來源是他的頭髮，便偷偷剃掉他的頭髮，讓他落入敵手，受人戲侮。最後參孫向上帝祈禱，恢復勇力，拔起非利士人房中的兩根柱子，與敵人同歸於盡。

⑧ 潔西卡（Jessica），莎劇《威尼斯商人》中慳吝的猶太商人夏洛克之女，愛上基督徒朗西洛特，最後捲走父親的錢與他私奔。

⑨ 約卡絲坦（Jocasta），希臘神話中伊底帕斯（Oedipus）之母親，太陽神阿波羅預言伊底帕斯會弒父娶母，後來預言成真，約卡絲坦知道真相後自殺，伊底帕斯自我流放。

⑩ 葛楚德（Gertude），哈姆雷特之母。

⑪ 黛絲德蒙娜（Desdemona），莎劇《奧賽羅》中奧賽羅之妻。奧賽羅受人挑撥，誤以為黛絲德蒙娜與人有染，在嫉恨之中殺死妻子，最後得知真相，悔恨無比，在她屍體旁邊自殺。

第十二章

加文的帳蓬裡很暗，只有一個裝著煤炭的平底鍋在底下微微發光。和英格蘭騎士的華麗大帳比起來，這座帳蓬顯得拙陋破舊。硬板床上有幾條奧克尼格紋的花呢，唯一的裝飾是盛著聖水的鉛製水壺，他用裡頭的水來做藥；水壺上刻著「湯瑪斯乃聖疾之良醫」，和一束枯乾的石南一起綁在柱上。這是他家中的守護神。

加文俯臥在花呢布當中，他正在哭，緩慢且無助地哭著，亞瑟坐在他身旁，拍著他的手。他的傷口讓他變得脆弱，不然他是不會哭的。老國王正試著安撫他。

「別難過，加文。」他說，「你已經盡力了。」

「這是他第二次饒我不死了，這個月以來第二次。」

「藍斯洛一直都很強，歲月似乎沒有在他身上留下痕跡。」

「那他為何不殺了我？我求他殺了我啊。我對他說，如果他讓我去養傷，只要我一復原，就一定會再度找上他。」

「而且，上帝啊！」他含著眼淚加上一句，「我的頭痛死了！」

亞瑟嘆了口氣，「這是因為你被擊中兩次，都打在同一處。運氣不好。」

「太丟人現眼了。」

「那就別想了。安靜地躺著吧，不然你又要發燒了，就沒辦法打長期戰，那我們該怎麼辦呢？要是加文不能領導我們上戰場，我們必敗無疑。」

「亞瑟，我不過是個稻草人。」他說，「不過是個壞脾氣的惡霸。我殺不了他的。」

「說自己一無是處的人總是最有能力。我們別再談論這話題了，說點快樂的事吧。比如說，英格蘭。」

「我們再也看不到英格蘭了。」

「胡說！我們春天就可以看到英格蘭。啊，春天都已經快到了呢。雪球花冒出頭好久了，而且我敢說，桂妮薇那兒的番紅花已經開了。她很擅於園藝。」

「桂妮薇對我很好。」

「我的桂妮對所有人都很好。」老人驕傲地說，「不知道她現在在做什麼？大概是要上床睡覺吧。或者她待到很晚，和你弟弟說話。想到他們此刻正在談論我們，感覺真好；或許他們正在談論加文的英勇佳話；或者桂妮正在說，她希望她的老傢伙回家去。」

加文在床上動個不停。

「我是有回家的念頭。」他低聲說，「如果藍斯洛像莫桀說的那樣憎恨奧克尼一族，他為什麼要放過奧克尼族的領主？也許他真的是錯殺了加瑞斯。」

「我很確定是錯殺。如果你願意幫忙結束這場戰爭，我們很快就能收兵。你知道，我們是在為了你的正義而戰。我和其他想要打仗的人最後都得遵從你的正義。如果你想要修兵談和，不會有人比我更高興。」

「欸，但我發誓要和他戰到至死方休。」

「你已經努力試過兩次了。」

「而且兩次都挨了一頓好打。」他苦澀地說，「他已經有兩次機會可以結束這場戰爭。不了，談和看起來實在是懦夫行逕。」

「最勇敢的人不在意別人把他們看作懦夫。記得吧，我們在歡樂堡外唱歌唱了好幾個月時，藍斯洛是怎麼躲在裡頭的。」

「我忘不了加瑞斯的臉。」

「這對我們大家來說都是件傷心事。」

加文試著思考，雖然思考對他而言可大非易事。在這黑暗的夜晚中，他頭上又受了傷，思考更是難上加難。自從在聖杯探險中加拉罕給了他那一擊，他就一直很容易頭痛，而現在，出於某種奇怪的巧合，藍斯洛在兩次決鬥中，又先後擊中同一處。

「只因為他擊敗我，我就該放棄嗎？」他問，「如果現在放棄，那就是夾著尾巴逃跑。如果我能在第三次約戰中讓他落馬，或許吧，然後饒了那位司令……那樣才公平。」

「英格蘭的田野很快就會綻放金鳳花和雛菊。」國王沉思道，「要是能夠贏得和平，那就太好了。」

「欸，還有春季放鷹。」

倒在黯淡床鋪上的人形因為費神回憶而扭動了一下，但隨即因直入腦部的疼痛而僵住。

「全能的上帝啊，我的頭在抽痛。」
「你要我拿塊濕布過來嗎？還是拿牛奶給你喝？」
「不了，就忍一下吧。那不會有用的。」
「可憐的加文，我希望你腦袋內部沒有受損才好。」
「受損的只有我的靈魂。我們談點別的吧。」
國王遲疑了，「我不該說太多的。我想我該走了，讓你睡一下。」
「啊，留下吧。別讓我自己一個人。我一個人無聊死了。」
「醫生說……」
「讓醫生下地獄去吧。稍等一下。握住我的手，和我說說英格蘭的事。」
「明天應該會有信來，到時我們就可以讀到一些英格蘭的事了。我們會有最新消息，年輕的莫桀會有信來，我的桂妮或許也會寫信給我。」
「從某方面來說，莫桀的信裡總有一種喝倒采的感覺。」
亞瑟隨即為他辯護。
「那是因為他的生活並不快樂。他心中一直都有股愛的火焰，這一點你用不著懷疑。桂妮說過，他所有的溫情都給了他母親。」
「他的確很喜歡我們的母親。」
「也許他愛上了她。」
「這就能解釋他為何會嫉妒你了。」
加文對這項發現感到驚訝，這想法還是第一次浮現在他腦海。
「也許這就是為什麼她和拉莫瑞克有染時，他會讓阿格凡爵士殺了她……可憐的孩子，這世界一直都錯待他。」
「他是我僅存的兄弟了。」
「我知道。藍斯洛的事是個悲慘的意外。」
洛錫安領主激烈地挪動他的繃帶。

「但這不可能是意外。要是他們戴著頭盔，我還可以這麼猜；但是他們頭上什麼都沒戴啊。他一定會認出他們。」

「我們常常談起這件事。」

「欸，這是沒用的。」

老人開口問話，語氣中帶著一股悲慘的無助：「加文，你覺得你永遠也無法原諒他嗎？我不是想替他開脫，但要是司法正義可以用慈悲之心加以調和……」

「等他讓我逮到任我處置的時候，我會調和的，但在此之前想都別想。」

「嗯，這事由你決定吧。應該是醫生來跟我說我待太久了。進來吧，醫生，進來吧。」

不過來人是興沖沖的羅契斯特主教，還帶著幾個包裹和一盞鐵製提燈。

「是你啊，羅契斯特。我們還以為是醫生呢。」

「晚安，大人。你也晚安，加文爵士。」

「晚安。」

「今天頭怎麼樣了？」

「好些了，謝謝你，大人。」

「嗯，這是個大好消息。」

他開玩笑似的加了一句，「而我呢，也帶了一些好消息過來。信差來早了！」

「有信！」

「有一封是給你的，」他把信拿給國王。「是封長信。」

「有我的信嗎？」加文問。

「恐怕這星期沒有。你下次的運氣會好一點。」

亞瑟拿著信走到提燈旁，打開封口上的火漆。

「請容我讀一下信。」

「當然，有英格蘭的消息來，我們總不能死守那些禮儀不放啊。天哪，加文爵士，我從沒想過我在有生之年會成了個朝聖信徒，還在異地尋歡作樂……」

主教的閒談停了下來。亞瑟動也不動。他的臉既沒變紅、也沒變白，既沒讓那封信掉下來，也沒盯著前方某處看。他靜靜讀著，但羅契斯特沒再說話，加文也用一隻手肘把自己撐起。兩人張著嘴巴，看著他讀信。

「大人……」

「沒事，」他揮了揮手。「抱歉。有新消息。」

「我希望……」

「讓我看完，拜託。去和加文爵士說話吧。」

加文問道：「莫非有壞消息……我能看嗎？」

「不，拜託，一分鐘就好。」

「莫桀嗎？」

「不，沒事的。醫生說……大人，我想和你到外面說話。」

加文開始使勁要讓自己坐起來。

「告訴我。」

「沒什麼好生氣的，躺下。我們很快就回來。」

「如果你們不告訴我就離開，我會跟出去的。」

「沒事的，你會弄傷你的頭。」

「到底說了什麼？」

「沒事，只是……」

「嗯？」

「好吧，加文。」他突然崩潰了。「看來莫桀已經在他的新黨支持下公開自立為英格蘭國王了。」

「莫桀！」

「他對他那群『持鞭人』宣布我們死了，你看，」亞瑟說，彷彿這是某種需要解釋的問題。「然後……」

「莫桀說我們死了？」

「他說我們死了，然後……」

但是他仍無法說出口。

「然後怎麼了？」

「他要和桂妮結婚。」

瞬間一片死寂，主教茫然地將手移向胸前的十字架，加文則緊緊抓著那些紅色布塊。然後他們不約而同地開口。

「護國公他……」

「這不可能是真的。一定是在開玩笑。我弟弟不會做那種事。」

「可惜這是真的。」國王耐著性子道，「這封信是桂妮捎來的。天曉得她是怎麼撐過這一切。」

「王后的年紀……」

「他宣告即位之後就向她求婚。她孤立無援，所以已經接受他的求婚。」

「接受了莫桀的求婚！」

加文設法把讓雙腿垂盪到床邊。

「舅舅，把信給我。」

他從那隻無力的手中拿過信（那隻手主動投降了），把信紙湊到燈光底下讀了起來。

亞瑟繼續解釋。

「王后接受莫桀的求婚，請求到倫敦去打點她的嫁妝。她帶著幾個仍然忠心耿耿的人去了倫敦後，突然逃進倫敦塔，封住閘門。感謝老天，那是座堅固的要塞。他們現在把倫敦塔團團圍住，莫桀還用上了槍。」

羅契斯特困惑地問道：「槍？」

「他用了大砲。」

這已經超出這位老修士的理解範圍了。

「這實在太難以置信了！」他說，「先是說我們死了，他要和王后結婚！然後還用大砲……」

「現在槍已經送到，」亞瑟說，「圓桌完了。我們得快點回家。」

「用大砲對付血肉之軀！」

「我們一定要馬上回去馳援，大人。加文可以留在這裡……」

但奧克尼領主下了床。

「加文，你要幹什麼？馬上躺下。」

「我要和你一起回去。」

「加文，躺下。羅契斯特，幫我讓他躺好。」

「我最後一個兄弟打破了他的忠誠誓言。」

「加文……」

「而藍斯洛……噢，天啊，我的頭！」

他在黯淡的燭光下搖搖晃晃地站著，兩手抱著頭上的繃帶，他的影子怪異地繞著帳蓬柱子打轉。

第十三章

愛爾蘭的安貴斯曾做過一個夢，夢中有一陣風來，將他們所有的城堡和城鎮都吹倒了。現在這陣風也正打算這麼做。它環著班威克城堡吹，吹在所有管風琴的音栓上，製造出來的噪音像是未經處理的絲團在林間被人拉開；像是我們用梳子拉扯頭髮；像是成堆細沙從鏟子傾落到沙上；像是大幅亞麻布被撕裂；像是遠方戰場上的鼓聲；像是一條看不到尾巴的長蛇蠕動著穿過這世界下層的樹木和房舍；像是老人的嘆息、女人的哭號和狼群奔跑的足音。風在煙囪中呼嘯、嗡鳴、顫動、發出轟隆隆的聲響，最重要的是，它聽起來像是活物：某種怪獸般的原始生物，正為了它的噩運哀泣。這是但丁的風，風裡帶著迷途的愛侶與鶴鳥：無法安息的撒旦輾轉騷動著。

在西面的海中，它攪亂了平靜的海面，生生將水拉出水面，變成泡沫後席捲而去。在乾燥的陸地上，它讓樹木傾倒於前。盤根錯節的棘木兩兩並生，一棵樹呻吟著抵在另一棵痛苦尖叫的樹上。樹上搖擺著發出劈啪聲響的枝條間，鳥兒頭頂著風，身體呈水平，細小的腳爪則成了錨。斷崖上的遊隼堅忍地坐著，羊排鬍給雨水弄成一綹綹，潮濕的羽毛在頭上豎直起來。野雁在微光中朝牠們夜晚的巢穴飛去，在那股氣流中，牠們幾乎一分鐘也前進不了一碼，而牠們驚惶的叫聲又被風往後吹去，所以雖然牠們只飛了幾呎高，你得先看著牠們飛過去後，才能聽見牠們的聲音。綠頭鴨和赤頸鳧高飛而來，狂風緊追在身後，於是牠們還沒到達目的地就消失了。

刺骨強風在城堡門下折磨著狂擺不已的燈心草。它們呼地湧進螺旋梯道間，震得木製百葉窗喀喀作響，一路尖聲哀叫著穿過關閉的窗扇，把冰涼的掛毯捲成嚴寒的波浪，在浪間尋找船脊龍骨。石砌高塔在風中顫抖，像樂器上的低音絃班抖個不停；塔上的瓦片飛了出去，斷斷續續撞擊幾次後整個粉碎了。

波爾斯和布雷歐貝里斯此時正蜷縮在明亮的火爐前；苦寒的風吹襲下，火所投出來的光彷彿不帶半點熱度。火焰本身也彷彿凍結了，看起來像是漆上去的。他們的思緒被這陣怪風攪亂了。

「但是他們為什麼走得這麼急？」波爾斯抱怨道，「我從來就不知道圍城可以拔營拔得這麼快。他們連夜拔營，簡直像被風吹跑似的。」

「他們一定是接到了什麼壞消息，英格蘭那邊一定出事了。」
「或許吧。」
「如果他們決定要原諒藍斯洛，他們一定會送信來。」
「看起來的確很怪，一句話也沒說，轉眼間就駕著船走了。」
「你想會不會是哪裡有叛亂？康瓦耳？威爾斯？還是愛爾蘭？」
「先住民總是會惹出事來。」布雷歐貝里斯木然地同意。
「我倒覺得不會是叛亂。我覺得是國王病了，必須快點回家。不然也可能是加文病了。藍斯洛第二次擊中他的時候，或許是打在他腦殼上？」
「或許吧。」
波爾斯擊打著火焰。
「就這麼走了，一個字也沒說！」
「藍斯洛怎麼不做點什麼呢？」
「他能做什麼？」
「我不知道。」
「國王已經將他放逐了。」
「是的。」
「那就什麼也不能做了。」
「即使如此，」布雷歐貝里斯說，「我還是希望他能做點什麼。」
塔樓樓梯底下的門喀地一聲開了，掛毯向外飛捲、燈心草立了起來，爐火也冒出黑煙，藍斯洛的聲音在風中響起，叫著：
「波爾斯！布雷歐貝里斯！德馬瑞斯！」
「在這裡。」
「哪裡？」
「上面這裡。」

遠處的門關上，房間又靜了下來。燈心草也再次躺下；剛剛他們在這裡還不大聽得見藍斯洛的吼叫聲，但現在，他踩在石階上的腳步聲聽起來十分清晰。他匆匆忙忙進來，還拿著一封信。

「波爾斯，布雷歐貝里斯，我已經找你們好一會了。」

他們已經起身。

「英格蘭送了一封信來，因為風的關係，信差的船擱淺了，就在五哩遠的海岸邊。我們要馬上動身。」

「去英格蘭？」

「對，對。去英格蘭，當然了。我已經和萊尼爾說了，要他當運輸官；波爾斯，我要你負責監看草料。我們得等到這陣狂風平息下來才能走。」

「我們是要去幹麼？」波爾斯問。

「你應該把消息告訴我們……」

「消息？」他含糊地說，「現在沒時間談這個，我會在船上和你們說。喏，讀一下信吧。」

他把信拿給波爾斯，沒等他們回應就離開了。

「哎呀！」

「讀看看上面寫些什麼吧。」

「我甚至不知道信是誰送來的啊。」

「或許信上有說。」

然而這兩人的研究才做到日期的部分，藍斯洛就再度出現。

「布雷歐貝里斯，」他說，「忘了說，我要你照看馬匹。得啦，把信給我。如果你們兩個想把這信拼出來，你們會讀上整夜的。」

「那上面說了什麼？」

「消息大多是信差說的。據說莫桀對亞瑟樹起叛旗，自立為英格蘭的領袖，還向桂妮薇求婚。」

「但她已經結婚了啊。」布雷歐貝里斯有異議。

「這就是他們放棄圍城的理由。後來，莫桀似乎從肯特發兵阻止國王登陸。他宣布亞瑟已死，更把王后圍在倫敦塔裡，還用上了大砲。」

「大砲！」

「他和亞瑟在多佛開戰，要阻止他登陸。戰況很糟，半是海戰、半是陸戰，不過此戰國王得勝。他成功登陸了。」

「信是誰寫的？」

藍斯洛頹然坐倒。

「是加文送來的，是可憐的加文送來的！他死了。」

「死了！」

「他怎麼能寫……」布雷歐貝里斯想要問話。

「這是封可怕的信。加文是個好人，你們都逼我去和他對戰，你們不了解他的內心。」

「讀信吧。」波爾斯不耐地提議道。

「看來我在他頭上弄出來的傷口很危險。他不該隨軍動身的，但他既孤單又傷心，還遭到背叛。他僅存的弟弟成了叛徒。他堅持要回去幫助國王，在登陸戰中，他試圖出擊，但卻不幸給人在舊創上打了一記，幾小時後就死了。」

「我不懂你有什麼好難過的。」

「聽我讀這封信吧。」

藍斯洛把信拿到窗邊，陷入沉默，檢視信上的筆跡。這筆跡有動人之處，字大異其人。加文不是那種會讓你聯想到作家的人物；其實，要是他和多數人一樣是個不識字的文盲，或許還更自然些。然而他在這裡所寫的，並不是當時通用、看起來像釘子一樣的哥德體，而是可愛的古老蓋爾草書，字跡依然端正工整、渾圓小巧，就像他在黯淡的洛錫安向某位年老聖人甫習得時的初時筆觸。由於他絕少寫字，所以這門藝術得以保有它的美。那是一名年老女僕的手、或者是某個守舊男孩的手，他坐在那裡，兩腿圈住凳子腳，一邊吐著舌頭，一邊小心寫字。他帶著天真的精確、帶著優美的老式筆尖穿過悲傷與熱情，邁入老年。彷彿有個快樂的孩子從黑色的鎧甲中走出，是個鼻端還掛著鼻涕的小男孩，他赤著腳，腳趾發藍，手指像一把細瘦胡蘿蔔，抓著一枝海藻根。

致藍斯洛爵士，我生平見聞所有高貴騎士中之花：我，加文爵士、奧克尼洛特王之子、高貴的亞瑟王之甥，在此向您我願世人皆知曉，我，圓桌騎士加文爵士，希望能死在您手中——雖然這並非您的義務，卻是我本人的請求。因此我懇求您，藍斯洛爵士，再次回到這塊土地上，面見我的墳墓，當您向上帝祈禱時，請多少為我的靈魂祈福。

今日有人再次擊傷您先前給我的那道傷口，寫下這封手信的同時，我正因此瀕臨死亡，藍斯洛爵士——也許我無法死在更高貴的人手中。

致意。

又，藍斯洛爵士，為了您我之間的一切情誼……

藍斯洛沒再繼續讀下去，將信扔到桌上。

「就這樣吧，」他說，「我沒法讀下去了。他催促我快馬加鞭去幫助國王對抗他弟弟，對抗他最後的親人。加文愛他的家人，波爾斯，最後他卻誰也沒有了。但他寫信來原諒我，還說這是他的錯。上帝明白，他是個正直善良的弟兄。」

「國王的事我們要怎麼做？」

「我們得盡快動身到英格蘭。莫桀已經撤退至坎特伯雷，在那裡另闢戰場。消息被暴風雨耽擱，所以這場戰事或許已經結束。一切均不宜遲。」

布雷歐貝里斯說：「我會去照看馬匹，我們何時出航？」

「明天。今晚。現在。風一停就走。我們要一路馬不停蹄。」

「很好。」

「還有你，波爾斯，草料就由你負責了。」

「是。」

藍斯洛跟著布雷歐貝里斯走向樓梯，但在門邊又轉過身來。

「王后被圍困，」他說，「我們一定要救她出來。」

「是。」

最後只餘波爾斯一人留下與那陣風相伴，他好奇地撿起那封信，湊近逐漸微弱的火光，欣賞著寫得像z的g、彎彎曲曲的b、圓弧形的t，它們像是耕犁的齒刃一般，每道犁出來的細線都甜美得像新土，不過這道犁溝一路漫遊著走向終點。他翻過那風呼呼吹著。

信紙，看著褐色的簽名。他費力地拼讀出結語——是用嘴巴逐一發聲來拼字的，在此同時，燈心草開始狂擺、黑煙噴了出來，

我在今日書寫此信，就在我死亡的兩個半小時前親自寫下此信，以我心之血署名。

奧克尼的加文

他把「加文」這名字拼了兩次，咂了一下嘴。「我想，」他懷疑地高聲說道，「他們在北方是不是把這名字的音發成『庫丘蘭』[1]？這些古老語言實在很難說啊。」

他把信放下，走到沉悶的窗邊，開始哼起一首叫作《金雀花，山丘上的金雀花》的調子，這首歌的歌詞已經在時間的浪潮中為人所遺忘。或許它們就像現代的歌詞，說的是：

強壯的血依然，高地之心依然，
我們在夢中見到赫布里底群島。[2]

① 庫丘蘭（Cuchullain），愛爾蘭民間傳說中著名的英雄。

② 此為十八世紀的蘇格蘭歌曲，作者佚名，描繪蘇格蘭高地人即將航海遠颺，移民到陌生土地的心境。

第十四章

同一股悲風呼嘯著環繞旋過國王位於坎特伯雷的大帳。外間喧鬧，相形之下裡面有股安祥的寧靜。大帳內陳設富麗，懸著王室掛毯（圖案是烏利亞，仍自處於被砍成兩半的瞬間），臥榻上鋪著厚厚的毛皮，燭光閃爍。這並非一般帳篷，而是一頂天幕帳。國王的鎖子甲在後方架上，發出幽沉的光芒。一隻動不動就大叫的粗野鷲鷹戴著頭罩，一動也不動地站在一根像是給鸚鵡用的棲木上，正在牠祖先的惡夢中沉思。一隻白得像象牙的靈猩犬四足蜷曲而臥，尾巴捲曲成靈猩特有的鐮刀形，用那雌鹿般溫柔的眼睛憐憫地看著老人。一張華麗的琺瑯棋盤放在床邊，碧玉與水晶製的棋子站在上頭，最後的棋局是擒王棋。紙張四處散落，蓋住了祕書的桌子、閱讀桌、還有幾張凳子——這些枯燥的文件有政府（依然勇敢屹立）文件，有法律（仍有待編纂）文件，有當日的軍需、軍備文件和命令。一冊攤開的厚重帳本底下壓著一張便箋，便箋的內容是要吊死一名不幸的違紀士兵，他是蘭恩的威廉，因搶劫而被判處絞刑。祕書端正的筆跡在便箋邊緣寫下他簡潔的墓誌銘：「吊」，正適合這種悲劇的氣氛。那張閱讀桌被成堆文件淹沒，有請願書，也有備忘錄，數目多得數不清，但所有文件都已由國王裁定並簽字。獲得國王同意的文件上，他會謹慎地寫下「批可」，而遭到駁回的請願書上，他會寫下王室慣用的謙詞「再議」。閱讀桌和椅子一體成形，國王本人此刻正消沉地坐在那裡。他的頭枕在文件上，把它們弄散了。他看起來彷彿死了——他也確乎快死了。

亞瑟累垮了，被先後發生在多佛和巴罕道①的兩場戰役給擊垮。他妻子被囚，老友遭逐，兒子正打算要殺他。加文下葬了，他的圓桌瓦解了，而他的國家陷入戰火。但是，如果他心中的根本信條尚未毀壞，他仍能夠以某種方式承受這一切。很久很久以前，當他的心還是那名叫做小瓦的敏銳男孩時，那位甩著一口白鬍子的老者曾好心教導他。梅林教他相信，人可以變得完美；教他相信，大體而言他是好人，不是壞人；教他相信，美好的德性是值得擁有的；教他相信，沒有原罪這回事。基於人性本善的假設，他被鍛造成一項用來助人的武器，那位年老昏聵的導師將他鍛造得像是巴斯德、居禮或那位堅忍不拔的胰島素發現者③。他命中註定要對抗「武力」這項人性的精神疾病。在梅林盡心盡力的教導下，亞瑟的圓桌、他對騎士道的信念、他的聖杯、他對司法正義的犧牲奉獻，一步一步踏著先進革新的腳步。他就像終其一生追蹤癌症根源的科學家。強權——他要結束它——他要讓人民更快樂。但這一切都建立在「人性本善」的大前提上。

回顧一生，他覺得自己似乎一直都在防堵洪水，只是無論什麼時候去檢查，都會發現新決口，他必須一再重新防堵。洪水的名字就是「強權」。早年尚未結婚時，他試圖以暴制暴（在對付蓋爾同盟時），最後卻只發現，錯上加錯並不會得到正面的結果。不過他終究粉碎了封建勢力獲勝的夢想。爾後，他想用圓桌約束暴政，好讓這股力量能夠用於正途。他派出信仰強權的人去拯救受壓迫的人，去行俠仗義——他要他們鎮壓貴族的個人武力，如同他鎮壓其他國王的武力。他們照做了，直到歲月推移，目的達成，武力仍不受他掌控。於是他找了一條新管道：送他們去執行上帝的任務，去尋找聖杯。這也失敗了，因為找到聖杯的人達到完美的境界，離開塵世；但未能找到聖杯的人很快就故態復萌。最後他想訂出使用武力的準則，也就是說，用法律將它們綁死。他試著編纂規範個人武力濫用的法條，這樣就能用客觀的國家司法約束這些行為。他做了心理準備，要犧牲他的妻子與摯友來成就司法的客觀性。此後，個人武力雖然似乎受到約束，但強權主義又改頭換面從他身後跳了出來——那是集體武力、群體暴力，以及許多無法接受個別法律的軍隊。他約束了單一個人的武力，卻發現這些單一個人的武力其實是多數人的集體武力。他克服了謀殺，卻得面對戰爭。沒有法律能夠應付這個問題。

他早年對抗洛特和羅馬獨裁官的戰爭，是為了推翻封建的戰爭協定，如獵狐和勒贖賭盤之類的事。為推翻這樣的協定，他引入總體戰的概念。而今他已年老，相同的總體戰爭又回來賴著不肯走了；這是全然的憎恨，是最現代的敵對狀態。

現在，國王閉著眼睛把額頭靠在文件上，試著讓自己無知無感。因為，如果原罪確實存在，如果人性本惡，如果聖經所言不虛，人心終究狡詐且邪惡無比，那麼，他此生的目標就什麼也不是了。如果他試圖移植騎士道與司法正義的對象是那些「持鞭人」，是「蠻人」而非「智人」，那麼，騎士道與司法正義也無異於幼稚的幻想。

這想法後面還躲著一個更糟的念頭，他不敢面對。或許人性既不善也不惡，人類不過就是個沒有感覺的機器——人的勇氣不過是對危險的反射行為，像是被針扎到時會自動跳起來一樣；或許這世上並沒有美德這回事（除非被針扎到後跳起來也算是一種美德），而人性不過是隻機器驢子，跟在愛的鐵製胡蘿蔔後面，繞著無意義的繁衍踏車行走；或許武力是一種自然法則，而活下來的人得適應這項法則；或許他自己……

不過他無法再深思下去了。他覺得他兩眼之間有什麼東西正在萎縮，就在鼻子與顱骨相接的地方。他睡不著，他做了惡夢。明天就是最後決戰了。他還有這許多文件要讀要簽，不過他既無法讀、也無法簽。他沒法把頭從桌面上抬起來。

人為何而戰？

這個老人一直都是個謹守本分的思想家，不是那種天啟的類型。現在，他倦極了的大腦又落入一貫的迴圈：他已經踩著沉重的腳步在那些磨耗過度的道路走過好幾千次，就像是繞著踏車行走的驢子一樣，卻仍徒勞無功。

究竟是邪惡的領導者帶領無辜的群眾走向殺戮？還是邪惡的群眾依己所欲選出領導者？表面上看來，似乎沒有哪個領導者能逼迫上百萬名英格蘭人改變意志。比如說，如果莫桀亟欲讓所有英格蘭人都穿上襯裙，或是要他們全都倒立，他們當然不會加入他的黨派吧？不管他所提供的誘因有多麼巧妙、多麼有說服力、多麼狡詐、或有多麼令人敬畏，他們都不會加入。領導者當然要提供某種具吸引力的東西給他所領導的人吧？他或許是推了這座將傾的高樓一把，但是這座高樓倒塌以前，本身就已經搖搖欲墜了吧？若是如此，那麼戰爭就不是一群清白無辜的溫和人民在邪惡之人帶領下所造成的不幸，它們是民族運動，起源更深奧、更幽微。其實，他也不覺得帶領這國家走向悲慘境地的人是他或莫桀。如果要帶領國家往哪個方向走就像牽繩遛豬那麼容易，他怎會無法將國家帶往騎士道、帶往司法正義、帶往和平之途呢？他一直都試著這麼做啊。

再者（這是第二個迴圈），這就像是地獄——如果造成這個悲慘景況的人不是他，也不是莫桀，那該歸咎於誰？戰爭真正的起源到底是什麼？因為任何一場戰爭似乎都深植於先前的戰事。從莫桀回溯到摩高絲、從摩高絲回溯到烏瑟．潘卓根、再從烏瑟回溯到他的祖先。這似乎就像是該隱殺了亞伯，竊取他的國家，而後亞伯的後人想要贏回祖先的財產。世代更迭，人們就這麼繼續下去，以牙還牙，以眼還眼。沒有人獲得什麼好處，兩敗俱傷，但每個人都無法逃開。現在的戰爭可能是莫桀引起的，或是亞瑟自己引起的。但也是那上百萬名「持鞭人」引起的，是藍斯洛、桂妮薇、加文引起的，是所有人引起的。用劍之人最後必然死於劍下。只要人拒絕原諒過去，一切的終點都必然是悲傷。要矯正烏瑟與該隱的惡行，唯有既往不咎。

姊妹、母親與祖母，一切都根植於過去！一個世代所做的任何事都可能會在另一個世代中造成無法預估的後果，所以即便是打個噴嚏，也無異於對池塘投出一塊石頭，漣漪可能會打在最遠的塘岸上。人唯一的希望似乎就是什麼事都不做，不管面對任何事都不拔劍，讓自己像一塊沒有丟出去的石頭那樣靜止不動。但這太可怕了。

什麼是公理？什麼是不義？作為與不作為之間又有什麼差別？這位年邁的國王心想，如果能再年輕一次，我要把自己埋進僧院，因為我怕任何作為都會導致災禍。

既往不咎是首要之務。如果一個人的所作所為、一個人父親的所作所為，都是一連串無止無盡、最後註定會血淋淋地破滅的「作為」，那就必須把過去抹消，創造一個新的開始。人必得做好準備，說：對，該隱是不義的，但我們若想撥亂反正，就只能接受現狀。土地已受劫掠、人民已遭殺戮、而國家也已蒙羞。現在，讓我們遺忘過去，重新開始，而不是一邊前進、又一邊後退。我們不能用冤冤相報的方式構築未來。讓我們像兄弟一樣坐下來，接納上帝的和平吧。

不幸的是，人們確實這麼說過，每次戰爭都這麼說過。他們總是說，這次戰爭是最後一次，此後樂園就會到來。他們一直想重新建立前所未見的新世界，但當時機來臨，他們就變笨了。他們像是一群喊著要蓋房子的小孩，真要蓋的時候，又沒有實行的能力。他們不知道要如何挑選正確的材料。

老人的思路變得崎嶇難行了。它們只是帶著他周而復始原地打轉，哪兒也去不了：但他已經習以為常，所以也停不下來。他進入另一個迴圈。

或許就像共產主義分子約翰・鮑爾所說，戰爭最大的成因就是私有財產。「英格蘭走的路是錯的，」他說：「它會一直錯下去，直到一切都由眾人共有為止，到那時候，就沒有農奴與貴族之別了。」或許戰爭開打的原因在於，人總愛說「我的」國家、「我的」妻子、「我的」愛人、「我的」東西。這想法一直深藏在他、藍斯洛、及所有人的內心深處。或許，打從人們有什麼東西不願彼此共享，想要獨占的那一天開始，戰爭便存在了，即便那是榮譽和靈魂也一樣。飢餓的野狼會攻擊肥美的馴鹿、窮人會搶劫銀行家、農奴會革命反抗上流階級、窮國會和富國打仗。或許戰爭只會在擁有某種東西的人和沒有那種東西的人之間發生。你要與此對抗時，會被迫認清一個事實：無人能定義什麼叫「有」，如果穿著銀鎧甲的騎士碰上一個穿著金鎧甲的騎士，他馬上會說自己「沒有」。

但是，他想，無論「有」要如何定義，暫且假定它可能就是問題的關鍵所在吧。

我有，而莫桀沒有。他駁斥了這自相矛盾的想法：說莫桀或我是這股風暴的推手並不公平。因為，其間的力量錯綜複雜，我們不過是有名無實的首腦罷了；這些力量似乎潛藏在一種脈動之下。就好像社會的架構中自有一股脈動存在似的。莫桀現在幾乎可說是無助地被多得數不清的人推著跑；那些人或許信仰約翰・鮑爾，希望藉由宣稱萬物平等以取得權力去支配同胞，也或許他們在動盪之中看到機會，想藉此提升自我力量。這股脈動似乎是來自下層，如鮑爾和莫桀手下那些想要往上爬的落水狗；如因無法成為圓桌領袖而心生怨恨的騎士；如冀望致富的窮人；如渴望權力的人。而我的手下正是那些身為領袖的騎士（對他們來說，我不過是個權威模範、是個幸運符），他們是要捍衛自身財產的富人，是不想失去權力的權貴。這是一場「有」與「沒有」的武力交會，一場人民間的瘋狂鬥爭，而非領袖間的衝突。但這部分暫且不表，我們先假定這個不明確的概念是真的，也就是戰爭是因「有」而起。這樣一來，最好的做法就是拒絕擁有任何東西。就像羅契斯特曾說過的，此為上帝的忠告。這世上有受仇視的視線威脅的富人，也會有兌幣人。因此教會不能太過介入俗世的悲傷；因此羅契斯特說，因為所有的國家、階級和個人總是在大喊：「我的，我的。」而教會所受的指示卻是說：「我們的。」

若是如此，這就不只是共享財富的問題了，而是共享一切的問題——包括思想、感覺與生命。上帝告訴人們，他們必須放棄以個人的方式生活。他們必須走入生命的力量，就像滴水進入河川一般。上帝說，只有拋棄嫉妒之心、拋棄個人微不足道的快樂與悲傷，才能夠和平死去，進入天國。凡要救自己生命的，必喪掉生命。

不過這顆年老的白色腦袋中有某種東西讓他無法接受上帝的觀點。當然，沒有子宮，就沒有子宮癌。徹底而猛烈的治療能夠切除一切——連生命也一起切除。再理想的忠告，若無人能遵循，也無濟於事。將塵世變成天堂是無效的。

另一個已然磨耗的迴圈轉到他眼前。或許戰爭是出於恐懼：恐懼信賴。除非這世上有真相、除非人所說的都是真相，否則自身以外的一切皆危險。你會對自己說真話，但你可不敢肯定鄰居的話句句屬實。而這個不確定性最後會讓鄰居成為威脅。至少，這會是藍斯洛對戰爭的解釋。他以前總說一個人最寶貴的資產就是他所說的話。可憐的藍斯，他已經打破他的承諾：但無論如何，這世上沒有幾個像他這麼好的人了。

或許戰爭之所以發生，是因為那些國家不信賴彼此的承諾。因為他們害怕，所以他們對戰。國家就像人，也有自卑感和優越感，也會想要報復，也會害怕。把國家擬人化是合理的。

懷疑與恐懼、擁有與貪婪、對先代恩怨的憤怒，這些似乎都是戰爭的一部分，卻都不是解決之道。他看不到真正的解決之道。他已經太老、太疲倦、太悲傷，無法做出建設性的思考。他不過是個懷抱善意的人，僅因那位擁有某種人性弱點的古怪法師鞭策，才走上思考之途。司法正義是他最後的努力——不做不義之事。不過最後也失敗了。實在太困難了。他已經筋疲力盡。

亞瑟抬起頭，證明他還沒有完全筋疲力盡。他心中有某種東西不會被打倒，那是一種簡單的莊嚴色彩。他坐直身子，把手伸向鐵鈴。

「見習騎士，」他說。小男孩一面快步走進來，一面用指節揉著眼。

「大人。」

國王看著他。即使在他最困厄時，他依然能注意別人，尤其是新來的人，或表現得體的人。他去帳篷安慰受傷的加文時，其實比對方更需要安慰。

「我可憐的孩子，」他說，「這時你應該已經上床睡覺了。」

他以一種緊張又空乏的關切看著那個男孩，他已經很久沒看過年少的天真與篤定了。

「喏，」他說，「你能把這張便箋拿去給主教嗎？要是他睡了，就別吵醒他。」
「大人。」
「謝謝你。」
那個生氣蓬勃的小傢伙走出去後，他又把他叫了回來。
「噢，見習騎士？」
「大人？」
「你叫什麼名字？」
「湯姆，大人。」少年很有禮貌地說。
「你住在哪裡？」
「靠近華威的地方，大人。」
「靠近華威的地方。」
老人似乎在試著想像那地方的模樣，彷彿它是地上天堂、或曼德維爾③筆下的國家。
「那地方叫紐伯雷維爾，很漂亮。」
「你幾歲了？」
「我十一月就滿十三歲了，大人。」
「而我讓你整晚都不能睡覺。」
「不，大人，我在馬鞍上睡很多了。」
「紐伯雷維爾的湯姆，」他說，語氣帶著驚奇。「我們似乎把很多人都扯進來了。告訴我，湯姆，明天你打算怎麼辦？」
「我要上場打仗，大人。我有一把好弓。」
「你要用這把弓殺人嗎？」
「是的，大人。要殺很多人，我希望如此。」
「要是他們來殺你呢？」
「那我就死了，大人。」

「我了解了。」

「我現在可以去送信了嗎？」

「不，等一下。我想找個人說說話，不過我的腦袋有點糊塗了。」

「要我拿杯葡萄酒來嗎？」

「不了，湯姆。坐下來，試著好好聽我說。把凳子上的西洋棋子拿開。別人和你說話的時候，你都能理解嗎？」

「是的，大人。我的理解力很好。」

「那麼，如果我要你明天別去打仗，你能理解嗎？」

「我想去打仗。」他堅決地說。

「每個人都想打仗，湯姆，但沒有人知道原因。如果我叫你別去打仗，就當作國王格外開恩吧，你會聽命嗎？」

「只要您吩咐，我就聽命。」

「那麼，聽好。在這裡坐一會兒，我要告訴你一個故事。我已老邁，湯姆，你還年輕。我希望，當你年老的時候，你能對別人說我今晚告訴你的故事。你了解這項要求嗎？」

「是的，大人，我想我了解。」

「這麼說吧。從前有個國王叫亞瑟王，也就是我。他登上英格蘭王座時，發現所有國王和貴族都像瘋了一樣彼此爭戰。而且，因為他們有錢，能夠在對戰時穿著昂貴的鎧甲，所以根本無法阻止他們為所欲為。他們做了很多壞事，因為他們行事的準則是武力。現在，這個國王有個想法，那就是，如果人一定要使用武力，就應該好好利用它，要讓它代表正義發聲，而不是為武力而武力。你要記著這一點，孩子。他認為，如果他能夠讓他手下的貴族為真理而戰，濟弱扶傾，振弱除暴，那樣一來，他們的爭戰就不會像以前那樣糟糕。因此，他把他認識的那些真誠仁慈的人集結起來，為他們披上鎧甲，讓他們成為騎士，拿他的想法教導這些人，讓他們在圓桌旁坐下。在那段快樂的時光中，他們有一百五十人，而亞瑟王全心全意愛著他的圓桌。他為它感到驕傲，程度更勝於他對他愛妻的感情。有許多年，他的新騎士四處遊歷，殺死食人魔、拯救少女、救出可憐的囚犯，試著導正世界。這就是國王的想法。」

「我覺得那是個很好的想法，大人。」

「是，也不是。只有上帝知道。」

「國王最後怎麼了呢？」就在故事似乎要中斷的時候，孩子開口問道。

「由於某些緣故，事情走調了。圓桌分裂，一場苦鬥開打，大家都被殺了。」

男孩信心滿滿地插嘴。

「不，」他說，「才不是這樣呢。國王贏了。我們會贏的。」

亞瑟微微一哂，搖了搖頭。現在的他只想聽真相。

「大家都被殺了，」他重複方才的話，「只有一名見習騎士活了下來。我知道我在說什麼。」

「大人？」

「這名見習騎士是年輕的湯姆，他來自華威附近的紐伯雷維爾，雖然這讓年老的國王蒙受羞辱之痛，但他在戰爭前夕將他遣走了。你看，國王想要讓某個人留下來，某個記得他們偉大想法的人。他非常希望湯姆回到紐伯雷維爾，在那裡長大成人，在華威郡過著和平的日子——國王還希望他把這個古老的想法告訴所有願意聆聽的人，把他們兩人都一度認為很棒的想法告訴那些人。湯瑪斯，你是否能做到這點，以取悅國王？」

孩子純真的眼裡帶著絕對的真誠，「我會為亞瑟王做任何事。」

「真是個勇敢的小傢伙。現在聽好了，老兄。別把這些傳奇人物搞混了。對你說出我心中想法的是我本人。命令你立刻乘馬到華威郡去、明天不許帶弓上戰場的也是我本人。這些你都了解嗎？」

「是的，亞瑟王。」

「你可願承諾，從此以後要珍惜你的生命？你可願記住，你就像一艘承載著這想法的小船，萬一情況不對，所有希望都取決於你的生命能否繼續？」

「我會的。」

「我這樣利用你似乎太自私了。」

「對您卑微的見習騎士來說，這是一項榮譽，好大人。」

「湯瑪斯，我對這些騎士的想法就像是一根蠟燭，就像眼前這些蠟燭。我帶著它許多年了，用我的手遮護它，讓它不受風吹。它常常搖曳不定。現在我要把蠟燭交到你手上——你不會讓它熄了吧？」

「它會繼續燃燒的。」

「好湯姆。帶著光亮的人。你說你幾歲了？」

「快十三歲了。」

「那麼，這或許會花上你六十幾年的光陰。那是半個世紀的時間啊。」

「我會將它傳給別人的，國王。傳給英格蘭人。」

「你會在華威郡對他們說：啊，他有一根非常美麗的蠟燭？」

「是的，伙伴，我會的。」

「那麼，啊，湯姆，因為你必須快點動身，帶著你所能找到最好的小馬走吧，往後方到華威郡去。伙伴，那不是杓鷸嗎？」

「我會往後方去的，伙伴，蠟燭會繼續燃燒。」

「好湯姆，願上帝祝福你。在你離開以前，別忘了把信送給羅契斯特主教。」

小男孩跪了下來，親吻他主人的手——他的外衣看來新得可笑，上面有馬洛禮家的紋章圖記。

「我英格蘭的王。」他說。

亞瑟溫柔地扶起他，在他肩上吻了一下。

「華威的湯瑪斯爵士。」他說——然後那男孩離開了。

華麗的茶色帳篷空了。風聲哭號，燭影搖曳。垂垂老矣的老人坐在閱讀桌邊，等待著主教。現在他的頭又伏在紙頁上了。蠟燭恍如鬼火般燃燒；靈猩看著他的時候，倒映燭光的雙眼宛如兩只帶著野性光芒的琥珀杯。莫桀的大砲整夜按兵不動，以待清晨之戰。現在砲彈已經落下，在外面發出重擊。國王放棄他最後的努力，向悲傷讓步。甚至當訪客拉起帳篷垂幕時，他沉默的眼淚依然沿著鼻子滑落在羊皮紙上，發出規律的滴答聲，有如一座古老時鐘。他轉過頭去，不想讓對方看到，他無法表現得更得體了。垂幕落下，有個像是穿戴斗篷和帽子的奇怪身形輕輕走了進來。

「梅林？」

不過那裡一個人也沒有，他只是在年老的瞌睡中夢見了他。

「梅林？」

他重新開始思考，但這回思路清晰一如往昔。他想起教導他的那名年老法師——那個用動物教育他的人。他依稀想起，這世上有五十萬種不同的動物，而人類只是其中一種。人當然是動物——總不會是植物或礦物，對吧？梅林教他有關動物的事，一個物種能夠藉由觀察其他幾千個物種的問題來學會一些東西。他想起那些做出國界宣告的好戰螞蟻，想起那些沒有劃出疆界的野雁。他想起他從獾那兒學到的一課，想起嘹嘹和在遷徙途中見到的島；在那島上，所有海鸚、刀嘴海雀、海鳩和三趾鷗都和平共處，牠們保有自己的文化，卻沒有開戰——因為牠們沒有劃出疆界。而今他看出眼前的問題，就像看地圖那樣一目了然。戰爭最奇妙的事就是，它是為了虛無之物而戰——沒錯，名副其實的虛無之物。國界是一條想像出來的線。蘇格蘭和英格蘭之間並無肉眼可見的界線，但福羅登之役與班諾本之役都為此而戰。癥結在於地理學——政治地理學。沒別的了。各個國家就像海鸚和海鳩那樣，不必擁有一致的文明，也不需要一致的領導人。只要他們能給予彼此貿易的自由、通行的自由、往來世界各地的自由，他們仍能保留他們的文化，就如愛斯基摩人和霍屯督人④。國家仍得是國家，但這些國家能保留固有文化和在地法律。至於地表上那些想像出來的線，只要別再去想像就好了。空中的鳥很自然地忽略了它。對嘹嘹來說，國界這種東西是何等瘋狂啊，如果人能學會飛行，也會這麼想。

老國王精神大振，神清氣爽，幾乎準備好要再次開始。

會有那麼一天——一定會有那麼一天——當他帶著新圓桌回到格美利，那張圓桌就像這個世界一樣，沒有稜角——那張圓桌不會在國與國之間設下疆界，可以讓他們坐下來舉行宴會。要塑造這樣的圓桌，唯一的希望就是文化。如果能夠說服人民學會讀寫，不再只會吃飯做愛，就還有機會讓他們變得理性。

不過這個時候要做另一項努力已經太遲了。因為此時，他的命運就是死亡，或像某些人所說，被帶往亞法隆，在那裡等待更好的時代。因為此時，藍斯洛命運是削髮，桂妮薇是戴上修女頭巾，而莫桀則必然會被殺。在陽光閃耀的萬頃碧波中，個人的命運不過是滴水而已，雖然是滴閃亮的水珠。

叛軍的大砲在這破敗的早晨響起，英格蘭之王起身，以和平的心迎接未來。

① 巴罕道（Barham Down），坎特伯雷附近的地名。根據馬洛禮的《亞瑟之死》，亞瑟王與莫桀父子一共打了三場仗，第一場在多佛，第二場在巴罕道，最後一場則是在索茲伯里。

② 胰島素的發現是一項科學史公案。一九二一年，加拿大醫師班廷（Frederick Banting）在蘇格蘭籍醫師麥克勞德（John Macleod）實

驗室中以狗實驗，證明胰臟萃取物可降低糖尿病犬的血糖，之後並純化該項物質，命名為胰島素，兩人在一九二三年同獲諾貝爾生理及醫學獎。但是這個團隊中第一個分離出胰島素的助手貝斯特（Charles Best）並未獲獎，而在此兩年前就已發現胰島素的羅馬尼亞生理學教授尼可萊·普萊科（Nicolae Paulescu）由於語言問題，在科學史上遭嚴重忽視。

③ 曼德維爾（Sir John Mandeville），曾於一三五七至七一年間出版虛擬旅行文集，該書以盎格魯—諾曼法語書寫而成。

④ 霍屯督人（Hottentot），非洲南部的原住民族之一。

感謝您購買 **永恆之王：亞瑟王傳奇**

為了提供您更多的讀書樂趣，請費心填妥下列資料，直接郵遞（免貼郵票），即可成為繆思的會員，享有定期書訊與優惠禮遇。

姓名：__________________ 身分證字號：__________________

性別：□女 □男 生日：

學歷：□國中（含以下） □高中職 □大專 □研究所以上

職業：□生產\製造 □金融\商業 □傳播\廣告 □軍警\公務員
□教育\文化 □旅遊\運輸 □醫療\保健 □仲介\服務
□學生 □自由\家管 □其他

連絡地址：□□□ ______________________________

連絡電話：公（ ）_______________ 宅（ ）_______________

E-mail：______________________________

■您從何處得知本書訊息？（可複選）

□書店 □書評 □報紙 □廣播 □電視 □雜誌 □共和國書訊
□直接郵件 □全球資訊網 □親友介紹 □其他

■您通常以何種方式購書？（可複選）

□逛書店 □郵撥 □網路 □信用卡傳真 □其他

■您的閱讀習慣：

文 學 □華文小說 □西洋文學 □日本文學 □古典 □當代
□科幻奇幻 □恐怖靈異 □歷史傳記 □推理 □言情
非文學 □生態環保 □社會科學 □自然科學 □百科 □藝術
□歷史人文 □生活風格 □民俗宗教 □哲學 □其他

■您對本書的評價（請填代號：1.非常滿意 2.滿意 3.尚可 4.待改進）

書名____ 封面設計____ 版面編排____ 印刷____ 內容____ 整體評價____

■您對本書的建議：

繆思出版

客服電話：0800-221029　傳真：02-86671065

部落格：http://sinomuses.pixnet.net/blog

電子信箱：m.muses@bookrep.com.tw

因為您的支持與鼓勵，繆思出版十歲生日，

十周年慶活動陸續開跑，請密切注意繆思部落格！

請沿虛線對折寄回

廣　告　回　函
板橋郵局登記證
板橋廣字第10號

信　函

23141

新北市新店區民權路108-3號6樓

遠足文化事業股份有限公司

繆思出版　收

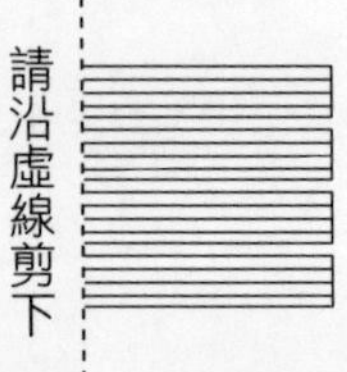

請沿虛線剪下